SPA FIC LAURENS
Laurens, Stephanie,
author.
La dama lo arriesga todo
on1310857352

Stephanie Laurens

La dama lo arriesga todo

Editado por HarperCollins Ibérica, S.A.
Núñez de Balboa, 56
28001 Madrid

© 2012 Savdek Management Proprietary Ltd.
© 2018 Harlequin Ibérica, una división de HarperCollins Ibérica, S.A.
La dama lo arriesga todo, n.º 242 - 12.9.18
Título original: The Lady Risks All
Publicado originalmente por HarperCollins Publishers LLC, New York, U.S.A.
Traductor: Amparo Sánchez Hoyos

Todos los derechos están reservados, incluidos los de reproducción total o parcial en cualquier formato o soporte.
Esta edición ha sido publicada con autorización de HarperCollins Publishers LLC, New York, U.S.A.
Esta es una obra de ficción. Nombres, caracteres, lugares, y situaciones son producto de la imaginación del autor o son utilizados ficticiamente, y cualquier parecido con persona, vivas o muertas, establecimientos de negocios (comerciales), hechos o situaciones son pura coincidencia.

® Harlequin, TOP NOVEL y logotipo Harlequin son marcas registradas por Harlequin Enterprises Limited.
® y ™ son marcas registradas por Harlequin Enterprises Limited y sus filiales, utilizadas con licencia. Las marcas que lleven ® están registradas en la Oficina Española de Patentes y Marcas y en otros países.

Imagen de cubierta: Shutterstock

I.S.B.N.: 978-84-9188-394-4
Depósito legal: M-20126-2018

PRÓLOGO

Lord Julian Roscoe Neville Delbraith, segundo hijo del duque de Ridgware, era un vividor. Libertino más allá de lo humanamente posible, le daba un nuevo significado al concepto de derrochador. Alto, de cabellos oscuros, y peligrosamente atractivo, merodeaba por la ciudad con la perezosa elegancia de una cultivada pantera cuyos apetitos eran siempre satisfechos tal y como se encargaba él mismo de asegurar. Considerado por los caballeros como un tipo estupendo, uno con el que muchos deseaban entablar amistad, las damas, en cambio, apreciaban su inefable elegancia, su habilidad en la pista de baile, su encanto espontáneo y su ocasional ingenio con la espada. Su atuendo, por supuesto, era siempre impecable, y sus caballos magníficos. El vino, las mujeres, y el juego eran, en sentido inverso, sus principales ocupaciones sin que fuera una sorpresa para nadie, pues los Delbraith poseían una larga y venerable tradición de engendrar varones adictos a las apuestas. Lo llevaban en la sangre.

Dicho lo cual, Lucasta, la madre de lord Julian, reconocida salvadora de los Delbraith en la generación del momento, se había mostrado lo bastante firme a la hora de manejar a Marcus, el padre de Julian, como para preservar la fortuna familiar. Marcus no habría tenido ningún inconveniente en jugarse todos los bienes de la familia, pero Lucasta se había impuesto, impidiéndoselo. Rotundamente. Más aun, su primogénito, George, era el primer Delbraith en generaciones que parecía haber escapado a la maldición familiar.

Algunos opinaban que la enorme energía empleada por Lucasta con Marcus y con George la habían dejado sin reservas para producir una transformación similar en Julian. Sin embargo, otros aseguraban que la testarudez de Julian sobrepasaba la capacidad de su propia madre para controlarlo, aunque solo hubiera necesitado concentrar sus esfuerzos en él. A ojos de la sociedad, Julian era el paradigma del típico varón Delbraith.

Y tanto para la sociedad como para la familia, la entusiasta manifestación de la maldición Delbraith de la que hacía gala Julian no importaba lo más mínimo. El heredero era George.

Corpulento, fuerte, tranquilo y más bien reservado, a diferencia de su hermano pequeño, George no parecía tener ningún vicio. Mientras que de Julian se esperaba que fuera frívolo, irreverente y divertido, George solía colocarse en un rincón, las manos a la espalda, hablando lo menos posible. En resumen, George era aburrido, pero eso, también, carecía de importancia pues a fin de cuentas, George era de fiar.

Por tanto cuando, a la muerte de Marcus, George heredó el título, la familia y la sociedad sonrieron aliviados. Y siguieron sonriendo cuando George contrajo un muy conveniente matrimonio con Caroline, la hija del conde de Kirkcombe, una joven sensata y bien considerada en la ciudad.

Caroline, siguiendo el ejemplo de su suegra, consideraba a George un dechado de virtudes, al menos en cuanto a su falta de susceptibilidad a la maldición familiar. El hecho de que lo considerara muy lejos de ser un dechado de virtudes en aspectos más privados se lo guardaba para sí misma. Cara al exterior defendía a George en todo momento, con la aprobación de la sociedad. Por tanto no era de extrañar que Caroline no tuviera tiempo para dedicarle al tremendamente atractivo, descaradamente disoluto, Julian. Su comportamiento con él dejaba bien claro que lo consideraba una influencia potencialmente corruptora, una que le gustaría mantener bien alejada de su esposo, de sí misma y del hijo que pronto nacería.

No del todo insensible a ello, Julian cedía a los deseos no verbalizados de su cuñada. A fin de cuentas era la duquesa de su hermano. Las visitas a la residencia familiar, Ridgware, en Staffordshire, que antes solían ser relativamente frecuentes, para visitar a su madre y jugar con sus tres hermanas mucho más pequeñas que él, se fueron espaciando hasta convertirse en excepcionales. Los numerosos empleados de la residencia, que veían mucho más de lo que nadie suponía, lo consideraban una verdadera lástima, pero nadie prestaba atención a sus opiniones.

El bebé de Caroline nació. Bautizado como Henry George Neville Delbraith, el niño poseía todos los rasgos físicos de un auténtico Delbraith. Contemplando dichos rasgos con verdadera preocupación, Caroline juró contra viento y marea que su hijo jamás sería alcanzado por la maldición de los Delbraith.

La mañana del bautizo, Julian llegó a la iglesia, se sentó junto a su madre y sus hermanas, y bajo la hosca mirada de Caroline, sintiéndose como la bruja mala de los cuentos de hadas, le entregó el inocente regalo de bautizo a su madre para que se lo hiciera llegar a su sobrino, y en cuanto hubo concluido la ceremonia, estrechó la mano de su hermano, le deseó civilizadamente todo lo mejor a su cuñada y al bebé firmemente arropado en sus protectores brazos y regresó a Londres.

Después de aquello, Julian solo visitaba a su madre y a sus hermanas cuando Caroline, y sobre todo el bebé Henry, no se encontraban en la residencia, al menos no bajo el mismo techo en el momento de la visita. Si George se encontraba allí, Julian también acudía a verlo, pero siendo de caracteres tan dispares, y con el peso del ducado descansando sobre los hombros de George, los hermanos no solían tener mucho de que hablar. Tras un comentario, una observación compartida, se separaban amistosamente, pero poniendo distancia de por medio.

Mientras tanto, Julian llenaba su vida con las habituales rondas de juegos y disipación, cartas, dados, carreras de caballos, cualquier tipo de carrera, siempre dispuesto a calibrar sus posibilidades y divertirse en consonancia. Flirtear, al principio con meretrices, pero cada vez más con aburridas matronas de su misma clase social, llenaba todo el tiempo que le quedaba libre. Su fama como conocedor de vinos era notoria, si bien nadie recordaba haberlo visto con una copa de más. Por otra parte, era ampliamente sabido que estar borracho mientras se apostaban grandes sumas no era una buena manera de ganar, y todo el mundo sabía que Julian se tomaba muy en serio el rendir honor a la maldición familiar.

Y así pasaron los años.

Y durante esos años, si alguien se hubiera preguntado por la situación financiera de lord Julian Delbraith, la respuesta habría sido que lord Julian estaba a un paso de la bancarrota, de caerse al río y muy probablemente ahogarse en él. Para cualquier observador experimentado era inconcebible que alguien pudiera mantener un ritmo de vida tan derrochador, lleno de apuestas sustanciosas y extravagantes, sin quedarse sin liquidez. Los jugadores siempre perdían, si no de inmediato sí al final. Todo el mundo lo sabía.

Caroline, duquesa de Ridgware, sin duda era de esa opinión. Más aún, estaba convencida de que su irresponsable cuñado estaba vaciando las arcas de la familia, pero, cada vez que intentaba sacar el tema con su esposo, George fruncía el ceño y le aseguraba que se equivocaba. Y cuando, movida por la necesidad de salvaguardar la herencia de su hijo, ella insistía, George apretaba los labios y, fría y categóricamente, le aseguraba que Julian recibía un mínimo estipendio siguiendo la voluntad de su difunto padre y ni un céntimo más, que Julian nunca había pedido más dinero de los bienes familiares, ni siquiera directamente a George. Caroline no se lo creía, pero enfrentada a los inhabituales arranques de ira de su esposo, no le quedaba más remedio que aceptar su palabra y recular.

Lo cierto era que únicamente dos personas conocían la realidad de la situación financiera de lord Julian, el mayordomo, Rundle, y el hijo del contable de la familia, Jordan Draper, que respondiendo a la petición de Julian había asumido el manejo de sus finanzas, separándolas así de los bienes del ducado de su hermano. Solo esas dos personas sabían que Julian era uno de los Delbraith que surgía cada tres generaciones o así. Uno de los Delbraith que ganaba. No ganaba todas las apuestas, pero al final el balance siempre era positivo. Desde que a la edad de cinco años había descubierto la felicidad de apostar, no había transcurrido una semana sin que resultara ganador. Algunas semanas las ganancias eran únicamente de un centavo, pero nunca, jamás, perdía dinero.

A Jordan Draper le fascinaba que nadie se hubiera preguntado por qué una familia tan antigua como la de los Delbraith, malditos por una compulsión tan ruinosa, no se hubiera arruinado jamás. Gracias a su relación con Julian, Jordan sí conocía el motivo. Abuelo, padre, hijo, en las tres generaciones al menos uno tendría la suerte del ganador. Por supuesto ya no importaba dado que, gracias a Lucasta y su influencia sobre Marcus y después sobre George, la familia ya no era prisionera de esa maldición. Había sido derrotada, pero, al administrar las finanzas e inversiones de Julian, Jordan no podía sino preguntarse si, con todo, la familia había salido mejor parada así.

En consecuencia, la vida de Julian, junto con su extravagante estilo de vida, se sucedía sin grandes sobresaltos. Era muy consciente de la opinión que tenía la alta sociedad de él, y saberlo reforzaba su cinismo natural y le hacía sonreír para sus adentros.

Al menos hasta aquella noche de 1811 en que una llamada a la puerta resonó en su residencia de la calle Duke.

Era noviembre y el tiempo era bastante malo. En la ciudad no quedaban muchos miembros de la alta sociedad, lo que explicaba por qué Julian estaba sentado junto al fuego, los pies descansando sobre un escabel y un libro abierto en la mano. Ante la llamada a la puerta había levantado la vista, oído a Rundle correr hacia la entrada mientras esperaba, preguntándose…

—¡Milord! —Rundle irrumpió en la estancia, algo nada propio de él—. Es Higginbotham, de Ridgware.

Ante el gesto descompuesto del mayordomo jefe de la residencia de su hermano, Julian se irguió.

—¿Mi madre?

—No, milord —Higginbotham parpadeó antes de negar con la cabeza—. Es su hermano.

—¿George? —a Julian no se le ocurría ningún motivo para que George hubiera enviado a Higginbotham a la ciudad para hacerlo llamar, al gandul de su hermano pequeño—. ¿Qué quiere?

Higginbotham tenía el aspecto de alguien que se hubiera tragado la lengua, pero sacudió la cabeza de nuevo.

—Su Excelencia no quiere nada. Se apuntó en la sien con una pistola y apretó el gatillo. Está muerto. Será mejor que venga.

Julian corrió como alma que llevaba el diablo y llegó a Ridgware a media mañana. Dejó el faetón en el patio de la cuadra y corrió hasta la casa, en la que entró por la puerta lateral. En la mansión reinaba un silencio sepulcral, opresivo. Las pisadas de Julian resonaron sobre las losetas del vestíbulo principal. Durante un instante se detuvo y permaneció en silencio, perdido. Higginbotham no le había podido dar ninguna explicación al acto tan desproporcionado e irreversible de su hermano. Un acto tan impropio de su carácter.

Un acto tan inexplicable.

Un sonido proveniente de uno de los pasillos le hizo darse media vuelta.

De entre las sombras surgió un hombre mayor vestido con un pulcro traje negro.

—Gracias por venir enseguida, milord.

—Draper —saludó Julian con los labios apretados.

Se trataba de Draper padre, el contable de su hermano, el padre de Jordan. El despacho de los Draper estaba en Derby, mucho más cerca de allí que Londres. Julian escrutó el rostro del hombre.

—¿Tiene alguna idea de por qué George, aún no me lo puedo creer, de por qué se suicidó?

Con gesto solemne y severo, Draper asintió. Estaba pálido, derrotado, visiblemente más avejentado de lo que Julian recordaba.

—Por desgracia, milord, lo sé. Por eso me sentí aliviado al saber que los sirvientes habían decidido por ellos mismos hacerle llamar. Se trata de un asunto muy feo y necesitamos que se tomen rápidamente algunas decisiones si queremos proteger a la familia.

—¿Proteger? —Julian frunció el ceño—. No lo comprendo.

—Lo sé —Draper señaló hacia el pasillo—. Si es tan amable de acompañarme al despacho, intentaré explicárselo.

—¿Y mi madre? —preguntó Julian dubitativo.

—Postrada en la cama por la impresión, al igual que la duquesa, pero el médico estuvo aquí ayer y ambas están sedadas. Me han indicado que podrían despertar en unas horas.

—¿Mis hermanas? ¿Y Henry? Por Dios santo, esa pobre criatura es ahora el duque.

—En efecto. El servicio se ocupa eficazmente de los más pequeños, y temo... —Draper se interrumpió y se frotó la frente con una mano—. Temo que nuestra conversación no puede esperar, milord. En una situación como esta, el tiempo es fundamental.

Draper era un hombre de gran firmeza, estable, sereno y concienzudo, uno de los motivos por los que Julian había elegido a su hijo como contable. Sintiéndose a cada momento más alarmado y perplejo, Julian asintió.

—Muy bien. Le sigo.

Y mientras seguía a Draper por el pasillo, le siguió interrogando.

—¿Cuándo sucedió?

—Ayer por la mañana, milord. El servicio oyó el disparo a las once de la mañana, según tengo entendido. Tuvieron que tirar abajo la puerta del despacho, pero, por supuesto, ya no había nada que hacer.

—¿Quién más sabe de la muerte de George? —Julian había tenido tiempo de sobra para pensar y hacerse multitud de preguntas durante las largas horas de viaje.

—De momento, milord, creo que solo lo sabe el servicio y la familia. Y el médico y yo mismo, por supuesto.

—De modo que hay posibilidades de ocultar el hecho de que fuera un suicidio —su primer pensamiento era para sus hermanas, su madre, Henry, incluso para su cuñada.

Un suicidio en la familia, por el motivo que fuera, haría que se cerniese una larga sombra social sobre ellos.

—Seguramente —Draper titubeó antes de contestar. No parecía convencido del todo.

Julian lo siguió hasta el despacho.

—Será más sencillo si le muestro las cuentas —Draper lo invitó a sentarse tras el escritorio.

—¿Las cuentas? —Julian frunció el ceño mientras se sentaba—. ¿Para qué necesito ver las cuentas?

El hombre sacó un grueso libro de contabilidad de una estantería y se volvió para mirarlo a los ojos.

—Lamento informarle, milord, de que su hermano no era, al contrario de lo que se suponía, inmune a la maldición Delbraith.

—¡Válgame Dios! —Julian deslizó las manos por sus cabellos mientras contemplaba perplejo la evidencia de la adicción de George.

Durante media hora, Draper le había mostrado libro tras libro, abriéndole los ojos a un sencillo hecho.

George había llegado más lejos que todos los Delbraith anteriores a él. Había conseguido arruinar a la familia y luego había intentado arreglar el daño hipotecando hasta el último de sus bienes.

Bajó las manos y se echó hacia atrás.

—De acuerdo —su mente trabajaba frenéticamente, mezclando cifras y sumas, posibilidades y probabilidades. Había comprendido por qué Draper había requerido su presencia allí—. Calcule la suma. En su totalidad. Y haga llamar a Jordan, dígale que traiga todas mis cuentas corrientes.

—Sí, milord —Draper dudó antes de admitir—, ya me había tomado la libertad de hacerlo llamar, debería llegar en una hora.

—Eso resulta inhabitualmente presuntuoso por su parte —Julian miró al otro hombre y habló sin ninguna ira, más bien planteándolo como una pregunta.

—Pido disculpas, milord —Draper le sostuvo la mirada—, pero lo conozco a usted y a su hermano desde que eran pequeños. Sabía que la familia podría contar con su ayuda, y tal y como ya he dicho no tenemos...

—No tenemos tiempo —lo interrumpió él secamente antes de asentir—. De acuerdo —empujó la silla hacia atrás—. Voy a subir a ver a mis hermanas. Avíseme cuando llegue Jordan.

Encontró a Millicent, Cassandra y Edwina en el pequeño salón de la planta superior que utilizaban para ellas. Habían sido informadas de la muerte de George, pero de nada más. Sin embargo, habiendo oído el disparo y sido testigos del frenesí resultante, eran más que capaces de sumar dos y dos.

—Se suicidó, ¿verdad?

Millicent, catorce años y muy parecida a Lucasta, sentada de lado en el banco de la ventana, las rodillas al pecho, fue directa al grano.

Tras intercambiar besos y abrazos más prolongados de lo habitual con las tres, Julian se sentó sobre el cojín junto a los pies de Millicent y dudó, preguntándose qué parte podría ahorrarles, y si debería hacerlo.

Cassie, de once años, soltó un bufido.

—Cuéntanoslo ya, sabes que se lo sonsacaremos al servicio si tú no lo haces.

Julian suspiró y asintió, sin apartar la mirada de Edwina, de tan solo diez años, para asegurarse de que lo que fuera a contar no le impresionara en exceso.

—Pero ¿por qué? —Millicent frunció el ceño—. Hacer algo así es horrible, tenía que tener un motivo.

Esa era la parte más complicada de explicar.

—Por lo que me ha contado Draper, George había empezado a jugar. Al parecer la maldición lo había alcanzado y, en lugar de poner en riesgo la propiedad y a su familia, George, bueno... decidió acabar con ello.

Julian esperaba que se tragaran la mentira piadosa.

Las tres fruncieron el ceño, reflexionaron y entonces Cassie volvió a soltar un bufido.

—Eso sí que es propio de George. Tan pomposo que no podía soportar pedirte ayuda —Cassie contempló a su hermano con sus ojos grises—. Tú llevas viviendo toda la vida con esa maldición y nunca te ha hecho daño, ni tampoco has hecho daño a la familia o a las tierras.

—Por desgracia —Julian consiguió sonreír débilmente—, George no era yo.

—No —Millie bajó las piernas y palmoteó el brazo de Julian—. Tú eres mucho más duro. Pero ¿qué pasa con la deshonra? La del suicidio, me refiero.

—No tenéis que preocuparos por eso. El médico dejó una nota en la que nos aconsejaba que, dadas las circunstancias, dijésemos que George había muerto de repente, inexplicablemente, de una apoplejía.

Las tres reflexionaron unos instantes antes de que Edwina hablara.

—Bueno, entonces supongo que lo que hay que hacer ahora es conseguir ropa de luto para poder despedir adecuadamente a George.

—Eso es verdad —Millie hizo una mueca—. Por muy idiota que fuera, era nuestro noble idiota y se sacrificó por nosotros, de modo que al menos nos haremos merecedores de su orgullo en lo que respecta al funeral.

Por el rabillo del ojo Julian vio una calesa, conducida por Jordan Draper, subir a toda prisa por el camino de entrada.

—Deberíamos hablar con mamá —sugirió Cassie—. Puede que hablar de ropa la anime un poco, o al menos haga que deje de pensar en la muerte de George —miró a Julian—. ¿La has visto?

—No, aún no —él hizo una pausa—. ¿Por qué no vais las tres a distraerla un rato y le decís que estoy aquí y que subiré a hablar con ella en cuanto pueda? —se puso en pie al mismo tiempo que las niñas—. Tengo que ocuparme de algunos asuntos con Draper, solo para organizarlo todo. Decidle a mamá que subiré en cuanto haya terminado.

Sus hermanas asintieron, lo abrazaron y abandonaron el salón. Separándose de las niñas en el pasillo, Julian suspiró aliviado. Había ido mejor de lo esperado.

Pasó las siguientes horas con los Draper, padre e hijo, a los que se unió Minchinbury, el abogado de la familia. Los cuatro abarrotaban el despacho, pero nadie sugirió que trasladaran la reunión a un lugar menos seguro y reservado.

Minchinbury confirmó que George nombraba en su testamento a Julian como único albacea, y también tutor, junto con la duquesa, de Henry, de tres años. En cuanto a lo segundo, Julian se limitó a asentir y aparcarlo para más tarde. Afrontaría cada condenado escenario de uno en uno.

—No hay nada que hacer —concluyó Jordan al final—. Por mucho que estructuremos los pagos, aunque liquidemos todos los bienes prescindibles que puedan ser vendidos y dediquemos la totalidad de los ingresos de la propiedad a hacer frente a dichos pagos, la deuda sigue siendo superior a la capacidad del duque para pagarla.

Mientras repasaban las escalofriantes cifras, un plan había empezado a tomar forma en la cabeza de Julian. Era escandaloso por demás, pero a él se le daban bien los escándalos. Miró a Jordan, sentado al otro lado del escritorio, a los ojos.

—Incluye mis fondos. Todos. Liquida mis bienes. Todos. E incorpóralos también para pagar la deuda. Déjame —reflexionó unos instantes—, diez mil en efectivo. Da por supuesto unos ingresos por mi parte de… —la suma le llevó un poco más calcularla, pero al final proporcionó una cifra.

Draper y Minchinbury lo miraban sobresaltados, pero Jordan se limitó a hacer una mueca, garabatear las cifras y rehacer la intrincada maraña de pagos de hipotecas y préstamos.

Mientras tanto, Draper y Minchinbury seguían intercambiando miradas hasta que lentamente dedujeron las intenciones de Julian.

—Milord —fue Minchinbury quien al fin habló, mirándolo con espanto—. ¿Qué pretende?

Julian alzó un dedo en el aire y pacientemente aguardó el veredicto de Jordan.

—Nos acercamos —anunció su amigo tras suspirar—. Por los pelos —miró a Julian—. Podrías conseguirlo.

Julian no había necesitado explicarle a Jordan su plan. Llevaba trabajando para él bastante tiempo como para saber lo que podía, y no podía, hacer, pero se sintió agradecido por el incondicional apoyo del joven.

—¿Has incluido los gastos de esta residencia y de la propiedad en general, la renta de mi madre, las chicas y la duquesa, y has dejado la dote de las niñas intacta?

—Bueno, la dote de las niñas hace tiempo que se esfumó —explicó Jordan—, pero con sus rentas la habrán recuperado para cuando cumplan dieciséis años. También he incluido una renta para Henry, revalorizable, y que empiece a ser efectiva cuando cumpla cinco años.

—Bien hecho —Julian hizo una pausa para elaborar sus pensamientos antes de mirar fijamente a Draper y a Minchinbury—. Lo que me propongo hacer, señores, es lo siguiente.

Les explicó su plan, al completo. Para poder salvar a los Delbraith, la familia, el título y la propiedad, los necesitaba de su parte. Al principio se mostraron horrorizados, luego espantados al comprender las ramificaciones de lo que se proponía, pero, al final, al igual que Jordan ellos también aceptaron que no había otra alternativa.

George había elegido el camino más sencillo y dejado a Julian la responsabilidad de rescatar a los Delbraith.

La reunión con su madre fue complicada, básicamente porque Lucasta se culpaba por la desgracia de George. Acomodada en un sillón colocado frente a la amplia ventana en su salita de estar, la todavía atractiva mujer, cuyos cabellos empezaban a encanecer, mostraba un rostro roto por el dolor mientras sujetaba un pañuelo húmedo en la mano cerrada en un puño.

—¡Debería haberme dado cuenta! No me puedo creer que no viera las señales.

En contra de la opinión generalizada, Julian se llevaba bien con su madre y se parecían mucho en cuanto a su fuerte carácter. Hacía tiempo que habían alcanzado un acuerdo: Lucasta no intentaba presionarlo y él no la presionaba a ella.

De pie, contemplando las colinas que se extendían hasta los árboles del bosque colindante, suspiró.

—Mamá, si yo no me di cuenta entonces no había nada que lo delatase. Resultó ser extraordinario a la hora de ocultarlo.

—Nos ha decepcionado. Nos ha traicionado —después de una pausa, ella prosiguió en un tono más tranquilo—. ¿Desde hace cuánto?

Julian titubeó, pero sabía que sería inútil intentar mentir a su madre.

—Según Draper —se volvió lentamente hacia ella—, desde que empezó a estudiar en Eton, pero las primeras cantidades eran lo bastante pequeñas como para no alertar a papá, o a ti. Empezó a apostar grandes sumas después de heredar el ducado.

Lucasta sacudió la cabeza en un gesto de desesperación.

—¿Nunca oíste ningún rumor?

—No —lo que dejaba claro la clase de establecimientos que debía frecuentar George.

De haber sido cualquiera de los locales socialmente aceptados, Julian al fin se habría enterado, de modo que George había recurrido a los bajos fondos para saciar su adicción.

Lentamente, Lucasta respiró hondo y luego expulsó el aire y alzó la barbilla.

—Lo hecho, hecho está. Seguiremos el consejo del doctor Melrose y diremos que George murió de una apoplejía. Lo enterraremos como es debido. Y luego —miró a su hijo—, nos enfrentaremos a las consecuencias —hizo una pausa y lo miró con los ojos entornados—. Y bien —suspiró entrecortadamente—, dado que George se voló los sesos en lugar de enfrentarse a las consecuencias, cuéntame, ¿cómo de mal están las cosas?

Julian ni siquiera intentó suavizar el golpe, no tenía sentido tratándose de su madre. Lucasta siempre había ejercido una defensa feroz de su familia, era capaz de detectar cualquier mentira y arrancársela como un perro de presa. De manera que acercó otro sillón, se sentó a su lado y se lo contó todo. Y cuando el horror hizo que la mujer se mantuviera en un perplejo silencio, continuó con suavidad.

—He hablado con los Draper, con ambos, y con Minchinbury, y he desarrollado un plan. Es algo desesperado, pero para nosotros son tiempos desesperados. Ellos se han mostrado de acuerdo con que es nuestra única posibilidad de salir adelante, hemos repasado cualquier otra opción y ninguna nos sacará de esta, solo puede conseguirse con mi idea.

—No me va a gustar tu plan, ¿verdad? —Lucasta lo miró a los ojos.

—No, pero es el único que tenemos —Julian procedió a explicárselo detalladamente.

Y ella le escuchó en silencio.

Luego discutieron.

Era lo que había esperado. Pero él se mantuvo firme y al final, poco a poco, consiguió que su madre reculara.

Salvo, para su sorpresa, en un aspecto sobre el que no estaba dispuesta a ceder ni un ápice.

—He perdido a un hijo, no pienso perderte a ti también. ¡No! —levantó una mano en el aire—. Entiendo que, para que salga bien, tu plan hace que una relación abierta sea imposible, pero —lo miró directamente a los ojos—, seguirás viniendo a esta casa, a verme a mí y a tus hermanas, son mis hijas y tan capaces como yo de guardar tus secretos. No saldrás de nuestras vidas, y te aseguro que nosotras no te dejaremos marchar —los ojos se le anegaron de lágrimas—. Eso, querido, es algo que no puedes pedirnos. Si quieres que tu plan salga bien, tendrás que asumirlo.

Julian no había esperado una reacción tan rotunda. Buscando en la mirada de su madre, conociendo su férrea voluntad, lo reconsideró antes de asentir.

—De acuerdo. Pero mis visitas serán, a falta de una palabra mejor, furtivas.

—Secretas —Lucasta asintió—. Sabes que el servicio haría cualquier cosa por ti, de modo que no supondrá ningún problema.

—Las niñas —Julian hizo una mueca—. Te las dejo a ti, tú sabrás mejor que yo cómo exponer la situación, y no tengo tiempo para las inevitables discusiones y explicaciones. Jordan y yo tenemos que partir hacia Londres cuanto antes. Si queremos tapar los enormes agujeros que George ha dejado en la fachada financiera de la familia, debemos actuar de inmediato.

Los ojos de Lucasta escrutaron el rostro de su hijo antes de responder con calma.

—¿Y Caroline? Si quieres se lo explico yo.

—No —él apretó los labios y sacudió la cabeza—. Yo hablaré con ella. Ella es la otra tutora de Henry junto conmigo. Los dos vamos a tener que encontrar el modo de entendernos, aunque solo sea por el bien de Henry.

Concluida la conversación, Julian se levantó del sillón.

Lucasta también se levantó, lo agarró del brazo, y se estiró para besarlo en la mejilla.

—Márchate, querido. Sé que debes hacerlo.

Tras soltarlo, ella se dio media vuelta, pero no antes de que su hijo viera una lágrima rodar por su mejilla.

La reunión con su cuñada fue el colofón de un largo y horrendo día.

Mientras se acercaba a su suite, vio a Draper y a Minchinbury salir de la sala de estar de Caroline. Cerraron la puerta y se acercaron a él, deteniéndose todos al encontrarse a medio camino.

—Le he explicado a la duquesa los términos del testamento —fue Minchinbury quien habló—. Entiende que es usted el único albacea y también tutor, junto a ella, de su hijo, y comprende los derechos que tiene en consecuencia.

—¿Y cómo se lo ha tomado? —Julian hizo una mueca con los labios.

—No muy bien —contestó el abogado—, pero había que decírselo. Al menos conoce y comprende la situación.

—También le hemos informado de la situación financiera que el duque ha dejado —Draper frunció los labios—. Le he explicado que, al contrario de lo que ella siempre supuso, usted nunca ha hecho uso de los recursos familiares, aparte de su asignación, y que la situación presente se debe exclusivamente al comportamiento del fallecido duque. Por supuesto no nos atrevimos a explicarle su plan, aunque sí hicimos alusión al hecho de que tenía uno y que, dada la situación, era la única vía para que la familia, y el ducado, pudieran salvarse de la ruina.

—A ver si lo he entendido bien —Julian miró a uno y a otro—. Le han hecho saber a la duquesa que debe acceder a cualquier cosa que yo proponga si quiere salvarse ella, y a su hijo, de la ruina.

Abogado y contable asintieron tras reflexionar.

—Nosotros —Minchinbury miró fugazmente a Draper—, estábamos al tanto de la opinión que tenía la duquesa de usted, milord, y considerábamos nuestro deber aclarar las cosas ante su Excelencia para que sus palabras cayeran en un suelo más fértil.

—Es lo menos que podíamos hacer para ayudarlo con su plan —añadió Draper.

—Gracias, caballeros —Julian agachó la cabeza—. Aprecio su ayuda.

Ambos hombres se inclinaron ante él y dieron un paso atrás.

—Si necesita algo más, milord —se despidió Minchinbury—, no tiene más que pedirlo.

Julian asintió y se encaminó por el pasillo hacia la salita de estar de Caroline y, sin detenerse a reflexionar, llamó a la puerta sin más.

—Adelante —una voz ahogada surgió del otro lado de la puerta.

Julian giró el picaporte y entró.

Encontró a Caroline de pie, la espalda contra la ventana, los brazos rodeándole con fuerza la cintura. Agachando la cabeza, Julian cerró la puerta y se acercó a su cuñada.

—Recibe mis condolencias. Ojalá no tuviéramos que hacer esto, pero tenemos que hablar —Julian se detuvo a menos de un metro de ella y la miró a los azules ojos—. Minchinbury y Draper me han dicho que ya te han explicado la situación. ¿Necesitas que te aclare algún aspecto? —preguntó en un tono neutro y amable, aunque distante.

Con el rostro desprovisto de toda máscara, Caroline lo miró fijamente. Su mirada reflejaba las emociones, las preguntas, la rabia, la agitación.

—¿Por qué? —fue la pregunta que surgió al final de sus labios.

—No pudo evitarlo —Julian sacudió la cabeza.

—Pero —ella se interrumpió, agitó una mano en el aire y apartó la mirada—. No puedo… —respiró entrecortadamente y, levantando la cabeza, continuó sin mirarlo—. Todavía me cuesta aceptarlo. Durante todos estos años en los que te tuve por el villano, en realidad lo era él.

—¿Lo sospechabas? —Julian frunció el ceño.

—De él no —Caroline soltó una amarga carcajada—. Él nunca. Pero algunas de mis joyas… son falsas. Incluso algunas de las que eran auténticas ahora ya no lo son —miró a su cuñado—. Pensé que había empleado mis joyas para pagar tus deudas, quizás creyendo que yo no notaría la diferencia en las piedras, y que para él era mejor que sacar el dinero del ducado —un sollozo escapó de sus labios y se dio media vuelta—. No hace falta que me lo digas. No sé cómo he podido ser tan estúpida.

—Caroline —Julian no tenía tiempo para escenitas, ni siquiera de esa clase—. Para poder evitar la catástrofe financiera, debo moverme con rapidez.

—Según Minchinbury y Draper —ella lo contempló con amargura—, no tengo más opción que permitirte hacer lo que quieras hacer, si quiero seguir viviendo cómodamente aquí con Henry, o si quiero que mi hijo tenga algún futuro.

Esa era la parte mala de la bienintencionada intervención de los dos hombres.

—En eso tienen razón, pero lo que no te dejaron claro fue que, para que mi plan tenga éxito, tú también tienes que interpretar tu parte. Y para eso necesitas conocer el plan.

Caroline reflexionó unos instantes antes de volverse de nuevo hacia él con los brazos cruzados y asentir.

—De acuerdo. Cuéntame tu plan.

No se sentó, y mucho menos invitó a Julian a hacerlo. De modo que él permaneció de pie y le contó su plan.

Cuando hubo terminado, ella lo miraba boquiabierta.

—¿Y bien? —preguntó al fin Julian tras una larga pausa—. ¿Desempeñarás tu papel? ¿El papel que deberás representar para llevar la farsa a término?

—Yo… yo no comprendo —Caroline parpadeó perpleja.

—Te he hecho una pregunta bien sencilla —la impaciencia empezaba a dominar a Julian—. ¿Estás dispuesta a…?

—No, no me refiero a eso —la duquesa bajó los brazos y respiró hondo antes de hacer una pausa y volver a posar la mirada sobre su cuñado—. Te ofreces a sacrificarte. ¿Por qué? Eso es lo que no entiendo, y no me fío. Si acepto tu plan y lo apoyo activamente, me estaré colocando, y sobre todo a mi hijo y su futuro, en una posición de deuda imposible de pagarte.

—Eso es cierto —él asintió tras reflexionar unos instantes.

Caroline rio amargamente y se apartó.

—Caroline —Julian se esforzó por mantener el tono de voz suave—, ¿en serio estás considerando permitir que tu orgullo dicte tus acciones incluso en estos momentos, y rechazar mi ayuda?

Sus miradas se fundieron.

Un grito lejano y agudo llegó hasta ellos, un grito de felicidad, no de desesperación. Mirando por la ventana, Julian vio a sus hermanas y a Henry salir del bosque. Regresaban de dar un paseo. Millie y Cassie balanceaban en el aire a un encantado Henry. Solo tenía tres años y aún no le había alcanzado la realidad de la muerte de su padre. Dos lacayos y una niñera los seguían de cerca, hablando tranquilamente mientras vigilaban a los pequeños.

Julian contempló a su cuñada, mucho más baja que él y que por tanto no podía ver la escena que veía él.

Aunque tentada a agarrarla del brazo y tirar de ella, se limitó a hacerle un gesto para que se acercara a la ventana.

—¿Quieres saber por qué hago esto? —cuando ella se acercó lo suficiente, señaló hacia el grupo que había en el jardín—. Por eso lo hago. Ninguno de esos cuatro, demonios, ninguno de los siete han hecho nada para merecer el futuro que les aguarda si yo no intervengo para arreglar esto. Y solo hay una manera de hacerlo.

Él la contempló mirar a su hijo y dejó que pasaran unos minutos para que lo comprendiera.

—¿De verdad no hay otro modo? —preguntó Caroline con calma tras humedecerse los labios.

Julian dudó un instante antes de contestar.

—La maldición Delbraith ha metido a la familia en esta situación. Lo justo es que esa misma maldición nos saque de ella.

—Pero ¿a qué precio?

—El precio no importa. Y, al final, soy yo quien decide, no tú.

La duquesa siguió mirando por la ventana unos minutos más antes de asentir con expresión firme.

—De acuerdo. Accederé a ello. Haré lo que haga falta para… apoyar el plan.

Un obstáculo salvado. Julian respiró hondo y, metafóricamente, se apretó los machos antes de abordar el siguiente obstáculo, más elevado y espinoso que el anterior.

—Y hablando de la maldición, tengo una condición que no es negociable en absoluto. A cambio de hacer lo que tengo que hacer para salvar a la familia, incluyéndoos a ti y a Henry, deberás asegurarte de que Henry conozca la verdad sobre la muerte de su padre, que no se le oculte jamás.

—¿Qué? —Caroline se volvió bruscamente hacia él—. ¡No puedes estar hablando en serio!

—Ahora mismo no, evidentemente. Me refiero a en cuanto sea lo bastante mayor para saberlo, para preguntar. Porque lo hará. Y no quiero que le ocultes la maldición —Julian le sostuvo la mirada—. No voy a hacer esto para que luego tú le intentes convencer de que es inmune a la maldición y tires por la borda todo mi esfuerzo en cuanto tu hijo alcance la mayoría de edad —ella abrió la boca, pero él la silenció señalándola con un dedo—. Además, cuando venga de visita, como tutor suyo que soy, espero poder verlo y hablar con él. Si quieres podrás estar presente, pero hablaré con él.

—No —contestó Caroline con expresión decidida—. No permitiré que…

—Caroline —Julian la interrumpió con voz acerada—. Ni tú ni mi madre visteis la maldición en George —declaró despiadadamente—. Si intentas proteger a Henry cometerás el mismo error que madre cometió con mi hermano. La maldición lo alcanzará, pero él lo ocultará. Y, si lo hace, no serás capaz de reconocerla. Yo sí lo haré porque sé qué debo buscar, y te aseguro que en el caso de Henry estaré vigilante —buscó su mirada—. Debes comprender que esta maldición es real. Es una enfermedad hereditaria. Si Henry obtiene ayuda, la ayuda adecuada, podrá vivir con ello. Fingir que no existe solo hará que lo devore en vida, como hizo con George.

—¿Y tú qué? —preguntó Caroline en tono de mofa—. ¿Tú controlas tu adicción?

Julian permaneció unos segundos en silencio antes de contestar.

—Lo cierto es que mi adicción es lo único que se interpone entre Henry y tú, y vivir de la caridad. Piénsalo antes de censurarme. Y tal y como están las cosas, soy el único miembro vivo de la familia con una experiencia personal con la maldición, la única persona viva que sabe a qué se enfrentará Henry a medida que se haga mayor, la única que sabe cómo controlar la compulsión —hizo una pausa y clavó la mirada en los ojos de su cuñada—. Sé que no es fácil de aceptar —añadió más calmado—, pero, tal y como están las cosas, soy la única esperanza de futuro para Henry, tanto económicamente como personalmente.

Hasta pronunciar las palabras, Julian no había sido consciente de lo ciertas que eran, de la enorme responsabilidad que estaba asumiendo.

Aunque de todos modos no importaba gran cosa, pues no tenía otra opción.

Caroline se mantuvo en silencio, limitándose a mordisquearse el labio inferior con expresión agitada y perdida. Julian se dio media vuelta y echó a andar hacia la puerta. Con la mano en el picaporte se detuvo y se volvió para mirarla.

—No pongas a tu hijo en peligro, Caroline. Si quieres mantenerlo a salvo, harás todo lo que te he dicho.

Ella se volvió hacia la ventana, sin contestar.

Julian abrió la puerta y se marchó.

★★★

Media hora más tarde, tras despedirse de sus hermanas y su pequeño sobrino, Julian dirigió el faetón por el camino que le alejaba de la casa antes de propinarles a los caballos un golpe de látigo y dirigirse hacia Londres.

De madrugada ya, se detuvo frente a los establos cerca de su residencia. Le entregó las riendas a un adormilado mozo de cuadras y se encaminó lentamente hacia la calle.

Hundió las manos en los bolsillos de su abrigo y caminó por la calle Duke en medio de la silenciosa negrura. Y solo entonces se permitió a sí mismo reflexionar sobre lo que estaba a punto de hacer, algo que se había negado a hacer durante el largo viaje, pues se parecía demasiado a los últimos pensamientos de un moribundo.

Llegó a su casa y subió las escaleras, metió la llave en la cerradura y abrió la puerta.

Entró y cerró la puerta.

Y su vida como lord Julian Delbraith dejó de existir, así sin más.

CAPÍTULO 1

Londres
Octubre de 1823; doce años después

Miranda Clifford se detuvo entre las sombras de un grupo de árboles y observó a su hermano pequeño, Roderick, cruzar el césped perfectamente cortado hacia una enorme mansión que emitía un brillo perlado bajo la luz de la luna.

A su alrededor, extendiéndose a ambos lados, los espesos matorrales y grandes árboles envolvían la casa en un exuberante abrazo. La brisa era poco más que un susurro, un suspiro que le movía sobre la nuca los pequeños mechones de cabello que se le habían soltado del moño.

Silenciosa y quieta, la mirada fija en Roderick, lo observó alcanzar una terraza y, sin dudar, subir los tres escalones y dirigirse directamente hacia la puerta acristalada. Después de abrir la puerta, Roderick entró en la casa y cerró detrás de él.

—¡Maldito sea! —Miranda se quedó mirando fijamente la puerta. Era mucho peor de lo que se había temido.

Hacía tres semanas que se había dado cuenta por primera vez de que Roderick salía de casa por la noche. Se había dicho a sí misma que esas excursiones nocturnas secretas eran lógicas en un caballero de veintitrés años, pero lo cierto era que se había pasado esos veintitrés años protegiendo a Roderick, e ignorar unos instintos tan enraizados era muy difícil. Tanto que había hecho un pacto consigo misma: seguiría a su hermano una noche, y solo hasta asegurarse de que dondequiera que fuera, hiciera lo que hiciera, no se estuviera metiendo en un lío.

No se trataba de desconfianza, su plan tenía como único objeto tranquilizarse. Obtener la información justa para calmar su instintiva ansiedad, y después regresaría a casa y Roderick jamás lo averiguaría.

Hacía diez minutos que lo había seguido a oscuras por las escaleras de la casa que compartían con su tía en la calle Claverton, en Pimlico. Las manecillas del reloj de péndulo del vestíbulo indicaban que faltaban veinte minutos para las once de la noche. Después había seguido a Roderick por el saloncito, a través del césped y salido al callejón por la puerta del jardín. Sujetando con fuerza el bolso y cerrándose la nueva y moderna capa, había permanecido en la sombra mientras lo seguía pegada a los muros de los callejones y, como otra sombra más, había seguido sus pasos, sorprendida al verlo seguir por los callejones hasta que, para su sorpresa, pasados cinco minutos desde que hubieron salido por la puerta de su jardín, se había detenido junto a una puerta en un muro de piedra.

Su hermano había abierto la puerta y entrado, y ella había titubeado un instante antes de seguirlo.

No tenía ni idea de a quién pertenecía ese jardín por el que merodeaba, al menos no al principio. Pero, en cuanto vio la casa, en cuanto pudo evaluar su tamaño y magnificencia, y sobre todo ese color tan delator…

—¿Qué demonios hace visitando la casa de Neville Roscoe?

Bastó con formular la pregunta para obtener una respuesta. Neville Roscoe era el más conocido, infame y notorio, morador de la vecindad. Conocido rey del juego en Londres, dueño de una gran cantidad de antros de apuestas, guaridas y clubes destinados a los ricos, a los prósperos y a los aristócratas. El juego era uno de los mayores vicios de la alta sociedad y Roscoe era, con mucho, el maestro a la hora de suministrar la droga para saciar la adicción de esa sociedad.

Roscoe era conocido por ser inmensamente rico y también por ostentar un no desdeñable poder, tanto en su propio entorno como en ambientes más sórdidos. No era, sin embargo, un criminal. Más bien habitaba un estrato nebuloso entre la sociedad y los bajos fondos, capaz de confraternizar un día con un duque y al día siguiente con un criminal, y aun así no pertenecer a ninguno de los dos mundos.

En términos generales, Roscoe era un enigma, y dictaba sus propias leyes.

Ya vivía en la enorme mansión blanca de la calle Chichester, que dominaba la extensa y arbolada Dolphin Square, así como el Támesis un poco más allá, cuando Roderick había comprado la casa de la calle Claverton, justo a la vuelta de la esquina, un año antes. A los pocos días de instalarse allí, Miranda ya había oído todo sobre el más famoso ciudadano de ese barrio.

Sin embargo aún no lo había visto con sus propios ojos, ni tenía especial interés en verlo.

—¡Miserable! —exclamó, no muy segura de si se refería a Roderick o a Roscoe. El que su hermano quisiera probar su suerte en el juego no era nada sorprendente, pero… reflexionó mientras apretaba los labios—. No puede permitirse el lujo de confraternizar con Roscoe.

El problema no era que Roderick no pudiera permitirse apostar, que sí podía, incluso al nivel de Roscoe. Pero su fortuna provenía del trabajo y, tal y como les habían enseñado a ella y a su hermano desde pequeños, eso significaba que ellos, más que otros nacidos en un estrato social más elevado, debían aferrarse sin flaquear nunca a la respetabilidad.

Ver a Roderick entrar en la casa de Roscoe evocó en ella de inmediato el fantasma de su hermana mayor, Rosalind. Los tres habían quedado huérfanos de niños y Rosalind, Roderick y ella misma se habían criado con sus tías. Su hermana mayor había recibido la misma educación sobre respetabilidad, las mismas férreas normas, pero, al cumplir dieciséis años, se había rebelado. Rosalind había huido con unos gitanos y no había regresado hasta dos años más tarde, enferma y moribunda.

La muerte de Rosalind había sido trágica, al igual que la de su madre, que se había fugado con su padre, el hijo de un molinero.

Cada vez que alguien de la familia se salía del buen camino de la rígida respetabilidad, el desastre y la muerte acudían prestos. Miranda no quería que Roderick muriera joven, mucho menos de manera trágica. Por tanto, regresar a casa y abandonarlo a su destino no era una opción.

Sin salir de las sombras rodeó el jardín y se dirigió hacia la casa y esa puerta acristalada. En su mente se formaban imágenes de lo que podría encontrar en el interior, una partida privada o... ¿quizás una orgía? Por lo que había oído, podría ser cualquiera de las dos cosas. Las mujeres formaban invariablemente parte del entretenimiento ofrecido por Roscoe. Sus clubes eran conocidos por la gran cantidad de empleadas femeninas.

—Con suerte me dejarán entrar, al menos el tiempo suficiente —era lo bastante mayor, su aspecto era lo bastante maduro.

Alcanzó la terraza y bajó la mirada al vestido de sarga de color lila que llevaba puesto bajo la capa. No era muy apropiado para la noche, pero sí lo bastante elegante como para identificarla por su clase. De todos modos ya era tarde para recular y no tenía intención de permanecer más tiempo del necesario para encontrar a Roderick y que él la viera. Con eso debería bastar para asustarlo y que la acompañara de regreso a casa.

Cruzó la terraza, abrió la puerta y entró. Ante ella se abría un pasillo sumido en oscuras sombras. Miranda cerró la puerta sin hacer ruido y reflexionó sobre la extrañeza del penetrante silencio, de las habitaciones oscuras sin iluminar. Ni siquiera desde el otro lado del jardín, desde donde se veía toda la parte trasera de la casa, había visto ninguna ventana iluminada, ninguna señal de que allí se estuviera celebrando una fiesta, por refinada que fuera. Se detuvo y agudizó sus sentidos.

El terreno sobre el que se asentaba la casa se inclinaba con una fuerte pendiente hacia la calle Chichester, dejando el jardín trasero a una altura más elevada. El suelo que pisaba en esos momentos era, de hecho, el de la primera planta, no el de la planta baja que estaba al mismo nivel que la calle. La fiesta, reunión o lo que fuera seguramente se estaría celebrando en alguna sala de la planta baja. Se esforzó por captar algún sonido que le indicara el camino, pero no oyó nada.

Extrañada, echó a andar por el pasillo. Roderick tenía que haber tomado esa dirección por fuerza pues, aparte de las habitaciones que había a los lados, todas con las puertas cerradas y sin ninguna luz filtrándose por debajo, no había otro lugar hacia el que ir. Siguió el pasillo hasta la parte delantera de la casa, experimentando una creciente sensación de calidad y solidez a cada paso que daba. La casa no era muy vieja. Roscoe la había mandado construir para él, lo que explicaba sin duda la cuidada mano de obra que sentía más que veía. En cada línea se respiraba una discreta elegancia, complementada con lujosos acabados y tapizados. No tenía tiempo para detenerse a observar, pero los cuadros que colgaban de las paredes, todos perfectamente enmarcados, parecían originales, y en absoluto pintados por un artista de segunda.

Se preguntó si era la solidez de la construcción la que explicaba la ausencia de ruido. Eso, y los tapizados. La alfombra de pasillo sobre la que caminaba era tan gruesa que ni siquiera oía sus propias pisadas.

El pasillo se abría a un amplio espacio semicircular, una especie de galería que rodeaba el hueco de la escalera principal. Deteniéndose en ese espacio miró a izquierda y derecha. Otros tres pasillos desembocaban en la galería, pero por todas partes reinaba el silencio. Tampoco había ninguna lámpara encendida y la única luz provenía de la escasa iluminación que proporcionaba el reflejo de la luna sobre el río.

Enfrente de ella, delante de una ventana de grandes dimensiones, comenzaba una ancha escalera que descendía con sinuosa elegancia.

Respirando hondo levantó la cabeza y se dirigió con calma hacia las escaleras, y al fin oyó el rumor de unas voces masculinas. Parecían provenir de la planta baja, aunque sonaban como si estuvieran muy lejos.

El golpeteo de unos cascos de caballo sobre el camino empedrado la impulsó a asomarse a la ventana. Vio a un caballero, elegantemente vestido y con sombrero, bajarse de un coche de alquiler. El hombre portaba un bastón con empuñadura de plata. Pagó al cochero y se dirigió hacia la entrada principal de la mansión, junto a la fachada en la que ella se encontraba.

No reconoció al hombre, pero su estilo, su manera de moverse, sugería que pertenecía a la escala más alta de la sociedad.

Una campana resonó por la casa y casi de inmediato se oyeron las acompasadas pisadas de un mayordomo sobre las losetas del vestíbulo principal de la planta baja. Miranda sopesó la posibilidad de acercarse a las escaleras y mirar hacia abajo, pero el riesgo de ser descubierta era demasiado grande y por tanto permaneció donde estaba y siguió escuchando.

—Buenas noches, milord.

—Buenas noches, Rundle —el visitante entró en la casa y la puerta se cerró—. Me temo que llego tarde. ¿Han llegado ya los demás?

—Sí, milord, pero el señor aún no se ha reunido con ellos.

—Excelente —el sonido de un abrigo desprendiéndose junto con los guantes, el sombrero y el bastón, llegó hasta la planta superior—, entonces aún no me he perdido nada.

—Desde luego que no, milord.

—¿En la biblioteca, como de costumbre?

—Sí, milord.

—No hace falta que me acompañes, Rundle, conozco el camino.

—Gracias, milord.

Dos pares de pisadas se alejaron en diferentes direcciones. Ella corrió hacia las escaleras, pero llegó demasiado tarde para ver hacia dónde se había encaminado cada hombre. Sin embargo, hacia la parte trasera del vestíbulo había una puerta que seguía moviéndose, lo cual significaba que seguramente el mayordomo había pasado por ahí. Por tanto, las pisadas que se oían cada vez más lejanas por el pasillo debían ser las del visitante. La biblioteca, y la reunión, estaban en esa dirección.

Respirando hondo alargó una mano hacia la barandilla de la escalera.

Y un escalofrío le recorrió la columna.

Se quedó inmóvil. No había oído nada, pero ella misma había comprobado que resultaba muy sencillo moverse por esa casa en silencio sin proponérselo siquiera. Y sus sentidos, previamente centrados en el vestíbulo de la planta inferior, le advertían a gritos que había alguien, mucho más grande que ella, a su espalda.

Sin poder respirar, alerta, se obligó a sí misma a darse lentamente la vuelta...

Y su mirada dirigida al frente se encontró con un pañuelo de seda color marfil y exquisitamente anudado al cuello.

Roscoe observó los grandes ojos de la mujer, abiertos de par en par, abrirse aún más. De repente su rostro se elevó hasta mirarlo.

—¿Puedo ayudarla en algo, señorita...? —preguntó él sin sonreír.

Ella no contestó de inmediato, pero Roscoe no cometió el error de pensar que su mente estaría paralizada por el susto. Los grandes ojos dejaban traslucir que tras ellos se llevaba a cabo un rápido cálculo mientras su dueña debatía sobre la respuesta a ofrecer. A pesar de la delicada osamenta, su elegancia y extremada feminidad, acostumbrado como estaba a juzgar a la gente de un solo vistazo, no le hizo falta mirar más allá de la refinada fuerza que reflejaba su rostro, acompañada por su porte y las elegantes pisadas que le había visto dar al cruzar la galería, para saber que se trataba de una dama.

Decidida, resuelta y, al menos en lo concerniente a aquello en lo que creía, inflexible.

En consecuencia no se sorprendió cuando ella respiró hondo, se irguió por completo mostrando una estatura más elevada de la media para una mujer y lo miró con altivez.

—Me llamo señorita Clifford.

La información casi le hizo pestañear.

La mirada de la joven abandonó su rostro para deslizarse sobre sus hombros y torso y acabar sobre el libro de cuentas que llevaba en una mano.

—¿Y usted es? —preguntó con el ceño fruncido.

Su tono dejaba bien claro que lo creía alguna clase de secretario de nivel inferior.

—Soy el propietario de este lugar —contestó Roscoe, sonriendo levemente en contra de su voluntad.

Al parecer la noticia le produjo una impresión más fuerte que encontrarlo a su espalda. La joven lo miró fijamente, claramente sorprendida y sin intentar disimularlo siquiera.

—¿Usted es Roscoe?

Él se imaginaba perfectamente todo lo que habría oído de él. Su diablillo interior lo animaba a seguir desconcertándola. Roscoe hizo una reverencia, impregnando el gesto de toda la elegancia que tiempo atrás había ejercitado a diario.

—Le daría la bienvenida a mi humilde morada, señorita Clifford, pero no puedo evitar preguntarme qué hace aquí —observó con voz ronca tras erguirse.

—¿Humilde morada? —la voz de la joven era grave, el tono de una contralto. Su mirada se dirigió a los tres cuadros que colgaban de las paredes entre los pasillos, reconociendo dos Gainsborough y un Reynolds, y luego se posó sobre un tapiz Gobelin colgado de la pared que había detrás de Roscoe—. Para ser el rey del juego, señor, tiene un gusto exquisito.

—Es verdad —a Roscoe le llamó la atención que se hubiera dado cuenta, pero un hombre como él no se distraía tan fácilmente—. Pero eso no responde a mi pregunta.

Miranda intentaba responder a otra pregunta, completamente diferente, a la pregunta de cómo salir de allí sin provocar un escándalo. Mientras la mayor parte de su cerebro se ocupaba de esa cuestión, el resto estaba completamente distraído. No se había formado ninguna imagen mental de Roscoe, pero ni en sus sueños más salvajes se lo habría imaginado así. Tal y como aparecía ante ella.

Era alto, mucho más alto que ella, pero sus hombros, pecho y largas piernas estaban perfectamente proporcionados, generando una elegancia que sencillamente la dejaba sin aliento. Su atuendo tampoco era el que habría asociado con un rey del juego. Con una chaqueta negra de corte perfecto sobre una prístina camisa color marfil y ese delicioso pañuelo, un chaleco de un tenue color azul a rayas grises y negras, con unos sencillos botones negros, y unos pantalones negros, podría darle varios puntos de ventaja a cualquiera y aun así salir victorioso.

En cuanto a su manera de moverse, y esa voz ronca, no le permitía decidir qué clase de hombre era, pero un rápido vistazo a su rostro perfectamente esculpido, esos ojos oscuros que la miraban con calma, la nariz patricia y afilada barbilla, bastó para asegurarle que no era un hombre al que se pudiera manipular. Más aún, era peligroso, a muchos niveles y de muchas maneras.

El hombre que tenía ante ella era un enigma.

Miranda no tenía ninguna experiencia con hombres así, pero

su intuición la había metido en ese lío y quizás la sacaría de él. Alzó la barbilla un poco más y se aferró a su altivez.

—He venido a rescatar a mi hermano.

—¿Rescatar? —una oscura ceja se arqueó lentamente.

La pregunta destilaba una advertencia indefinida, pero ella la ignoró.

—Exactamente. No puede estar tan al margen de la sociedad convencional como para no saber que la asociación con un hombre de sus… tendencias sería ruinosa para mi hermano, suponiendo que dicha asociación fuera dada a conocer.

Ninguna reacción se reflejó en el rostro de Roscoe.

—¿Mis tendencias? —repitió él tras un fugaz instante.

Ella se negaba a ser intimidada.

—Su negocio. Sus actividades —Miranda miró hacia el vestíbulo y de nuevo a él—. No estoy segura de la clase de distracciones de las que usted y sus invitados están disfrutando esta noche, pero, si fuera tan amable de informar al señor Clifford de que estoy aquí y deseo que me acompañe a casa, no volverá a ser importunado ni por él ni por mí.

Lejos de mostrar la menor disposición a acceder a su petición, Roscoe la miró detenidamente, los oscuros ojos, cuyo color ella no era capaz de distinguir aunque estaba casi segura de que negros no eran, estudiando su rostro. Su expresión era indescifrable, absolutamente imposible de interpretar.

—Dígame, señorita Clifford —dijo al fin, la ronca voz convertida casi en un ronroneo—, ¿exactamente qué clase de distracciones cree usted que proporciono a mis… íntimas amistades en la privacidad de mi hogar?

Desde luego había hecho mal al entrar en su casa del modo en que lo había hecho, pero no iba a permitir que el rey del juego la tratara con esa condescendencia.

—No tengo ni idea, ni me interesa, pero las dos cosas que surgieron en mi mente cuando descubrí que Roderick venía aquí fue una partida privada o una orgía. Independientemente de cuál sea, opino que participar en ello no es bueno para los intereses de mi hermano, del mismo modo que ser relacionado con usted desde luego no le hará ningún favor.

—¿Me está acusando de corromper a su hermano, señorita Clifford? —el la miró con los ojos levemente entornados.

—¿Lo está haciendo? —ella se negaba a resquebrajarse ante el tono acerado de su voz.

—No.

No era la primera dama que lo consideraba un corruptor de inocentes, y quizás por ello Roscoe sintió el impulso de demostrarle que se equivocaba. El impulso de abrirle los ojos para que comprendiera que lo había juzgado mal, obligarla a reconocerlo y a que se disculpara, allí mismo, esa misma noche.

Normalmente no se mostraba tan susceptible y una parte de su mente se extrañó de que ella, una dama a la que nunca antes había visto, le hubiera afectado tan rápidamente, lo bastante como para pincharle con tanta precisión en un lugar que, descubrió sorprendido, seguía siendo muy sensible. Independientemente de...

—Le sugiero, señorita Clifford, que me acompañe —Roscoe dio un paso atrás y señaló hacia el pasillo que surgía del extremo más alejado de la galería.

—¿Por qué? —ella contempló el pasillo con evidente sospecha—. Puedo esperar aquí a que me envíe a Roderick.

—Ya, pero no tengo ninguna intención de avergonzar a su hermano —contestó él mientras se dirigía hacia el pasillo.

No había dado ni tres pasos cuando ella resopló y lo siguió.

—¿Adónde vamos?

—A un lugar desde el que pueda observar nuestras actividades sin que los invitados sean conscientes.

—¡No! —Miranda se detuvo.

Al ver que él no se detenía, corrió de nuevo hasta alcanzarlo.

—Quiero decir que no tengo ninguna necesidad de ver... —comenzó a explicarle mientras alzaba la barbilla.

—Claro que la tiene —él mantuvo la expresión impasible, aunque por dentro sonreía.

Se detuvo frente a una puerta camuflada entre los paneles de la pared, agarró el picaporte con una mano y se volvió hacia ella.

—Debe tener una opinión muy extraña de estas cosas para suponer que celebraría una orgía en mi biblioteca.

—¿En serio? —ella parpadeó perpleja.

—Confíe en mí, no celebro orgías en mi biblioteca. De modo que lo peor que podría ver sería a ocho hombres jugando una partida, aunque lo cierto es que ni siquiera es eso —Roscoe la miró a los ojos, claramente desafiante—. Ha seguido a su hermano hasta aquí, decidida a descubrir en qué se había metido, ¿está diciendo que va a acobardarse ahora, o es lo bastante valiente como para enfrentarse a la verdad?

Era evidente que se estaba divirtiendo y, a pesar de sus esfuerzos, un destello debía de haber brillado en su mirada, pues ella entornó lentamente los ojos y apretó los labios antes de asentir.

—De acuerdo. Muéstremelo.

Roscoe abrió la puerta y la invitó a pasar.

Con la cabeza alta, Miranda entró en un descansillo y él la siguió al interior de la galería de la primera planta que rodeaba la biblioteca situada en la planta baja.

Miranda se mantuvo oculta entre las sombras que proporcionaban las paredes repletas de libros y contempló a los siete hombres sentados en torno a una mesa central. Con los libros de contabilidad y cuadernos preparados esperaban a que él diera por comenzada la reunión, y mientras tanto se dedicaban a la habitual conversación que unos caballeros de su clase mantenían para pasar el rato.

La galería, también provista de una gruesa alfombra, permitía que la señorita Clifford y él mismo se movieran sin llamar la atención. Roscoe colocó un sillón de grandes dimensiones junto a la barandilla de la galería y le hizo un gesto con la mano.

Tras dudar un instante, ella se acercó y se sentó. Él esperó a que se hubiera colocado la capa y depositado el bolso en su regazo antes de situarse tras el respaldo, inclinarse y susurrarle al oído.

—A no ser que haga mucho ruido, no podrán oírla. Usted, sin embargo, puede verlos, y oír cada palabra que sea dicha en torno a esa mesa.

Suprimiendo las intensas, inauditas e irritantes sensaciones que le provocaban esa profunda voz junto a la oreja y el aliento de ese hombre moviéndole los mechones de cabello sobre la nuca, Miranda se giró para captar mejor lo que se decía en esa mesa, y descubrió que Roscoe estaba en lo cierto. La galería gozaba de una acústica perfecta y no le resultó nada difícil entender a la perfección la conversación, a pesar de que los hombres hablaban en tono relativamente bajo.

Roscoe seguía inclinado sobre ella, cerca, demasiado cerca. Su calor, su fuerza, su aroma, todo en su cercanía la ponía nerviosa. Los pulmones de Miranda estaban tan tensos que apenas podía respirar aunque, con un supremo esfuerzo, consiguió asentir.

Satisfecho, él empezó a retirarse, se detuvo y se acercó de nuevo, agachando la cabeza para volver a murmurar junto a su oreja, volviéndola loca:

—Por cierto, nos hacemos llamar La Hermandad de la Filantropía.

Ella parpadeó.

Pero antes de haber asimilado por completo sus palabras, él ya había salido por la puerta.

Roscoe se reunió con sus compañeros de hermandad en torno a la mesa de la biblioteca, se disculpó por hacerles esperar y dio por comenzada la reunión mientras se esforzaba por mantener la mente centrada en el negocio que él y los otros siete caballeros debían discutir.

Su organización era honrada. Llevaban a cabo proyectos benéficos, siendo cada miembro responsable de un proyecto sobre el que informaba puntualmente al resto en cada reunión. Normalmente se reunían una vez al mes, pero últimamente habían estado evaluando y se habían embarcado en varios proyectos nuevos, el de Roderick, recién incorporado a la hermandad y otros dos que reemplazaban a sendos proyectos ya concluidos, lo que había aumentado la frecuencia de las reuniones.

Cada proyecto se financiaba mediante un fondo administrado por un meticuloso y severo abogado. Cada uno de ellos aportaba la cantidad que quería, pero la contribución mínima de cinco mil libras anuales aseguraba que la hermandad fuera un grupo muy exclusivo.

Ro Gerrard, el vizconde Gerrard, había sido el primer miembro de facto. Ro podría haber sido un excelente jugador, pero nunca había puesto el alma en ello. Sin embargo, esa mente incisiva que le habría supuesto una ventaja sopesando probabilidades, le servía mucho mejor a la hora de calcular los riesgos y potenciales resultados de inversiones más humanizadas. Al aventurarse en el mundo de la filantropía, Ro se había encontrado con Roscoe y, tras recuperarse de su inicial sorpresa, había empezado a plantear preguntas y ofrecer sugerencias, insistiendo hasta que Roscoe había aceptado que unir sus fuerzas era un movimiento sensato.

Y la hermandad había crecido a partir de ese pequeño comienzo.

Sebastian Trantor, recientemente reclutado tras su matrimonio con la cuñada de Ro, relataba los progresos logrados en una escuela de Lincoln, financiada por la hermandad, que formaba a huérfanas para convertirse en secretarias de las damas.

—Las jóvenes de la academia parecen estar respondiendo bien a los métodos de instrucción de la señora Canterbury.

El siguiente fue Roderick, quien informó sobre la situación del proyecto en el que trabajaba, una pequeña escuela dirigida por agentes judiciales, en Battersea. La propuesta era clara y los demás miembros de la hermandad opinaban que para Roderick sería un buen bautismo de fuego.

—No estoy del todo satisfecho con algunos de los proveedores con los que la escuela desea seguir trabajando. En mi opinión deberíamos atenernos a nuestra norma de no permitir que firmas que pertenezcan a parientes de los responsables del centro sean contratadas, a no ser que no haya otro proveedor disponible.

—Desde luego —Max Gillard asintió—. Establecimos esa norma al principio y nos ha salvado en más de una ocasión.

—Se lo comunicaré a Hendricks, el agente judicial jefe.

—Si yo fuera tú —intervino Roscoe—, también lo comentaría con el padre… ¿O'Leary, era? Está en la junta de la escuela y si bien puede que a él no le parezca necesaria esa norma —con una sonrisa cargada de cinismo, Roscoe miró a todos los presentes—, si le explicamos que nuestra considerable experiencia no permite a la hermandad invertir en ningún proyecto que no se adhiera a dichas normas, bastará para que instruya a los demás miembros de la junta en el mismo sentido. No tiene objeto perder tiempo con discusiones cuando puedes encontrar a alguien que lo haga por ti.

—Estoy de acuerdo —Hugh Bentley asintió sin dejar de mirar a Roderick a los ojos—. No se trata solo de que hagan las cosas a nuestra manera, el truco consiste en hacerles creer que ha sido idea suya.

Roderick sonrió, asintió y escribió una nota en su agenda.

La sesión continuó en la misma línea con los informes de todos los presentes y la breve intervención de Roscoe detallando los progresos de su propio proyecto, una iniciativa para enseñar a los chicos de los barrios marginados del puerto lo suficiente para que pudieran convertirse en aprendices en los astilleros cercanos. La hermandad ya había contactado con los dueños de dichos astilleros para supervisar la formación y subsiguiente colocación de los aprendices en trabajos asalariados.

Cuando Hugh, lord Hugh Bentley, el segundo, y con diferencia más brillante, hijo del duque de Raythorne tomó la palabra, Roscoe se echó hacia atrás y se preguntó qué estaría pensando su no invitada y recelosa observadora de la reunión.

De los ocho hombres sentados a la mesa, siete: Ro, Sebastian, Marvin Grayle, Edward Bremworth, Hugh, Max y el propio Roscoe eran vástagos de familias nobles. La única excepción era Roderick. Si bien la alta cuna no era un requisito para convertirse en miembro de la hermandad, el hecho era que, aparte de casos excepcionales como el de Roderick, casi todo el dinero disponible para obras de caridad pertenecía a la aristocracia.

Pensando de nuevo en su observadora secreta, Roscoe se preguntó si estaría retorciéndose en el asiento, aburrida. Desconocía el hecho de que Roderick no hubiera informado a su familia de su pertenencia a la hermandad, pero dado lo abrumadoramente protectora que se mostraba su hermana, y dado que Roderick tenía veintitrés años y era el único encargado de manejar su considerable fortuna, era comprensible que hubiera querido hacer algo él solo. Toda una declaración de independencia.

A pesar de los quince años y toda una vida de experiencia que le separaban de Roderick, Roscoe no podía por menos que apreciar ese gesto.

Regresando su mente a la altiva señorita Clifford, se preguntó si ella también lo apreciaría.

★★★

Miranda permaneció sentada en un absoluto silencio durante toda la reunión.

Las voces de los hombres le llegaban claramente, cada una de sus palabras añadiéndose a un cenagal de vergüenza fuertemente teñido de mortificación.

¿Cómo iba a haber supuesto ella lo que sucedía allí?

Incluso antes de que Roscoe hubiera aparecido en la biblioteca para tomar asiento a la cabecera de la mesa, ella ya había percibido el estatus social de los demás hombres. Se conocían lo bastante bien entre ellos como para dirigirse los unos a los otros por su nombre y no por el título, pero entre observaciones jocosas se habían colado varios «lord», e incluso un «vizconde».

Miranda se había fijado más en sus rasgos, que confirmaban la probabilidad de su pertenencia a la aristocracia, incluyendo, en cuanto pudo contemplarlo a la luz, el propio Roscoe. Había poca duda de que unos rasgos como esos provenían de unos progenitores nobles, pero, en su caso en particular, esos ancestros parecían haber tenido relaciones ilícitas.

En cualquier caso, ese rostro llamaba su atención sin ningún esfuerzo. Mientras oía la presentación de los diversos informes y asimilaba las implicaciones, su mirada no permanecía sobre el orador, sino sobre Roscoe. En ningún momento levantó él la vista hacia la galería, lo que le proporcionó plena libertad para satisfacer su creciente curiosidad y estudiarlo, examinarlo, a placer.

No se le ofrecía todos los días la oportunidad de observar tan atentamente a un hombre, mucho menos uno de ese calibre. Uno que encarnaba la diabólica atracción contra la que había sido advertida toda su vida, so pena de sufrir nefastas consecuencias.

No podía considerársele guapo, pues era demasiado mayor para eso. Además, su cincelado rostro poseía cierta dureza en los angulosos rasgos. Los bonitos labios a menudo se curvaban en un rictus de cinismo, mientras que los oscuros ojos, de cuyo color exacto aún no estaba segura, combinaban con su frecuentemente impasible expresión, sugiriendo un sentimiento de hastío y distanciamiento.

Pero si el rostro, que sugería una velada fuerza y solitaria personalidad, le intrigaba, su cuerpo directamente le fascinaba. Ya le había impresionado en la galería, pero al poder compararlo con los demás hombres pudo apreciar todavía más su estatura y la elegancia que le proporcionaban las largas extremidades.

Roscoe se movía de un modo que cautivaba sus sentidos. Cuando se echó hacia atrás en la silla para escuchar atentamente la exposición de uno de los invitados, Miranda se empapó del gesto, un gesto que hablaba de un varón en su momento óptimo y que estaba absolutamente cómodo en su enorme y fuerte cuerpo.

Solo cuando la reunión concluyó y él se levantó para abandonar la biblioteca junto con los demás, todavía sin mirar hacia ella, consiguió Miranda parpadear para salir del trance y por fin devolver su mente a otras cuestiones.

Y en el momento en que lo hizo, caló en su mente la trascendencia de todo lo que había oído.

Por mucho que considerara la situación, lo que había averiguado de esa reunión dejaba bien claro que se había extralimitado al sugerir que Roscoe estaba corrompiendo a Roderick. Se había extralimitado y mucho. E iba a tener que disculparse por ello.

De todo corazón.

Quizás Roscoe fuera un bastardo de la nobleza, quizás fuera el rey del juego en Londres, pero bajo su dura, altiva y fuerte fachada había un hombre reflexivo y concienciado. Un hombre que merecía su aplauso, no su censura.

Quizás no fuera un caballero, pero era evidente que era aceptado por otros que sí lo eran, y siempre y cuando la asociación entre Roderick y él permaneciera en un plano discreto, lo viera como viera, no había motivo para interferir. A Roderick no iba a perjudicarle relacionarse con el Roscoe que ejercía de presidente de esa hermandad filantrópica. En efecto, Roderick seguramente podría aprender una o dos cosas del rey del juego en Londres, una conclusión ligeramente desconcertante.

Cosas más raras se habían visto, aunque en esos momentos no se le ocurriera ninguna.

Una parte de ella, la más cobarde, quería abandonar la galería y, mientras Roscoe despedía a sus invitados, salir por el jardín trasero y correr hasta su casa. Pero no. Había acudido a su casa y lo había insultado, pero él le había permitido observar la reunión y, a través de ella, averiguar lo que necesitaba saber sobre la nueva aventura de Roderick.

En lugar de sentirse preocupada por su hermano, en esos momentos estaba más bien orgullosa de él.

Y todo ello, la desaparición de su ansiedad y su mayor apreciación de Roderick, se lo debía a Roscoe. De manera que, como cualquier invitada considerada, permaneció sentada y aguardó su regreso para que la acompañara a la salida.

La puerta se abrió cinco minutos más tarde y su desconcertante anfitrión se quedó parado a la entrada, llenando el quicio de la puerta, mirándola a ella.

Miranda respiró hondo y se puso en pie, enfrentándose a él. Alzó la cabeza y lo miró a los ojos.

—Reciba mis más sinceras disculpas, señor Roscoe. Es evidente que me he dejado llevar por mis aprensiones con respecto a usted y a mi hermano. Y debo agradecerle la oportunidad que me ha brindado de conocer la verdad.

Roscoe ni parpadeó, aunque sí se sorprendió. Por su experiencia, las damas de firmes convicciones, y la señorita Clifford se le antojaba una de ellas, no solían cambiar de opinión. Sin embargo, al escrutar su expresión, y sus hermosos ojos color avellana, no había detectado otra cosa que no fuera la más absoluta sinceridad.

Al parecer, la hermana de Roderick era una de esas escasas mujeres fuertes, lo bastante fuerte como para admitir una equivocación.

Roscoe soltó el picaporte e inclinó la cabeza.

—Disculpas aceptadas —había previsto pasar media hora pinchándola hasta arrancarle una disculpa. Le había robado ese placer, pero no podía decirse que se sintiera decepcionado—. Mis conocidos me llaman Roscoe.

Por qué había dicho eso era una incógnita para él mismo, pero le había parecido oportuno.

—Venga —añadió dando un paso atrás y haciendo un gesto con la mano para que ella se acercara—. La acompaño a su casa.

—Gracias —ella dio un paso al frente, pero se detuvo y lo miró a los ojos—, pero no será necesario. Como supongo ya sabrá, vivimos a la vuelta de la esquina.

—Sí, lo sé —Roscoe no pudo reprimir una sonrisa—. Y al parecer, señorita Clifford, ha estado cultivando otro malentendido sobre mí. Un caballero como yo jamás permitiría a una dama regresar sola a su casa, ni de noche ni de día.

Miranda observó su rostro, el dibujo de sus labios, el atisbo de sonrisa, todo resultaba de lo más tentador. Ya se había disculpado, y él había aceptado sus disculpas, pero al parecer no había terminado de hacerle reescribir su opinión sobre él.

Repitiendo sus palabras en su mente, Miranda buscó el modo de rechazarlo elegantemente, pero ¿qué podía decir? ¿Que en realidad no era tan dama como él presumía?

Aceptando lo inevitable, agachó la cabeza y se reunió con él en el pasillo.

Caminaron uno junto al otro de regreso a la galería. Las lámparas estaban encendidas y bajo la suave luz ella se detuvo para contemplar más atentamente uno de los cuadros. Apretó los labios con firmeza, pero no pudo contener la pregunta.

—¿Es un…? —agitó una mano en dirección al lienzo.

—¿Original? Sí. Y una de sus mejores obras, en mi opinión.

Miranda lo miró. Roscoe se había detenido en lo alto de las escaleras, esperándola pacientemente.

—Me siento tentada a hacer un comentario sobre las tarifas del pecado, pero seguramente sería otra impresión equivocada, ¿verdad?

Él sonrió. La sonrisa, genuina, de infarto, la caldeó en lugares que nunca pensó pudieran ser caldeados.

—Sí, lo sería —fue, sin embargo, la única respuesta de Roscoe.

Miranda contempló otros dos cuadros, luego un tapiz y, tras haber aplazado lo inevitable todo el tiempo posible, se reunió con él.

Bajaron las escaleras y ella se preguntó si la conduciría a través del jardín de atrás o por las calles. En cualquier caso no iba a discutir al respecto. A pesar del riesgo de ser vista con él, algo que le acarrearía muchos problemas dado lo tarde que era, a esas horas prefería las calles abiertas a los estrechos callejones.

El mayordomo aguardaba en el vestíbulo de la entrada. Alto, de cabello cano y porte elegante, y tan bien entrenado que no hizo el menor gesto de sorpresa ante la aparición de una dama que, por lo que él sabía, no había sido invitada a la casa, el hombre hizo una reverencia y, ante la solicitud de Roscoe, fue en busca de su abrigo. Miranda aprovechó el momento para echar un vistazo a su alrededor, absorbiendo el elegante revestimiento y los tres grandes paisajes que adornaban las paredes.

El mayordomo regresó con un elegante abrigo y, mientras Roscoe se lo ponía y se estiraba las mangas, ella aprovechó para echarle otro vistazo. Levantando la vista, él la miró y, bajo la intensa luz proporcionada por la lámpara situada sobre la mesa central del vestíbulo, al fin pudo contemplar sus ojos lo bastante bien como para comprobar su color.

Azul zafiro oscuro.

Un tono impresionante, un tono propio de una joya, vibrante. En cuanto a sus cabellos, elegantemente cortados, los gruesos rizos agolpados sobre su bien formada cabeza le parecieron de un profundo marrón oscuro que parecía negro bajo casi todas las luces.

El mayordomo se acercó a la puerta y, ante una mirada de Roscoe, la abrió.

Con lo que, Miranda comprendió, era una elegancia innata, Roscoe la hizo salir delante de él con un gesto de la mano. Al bajar los poco empinados escalones, lo oyó hablar con el mayordomo.

—Acompañaré a la dama a su casa. Debería estar de regreso en media hora.

—Sí, señor, se lo comunicaré a Rawlins.

Ella se detuvo y se volvió mientras Roscoe la alcanzaba. Las reglas de urbanidad decían que no debería preguntar, pero…

—¿Rawlins?

Él la miró brevemente antes de hacer un gesto con la mano para que siguiera andando y ambos emprendieron la marcha al unísono.

—Uno de mis guardaespaldas. Siempre hay al menos uno de servicio a cualquier hora, y se ponen nerviosos si desaparezco sin avisar.

—Entiendo —Miranda caminó a su lado. Roscoe no le ofreció su brazo, lo cual agradeció. Rechazarlo habría resultado incómodo, aunque lo habría hecho. Aceptarlo habría indicado un grado de amistad que jamás podría ser. Por suerte, y tal y como había esperado, la calle estaba desierta. Las profundas sombras bajo los árboles de la plaza alcanzaban la acera de enfrente, pero la luna brillaba implacable en su lado de la calle, iluminando su camino—. Dado que es evidente que se preocupa por lo que piensan sus guardaespaldas, espero que también comprenda mis motivos para seguir a Roderick hasta su casa.

—Pues lo cierto es que sí —murmuró Roscoe tras dudar unos segundos.

Nadie mejor que él para saber hasta dónde podían llevar a un hombre los instintos protectores y, al parecer, a una mujer también. Esperó, sabiendo lo que seguiría.

A Miranda le llevó varios minutos encontrar las palabras adecuadas, pero al final alzó la barbilla y...

—Sé que no tengo ningún derecho a pedirle esto, pero, si fuera tan amable de no mencionarle a Roderick mi presencia en su casa esta noche, agradecería su discreción.

—No tenía ninguna intención de decírselo.

—Gracias —sin mirarlo, ella agachó la cabeza.

Él esperó unos segundos a que se sintiera plenamente aliviada antes de hablar de nuevo.

—Sin embargo, siento curiosidad por saber por qué opina que Roderick, cumplidos los veintitrés, un caballero sensato como el que más, sigue necesitando su protección.

Mirándola, vio cómo se fruncía el ceño en el bonito rostro.

—Eso no es tan... tan sencillo de explicar.

Aún faltaban unos metros para alcanzar el cruce entre las calles Chichester y Claverton.

—Tenemos tiempo.

—Si tanto insiste —Miranda al fin dejó escapar ruidosamente el aire—, nos quedamos huérfanos de pequeños. Los tres, nuestra hermana mayor, Roderick y yo, fuimos criados por dos tías, hermanas mayores de nuestra madre. Dados nuestros... antecedentes debemos, comprensiblemente, comportarnos siempre con el máximo decoro, pero —sacudió una mano en el aire—, los chicos jóvenes son chicos, de modo que mi hermana y yo sentimos la necesidad de proteger a Roderick.

—¿Y cuánto tiempo llevan protegiéndole? ¿Veinte años?

—Más. Y por tanto se ha convertido en una costumbre —giraron la esquina antes de que ella concluyera—. Una costumbre que, es evidente, voy a tener abandonar.

Roscoe le deseó suerte. Las costumbres protectoras arraigadas no eran fáciles de cambiar, mucho menos erradicar.

Se acercaban a la casa de Roderick y, al aproximarse a la entrada del callejón que discurría junto a los jardines, Miranda ralentizó el paso.

—Prefiero utilizar la entrada del jardín.

Se adentró en el callejón y, sin pronunciar palabra, él la siguió.

La puerta del jardín estaba hacia la mitad de la propiedad. Miranda se detuvo delante de la entrada, levantó el pestillo, empujó el pesado portón de madera, hizo una pausa y miró a Roscoe.

—Gracias por acompañarme.

—¿A pesar de que, en su opinión, no haya sido necesario?

Bajo la tenue luz, Miranda vislumbró una sonrisa cargada de cinismo.

—Ha sido una acción caballerosa —contestó tras mirarlo nuevamente y antes de inclinar la cabeza—. Buenas noches.

—Buenas noches, señorita Clifford.

Ella se volvió, cruzó la entrada… y tropezó en el escalón.

Unos fuertes dedos la agarraron del codo.

Una sensación, inquietante e intensa, le recorrió el brazo.

Él la sostuvo para estabilizarla.

Miranda se irguió y respiró entrecortadamente, luchando por calmarse. El corazón le latía desbocado. Pasó un segundo antes de que se obligara a mirarlo, mucho más de cerca de lo que había hecho hasta entonces, un hombre espléndidamente masculino a su lado, de repente mucho más real e infinitamente más peligroso.

—Gracias, de nuevo — ella se obligó a pronunciar las palabras, agradeciendo que su voz sonara pasablemente tranquila.

Roscoe la contempló, los oscuros ojos buscando su rostro hasta que, con expresión impasible, totalmente indescifrable, la soltó, lentamente, dedo a dedo, como si supusiera un enorme esfuerzo para él.

—Buenas noches, señorita Clifford —saliendo de nuevo al callejón, asintió brevemente, casi bruscamente.

Miranda consiguió respirar menos agitadamente. Le devolvió la inclinación de cabeza y sujetó el portón con una mano.

—Gracias... Roscoe, y buenas noches.

A continuación cerró la puerta y se quedó parada mientras el acelerado pulso recuperaba su ritmo habitual.

Mientras la oleada de sensaciones sin precedentes se calmaba lentamente.

Respiró hondo, alzó la cabeza, se volvió y echó a andar hacia la casa.

Roscoe permaneció un minuto entero contemplando con el ceño fruncido la puerta cerrada del jardín, antes de darse media vuelta y continuar por el callejón, empleando el atajo que le llevaría hasta su casa.

La señorita Clifford, no conocía su nombre de pila, pero sin duda estaría en el archivo que tenía sobre Roderick, era diferente de las habituales damas comunes y corrientes.

No estaba muy seguro de en qué era exactamente diferente. Hundió las manos en los bolsillos y meditó sobre la cuestión mientras caminaba tranquilamente hacia su casa.

Sin duda era más mayor que la habitual señorita soltera. Desconocía su edad, pero sabía que era mayor que Roderick, por su aspecto al menos cinco años más mayor. De unos veintiocho años, lo que explicaría en parte su determinación, esa especie de fuerza interior que un hombre de su experiencia reconocía de inmediato. Aun así, a pesar de esa fuerza, le había parecido desconcertada, indecisa.

En cierto modo no muy segura de sí misma.

La imagen del instante en que, gracias al escalón del jardín y a su tropezón, él la había tocado, estalló en su mente. Hacía mucho tiempo que no había sentido esa sacudida de consciencia sensual, suponiendo que la hubiera sentido alguna vez. Había resultado impresionantemente intenso. Y no cabía duda de que ella había sentido lo mismo, pues había leído la verdad en sus grandes ojos, los labios entreabiertos, lo había oído en la respiración repentinamente agitada.

Independientemente de todo aquello, cualquier idea de continuar explorando las posibilidades sugeridas por ese momento de marcada atracción había quedado, a su juicio, maldito. A no ser que se hubiera equivocado en su juicio, la señorita Clifford había cerrado el portón y, al hacerlo, se había cerrado definitivamente a él.

«Dados nuestros antecedentes debemos, comprensiblemente, comportarnos siempre con el máximo decoro».

En contra de las expectativas de Miranda, Roscoe no comprendía por qué debía conducirse de ese modo, pero, si esa mujer estaba firmemente apegada al decoro, entonces el rey del juego en Londres sería el último hombre con el que le interesaría confraternizar.

Continuó caminando varios minutos antes de dibujar una cínica sonrisa en su rostro, mirar al frente y acelerar el paso. La realidad de su vida lo aguardaba.

Miranda se entretuvo en el fresco jardín hasta que sus violentamente agitados sentidos regresaron a su habitual estado de quietud, cuando no de somnolencia. Nunca había sentido una chispa como esa, nunca se había sentido tan viva. Y no quería reflexionar sobre el posible significado de aquello. Desde el principio, su instinto le había advertido de que Roscoe era peligroso y era evidente que no se había equivocado. Estaba segurísima de que no le convenía una distracción como esa en su respetable vida,.

Al fin decidida a cerrar el episodio como una experiencia que jamás debería repetirse, se encaminó hacia la terraza lateral y entró en la casa a través de la puerta acristalada del gabinete. La salita era su dominio y, acercándose al escritorio, dejó el bolso sobre la mesa y colgó la capa del respaldo de la silla.

Sus pensamientos regresaron al proyecto de Roderick y la obra de la hermandad filantrópica. Encaminándose hacia la puerta la abrió y entre las densas sombras del vestíbulo de la planta baja se dirigió hacia las escaleras y empezó a subir.

Una figura envuelta en una pálida vestimenta surgió de entre las sombras del descansillo.

Miranda estuvo a punto de soltar un grito. Controlando el susto, al parecer aquella era la noche de los sobresaltos, y con una mano en la garganta, intentó recuperar el aliento.

—Tía, me has asustado.

—Desde luego, señorita, y tú a mí —Gladys la miró furiosa antes de gesticular con el bastón—. ¿Dónde has estado, eh? Regresar a estas horas, ¿cuántas veces me has oído decir…?

—Solo estaba dando un paseo por el jardín. Roderick había salido y ya sabes que no soy capaz de dormirme hasta que vuelve a casa, de modo que estaba haciendo tiempo hasta que regresara.

—Regresó hace media hora —Gladys soltó un bufido—, seguramente ya esté roncando.

—Sí, lo sé. Me… distraje —por culpa del rey del juego en Londres.

—Debes ir con más cuidado, mi querida niña —Gladys se dio media vuelta y comenzó a subir su considerable peso escaleras arriba—. No olvides jamás que no puedes permitirte ni siquiera el más leve atisbo de un comportamiento impropio.

Siguiéndola de cerca, Miranda dejó que cayera sobre ella la habitual y bien ensayada reprimenda de su tía. Una letanía que había oído tantas veces que las palabras estaban grabadas en su alma.

Gladys se detuvo en lo alto de las escaleras, lo que obligó a su sobrina a detenerse un poco más abajo. Volvió la cabeza y miró a Miranda con severidad antes de lanzar la sempiterna exhortación final.

—No querrás acabar como tu madre y tu hermana, ¿verdad?

—No, tía, no quiero —contestó obediente Miranda mientras reprimía un suspiro.

Gladys volvió a soltar un bufido antes de bambolearse hasta su dormitorio.

—Roderick es un caballero acaudalado, la sociedad no se preocupará lo más mínimo si llega tarde a su casa. Pero tú, niña, un paso en falso y tu reputación quedará destrozada. No lo olvides, la respetabilidad lo es todo.

Concluida la sentencia, Gladys entró en su habitación y cerró la puerta.

Miranda se sintió repentinamente claustrofóbica y respiró hondo, soltando el aire en un suspiro antes de encaminarse al final del pasillo, donde se encontraba su dormitorio.

Tras cerrar la puerta, se detuvo, sintiendo ceñirse en torno a ella la doctrina de su tía sobre el imprescindible decoro.

Hundiéndola con su peso. Enclaustrándola.

Atrapándola. Asfixiándola.

Mientras había estado concentrada en salvar a Roderick, a través de su conversación con Roscoe y el paseo de regreso a su casa, la sensación de asfixia, de verse constreñida y enclaustrada, de estar, tal y como habría expresado el poeta: «oprimida, apretada, confinada», esa sensación había cesado.

Haciendo una mueca se encaminó hacia el tocador y empezó a prepararse para irse a la cama. La noche que acababa de vivir había supuesto una fugaz liberación. Una huida de unas pocas horas a un mundo diferente, uno gobernado por otras leyes.

Pero ante ella tenía su vida real, una vida en la que tenía que cuidarse mucho de no equivocarse, en la que si pretendía tener alguna vez una vida propia iba a tener que adherirse, en todo momento y de todas las maneras, sin desviarse lo más mínimo, a los dictados del decoro.

Y gracias a esas pocas horas de libertad, el peso de las expectativas de la sociedad le pareció más grande que nunca, una cruz que llevaba encima. Una de la que, según sus tías, jamás podría escapar, sobre todo ella.

No si esperaba vivir más que su desafortunada madre y hermana.

Tras desprenderse del vestido y la camisa, se puso el camisón y se metió bajo las mantas de la cama. Tendiéndose de costado, contempló la ventana, contempló la noche iluminada por la luna.

—En ocasiones me pregunto —susurró en un tono casi inaudible—. Puede que estén muertas, pero al menos, durante unos años, fueron felices.

Minutos después apoyó la mejilla sobre la almohada, cerró los ojos y se hundió en el sopor del sueño en su decoroso mundo, un mundo en el que gobernaba la respetabilidad.

CAPÍTULO 2

Miranda volvió a encontrarse cara a cara con su tía a la mañana siguiente durante el desayuno.

Con los cabellos grises sujetos en un tirante moño, la pesada figura oculta bajo capas de vaporosa tela, la anciana se afanaba en leer la correspondencia y se limitó a murmurar un sonido como respuesta al saludo de su sobrina.

Tras sentarse y agradecerle a Hughes, el mayordomo, la tetera de té recién preparado que había colocado ante ella, Miranda se sirvió una taza y una tostada, y esperó a que Gladys hiciera algún comentario sobre la reunión en la escaleras de la pasada medianoche, pero los minutos pasaron en un bendito silencio y parecía que el correo de Gladys la tenía absorta. Agradecida por el respiro, Miranda no hizo nada para llamar la atención de su tía.

Como de costumbre, Roderick ya había desayunado y había salido a montar a caballo. Miranda mordisqueó la tostada, bebió a sorbos el té y repasó los sucesos de la noche anterior, en especial la revelación de Roscoe acerca de que su hermano se había convertido en un joven muy sensato, y las implicaciones de que Roderick, por tanto ya no necesitaba su protección.

—¡Bueno, bueno, señorita!

Miranda contempló a Gladys que llevaba los quevedos colgados de la punta de su larga nariz y sujetaba una carta con el brazo casi extendido.

—Al parecer el señor Wraxby sigue teniéndote en consideración. Comunica que vendrá a la ciudad la semana que viene, y que nos hará una visita —Gladys bajó la carta y miró fijamente a su sobrina—. Tendrás otra oportunidad. El señor Wraxby es mucho más de lo que Corrine y yo podríamos haber soñado para ti.

Corrine era la difunta hermana mayor de Gladys, ambas solteras, y amargamente resentidas por lo que consideraban un irresponsable matrimonio hecho por su hermana pequeña, Georgiana, las dos mujeres, sin embargo, habían asumido la responsabilidad de los tres hijos de Georgiana cuando su madre y su poco digno esposo, Frederick Clifford, el cultivado hijo de un molinero, habían fallecido en un accidente de barco veintitrés años atrás.

De las dos hermanas, Corrine se había mostrado incluso más decidida que Gladys a que los hijos de Georgiana abrazaran y adoraran el altar de la respetabilidad para intentar minimizar la mancha generada por el más deplorable de los estigmas, vivir de un oficio. Hijas de sir Augustus Cuthbert, baronet, pertenecientes a la pequeña aristocracia, y decididas a aferrarse a cualquier vestigio de las ventajas sociales que su posición podría proporcionarles, Corrine y Gladys nunca habían permitido que sus pupilos olvidaran que ellos permanecerían por siempre a un pequeño paso del ostracismo social.

Durante el tiempo que habían residido en el campo, en Oakgrove Manor, en Cheshire, la mansión y tierras que Roderick había heredado de Frederick, adquirida a su vez mediante la ominosa fortuna que Frederick había heredado de su padre molinero, las restricciones sociales impuestas por sus tías no le habían parecido gran cosa a Miranda. Habiendo vivido bajo su tutela desde los seis años, la visión del mundo de esas dos mujeres era lo único que ella había conocido.

Pero los años habían pasado y, tras la muerte de Corrine dos años antes, y con Miranda aún soltera y pocos pretendientes dignos en el campo, Gladys había decidido que sus sobrinos deberían vivir unos cuantos años en Londres, con ella de carabina, para buscar mejores oportunidades de boda, tanto para Roderick como para Miranda.

Y así, hacía un año que su hermano había comprado la casa de la calle Claverton y los tres se habían mudado a Pimlico, justo en el límite de la metrópolis en expansión, aunque la tranquila zona había recibido el visto bueno de Gladys.

Miranda no pudo evitar preguntarse si alguien le habría mencionado alguna vez a su tía que uno de sus vecinos era el más conocido rey de las apuestas...

—¡Miranda! ¡Presta atención!

Ella parpadeó, rompiendo el hechizo de la imagen de un rostro adusto, de oscuros ojos y expresión sardónica.

—Lo siento, tía. ¿Wraxby decías?

—Eso es —los ojos de Gladys eran como dos piedras de ónice—. Harías bien en reflexionar en que, después de rechazar tan estúpidamente al honorable señor Jeffers, no has vuelto a tener ninguna proposición. Si quieres tener algún día una casa propia, harás bien en proponerte atrapar al señor Wraxby. Procura ser todo lo que él desea como esposa, y sospecho que puede que se te declare.

—Desde luego, tía —Miranda bajó la vista a su plato—. Creo que tienes razón.

Jeffers.

A pesar del tiempo transcurrido, el nombre todavía la alteraba. La deprimía. El recuerdo abrió un pozo de emociones enterradas, de inseguridades viejas, persistentes, mortecinas.

Lionel Jeffers era un caballero de Cheshire, bastante más mayor que el pretendiente habitual, gracias a lo cual había conseguido que su interés hacia una Miranda de veinte años pareciera aún más especial. Se había visto arrastrada y, durante un breve periodo de tiempo, había albergado esperanzas de encontrar la clase de felicidad a la que habían aspirado su madre y su hermana. Hasta que una amable dama le había contado la verdad. Jeffers no estaba interesado en ella, solo en su fortuna.

Por si aquello no fuera ya bastante malo, cuando, destrozada y decepcionada, se lo había contado a sus tías, ellas se habían limitado a parpadear perplejas. Al parecer conocían los verdaderos motivos de Jeffers desde el principio, junto con la existencia de su amante, con la que llevaba muchos años y que tenía unos gustos muy caros.

El recuerdo de los sermones y las recriminaciones que siguieron a su rechazo del pretendiente todavía la hacía estremecerse.

Roscoe debía de tener la misma edad que Jeffers por aquel entonces, pero ella ya no tenía veinte años.

Apartando su mente de la distracción, del rostro y el cuerpo que la noche anterior habían invadido sus sueños, Miranda se obligó a regresar al presente.

—La semana que viene me aseguraré de que la casa esté presentable y le daré instrucciones a la cocinera para que lo disponga todo para recibir a nuestro invitado y que se lleve la mejor impresión posible.

—Hazlo, sí —contestó Gladys mientras miraba a su sobrina con ojos críticos—. Al menos ya no hace tanto calor y llevas los vestidos de manga larga. Wraxby pareció algo desconcertado la última vez que te visitó y te vio con unos vestidos veraniegos que mostraban demasiada piel. Estoy segura de que fue uno de los motivos que le hicieron dudar. Asegúrate en esta ocasión de que no le das ningún motivo para dudar de tu respetabilidad.

—Sí, tía —Miranda se apartó de la mesa y se levantó—. Tengo que hablar con la señora Flannery.

Gladys la despidió agitando una mano en el aire.

Mientras se dirigía hacia el gabinete para celebrar su reunión cotidiana con el ama de llaves, se esforzó por reproducir en su mente una imagen de Wraxby. Viudo, de cuarenta y tantos años, de Suffolk, que la había visto en la calle Bond y mostrado interés por ella. En su mente repasó la imagen de ese caballero agobiantemente reservado.

Conocía a Wraxby desde hacía casi un año, y a Roscoe desde hacía un día.

Y sin embargo Wraxby nunca había aparecido en sus sueños.

—Gelman aguarda abajo y, tal y como pidió, ha venido acompañado de Jennifer Edger.

Sentado en la silla almirante tras el voluminoso escritorio de su despacho, Roscoe levantó la vista del libro de cuentas que estaba repasando, las cuentas mensuales del Pall Mall Club, que Gelman dirigía para él, y enarcó cínicamente una ceja hacia Jordan Draper.

De cabellos y ojos marrones, vestido con un traje marrón diseñado para hacerle parecer inofensivo, Jordan se acercó al escritorio y se sentó, como de costumbre, a la derecha de Roscoe.

—¿Y qué tal parecen llevarse? —preguntó Roscoe—. ¿Alguna señal de acritud? ¿Jenny da la impresión de querer cortarle la yugular a Gelman, o al revés?

—Pues lo cierto es que no —Jordan sonrió—. Tu sermón del mes pasado parece haber dado sus frutos.

—Ya veremos —él bufó antes de regresar a las cifras del libro de cuentas—. Independientemente de que se maten entre ellos —admitió al rato—, lo cierto es que el club va bien.

—Sí —Jordan se inclinó hacia delante y señaló unas cuantas cifras parciales mientras elaboraba sus predicciones para los meses venideros.

Roscoe escuchaba atentamente y no perdía la oportunidad de aprender. Quizás tuviera la mejor cabeza del mundo para calcular probabilidades, pero le estaría eternamente agradecido a Jordan por haber abandonado el despacho de su padre para dedicarse a él. Durante los últimos doce años, mientras construía y desarrollaba su gigantesco imperio de clubes y antros de juego, Jordan había permanecido, callado y discreto, a su lado, asegurándose de que se justificara hasta el último penique.

Incluso en esos momentos en que los cálculos ya se hacían en base a miles de libras, Jordan seguía pendiente de hasta del último chelín.

En lo referente a la construcción del imperio del juego, y en el más difícil y aún persistente desafío de dirigir lo que en esencia era una gigantesca empresa formada por una miríada de pequeñas unidades, Jordan y él se habían convertido en un equipo prácticamente invencible. No había persona en el mundo en quien confiara más que en Jordan Draper.

Tras estudiar las cuentas durante otros cinco minutos más, Roscoe se reclinó en la silla.

—Hagámosles subir —miró hacia el lacayo de pie junto a la puerta—. Haz venir al señor Gelman y a la señorita Edger, Tomkins.

El lacayo, más corpulento y bastante más grueso de lo habitual en alguien de su posición, asintió y salió del despacho.

Regresó en pocos minutos, acompañado de un hombre alto y atractivo que, a juzgar por su vestimenta y modales podría pasar por un caballero, y por una mujer de mediana estatura de brillantes cabellos negros y una piel impresionantemente pálida, pulcramente ataviada con un vestido azul.

Tanto el hombre como la mujer se detuvieron a varios metros del escritorio e inclinaron las cabezas.

—Señor —saludaron al unísono.

Roscoe estudió sus rasgos, sus ojos e, irguiéndose lentamente, señaló hacia las sillas que había delante del escritorio.

—Por favor, sentaos.

Su impresión inicial fue que, tal y como había dicho Jordan, la pareja parecía haber enterrado el hacha de guerra, aunque dada la enconada enemistad entre ambos, lo más prudente sería reservarse su opinión. Jenny Edger era sin duda la mejor jugadora de piquet que tenía en nómina, aparte de él mismo. Y como tal trabajaba para él en el club Pall Mall, el situado más cerca de las residencias de los viejos aristócratas que seguían prefiriendo ese juego y que se mostraban encantados de apostar grandes sumas a cada punto.

Jenny era un activo que iba a explotar al máximo, pero Gelman que, por otra parte, dirigía las sutilezas del Pall Mall a la entera satisfacción de Jordan y suya, había sufrido, al menos en apariencia, un inmediato e irracional rechazo hacia Jenny, únicamente equiparable en virulencia al rechazo que ella sentía por él.

En opinión de Roscoe, lo único que necesitaban esos dos era acostarse juntos y acabar con ello, o al menos pasar a la siguiente etapa de su relación, fuera la que fuera, pero mientras tanto solían enzarzarse en disputas con demasiada frecuencia. Por separado ambos eran equilibrados y pragmáticos, pero cuando estaban juntos no tardaba en estallar el drama y los fuegos de artificio. El mes anterior, tras saber que en el parqué del club había estado a punto de saltar la tragedia, Roscoe había llamado al orden a la pareja y les había echado una despiadada reprimenda.

Al insistir en seguir recibiéndoles juntos, responsabilizando a ambos de la solvencia del club, lo cual era cierto, esperaba que cada uno fuera consciente de la importancia que el otro tenía para él, además de recalcar que la continuidad de sus puestos estaba sujeta a que Roscoe estuviera satisfecho con su trabajo.

La reunión fue bien y al concluir tuvo la impresión de que la pareja, al menos, había comprendido que tenían que trabajar juntos.

Momentáneamente satisfecho, mientras Tomkins acompañaba a Gelman y a Jenny a la salida, se volvió hacia Jordan.

—¿Y ahora a quién le toca?

—El club Tower —tras cerrar el libro de contabilidad del Pall Mall, Jordan abrió otro y lo dispuso sobre el escritorio—. Creo que hay que echar una ojeada más de cerca a la mesa de juego. No estoy seguro, pero creo que algo no va bien ahí.

Esa era la clase de cosas de las que Roscoe debería darse cuenta. Solo con echar un vistazo a las cifras sabía si las variaciones estaban dentro de los límites razonables o...

Dos minutos más tarde estaba gruñendo.

—Tienes razón. El gerente es Clapham, ¿verdad?

—Sí. Está esperando.

—Bien. Hagámosle subir para poder preguntarle a quién ha dejado suelto en su mesa de juego este mes.

El resto del día resultó más o menos parecido. De las cuatro empresas que repasó, la reunión sobre el Pall Mall resultó ser la menos complicada. Envió a dos de sus hombres de regreso al club Tower para hablar con el deshonesto responsable de la mesa de juego, para explicarle las transgresiones cometidas y comunicarle su despido. El Tower poseía su propio equipo de seguridad, pero sus hombres eran de otro calibre, la clase de hombres que inspiraban miedo a los que intentaban hacer trampas, y todo sin necesidad de recurrir a la violencia. Él mismo les había enseñado el truco de sustituir la intimidación por la sugestión, una habilidad que Roscoe se había visto obligado a perfeccionar durante sus primeros años en el negocio.

El antro del Soho, una reciente adquisición, experimentaba dificultades a la hora de estar en condiciones de cumplir con sus exigencias de juego. Roscoe se había propuesto, desde su primera incursión en la dirección de los negocios del juego, instaurar una política de cero trampas, cero cartas marcadas, cero dados trucados. En todos los establecimientos de su propiedad, la casa jugaba honradamente, uno de los principales motivos por los que los jugadores de toda clase y color acudían a sus puertas. Esa norma férrea, apoyada por una voluntad igualmente férrea y un puño de hierro, cuando era necesario, había sido vista al principio como ridículamente ingenua, hasta que habían empezado a verse los resultados.

Diez años más tarde, los demás dueños de establecimientos de juego en Londres eran muy conscientes de que, para competir con las premisas de Roscoe, debían proporcionar la misma garantía sin fisuras. Y muy pocos podían hacerlo.

Tras deliberar arduamente, despachó al gerente del antro con cajas destempladas e hizo llamar a uno de sus expertos en juegos, un hombrecillo poco agraciado, pero capaz de descubrir las trampas con impresionante e infalible precisión. Tras enviar a Bowen a vigilar el local durante la semana siguiente, pasó media hora decidiendo con Jordan los límites que no deberían sobrepasarse para no provocar de inmediato otra, y más urgente, acción. Entre el examen financiero de Jordan y el examen práctico de Bowen, se sintió confiado en que, si el club no solucionaba rápidamente sus problemas, él sí estaría en situación de hacerlo.

El problema de la casa de juego, fuera del Strand, era más inquietante, pero más fácilmente abordable. Dos empleadas habían sido atacadas al marcharse de madrugada por la puerta trasera del edificio. Sus gritos habían alertado al servicio de seguridad que había acudido al rescate. Tras consultar con sus guardaespaldas, Mudd y Rawlins, les había autorizado a contratar a más hombres para vigilar los callejones que rodeaban la casa de juego con el fin de que el personal femenino pudiera marcharse seguro concluida su jornada.

Desde el comienzo de su carrera, Roscoe se había dado cuenta de que las mujeres eran mucho mejores repartidoras de cartas y banqueras, y un porcentaje muy elevado del personal que dirigía sus mesas era femenino. Tal y como le recordó al gerente de la casa de juego, mantener contento y seguro al personal femenino en el trabajo era fundamental para generar ingresos. Para subrayar más su punto de vista ante el gerente en lo referente al personal masculino y femenino, dispuso que varios de los hombres mejor formados que mantenía a su servicio se incorporaran temporalmente al establecimiento para supervisar a los nuevos empleados.

A última hora de la tarde el escritorio estaba despejado.

Jordan recogió los libros de cuentas, se despidió y se marchó.

Roscoe despidió a Tomkins en cuanto Jordan se hubo marchado y volvió a reclinarse en la silla, estirando las piernas y relajándose.

Libre para vagar, su mente reprodujo la imagen de un rostro mucho menos impactante que el de Jenny Edger, pero infinitamente más cautivadora. Los grandes ojos color avellana bajo las delicadamente arqueadas cejas, una nariz recta reflejo de una personalidad sensata, una boca un poco demasiado grande, aunque provista de unos labios carnosos, seductores y atractivos, una piel rosada pálida e inmaculada, los brillantes cabellos color miel y oro, y una barbilla firme aunque femenina, todo formando una expresión que encerraba demasiada seriedad, demasiada... implacable sobriedad.

Por qué tenía esa impresión era un misterio, pero su instinto rara vez se equivocaba.

Y por qué estaba allí sentado pensando en la hermana de Roderick era un misterio aún mayor.

Borrando la imagen de su mente, sacudiéndose el hechizo de encima, el impulso de averiguar más sobre algo que no entendía, se irguió y abrió el cajón central del escritorio.

Después de sacar las últimas cartas recibidas de su familia, una de su madre y la otra de su cuñada, ambas entregadas aquella misma mañana, debatió brevemente consigo mismo antes de abrir la de Caroline. Tras leer la breve nota, desplegó el informe adjunto de Eton. La lectura le hizo sonreír.

Dejó a un lado las hojas y abrió la carta de su madre, una de sus típicamente breves comunicaciones para mantenerlo al día sobre sus hermanas y sus hijos. En esa ocasión le informaba de que sus hermanas bajarían a Ridgware en una semana para pasar varios días preparando la boda de Edwina. La más pequeña de sus hermanas, Edwina, era también la última en casarse. A pesar de la silenciosa, y aun así implícita, sugerencia de que sus consejos serían bienvenidos, caso de que pudiera acudir, Roscoe no se imaginaba en qué podría ayudar a cinco mujeres encerradas en Ridgware.

Había asistido a las bodas de Millicent y de Cassandra, deslizándose en el último momento en el interior de la iglesia y permaneciendo oculto para luego escabullirse antes de que los novios se hubieran vuelto para caminar juntos hacia la salida. Si las cosas hubieran sido de otra manera, habría llevado a las dos al altar, pero Henry, tan solo un crío, había tenido que ocupar su lugar.

Y eso le había dolido.

Más de lo esperado.

En esos momentos era Edwina la que se casaba, y tampoco iba a poder ofrecerle su brazo para desfilar por el pasillo.

Contempló la carta y se imaginó a su hermana pequeña dirigiéndose hacia el altar, y experimentó de un modo visceral el irremediable paso del tiempo, de unos años perdidos que jamás iba a poder recuperar, de las oportunidades que no volverían. Su mente se deslizó peligrosamente en una dirección que rara vez le permitía tomar, la que le conducía a pensar en sus lamentos.

En los sueños que había abandonado tiempo atrás.

En aquel momento apenas se lo había pensado, apenas había reparado en lo que estaría sacrificando. En aquel momento no le había parecido importante. Pero en ese momento...

Habían pasado doce años, y su marco de referencia había cambiado.

Tenía treinta y ocho años y no veía ninguna posibilidad de lograr la única meta que, subyacente, sólida y real, pero solo reconocible desde hacía poco, conformaba su máximo deseo.

La familia había sido su piedra imán, el pivote en torno al cual giraba su vida, pero la familia por la que tanto había renunciado se estaba fragmentando. Las chicas pronto estarían ya todas casadas, con maridos, hijos, familias propias. Su madre se hacía mayor. Y Henry, aunque seguía dependiendo de él, pronto se convertiría en un hombre, demasiado pronto.

Y él se quedaría solo.

Sin familia de la que ocuparse, sin nadie a quien cuidar.

Era demasiado cínicamente perspicaz como para no saber que su papel, su verdadero propósito en la vida, siempre había sido proteger a los demás. Ese era él.

Y por eso, ¿quién sería y qué haría cuando ya no tuviera a nadie de quien ocuparse?

El vacío en su mente se aclaró y de nuevo apareció el rostro que tan fascinante le había resultado la noche anterior.

Roscoe se preguntó por qué su mente estaba estableciendo esa conexión, y entonces recordó que le había dicho que Roderick ya no necesitaba que cuidara de él.

Sus labios se retorcieron en una mueca. El consejo había sido sólido, pues provenía de alguien que lo sabía todo acerca de los sacrificios, y de tener que renunciar.

Pasó un instante antes de que se irguiera en la silla y dejara la carta de su madre sobre el escritorio. Decidido a sacudirse de encima la melancolía que lo asaltaba, tomó la pluma y se dispuso a escribirle a su cuñada, asegurándole que el rendimiento de Henry en Eton era perfectamente aceptable y ni más ni menos que lo esperado. Cualquier otra cosa le habría hecho sospechar que su sobrino no estaba aprendiendo todo lo que debía.

Al imaginarse a Caroline leyendo sus palabras, sonrió.

—Estas manitas de cerdo en gelatina son excelentes —observó Gladys contemplando a Miranda, sentada a un extremo de la mesa—. Deberíamos tomarlas cuando el señor Wraxby venga a cenar. Estoy segura de que le gustarán.

—Hablaré con la señora Flannery por la mañana para asegurarme de que la cocinera se aprovisione de ellas —Miranda asintió.

A la muerte de Corrine había sido ella la que había asumido el manejo de la casa. Le proporcionaba una ocupación, un objetivo. Miró a Roderick, que presidía la mesa en el otro extremo, y añadió:

—Todavía no sabemos si el señor Wraxby estará libre para venir a cenar, ni cuándo, pero le escribió a la tía Gladys que estaría en la ciudad la semana que viene y que vendría a visitarnos.

Roderick enarcó una ceja. No hizo ningún comentario, pero Miranda descifró sin ningún problema su expresión: «¿Wraxby escribió a Gladys?».

Miranda bajó la vista al plato. Su hermano consideraba a Wraxby un tipo frío, en nada adecuado para ella. Pero Roderick, de cabellos color castaño claro, rasgos delicados y considerable fortuna, no era el que se enfrentaba a una solitaria vida de soltería.

Pensar en la considerable fortuna de su hermano le hizo recordar el descubrimiento sobre lo que hacía con, al menos, una parte de ella. Poco antes en el cuarto de estar había disfrutado de unos minutos a solas con él antes de que Gladys se hubiera unido a ellos, pero no se había decidido a abordar el tema. Si lo hacía, ¿cómo iba a explicar el modo en que había descubierto su empresa secreta?

Tal y como había señalado Roscoe, Roderick había dejado de ser un joven inexperto, un derrochador disoluto, y se había convertido en un tranquilo, equilibrado y más que capacitado caballero. Había reflexionado seriamente y había decidido hacer el bien y, uniéndose a la hermandad filantrópica, estaba en el buen camino.

Había encontrado la hermandad, y conseguido el apoyo de sus miembros, él solo.

La conclusión era evidente: en ese aspecto Roderick no precisaba de su ayuda.

Para cuando Hughes sirvió el bizcocho borracho, el postre preferido de su hermano, Miranda ya había decidido que había llegado el momento de dar un paso atrás y dejar que su hermanito gobernara su propia vida.

—Manitas de cerdo —la señora Flannery lo anotó en su lista—. Y en cuanto al almuerzo de hoy, estaba pensando comenzar por una sopa de marisco ligera, y luego quizás...

Sentada ante el escritorio del gabinete, Miranda confeccionaba los menús del día junto con la señora Flannery, sentada en una silla. Ya habían solucionado varias cuestiones domésticas, incluyendo la compra de ropa blanca nueva y cambiar el día libre de la criada.

—En cuanto a la cena, el señor Roderick informó a Hughes de que no cenaría en casa, de modo que solo estarán usted y la señorita Cuthbert, pensaba que podríamos...

Miranda asintió aunque apenas oyó una sola palabra de lo que siguió. Roderick había informado a Hughes, pero cuando se había cruzado con ella en el pasillo no le había dicho ni una palabra a su propia hermana.

—¿Bastará con esto, señorita?

Parpadeando, se dio cuenta de que la señora Flannery la miraba con expresión interrogativa.

—Sí, estoy segura de que bastará así —hizo una pausa antes de preguntar—, ¿hay algo más de lo que debamos hablar?

—No, señorita, creo que por hoy será suficiente —la señora Flannery se levantó de la silla—. La dejaré para que pueda trabajar y yo me pondré a lo mío.

Miranda consiguió esbozar una sonrisa, que desapareció en cuanto la señora Flannery hubo abandonado la estancia.

Roderick siempre se lo contaba todo… al menos hasta hacía poco.

Hasta que se había convertido en un adulto y tomado las riendas de su propia vida.

Como debía ser.

Como ella siempre había esperado que fuera.

Pero lo que había hecho…

Miranda sacudió la cabeza irritada y se dijo a sí misma que sencillamente iba a tener que acostumbrarse a no ser la niñera de Roderick.

Durante los dos días que siguieron se mantuvo ocupada, llenando su tiempo con las pequeñas tareas domésticas que a menudo ignoraba. De hecho se centró en su papel de señora de la casa y procuró llevarlo a cabo lo mejor que pudo…

Hasta la tarde en que se encontró paseando en el jardín, cizalla en mano, podando los numerosos rosales que salpicaban los arriates. El jardinero, que estaba cavando detrás de uno de esos arriates, la contempló cargado de ansiedad, como si le preocupara que el repentino estallido de actividad fuera a presagiar una reducción de sus funciones.

Alargando la mano hacia un grupo de rosas descoloridas, Miranda se detuvo.

¿Qué estaba haciendo?

¿Intentaba convencerse de que tenía una función precisa, que dirigir la casa de Roderick no era una ocupación temporal, una que no tuviera que pasar a su esposa cuando se casara?

Comprenderlo la sobresaltó. Por mucho que se ocupara de administrar la casa, nunca sería suya.

Y lo mismo sucedía con Roderick, pues administrar su vida ya no era cosa de ella.

Ni Roderick, ni su casa, podrían proporcionarle un propósito duradero, un significado a largo plazo a su vida.

Contempló fijamente las rosas marchitas mientras una pregunta, estridente e inevitable, surgía en un su mente.

«¿Qué voy a hacer?».

Con el resto de su vida.

Dos días después, concluida la cena, Miranda comenzó a subir las escaleras con la intención de ir en busca de la novela que estaba leyendo, y acompañar a Gladys en el cuarto de estar, cuando oyó las pisadas de Roderick en el pasillo de la planta superior antes de bajar corriendo las escaleras. Sonriente, ella se detuvo en el descansillo y se echó a un lado para dejarle pasar.

Vestido para una velada, lustroso y elegante, él le devolvió la sonrisa, pero no aminoró el paso.

—Voy a salir esta noche —agitó la mano en el aire a modo de saludo y continuó su carrera descendente—. Te veré por la mañana.

Ella permaneció en el rellano, mirándolo fijamente. Al llegar a la planta baja, Roderick se dirigió hacia el vestíbulo principal. Se oyeron unas voces, las de Hughes y Roderick. La puerta se abrió y, un instante más tarde, se cerró.

Si preguntaba, ¿sabría Hughes adónde había ido Roderick?

No es que fuera a preguntar.

Era evidente que ya no era asunto suyo, nada de lo que debiera ocuparse.

Su tiempo como cuidadora y protectora de Roderick, como hermana mayor, había pasado.

—¿Y ahora qué?

La pregunta susurrada resonó en el hueco de la escalera.

Dando media vuelta, siguió su ascenso.

Tal y como había señalado, Wraxby acudió la tarde siguiente. Durante ese año había acudido de visita en tres ocasiones, pero se había instalado en su propiedad de Suffolk para pasar el verano y ocuparse de sus tres hijos durante los meses de vacaciones.

—Pero ya han vuelto a Rugby, y dado que tenía que venir a Londres a atender algunos negocios, no podía dejar pasar la oportunidad de renovar nuestra relación, señorita Clifford —Wraxby se inclinó sobre la mano de Miranda.

Ya había presentado sus respetos a Gladys, instalada en un sillón junto a la chimenea de la sala de estar y vigilando la conversación como un ave de presa. Roderick no se encontraba en la casa. Miranda no lo había visto en todo el día, pero se había propuesto no seguirle la pista a sus idas y venidas.

—Estamos encantadas de volver a recibirlo, señor —Miranda recuperó la mano y señaló hacia el sofá para que Wraxby tomara asiento antes de hacer ella lo propio, pero en el extremo opuesto—. ¿Se quedará mucho tiempo en la ciudad?

—Un día o dos —Wraxby estiró meticulosamente el faldón del abrigo. Su atuendo, siempre rígidamente impecable, era más puntilloso que moderno.

La conversación que siguió, una serie de afectadas afirmaciones de Wraxby con las que Gladys invariablemente estaba de acuerdo, dejó a Miranda con la duda de qué sucedería si le hacía una proposición y ella aceptaba, con lo cual ese hombre ya no tendría necesidad de mostrarse atento.

Suspiró para sus adentros y se dijo a sí misma que debía concederle una oportunidad, concedérsela a ella también, para descubrir si, a través de Wraxby, sería capaz de encontrar una vida propia.

Lo cual resultaba bastante complicado con Gladys allí, animándolo a permanecer estrictamente dentro de los límites inmutables de la buena sociedad que su tía consideraba adecuados para la estancia en la que se encontraban.

Para su sorpresa, quizás percibiendo su silencio y que la conversación la estaba manteniendo enteramente con Gladys y no con ella, Wraxby tomó la iniciativa.

—Quizás, señorita Clifford, me haría el honor de acompañarme en un paseo hasta la plaza. Vine hasta aquí por la ribera del río y me fijé en los jardines de té al final de la calle. ¿Ha estado en alguno ya?

—Todavía no —Miranda se levantó del sofá—, pero me encantaría dar un paseo, y quizás así podríamos valorar la calidad del té servido allí.

—Excelente.

Tras despedirse de Gladys, asegurándole que cuidaría adecuadamente de su sobrina, Wraxby se reunió con ella en el vestíbulo principal. Esperó silencioso mientras la doncella iba en busca del abrigo, el sombrero y los guantes de Miranda. Tras vestirse para salir, ella se volvió, esperando que él le ofreciera su brazo. Sin embargo Wraxby agitó una mano para que ella lo precediera.

El paseo hasta la plaza Dolphin a través de la calle Chichester le recordó el recorrido realizado hacía casi una semana con Roscoe. Wraxby caminaba a su lado haciendo algún que otro comentario inocuo sobre la tranquilidad y la categoría del barrio. Miranda echó una furtiva mirada a la enorme mansión blanca que dominaba el otro extremo de la calle Chichester y se mordió el labio ante el incontrolable impulso de señalar la casa e informarle sobre quién vivía allí.

Sin embargo, sin duda Wraxby se interesaría por saber cómo conocía ella al dueño de la mansión, y por qué había considerado oportuno mencionárselo, y no era una pregunta que le gustaría contestar.

Guiándolo bajo los árboles del parque, sintiéndose envolver por las frescas sombras, Miranda contempló la prolongada ladera que conducía hasta el muro de piedra que bordeaba el camino junto al río. Obligándose a olvidar ese rostro marcadamente, oscuramente, elegante, de repente más fuerte ante la proximidad de su casa, ella decidió reconducir sus erráticos pensamientos hacia las muchas preguntas que tenía sobre Wraxby. Él caminaba a su lado a paso lento para acompasarse al suyo, la cabeza alta, la mirada al frente.

—Antes dijo que había venido bordeando el río, ¿le resultó un trayecto agradable?

¿Apreciaba ese hombre las delicadezas de la vida? A tenor de los cuadros que colgaban de sus paredes, Roscoe sin duda sí. Al mirar a Wraxby, le pareció que fruncía ligeramente el ceño.

—Tomé ese camino para evitar las otras calles, más abarrotadas. Desde luego fue el camino más rápido.

Miranda evitó dejar traslucir el efecto que había producido en ella la respuesta. Un hombre no podía tenerlo todo.

—No ha hablado mucho acerca de su casa. ¿Está situada en un lugar agradable?

—Lo suficiente —tras unos segundos, y como si comprendiera que la respuesta no era satisfactoria, Wraxby continuó—. Según algunas personas, la propiedad es atractiva. Desde luego Maude, mi primera esposa, la encontraba cómoda.

Cómoda. Bueno, siempre era mejor que lo contrario. Las demás preguntas que ella formuló sobre la casa, sus alrededores y el vecindario en general, no proporcionó mucha más información. No era, dedujo, que Wraxby estuviera mostrándose deliberadamente poco colaborador, sino que era de naturaleza reservada. Y quizás no muy observador.

Y con poco arte para conversar.

Al menos parecía sincero y se mostraba correcto hasta la exasperación.

Miranda comprendía que después de los años pasados desde la última vez que había cortejado a una dama estuviera algo oxidado, y se mostrara algo cohibido a la hora ejercer de nuevo ese papel, lo cual no le permitía adivinar por qué se había interesado, siquiera tibiamente, por ella.

—Ha mencionado a sus hijos —Miranda prosiguió, haciendo memoria de todo lo que sabía sobre ese hombre—. ¿Qué edades tienen?

—Once, doce y trece.

—¿Tan jóvenes? —su impresión había sido la de que eran mayores—. Entiendo —añadió, pues podría estar empezando a entenderlo.

Siguieron caminando en silencio, la ligera brisa haciéndose más fuerte a medida que se aproximaban al río.

Llegaron a los jardines de té a orillas del río. Wraxby la condujo hasta una mesa redonda que ofrecía una generosa vista de las aguas grises. Una vez que les sirvieron la consumición, y la camarera se hubo retirado, él carraspeó para aclararse la garganta.

—Señorita Clifford, le seré sincero. Estoy, como supongo resulta evidente, buscando una segunda esposa. Y una de mis razones para hacerlo es que no creo ser capaz de ocuparme de los aspectos más delicados de la crianza de mis hijos.

Una vez comenzado, Wraxby siguió explicándole su punto de vista sobre la posible asociación entre ambos. Mientras tanto, Miranda bebía el delicioso té a sorbos y le prestaba toda su atención. Le escuchó atentamente mientras le describía... el puesto que había quedado vacante y por qué pensaba que ella podría ser una adecuada candidata para cubrirlo.

Entre sus cualificaciones estaban la edad, su aspecto agradable, clásico y discreto, y su aparente falta de interés en lo que él calificaba como el aspecto temerario de la vida social. Su dote salió a relucir en el sentido de que su cuantía, al parecer facilitada por Gladys, lo tranquilizaba al situarlos como iguales social y económicamente, lo cual ella interpretó como que al casarse con ella no lo estaría haciendo por debajo de sus posibilidades. Wraxby pertenecía al mismo estrato social que los Cuthbert y, al igual que sucedía con su tía, con ese hombre las apariencias sociales lo eran todo.

En cuanto al puesto vacante, era evidente que podía ser calificado como el de niñera con pretensiones. Dicho lo cual, y dada sus respectivas posiciones, no había ningún motivo de ofensa en su sugerencia. Su visión de una potencial unión no sería considerada por la sociedad como desmerecedora de una dama como ella.

Para su mayor alivio, tras haberle comunicado sus ideas, él no hizo ningún intento de presionarla para que tomara ninguna decisión o formulara alguna opinión. Lo cierto era que, en opinión de Miranda, Wraxby consideraba primordial que hubiera un prolongado periodo de reuniones previas. De modo que mientras caminaban en silencio de regreso a la casa, ella pudo sopesar todo lo que había averiguado, y preguntarse si ser una niñera con aspiraciones era todo lo que ella, y su vida, se merecía.

No le resultaba sencillo silenciar sus preocupaciones de hermana, pero para su alivio Roderick se reunió con ella y con Gladys para la cena.

En cuanto todos estuvieron sentados, Gladys miró fijamente a su sobrino.

—El señor Wraxby visitó a tu hermana esta tarde. Cuando regresaron, le invité a cenar mañana y ha aceptado. Espero que nos acompañes. No creo que al señor Wraxby le guste la sensación de que no tomas en serio su interés por tu hermana.

Miranda tenía la mirada puesta en su hermano y pudo ver la repentina oscuridad que se apoderó de la expresión, normalmente relajada, de Roderick mientras ocultaba su reacción a la orden recibida. Pero un instante después sus rasgos se suavizaron y él inclinó la cabeza.

—Sí, por supuesto que estaré —él la miró y con un brillo alegre en la mirada, arqueó una ceja.

Estaría allí para apoyarla. Miranda sonrió, tanto a sí misma como a su hermano, y devolvió su atención al plato.

Más tarde, tras entretenerse hablando con Hughes sobre la cena del día siguiente, Miranda se dirigía hacia la sala de estar cuando Roderick bajó ruidosamente las escaleras.

—Voy a salir unas horas —le comunicó con una resplandeciente sonrisa.

Ella se detuvo a su lado en el vestíbulo principal. Su hermano le puso en las manos un libro que llevaba con él antes de alargar una mano hacia su abrigo. Mientras se lo ponía, ella contempló el libro, idéntico a los que Roscoe y varios otros miembros de la Hermandad de la Filantropía habían utilizado.

Una vez puesto el abrigo, Roscoe tomó el libro. Miranda sonrió mientras se lo devolvía.

—Que te diviertas —le dijo con total sinceridad.

—¡Lo haré! —casi en la puerta y sin volverse, su hermano se despidió agitando una mano en el aire antes de salir al porche y avanzar por el sendero del jardín.

Dejando que Hughes cerrara la puerta, y sin dejar de sonreír, Miranda se dirigió a la sala de estar.

Sin embargo no sonreía al día siguiente cuando los relojes de la casa dieron las siete de la tarde y Roderick no había aparecido aún.

—¿Dónde está? —con creciente agitación alzó las manos y se levantó para tirar del llamador.

Había evitado preguntar por él, muy en su nuevo papel de no

seguirle la pista en todo momento, pero aquello empezaba a ponerse serio.

—El señor Wraxby llegará en cualquier momento —Gladys no estaba mucho más contenta que ella con la ausencia de su sobrino, pero sí parecía menos preocupada—. ¡Deja de quejarte! Seguramente se le habrá hecho tarde, nada más.

La puerta del cuarto de estar se abrió y Miranda se volvió de golpe mientras entraba Hughes.

—¿Ha vuelto ya el señor Roderick?

—No, señorita —el hombre parecía algo incómodo.

Miranda frunció el ceño y repasó los eventos del día antes de rendirse a su instinto.

—¿Cuándo lo viste tú, o alguien del servicio, por última vez hoy?

Visiblemente incómodo, Hughes dibujó en su rostro lo más parecido a una mueca que podía mostrar un mayordomo bien entrenado.

—No lo he visto desde anoche, señorita. Usted misma lo despidió ante la puerta.

Miranda de repente sintió que le flaqueaban las rodillas. Lentamente se movió hacia un lado y se dejó caer en el sofá.

—¿Estás diciendo que no ha vuelto a casa desde que se marchó anoche?

La expresión de Hughes se quedó en blanco y su mirada permaneció fija en la pared por encima de la cabeza de Miranda.

—Sí, señorita. Las doncellas aseguran que no ha dormido en su cama. Por lo que sabemos, anoche no regresó a casa.

—Esta es la primera noticia que tengo…

En cuanto la expresión de Gladys le confirmó que su tía no tenía ni idea, Miranda devolvió su atención a Hughes.

—¿Y cómo es que a nadie se le ha ocurrido mencionar que mi hermano había desaparecido?

Las mejillas de Hughes se tiñeron de rojo.

—Nosotros, es decir, el servicio, bueno, supusimos que el señor tendría algún motivo, algún interés que le hubiera impulsado a pasar la noche en otro lugar.

¿Estaban pensando en algún devaneo amoroso? Miranda miró boquiabierta al mayordomo. Pensaban que…

—No —afirmó categóricamente mientras se recordaba que Roderick tenía veintitrés años. Con la mandíbula encajada, sacudió la cabeza—. Nos aseguró que estaría aquí.

—¡Hombres! —Gladys bufó—. Son todos iguales, sobre todo a esa edad. Sin duda se habrá ido de juerga y se ha olvidado por completo de nuestro invitado.

—¡Él no haría eso! —Miranda habría añadido mucho más, pero una llamada a la puerta la interrumpió.

—Ese debe de ser el señor Wraxby —Gladys agitó una mano en dirección a Hughes—. Hazle pasar, y cuando llegue el señor Roderick, dígale que esperamos que se reúna con nosotros, independientemente de cómo esté su cabeza —de nuevo soltó un bufido—. Le está bien empleado.

En cuanto Hughes se hubo marchado, la mujer posó su mirada de ágata sobre Miranda.

—Y tú, niña, deja de retorcer las manos, sonríe y concéntrate en atender al señor Wraxby. Y no olvides —la mujer se inclinó hacia su sobrina y bajó el tono de voz—, en tu situación, no puedes permitirte el lujo de rechazar al único pretendiente digno que ha aparecido en años.

Sin ninguna alternativa posible, Miranda respiró hondo y se levantó en el instante en que Wraxby entraba en el cuarto. Sonriendo, le tendió la mano.

—Bienvenido, señor. Espero que se encuentre bien.

Remolonearon algo más de lo habitual en el cuarto de estar, pero Roderick seguía sin aparecer. Atenta a cualquier ruido que delatara la llegada de su hermano, la conversación que mantenían le entraba a Miranda por un oído y le salía por el otro. Al final se vio obligada a disculpar a Roderick aduciendo que se iba a retrasar, pero que todavía podría llegar a tiempo para reunirse con ellos. Sin decir nada dio a entender que su hermano había mandado un aviso para comunicar su retraso.

Wraxby se limitó a asentir antes de ofrecerle un brazo a Gladys para guiarla hasta el comedor.

La comida transcurrió sin ningún incidente, pero la conversación resultó más forzada de lo habitual, incluso para alguien como Wraxby. Con el constante recordatorio de la desaparición de Roderick, evidenciado por la silla vacía a la cabecera de la mesa, Miranda tenía que esforzarse al máximo para mantener siquiera un mínimo de atención. Gladys comenzó la cena con una muestra de elocuencia, pero a la hora del postre incluso ella era presa de un silencio cargado de ansiedad.

La hora que siguió a su regreso al salón resultó ser la más estresante que había vivido Miranda jamás. No entendía cómo Wraxby no había comprendido que algo no iba bien, pero cuando al fin se levantó para marcharse y ella lo acompañó al vestíbulo principal para despedirlo, no dio ninguna muestra de que la distracción que ella había manifestado durante toda la velada hubiera incidido en su conciencia.

Al parecer ese hombre era extremadamente insensible a cualquier cosa que no le afectara directamente.

Y así, cualquier impulso que hubiera podido sentir ella de confiarse a él murió. Contárselo a Wraxby no serviría de nada, y permitirle adivinar podría resultar aún peor. Gracias a su abrumador ensimismamiento, habían podido evitar tener que tratar el delicado tema.

Tras inclinarse brevemente sobre su mano, Wraxby se irguió, aceptó el sombrero que le tendió Hughes y posó su mirada en los ojos de Miranda.

—Debo regresar a Suffolk, pero creo poder volver en unas semanas. ¿Puedo esperar que siga estando aquí, y dispuesta a recibirme?

—Por supuesto, señor —Miranda forzó una sonrisa—. Siempre será bienvenido aquí. De momento no tenemos idea de abandonar la capital.

—Excelente —tras colocarse el sombrero él inclinó la cabeza—. Le deseo buenas noches, señorita Clifford.

Ella mantuvo la sonrisa hasta que se cerró la puerta, y entonces rápidamente la sonrisa murió en sus labios. Volviéndose, regresó al cuarto de estar.

—Hay que llamar a la policía.

—¿Qué? —Gladys la miró horrorizada—. ¡No!

Miranda la contempló fijamente.

—¿Qué quieres decir con eso? Roderick ha desaparecido, algo le ha tenido que suceder. Debemos notificar a las autoridades...

—¡Desde luego que no! —su tía la miró con gesto desafiante y los ojos entornados—. No permitiré que desates el pánico. Llamar a la policía, ¡pues sí que…! ¿Y de qué serviría? ¡Para despertar rumores! ¡El escándalo! ¿Y qué crees que hará la policía, eh? ¿Cómo van a encontrar a tu hermano? No lo harán. La policía vendrá a acosarnos, o simplemente esperarán a que aparezca, pero mientras tanto todas las lenguas viperinas estarán agitándose a fondo. ¡Y todo para nada!

Gladys se sujetó el echarpe y se puso en pie, y miró a su estupefacta sobrina a los ojos.

—Escúchame, niña —la mujer habló con la agresiva autoridad que había ejercido durante los últimos veintitantos años—. Te prohíbo absolutamente que digas una sola palabra de esto a las autoridades. Ellos no pueden ayudarnos. Nadie puede. Lo único que podemos hacer es esperar a que tu hermano regrese a casa —pasando junto a Miranda, se bamboleó hasta la puerta—. Eso y rezar para que tenga el sentido común de volver sin armar demasiado jaleo.

«Demasiado jaleo». Miranda contempló a su tía salir de la habitación. Un buen rato después, seguía allí de pie mirando fijamente la puerta por la que había salido.

«Ellos no pueden ayudarnos. Nadie puede».

La primera afirmación era sin duda cierta.

La segunda, desde luego, no.

—Buenas noches —Miranda mantuvo la cabeza alta mientras miraba al mayordomo de Roscoe a los ojos—. Soy la señorita Clifford, la hermana del señor Roderick Clifford. Me gustaría hablar con tu señor sobre un tema de extrema urgencia.

A pesar de la hora, a pesar de todo, el mayordomo abrió la puerta y se hizo a un lado.

—Por supuesto, señorita. Por favor, pase.

Después de pasar al rellano, ella se detuvo ante la mesa central. La alta y ornamentada lámpara de cristal veneciano estaba encendida, aunque con poca intensidad.

Tras cerrar la puerta, el mayordomo se volvió e hizo una reverencia.

—Si espera aquí, señorita, avisaré al señor de su llegada.

—Gracias —Miranda se obligó a introducir aire en sus tensos pulmones e intentó evitar que su mente reflexionara sobre lo que estaba haciendo. La prohibición de Gladys no le había dejado otra elección. Necesitaba ayuda para encontrar a Roderick, una ayuda eficaz, y estaba segura de que, si accedía a ello, Roscoe era muy capaz de proporcionar esa ayuda.

Soltando los lazos de la capa, ella se quitó la prenda, la dobló y la dejó sobre la mesa. Seguía llevando el vestido de la cena, un sencillo vestido de cuello redondo y manga larga, confeccionado con una tela de seda en tono marrón claro.

El mayordomo, Rundle, se marchó por el mismo pasillo por el que se accedía a la biblioteca.

Regresó al cabo de un minuto.

—Si es tan amable de acompañarme, señorita.

Ella lo siguió por el pasillo, fijándose en los paneles de roble que cubrían las paredes, y los vibrantes cuadros de caballos y perros, espaciados con buen gusto a lo largo del pasillo. Al final del pasillo surgió una ornamentada puerta doble. El mayordomo abrió una de las hojas y la sujetó para que ella pudiera entrar en una zona de la biblioteca que aún no había visto, la zona bajo la parte más ancha de la galería.

La decoración era suntuosa y, deteniéndose justo a la entrada mientras oía cerrarse la puerta sin apenas hacer ruido, Miranda absorbió toda la belleza, el sibarítico confort. En el centro de la pared de ese lado de la larga estancia, una enorme hoguera ardía en una gigantesca chimenea y lo caldeaba todo. Una alfombra de tonos brillantes cubría el suelo de baldosa y frente al fuego estaban dispuestos cuatro grandes sillones de cuero marrón. Junto a cada sillón, una mesita auxiliar de roble, y dos aparadores a juego flanqueaban la chimenea, a su vez flanqueados por unas estanterías que iban del suelo a la galería y que desde allí rodeaban toda la estancia.

Unos cuadros de la misma calidad que los exhibidos por el resto de la casa colgaban sobre la repisa de la chimenea y encima de los aparadores. Y varias lámparas estratégicamente situadas inundaban la escena de un cálido brillo.

A pesar de la distracción visual, su mirada se clavó sobre el hombre que descruzaba las largas piernas y se levantaba de uno de los sillones situado junto a un extremo de la chimenea. Como siempre, iba impecablemente vestido, en esa ocasión con una chaqueta negra de exquisita factura, chaleco a rayas azul y negro, y pantalones oscuros. En la mano tenía un libro y sus ojos se posaron entornados sobre ella. Neville Roscoe la estudió durante unos instantes antes de, con expresión inescrutable, hacer un gesto con la mano hacia uno de los sillones.

—Bienvenida una vez más a mi humilde morada, señorita Clifford. Me genera una gran curiosidad saber qué podría ser tan urgente como para que acuda a mi puerta.

Ella inclinó la cabeza tensa y amargamente.

—Debo darle las gracias por recibirme, señor.

Él le dedicó una prolongada e incisiva mirada desde sus ojos color zafiro, antes de hacer un gesto impaciente con la mano para que se adelantara.

—Abrevie, señorita Clifford. ¿Qué demonios ha sucedido?

Como si la pregunta hubiera abierto las compuertas, y de nuevo capaz de llenar los pulmones de aire, Miranda se acercó a él y se dejó caer en uno de los sillones, frente al suyo.

—Roderick ha desaparecido —anunció sin más.

Todavía de pie, Roscoe la miró antes de dejar el libro a un lado y sentarse él también. Miranda casi esperaba una respuesta desdeñosa. Pero, sin apartar la mirada de su rostro, él preguntó:

—¿Cuándo fue visto por última vez?

—Ayer por la noche. Hablé con él cuando se disponía a marcharse, pensé que iba a acudir a una de las reuniones de la hermandad.

—Y así fue. Así lo hizo. Se marchó con los demás al finalizar la reunión.

—¿Por casualidad vio hacia dónde se dirigía? —ella se inclinó hacia delante.

—No subió a la planta de arriba —contestó Roscoe tras reflexionar unos instantes—, se marchó por la calle. Le oí despedirse de Gerrard, que se marchó al mismo tiempo. Gerrard tenía un coche aguardando y se marchó en dirección opuesta —volvió a concentrarse en el rostro de Miranda. Había cedido a la curiosidad y buscado el nombre en el archivo de Roderick—. Se marchó poco después de las doce de la noche. ¿Está segura de que no regresó a casa y se volvió a marchar poco después?

—Nadie lo vio... —Miranda se interrumpió, respiró hondo y prosiguió—. Y antes de venir aquí hice unas comprobaciones. La ropa que llevaba puesta no está en su habitación, y la libreta... —alzó la mirada—, la libreta que trajo aquí, caso de que se la llevara cuando se marchó de aquí, tampoco está en su habitación.

—Llevaba la libreta cuando se marchó, de modo que parece que alguien se lo llevó entre esta casa y la suya —señaló Roscoe con expresión impasible.

—¿Podría estar alguien interesado en esa libreta? ¿Había algo de valor en su interior?

—La utilizó para anotar las preguntas que debía formular a la junta directiva del colegio que estaba investigando para ser financiado —Roscoe sopesó cualquier posible relación antes de sacudir la cabeza—. No. Además, si alguien fuera tras la libreta, lo normal sería llevársela y dejar a Roscoe en la calle —se levantó del sillón y tiró del llamador—. Dado que no fue así, era él el objetivo.

Rundle apareció en respuesta a la llamada.

—Diles a Mudd y a Rawlins que los necesito de inmediato.

—Sí, señor —Rundle se marchó de inmediato. Si su señor necesitaba a los guardaespaldas a esas horas, debía ser por algo grave.

Roscoe regresó junto al sillón, pero no se sentó, su mente ya decidiendo los primeros movimientos del plan destinado a localizar a Roderick.

—No sé cómo se hacen estas cosas —Miranda levantó la vista para mirarlo—, pero, como bien sabe, tenemos dinero, de modo que pagaremos su ayuda y la de sus hombres.

Él volvió a contemplarla fijamente y leyó con claridad la ansiedad que la devoraba.

—No me insulte a mí, ni a mis hombres. Buscaremos a Roderick, lo encontraremos y lo devolveremos a su casa porque es un amigo y un aliado y, créame, señorita Clifford, en esta ciudad soy bien conocido por proteger a mis aliados.

Ella se puso visiblemente tensa y alzó la barbilla. Sus ojos se clavaron en los de Roscoe mientras apretaba los labios. Pero al parecer se pensó mejor lo que había estado a punto de hacer y optó por inclinar la cabeza.

—Gracias.

Roscoe solo dispuso de un segundo para saborear su victoria, y su éxito en hacerle cambiar de opinión, pues unas firmes pisadas en el pasillo anunciaron la llegada de sus dos hombres más cercanos y de confianza.

Llamaron a la puerta y, tras recibir la orden de Roscoe, entraron. Ambos sobrepasaban la estatura media, eran corpulentos, poseían unos puños enormes y llevaban las cabezas casi rapadas. Ambos tenían evidentes señales de haberse roto la nariz en algún momento, pero, a pesar de las evidencias de un duro pasado, iban bien vestidos con trajes sobrios y poseían una mente ágil e inteligente.

Y ambos sin duda llevaban varias navajas ocultas entre la ropa.

Rawlins cerró la puerta y se unió a Mudd, un poco más adelantado, frente a su jefe, esperando órdenes. Desde su posición era imposible que vieran a Miranda Clifford, pero, por supuesto, eso no significaba que ella no pudiera verlos. Se levantó lentamente y se volvió para situarse junto a él, cara a cara con Mudd y Rawlins.

Ambos parpadearon, pero de inmediato devolvieron la mirada al rostro de Roscoe. Estaban preparados para fingir que no habían visto a la señorita Clifford.

De no haber sido la situación tan seria, él habría sonreído. Los había entrenado bien. Pero la situación era otra…

—Esta es la señorita Clifford. Acaba de informarme de que el señor Clifford, su hermano, no regresó a casa tras marcharse de aquí anoche.

—Se marchó en cuanto concluyó la reunión —Mudd frunció el ceño—. Lo vi marcharse calle arriba.

—¿Vio a alguien más? —preguntó Miranda—. ¿Algo más?

—No, señorita —contestó el guardaespaldas tras mirarla y sacudir su enorme cabeza—. No había nadie más alrededor, hasta donde yo pude ver.

—Pero quizás hubiera alguien bajo los árboles de la plaza —intervino Roscoe, ordenando más que opinando.

Ambos lo entendieron a la primera y Rawlins asintió.

—Efectivamente, podría ser. ¿Quiere que vayamos a echar un vistazo?

—Es casi medianoche —contestó Roscoe tras consultar la hora en el reloj de la repisa de la chimenea—. La misma hora que anoche. Enviad a todos los hombres, quiero la zona peinada. La calle Chichester, la plaza y en especial la calle Claverton. ¿Conocéis la casa de Clifford?

—Una casa grande, la segunda a la derecha contando desde la esquina, justo después del primer callejón —contestó Rawlins.

—Esa es —Roscoe asintió—. Buscad durante dos horas. Hablad con cualquiera que os encontréis, lacayos, cocheros, cualquiera. Incluso a estas horas de la noche existe la posibilidad de que alguien viera algo.

Los dos guardaespaldas se marcharon cerrando la puerta.

Roscoe se volvió hacia Miranda, que seguía a su lado y que en esos momentos se afanaba en mordisquearse el labio.

—Si hay algo que encontrar, cualquier rastro, mis hombres lo encontrarán.

—¿Y después qué? —ella lo miró a los ojos.

—Después seguiremos la pista, encontraremos a Roderick y lo traeremos de vuelta.

Cada palabra fue pronunciada con absoluta sinceridad, asegurándose que ella lo comprendiera, observando cómo lo asimilaba visiblemente. Vio ceder ligeramente su desesperación, el miedo y la ansiedad que la había llevado hasta su casa. Desde la primera palabra que había pronunciado, se había dado cuenta de que estaba más tensa que la cuerda de un piano, y él había hecho lo posible por aliviar la tensión y le había permitido quedarse para ser testigo de las órdenes que había dado a sus hombres, con la esperanza de que le sirviera para relajarse un poco más.

Y así había sucedido, aunque ella ya empezaba a pensar en el futuro, en pasar a la siguiente etapa de la inquietud.

—Vamos —justo a tiempo, él recordó que no estaría bien tomarla del brazo y en su lugar agitó una mano en dirección a la puerta—. La acompaño hasta su casa —más que ver, sintió la honda respiración que presagiaba una protesta, y se apresuró a añadir con más aspereza—. Y, Miranda Clifford, debería saber que en este caso lo mejor será no discutir.

Miranda parpadeó perpleja ante el uso de su nombre, pero, si no quería que la tomara del brazo y desatara todas esas violentas sensaciones de nuevo, no le quedaba más remedio que moverse. Roscoe la condujo hasta la puerta y a partir de ahí fue más sencillo ceder y caminar a su lado.

Él tomó la capa de la mesa y se la sujetó antes de ponerse su abrigo mientras ella se ataba las cintas y se cubría la cabeza con la capucha. Sin esperar al mayordomo, él mismo abrió la puerta y la siguió a la calle.

Caminaron sin prisas por la acera. En ese barrio aún no había farolas, pero la luna iluminaba lo suficiente como para distinguir las formas de los hombres que merodeaban alrededor de los árboles en la plaza. Parecía haber unos cuantos.

—¿Son todos hombres suyos? —preguntó Miranda mientras inclinaba la cabeza en dirección a la plaza.

Roscoe miró brevemente hacia los árboles antes de devolver la vista al frente.

—Casi todos son míos, pero algunos son de otros aliados. Esta noche, sin embargo, los demás podrían resultarme de utilidad —tras un momento de pausa, reconsideró sus palabras—. De utilidad para nuestra causa.

Miranda se dio cuenta de que no le había dado ninguna garantía de que compartiría lo que descubriera.

—Me gustaría saber cualquier cosa que descubra sobre Roderick.

—Por supuesto. Le prometo que le haré llegar las noticias en cuanto haya alguna.

A Miranda le pareció que la promesa había sido arrancada con demasiada facilidad, pero...

—Gracias.

Ya pensaría en ello más tarde. Tenía que encontrar el modo de asegurarse de que Roscoe le contara lo que supiera lo antes posible, sin esperar a que todo hubiera terminado, fuera lo que fuera.

Giraron para adentrarse en la calle Claverton y allí vio más personas moviéndose entre las sombras. Un hombre hablaba con un cochero calle abajo.

—La mayoría de los coches de caballos de alquiler tienen una ruta fija, zonas en las que trabajan, sobre todo aquí, a las afueras de la ciudad —murmuró Roscoe, como si ella hubiera pronunciado en voz alta la pregunta que se había formado en su mente—. Aunque solo pasaran por aquí, puede que vieran algo.

Él la miró y Miranda sintió esa mirada fija en su mejilla.

—Lo único que nos hace falta es una primera pista, el resto vendrá solo.

Ella asintió y se dirigió hacia el callejón.

Roscoe se detuvo, viéndola adentrarse en las sombras, y luego la siguió.

La alcanzó antes de que hubiera llegado a la entrada del jardín.

—Acláreme algo. ¿Por qué esta entrada y no la principal?

—Es por mi tía —contestó ella tras llegar a la puerta y detenerse—. No quería que le contara a nadie lo de la desaparición de Roderick. Yo quería acudir a las autoridades, pero ella me lo prohibió.

Roscoe frunció el ceño.

Pero, antes de poder formular su siguiente pregunta, Miranda continuó.

—Teme que se genere un escándalo, que la gente nos señale, que este asunto nos hunda socialmente. Seguramente estará en lo cierto, pero yo no podía permitir que eso me gobernara, al menos no del todo, no en este caso —incluso bajo la escasa luz se veía su mandíbula firmemente encajada—. No cuando la vida de Roderick podría estar en juego.

A Roscoe le hubiera gustado hacer más preguntas, pero no era el momento. En su lugar, le ofreció lo que sabía más necesitaba en esos momentos. Un consejo.

—Intente dormir un poco. Sé que no le resultará fácil, pero recuerde que le será de más utilidad a Roderick mañana si ha dormido bien que si está con los nervios a flor de piel —dio un paso atrás y asintió—. En cuanto tenga algo que contar, se lo haré saber.

Ella titubeó, pero finalmente optó por inclinar la cabeza levemente y abrir la puerta.

—Una vez más, gracias. Roderick y yo estamos en deuda con usted.

En esa ocasión, al cruzar la entrada, Miranda tuvo buen cuidado de fijarse por dónde iba para no tropezar.

«Lástima», pensó una parte de Roscoe.

Permaneció donde estaba durante unos segundos antes de darse media vuelta y, tal y como había hecho una semana antes, regresar a su casa por el callejón. Para él no suponía ningún peligro. Aunque Mudd y Rawlins eran sus guardaespaldas, él era infinitamente más peligroso que cualquiera de ellos dos.

No le había quedado más remedio que serlo, había tenido que aprender a serlo, a sobrevivir como Neville Roscoe.

Mientras caminaba, no dejaba de pensar en Miranda Clifford, teniendo en cuenta el extraño hecho de que esa mujer le fascinaba por el enigma que representaba, por un lado sin miedo alguno, por otro tremendamente insegura.

Dada la aparente obsesión de su tía por evitar el escándalo, y aunque aún o había conseguido formarse una opinión sobre el motivo por el que la tía pensaba que el secuestro de Roderick podría originar un escándalo que hundiera socialmente a la familia, sí sospechaba por qué Miranda se mostraba tan insegura, por qué hacía gala de esa falta de confianza en cuanto a sus movimientos.

Lo que Roscoe no se había esperado, no había previsto, era hasta dónde llegaba la fuerza de esa joven, el apego a sus convicciones. Había abandonado toda seguridad y acudido a él porque Roderick estaba en peligro.

Y para eso hacía falta entrega, resolución y pasión. Una devoción apasionada de una clase que él conocía bien, que apelaba a él a un nivel tan visceral que no podía, no quería, darle la espalda.

Si algo había aprendido durante los últimos doce años era que no merecía la pena engañarse a uno mismo. Quería, seguramente necesitaba, saber mucho más sobre Miranda Clifford.

Y encontrar a Roderick, rescatarlo, sería incuestionablemente el camino más rápido para llegar al alma de esa mujer.

CAPÍTULO 3

A la mañana siguiente, sujetando la taza de café que Rundle le había proporcionado, Roscoe permanecía sentado ante su escritorio revisando los documentos que Jordan le había dejado sobre la pulida superficie: el trabajo de la jornada. Jordan se encontraba en esos momentos en su propio despacho, pero regresaría en breve para comenzar a trabajar con él.

Bebiendo el café a sorbos estaba a punto de apartar de su mente los pensamientos sobre los acontecimientos de la noche anterior y centrarse en el trabajo que tenía ante él cuando oyó un ligero golpe de nudillos en la puerta, seguido de la aparición de Rundle.

Roscoe enarcó las cejas.

—La señorita Clifford está aquí.

No hizo falta añadir «y desea verlo».

Debería habérselo imaginado.

Titubeó un instante, pues tenía trabajo, pero no iba a rechazarla.

—Hazla subir —contestó tras suspirar para sus adentros. El despacho estaba en la primera planta, con vistas a los jardines traseros—. Espera —Roscoe se irguió en el asiento y apuró la taza de café. Iba a necesitar toda su agudeza. Alargó la mano que sujetaba la taza hacia el mayordomo—. Llévate esto.

Rundle se acercó para tomar la taza antes de marcharse.

Dos minutos después, el mayordomo regresó acompañando a Miranda Clifford. La joven llevaba un sencillo vestido color verde oliva y los cabellos marrones tensamente sujetos en un moño a la altura de la nuca. Roscoe se levantó y se adelantó para saludarla, preguntándose si ella sabría que, sobre una mujer con un cuerpo y un rostro como el suyo, un vestido exageradamente recatado y los cabellos recogidos tenían el efecto de excitar más que de apaciguar la imaginación masculina, de incitar más que de calmar el interés y las intenciones de los hombres.

Pero desde luego no iba a mencionarle que su estilo producía ese efecto en él.

Al acercarse, ella lo miró a los ojos.

—Señor Roscoe...

—Solo Roscoe, ¿recuerda? —a pesar de los años transcurridos le seguía resultando más sencillo responder a un apellido, sin ningún título aparejado.

Miranda apretó los labios y alzó ligeramente la barbilla.

—Roscoe, entonces. Espero que me disculpe por la hora tan temprana, pero —ella frunció el ceño cuando él intentó tomar su mano enguantada, pero al fin cedió y lo miró inclinándose sobre ella.

—Buenos días, señorita Clifford —irguiéndose, encantado con el toque de rubor que había aparecido en las mejillas de la joven, aunque no comprendiera por qué le gustaba tanto ver cómo se azoraba, hizo un gesto con la mano hacia los dos sofás colocados ante la chimenea en un extremo de la habitación—. Por favor, tome asiento y le contaré lo que he averiguado hasta ahora.

Ella lo miró con un destello de desaprobación en sus ojos antes de dirigirse hacia uno de los sofás.

—Quería disculparme por molestarlo a una hora tan temprana. Soy consciente de que es indecorosamente pronto para visitar a nadie.

—Para alguien en mi negocio no es tan temprano —él la siguió y se sentó en el otro sofá—. Y como estoy seguro va a recordarme, caso de que proteste, de haber querido asegurarme de que no viniera a mi casa, habría enviado un mensaje a la suya detallando mis averiguaciones.

—¿Entonces ha averiguado algo?

Viendo la ansiedad reflejada en sus ojos, oyéndola en su voz, Roscoe decidió dejar de jugar.

—Uno de los hombres del parque vio a Roderick marcharse de esta casa, pero al llegar al final de la calle Chichester, su hermano fue abordado por dos hombres. Se derrumbó y fue llevado a un coche —a pesar de los ojos desmesuradamente abiertos con los que ella lo miraba, Roscoe continuó impasible—. Mis hombres están intentando seguirle la pista a ese coche. De momento no ha habido suerte, pero al menos ya tienen algo más concreto sobre lo que trabajar.

Miranda frunció ligeramente el ceño y la idea de que intentaba conciliar algo sobre él con la idea preconcebida que tenía volvió a reflejarse en su mirada.

—Discúlpeme por ser tan directa, pero, si bien le estoy extremadamente agradecida, parece estar molestándose enormemente por mi hermano. Ha mencionado su negocio. ¿Aquellos que tratan con usted no contemplarán su distracción como una debilidad?

—No, más bien al contrario. Anoche ya le dije que soy conocido por proteger a mis aliados. Para las personas con las que trato, Roderick entra en la categoría de aliado, y si yo no interviniese, si no consiguiera, al menos, llevar ante la justicia a los que se lo llevaron, entonces mi poder se vería… disminuido a los ojos de esas personas con las que hago negocios —Roscoe le sostuvo la mirada—. Y eso no me iría nada bien. De modo que olvide cualquier idea de que buscar a Roderick supone una desventaja para mí. Además, esta zona se considera mi territorio, y los bajos fondos en general saben que deben evitarlo. Mis hombres, aún más que yo, consideran el secuestro de Roderick equivalente a una incursión enemiga en nuestro territorio, y están más que dispuestos a responder en consonancia.

Roscoe no vio la necesidad de mencionar que el observador de la plaza que tanto les había ayudado era un secuaz de Gallagher, una de las principales figuras de los bajos fondos. El observador, junto con su jefe, había pensado que la prolongada vigilancia había pasado desapercibida, una equivocación ya aclarada. Roscoe había estado al corriente de la presencia del hombre de Gallagher desde el principio y, al considerar que no tenía nada que ocultarle a Gallagher, especializado en vender información sobre actividades criminales, había optado por dejar a su hombre tranquilo. Incluso entonces había tenido la vaga idea de que podría suceder algo parecido al secuestro de Roderick.

—Tengo a algunos hombres vigilando su casa desde primera

hora de la mañana por si alguien apareciera para entregar una nota —añadió él—, pero, aparte del correo y el periódico, no ha llegado nada. Y dado que no ha mencionado nada, supongo que no se ha recibido ninguna petición de rescate.

Miranda parpadeó perpleja. ¿Rescate?

—No —de repente se le ocurrió que quizás debería haberse quedado en casa, pero... frunció el ceño—. ¿Es lógico que una petición como esa llegue ahora, dos días después del secuestro de Roderick?

—No —el rostro de Roscoe no dejaba traslucir nada—. O, más bien, es menos probable a cada día que pase. Si hubiera una petición de rescate detrás de todo esto, lo lógico sería haberla recibido ayer por la mañana.

—No ha habido ninguna petición. Ninguna comunicación de ninguna clase —ella observó atentamente el rostro de Roscoe, preguntándose si no debería protestar por el hecho de que tuviera hombres vigilando la casa de Roderick, pero decidió que no podía ser tan hipócrita—. Gracias por montar un dispositivo de guardia.

—Si apareciera alguien, mis hombres tienen órdenes de avisarme, y de seguirlos —él hizo una pausa antes de continuar—. Puede estar tranquila, señorita Clifford, si me entero de algo, la avisaré.

El tono de su voz dejaba claro que la conversación, y la reunión, había llegado a su fin, pero Miranda no hizo ningún ademán de levantarse del sofá, como era evidente que él esperaba que hiciera.

Tal y como ella supuso, Roscoe esperó, mirándola.

Al fin, ella respiró con decisión y lo miró a los ojos.

—¿Existe algún motivo por el que no se me permita permanecer aquí a esperar noticias? —preguntó con descaro.

Por la expresión de Roscoe, era evidente que había conseguido sorprenderlo.

—Sí, soy consciente de que es una petición inusual —se apresuró a añadir Miranda—, pero —alzó ambas manos con las palmas hacia arriba—. Si vuelvo a casa para esperar allí, me limitaré a caminar de un lado a otro y me volveré loca imaginándome... mientras que si permanezco aquí, al menos sabré que no hay noticias, que aún no se sabe nada del destino de Roderick.

Más concretamente, sabría que Roscoe no había recibido noticias sobre su hermano y tomado alguna determinación de actuar. No dudaba de su palabra, de que la avisaría, pero ¿cuándo? Sospechaba que la respuesta era: cuando lo considerara oportuno o cuando le conviniera a él. Y, consideró, era muy capaz de anunciarle que habían visto a Roderick y que había partido al rescate, sin decirle dónde estaba.

Empezaba a hacerse una idea mucho más precisa de la clase de hombre que era Neville Roscoe. Aunque su intuición y sospechas no encajaban con la imagen pública del infame rey del juego en Londres, sus palabras y acciones no dejaban de confirmar que sus sensaciones estaban crecientemente más próximas a la realidad que a la imagen que tenía la sociedad de él.

Y, siendo así, no veía ningún sentido a discutir el momento en que él le informaría y había decidido, por tanto, describirle la ansiedad a la que se vería sometida si regresaba a su casa en lugar de permanecer allí, haciéndole compañía.

Roscoe la miró a los ojos, contempló su rostro, y se puso en su lugar, aceptando que no estaba exagerando su reacción si regresaba a su casa.

Habría preferido que no estuviera allí, pues esa mujer suponía una potente distracción, pero, aunque tenía varios asuntos que atender con Jordan, ninguno era demasiado delicado para que ella no pudiera estar presente, sentada en el sofá, a una considerable distancia de su escritorio. Le podría sugerir que se acomodara en la biblioteca, pero sospechaba que no estaría mejor allí que en la sala de estar de Roderick.

—Temo que se vaya a aburrir atrozmente.

La expresión de Miranda se relajó y dio una palmada al bolso que descansaba sobre su regazo.

—He traído una novela. Me quedaré aquí en silencio y leeré. No le distraeré de su trabajo. Ni siquiera se dará cuenta de que estoy aquí.

Roscoe consiguió no soltar un revelador bufido de incredulidad.

—De acuerdo —accedió poniéndose en pie—. Y ahora, si me disculpa, debo regresar a mi trabajo.

Si acaso tenía alguna duda de por qué había accedido a un plan tan descabellado, la respuesta la encontró en esos enormes ojos color avellana, en la gratitud que bebió como el mejor de los vinos. Con una inclinación de la cabeza, se volvió para encaminarse hacia el escritorio. Acomodándose en la silla, tuvo que esforzarse al máximo para que su mente se centrara en los asuntos pendientes, pero al fin, tras un vistazo que la encontró con la cabeza inclinada sobre el libro que descansaba en su regazo, lo consiguió.

Diez minutos más tarde, Jordan llamó a la puerta y entró.

Y con no poco alivio, Roscoe permitió que los negocios lo reclamaran.

Dos horas después se abrió la puerta del estudio. Jordan había regresado a su despacho para poner en marcha las diversas decisiones que habían tomado. Suponiendo que era él, que regresaba para aclarar alguna duda, Roscoe levantó la mirada y vio entrar a Rundle con una bandeja de té.

Tras hacer una breve reverencia, el mayordomo llevó la bandeja hasta la invitada no invitada. Ella alzó la vista y sonrió antes de darle las gracias a Rundle, que depositó la bandeja sobre la mesita que separaba ambos sofás.

A continuación Miranda miró en su dirección, la pregunta clara en su rostro.

—No, gracias —él sacudió la cabeza—. No quiero té —pero un delicioso aroma le hizo dudar, y apartarse del escritorio—. En cambio sí tomaré unas galletas.

Roscoe se sentó de nuevo en el sofá frente a ella y tomó tres galletas de la bandeja. Fingiendo no haberse dado cuenta de la complacida mirada que Rundle le dirigía mientras hacía una reverencia antes de retirarse, le cuestionó a Miranda sobre el libro que estaba leyendo. Resultó ser una de las formidables obras de la señorita Austen, aunque la igualmente formidable señorita Clifford le aseguró que también le gustaban las biografías.

Tras descubrir que ambos habían leído cierta historia militar, y que compartían los mismos puntos de vista sobre las recientes acciones en la India, Roscoe reanudó su trabajo y ella reanudó la lectura.

Sin embargo, aquello no duró mucho pues, tras un golpe de nudillos en la puerta, Rawlins entró en el estudio.

—La señora Selwidge está aquí —anunció sin más preámbulo—. Al parecer tiene problemas.

—Que suba —contestó Roscoe, muy consciente de la presencia de Miranda en el otro extremo de la estancia.

Tras dudar entre pedirle que se fuera, o trasladar la reunión a la biblioteca, optó por quedarse allí. Ese era su espacio de poder.

Rawlins abrió la puerta de nuevo e hizo pasar a una mujer alta de treinta y pocos años, de aspecto respetable, incluso vestida de manera recatada, aunque la experiencia había esculpido cierta dureza en su rostro y en su mirada.

Incluso después de tantos años, Roscoe tenía que reprimir su impulso de levantarse. Amelia Selwidge no era una dama y se habría mostrado sorprendida ante su gesto. Hizo un ademán con la mano señalando una de las sillas delante del escritorio.

—Rawlins dice que has tenido problemas. ¿Qué ha pasado?

Amelia llevaba trabajando para él tiempo suficiente para saber que no le hacía falta andarse con rodeos.

—Lord Treloar. El más joven.

—Ese es... —Roscoe entornó los ojos mientras visualizaba en su mente el árbol genealógico de la importante familia—. ¿Christopher?

—Desde luego está convencido de descender directamente de Dios —Amelia asintió—. Ya he hablado con él en dos ocasiones anteriormente, pero se niega a escuchar, o más bien se niega a aceptar que mis chicas no son de las que se revuelcan en el heno, no con gente como él en cualquier caso. Anoche volvió a hacerles proposiciones a dos de ellas. Cuando la primera, Cindy, me informó de ello, hice que George siguiera a Treloar. Y menos mal. Media hora después estaba vuelta a la carga con Jane, supongo que se acordará de ella, muy poquita cosa, pero una repartidora de bacarrá condenadamente buena. Cuando la muchacha se negó por segunda vez, Treloar intentó golpearla. Y si no lo consiguió fue solo porque George ya estaba encima de él. Echamos a Treloar del local, pero no me cabe duda de que volverá.

—Confía en mí, no volverá —él miró a Rawlins, y de nuevo a Amelia—. ¿Estaba borracho?

—Ni una pizca. Cumplimos las normas a rajatabla y, en cuanto dan señales de estar emborrachándose, van fuera. La mayoría se marcha, pero Treloar ni siquiera estaba bebiendo. Un tipo malo, eso es.

—Ya puedes dejar de preocuparte por Treloar —él asintió—. Diles a Cindy y a Jane, y sí, me acuerdo de las dos, que dudo que vuelvan a ver a ese hombre, pero si lo hacen, si las aborda en el club, o fuera de él, deben comunicarlo de inmediato, a ti o a George —estudió el rostro de Amelia Selwidge—. Y lo mismo va para ti. Quiero estar informado de cualquier problema causado por ese individuo. Por lo demás, a partir de este momento, lord Treloar tiene el acceso prohibido —sonrió con amargura—. A todos mis establecimientos.

—¿A todos? —una sonrisa se dibujó lentamente en el rostro de Amelia al darse cuenta de las implicaciones de la sentencia—. ¡Eh! Eso sí que va a estropear las veladas de su señoría cuando no pueda reunirse con sus amigos en torno a una de sus mesas.

—Efectivamente —Roscoe tomó una pluma—. ¿Quién sabe? Puede que al final consiga enseñarle algunos modales.

Tras darle las gracias innecesariamente, y visiblemente aliviada, Amelia se dispuso a marchar. Y únicamente cuando se dirigía de nuevo hacia la puerta se fijó en la presencia de Miranda Clifford. Sin embargo, la joven permanecía con la mirada fija en el libro.

—¿Quiere que le haga una visita a su señoría? —preguntó Rawlins cuando regresó de acompañar a Amelia a la salida.

Roscoe ya estaba escribiendo una carta, más bien un decreto de expulsión, dirigida a Christopher, lord Treloar, y sacudió la cabeza.

—No, quiero que Mudd y tú permanezcáis junto a mí. La desaparición del señor Clifford es más urgente y esta carta… —hizo una pausa y leyó lo que había escrito antes de sonreír con satisfacción—. Esta carta, como decía, debería bastar para ocuparnos de Treloar —firmó la carta y le puso su sello antes de doblar la hoja, escribir el nombre de Treloar en la parte delantera y entregársela a Rawlins—. Jordan tiene la dirección de su señoría. Que uno de los otros hombres se la haga llegar, luego explícale la situación a Jordan y pídele que comunique a todos los clubes que Treloar tiene el acceso prohibido de por vida, o hasta que yo considere apropiado cambiar mi decisión.

—Sí, señor —el guardaespaldas sonrió y, tras tomar la carta, se marchó con ágiles pasos.

Cuando la puerta se cerró detrás de Rawlins, se hizo un profundo silencio. Roscoe se sentó en la silla contempló a Miranda Clifford, que seguía teniendo la cabeza inclinada. Y esperó...

Cuando ella al fin alzó la mirada y lo miró, sus miradas se fundieron.

—No tolero la prostitución, ni solicitudes de tal, en mis establecimientos. Empleo a muchas mujeres, pero me aseguro de que se ganen la vida honradamente, repartiendo cartas y manejando los aspectos sociales de mis establecimientos.

—Lo cierto es que no había pensado en ello —Miranda le sostuvo la mirada—. Pero, de haberlo hecho, sospecho que habría llegado a la misma conclusión que el resto de la sociedad, dando por supuesto que esas prácticas eran parte integral de los establecimientos de juegos.

—Lo cual demuestra hasta qué punto se equivoca la sociedad —tras titubear unos segundos, Roscoe continuó—. Mis establecimientos están pensados para atraer a jugadores empedernidos, esos son los que más dinero pierden, y lo cierto es que todos los jugadores empedernidos son básicamente ciegos a la presencia femenina cuando están jugando.

Miranda sonrió tímidamente y bajó la vista.

—Ya me lo supongo. Por mi experiencia los hombres, todos los hombres, tienden a ser capaces de centrarse únicamente en una cosa a la vez —acomodándose mejor en el sofá, alzó el libro y fijó la mirada en la página abierta.

Él la contempló durante unos segundos antes de sacudir la cabeza para sus adentros y regresar a la carta que estaba escribiendo.

Por qué había sentido la necesidad de defenderse, y a las mujeres que trabajaban para él, era un misterio. Pero no solo había sentido un impulso, sino también una compulsión a hacerlo.

Mientras acompañaba a Miranda Clifford al comedor pequeño de la planta baja donde, según le había informado Rundle, se había dispuesto un pequeño almuerzo, luchó contra la evidencia de que, por algún motivo, la opinión que esa mujer tuviera de él y su gente era importante.

Dado su pasado, aquello no tenía demasiado sentido, pues hacía mucho tiempo que le había dado la espalda a la opinión de la sociedad respetable.

Y, por otra parte, al entrar en el comedor y ver la mesa dispuesta con la mantelería blanca, los platos, los cubiertos de plata y las copas, tuvo la impresión de que no era el único que intentaba mostrar su mejor rostro a la hermana de Roderick.

Tras acomodarla en una silla a su derecha, Roscoe se sentó mientras se preguntaba si el comportamiento de sus empleados, su insistencia en proporcionar la clase de servicio que pensaban se merecía esa mujer, el té servido en una bandeja a media mañana o el almuerzo en el pequeño comedor, había surgido porque era la única dama a la que había permitido la entrada en su casa, mucho menos en su estudio, su santuario.

Desde luego era excusa suficiente para su comportamiento y no estaba muy seguro de por qué lo había consentido, pero era, y sin duda siempre sería, una presa fácil para cualquiera inclinado a proteger a la familia.

Miranda miraba a su alrededor con visible interés, embebiéndose de todo lo que veía. Lejos de parecer aburrida, había pasado la mañana mostrándose... educada. No había esperado que la atendieran, que le sirvieran el té de la mañana en una vajilla de porcelana de Sèvres, y luego ser escoltada hasta una mesa tan elegantemente dispuesta. No había nada fuera de lugar, nada demasiado recargado ni demasiado extravagante.

La comida siguió el mismo principio. Una sopa ligera seguida de varios platos de carne fría y empanadas de marisco con guarnición de verduras. A continuación les fueron servidos los quesos junto con una fuente de fruta. El vino era, igualmente, ligero y afrutado.

Al entrar en el comedor y sentarse en la silla que Roscoe le había ofrecido, su mirada se había posado en el cuadro de gran tamaño que adornaba la pared que tenía enfrente, un paisaje escocés completo con sus venados y todo. Le había resultado vagamente familiar y por eso había interrogado a su anfitrión al respecto, antes de ampliar la conversación a otras obras de arte que había visto, tanto los cuadros colgados de las paredes como los bustos, estatuillas y cuencos esculpidos colocados aleatoriamente por la residencia. Y los fabulosos tapices.

Él contestó a sus preguntas mientras comían. Su gusto por el arte era un tema de conversación con el que ambos se sentían, aparentemente, cómodos. En cualquier caso, las respuestas y la apreciación y conocimiento que reflejaban solo sirvieron para recalcar su crecientemente definitiva conclusión.

Neville Roscoe, rey del juego en Londres, no era como lo retrataba la sociedad.

—Tengo que preguntarlo —reclinándose en la silla, los largos dedos acariciando perezosamente el borde de la copa de cristal, la miró fijamente—. ¿No la estará echando de menos su tía?

—No. Durante el desayuno le dije que iba a ver a una persona que, esperaba, pudiera ayudarme a encontrar a Roderick.

—Por lo que me ha parecido, se sentiría horrorizada si supiera que se encuentra aquí, bajo este techo en particular.

Miranda reprimió un estremecimiento al imaginarse la reacción de Gladys.

—En efecto, yo diría que sí, pero tengo veintinueve años y mi propio criterio, y llegados a este punto, mi único y principal objetivo es encontrar y rescatar a Roderick —ella reflexionó un instante antes de continuar—. Gladys estará en estos momentos sin duda histérica. Sin embargo, su obsesión con evitar el escándalo es tal que no levantará ni un dedo para descubrir dónde está Roderick, lo cual deja en mis manos buscar ayuda y rescatarlo.

—Y a propósito —Roscoe la miró a los ojos—. Dado que aún no ha recibido ninguna petición de rescate, creo que podemos descartar el rescate como motivo. Y eso hace que me pregunte si, a su juicio, Roderick tiene algún enemigo.

Tras reflexionar durante unos segundos, Miranda sacudió la cabeza.

—Sinceramente no se me ocurre nadie con quien haya tenido algún desencuentro importante.

Roscoe hizo una mueca. No le sorprendía la respuesta, pues Roderick era una persona tranquila, amable y generosa, pero no estúpida, la clase de persona que provocaba pocas turbulencias en las aguas por las que se movía. Sin embargo...

—Conozco algo de la historia pasada de Roderick, que nació en Cheshire, en Oakgrove Manor, mansión que heredó de su padre, y de la que sigue siendo propietario. Pero necesito saber más, puede que haya algo en el pasado de ambos que esté relacionado con este suceso, de modo que hágame un resumen de la historia familiar.

Su motivo estaba bien fundado, pero también le movía la curiosidad por saber algo más de ella y, además, la mantendría distraída mientras esperaban a que sus hombres encontraran algo.

—Bueno... Roderick es el más pequeño de los tres. Rosalind, yo y él. Nacimos en Oakgrove. Nuestros padres murieron en un accidente de barco cuando él era un bebé, yo tenía seis años y Rosalind siete —ella se echó atrás en la silla, la mirada fija en el plato, y arqueó fugazmente las cejas—. Lo cierto es que ni siquiera yo recuerdo gran cosa de nuestros padres. Nuestras tías, Corrine y Gladys Cuthbert, las hermanas mayores y solteras de nuestra madre, vinieron a vivir con nosotros y...

Roscoe escuchaba atentamente y, haciendo una pregunta por un lado y adivinando algún detalle por otro, consiguió formarse una idea bastante más detallada de la que tenía en sus archivos. La historia de Roderick, pero también la historia de Miranda.

Lo que más le costó fue encontrarle algún sentido a los motivos en los que se basaba la tía de Miranda para insistir en la vulnerabilidad social de los dos hermanos, el motivo por el que debían vivir siempre según un rígido código de respetabilidad. Sabía que el dinero de Roderick, y por tanto el de su hermana, provenía de la industria de los molinos, pero ni ellos ni sus padres se habían dedicado a un trabajo. Al menos en el círculo en el que él había nacido, eso les absolvía de cualquier mancha. El dinero, como bien comprendía la aristocracia, era solo dinero, de dónde proviniese solo importaba si la conexión seguía siendo lo bastante reciente como para que pudiera olerse.

Dicho lo cual, en la baja nobleza, el círculo en el que se movía la tía de Miranda, las reglas podrían ser diferentes. Quizás el punto de vista de esa mujer fuera completamente válido en ese ambiente.

Pero, tal y como él había esperado, las revelaciones de Miranda lo condujeron más lejos. Su posición en la vida de Roderick, entre su hermano y sus tías, explicaba su fidelidad a las normas de sus tías, independientemente de que le fueran bien o no. No se trataba tanto de lo que manifestaba al hablar de la vida de Roderick, sino de los pequeños comentarios, y todo lo que no decía. La narración fue reveladora, sobre todo después de la triste muerte de su hermana mayor, cuando había vuelto a plegarse a los dictados de sus tías para mantener la paz, para proteger a Roderick.

Para cuando terminaron de comer, Roscoe tuvo que darle la razón a Miranda en el sentido de que no había nada en la historia familiar que sugiriese la existencia de enemigos que pudieran haber secuestrado a Roderick. También había resuelto el enigma de Miranda. La tajante respetabilidad a la que se aferraba no era natural, pero le había sido impuesta, constantemente, a lo largo de los años.

Miranda nunca había abrazado esa doctrina, pero había aceptado la imposición porque era la mejor manera de proteger a Roderick. Sin embargo, dado que seguir fielmente el camino de la respetabilidad ya no era viable para proteger a su hermano, había decidido abandonar ese camino, apartándose de él y, aunque eso le había supuesto meterse en arenas movedizas, había acudido a él en busca de ayuda.

Mientras subía las escaleras a su lado, él se preguntó hacia dónde la llevaría ese nuevo camino, si, en cuanto Roderick estuviera a salvo, daría un paso atrás de nuevo hacia la respetabilidad o si…

Independientemente de todo, su interés en ayudarla a encontrar y rescatar a su hermano se había hecho aún más imposible de desafiar.

A última hora de la tarde, cuando Miranda ya había dejado a un lado la novela y llevaba más de media hora, inquieta, mirando por la ventana hacia el jardín trasero, desbaratando la concentración de Roscoe, un golpe de nudillos, seguido de la aparición de Mudd, lo alertó.

Mudd vio a su jefe, miró fugazmente a Miranda, inclinó la cabeza a modo de saludo y entró en la estancia. Cerrando la puerta, el guardaespaldas se colocó frente a Roscoe, aunque era evidente que se esforzaba por no mirarla a ella.

—¿Y bien? —Roscoe dejó la pluma sobre la mesa y animó a su guardaespaldas a hablar—. ¿Qué hemos averiguado?

—Hemos localizado el coche —contestó Mudd, aparentemente aliviado al saber a cuál de los dos debía dirigirse—. O por lo menos sabemos de dónde viene. Un cochero que dejaba a un cliente en la calle Claverton lo vio partir. Pasó lo bastante cerca para poder verlo bien y lo reconoció. Asegura que pertenece al dueño del Blue Jug, una taberna del puerto. El tipo dice que el dueño alquila su coche a otras personas.

Roscoe echó un vistazo al reloj de bronce que había en una esquina de su escritorio. Pasaban de las cinco de la tarde.

—Lo mejor será llegar a la taberna cuando esté bien abarrotada —miró a Mudd—. Dile a Rawlins que iremos los tres a las siete y media. Iremos en carruaje.

—Sí, señor —Mudd sonrió, dio media vuelta, asintió elegantemente hacia Miranda y salió del estudio, cerrando la puerta detrás de él.

—Hablaré con el dueño, a ver qué puede contarnos —Roscoe se levantó y se acercó a Miranda, que lo contemplaba con el ceño fruncido.

—Yo también voy —afirmó ella alzando la cabeza de golpe y mirándolo fijamente.

—No —el rostro de Roscoe se tensó—. No irá a...

—Señor Roscoe —ella se irguió y alzó la barbilla—, yo...

—Solo Roscoe —gruñó él.

—¡Qué más da! —Miranda lo fulminó con la mirada—. No pienso quedarme dócilmente...

—Señorita Clifford —interrumpió él, acostumbrado a utilizar el tono de su voz para exigir obediencia. Y utilizó hasta el último gramo de esa experiencia, junto con su voluntad, para hacerla callar.

Ella lo fulminó con la mirada, los labios fuertemente apretados.

Pero Roscoe ignoró la mirada y tuvo que esforzarse para no devolvérsela.

—Le he permitido permanecer en mi casa, en mi estudio, todo el día, para que pudiera recibir las noticias de primera mano. Eso, por si no se ha dado cuenta, ha sido un favor que le he hecho, algo que no tenía por qué hacer, pero que decidí hacer por usted. Sin embargo, no puede esperar que le permita cruzar la raya en algo que mi conciencia no puede aprobar, y consentir que me acompañe a una taberna del puerto. Aunque accediera a permanecer en el interior del carruaje, protegida por el cochero, la zona es demasiado peligrosa para que yo consienta en llevarla allí. Decir que no es lugar para una dama, mucho menos para una dama respetable, sería una tremenda subestimación —la impasividad de Roscoe empezó a vacilar—. Por el amor de Dios, mujer, hasta yo me llevo a dos guardaespaldas conmigo.

Miranda frunció el ceño, la rebeldía aún patente en su mirada.

—No haga que me arrepienta de haberle permitido quedarse aquí.

Ella apretó de nuevo los labios, reprimiendo cualquier contestación que tuviera preparada.

Considerándolo una victoria, Roscoe dio un paso atrás y señaló hacia la puerta.

—Vamos, la acompañaré a su casa —incluso mientras le daba la espalda, la sintió respirando hondo—. Y por el amor de Dios no intente sugerir que no será necesario.

Abandonaron la residencia en medio de un tenso silencio, tomando el camino del jardín trasero para continuar por los callejones.

Irritada, aunque consciente de que no iba a recibir más concesiones de su otrora anfitrión, Miranda contempló la puerta del jardín mientras él la cerraba.

—Dado el valor de las obras de arte que tiene en su casa, muchas de las cuales podrían ser fácilmente sacadas de aquí, ¿no le preocupa que entren ladrones?

—Soy Neville Roscoe —contestó él mirándola fijamente.

—¿Y con eso basta? —ella parpadeó.

Roscoe se limitó a encogerse de hombros y mirar al frente.

—Hasta el más idiota de los ladrones debe saber a quién pertenece la casa que planea robar, sobre todo cuando se trata de una casa tan llamativa como la mía. En cuanto saben que es mía, buscan por otro lado.

—Ya.

En su opinión, y por lo que había visto a lo largo del día, ese hombre no daba tanto miedo. Neville Roscoe en su versión del hombre del saco era más bien una ilusión creada por un hombre con una mente sutil y un extraordinario conocimiento de las debilidades humanas.

Y por eso mismo, optó por no continuar con la discusión y le permitió acompañarla hasta la entrada del jardín de Roderick, donde se despidió de él cortésmente y recibió fríamente su promesa de informarle al día siguiente de lo que hubiera averiguado aquella noche en el puerto. Inclinando la cabeza a modo de saludo, Miranda cerró la puerta.

Y esperó hasta oír alejarse sus pisadas por el callejón. Entonces soltó un bufido, se dio media vuelta y se dirigió hacia la casa. Entró por la puerta acristalada de la terraza y se dirigió al gabinete. Acercándose al escritorio, dejó caer el bolso sobre la mesa y apoyó las manos sobre las caderas, contempló furiosa la inofensiva pared y le dijo todo aquello que no se había atrevido a decirle a Roscoe.

—Si piensa que voy a quedarme aquí sentada tranquilamente junto al fuego y esperar a mañana para saber qué le ha pasado a Roderick entonces, señor, debería pensar un poco más.

Tres horas después, y desde la oscuridad del interior de un coche de alquiler oculto entre las sombras bajo los árboles de la plaza Dolphin, Miranda contempló un elegante coche negro girar la esquina y salir al camino que conducía hasta el soportal junto a la casa de Roscoe. El coche continuó calle abajo hacia la ciudad. Con el puño del bastón de su abuelo, ella levantó la trampilla del coche.

—Ese es —anunció, manteniendo la voz inusualmente baja, el tono brusco—. Sígalo, pero no se acerque tanto como para que se den cuenta.

—Sí, señor —con una sacudida de las riendas, el conductor puso en marcha el coche en pos del carruaje negro.

Miranda se arrebujó en la capa que había encontrado en el armario de Roderick, y que llevaba encima de los pantalones, la camisa, la corbata, el chaleco y la chaqueta encontrados en el mismo sitio, y saboreó el estremecimiento, no de miedo sino de excitación, que la recorría. En sus veintinueve años, nunca había hecho algo tan descabelladamente arriesgado, y de momento estaba disfrutando de cada instante.

Era increíble lo que una pizca de determinación podía hacer con su imaginación. Se había negado a resignarse a quedarse en su casa, se había propuesto una meta, y allí estaba, siguiendo a Roscoe a su cita en la taberna del puerto.

Cuarenta minutos después, Miranda seguía sintiendo esa sensación de tibio triunfo cuando el coche de alquiler al fin se detuvo.

El conductor se inclinó para que sus palabras atravesaran la trampilla.

—Están ahí delante, señor. No puedo acercarme más sin llamar la atención de su cochero.

Ella ya estaba mirando hacia delante a través de las tinieblas. La niebla sulfurosa estaba baja, envolviendo los edificios, añadiendo sombras a su deterioro y haciendo que las débiles luces de las farolas considerablemente apartadas unas de otras, resultaran aún más ineficaces. La zona era tan insalubre como la había descrito Roscoe con el fin de amedrentarla, pero el carruaje de él, sólido, respetable y tranquilizador, bloqueaba el camino. Le había dado tiempo de ver a Roscoe y sus hombres entrar en la taberna, un edificio bajo encajado entre dos más altos, ninguno de los cuales daba mucha sensación de solidez.

—Espere aquí.

Miranda abrió la puerta del coche y se bajó, aterrizando sobre un pavimento adoquinado resbaladizo e irregular. Por suerte se había puesto las botas de montar. Tras cerrar la puerta sin hacer ruido, y manteniendo la cabeza agachada, caminó sin prisas hacia la taberna, utilizando el bastón como si lo necesitara. Se había sujetado los tirantes cabellos sobre la cabeza y escondido bajo un sombrero de ala ancha. Para ocultar aún más el rostro, cubrió el sombrero con la capucha de la capa.

Los guantes de cuero, que utilizaba para montar, le cubrían las manos. A medida que se acercaba a la taberna pronunció una plegaria para que todo lo que pudiera delatar su condición femenina hubiera quedado bien tapado.

Apenas deteniéndose para tomar aliento, abrió la puerta de la taberna y entró.

La atmósfera en el interior era aún más turbia que fuera, pero en su caso la niebla provenía de un fuego con poco tiro y de las numerosas y apestosas pipas que varios clientes estaban fumando. No cometió el error de quedarse allí de pie mirando, sino que se volvió de inmediato y tomó una silla junto a una pequeña mesa a escasos metros de la puerta. Era el lugar perfecto, retirado, mal iluminado y cerca de la salida. Apoyó el bastón contra la mesa y se sentó con los codos apoyados en la basta mesa. Entrelazó los dedos de las manos y se inclinó hacia delante de manera que sus manos enguantadas le ocultaran la parte inferior del rostro. Únicamente entonces se permitió echar una ojeada al interior del establecimiento.

No le resultó difícil encontrar a Roscoe. Se apoyaba sobre la larga barra y hablaba con el hombre de incipiente calvicie situado detrás. Mudd y Rawlins se habían sentado en sendas sillas a una mesa al fondo del establecimiento, mesa desde la cual podían ver la puerta sin dejar de vigilar al mismo tiempo la espalda de su jefe. Ambos, de hecho, se encontraban en ese momento mirando a Roscoe y ella había entrado con el suficiente sigilo como para que no se hubieran dado cuenta.

Miranda fijó la mirada en la espalda de Roscoe y contempló fijamente el rostro del hombre tras la barra, sus labios que se movían mientras respondía a las preguntas de Roscoe mientras lustraba unos vasos.

—¡Maldita sea! —susurró ella, pues no oía ni veía lo bastante bien como para siquiera adivinar lo que estaba diciendo ese hombre.

Un movimiento llamó su atención. Una camarera iba de mesa en mesa anotando pedidos, pero la chica se había detenido y miraba fijamente a Roscoe, lo cual le vino bien a Miranda, pues no tenía ni idea de qué debería pedir para no desentonar con su disfraz.

Un rápido vistazo a su alrededor le indicó que la mayoría, casi todos, los parroquianos estaban mirando a Roscoe, incluso los que charlaban entre ellos lo miraban recelosos. Todo el mundo se dio cuenta del preciso instante en que se irguió y se dio la vuelta. Su mirada recorrió toda la taberna y ella mantuvo la cabeza agachada mientras contenía la respiración al sentir los dos zafiros posarse en ella. Pero volvió a respirar cuando comprobó que esa mirada no se detenía, ni volvía a ella. Mirando por debajo del borde de la capucha lo vio apartarse de la barra del bar y dirigirse al otro extremo del local, donde un hombre mucho mayor permanecía sentado en un reservado.

Roscoe tomó una silla, la colocó junto a la mesa del hombre y se sentó.

Ella reprimió otra exclamación. Estaba muy cerca de ella, aunque le daba la espalda, y hablaba con el hombre mayor en un tono demasiado bajo para que pudiera oír algo. Además, Miranda no podía arriesgarse a acercarse. Su ingenuidad la había llevado hasta allí, pero no veía el modo de proseguir a partir de ahí.

Roscoe se obligó a apartar la mente de la figura cubierta por una capa y agachada sobre la mesa junto a la puerta. Hacía mucho tiempo que había aprendido a no dejarse dominar por su temperamento, pero desde el momento en que la había presentido, en que había sabido que estaba allí, y después cuando la había visto, había estado a punto de perder la compostura.

Le había llevado cada pizca de autocontrol centrarse en el viejo que el camarero había señalado como dueño de la taberna, apartarse de la barra y acercarse a la mesa del hombre mayor mientras intentaba ocultar que todos sus instintos estaban puestos en ella.

El dueño era un viejo retorcido sin muchas luces, pero no había llegado a tan avanzada edad por ser un descerebrado.

—¿Qué más le da a quién alquilé mi coche? —preguntó el anciano mirándolo con sus pequeños ojos.

—Por desgracia olvidaron mencionar que planeaban secuestrar a un socio mío. Tengo razones para creer que la vida de mi socio corre peligro, de manera que —Roscoe curvó los labios en una sonrisa—, aquí estoy, pidiendo educadamente información sobre quién alquiló su coche.

—He oído hablar de usted —el hombre interpretó la expresión en la mirada de Roscoe—, incluso por aquí se habla de usted. Si esos dos no hubieran querido que sus intenciones permanecieran secretas, deberían haberme pagado más, ¿no es así?

—Desde luego que sí.

—Eso es. Pero bueno, como no lo hicieron, y usted está aquí

preguntando educadamente, entonces puedo contarle que eran dos pesos pesados. Atendían por los nombres de Kempsey y Dole, matones a sueldo. Me pidieron el coche para esa noche. Alquilaron el coche y al conductor también.

—¿Alguna idea de para quién trabajaban o qué están haciendo ahora?

—No tengo ni idea de con quién trataban —el anciano sacudió la cabeza—. No eran habituales de por aquí, pero supuse que sería para un robo o un secuestro, dado que necesitaban el coche, aunque, por supuesto, no pregunté. Lo único que sé es que el coche estaba de regreso en los establos a la mañana siguiente. Oí decir que Millet, mi conductor, estaba durmiendo, satisfecho con la excursión.

—¿Qué puede decirme de Kempsey y Dole? —preguntó Roscoe tras reflexionar un rato—. Cualquier cosa que haya oído podría ser de utilidad.

—Ya he dicho que no son habituales de por aquí —el hombre se encogió de hombros—, pero he oído que trabajan para cualquiera que les pague lo que piden.

—De manera que no hay nada que no estén dispuestos a hacer —Roscoe había leído entre líneas.

—Eso he oído.

—De acuerdo —él se irguió—. ¿Dónde puedo encontrar a Millet?

Tras conseguir la ubicación más probable del conductor, Roscoe se levantó de la silla, dedicó al hombre una inclinación de cabeza, se volvió y echó a andar hacia la puerta. Cuando casi había llegado, ralentizó el paso y se desvió suavemente para agarrar del codo al «hombre», enfundado en una capa y sentado a la última mesa. Sin ningún esfuerzo la levantó y tras agarrar el bastón que seguía apoyado contra la mesa, la empujó fuera del local.

Saliendo al estrecho camino, y sin soltarle el brazo, Roscoe la empujó varios metros hacia una zona más sombría y alejada de la puerta de la taberna. Y entonces, con la mandíbula encajada, le dio la vuelta para que ella lo pudiera mirar a la cara.

—¿Qué demonios está haciendo aquí? —rugió mientras la fulminaba con la mirada.

—¡Averiguar qué le ha sucedido a mi hermano! —Miranda no

contestó en el mismo tono, pero desde luego no se acobardó, sino que más bien espetó— ¡Suélteme! —su rostro era la viva imagen de la rebeldía mientras retorcía su brazo para intentar soltarse.

A regañadientes y con los labios apretados, él la soltó al fin. Sin embargo, una parte suya se sentía mejor y mucho más tranquila cuando la sujetaba con fuerza.

Miranda lo miró furiosa y se frotó el codo.

La implicación de lo que acababa de hacer consiguió socavar el mal humor de él. Aunque, desde luego no tenía la menor intención de pedir disculpas.

Suspiró para sus adentros y cerró los ojos mientras se pellizcaba el puente de la nariz para intentar centrarse.

—¿Cómo ha llegado hasta aquí? —preguntó tras abrir los ojos.

Miranda captó el tono resignado de sus palabras y, mientras se esforzaba por atemperar el estallido de sensaciones que incendiaba sus nervios, optó a regañadientes por contestar.

—En ese coche de alquiler —señaló con la cabeza hacia el coche aparcado entre las sombras—. Está esperando para llevarme de vuelta.

—¿Cómo ha conseguido que espere? —Roscoe frunció el ceño—. Casi nunca están dispuestos a hacerlo, no en esta zona.

—Le pagué una guinea de más y le prometí otra si esperaba.

Roscoe se volvió al acercarse Mudd.

—Dale a ese conductor dos guineas y dile que no le necesitaremos más esta noche.

Ella se animó al oír las palabras y, cuando Mudd, tras echar un rápido vistazo a su atuendo, se dirigió hacia el coche de alquiler, se decidió a preguntar.

—¿Qué ha averiguado?

Él la miró atentamente mientras Rawlins, ligeramente sorprendido de verla, se unía a ellos.

—Su hermano fue secuestrado por dos hombres llamados Kempsey y Dole. Son matones a sueldo. De momento aún no sé quién los contrató, pero sé dónde vive el conductor del coche. Puede que él tenga alguna información más.

Mudd regresó a tiempo para oír casi todo.

—¿Entonces vamos a hablar con ese conductor?

Ella contempló expectante el rostro ensombrecido de Roscoe. Él estudió los rasgos de Miranda. Incluso medio oculto bajo la capucha eran demasiado femeninos para que se la hubiera podido confundir con un hombre. Instintivamente sopesó la situación, valoró sus opciones. Sin embargo, había algo imperativo: necesitaban encontrar la pista de Roderick lo antes posible.

—Sí —desvió la mirada hacia Mudd y Rawlins—. Vosotros montad arriba, y decidle a Cummins que nos lleve a Ryder Lane, en Clerkenwell.

Tomándola de nuevo del brazo, aunque con mayor suavidad, Roscoe la condujo hasta el carruaje. Mudd abrió la puerta mientras le daba las indicaciones a Cummins, el cochero. Roscoe sujetó la puerta mientras ella recogía la capa y el bastón, y la ayudó mientras subía al interior. Tras soltarla, la siguió y, con un admirable control, cerró la puerta despacio.

Miranda se mantuvo oculta en las sombras del fétido arroyuelo que era Ryder Lane, y escuchó atentamente mientras Roscoe interrogaba al conductor, Millet.

Desde su posición, contra la pared del otro extremo, oculta en parte por los hombros de Mudd de su visión de la entrada donde Millet, un hombre de baja estatura, rostro pálido e incipiente calvicie, se situaba frente a los tres corpulentos hombres, pudo ver cómo Roscoe le explicaba claramente al hombre por qué le interesaba contestar rápidamente y con sinceridad a sus preguntas.

Hasta ese momento no había visto nada en Roscoe que le resultara amenazador, pero en ese barrio todo en él, su postura, su voz, cada uno de sus movimientos, proyectaba una amenaza letal que la hizo estremecerse.

Y Millet no tardó en resquebrajarse.

—Sí señor —asintió mientras se retorcía las manos—. Lo entiendo, en serio que sí.

—Excelente. Entonces, Kempsey y Dole, los hombres que alquilaron el coche y tus servicios como conductor... ¿dónde los recogiste?

—Estaban esperando en el Blue Jug, en los establos de la parte trasera. Me ayudaron a enganchar los caballos y me pidieron que los llevara hasta Pimlico.

—¿Dónde te detuviste?

—Al final de la calle Chichester, ahí fue. Pasada la plaza y donde se cruza con la siguiente calle, Claverton debe ser.

—De modo que os detuvisteis allí. ¿Y luego qué? Cuéntame qué sucedió, todo lo que viste y oíste.

—Esos dos, Kempsey y Dole, no hablaban mucho. En cuanto detuve el coche se bajaron, me dijeron que esperara y que no me moviera de allí, y luego se largaron. Al principio pensé que se habían ido hacia los árboles de la plaza, pero después, cuando cargaron lo que fuera que llevaran, en el coche, llegaron del otro lado de la calle. De modo que, a lo mejor se escondieron en alguna entrada.

—Es lo más probable. ¿Qué cargaron al coche?

—Lo cierto, señoría —Millet parecía nervioso—, es que no lo puedo asegurar.

—¿Por qué no?

—Bueno, estaba oscuro, eso para empezar. Allí no hay farolas. Solo vi que subían algo al coche, parecía una alfombra enrollada, y cada uno la llevaba de un extremo —Millet se interrumpió, como si estuviera reviviendo lo sucedido en su mente—. Dole soltó su extremo, abrió la puerta del coche, volvió a levantar su lado y entró en el coche de espaldas. Kempsey lo siguió.

—¿Y ese bulto podría haber sido un hombre envuelto en una capa o una manta?

—Desde luego que sí —Millet asintió—. Podría ser.

—Muy bien. ¿Y qué sucedió después? ¿Adónde los llevaste?

—Eso fue lo más raro. Yo supuse que volveríamos a la ciudad, pero no, Kempsey me hizo ir al norte. Me hicieron llevarlos por Paddington hasta una calle en la que esperaba otro coche.

—¿Otro coche?

—Sí, un coche para viajes, ¿sabe? Con un muchacho vigilando, sin conductor ni mozo. Despidieron al muchacho, trasladaron el bulto de mi coche al otro y me despidieron con el resto de mi paga.

—¿Alguna idea de adónde se dirigieron? —preguntó Roscoe tras reflexionar.

—No me quedé para comprobarlo, pero el coche estaba aparcado en dirección noroeste. Como para alejarse de la ciudad.

—Tú conoces bien los coches y los caballos. Cuéntame lo que sepas de ese otro coche.

—No vi gran cosa —Millet arrugó la cara—. No había luces, pero diría que era un coche normal y corriente, sin nada de particular, para viajes. No era nuevo, más o menos como el del Blue Jug. Nada del otro mundo, como cualquier otro coche de alquiler. En cuanto a los caballos, eran de faena, como que dos y dos son cuatro. Percherones lentos, diría yo —hizo una pausa antes de continuar—. Acabo de recordar por qué estoy tan seguro de que se dirigían fuera de la ciudad, había equipaje en el maletero. Lo vi mientras daba la vuelta al coche.

—Muy bien —Roscoe escudriñó el poco agraciado rostro de Millet y asintió—. Buenas noches, Millet.

El hombre casi se desmayó de alivio.

Roscoe se volvió, tomó a Miranda del brazo y la condujo calle arriba.

—¿Tiene alguna idea de quién podría querer ver muerto a Roderick? —sentado frente a ella en el coche que traqueteaba en dirección a Pimlico, Roscoe estudió el rostro de Miranda bajo la escasa luz proporcionada por las luces interiores.

Había corrido las cortinas y encendido las lámparas para poder interrogarla mejor. Inclinado hacia delante, los codos apoyados sobre los muslos, la observó estrujarse el cerebro.

—No —contestó ella al fin mientras sacudía la cabeza—, no se me ocurre nadie —lo miró a los ojos—. Puede que al final resulte ser por un rescate.

—No. Aparte de la ausencia de petición de rescate, sacar a Roderick de Londres no tiene sentido si se tiene idea de pedir un rescate

—Pero ¿estamos seguros de que lo han sacado de Londres? ¿Hasta qué punto podemos confiar en Millet y su deducción sobre las intenciones de Kempsey y Dole?

Roscoe repasó la conversación con Millet antes de contestar con determinación.

—En general, yo no me fiaría de Millet, pero no tenía ningún motivo para inventarse lo que nos contó, y todo lo que ha dicho coincide con aquello en lo que repararía un hombre de su oficio: la antigüedad y el tipo de coche, los caballos, y el equipaje en el maletero.

Mirando hacia la ventana, apartándose de ella y la preocupación que reflejaba su mirada, Roscoe repasó todo lo que habían averiguado hasta el momento y sopesó las posibilidades. Tras soltar un suspiro cargado de exasperación, se reclinó en el asiento. Desde el otro lado del coche, ella lo miró a los ojos.

—Nada de esto tiene sentido. Algo se nos escapa.

—¿Qué quiere decir? —Miranda frunció el ceño.

—Quiero decir que si alguien quería muerto a Roderick, Roderick estaría muerto y, si a Kempsey y a Dole los contrataron para matarlo, habríamos encontrado el cuerpo en medio de la calle Chichester.

—¿Y dado que no ha sido así? —preguntó Miranda tras armarse de valor.

—Dado que aún no hemos encontrado el cuerpo, entonces… —él frunció el ceño—. No lo sé. Lo sucedido no encaja con un secuestro, pero tampoco con un asesinato. Sacarlo de Londres… no veo por qué harían tal cosa.

—Pero dado que sí lo sacaron —ella se aferró a las implicaciones—, todo apunta a que sigue vivo, ¿verdad? —lo miró fijamente a la cara—. ¿Para qué iban a trasladar un cadáver?

—Tiene razón —Roscoe asintió tras reflexionar unos segundos—, no lo harían. No veo ningún motivo para que unos asesinos a sueldo como Kempsey y Dole fueran a molestarse en hacer algo así, teniendo el río al final de la calle. De modo que, de momento, no tenemos ninguna razón para no pensar que Roderick siga vivo.

De nuevo se produjo un reflexivo silencio.

—Y ahora, la pregunta clásica, ¿quién sale beneficiado con la muerte de Roderick? —preguntó él mientras enarcaba una ceja.

—Por lo que yo sé —ella frunció el ceño—, y dado que tengo veintinueve años y gestiono mi propia fortuna, según los términos del testamento de mis padres, si Roderick muere, yo soy la única heredera.

—Eso pensé —Roscoe asintió con gesto severo—. De ahí no obtendremos ninguna pista.

Pasó un minuto y ella sintió cómo su cerebro absorbía lentamente todas las implicaciones de lo que habían averiguado.

—¿Qué pasa con Kempsey y Dole? —preguntó mientras miraba a Roscoe—. ¿Podríamos averiguar algo más sobre ellos?

—Ese será nuestro siguiente paso —contestó él con la mirada perdida.

Miranda esperó, pero él no dijo nada más y, unos minutos después el coche ralentizó la marcha y giró. La gravilla crujió bajo las ruedas antes de que se detuvieran.

Roscoe abrió la puerta y se bajó antes de volverse para ayudar a Miranda, vestida de hombre, pero casi oculta por la capa, a bajarse frente a la blanca mansión.

Mudd y Rawlins saltaron del techo del carruaje.

—Decidle a Gallagher que quiero una reunión —Roscoe se volvió hacia sus guardaespaldas—. Que elija él el lugar, pero tiene que ser en público.

—Sí, señor.

—Podéis llevaros el coche —él hizo un gesto con la cabeza—, pero aseguraos de traerlo de vuelta.

Mudd y Rawlins sonrieron, abrieron la puerta del coche, comunicaron la dirección a Cummins, rieron ante la previsible respuesta arisca del conductor, y subieron tranquilamente al carruaje.

Llevándose a Miranda hacia la zona oculta entre las sombras del porche, Roscoe aguardó mientras Cummins daba la vuelta con el carruaje y regresaba a la calle.

—¿Quién es Gallagher? —preguntó ella.

—Alguien a quien no le gustaría conocer —él la miró antes de señalar con la mano hacia el camino empedrado que conducía hasta el jardín trasero—. Vamos, señorita Clifford, a pesar de su vestimenta, la acompaño a casa.

CAPÍTULO 4

Miranda llegó a casa de Roscoe a la mañana siguiente, incluso más temprano que el día anterior. Sin embargo, por la sonrisa que le ofreció Rundle, tuvo la impresión de que la estaban esperando.

Habían previsto su llegada.

Rundle la condujo hasta el estudio, la anunció y se marchó después de cerrar la puerta tras él.

Sentado al escritorio, bebiendo un café a sorbos, Roscoe repasaba una serie de cartas y documentos, pero levantó la vista cuando ella se acercó.

Su mirada se clavó en ella, como si fuera la primera vez en su vida que veía un vestido color lila. Después parpadeó y desvió la mirada azul hasta su rostro.

—Tengo una cita con Gallagher a las once.

—¿Dónde? —Miranda dejó el bolso sobre una mesita y permaneció de pie. El sol que entraba por la ventana arrancaba destellos rojos de sus oscuros cabellos.

—En el museo. En el vestíbulo principal.

La noción de que el museo albergara reuniones de los bajos fondos resultaba de lo más revelador y ella no pudo evitar una sonrisa.

—¡Eso es estupendo! Así podré asistir yo también.

—Sí y no —Roscoe volvió a recorrer su cuerpo con la mirada—. Gallagher no necesita saber de su existencia. Ni siquiera necesita saber que ha sido Roderick a quien han secuestrado. Ninguna persona en su sano juicio le proporcionaría una información como esa. Nunca se sabe para qué podría utilizar ese conocimiento —la miró a los ojos—. De modo que podrá asistir a la reunión, pero...

—Tengo que ir disfrazada de nuevo.

—Sí —él se reclinó en la silla y la miró, claramente evaluándola—. Pero no de hombre. Necesitará un sombrero, velo, guantes, cosas que le tapen todo lo posible. Haré que una de mis doncellas, y un lacayo, la acompañe. Irá hasta el museo con ellos, en uno de mis carruajes —volvió a mirarla a los ojos—. Vuelva aquí a las diez y media para marcharnos.

Y sin más, Roscoe devolvió su atención a los papeles.

Pero Miranda no era uno de sus hombres y permaneció en el sitio, contemplando su oscura cabellera.

Al fin él suspiró, levantó la vista y enarcó una ceja con expresión de cansancio.

—Gracias —ella sonrió.

Dicho lo cual se dio media vuelta, recogió el bolso y se encaminó hacia la puerta para salir del estudio.

Roscoe la observó hasta que cerró la puerta. Cuando estuvo seguro de que se había marchado, sacudió la cabeza.

—¿Qué demonios estoy haciendo?

No hubo ninguna respuesta.

Volvió a sacudir la cabeza y devolvió su atención al escritorio, al trabajo que quería terminar antes de que ella volviera para distraerlo.

Maravillosamente disfrazada de luto con la ropa prestada de su tía Corrine, Miranda permanecía en el vestíbulo principal del museo, la mirada tras el velo fija en un cuadro de grandes dimensiones que representaba una crucifixión, mientras aguardaba el comienzo de la reunión.

Incluso llevaba un pañuelo ribeteado de negro agarrado en una mano.

La doncella que Roscoe le había proporcionado, también vestida de manera sobria, permanecía un paso detrás de ella, sujetando la toquilla negra de Miranda. El lacayo, un fornido joven, razonablemente atractivo, permanecía ocioso, aunque atento, junto a la doncella.

Roscoe le había indicado el cuadro frente al que debía esperar, y allí se había colocado ella, cada vez más impaciente. Sin embargo el gran reloj situado sobre la entrada le mostraba que aún faltaban unos minutos para las once.

A punto de devolver la mirada hacia el cuadro, las puertas se abrieron de golpe y fueron sujetadas por dos hombres que dieron paso a un tercero, una masa corpulenta que, ayudándose de dos bastones, uno en cada mano, arrastraba su voluminoso cuerpo enfundado en un sencillo traje marrón al interior del vestíbulo. Tras detenerse, el enorme hombre miró a su alrededor. Su rostro era una masa informe de papadas y mejillas hinchadas desde la que dos diminutos ojos contemplaban el mundo.

El voluminoso hombre vio el banco frente al cuadro que ella contemplaba y, tras soltar un gruñido, se dirigió hacia él.

Gallagher. Desde detrás del velo ella lo vio alcanzar el banco y, con la ayuda de sus guardaespaldas, sentarse en él. Agitó una mano en el aire para despedir a sus hombres, que se colocaron junto a la pared, uno a cada lado, sin perder de vista a su jefe.

Aunque el vestíbulo principal no estaba ni mucho menos abarrotado, tampoco estaba desierto. Aparte de Miranda y sus acompañantes, había varias parejas y pequeños grupos deambulando por el espacio admirando las obras expuestas, mientras que un constante ir y venir de personas cruzaban el vestíbulo para dirigirse de una sala a otra.

Antes de tener la oportunidad de volver a impacientarse, llegó Roscoe. Entró en el vestíbulo con Mudd y Rawlins, y se detuvo al ver a Gallagher. Tras hablar con sus guardaespaldas, se encaminó tranquilamente hacia el banco. Si mirar ni saludar a Gallagher, se sentó a unos metros del otro hombre y, tras inclinarse hacia delante y apoyar los brazos sobre los muslos, fijó la vista en el cuadro.

Desde detrás del velo, Miranda suspiró antes de dirigirse hacia el extremo opuesto del cuadro, inclinando la cabeza como si estuviera analizando la obra. Su nueva posición le proporcionaba una mejor visión del rostro de Gallagher.

Los diminutos ojos miraron de reojo hacia Roscoe.

—¿Y qué puedo hacer por ti en esta bonita mañana?

La expresión imperturbable de Roscoe no cambió.

—Estoy seguro de que los dos hombres que tienes vigilando mi casa ya te habrán informado de que dos tipos, Kempsey y Dole, secuestraron a un conocido mío en la calle, cerca de mi casa, la cual acababa de abandonar. Y como supongo te habrás imaginado, no me hace muy feliz que mi hospitalidad se vea manchada por un suceso como ese.

—Comprensiblemente —contestó el otro hombre sin apartar la mirada del cuadro.

—Eso es. Quiero saberlo todo sobre Kempsey y Dole, y sobre todo, quiero saber quién los contrató.

—¿No te interesa el porqué?

—Saber eso sería estupendo, pero en este caso, en cuanto sepa quién, el porqué debería ser aparente.

—Ya —Gallagher reflexionó unos instantes en silencio antes de proseguir en un tono totalmente diferente—. ¿Qué tal va mi sobrino nieto?

—Bien. Tenías razón, tiene una buena cabeza para los números y aprende deprisa. Si no se aleja del buen camino, espero que en breve escale varias posiciones.

—Me alegra saberlo —el tono del hombre se volvió más enérgico—. En cuanto a Kempsey y Dole, no son de por aquí. Según dicen vienen de Birmingham, pero llevan unos años trabajando por los alrededores de la taberna Hood and Gable en la zona de Mile End. Trabajan a sueldo. Según mis fuentes son buenos. Nunca he tenido necesidad de contratarlos, pero es lo que me han contado.

—¿Alguna idea de quién los contrató?

—Lo único que sé es que no fue uno de los nuestros.

—¿Estás seguro? —en esa ocasión fue Roscoe quien miró a Gallagher de reojo.

—Como bien has dicho, ya me habían contado lo sucedido. Digamos que me pareció una chapuza. Era evidente que ibas a acudir a mí con tus preguntas, de modo que hice mis averiguaciones primero. Ninguno de los sospechosos habituales de por aquí saben nada, pero Quirk, sus chicos a veces utilizan el Hood and Gable, me ha dicho que un par de sus muchachos vieron a Kempsey y a Dole aceptar un paquete de un hombre. Parecían haber cerrado un trato y por eso se lo comentaron a Quirky. Por supuesto, Quirky preguntó por el hombre que los había contratado, pero al parecer era forastero y totalmente anodino de aspecto: cabello castaño, estatura media, normal y corriente por lo demás. Vestía ropa que no era nueva, incluso algo desaliñada. Al parecer luce una cicatriz que le cruza una mejilla, pero, con todos los hombres que han regresado de la guerra, un rostro con una cicatriz ya no es la información clave que solía ser.

—Por desgracia no —reconoció Roscoe—. Entonces parece que Kempsey y Dole trabajan para un hombre que no resulta reconocible, que no está relacionado con los principales operadores.

—Eso es. Lo único que he conseguido averiguar, y que podría servir de algo, es que Kempsey y Dole a menudo utilizan un coche de los establos que hay detrás del Hood and Gable. Parece ser que suelen usar ese coche habitualmente, con los mismos caballos. Dole suele conducir. El coche tampoco destaca por nada en particular, pero los caballos… uno es pardo con las crines claras y el otro de un color gris sucio.

—Eso sí podría ayudar —Roscoe se irguió—. ¿Y qué hay de Kempsey y Dole?

—Corpulentos, los dos, pero Kempsey es el auténtico matón. Dole es un poco más alto y de movimientos más ágiles. Kempsey es el líder, el que habla. Dole le sigue y mantiene la boca cerrada. Kempsey tiene los cabellos cortos y marrones, que empiezan a encanecer. Dole los lleva más largos, de color marrón oscuro y tiene una oreja deforme. Ambos visten con sencillez, pero limpios, y hablan con acento, seguramente de Birmingham.

—Una última cosa —Roscoe reflexionaba mientras almacenaba toda la información en su cerebro—. ¿Llevan pistola?

—Normalmente no. Ambos prefieren los cuchillos, o los puños, si acaso armas contundentes —Gallagher hizo una pausa antes de continuar—. Son de esa clase de tipos.

Escoltada de vuelta a la casa de Roscoe por sus hombres, y conducida hasta el comedor donde habían comido el día anterior, Miranda caminaba de un lado al otro de la estancia mientras se preguntaba dónde demonios estaba su anfitrión y, sobre todo, qué estaría haciendo. Mientras Roscoe, seguido a un ritmo mucho más lento por Gallagher, abandonaba el museo, ella había permanecido un rato más contemplando los cuadros en el gran vestíbulo, con sus acompañantes, antes de marcharse.

Por fin la puerta se abrió y Roscoe apareció. Situándose frente a él, Miranda se detuvo.

—¿Y ahora qué?

—Ahora comemos —él la miró a los ojos y cerró la puerta del comedor. Tras señalar hacia la mesa, se acercó y le sostuvo una silla—. Después la acompaño a su casa.

Miranda se sentó, acomodándose y, conteniendo su impaciencia hasta que él se hubo sentado a la cabecera de la mesa, a la izquierda de ella.

—¿Y qué hay de seguir a Kempsey y a Dole? ¿Qué hay de Roderick?

—He enviado a algunos de mis hombres en busca de ese coche, o más específicamente de esos caballos —Roscoe desplegó la servilleta y levantó la vista mientras Rundle aparecía con una fuente de carne loncheada—. Da igual quién les esté pagando, esos dos no serán tan estúpidos como para alojarse en posadas. No cambiarán de caballos. Viajarán a ritmo tranquilo y se detendrán cuando los animales necesiten descansar.

Ella reflexionó mientras Rundle les servía la comida. Cuando el mayordomo se retiró, miró a Roscoe, escrutando su rostro impasible. Sin embargo, estaba segura de que ese hombre tenía algún plan.

—En cuanto localice a Kempsey y a Dole, y con suerte a Roderick también, ¿qué hará?

—En cuanto averigüe hacia dónde se dirigen —él masticó, tragó, y no apartó la mirada del plato—, iré tras ellos y traeré a Roderick de vuelta.

«Suponiendo que siga vivo».

—¿Cree que sigue vivo?

—Creo que es probable —él suspiró para sus adentros antes de mirarla—. No consigo entender lo que está sucediendo aquí. Si lo hubieran matado, el coche estaría de nuevo en los establos, pero mis hombres ya han confirmado que no es así. De modo que —se volvió a llenar la boca—, lo más probable es que se lo hayan llevado a alguna parte, seguramente para entregarlo a alguien, quizás a la persona que los ha contratado —la miró a los ojos, apreciando la concentración que reflejaba su rostro mientras ella también comía, y sintió un irracional placer al ver que por lo menos estaba comiendo—. Doy por hecho que aún no se le ha ocurrido quién podría estar detrás de todo esto.

—No tengo ni idea —Miranda sacudió la cabeza.

—Yo tampoco. En cualquier caso, lo que hemos averiguado sugiere que, si nos movemos con rapidez para encontrar a Kempsey y a Dole, tenemos bastantes posibilidades de traer a Roderick de vuelta, vivo.

Ella bebió a sorbos el agua que le había pedido a Rundle en lugar del vino, que podría subírsele a la cabeza.

—Entonces, en cuanto sepa dónde están, enviará a algunos de sus hombres para hacerse cargo de ellos y traer a Roderick de vuelta.

—No. Iré yo mismo.

—¿Lo hará? —Miranda clavó sus ojos en los suyos y, al verlo asentir, frunció el ceño—. Pero me he dado cuenta de que está muy ocupado.

—Señorita Clifford —Roscoe apretó brevemente los labios—. ¿Por qué me molesto tanto? —la pregunta era retórica—. Miranda, puede que a Gallagher le haya contado que Roderick es un conocido mío, pero lo cierto es que considero a su hermano un amigo. Ha depositado en mí su confianza y ha seguido mi ejemplo en cuestiones de filantropía, y yo haría por él lo que haría por cualquier amigo. Iré yo mismo en su busca, no dejaré su rescate en manos de mis hombres, por muy capaces que sean, por mucho que confíe en ellos.

—Gracias —susurró ella tras escrutar su mirada e inclinar la cabeza.

Y antes de devolver su atención al plato de comida.

Roscoe siguió su ejemplo mientras se preguntaba...

—Por supuesto lo acompañaré.

—No —él suspiró para sus adentros—. No lo hará.

—No vamos a volver a mantener esta discusión, ¿a que no?

—No va a venir conmigo —Roscoe sacudió la cabeza.

Miranda lo miró con severidad, aunque él fingió no darse cuenta.

—Supongo que se dará cuenta —el tono de voz de Miranda era calmado, reflejando puro sentido común— de que voy a seguirlo de todos modos, por mi cuenta y, por supuesto, corro mucho más riesgo de meterme en un lío, en algún peligro, si viajo sola que si viajo con usted.

Roscoe soltó despacio los cubiertos y arrojó la servilleta a un lado del plato antes de volverse hacia ella.

—No hay ningún motivo para que siga involucrándose…

—Lo cierto es que hay varios motivos —ella agitó el tenedor en el aire para darle mayor énfasis a sus palabras—. Soy la hermana de Roderick, su familiar más cercano. Si está malherido, todo irá mejor si estoy yo para interceder por él.

Roscoe apretó los labios pues aquello era, lamentablemente, un argumento irrefutable, y una posibilidad.

—Es más, si está herido, será mucho más fácil para él si estoy a su lado. ¿Y si ha recibido un fuerte golpe en la cabeza y no lo reconoce? —bajando el tenedor, Miranda posó la mirada en su plato antes de soltar los cubiertos—. Y, sobre todo, no puedo quedarme aquí, a salvo en Londres y limitarme a esperar. Me volvería loca de preocupación.

«Por los dos».

Miranda se guardó el último pensamiento. Dobló la servilleta y la dejó junto al plato antes de volverse hacia él.

Al parecer Roscoe era consciente de la inutilidad de refutar sus ideas y frunció el ceño.

—No veo cómo…

—Muy sencillo —Roscoe no era el único capaz de planificar algo, y Miranda había tenido mucho tiempo para pensar desde que abandonara el museo—. Viajamos juntos a cara descubierta, yo de luto —agitó una mano en el aire ante el ceño fruncido de Roscoe—. Seré una viuda que se dirige hacia al lecho de muerte de algún pariente, y usted el amigo de la familia que me escoltará hasta allí. El escenario resulta perfectamente aceptable, y también le proporcionará una excelente tapadera. Cuando encontremos a Kempsey y a Dole, no tendrán ningún motivo para sospechar de usted. Es esencial que tenga un motivo plausible para estar allí, de lo contrario les pondrá en alerta simplemente con aparecer.

Tras una breve pausa, Miranda prosiguió con la exposición de su plan.

—Y, por supuesto, una dama siempre puede tener un mal día y encontrarse demasiado indispuesta para viajar, de modo que, si nos hace falta quedarnos cerca para arrancar a Roderick de las garras de Kempsey y Dole, no necesitaremos inventarnos ninguna excusa para no proseguir el viaje —tras una pausa, continuó—. También sé tratar heridas, al menos las pequeñas —alzó la cabeza y sus miradas se fundieron—. Mi plan funcionará a la perfección.

—Podría llevarme a Mudd y a Rawlins… —el ceño fruncido de Roscoe se hizo más pronunciado.

—No, no puede. Gallagher dijo que Kempsey y Dole era buenos en lo suyo, y eso significa que en cuanto posen sus ojos en Mudd y en Rawlins, los reconocerán por lo que son, los esbirros de alguien.

—A ellos les gusta más el término «guardaespaldas».

—Tanto da. Son hombres que cuidan de alguien lo bastante poderoso como para necesitarlo y pagarles por ello, y que normalmente están dispuestos a emplear la violencia a petición suya —ella asintió mientras le sostenía la mirada—. Precisamente por eso, si viaja solo con Mudd y Rawlins, destacará del resto de la gente, independientemente de cómo vaya vestido, y Kempsey y Dole se darán cuenta y percibirán la amenaza que supone para ellos —se interrumpió, recuperó el aliento y miró al vacío con expresión sombría—. ¿Quién sabe? Si se sienten amenazados podrían incluso matar a Roderick para que no pueda declarar como testigo contra ellos.

Ante eso no había nada que Roscoe pudiera objetar.

Miranda volvió a posar la mirada sobre él, su expresión más decidida, más testaruda.

—Debemos mostrar un aspecto inocuo, uno que nos permita encontrar a Kempsey y a Dole, que nos permita acercarnos lo suficiente como para rescatar a Roderick, y para poder cuidarlo y protegerlo en caso de que esté herido.

—Miranda —Roscoe suspiró—, esto no nos llevará solo un día. No sé qué se habrá imaginado.

Pero ella estaba dispuesta a desmontar cada uno de sus argumentos, a responder a cada uno de sus ataques al plan. Y para conseguirlo lo interrumpía, discutía. Y cuanto más insistía, mayor era la sensación de que ese plan suyo era la única opción viable.

Roscoe incluso intentó sacarla de quicio, pero ella se dio cuenta de la jugada, entornó los ojos y lo miró furiosa antes de ignorar, con supremo desdén, incluso desprecio, la burla.

Al final a Roscoe no le quedó más remedio que sacar a relucir a la autoridad que, de haber sido posible, ni siquiera habría mencionado.

—¿Y qué pasa con su tía? ¿Qué opinará sobre el hecho de que su sobrina vaya a viajar sola conmigo? —al no recibir una respuesta inmediata, él insistió para intentar aprovechar su ventaja—. ¿Sabe siquiera que está usted aquí ahora mismo? ¿Sabe que pasa el día conmigo, bajo mi escandaloso tejado?

—No, mi tía no lo sabe —contestó ella con frialdad tras mirarlo nuevamente a los ojos—. Además, si pudiera elegir, preferiría simplemente no saber que estoy aquí. Puede sonar raro, pero Gladys ya está tan preocupada por Roderick como yo. Sabe que, esté donde esté, estaré haciendo todo lo posible por encontrarlo y llevarlo de regreso a casa. Si tenemos que seguir a Kempsey y a Dole por el país, por supuesto que tendré que contárselo, pero solo le diré que voy tras Roderick acompañada del amigo que me ha estado ayudando a localizarlo, y que tengo que marcharme. Eso es todo lo que hay, y eso es lo que le voy a contar. Y aunque se retuerza las manos de frustración, no me lo prohibirá, ni me lo impedirá.

Roscoe se sumergió en la inmutable y sólida determinación que reflejaba su mirada, asimiló la inflexible tozudez que marcaba su barbilla y la forma de sus labios. Se había vuelto una mujer más decidida, más confiada, más independiente desde aquella primera noche en que había acudido a su casa.

Sin embargo él era lo bastante poderoso para negarse, reafirmarse en ello y aplastar su incipiente confianza.

Solo que no pudo hacerlo, no se sintió capaz de devolverla a la jaula de inexperiencia e incertidumbre de la que, al parecer, estaba escapando empujada por la necesidad de rescatar a su hermano.

Nadie mejor que él para conocer el poder de transformación de ese instinto protector llamado a la acción. Él tampoco era el mismo hombre que había sido doce años atrás, y el hombre que era en esos momentos era mucho más que el que había sido.

Pero...

Durante todo el tiempo su mirada había permanecido clavada en la de ella, y ella la había sostenido mientras esperaba.

—Ya veremos —Roscoe gruñó, sin comprometerse a nada—. Antes de decidir ninguna acción, debemos encontrar alguna pista sobre el paradero de Kempsey y Dole y sus jamelgos.

Casi había esperado ver dibujarse una sonrisa triunfal en el rostro de Miranda, pero ella se limitó a inclinar la cabeza y permitir sin protestar que él la acompañara a su casa.

Dado que era pleno día, Miranda se encontró sentada junto a Roscoe en uno de los carruajes que traqueteaba a lo largo de la corta distancia que separaba la calle Chichester de la calle Claverton para seguir por el callejón que bordeaba la casa de su hermano. Cuando el coche se detuvo junto a la entrada, Roscoe abrió la puerta, se bajó y la ayudó a ella a bajarse.

Miranda sintió un desconcertante escalofrío cuando sus dedos se enlazaron, pero al no ser inesperado se había preparado, armándose contra esa sensación. A fin de cuentas no resultó ser tan malo como la noche anterior cuando sin previo aviso, una y otra vez, la había tomado del brazo o el codo. Una vez a salvo sobre el suelo del callejón, ella se soltó mientras se felicitaba a sí misma por haber logrado ocultar una reacción tan inquietante.

—Gracias.

Mirándolo de frente aguardó sin añadir nada más.

Roscoe le devolvió la mirada y dejó pasar varios segundos.

—Le enviaré noticias en cuanto tenga alguna —le aseguró a regañadientes.

Ella asintió en un gesto de aprobación y le permitió abrir la puerta de entrada al jardín antes de avanzar con cuidado al interior. Agarró la puerta con una mano y se volvió para cerrarla. Roscoe se despidió, ella sonrió, y cerró la puerta. Pero permaneció inmóvil mientras oía cerrarse la puerta del coche seguido del sonido de las ruedas al alejarse.

Dio media vuelta y cruzó lentamente el jardín mientras reflexionaba sobre las cosas que había averiguado. No solo sobre Roderick y Roscoe, sino fundamentalmente sobre sí misma. No le resultaba sorprendente el hecho de que el miedo que sentía por Roderick dictara todas sus acciones. Lo que sí le sorprendió fue lo que había hecho y logrado, cómo se había comportado y reaccionado.

No había dudado en discutir con Roscoe, en insistir y exigir que le permitiera ejercer un papel protagonista en el rescate de su hermano. No había dudado en imponer su punto de vista sobre cómo debería llevarse a cabo el rescate y, en cierto modo, se sentía más libre, más segura, con más confianza en sí misma, más decidida sobre una persona a la que no terminaba de reconocer: ella misma.

Mientras se dirigía hacia la casa, intentó identificar la esquiva sensación, poner el foco en ella. Llegó a la terraza, la cruzó, abrió la puerta y entró en el gabinete.

Gladys estaba sentada en el sofá frente al ventanal.

—¡Por fin estás aquí! ¡Ya era hora! ¿Dónde has estado? —Gladys se inclinó hacia delante escudriñándole el rostro—. ¿Has averiguado algo sobre Roderick?

El miedo reflejado en su voz dejaba claro que la última pregunta era lo que más preocupaba a Gladys. Miranda aprovechó el minuto que le llevó dejar el bolso y la toquilla sobre el escritorio, levantar los brazos para quitarse las horquillas que sujetaban el sombrero y retirar el velo para decidir qué contarle. Volviéndose hacia su tía optó por la brevedad.

—Roderick fue secuestrado aquella noche cuando volvía a casa. Dos hombres lo introdujeron en un coche y se marcharon. Aún no sabemos adónde lo han llevado, y no tenemos ni idea del porqué.

Gladys palideció y, durante un buen rato, mantuvo la mirada fija sobre el rostro de Miranda mientras se enfrentaba a los hechos. Al final apretó los labios y se echó hacia atrás.

—¿Sabemos? ¿Tenemos? ¿Quiénes? ¿Con quién has estado? ¿Y dónde?

—Quiénes, somos yo y el amigo de Roderick que me está ayudando a encontrarlo. He estado en casa del amigo de Roderick, no muy lejos de aquí.

No se había equivocado al asegurarle a Roscoe que su tía estaría tan alterada por la desaparición de Roderick, tan desesperada, tan aterrada, que se sentiría atrapada en un dilema. Por un lado, Gladys deseaba que Miranda encontrara a Roderick, quería que fuera rescatado y devuelto sano y salvo a su casa, pero el espectro del escándalo, como siempre, sobrevolaba su mente.

En cuanto a ella, la necesidad de rescatar a Roderick había anulado el efecto del escándalo. Arruinar su reputación. Rescatar a su hermano pequeño. La segunda opción era clara y la primera ni siquiera merecía ser tenida en cuenta.

Quizás por ello ya no se sentía constreñida por la rigidez bajo la que había vivido tanto tiempo.

—Ayúdame a levantarme —Gladys se removía inquieta mientras alargaba una mano—. Voy a sentarme en el cuarto de estar.

Tomando a su tía del brazo, Miranda la ayudó a levantarse. Deshaciéndose de su apoyo, la mujer utilizó el bastón para afianzarse lentamente. Casi siempre se sentaba en el cuarto de estar, bordando o leyendo, por si alguien acudía de visita. Pocos solían hacerlo, pero Gladys le daba mucha importancia a las apariencias y siempre estaba preparada para dar una buena impresión.

Gladys abrió la puerta y se volvió hacia su sobrina.

—No voy a preguntar, y tú no me lo dirías, pero escúchame bien, señorita, hagas lo que hagas debes tener cuidado con no cruzar la raya. No puedes permitirte el lujo de arruinar tus posibilidades con Wraxby, seguramente la última oportunidad que tendrás de abandonar la casa de Roderick. De modo que ten cuidado. Los caballeros como el señor Wraxby le dan mucha importancia a lo que se considera un comportamiento adecuado para una dama.

Miranda enarcó las cejas antes de contestar en un tono que no recordaba haber empleado jamás.

—Todo eso está muy bien, tía, pero, si el señor Wraxby carece de los sentimientos adecuados para comprender y aceptar que haré lo que sea necesario para rescatar a mi hermano… —«entonces Wraxby no es hombre para mí», oyó en su cabeza, aunque se limitó a respirar hondo—, entonces tendremos que asegurarnos de que nunca conozca las circunstancias del rescate de Roderick y, dado que por suerte se encuentra en Suffolk, de momento no tendremos que preocuparnos por él.

Anunciar que no se casaría con Wraxby si esa fuera su actitud solo haría que Gladys sufriera una conmoción, y daría comienzo a una larga y complicada discusión que ni Gladys ni ella necesitaban en esos momentos.

Gladys entornó sus ojos de ágata, fijos en los de su sobrina, soltó un bufido y se dio media vuelta.

Miranda esperó mientras oía las pisadas de su tía cada vez más lejanas y se propuso empezar a pensar en Gladys, en la casa, los menús y todas aquellas cosas de las que era responsable. Sin embargo, si bien todos esos temas revoloteaban en su mente, esperando atrapar su atención y devolverla a la realidad cotidiana, ya no poseían el poder suficiente para atraparla.

Recogió el bolso y la toquilla y se dirigió al pasillo para subir las escaleras. Una vez en su cuarto, tiró del llamador y le pidió a una doncella que le llevase su bolso de viaje antes de abrir el armario para seleccionar la ropa que se iba a llevar en su aventura para rescatar a su hermano, preparando todo lo que iba a necesitar para viajar con Roscoe en cuanto hubieran averiguado dónde se habían llevado Kempsey y Dole a Roderick.

Mientras procedía a ajustar la hebilla del bolso, comprendió de repente que esperaba tener noticias de Roscoe, como mucho, al día siguiente. Su confianza en las capacidades de ese hombre había crecido hasta el punto de que, unida a su fe en él, no le cabía duda de que, en cuanto averiguara esa información esencial, se lo comunicaría de inmediato.

CAPÍTULO 5

—No me puedo creer lo que estoy haciendo —protestó Roscoe por lo bajo sin importarle que su acompañante lo oyera.

—Pues ya somos dos —el tono de voz de Miranda dejaba claro que su punto de vista sobre la situación era el contrario.

Sentada a su lado sobre el asiento de la caja de la calesa, alerta y erguida, cubierta con una capa oscura sobre el vestido de luto, el rostro oculto por el velo negro fijado al sombrero, desde el instante en que el coche se había puesto en marcha para salir del porche de la casa de Roscoe, ella había permanecido atenta a todo lo que les rodeaba, sus ojos escrutando con precisión las bulliciosas calles.

A Roscoe no le hubiera extrañado que Miranda hubiera permanecido sumida en sus propios pensamientos, hundida por la preocupación hacia su hermano. No dudaba de que esa preocupación estuviera presente, bajo la apariencia exterior, pero apreciaba esa tendencia que tenía ella para sacarle el mayor partido a cualquier momento.

Se habían dirigido hacia el norte y el oeste, por la calle Oxford, siguiendo la pista del maltrecho y viejo coche, con sus caballos desparejados, en el que Kempsey y Dole se habían llevado a Roderick.

Cuando a las ocho de la mañana le había enviado una nota a Miranda, no había estado muy seguro de si, a pesar de su resolución del día anterior a acompañarlo, seguiría pensando lo mismo. Quizás le hubiera entrado un poco de sentido común. Quizás había recuperado la sensatez y admitido lo poco acertado que sería, el potencial desastre social al que se enfrentaría.

Pero Miranda no había respondido a su nota.

Había aparecido ante su puerta, disfrazada convenientemente y con un bolso de viaje depositado a sus pies.

Si acaso, esa resolución de la que había hecho gala no solo no se había atemperado sino que se había multiplicado. Dicho lo cual, si bien era capaz de aceptar que Miranda podría no llegar a lamentar haber participado en la aventura, él no estaba tan seguro de que no fuera a lamentar su indulgencia a la hora de permitirle ser su cómplice. Le había costado tener que discutir seriamente con Mudd, Rawlins, Rundle, incluso con Jordan, ninguno de los cuales comprendía qué le había llevado a acceder a la petición de esa mujer.

Roscoe sabía muy bien el porqué, pero no era capaz de formularlo en palabras, ni explicárselo a nadie.

—¿Qué tal se lo ha tomado su tía? ¿Qué le ha contado sobre el viaje?

—Le expliqué que usted, el amigo de Roderick, ha encontrado su rastro y que nosotros, usted y yo, teníamos que seguirlo para rescatarlo.

—¿Y no protestó?

Miranda lo miró fijamente.

—Ya le he explicado la ambigua posición de mi tía, y ya tengo veintinueve años. Desde hace algunos años soy muy capaz de tomar mis propias decisiones —no que lo hubiera hecho nunca anteriormente, pero ese detalle lo estaba solucionando en esos momentos—. Si bien suelo ceder a los deseos de Gladys en la mayoría de los casos, en este —se encogió de hombros—, no le pedí permiso siquiera, y ella no intentó disuadirme.

Había actuado con determinación, y se había sentido muy bien. Lo suficientemente bien como para tomar sus propias decisiones y actuar según su propio juicio. Suficientemente bien como para apartarse de las limitantes restricciones de su tía y seguir sus propios instintos y principios.

Miranda se inclinó hacia delante y miró a través del velo.

—Ese pueblo de ahí delante parece más grande que ninguno que hayamos cruzado hasta ahora.

—Es Uxbridge. Pararemos y comprobaremos que nuestro carruaje pasó, en efecto, por aquí.

★★★

Varias horas después pararon a comer en High Wycombe. Roscoe la ayudó a bajar en el patio de la posada Five Bells.

Mientras él hablaba con los mozos de cuadra, ella se recolocó el vestido antes de levantar la vista y encontrárselo delante, ofreciéndole un brazo. Miranda titubeó unos segundos antes de colocar su mano sobre la manga de Roscoe. Mejor eso que permitirle tomarla del brazo.

Sin embargo, mientras caminaba a su lado hacia la entrada delantera de la posada y al interior del establecimiento, ella se sintió distraída por la sensación de los acerados músculos bajo la manga, impelida a hundir los dedos con firmeza en esos músculos, y sentir.

Un sutil calor le recorrió todo el cuerpo y silenciosamente dio gracias por llevar velo.

Se detuvieron frente a un mostrador en la parte trasera del vestíbulo donde Roscoe reservó un saloncito privado, encargó la comida y, solo entonces, se volvió para mirarla.

Ella alzó las manos y levantó el velo mientras sonreía tímidamente al posadero.

—Seguimos a dos hombres que mi familia contrató para llevar a un tercero, mi primo, hacia el norte. Debíamos abandonar Londres todos juntos, pero nosotros nos retrasamos y ellos partieron por delante. Debieron pasar por aquí hará unos tres días y me preguntaba si los habrían visto.

En Uxbridge habían descubierto que si ella, vestida de luto, pedía información, despertaba gran simpatía y alentaba respuestas más inmediatas, menos contenidas que, a menudo, iban acompañadas de alguna ayuda activa.

—Lo siento, señora —el posadero sacudió la cabeza—, no recuerdo a ningún grupo de personas como ese pasando por aquí. Pero haré algunas preguntas por si averiguo algo.

—Gracias —con una sonrisa cargada de agradecimiento, ella volvió a colocarse el velo y permitió que Roscoe la guiara tras el posadero hacia el saloncito.

Habían acordado que a partir de ese momento se harían pasar

por dos buenos amigos, tuteándose, para evitar así el peligro de que él se dirigiera a ella como «señorita», en lugar de «señora». Para sus propósitos, lo mejor sería que la tomaran por viuda.

—Si aquí no conseguimos ninguna información —propuso Roscoe en cuanto les sirvieron la comida y los empleados se hubieron retirado, dejándolos solos—, cuando terminemos de comer recorreré los establos de la calle y preguntaré, y también en esa taberna al final del pueblo.

—Sabemos que pasaron por Uxbridge y que les vieron por esta carretera después de pasar por todos los cruces que hemos atravesado, de modo que tienen que haber venido por aquí —la preocupación de Miranda por Roderick había reducido su apetito, pero se obligó a comer de todos modos. No le serviría de nada a su hermano si desfallecía.

—Dada la hora a la que abandonaron Londres, y pasaron por Uxbridge, yo hubiera apostado por que se hubieran parado a pasar la noche en algún punto de este recorrido. Nadie los perseguía. Llevaban caballos lentos y no los han cambiado por otros, de modo que no veo ningún motivo para haber continuado trayecto toda la noche —Roscoe hizo una pausa para comer otro bocado—. No tenemos ni idea de hacia dónde se dirigen, y no debemos olvidarlo.

—No queremos pasarnos y perdernos algún desvío que hubieran tomado para salir de la carretera —ella asintió y reflexionó durante unos segundos—. Todavía no entiendo para qué lo habrán sacado de Londres.

—Yo tampoco —Roscoe hizo una mueca.

Estaban dando cuenta de una fuente de quesos cuando un tímido golpe de nudillos en la puerta anunció la llegada de una joven doncella. Con las manos fuertemente apretadas ante ella, la joven se balanceaba sin parar.

—Si me disculpa, señora, Figgs —la doncella inclinó la cabeza hacia el vestíbulo mientras hablaba casi sin aliento— dice que ha preguntado por dos hombres acompañados de un caballero hace unas noches.

—Sí, eso es —Miranda sonrió para animarla a continuar—. ¿Sabes algo de ellos?

—No sé si son los que buscan, pero mi hermana trabaja en la

taberna calle abajo y venimos juntas caminando por la mañana desde casa —la chica arrugó la frente en un gesto de concentración—. Hace unas tres mañanas, vi como dos hombres corpulentos llevaban a uno más joven, que parecía un caballero, y desde la taberna lo metieron en su coche. Tam, esa es mi hermana, me contó después que habían llegado de madrugada y se habían quedado en la taberna antes de marcharse, y eso fue cuando los vimos.

—Gracias —la gratitud amplió la sonrisa de Miranda.

—Desde luego —Roscoe le ofreció una moneda que la joven aceptó sonrojándose sin dejar de balancearse—. ¿Sabes hacia dónde se dirigieron? Suponemos que fueron directamente hacia Oxford, pero podría ser que hubieran decidido dar un rodeo.

—No, fueron directos, señor. Estoy segura porque el coche pasó justo a mi lado cuando llegué aquí. Uno de los caballos tenía las crines claras, por eso sé que eran los mismos.

Roscoe le dio otra moneda ante los ojos desmesuradamente abiertos de la chica.

—Una última pregunta, has dicho que los dos hombres llevaban al caballero. ¿Cómo lo llevaban?

—Bueno —la doncella miró primero a Miranda y luego a Roscoe—, uno lo agarraba por los hombros y el otro por las piernas. Uno de los pies del caballero parecía vendado, y estaba inconsciente. Flácido, eso era lo que parecía —la chica volvió a mirar a Miranda, interpretó el espanto que se reflejó en su rostro y que fue incapaz de ocultar, y empezó a retorcerse las manos—. Lo siento, señora, pensé que ya lo sabría.

—No, no —Miranda agitó una mano en el aire como si quisiera quitarle importancia y consiguió esbozar una tímida sonrisa—. Gracias por contárnoslo, eso es exactamente lo que queríamos saber.

Roscoe se levantó de la silla y acompañó a la joven hasta la puerta, apartándola de la evidente agitación de Miranda.

—Desde luego sabíamos que el caballero estaba herido, pero no sabíamos cómo se las estaba apañando. Nos has sido de gran ayuda.

Sujetando fuertemente en una mano el producto de la generosidad de Roscoe, la chica se marchó a toda prisa.

Cerrando la puerta, él se volvió y vio a Miranda apartar el plato de su lado.

—Deberíamos continuar —ella levantó la vista y la fijó en los dos zafiros.

Él la miró detenidamente durante unos segundos antes de asentir.

—No olvides una cosa, está vivo.

Se detenían después de pasar cada cruce para preguntar, pero al parecer el coche había seguido sin parar hacia Oxford. Encontraron la taberna de las afueras, donde Kempsey y Dole se habían detenido a comer algo a primera hora de tarde, tres días atrás.

Tras regresar a la calesa donde aguardaba Miranda, Roscoe se subió, tomó las riendas, soltó el freno y puso en marcha a los caballos.

—Kempsey y Dole entraron. Nadie vio al hombre del coche, pero Dole le llevó agua.

Provisto de la información de que Roderick estaba herido y, seguramente, inconsciente, Roscoe ya podía pedir información con la misma precisión que Miranda. Su mera presencia, vestida de luto riguroso, sentada en la caja de la calesa, bastaba para ganarse todas las simpatías, toda la ayuda posible, para encontrar a su «primo», herido.

—Tenemos que empezar a pensar como ellos —sugirió él cuando tuvieron las torres de Oxford a la vista—. Si llegaron a Oxford tan pronto como parece...

—Podrían haber seguido de largo, sin detenerse —ella se removió inquieta.

—Exactamente. Estamos llegando a la ciudad desde el este. Hay varias, tres sin no recuerdo mal, carreteras que se dirigen al sur.

—Pero ¿para qué iban a venir tan al norte para luego dirigirse de nuevo hacia el sur?

—Eso es. Por eso propongo encontrar algún hotel decente al norte o el oeste de la ciudad y, mientras tú intentas averiguar algo allí, yo seguiré el camino por la carretera que se dirige al oeste, y las carreteras, hay dos creo, que van al norte, por si consigo encontrar su rastro —al mirarla, él vio el ceño fruncido.

—Quizás —contestó Miranda—, sería mejor que te acompañara.

Roscoe fingió considerarlo antes de hacer una mueca de desagrado.

—Dado el tipo de establecimientos en los que se detienen, será más fácil para mí si investigo solo.

Mucho más fácil, pues tenerla cerca suponía que la mitad de su cerebro estaba centrado en vigilarla.

—Supongo que tienes razón —ella suspiró—. De acuerdo —hizo un gesto hacia delante—. Vayamos a Oxford y encontremos un lugar donde alojarnos.

Entraron en la ciudad universitaria a última hora de la tarde. La calle estaba plagada de estudiantes y profesores y un bullicio que a Roscoe le era muy familiar.

—Es período lectivo —respondió él cuando Miranda hizo un comentario sobre el gentío. Habían pasado varias décadas desde su estancia allí y dudaba que alguien pudiera reconocerlo, pero...

—Oakgrove Manor está en Cheshire. Supongo que siempre pasáis por Oxford camino de la capital.

—Normalmente, sí.

—Por tanto es posible que alguien pudiera reconocerte.

—Sí —Miranda percibió el tono de desaprobación en su voz.

—Entonces evitaremos los hoteles principales. Nos irá mejor uno de los establecimientos menos frecuentados.

Encontraron un tranquilo hotel familiar apartado de la carretera de Woodstock. Tras reservar dos habitaciones y un saloncito privado, Roscoe partió en busca del rastro del carruaje, dejando que Miranda supervisara el traslado del equipaje y pidiera la cena.

Su disfraz y la historia de que él era un amigo de la familia que la estaba acompañando, a una viuda, a alguna reunión familiar, le siguió resultando de utilidad. No detectó ningún gesto de sospecha o desaprobación, ni en la posadera ni en sus empleados. Enseguida le llevaron agua caliente a la habitación y, tras lavarse, bajó al saloncito. Antes de poder empezar a preocuparse, una doncella apareció para ofrecerle un té y unos bollitos para recuperar fuerzas. Aceptando que le hacían falta, pasó la media hora siguiente intentando distraerse con la excelente bollería, la crema pastelera y una deliciosa mermelada de frambuesa.

Por desgracia, la distracción no duró mucho tiempo.

Cuando la luz empezó a disminuir, Miranda comenzó a pasear por delante de la ventana, deteniéndose de vez en cuando para mirar hacia la creciente penumbra. Roderick estaba herido, lo bastante como para haber quedado inconsciente. Eso no se lo había esperado, lo cierto era que no se había atrevido a pensar en cómo lo habían sometido Kempsey y Dole. Roderick no era particularmente corpulento, pero tampoco era pequeño o débil, y su salud había sido inmejorable cuando había abandonado su casa...

Soltando un juramento para sus adentros, se obligó a dejar de pensar en su estado físico. Lo primero era encontrarlo, luego rescatarlo. Preocuparse por su salud quedaba reservado a cuando lo hubiera llevado de vuelta a casa.

La puerta del saloncito se abrió y ella se giró bruscamente.

Roscoe entró.

—¡Gracias a Dios! —tras escudriñar rápidamente su rostro, ella esperó con impaciencia mientras él cerraba la puerta—. ¿Los has encontrado?

Roscoe se detuvo ante la mesa en el centro de la habitación. La ansiedad en la mirada de Miranda era evidente, parecía casi febril, esperando alguna buena noticia.

—Tal y como supusimos, atravesaron la ciudad y se detuvieron en una pequeña posada en Kidlington.

—Se dirigen hacia el norte —ella frunció el ceño.

—Sospecho —continuó él— que se dirigen, o puede que ya estén allí, a Birmingham. No olvides que Gallagher mencionó que procedían de allí.

—Sí, lo recuerdo —Miranda frunció el ceño un poco más—. ¿Y para qué iban a llevarse a Roderick a su casa?

—Estoy de acuerdo en que parece, si no descabellado, desde luego raro para lo que se esperaría de cualquier plan.

—¿Has descubierto algo sobre las heridas de Roderick? —ella lo miró con expresión sombría.

Roscoe titubeó, pero la ansiedad que reflejaba la mirada de Miranda lo impulsó a contestar.

—Cuando lo llevaron al interior de la posada iba inconsciente, y de nuevo estaba inconsciente cuando lo sacaron. Sin embargo, no lo estuvo la mayor parte del tiempo que permanecieron allí. Los empleados de la posada oyeron a Kempsey y a Dole hablar con él, pero no oyeron contestar a Roderick —reflexionó un rato sobre continuar o no—. Creo que le rompieron el pie a propósito. Es una manera eficaz de incapacitar a un hombre sin provocar un daño permanente ni poner en riesgo su vida. El dolor es tremendo y puede hacer perder la consciencia a un hombre con facilidad. Y con un pie roto no tendrán que preocuparse por si intenta escapar.

Miranda ya estaba suficientemente lívida y él optó por no añadir que dudaba que el pie roto fuera la única herida de Roderick. De hecho le sorprendería que no lo hubieran golpeado a fondo para empezar. Con el dolor del pie y una contusión en la cabeza, cualquier golpe bastaría para dejarlo inconsciente cuando fuera necesario pasar con él ante algún extraño, como los empleados de la posada, a quienes podría intentar pedir ayuda. En privado seguramente lo tendrían amordazado y por eso nadie había oído hablar al «joven caballero enfermo».

—Una cosa que hay que tener en cuenta —continuó Roscoe— es que la única razón que Kempsey y Dole tendrían para romperle el pie a tu hermano sería que su intención es mantenerlo con vida. No están planeando matarlo, al menos no en breve.

Ella lo miró fijamente, espantada, aunque escuchando atentamente sus palabras. Parte de la desesperación pareció disminuir, pero la ansiedad no.

—No tenían intención de matarlo cuando lo agarraron, pero ¿durante cuánto tiempo tienen pensado quedárselo? ¿Y por qué?

Eran preguntas imposibles de contestar y Roscoe se libró de tener que responderlas gracias a la oportuna llegada de la posadera y sus hijas para disponer la mesa y servirles una sencilla, aunque excelente, cena.

Durante la comida, su compañera de viaje permaneció sumida en su propia imaginación y la ansiedad que traslucía. En varias ocasiones Roscoe intentó entablar una conversación, pero no consiguió aliviar su preocupación.

Verla abrumada por tan nefastos pensamientos lo sacaba de

quicio. Le hacía sentirse inquieto de una manera que no era habitual en él.

Hasta que al final, terminada la comida, echó la silla hacia atrás y se levantó.

—Venga. Ponte la capa, vamos a dar un paseo.

Miranda lo miró sorprendida, pero accedió, sin duda imaginándose que él debía tener algún propósito en mente.

Como así fue.

Con una mano ligeramente posada sobre su brazo, caminaron hasta la ciudad. Cuando había pasado por allí anteriormente, Roscoe se había fijado que no había mucha distancia hasta la sala de conciertos. Al ver que la conducía hasta una fila de personas bien vestidas mezcladas con estudiantes y maestros, esperando poder entrar, ella parpadeó perpleja.

—¿Un concierto?

—No podemos hacer nada por Roderick esta noche. Pensé que nos vendría bien distraernos un poco.

—¿Haendel? —preguntó ella tras leer el cartel.

Roscoe pagó en la ventanilla y la tomó del brazo para conducirla hasta el vestíbulo.

—Me encanta Haendel.

Ella bufó incrédula y él sonrió.

Roscoe permaneció toda la representación cautivado y solo desvió la mirada hacia ella ocasionalmente para confirmar que ella sentía lo mismo. El coro interpretó magníficamente una selección de los más conocidos oratorios del compositor, incluyendo algunas arias a modo de contraste. La calidad de la pequeña orquesta acompañante sugería que pertenecía a la escuela musical de la universidad.

Al final de la representación, cuando el aplauso se hubo acallado y se unieron al resto del público en una lenta marea que se dirigía de nuevo a la calle, descubrieron que ya se había hecho de noche y que la música había sido lo bastante poderosa y memorable como para seguir acompañándoles en su camino hacia la posada.

Aunque aliviado en muchos aspectos, no por ello dejó Roscoe de mantenerse alerta mientras caminaban por las oscuras calles. Oxford era un lugar más seguro que Londres, pero se encontraban en la zona peor iluminada.

Regresando lentamente a la realidad, con la música solo envolviéndola ligeramente ya, Miranda comprendió que sus labios estaban curvados en una sonrisa y por su cuerpo discurría una corriente eléctrica de sencillo placer. Seguía preocupada por Roderick, pero el sentimiento había quedado en suspenso. Tal y como había dicho Roscoe, no podían hacer nada por su pobre hermano esa noche.

En cambio, él había decidido distraerla un poco. Durante las dos últimas horas su mente había sido cautiva de la música, que le había proporcionado un respiro de sus pensamientos, de sus obsesivas preocupaciones. Seguramente él también había disfrutado del concierto, pero lo que le había movido a llevarla a la sala de conciertos no había sido un sentimiento egoísta.

La mayor parte del público había acudido desde la ciudad y se había alejado por la calle Woodstock, por lo que estaban prácticamente solos, engullidos por la pacífica y silenciosa noche.

Roscoe se detuvo al llegar a una esquina antes de cruzar la calle. Hizo una pausa y miró al frente, los rasgos de su cara enmarcados por la luz de la farola que había quedado detrás de ellos.

Miranda observó atentamente el rostro del rey del juego en Londres, los alargados y cincelados rasgos, las marcadas líneas de la nariz y los labios, la mandíbula esculpida, las anchas cejas y los grandes ojos.

Un rostro que otros consideraban duro e inflexible, pero que ella sabía ocultaba una profunda amabilidad.

Apoyándose en el brazo de Roscoe para impulsarse, Miranda se estiró y lo besó a modo de agradecimiento, suave y fugazmente, en la mejilla.

Justo en el instante en que él volvía el rostro hacia ella.

Sus labios se encontraron.

Se tocaron, se acariciaron.

Ambos se quedaron petrificados. Durante un instante, durante una fracción de segundo.

Con los ojos entornados, la mirada de Miranda se había posado en los labios de Roscoe, y la mirada de Roscoe en el rostro de Miranda.

Él se movió. Ella se movió.

Y sus labios volvieron a entrar en contacto.

Pero en esa ocasión permanecieron pegados.
Los labios de ella se aflojaron. Los labios de él se tensaron.
Y la conexión fue real.

Transformada, dulce y ansiosamente, en un intercambio tan delicado, tan espontáneo e involuntario que su misma fragilidad resultaba fascinante y atrayente.

Sin ningún plan, sin ninguna intencionalidad, sin ningún propósito, la mutua presión de los labios, tan novedosamente atractiva, consiguió que el tiempo se detuviera, permitiendo que la sensación estallara sobre ella y la inundara por completo.

Miranda lo olvidó todo. Olvidó dónde estaba, por qué estaban allí.

Durante segundos, minutos, prolongándose en el tiempo, el roce de los labios de Roscoe imprimió la más dulce de las marcas sobre sus sentidos.

Y durante esos minutos nada más importó. Nada la había atrapado jamás como aquello, nada le había resultado tan exquisitamente cautivador.

A Roscoe le daba vueltas la cabeza. Estaba mareado. Él. Y solo por el contacto con los labios de Miranda.

Deseaba más. Sus músculos estaban tensos, los instintos agudizados preparados para dirigir, dominar, tomar el mando.

¿Qué demonios estaba haciendo?

Su mente regresó a la realidad con una rápida bofetada mental.

Bruscamente alzó la cabeza, haciendo añicos la delicada y evocadoramente inocente caricia.

Estupefacto, contempló el rostro sombreado de Miranda, intentó distinguir a la sirena que lo había atrapado con tanta facilidad. Tenía que estar ahí dentro, en alguna parte.

Miranda Clifford parpadeó con los ojos brillantes y muy abiertos, y lo miró fijamente.

Incluso con la poca luz que había allí, él vio sus mejillas teñidas de rubor.

Y entonces ella se apartó.

Poniendo distancia entre ambos.

Él ni siquiera había llegado a tomarla en sus brazos, pero aun así tuvo que esforzarse por no atraerla de nuevo hacia sí.

—Lo siento —exclamó Miranda mientras se daba la vuelta y contemplaba la calle.

Las palabras llegaron a los oídos de Roscoe como un agonizante susurro.

—Yo solo pretendía… darte las gracias —ella se arrebujó en la capa mientras se volvía hacia él, pero sin mirarlo—. No volverá a suceder.

«¿Por qué no?».

Roscoe se mordió la lengua y borró el errático pensamiento de su mente. Ella tenía razón, era una dama y él el rey del juego en Londres. Nunca podría haber nada entre ellos y mejor sería que ambos lo tuvieran siempre presente.

Independientemente de sus impulsos.

Pero ¿qué podía decir? ¿Qué podría contestar que no fuera una descarada mentira?

Aceptando que no había forma de tranquilizarla, le ofreció un brazo, comprendió la futilidad del gesto y lo transformó en una sacudida de mano.

—Vamos, deberíamos regresar.

Miranda asintió y alzó la cabeza. Sin volver a mirarlo a la cara, dio un paso al frente y él se situó a su lado.

CAPÍTULO 6

Según descubrió Roscoe, los dos eran muy buenos disimulando. Pero aun así, mientras viajaban a buen ritmo por la carretera que los llevaría a Birmingham, la conciencia se instaló, como un tangible fantasma, entre ellos.

Al regresar la noche anterior al hotel se habían retirado a sus habitaciones sin apenas murmurar un «buenas noches». Y por la mañana ella se había reunido con él en el saloncito para desayunar. Por más que se fijara, Roscoe no había conseguido distinguir la menor señal de que recordara siquiera lo sucedido.

Salvo que Miranda había vuelto al trato más rígido y cortés. Hasta entonces, Roscoe no se había dado cuenta de lo mucho que ella, y él también, se había relajado en la mutua compañía. En esos momentos, sin embargo, volvían a ser el rey del juego en Londres y la dama casada con la respetabilidad, sin nada en común más allá de su mutuo interés en rescatar a Roderick, una conexión simple y clara sin las connotaciones ni matices de una complicada atracción.

Sin embargo él no pudo evitar preguntarse si serían lo bastante fuertes como para aguantar así hasta haber encontrado a Roderick y llevarlo de vuelta a Londres.

La noche anterior, a solas en su habitación, había tenido tiempo para reflexionar sobre el beso, sobre lo que le había revelado. Se había sentido atraído hacia Miranda Clifford desde el instante en que la había visto en el vestíbulo de la planta alta de su casa, el rostro iluminado únicamente por la difusa luz de la luna. Pero él ya estaba acostumbrado a sentir esos impulsos físicos y, al descubrir su identidad junto con el propósito de su presencia allí, los había desechado sin dedicarles ni un pensamiento.

Y entonces ella había regresado para pedirle ayuda, una súplica a la que había sido incapaz de resistirse. No obstante no podía insinuar que no había sido consciente del particular interés que sentía hacia ella, un interés reafirmado por una creciente fascinación.

Nunca había sido un monje. A sus treinta y ocho años acumulaba una amplia experiencia con el sexo opuesto, desde las prostitutas de su salvaje juventud hasta las aburridas matronas de la ciudad que perseguían un alivio de sus aburridos matrimonios y que, a lo largo de la última década, le habían servido para nutrirse de ocasionales compañeras de cama. Desde que había adoptado la identidad de Roscoe no había mantenido a ninguna amante, una situación que habría sido peligrosa tanto para él como para la dama en cuestión, pero desde luego no había renunciado a ese aspecto de la vida.

La experiencia le había enseñado desde el principio que su atracción hacia Miranda Clifford era correspondida.

Y esa misma experiencia le había advertido de que, lejos de abrazar y mucho menos animar esa mutua atracción, a ella le resultaba inquietante, algo que intentaba ignorar.

A pesar de su piel de lobo, era un caballero de alta cuna y, por tanto, había hecho todo lo posible por complacerla ignorando también esa atracción.

Hasta la noche anterior.

Ninguno de los dos había pretendido que sucediera, pero había sucedido.

Y esa realidad permanecía patente entre ellos mientras las ruedas de la calesa traqueteaban por la carretera.

Por fin avistaron Birmingham ante ellos, una descuidada aglomeración de edificios viejos y nuevos. Roscoe estaba familiarizado con la ciudad, pues era la más cercana a Ridgware, aunque solía tomar un camino más directo para visitar las tierras de su familia.

Miranda miraba a su alrededor con creciente desánimo a medida que atravesaban la localidad. Birmingham había crecido significativamente desde su última visita. Encontrar a Roderick en una ciudad tan poblada podría ser mucho más difícil de lo esperado.

Al llegar al centro, se volvió hacia Roscoe.

—¿Y ahora qué?

Aparte de las habituales frases de cortesía, apenas habían intercambiado palabra alguna en todo el día.

—Ahora reservamos habitaciones en algún hotel pequeño, y después saldré a hacer algunas preguntas.

—Pero, si este es el hogar de Kempsey y Dole, no harán uso de tabernas y posadas.

—No, pero tenemos que confirmar que se han quedado aquí y no simplemente pasado de largo camino, por ejemplo, de Liverpool.

Miranda estuvo a punto de preguntarle por qué había pensado en Liverpool, el puerto desde el que muchos navíos partían hacia América, pero decidió postergar la pregunta hasta que fuera algo menos hipotética. Necesitaba mantener la concentración.

Preguntaron por el «primo enfermo y sus acompañantes», en numerosas posadas y tabernas por las que pasaron. A las afueras de Birmingham descubrieron, por lo menos, que el maltrecho coche con su tiro desparejado, había entrado en la ciudad. La posibilidad de que, tal y como opinaba Roscoe, Roderick pudiera estar cerca la excitaba, tranquilizaba y angustiaba a partes iguales y, desde luego, la espoleaba.

Y también la ayudó a no pensar en el hombre sentado a su lado y en el inesperado y mágico momento que habían compartido en una calle de Oxford.

Se dijo a sí misma que debería lamentar ese relumbrante momento, pero no conseguía ser tan hipócrita consigo misma, ni siquiera en su mente, de modo que decidió que ignorarlo, barrerlo de su memoria consciente y negarlo en cualquier aspecto que pudiera influir en su comportamiento, sería lo más inteligente, sensato y respetable. Pero lo único que había logrado con su decisión era sentirse más tensa, como si estuviera luchando permanentemente contra sí misma, contra sus verdaderas inclinaciones.

Consciente de que su pensamiento navegaba de nuevo a la deriva, lo arrastró de vuelta al camino. Y se dio cuenta de que él la miraba sorprendido.

Le había hecho una pregunta.

—Lo siento —Miranda se sonrojó—. Estaba en Babia. ¿Qué decías?

En Babia. Al apreciar el color de sus mejillas, Roscoe supuso a qué se estaba refiriendo. Mirando al frente, encajó la mandíbula y evitó pronunciar alguna frase imprudente, recordándose a sí mismo el sabio comportamiento que deberían seguir y, tras unos minutos, consiguió al fin contestar en un tono medianamente razonable.

—Quería saber si, al igual que en Oxford, deberíamos sospechar de algún vecino de Cheshire que pudiera pasar por aquí.

—Así es —ella hizo una mueca—. La mayoría viaja a Londres por otras rutas, pero no pocos pasan por Birmingham, suficientes para mantenernos alerta.

—De modo que no podemos alojarnos en ningún hotel principal —de todas formas a él no le gustaban los hoteles más grandes.

Quizás el paso del tiempo lo hubiera cambiado, pero en Birmingham seguía habiendo gente capaz de reconocerlo como el hombre que había sido, y ya no era. Su familia no necesitaba que alguien reconociera al vástago que la sociedad no había visto desde hacía doce años.

—Con suerte la ciudad dispondrá de algunos establecimientos más pequeños.

Se dirigió a un pequeño hotel con un diminuto patio y habitaciones que daban a unas calles y callejones estrechos. Especializado en viajantes de negocios, el hotel, sin embargo, sí disponía de varias suites. Tras inspeccionar una de ellas, compuesta por un salón con un dormitorio a cada lado, que daba a un callejón trasero, Roscoe dejó a Miranda y bajó al vestíbulo para confirmar la reserva. Tras asegurarse de que el equipaje fuera llevado a la suite por un lacayo, salió del hotel dispuesto a averiguar lo que pudiera sobre el paradero de Kempsey, Dole y Roderick.

Regresó antes de lo esperado. Después de menos de una hora de charlas insustanciales en tabernas sobre caballos desparejados, la intuición perfeccionada por los años vividos en Londres empezó a darle señales de aviso.

Solo había nombrado a Kempsey en una ocasión, descrito su

apariencia en dos, y nombrado a Dole una sola vez, y todo en lugares diferentes. Aun así había recibido suficientes miradas de sospecha para empezar a sentirse receloso. Aunque quería saber dónde se encontraban Kempsey, Dole y Roderick, desde luego no quería atraer la atención de nadie, y en especial la de Kempsey y Dole.

Aceptando como cierta la impresión de Gallagher de que esos dos hombres eran oriundos de allí, dejó de hacer preguntas y, aunque no había advertido que nadie lo siguiera, dio un rodeo para regresar al hotel.

Después de subir los numerosos escalones, se detuvo en el descansillo de la primera planta y, mirando hacia el pequeño vestíbulo, aguardó. Cinco minutos después, y viendo que nadie había entrado en el establecimiento para preguntar por el caballero que acababa de entrar, continuó hasta la segunda planta y se dirigió a la suite.

Abrió la puerta y entró.

De pie junto a una mesa dispuesta entre dos ventanas, Miranda levantó la vista de unos paquetes que estaba desenvolviendo. Deteniéndose, escrutó su rostro.

—¿Qué has averiguado?

Roscoe sacudió la cabeza y cerró la puerta.

—Tuve que dejar de hacer preguntas. Atraía demasiado la atención —se quitó el abrigo y lo colgó de una silla.

—Pero si no podemos preguntar —ella se irguió—, ¿cómo vamos a obtener información?

—Hay otras opciones —él atravesó la estancia hasta situarse a su lado—. La Hermandad de la Filantropía tiene un gran proyecto aquí. Gracias a ello tengo contactos más que dispuestos a ayudar, y que seguramente tendrán más éxito que yo. Son de aquí, de modo que les resultará más sencillo obtener información de otros lugareños.

Roscoe se detuvo junto a la mesa y contempló el contenido de los diversos paquetes envueltos en papel marrón. Vendas, pomadas, gasa, unas tijeras pequeñas, un juego de tablillas pequeñas, varias píldoras y polvos.

—¿De dónde ha salido todo esto?

Aunque no lo conocía bien, Miranda sí percibió la implicación del tono, demasiado tranquilo, demasiado uniforme. Sin embargo, no teniendo la menor idea de por qué iba a parecerle mal, lo ignoró.

—De la botica que hay unas calles más abajo. Si Roderick tiene el pie roto y sufre dolores, y puede que a estas alturas también tenga fiebre, necesitaré todo esto para atenderle cuando lo rescatemos. Cuanto antes reciba ayuda, mejor, y dado que no tengo ni idea de si hay algún médico por aquí cerca...

—Has salido, has ido a la botica y regresado... ¿sola?

—Sí —Miranda frunció el ceño—. Le pregunté al recepcionista dónde...

—¿Y desde cuándo caminar sola por la calle en una gran ciudad es un comportamiento aceptable para una dama?

—Aún es de día y no estaba muy lejos... —ella se tensó visiblemente.

—La distancia no es el problema.

Roscoe vio incendiarse los ojos color avellana.

Y la coraza de rígida contención tras la cual ella se había retirado se resquebrajó y cayó al suelo.

—Y en tu opinión, ¿cuál es el problema entonces? —preguntó con acalorada intensidad.

—Deberías haberme esperado —con la mandíbula encajada, sin apartar la mirada de sus ojos, Roscoe expuso lo obvio.

—¡Dios todopoderoso! —Miranda abrió los ojos desmesuradamente con fingido espanto—. Si crees por un momento que voy a pedirte permiso para comprar vendas para mi hermano herido, estás muy equivocado. O quizás opinas que soy demasiado débil para cargar con estos paquetes —agitó altivamente una mano hacia los artículos expuestos sobre la mesa—. No, no, espera. Ya lo tengo. ¡Crees que soy demasiado estúpida como para saber qué comprar siquiera!

—Nada de eso —el tono de furia contenida que destilaba la voz de Roscoe debería haberla hecho recular. Cualquiera de sus hombres lo habría hecho.

Sin embargo, ella se acercó aún más y lo taladró con la mirada.

—¿Entonces qué?

La pregunta, beligerante, testaruda e imperiosa, resonó en sus oídos. Con la mirada fija en sus ojos, igualmente furioso, Roscoe respiró hondo y se afianzó en su mal humor.

—Señorita Clifford.

—¿Qué ha pasado con Miranda? —ella volvió a abrir los ojos desmesuradamente mientras le apuntaba con un dedo—. Cuando te convenía no tenías ningún problema en hacer uso del nombre.

—Miranda entonces, yo… —Roscoe tenía la mandíbula tan encajada que le pareció que se le iba a partir.

—Para tu información —ella alzó la barbilla un poco más—, no soy ninguna cría que necesite que la vigilen. Tengo veintinueve años, hace años que llevo una casa, y soy perfectamente capaz de caminar unos cuantos metros a plena luz del día sin perderme o que alguien me aborde, o lo que sea que estés pensando.

Una dama de veintinueve años cuya actitud y maneras evocaban visiones de una diosa, que vestía más que recatadamente, y aun así lograba atraer las miradas masculinas allá adonde fuera, pero que se mantenía tan distanciada del mundo real que no se daba cuenta de esa atracción visceral que provocaba.

Y de repente Roscoe comprendió que lo que tenía que hacer era controlar su genio. Por qué se le había escapado, por qué la idea de que ella se hubiera expuesto a un potencial peligro cuando él no estaba lo bastante cerca para ayudarla había espoleado ese genio… Sin dejar de sostenerle la mirada, volvió a respirar hondo y sintió vibrar su mal humor, como si estuviera a punto de saltar.

—De todos modos —insistió en un tono bajo, mortífero, preciso—, habría sido mejor que esperaras a mi regreso.

—¡No tenía ni idea de cuándo regresarías! —Miranda agitó las manos en el aire y entornó los ojos—. Además, ¿mejor para quién?

—¡Para mí, si tanto te interesa! —él ya no pudo contener el estallido.

—¿Por qué? —Miranda abrió los brazos.

Y sin querer, Roscoe se acercó un poco más a ella.

Con la cabeza echada hacia atrás, Miranda se mantuvo firme, sosteniéndole la mirada.

Estaban frente a frente, un choque de temperamentos, de voluntades de hierro. Y mientras tanto él se esforzaba al máximo por no tomarla en sus brazos y responder así a la pregunta.

El calor de la ira de ambos, y algo más, ardía como llamas sobre ellos.

Aquello no era buena idea. El esfuerzo requerido para controlar sus impulsos, sujetarlos, dar un paso atrás y alejarse del precipicio al que ambos estaban a punto de lanzarse dejó a Roscoe temblando por dentro.

Ella parpadeó y pareció darse cuenta de repente de lo cerca que estaba del peligro verdadero.

Respirando hondo, lo bastante hondo como para que sus pechos se elevaran, Miranda también dio un paso atrás.

Lo cual ayudó a Roscoe a apartarse, agarrar el abrigo y apresurarse hacia la puerta ante la que estaba su bolso de viaje. Se agachó para recogerlo y, con la mano puesta en el pomo, se volvió.

—¿A qué hora es la cena?

—La he pedido a las siete, en el comedor de abajo —ella lo miró a los ojos con calma.

—Nos encontraremos aquí justo antes de esa hora —sin formular ninguna pregunta más, Roscoe abrió la puerta y entró en el dormitorio.

Mientras Miranda contemplaba atentamente cómo esa puerta se cerraba con delicadeza.

Permaneció unos instantes más contemplándola antes de, con el corazón acelerado y los labios fuertemente apretados, volver a la tarea de ordenar los artículos que había comprado.

A las nueve de la mañana siguiente estaba de nuevo vestida de luto, aunque sin el sombrero ni el velo, de pie al lado de Roscoe frente a una iglesia. Un cartel anunciaba que el enorme edificio albergaba la iglesia de St. Philip's y el hogar para chicos St. Egbert's.

—¿La Fraternidad de la Filantrópica financia el hogar para chicos?

Él empezó a subir las escaleras mientras miraba de reojo para asegurarse de que ella lo siguiera.

—Fue uno de nuestros primeros proyectos —en realidad su primer proyecto, mucho antes de que se constituyera la hermandad—. Y no solo lo financiamos. La hermandad es su principal benefactora.

Roscoe abrió las pesadas puertas de la iglesia y las sostuvo para que ella pasara. Ella se quedó parada en la entrada.

—Hay un pasillo al otro lado del crucero —le explicó él.

Habría preferido no llevarla con él, pues se arriesgaba a que ella averiguara más de lo que le gustaría, pero dejarla sola todo el día, libre para merodear adonde le apeteciera, le había parecido aún peor. El riesgo de desastre era demasiado grande.

Abrió la puerta al final del crucero y salió a un patio interior frente al que se situaba el edificio principal de St. Egbert's. El sonido de la campana del colegio reverberó en la fachada de piedra. Unos niños, de edades comprendidas entre seis y catorce años, corrían por el patio empedrado camino de sus respectivas aulas repartidas entre diversos edificios.

Roscoe señaló hacia el edificio principal y condujo a Miranda hacia allí.

—El reverendo Nightingale está a cargo de todo. Si hay suerte, estará allí y podrá recibirnos.

La señora Swag, la supervisora, cruzaba a la carrera el vestíbulo principal. Al verlo, su rostro se iluminó con una amplia sonrisa. Balanceándose declaró que el padre Nightingale estaría encantado de recibirlos y les indicó que el reverendo se encontraba en su despacho.

—Conozco el camino —Roscoe sonrió con todo su encanto.

—Por supuesto que sí, señor —exclamó una resplandeciente señora Swag—. Será mejor que siga mi camino —tras asentir a modo de saludo hacia ambos, prosiguió su carrera.

Consciente de la mirada de Miranda sobre su rostro, él le tomó un brazo como si tuviera la intención de guiarla, aunque lo que pretendía era distraerla. Y funcionó, pues ella le permitió conducirla por el largo pasillo hasta el despacho sin hacer ninguna pregunta. Tras llamar a la puerta con los nudillos y esperar a ser invitados a entrar, Roscoe abrió la puerta, soltó a Miranda y la hizo pasar delante de él.

Cómodamente sentado tras un escritorio antiguo sobre el que se apilaba una pequeña montaña de papeles, el reverendo Nightingale levantó la vista. Sus ojos se abrieron desmesurados al posarse en Miranda. Soltando la pluma, se levantó y, al ver a Roscoe, una sonrisa iluminó su rostro.

—Ah, hijo mío, bienvenido. ¡Bienvenidos! —su brillante mirada azul se trasladó hasta Miranda—. ¿Y a qué debemos este placer?

Tras estrecharse las manos, Roscoe hizo las presentaciones.

—La señorita Clifford y yo estamos buscando a su hermano, el señor Roderick Clifford. Es uno de los miembros de la hermandad, y fue secuestrado por dos hombres cuando regresaba a su casa tras nuestra última reunión.

—¡Cielo santo! —Nightingale volvió a posar su mirada en Miranda antes de señalar unas sillas colocadas delante del escritorio—. Pero, por favor, sentaos y contadme cómo podemos ayudar St. Egbert y yo.

Roscoe le habló sobre Kempsey y Dole, sobre cómo habían seguido la pista de la pareja hasta Birmingham, de donde provenían, y de cómo él, siendo forastero, no podía hacer ciertas averiguaciones sobre su paradero.

—Sé que algunos de los muchachos vienen de la misma zona que Kempsey y Dole. Si bien normalmente no pediría algo así a unos jóvenes, ellos podrían regresar a su barrio y hablar con sus viejos amigos y conocidos y averiguar lo que yo, o cualquier otro con autoridad, no podría, básicamente, si Kempsey y Dole, y el caballero herido y enfermo que tienen con ellos siguen aquí en la ciudad o si han proseguido su camino, en cuyo caso en qué dirección.

Nightingale asentía con el ceño fruncido.

—Comprendo lo que pretendes y, si bien mi conciencia me impide ordenar a esos chicos que os ayuden, y también sé que no me lo estás pidiendo, creo que sí debería planteárles la cuestión y preguntar si hay alguien dispuesto a ayudar —miró de nuevo a Miranda—. Entiendo que encontrar al señor Clifford es urgente...

—Eso creemos, señor —la ansiedad de Miranda era tan evidente que apenas necesitó responder.

—Si los chicos están de acuerdo en ayudar —intervino Roscoe—, y con tu permiso, me gustaría hablar primero con ellos, para dejar claro que no quiero que ninguno insista hasta el punto de llamar la atención —miró a Nightingale a los ojos—. No dudo de sus habilidades ni de su entusiasmo, pero no queremos heroicidades.

—Por supuesto —el reverendo tamborileó con los dedos de una mano sobre los de la otra y se sumió en una profunda reflexión.

Roscoe miró a Miranda y la descubrió, tan pensativa como Nightingale, mirándolo a él.

—Creo —anunció Nightingale al fin— que sé qué muchachos podrían ayudaros —hizo un gesto con la mano para que permanecieran sentados mientras él se levantaba—. Pediré a uno de los tutores que vaya a buscarlos. Les expondremos la situación y veremos qué opinan.

Diez minutos después, los chicos que habían sido llevados a la sala común habían hablado con Nightingale y con Roscoe, resultando evidente que los doce estaban encantados de haber sido seleccionados para ayudar al principal benefactor del orfanato en una aventura tan emocionante. Miranda ya había oído lo bastante para saber que Roscoe, hermandad aparte, era el principal soporte económico de la institución.

Le tranquilizó el discurso de Roscoe, la insistencia inflexible y las restricciones que impuso a los muchachos, incluyendo que siempre debían ir por parejas.

Cuando terminó de detallar con precisión lo que deberían averiguar, dejando bien claro que era lo único que le interesaba saber, Nightingale dio un paso al frente y dio permiso a los chicos para que comenzara la caza, pero no sin antes añadir algo más de su parte.

—No olvidéis que os queremos aquí de vuelta a las tres de la tarde como muy tarde, aunque no hayáis averiguado nada.

Roscoe reforzó la orden con una intensa mirada.

Los chicos asintieron, sonrieron, saludaron y salieron de la estancia.

—¡Bueno! —Nightingale se volvió hacia Roscoe y Miranda—. ¿Qué tal si pido un poco de té y, de paso, te pongo al día sobre nuestros progresos?

—Gracias —Roscoe asintió—. Dado que estoy aquí, si tienes tiempo, me gustaría recibir un informe.

Miranda aceptó el té y los tres regresaron al despacho.

El té les fue servido por una eficiente ama de llaves. Nightingale ofreció un exhaustivo informe sobre los gastos, progresos y los planes de la junta del orfanato para el futuro inmediato. Roscoe escuchaba atentamente, formulando ocasionalmente alguna pregunta incisiva y perspicaz.

Miranda se reclinó en el asiento y bebió el té a sorbos mientras observaba y aprendía. Su preocupación por Roderick estaba latente, agitándose en su interior, pero su curiosidad acerca de Roscoe era lo bastante fuerte como para distraerla y poder así aguardar, con algo parecido a la paciencia, el regreso de los muchachos.

Incluso mientras escuchaba el informe de Nightingale, Roscoe era muy consciente de la presencia a su lado de su silenciosa compañera de viaje sentada a su derecha, ligeramente apartada del escritorio. Sospechaba que había apartado la silla deliberadamente para poder mirar a Nightingale y a la vez situarse fuera de su campo de visión. Así podía ver y escuchar sin interrumpir, sin que él se fijara en ella y, por tanto, olvidara sujetar la lengua.

Sin embargo Roscoe sí sujetó su lengua y se mantuvo alerta para sujetar también la de Nightingale en caso necesario. Había conocido al buen reverendo poco antes de cumplir los veinte. Siendo un calavera perteneciente a una de las familias aristocráticas locales, él y sus amigos solían acercarse de vez en cuando a Birmingham en busca de diversión. Nightingale, mucho más joven también por aquel entonces, había intervenido con la intención de detener una pelea a puñetazos entre los adinerados forasteros y un puñado de muchachos locales.

Al final, Roscoe se había sentido impulsado a deponer su propia contribución a la pelea para ayudar al, en aquellos días, ingenuo reverendo superado con creces en número por los demás.

Y así había comenzado una extraña amistad. A través de Nightingale y sus partidarios él, que ya era lo suficientemente adinerado aunque todavía no había entrado en la era Roscoe, y no sabía qué hacer con todas sus ganancias, había entrado en contacto por primera vez con la filantropía.

Aunque nunca habían hablado de ello, y Nightingale nunca le había preguntado por su conversión en Roscoe, el reverendo sí sabía quién era en realidad, a qué familia pertenecía, y cuál era su verdadero nombre.

Pero él no veía ningún motivo para facilitar que Miranda Clifford accediera a esa escandalosa revelación.

Por suerte, Nightingale no parecía tener ninguna dificultad para recordar que ahora era Roscoe. Cuando la conversación llegaba a su fin, él miró a Miranda, que había dejado la taza en la bandeja. Los comentarios finales de los dos hombres no habían logrado mantener su interés y la ansiedad que se elevaba desde su interior casi resultaba visible.

—Ya te hemos robado una buena parte de la mañana —Roscoe devolvió la mirada a Nightingale—, y te lo agradecemos sinceramente, pero debemos permitir que vuelvas a tus tareas —se levantó y se volvió hacia Miranda—. Quizás podríamos dar una vuelta por aquí hasta que regresen los chicos.

—¡Por supuesto, por supuesto! —el reverendo se puso en pie al mismo tiempo que Miranda—. Podéis recorrer todas las instalaciones. Aquí no tenemos secretos y, sinceramente, vuestra visita no pasará desapercibida, tanto los chicos como el personal verán la sinceridad de vuestro interés, independientemente de los motivos que os hayan traído hasta aquí. Y eso ayuda mucho.

Mientras los acompañaba hasta la puerta, Nightingale continuaba con su discurso.

—Para mí sería un gran honor que me acompañarais para comer en la mesa principal del refectorio. A los chicos no les vendría mal esforzarse en sus modales, y sospecho que nuestros intrépidos detectives no regresarán hasta la tarde.

Aceptaron dándole las gracias y, cuando la puerta del despacho se hubo cerrado, Miranda se volvió hacia Roscoe.

—¿Por dónde podríamos dar un paseo?

Él señaló hacia el pasillo y se colocó a su lado.

—Hay unos jardines bastante agradables al otro lado de la iglesia. Se utilizan para formar a los muchachos que muestran algún interés en la jardinería.

—Si he entendido bien al reverendo Nightingale, el programa que llevan a cabo aquí está planificado para ofrecerles una ocupación a los chicos, no solo una educación.

—Esa es la intención de la junta.

—Y una intención que, visiblemente, tú apoyas, junto con la hermandad.

—Ningún miembro de la hermandad le ve ningún sentido a enseñarles a estos chicos las letras y los números, y nada más. Hay muy pocos trabajos a los que podrían acceder solo con saber leer y escribir y, de todos modos, la mayoría carece de aptitudes para ellos. Los pocos que sí podrían consiguen trabajos como oficinistas, aprendices de imprenta y cosas así. Pero la mayoría necesita otra cosa.

Llegaron a una puerta que Roscoe sujetó para que ella pudiera salir a un estrecho camino que bordeaba una ladera de césped. Salpicados por el terreno había árboles intercalados con plantas perennes, y también anuales que ya habían pasado su etapa de madurez.

—Los chicos más mayores invierten sus jornadas en las clases por la mañana y alguna formación ocupacional por la tarde. La mayoría parece responder a la impresión de los tutores según la cual es más fácil conseguir que se concentren en las clases por las mañanas si saben que después de comer podrán escaparse para realizar otras actividades.

Caminando por el sendero, Miranda apreció el cuidado aspecto del césped y los parterres.

—¿Todos los proyectos de la hermandad van en la misma dirección? ¿Se centran todos en enseñar a los jóvenes lo básico y luego buscarles alguna ocupación? Recuerdo que el proyecto en el que trabajaba Roderick tenía que ver con una escuela dirigida por agentes judiciales, y se mencionó una academia en Lincoln, de una tal señora Canterbury.

Caminando a su lado, él reflexionó antes de contestar.

—Casi todos los proyectos que hay activos ahora sí van en la misma línea. De hecho la idea es proporcionar una educación a los menos favorecidos con la intención de ayudarles a encontrar un trabajo. Pero no ha sido deliberado. Es más bien el resultado de que estos proyectos han sido considerados por el grupo últimamente como los más adecuados, y la manera más productiva de emplear nuestros fondos.

—Por lo que oí aquella noche, pones un considerable empeño no solo en la valoración sino también en la subsiguiente supervisión de los proyectos —ella lo miró fijamente—. ¿Fuiste tú el fundador de la hermandad?

Roscoe dudó unos instantes antes de contestar.

—Yo ya estaba metido en varios proyectos cuando Ro Gerrard oyó hablar de ellos y me buscó para pedirme mi opinión —se encogió de hombros—. Es… obstinado cuando se decide a hacer algo. La hermandad fue más idea suya que mía.

—Pero al parecer eres el miembro más antiguo —Miranda escudriñó su rostro—. Y, desde luego, en esa reunión los demás te trataban como si así fuera.

—Podrían apañárselas igual de bien sin mí, pero… es cierto que poseo más recursos en algunas áreas que ellos.

Miranda inclinó la cabeza. Era evidente que se sentía incómodo siendo el centro de sus preguntas y decidió dejar estar el tema.

Pasearon por los jardines hasta que una campana los llamó al refectorio para comer con el reverendo Nightingale y su equipo. Aunque se sentó muy lejos de Roscoe en la gran mesa principal, Miranda estuvo en todo momento atendida y entretenida, lo bastante como para mantener a raya la creciente ansiedad que le despertaba Roderick.

Su hermano rara vez abandonaba sus pensamientos, pero dado que no había nada que pudiera hacer por él, procuró dominar su preocupación y optó por charlar con el profesor de música y el maestro de arte.

Después de la comida, Roscoe fue abordado por el maestro de deporte y, tras hablar con él un rato, se volvió hacia ella.

Miranda se unió a él, acompañada de la enfermera del orfanato, a quien acababa de conocer.

—Se me ha ocurrido visitar la enfermería.

—En ese caso —él asintió y sonrió a la enfermera—, yo me reuniré con algunos de los chicos en la pradera este. Si vuelven los otros muchachos, iré a buscarte.

Se separaron y Miranda acompañó a la enfermera, una mujer bajita, bulliciosa e inagotablemente alegre, hasta la bien provista enfermería al final de un ala.

—¿Suele atender muchas lesiones? —preguntó ella tras la visita guiada de las instalaciones.

—Muchos cortes, arañazos, rodillas raspadas, incluso algún que otro ojo morado, pero con cincuenta muchachos corriendo por ahí como locos, es normal que haya algún que otro hueso roto.

—Ya. Me preguntaba… —Miranda hizo una pausa antes de continuar—. Tal y como ha mencionado el reverendo Nightingale, estamos buscando a mi hermano. Hemos oído que tiene un pie lastimado, seguramente roto.

—Vaya, vaya —la enfermera hizo una mueca—. Eso es muy doloroso. ¿Sabe si se lo han colocado?

Miranda se esforzó por bloquear la imagen mental de cómo podría estar el pie de Roderick, de cuánto debía de estarle doliendo.

—Creemos que no ha recibido ninguna atención médica, y me preguntaba si podría explicarme qué podría hacer para que estuviera más cómodo antes de que pueda recibir ayuda médica.

Durante la hora que siguió, Miranda fue instruida en el arte de los cuidados de un paciente con el pie roto.

Más tarde, y con la preocupación por la herida de Roderick reinando en su mente, siguió a la enfermera escaleras abajo y hacia la puerta que conducía a la pradera este.

Miranda cruzó la puerta y apareció en un camino que bordeaba lo que parecía ser un campo de juego. Un grupo de chicos desperdigados por el césped se concentraban en el hombre que, de pie y en el centro del campo, se inclinaba sobre un bate en un extremo del campo de críquet.

Sin abrigo, vestido únicamente con camisa y chaleco, estaba situado de espaldas a ella, observando a un chico tomar impulso para lanzar una pelota. La pelota voló con rapidez, pero Roscoe alzó el bate y, contrayendo los músculos de su espalda, la golpeó, mandándola lejos del césped. Soltando un grito, tres chicos echaron a correr detrás de la pelota.

Roscoe rio y corrió hasta el otro extremo del campo, tocó el suelo con la punta del bate y regresó a toda velocidad al otro extremo.

No la vio y cuando se volvió de nuevo hacia el lanzador, Miranda se deslizó por el césped hasta ocultarse bajo un viejo roble.

Durante la siguiente media hora, con creciente curiosidad, observó a Roscoe y a los chicos, se fijó en cómo interactuaban y se preguntó cómo y dónde había aprendido el rey del juego en Londres a jugar al críquet y a manejarse tan bien con los niños. Desde el más pequeño, de unos siete años, hasta el más mayor, de unos doce años, de los que estaban en ese campo, eran todos suyos. Normal que el maestro de deportes, observándoles desde los límites del campo, le hubiera invitado a pasar un tiempo con sus alumnos.

Recordando todo lo que había visto de él en Londres, y juntándolo con lo que estaba viendo en esos momentos, era evidente que Roscoe era un líder nato, nacido para ese papel, que instintivamente sabía cómo atraer a los demás, cómo, sin importar la edad, motivarlos y dirigirlos sin perder su lealtad.

A pesar de que era mucho mayor, todos sus hombres lo veían de un modo muy parecido a como lo contemplaban los chicos.

Roscoe no sabría decir a ciencia cierta en qué momento preciso se dio cuenta de la presencia de Miranda observándolos. Su presencia simplemente se hizo patente en su cerebro, la caricia de su mirada reconocible incluso desde lejos. Necesitó unos cuantos barridos disimulados de la zona para verla, pero, en cuanto lo hizo, algo en su interior se relajó.

Pero por otra parte no se sentía demasiado cómodo con tantas cosas como estaba revelando, lo que le estaba permitiendo ver de él. Sin embargo no estaba dispuesto a limitar el tiempo dedicado a los chicos. No obstante, todo aquello dejó de importar cuando un joven muchacho llegó corriendo y avisó a Roscoe y a Miranda para que acudieran al despacho de Nightingale.

Tras soltar el bate y felicitar a sus contrincantes, recuperó el abrigo del suelo y se lo puso de nuevo antes de acercarse al lugar desde el que Miranda lo observaba.

—Los muchachos han regresado y, al parecer, traen noticias —le comunicó mirándola fijamente a los ojos.

Volvieron a reunirse en la sala común. Algunos de los muchachos habían buscado información en los familiares de Kempsey y otros en los de Dole. Los de Kempsey, más reservados, solo confirmaron que había regresado de Londres, pero que se había vuelto a marchar.

Sin embargo, gracias al primo de uno de ellos, que vivía en la misma calle que los Dole, un par de muchachos había averiguado que Herbert Dole había pasado a ver a su madre hacía unos días.

Conducía el coche con los caballos desparejados y le había ofrecido al primo un penique a cambio de que vigilara el coche y los caballos. Varias horas más tarde, Kempsey había aparecido y Dole había pagado al primo, que había permanecido lo bastante cerca como para oír a Kempsey y a Dole discutir sobre el mejor camino para llegar a cierta cabaña en Lichfield.

—Mi primo dijo que iban a llevar allí a un caballero —sentado sobre un banco, los ojos brillantes, el muchacho de diez años balanceaba las piernas, más contento que unas pascuas por haber proporcionado la mejor información—. Kempsey le dijo a Dole que la cabaña era del primo de Kempsey, pero que estaba vacía porque su primo estaba en la cárcel. Kempsey dijo que era el lugar perfecto para ellos. Después, se subieron al coche y se marcharon.

Unas cuantas preguntas más les permitió situar ese momento cuatro días atrás.

Roscoe elogió a los doce muchachos y, con el permiso de Nightingale, recompensó a cada uno con un chelín, y al muchacho cuyo primo había sido de tanta utilidad le dio otro chelín más para que se lo diera a ese primo.

En cuanto los chicos se hubieron marchado, Roscoe se volvió hacia Miranda y observó la contenida ansiedad que reflejaba su mirada. Le dio las gracias a Nightingale y abandonaron St. Egbert's.

Pero mientras cruzaban la iglesia, ella se detuvo. Roscoe se volvió hacia ella y sus miradas se fundieron.

—Si no te importa, me gustaría pasar unos minutos aquí —Miranda señaló hacia los bancos de la iglesia.

Él asintió, la acompañó hasta un banco y se sentó a unos metros de distancia.

Miranda agachó la cabeza y rezó.

Él contempló la nave y el altar, y también pronunció una silenciosa plegaria. El primo que había custodiado a los caballos durante varias horas no había mencionado que se hubiera producido ningún movimiento, o sonido, en el interior del coche.

Y eso no presagiaba nada bueno para su joven amigo.

★★★

Una vez en el hotel, Miranda se puso a pasear de un lado a otro de la habitación.

Roscoe la observaba. El control que había mantenido todo el día, la pantalla tras la cual había ocultado eficazmente sus emociones, empezaba a resquebrajarse. Y la agitación se apoderaba de ella en oleadas.

Tras varios minutos, él se sentó en un sillón. No sabía qué decir, qué podía hacer para distraerla.

—Esta noche no podemos hacer nada, ¿verdad? —ella clavó su mirada en los ojos de Roscoe.

—Lichfield está demasiado lejos —él sacudió la cabeza—. Para cuando llegásemos sería casi de noche. Y la noche no es buen momento para explorar, de manera que de todos modos íbamos a tener que esperar hasta mañana. Y encontrar allí un lugar en el que alojarnos, algún lugar en el que estuviésemos seguros de que nuestra presencia no fuera comunicada a Kempsey y Dole, sería casi imposible. Seguramente acabaríamos regresando a Birmingham para pasar la noche.

—No tiene ningún sentido —ella hizo una mueca mientras seguía paseando por la habitación con la mirada en el suelo.

La inquieta y descuidada energía que imprimía a cada pisada, la desbordante frustración, le llegaba claramente a Roscoe. Al final ya no pudo soportarlo más y se levantó del sillón.

Miranda se volvió hacia él.

—Sugiero cenar pronto —propuso él—, acostarnos pronto y partir al alba.

—Sí, eso sería lo mejor —ella asintió.

—Lo dispondré todo —Roscoe se acercó a la puerta, la abrió y, con una última mirada, la dejó caminando por la estancia.

Una irritante e irracional sensación de fracaso por no haber podido aliviar su inquietud, su frustración, su miedo, continuó reconcomiendo a Roscoe durante la comida de cuatro platos, y lo siguió escaleras arriba y hasta el saloncito de la suite.

Había esperado que Miranda se retirara a su dormitorio, a su cama, para que él pudiera hacer lo propio, pero no fue así. Miranda continuó paseando de un lado a otro de la habitación, frente a las ventanas, a punto de dejar un surco marcado en la alfombra.

De un lado a otro. De un lado a otro.

Parado junto a la puerta él la contemplaba en silencio.

Un pequeño sonido escapó de los labios de Miranda y, al darse la vuelta para proseguir su caminar, él vio que llevaba el puño apretado contra su boca.

«Suficiente».

Roscoe se acercó y, colocándose frente a ella, le bloqueó el paso. Durante un instante pensó que podría intentar arrollarlo, pero en el último segundo se detuvo temblorosa a apenas quince centímetros de él.

—¿Qué? —preguntó, alzando la cabeza con el ceño fruncido.

Él se sumergió en los ojos color avellana, anegados de ansiedad por culpa de unos temores nebulosos e imaginados. Era presa de esos indefinibles terrores.

—¿Qué puedo hacer para distraerte?

Miranda parpadeó antes de que sus ojos, toda su expresión, se aclarara.

—Esto —como un hombre a punto de ahogarse aferrándose a un salvavidas, ella levantó una mano y le rodeó la nuca antes de erguirse y posar los labios sobre los suyos, y besarlo.

Roscoe se quedó petrificado.

La presión de los labios de Miranda flaqueó, de repente insegura.

Y toda la contención de Roscoe se esfumó, el instinto tomando el control. Tomándole el rostro con una mano ahuecada, pegó sus labios a los de ella y la besó también.

Sujetándola con firmeza, le devolvió la caricia, la amplió.

Miranda tenía razón, eso serviría para distraerla. Seguramente era lo único que podría lograrlo, la única interacción lo suficientemente poderosa para atravesar su preocupación y su temor y, al menos durante unos minutos, centrar su mente en otra cosa.

En algo agradable.

De modo que Roscoe le dio lo que necesitaba, volviendo a besarla. Y, como la primera vez, le resultó muy fácil sumergirse en ello, alimentar su demanda y satisfacer su propia necesidad al mismo tiempo, una necesidad agazapada que se había alzado ante la llamada de la de Miranda.

Los labios de esa mujer eran deliciosos, exuberantes y seductores, complacientes y cautivadores. Saborear esos labios, explorar las deliciosas curvas, fue una recompensa que él aceptó alegremente.

Con la cabeza dándole vueltas, Miranda se aferró al fascinante intercambio, a la promesa, a la atracción, a él. Abandonó todo disimulo, pues aquello era lo que necesitaba, lo que deseaba. Lo que hacía tanto tiempo deseaba explorar.

Ese lado de la vida. Ese lado de ella misma.

Y solo lo había sentido con Roscoe, al menos sentido lo suficiente como para estar segura de su existencia, mucho menos explorarlo. Solo eso, con él, bastó para despertar en ella la curiosidad, el deseo por descubrir cómo sería estar con un hombre.

Con ese gesto, Roscoe había abierto la puerta a un nuevo escenario, uno en el que, para ella, solo él tenía la llave. Jamás había experimentado tal estremecimiento con un hombre, el tirón de sus sentidos, ese inevitable foco de consciencia.

Los labios de Roscoe se movían sobre los suyos con persuasivo dominio. Con un estremecimiento de excitación, de aguda anticipación, Miranda entreabrió los labios y se estremeció hasta el alma cuando él le acarició esos labios con la lengua antes de hundirse dentro de su boca. Y acariciarla.

Él la devoró. No había otra palabra mejor para expresarlo. La bebió dulce, pero inexorablemente, en una exploración cargada de sutil demanda.

Ladeó la cabeza sobre la de ella, atrapó sus sentidos y los atrajo más profundamente.

Hacia un intercambio que evocaba calor, y deseo, y hacía que creciera un deseo más primitivo.

Para los sentidos de Miranda, él era todo calor oscuro, fuerza masculina y dureza. Le devolvió el beso, le devolvió cada caricia, empujada por una inflamada compulsión.

Y él le devolvió el placer.

Durante unos eternos instantes, el beso siguió su curso impulsado primero por él, luego por ella. Al fin por ambos a la vez, por el ardiente acoplamiento de sus bocas, la ardiente mezcla de sus alientos, la evocadora, provocadora, danza de sus lenguas.

Ella fue levemente consciente del brazo de Roscoe rodeándole la cintura, atrayéndola hacia sí, un destello de sensación, una oleada de calor atravesándola mientras sus curvas se pegaban a los ardientes músculos. La descarada fuerza de Roscoe la envolvió, consoló y tranquilizó de una extraña manera, pero también le transmitió una silenciosa promesa. Una promesa primitiva que ella instintivamente comprendió.

A través de la mano que apoyaba en el brazo de Roscoe, sintió la fuerza del acero, sintió la tensión creciente que incluso para sus inexpertos sentidos hablaba claramente de un creciente deseo. De una pasión controlada.

Miranda se apretó contra él, en él, atraída por su calor. Los brazos de Roscoe la rodearon con más fuerza, atrayéndola aún más hacia sí. La dureza de la erección se clavó en la suave curva de su vientre.

Y una parte nunca antes reconocida de ella comenzó a cantar.

Él la deseaba.

Y ella lo deseaba a él.

Quería experimentar más, todo, todo lo que a sus veintinueve años creía le estaba vedado.

No había sentido nada parecido con ningún hombre jamás, y jamás se volvería a sentir de ese modo, envalentonada y segura, necesitada.

Y si querer mantener a raya sus preocupaciones por Roderick añadía otra dimensión a su creciente desesperación, ¿qué más daba?

Fundiéndose en el abrazo, Miranda levantó ambas manos para tomarle el rostro y lo sujetó con fuerza mientras lo besaba, mientras vertía hasta la última pizca de su recién descubierto deseo en un gesto de exigencia, de dominio, de descarada invitación.

Roscoe lo percibió, lo comprendió. Miranda sentía la aceleración de su pulso, la tensión que convirtió su cuerpo en acero. Le devolvió el beso casi con violencia, con más ardor que el de ella, con una exigencia aún más explícita. Roscoe aceptó la invitación de Miranda y devoró su boca, inflamó sus sentidos...

Hasta que bruscamente se detuvo.

Interrumpió el beso y alzó la cabeza.

Con el corazón acelerado, recuperando los sentidos, Miranda contempló perpleja el ensombrecido rostro. Aún la tenía entre sus brazos, pegada a él desde el pecho hasta las rodillas. Al estar de espaldas a la luz de la lámpara era imposible descifrar su expresión, pero el sonido de su respiración era agitado, acelerado, un reflejo de la suya propia, un estado de embriaguez, un contrapunto a la rápida cadencia del pulso de ella.

—No —la palabra surgió débil, distante y Miranda no estuvo segura de si Roscoe hablaba consigo mismo o con ella—. No podemos continuar —añadió él con la mandíbula encajada y la voz más firme.

—¿Por qué no? —todo sentido común en Miranda estaba desconectado de su cerebro, absorbido por la necesidad, su mente en un absoluto caos.

—Porque no pienso aprovecharme de ti —Roscoe le sostuvo la mirada—, y eso sería lo que estaría haciendo.

Ella lo deseaba y él la deseaba. Apretada contra él, a Miranda no le cabía la menor duda de lo segundo, y estaba completamente segura de lo primero. Quería seguir adelante y descubrir más.

—No entiendo por qué…

Él abrió los brazos y dio un paso atrás, sujetándola brevemente antes de soltarla y apartarse.

—No soy un canalla.

—Nunca pensé que lo fueras —ella frunció el ceño.

—¿Y qué clase de hombre sale en busca de un amigo perdido y, mientras tanto, seduce a su hermana?

—Esto no tiene nada que ver con Roderick —ella alzó la barbilla—. Se trata de mí —en cierto modo, le sorprendió la verdad que encerraban sus propias palabras.

Roscoe la miró, observó su postura desafiante, su mirada severa. Asimiló la sinceridad en sus palabras y lo reconsideró todo durante un segundo, pero…

—Eso solo deja más clara nuestra posición —insistió mientras sacudía la cabeza—. Tú eres quien eres, y yo soy quien soy. Por tanto no tiene ningún sentido llevar esta interacción más lejos.

Estaba tan seguro de ello como de su propio nombre.

Aquello no podría llevarles a ninguna parte. A ninguna parte a la que él quisiera ir.

No quería discutir sobre ello, y por eso se dio media vuelta y echó a andar hacia su dormitorio.

—Espera —lo detuvo ella, el tono de su voz dubitativo, incrédulo.

Roscoe suspiró, se volvió y enarcó una ceja.

—¿Estás rechazando mi invitación, una invitación que interpretaste correctamente? —ella lo miró a los ojos, tensa, erguida.

—No te estoy rechazando —él le sostuvo la mirada y apretó los labios con fuerza antes de continuar—. Me niego a ser un canalla que se aprovecha de ti, independientemente de que me lo ofrecieras.

Se negaba a dejarse atrapar más aún por una mujer que no encajaba en su mundo, del mismo modo que él no encajaba en el suyo.

Vio un pálido reflejo de frustración en su mirada airada. Miranda encajó la mandíbula y habló en tono áspero.

—No fue una invitación sin sentido. Fue una invitación meditada, sé lo que hago.

—¿En serio? —Roscoe observó detenidamente su rostro—. Entonces cuéntame —atrapó sus ojos, su mirada airada con matices verdosos y dorados—, ¿por qué me quieres en tu cama?

Miranda se moría por abrir la boca y contrarrestar ese desafío con una respuesta devastadoramente irrefutable, pero su cerebro se negaba a proporcionársela. ¿Por qué? ¿Por qué no era capaz de pensar? ¿Por qué se lo preguntaba Roscoe? ¿Qué esperaba que le dijera ella?

Y, sobre todo, ¿qué respuesta aceptaría como apropiada, como correcta? ¿Qué debía contestar para que volvieran a pegarse sus cuerpos en lugar de separarse?

Un minuto pasó mientras ella seguía rebuscando en su mente. Pero todo en vano. Si Roscoe había intentado hacerle ver lo ingenua que era en ese aspecto, no podría haberle salido mejor.

El silencio se prolongó...

Hasta que Roscoe apretó lo labios y asintió.

—Eso es —había una cierta desolación en su mirada, en su voz, que ella no había visto jamás, pero antes de poder fijarse más en ella, Roscoe dio media vuelta y se dirigió hacia su dormitorio—. Y ahora, si me disculpas, me gustaría dormir un poco.

Miranda se quedó mirando los anchos hombros, su rigidez. Inamovible, firme, inflexible, él había tomado una decisión. ¿Por qué? Ella no tenía ni idea, pero era evidente que no iba a cambiar de parecer.

Una sacudida de vergüenza e ira recorrió su cuerpo y coloreó sus mejillas. Acababa de dar su primer salto para alejarse del camino respetable y, ¿adónde la había llevado? Se sentía absolutamente frustrada. Ni siquiera había conseguido que eso le saliera bien, a pesar de su convencimiento de que Roscoe la deseaba, tanto como ella lo deseaba a él.

Deteniéndose con la mano en el picaporte, Roscoe se volvió, la miró a los ojos y alzó una ceja cínica, mundana.

Y Miranda sintió estallar su rabia. Alzó las manos en el aire y descargó su frustración en un sordo grito antes de volverse, echar a andar hacia su dormitorio, abrir la puerta, entrar como una exhalación y cerrar de un portazo.

El eco del sonido se apagó.

Roscoe se quedó mirando la puerta cerrada durante todo un minuto antes de soltar el aire, abrir su puerta, entrar en el dormitorio y cerrar silenciosamente.

Había hecho lo correcto.

Aunque apartarse de ella y de su descarada invitación le había exigido más esfuerzo del previsto, había tenido que hacerlo. Aunque hacerlo le había agitado en un nivel que nunca antes había rebasado, detener en seco cualquier avance de su relación era lo mejor para él, y para ella también.

No entendía la fuerza de su atracción, pero sabía a ciencia cierta que no podía permitir que les llevara a aguas más profundas.

Miranda debería estarle agradecido, aunque dudaba que fuera así. Aun así, con el tiempo, lo haría. En cuanto rescataran a Roderick y regresaran a Londres, ella comprendería la estupidez que suponía para una dama respetable comenzar una aventura con el rey del juego de Londres.

La ventana carecía de cortina y Roscoe se acercó para contemplar la luna que ascendía en el cielo por encima de los tejados de Birmingham.

Debería dormir, pero dudaba que pudiera lograrlo. No con una mezcla tan potente de frustración, agudo deseo y decepción devorándolo por dentro. No comprendía por qué experimentaba una reacción tan fuerte, tan compleja, tan compulsiva, tan poco manejable, a esa mujer. Pero así era.

—Adiós a mi intención de acostarme pronto —apoyando un hombro contra el marco de la ventana, fijó la vista en el cielo nocturno.

CAPÍTULO 7

No poder dormir fue lo que les salvó.

Varias horas más tarde, todavía vestido, se había arrastrado inquieto y agitado a la ventana de su habitación a oscuras cuando un ruido sobre el empedrado, seguido de un juramento, le hizo mirar hacia el callejón que bordeaba la parte trasera del hotel.

Cinco corpulentos hombres avanzaban por el callejón, deteniéndose para comprobar cada ventana.

Reprimiendo un juramento, Roscoe corrió hacia la puerta, atravesó el salón y, sin llamar a la puerta de Miranda, entró directamente.

Dormía, tumbada de espaldas, los cabellos extendidos en grandes ondas sobre la almohada. Las mantas estaban revueltas, como si ella también estuviera inquieta.

Acercándose silenciosamente a la cama, él le tapó la boca con una mano y la sacudió por los hombros.

Miranda abrió los ojos de golpe, pero al verlo parpadeó.

Soltándola el hombro, él se llevó un dedo a los labios antes de apartar la mano que cubría su boca.

—La gente de Kempsey, o puede que sea la de Dole, o la de ambos, ha venido a hacernos una visita —Roscoe mantuvo la voz apenas un murmullo—. Están en el callejón buscando el modo de entrar. Aún no lo han conseguido, pero lo harán. Tienes que levantarte y vestirte. Hay que salir de aquí.

Ella había interpretado la amarga expresión y abrió los ojos desmesuradamente mientras asimilaba sus palabras de golpe. Sentándose, miró a su alrededor y luego a él. Llevaba un recatado camisón de franela que, tal y como él ya sospechaba, solo servía para destacar sus atributos, al menos para él.

—Tenemos que hacer el equipaje y las camas —Miranda arrojó a un lado las mantas, saltó de la cama y corrió hacia su bolso de viaje.

—No hay tiempo... —él soltó un juramento.

—¡No hay tiempo para nada más! —ella lo fulminó con la mirada y, abriendo su bolso empezó a arrojar al interior peines, cepillos y todo lo había sobre el tocador. Levantó la vista y lo vio allí parado—. ¡Date prisa! —agitó una mano en el aire—. Haz la maleta, y asegúrate de que no te dejas nada que pueda delatarnos.

Y de repente el plan cristalizó en la mente de Roscoe. Hacer el equipaje, las camas, dar la impresión de que ya se habían marchado. No era un mal plan, aunque... la miró brevemente. Miranda estaba descolgando el vestido de una percha. Desde luego no tenían tiempo para discutir.

Él se dio media vuelta y corrió hacia su dormitorio.

Tres minutos después estaba de vuelta, con el bolso en la mano.

Ella se había puesto el vestido encima del camisón. La capa estaba sobre el bolso ya lleno. Echando las mantas sobre la cama, las remetió sobre las almohadas ya ahuecadas.

—¿Sabes dónde están?

—No han podido entrar por detrás, van hacia un lado.

—¿Hay alguna puerta lateral?

—Sí. No tenemos mucho tiempo.

Ella se echó la capa sobre los hombros y recogió el bolso del suelo.

—Mientras no toquen la cama y noten que está caliente, no se darán cuenta.

—Vamos —Roscoe salió de la habitación con los dos bolsos, seguido de cerca por Miranda, y abrió la puerta que daba al pasillo.

Y escuchó.

Ningún sonido alteró la somnolienta quietud.

Salió al pasillo, y esperó mientras ella salía también y se colocaba a su lado, antes de cerrar sin hacer el menor ruido. Después hizo un gesto con la mano en el aire indicándole las escaleras. Con suerte, podrían alcanzar la planta baja y esconderse a tiempo en una de las habitaciones de la recepción.

Llegaron a la parte superior de las escaleras.

—¿En qué habitación? —el brusco susurro subió por las escaleras.

Los visitantes estaban entrando en el vestíbulo delantero.

Roscoe y Miranda se apartaron de las escaleras.

—Segunda planta, número nueve —contestó alguien.

Él escudriñó el pasillo en penumbra en busca de las escaleras traseras, vio la puerta batiente en una esquina de la galería y empujó a Miranda en esa dirección antes de agarrarla de la mano y, tirando de ella, correr todo lo deprisa que se atrevió.

A punto de alcanzar la puerta batiente oyeron las fuertes pisadas subiendo la escalera trasera.

Ambos miraron hacia atrás. Con los sentidos agudizados, él oyó unas sigilosas pisadas en los escalones de la escalera delantera.

Estaban atrapados.

Miranda tironeó de su manga y él se volvió para mirarla. Con los labios fuertemente apretados, ella inclinó la cabeza hacia la galería antes de apretarle la mano con más fuerza y tirar de él para retroceder sobre sus pasos.

Roscoe cedió, aunque no tenía ni idea de qué pretendía.

Miranda se detuvo en la galería frente a las escaleras principales y tiró de un picaporte casi oculto en la pared. Sin en el menor ruido se abrió un panel. ¿Una alacena? Ella miró el panel, luego a Roscoe y, agachándose, se metió dentro.

Sin soltarle la mano, él la siguió apresuradamente. Miranda lo atrajo al interior de un espacio reducido atravesado en su parte trasera, y en un lateral, por estanterías abarrotadas de ropa de cama.

El espacio que quedaba estaba pensado para poder albergar a una persona, pero no había otra opción. Roscoe dejó caer los bolsos a sus pies y se apretó en el interior, encajando su cuerpo con el de ella en el preciso instante en que unas sigilosas pisadas cruzaban el descansillo de la primera planta y empezaban a subir las escaleras que conducían a la segunda.

Desde una esquina de la galería les llegó un crujido mientras se abría la puerta de las escaleras traseras.

La puerta de la alacena se cerró casi en silencio. Casi. Roscoe se dijo a sí mismo que el sonido sin duda les había parecido más fuerte a ellos al estar dentro del armario. Se dijo a sí mismo que los cinco hombres que los buscaban no lo habían oído y que no se les iba a ocurrir mirar dentro de la alacena. Seguramente no había sitio peor en el que ser descubiertos. Aunque llevaba su cuchillo, no conseguiría alcanzarlo. Apenas le cabían los hombros en ese reducido espacio y era incapaz de levantar los brazos. Y además los había deslizado en torno a Miranda y prácticamente la envolvía con ellos, los brazos aprisionando las mangas del vestido, la espalda contra la puerta.

Ella le agarraba la manga por encima del codo y su mano apretaba cada vez más, clavándole los dedos en el brazo. La oscuridad era completa y a todos los efectos estaban ciegos, pero oían perfectamente sus respectivas respiraciones. Estaban tan cerca que sentían moverse el pecho del otro con cada respiración, el calor del aliento contra la piel. Sentían el cuerpo del otro, músculos, huesos, contornos y curvas clavándose el uno en el otro en la oscuridad.

El irresistible olor de una hembra cálida y recién levantada de la cama excitó los sentidos de Roscoe.

No había tenido tiempo de recogerse los cabellos y una exuberante onda se movía sobre sus hombros, el grueso mechón tan cerca que unos rizos sueltos le hacían cosquillas en la barbilla. Y ese olor... si el sol en la campiña tuviera un olor, sería ese.

Roscoe apoyó la barbilla contra la suave sedosidad y se concentró en ignorar la presión de los rotundos pechos contra su torso, la presión de los finos muslos contra los suyos, la atractiva curvatura de sus caderas que prácticamente abrazaban las suyas.

Se esforzó por centrarse en el peligro que merodeaba al otro lado de la puerta de la alacena.

Al principio Miranda estaba notablemente tensa, pero, a medida que pasaban los minutos, sus músculos se fueron relajando.

Se concentró en respirar, en calmar su mente, en acallar el galopante corazón. Estando tan cerca, abrazada a él con tanta fuerza, resultaba a la vez sorprendentemente sensual y pecaminosamente atractivo. Ninguna de las dos cosas podía ser ignorada fácilmente, pero, a pesar de todo, a pesar de los cálidos músculos de Roscoe, a pesar de la evidente reacción de su cuerpo al de ella, tan claramente obvia dado lo cerca que estaban, ella fue consciente de que la atención de Roscoe estaba centrada más allá de la alacena, que estaba escuchando atentamente.

Y ella debería hacer lo mismo. Debería estar preparada para reaccionar en caso de que los encontraran. A pesar de la respuesta de su cuerpo a la cercanía de ese hombre, a pesar de la insoportable sensibilidad hacia cada aspecto, para empezar y sobre todo eran compañeros en el rescate de Roderick, y evadir a sus perseguidores era su objetivo más urgente e inmediato.

Miranda respiró hondo, contuvo el aire y, apartando la mente de la sensual obsesión, obligó a sus sentidos a centrarse más allá de la puerta de la alacena.

Dos de los corpulentos hombres acababan de pasar delante de su escondite, viniendo desde las escaleras traseras, en dirección a su suite, seguramente con la intención de reunirse con los que habían subido por la escalera principal.

Los minutos pasaron sin que oyeran nada más que unos sonidos débiles y amortiguados que les llegaban desde la habitación. Poco después volvieron a oír las pisadas en el pasillo, deteniéndose al comienzo de las escaleras.

—Maldita sea, ¿dónde se han metido?

Las palabras fueron susurradas con voz ronca, pero en el silencio de la noche, llegaron perfectamente al interior de la alacena.

—Deben haberse largado. No había ropa, nada.

—A lo mejor adivinaron que vendríamos a buscarlos.

Se oyó un gruñido de fastidio.

—Sea lo que sea, ya no están aquí —las voces se reanudaron tras unos segundos de silencio—. No tiene sentido quedarse aquí. Vámonos.

Las pisadas se oyeron bajando los escalones.

—¿Y qué hacemos con Jack y con Herb? —preguntó alguien.

—Mañana después del trabajo nos acercaremos allí y les advertiremos de que el caballero y la dama estaban haciendo preguntas, aunque no parecen una gran amenaza, nada que Jack o nuestro Herb no puedan manejar.

Al crujido en las escaleras le siguió el sonido de unas pisadas alejándose lentamente.

Un minuto después, ella apretó el brazo de Roscoe en una silenciosa pregunta.

Él sacudió la cabeza con la barbilla pegada a su pelo, pero no se movió.

—Espera —susurró—. Aún no estamos seguros de que haya pasado el peligro.

A pesar de la sensual tortura, Roscoe no estaba dispuesto a arriesgarse. Tras esperar lo que supuso eran unos veinte minutos, abrió la puerta de la alacena con cautela. En todo el hotel reinaba un espeso silencio y, después del tiempo pasado en el interior del armario, veían bastante bien.

Después de salir de su refugio, él recorrió con la mirada la galería que rodeaba la escalera principal antes de respirar hondo y hacerse a un lado para que Miranda pudiera salir. En cuanto ella lo hubo hecho, se agachó al interior y recogió los bolsos del suelo. Tras volver a salir, ella cerró la puerta silenciosamente.

Y regresaron a la suite.

Una vez en el interior, con la puerta bien cerrada, Roscoe dejó los bolsos en el suelo y, enderezándose, miró a Miranda.

Ella se había detenido en medio de la habitación y se había girado ligeramente hacia él. La luz de la luna entraba por las ventanas sin cortinas, dibujando su perfil, pero dejando sus rasgos ocultos en las sombras.

Estaban mucho más separados que en la alacena, y aun así...

Roscoe la deseaba de vuelta, de vuelta en sus brazos, el cuerpo apretado contra el suyo.

Manteniéndose en el sitio, inclinó la cabeza hacia ella.

—Estuviste muy rápida —su voz era más grave de lo habitual.

—Fue una suerte que cupiésemos los dos ahí dentro —ella se encogió de hombros.

El tono de voz, también más grave de lo habitual, le confirmó a Roscoe que él no era el único afectado por el endemoniado apretujón, no era el único que seguía siendo víctima de las sensaciones asociadas.

Negando ante sí mismo la urgencia que sentía por acercarse a ella, la observó titubear, balancearse, vacilar, antes de respirar hondo, erguirse y, lenta y decididamente, volverse y echar a andar hacia él, deteniéndose frente a él, su mirada clavada en la suya.

—Deberíamos intentar dormir lo que pudiésemos —observó Roscoe sin apartar la mirada.

Eso deberían hacer. Deberían.

Sin duda era lo más inteligente, pero Miranda no se sentía inteligente. Miró a Roscoe a los ojos, estudió la fuerza que imprimían sus rasgos, la resistencia y se fijó también en el detalle de que no se había apartado, no había intentado evitar su avance.

Los largos minutos en el armario de la ropa prácticamente lo habían engullido, le habían arrancado algo, una última capa de reserva. En lo que a él respectaba, Miranda no estaba dispuesta a cruzar ninguna raya, sino a avanzar a toda máquina.

Audazmente, ella dio un paso al frente, levantó una mano, apoyó la palma sobre su pecho. De inmediato sintió la contracción de los músculos, sintió el impulso de Roscoe de no apartarse, sino de tomarla en sus brazos y atraerla hacia sí, sintió la urgencia que a duras penas conseguía controlar, pero siguió sin moverse.

Esperando a que ella hiciera algo, que diera alguna pista de lo que deseaba.

El calor de Roscoe, la masculinidad de los músculos, la envolvió.

Miranda contempló su propia mano, respiró hondo y alzó la vista hasta su rostro. Clavando la mirada en sus ojos.

—Antes me preguntaste por qué te quería en mi cama. No me esperaba la pregunta, y no sabía la respuesta. Pero ahora sí la sé.

Miranda lo miraba a los ojos, pero él no respondió, simplemente esperó, en un silencioso desafío, pero patente de todos modos. La siguiente respiración fue más tensa.

—Te quiero en mi cama porque... te deseo. Porque quiero que tú, el hombre que eres, seas mi amante.

A través de la mano que tenía apoyada en el pecho de Roscoe, ella sintió el impacto de sus palabras, sintió su inmediata reacción. Aun así, él siguió sin hacer nada, su rostro inescrutable, como sucedía tan a menudo, pero Miranda no estaba dispuesta a echarse atrás, no después de haberse decidido al fin, no cuando había llegado tan lejos.

—Nunca había deseado a ningún hombre, de modo que tendrás que perdonar mi torpeza, pero yo me conozco a mí misma, conozco mis motivos. Sé lo que quiero, y sé por qué, y por favor no me digas que no es así. No hay ninguna posibilidad de que tú te aproveches de mí, esto tiene mucho más que ver con el hecho de que yo me aproveche de ti. De ti y de nuestra situación, del momento, de la oportunidad.

Roscoe no respondió, no se movió, pero los ojos de Miranda, acostumbrados a la penumbra, percibieron, sintieron, su resistencia, lo sintieron flaquear.

—Solo te estoy pidiendo una noche —ella mantuvo los ojos fijos en los suyos—, solo una noche, mientras estamos aquí, lejos de nuestro mundo, lejos de los que nos conocen.

Deslizando la palma de la mano por el fuerte torso, ella buscó ciegamente su mano, la encontró y entrelazó los dedos con los suyos.

—Y por eso te lo vuelvo a pedir. Te vuelvo a invitar.

Él le apretó los dedos antes de aflojar, aunque sin soltarla.

El pulso de Miranda se aceleró mientras daba un paso atrás, hacia su dormitorio.

—Ven conmigo —le sostuvo la mirada—. Yace conmigo —ella dio otro paso atrás y lo arrastró con él.

Y él se dejó arrastrar.

Dos pasos. Tres.

Roscoe se sumergió en los luminosos ojos de Miranda, cautivo ante los cantos de sirena, de la promesa de su cuerpo, cautivo hasta el olvido. Sabía que era una estupidez, que estaba tentando al destino, que en algún momento él, y ella también, lo lamentarían, pero era incapaz de romper el hechizo, incapaz de romper el momento, incapaz de apartarse y rechazarla.

Y rechazar el deseo que él sentía.

Quizás ella conociera sus motivos, pero él no quería pensar en los suyos.

Los labios de Miranda se curvaron como los de una diosa ante la evidente rendición de Roscoe, antes de darse la vuelta, y él le permitió arrastrarlo por todo el salón hasta la puerta abierta de su dormitorio.

En la entrada, ella se detuvo y, mirando por encima del hombro, clavó su mirada en la de él. En sus rasgos, sus cabellos plateados por la luz de la luna, una criatura de misterio y sombras.

—Enséñame. Muéstrame —susurró.

Y lo siguió arrastrando.

Hasta los pies de la cama. Y allí, se detuvo y se volvió.

Y se sumergió en sus brazos, unos brazos que solo esperaban abrazarla, reclamarla. Roscoe no era ningún santo y las palabras, las acciones, de Miranda lo habían puesto duro como el hierro, sufriendo el dolor de la ansiada liberación.

Consciente de estar a punto de lanzar por la borda todas sus reservas, todas las preguntas y dudas, se obligó a concentrarse en sus ojos, a ignorar la tentación de esos labios. Al menos el tiempo suficiente para poder hacer una pregunta.

—¿Estás segura? —una sencilla pregunta formulada en voz grave y casi un susurro.

—Tengo veintinueve años —contestó ella con los ojos muy abiertos, la mirada directa—. Puede que sea virgen, pero no soy una jovencita ignorante —alzó la barbilla—. Estoy segura.

Miranda escudriñó los ojos de Roscoe, como si intentara calibrar su aceptación, antes de alargar una mano y retirarle un mechón de cabellos del rostro.

Sofocando la reacción de su cuerpo, excesivamente intensa para un gesto tan sencillo, aunque devastadoramente evocador, él todavía necesitaba que lo reasegurara.

—¿Cómo estás segura de que este deseo, esta necesidad no es más que una reacción al peligro, al alivio de escapar de esos hombres?

Sería una posibilidad, al menos en parte. Una vez pasado el peligro llegaba la obsesión por celebrar la vida.

Ella volvió a mirarlo a los ojos y, por primera vez, captó la pregunta subyacente, la que le había hecho varias veces. Ya le había contestado en una ocasión, pero no parecía haberse tranquilizado. Algo en su interior se ablandó y le concedió la paciencia necesaria.

—Te lo ofrecí antes de que llegaran. Cierto que haber escapado de ellos me ha ayudado a aclarar mis sentimientos, pero nuestra huida no fue la causa de que esos sentimientos surgieran, solo los hizo más evidentes.

Y más fuertes.

Cediendo a esos sentimientos, dejando que los impulsos asociados la guiaran, Miranda alzó los brazos, encantada de ser lo bastante alta como para poderle rodear el cuello, y ladeó la cabeza, estudió el rostro ensombrecido, deseando ser capaz de leer en su oscura mirada.

—Si quieres que suplique, lo haré.

Las manos de Roscoe ya se deslizaban bajo la capa y al oír las palabras de Miranda, él la agarró con fuerza de la cintura.

—No. No lo hagas —él dudó un instante antes de atraerla hacia sí y agachar la cabeza—. No será necesario —y podría hacerle perder el control por completo, un control que a duras penas conseguía mantener.

Desearla tanto, lo bastante como para hacer que olvidara toda precaución, lo sacudió con violencia.

De modo que buscó sus labios, los cubrió con los suyos y la besó antes de que fuera ella quien lo besara. Le permitió devolverlo al intercambio de besos que había tenido lugar anteriormente, le permitió llevarlo de nuevo a ese terreno de puro placer.

Hasta que decidió tomar el mando, hacerse cargo de todo, y concederle lo que ella le había pedido.

Le enseñó.

Le mostró.

Hasta qué punto un beso podía generar tal oleada de placer.

Cuánta felicidad y placer podía surgir de una única caricia.

Roscoe sintió la necesidad de enseñarle mucho más, de zambullirse en el mar del placer carnal con ella, pero era virgen y por tanto los controló a ambos, los contuvo a los dos y procedió paso a paso.

Reclamó su boca, con firmeza, con profundidad, lógicamente apoderándose de los sentidos de Miranda, sentidos que cayeron en sus manos, y gobernó sobre ellos mientras, poco a poco, reclamaba el resto de su cuerpo.

Cada una de las exuberantes curvas, las rotundas prominencias de sus pechos, el elegante cuello, la sutil hendidura de la cintura sobre las anchas caderas. Miranda se estremecía al contacto con sus manos antes siquiera de que él desatara las cintas de la capa y la dejara deslizarse de sus hombros.

Y cuando Roscoe desató esas cintas, ella lo urgió sin palabras a que continuara.

Quizás fuera virgen, pero no titubeaba en su convicción, se mostraba abierta en su apreciación, en su deseo, en su necesidad.

En su contento.

Y fue lo último lo que contuvo a Roscoe como si estuviera metida en una urna de cristal, una que se propuso no romper jamás. Los suaves gemidos de Miranda, gemidos de inesperado placer y los jadeos conformaron un canto de sirenas que lo mantuvo en trance, cautivo sin esfuerzo.

No era la primera virgen que se había llevado a la cama, pero sí la más comprometida, la más osada y, a su manera, la más exigente.

Total e inesperadamente esa mujer le hizo sonreír para sus adentros.

Total e inesperadamente, lo atrapó.

Desde el momento en que lo había arrastrado al interior del dormitorio, Miranda se había propuesto dejar a un lado toda restricción, dándose permiso para seguir sus instintos, entregar su corazón, abiertamente, sin engaño.

Sin fingir una sensibilidad melindrosa.

Ella quería aprender y él estaba dispuesto a enseñarle y, en su opinión, eso le daba permiso para insistir. Para insistir en que, una vez la hubiera despojado de la ropa hasta dejarla con la camisa corta que llevaba bajo el camisón, él le permitiera hacer lo propio. Y cuando Roscoe intentó sujetarle las manos para impedirle que le desabrochara la camisa, ella consiguió protestar:

—Necesito saber...

Apretándose más contra su cuerpo, envolviéndole con él, Miranda le hizo sisear mientras contenía la respiración, y consiguió distraerle lo suficiente como para hacer lo que quería.

La pequeña victoria le dio ánimos.

La espoleó.

El resultado fue un forcejeo sensual que terminó con ambos sobre la cama en una maraña de brazos y piernas y una sucesión de carcajadas.

Tumbada de espaldas, ella respiró hondo y alzó la cabeza para contemplar su propio cuerpo, más allá de los pechos apenas ocultos bajo la camisa, y clavó su mirada en los oscuros ojos de zafiro.

—¿Así es como se supone que debe ser? Nunca pensé...

Los ojos de Roscoe, ligeramente burlones, le sostuvieron la mirada.

—No hay una única manera. Es distinto con cada persona, con cada circunstancia —él mismo parecía algo sorprendido.

Se incorporó sobre la cama y se apoyó sobre un codo a su lado, le tomó el rostro con una mano, la miró a los ojos y se inclinó para besarla.

Llevándola poco a poco, como si bailaran, de regreso al ardiente placer.

De vuelta a la creciente llamarada que crecía entre ellos, que le lamía la piel, y también la de él, y les hacía arder.

Les hacía desear.

Miranda no era recatada. Era alta y, durante años, había resultado desgarbada, pero su cuerpo se había llenado de unas curvas femeninas, casi exuberantes. Y tenía veintinueve años. Y había tomado una decisión. Únicamente sintió un pequeño atisbo de duda cuando él la despojó de la camisa, pero incluso mientras contenía el aliento y lo miraba, el destello de inseguridad quedó apagado, borrado por la mirada de Roscoe.

Contundente, cada uno de sus rasgos afinados, su rostro mostraba una máxima concentración, pero su mirada era ardiente. El fuego negro azulado le acariciaba cada curva y el deseo vibraba casi palpable entre ellos. Cuando Roscoe posó una mano sobre ella, Miranda se estremeció y cerró los ojos.

Murmurando palabras de tranquilidad, con voz grave y ronca, él la fue llevando y le enseñó, con paciencia inagotable, con delicadeza imperturbable, todo lo que ella deseaba aprender, experimentar y explorar.

Le mostró abiertamente, con la misma audacia que ella, cuánto le fascinaba su cuerpo. Cuánto le obsesionaba y le satisfacía. Y luego le permitió saciar su curiosidad, llenarse los sentidos de él, del aliento de su pecho, de los fuertes hombros, de los firmes abdominales.

Ante la insistencia de Miranda, Roscoe al fin se despojó de los pantalones y le permitió explorar la gruesa erección. Le permitió, totalmente maravillada, trazar las gruesas venas, el ancho glande.

Con la respiración acelerada, él al fin le agarró las manos y las sujetó por encima de su cabeza antes de inclinarse para besarla y con maestría, sin esfuerzo, tomar el mando.

Y entregarse a darle placer, a satisfacer sus necesidades y deseos. A mimarla.

La frase resonó en la mente de Miranda mientras Roscoe, el cuerpo tenso con un control que prácticamente se podía palpar, cubrió con una mano la piel más delicada, acariciándola, explorando, aprendiendo, dibujando hasta que ella estuvo casi fuera de control. Entonces tanteó con sus largos dedos y la preparó.

Le dio placer.

Hasta que Miranda estuvo tan consumida ante la urgencia por liberarse que le dolía la espalda y, con una exclamación de desesperación hundió las uñas en los fuertes brazos.

Roscoe soltó un juramento, apenas en un susurro, y se colocó sobre ella. Con sus muslos la obligó a ella a separar los suyos y se acomodó entre ellos. La cubrió.

El cuerpo desnudo de ese hombre sobre el suyo supuso una impresión sensual, un placer carnal.

El peso, la masculina dureza, la piel febril sobre su piel febril, el rugoso vello arañando zonas sensibles y apenas tocadas jamás...

Miranda comenzó a jadear mientras se retorcía, apremiaba, pero él no le permitió tomárselo con prisas, no le permitió correr. La sostuvo debajo de él, la mantuvo pegada a él, la obligó a ver, a sentir, a saber.

La intimidad final, cuando llegó, cuando su cuerpo ardiente y duro se apretó sobre ella y se introdujo lenta y profundamente en su interior, abriéndose paso entre los pliegues de suavidad, con apenas un pinchazo al atravesar esa barrera que la convertía en una virgen, fue tan sobrecogedora que Miranda gritó y se aferró con fuerza a él.

Y estuvo a punto de llorar.

La sensación de tenerlo dentro de ella, duro y pesado, tan ajeno, tan masculino, en su núcleo más íntimo, fue mucho más de lo que se había imaginado nunca. Mucho más intenso, mucho más íntimo.

Un cataclismo mucho más real.

Jadeando casi con desesperación, su cerebro desaparecido, sus sentidos desordenados, Miranda lo abrazó, se movió con él y rápidamente aprendió la técnica, encontró el ritmo. Húmedo y ardiente, él la lleno y ella lo urgió a que continuara, recibiendo y deleitándose en cada fuerte embestida, en cada centelleante sensación.

Cuando Roscoe bajó la cabeza y empujó, ella alzó el rostro para que pudiera besarla, le permitió reclamar sus labios mientras, juntos, se lanzaban al torbellino.

A una conflagración de deseo, de glotona y creciente pasión.

A una hoguera en la que ardía el deseo, voraz y hambriento, y los llenó. Los guio.

A un torbellino de desgarradora sensación, que los envolvió y los lanzó hacia arriba hasta que ella estalló en la cima del fulgurante placer, de un éxtasis tan fuerte que le desgarró el alma.

Y mientras caía, se aferró a él con más fuerza, manteniéndolo cerca con desesperación.

Con un prolongado gruñido, incapaz de contenerse, mucho menos encontrar la fuerza de retirarse antes, tal y como tenía planeado, Roscoe se hundió una última vez, y otra vez hasta que, estremeciéndose, reclamado por la liberación, cegado por el éxtasis, aprisionado por el cuerpo de Miranda, se lanzó con ella por el precipicio hacia el familiar vacío.

Durante incontables latidos flotaron los dos juntos, agitados y sin fuerza, abrazados.

Pero aunque el vacío fuera familiar, mientras se hundía en las doradas olas de las postrimerías, mientras le apartaba los cabellos del rostro y le daba un último beso en los labios, la parte de su mente que seguía funcionando vagamente registró que aquello, con ella, había sido algo más.

Algo más.

Algo que nunca antes había sentido.

CAPÍTULO 8

Abandonaron el hotel después de un desayuno temprano y salieron de Birmingham, no por el camino más directo hacia Lichfield, sino dando un rodeo hacia el este. Habían acordado que merecía la pena hacer más kilómetros y perder media hora antes que toparse con los parientes de Kempsey o de Dole.

Desde detrás del velo, Miranda permanecía pendiente de cualquier perseguidor o cualquier peligro potencial, mientras rememoraba los sucesos de la noche anterior.

Con todo detalle. En toda su extensión. Todo lo que era capaz de recordar que, para su sorpresa, era bastante, suficiente para alegrarse de llevar puesto el velo. Aparte de algún que otro sonrojo ocasional, le servía para ocultar la sonrisa tonta, somnolienta, en exceso reveladora que curvaba sus labios cada vez que bajaba la guardia.

Lo cierto era que se sentía pletórica de energía, fortalecida, en la cima del mundo. Al menos de su mundo. Hasta conocer a Roscoe, hasta embarcarse con él en esa inesperada aventura, se había resignado a morir sin haber aprendido ni siquiera la mitad de lo que él le había enseñado la noche anterior.

Siempre había sentido curiosidad, desde un punto de vista académico, sobre lo que atraía a una mujer hacia los hombres, sobre todo hacia hombres como él. Y desde que había experimentado esa atracción, había caído presa de ella y al fin sucumbido, quizás siguiera sin entender por completo de qué se trataba, pero sí entendía la compulsión.

Aquella mañana, cuando despertó, él ya se había marchado del dormitorio, pero la sábana aún conservaba su calor. Había dormido con ella durante toda la noche. Miranda recordaba vagamente la sensación de su cuerpo amoldándose al suyo, el fuerte torso pegado a su espalda, mientras ella sucumbía a un delicioso estado de sopor.

Tras levantarse, lavarse, vestirse y volver a hacer el equipaje sintiéndose feliz y contenta, había salido del dormitorio, justo en el mismo instante en que él hacía lo propio del suyo. Colocándose el abrigo, había enarcado una ceja y ella le había sonreído. Y eso había bastado para ambos.

Habían abandonado Birmingham poco después de las ocho de la mañana. Transcurridas menos de dos horas, ella consultó el mapa que descansaba sobre su regazo y señaló hacia un grupo de tejados no muy lejos de donde se encontraban.

—Eso es Lichfield.

Desgraciadamente, había varias cabañas rodeando el pueblo, algunas en los campos, otras en hondonadas o escondidas tras los árboles. Dado que ya no se atrevían a preguntar abiertamente por Kempsey y Dole, tuvieron que comprobar cada una de esas cabañas, de manera subrepticia y encubierta. Algunas albergaban familias y fueron rápidamente descartadas. Tuvieron que vigilar otras durante un buen rato hasta comprobar quién se encontraba dentro y, si no había nada, abordarla y llamar a la puerta antes de echar un vistazo al interior para asegurarse de que Roderick no se encontrara allí.

No fue hasta media tarde cuando, tras abandonar la calesa a un lado de un camino lleno de baches y trepado una pequeña colina que daba a un bosquecillo, al fin localizaron su objetivo.

—Ese debe de ser Dole —Roscoe observaba a un hombre de cabellos oscuros y largos, y tez visiblemente pálida, incluso a esa distancia, que había salido de una puerta trasera de la cabaña situada colina abajo.

Delgado y con aspecto ansioso, de movimientos lentos, el hombre hizo acopio de unos troncos de una pila apoyada contra la fachada de la cabaña.

Mientras el hombre regresaba a la cabaña, Miranda lo siguió agazapada, protegida por los tupidos arbustos bajo los árboles, y tomó aire.

—Tiene una oreja deforme, ¿no mencionó Gallagher algo así?
—En efecto —él la miró—. Así pues está claro. Los hemos encontrado.
—¿Y ahora qué? —ella lo miró a los ojos.
—Primero comprobamos si Kempsey está ahí también —Roscoe devolvió su atención a la cabaña.

Diez minutos más tarde, un hombre corpulento y robusto, con cabellos marrones y ralos, y un rostro rubicundo, se asomó por una pequeña ventana en la parte trasera.

—Muy bien —Roscoe se volvió de nuevo hacia Miranda—. Están los dos. Lo más probable es que Roderick también, pero estará tumbado y, aunque no esté atado, no podemos esperar ayuda por su parte.

—Incluso podría estar inconsciente —ella asintió, los labios apretados y la mirada fija en la cabaña.

—Puedo encargarme de ellos, pero de uno en uno —cuando ella lo miró, él sacudió la cabeza—. No preguntes cómo. Pero, para eso, para ocuparme de uno sin alertar al otro y darles la oportunidad de utilizar a Roderick como rehén, tenemos que separarlos —miró hacia la cabaña—. Necesito alejar a uno de ellos lo suficiente como para que no pueda avisar al otro.

Ambos contemplaron la cabaña.

—Tengo una idea mejor —anunció Miranda.

La respuesta instintiva de Roscoe fue un rotundo, «no», pero, después de haber comprobado la rapidez de su mente en el hotel la noche anterior, por lo menos tenía que oírlo. A pesar de haber vivido una vida acomodada y protegida, la mente de esa mujer respondía a los problemas de manera rápida y eficaz, analizando las dificultades y hallando soluciones.

—¿Qué? —a pesar de su decisión, la pregunta no fue formulada en tono apremiante.

Por el rabillo del ojo vio retorcerse sus labios.

—En lugar de conseguir que uno de ellos salga para ocuparte de él, dejando al otro con Roderick y que, por tanto, siga constituyendo una amenaza, yo podría atraer a uno de ellos fuera de la cabaña y llevarlo ladera abajo y, mientras yo lo distraigo, tú te deslizas al interior de la cabaña por la puerta trasera y te ocupas del hombre que haya quedado dentro. Después, cuando el hombre al que yo haya distraído regrese, tú lo estarás esperando y podrás ocuparte de él.

«No debería haberla escuchado».

Pero lo había hecho, y no le quedaba más opción que estar de acuerdo con que su sugerencia era… mejor que cualquier otra que se le pudiera ocurrir a él. No conseguía averiguar cómo le hacía sentir exactamente, pero sabía que no le gustaba.

—De acuerdo —por su tono de voz se notaba que accedía a regañadientes—. Pero antes, ¿cómo has pensado sacar al hombre de la cabaña y distraerlo?

Ella sonrió y se lo explicó, haciendo añicos cualquier esperanza que Roscoe hubiera tenido de que el plan no fuera excelente.

—¡Eh, en la cabaña! ¿Hay alguien ahí?

Aferrando el bolso con una mano, Miranda dio unos vacilantes pasos por el sendero que conducía a la cabaña desde el camino de la parte delantera de la ladera sobre la que se situaba. Se detuvo y, utilizando la mano a modo de visera, miró hacia la cabaña. Se había quitado el abrigo y retirado el velo para que fuera más fácil identificar a la dama que era. Formaba parte de su plan.

Suspirando con fuerza, permitiendo que sus hombros se elevaran y cayeran de golpe antes de hundirse con abatimiento, ella se volvió y miró a su alrededor como si estuviera buscando algo. Después, volviéndose de nuevo hacia la cabaña, se levantó las faldas negras y avanzó. Lentamente.

Habían visto una mansión un poco más adelante, pero estaba oculta de la cabaña por una colina y un terreno boscoso. Su historia sería que se alojaba en la mansión, había salido a pasear y, abrumada por sus sombríos pensamientos, se había perdido. Algo muy posible en una viuda reciente.

Había gritado lo bastante fuerte como para que la oyera cualquiera dentro de la cabaña, pero, si no aparecía nadie, se acercaría y lo intentaría de nuevo…

La puerta de la cabaña se abrió. Deteniéndose, Miranda levantó la vista y procuró adoptar una expresión de esperanza.

Kempsey salió y se detuvo frente a la puerta mientras la contemplaba.

—¡Oh, menos mal! —ella agitó una mano en el aire para llamar su atención—. Me he perdido. ¿Podría ayudarme?

Kempsey la observó un rato antes de volverse y hablar por encima del hombro. Esperó una respuesta y una perezosa sonrisa se dibujó en su rostro.

Ella estaba demasiado lejos para analizarla, pero estuvo casi segura de que esa sonrisa no había llegado hasta los ojos de Kempsey. Era la sonrisa de un perro rabioso evaluando a su presa.

Kempsey habló de nuevo y echó a andar hacia ella.

Miranda mantuvo la posición, sonriendo tontamente, y ni siquiera pestañeó cuando Roscoe descendió la ladera a toda prisa por el lado de la cabaña que quedaba oculto a la vista y desaparecía detrás. Se había escondido tras la hilera de setos para poder ver marchar a uno de los hombres, pero sin que pudieran verlo a él.

Mientras tanto, Kempsey, juzgando a Miranda únicamente como una presa potencial, sin tener ni idea de que era, en cambio, el cebo, se dirigía a su encuentro.

«Primera fase concluida». Roscoe ya estaría dentro de la cabaña y la segunda fase ya debería haber concluido. «Ahora a por la tercera fase».

Miranda mantuvo la sonrisa en su sitio, la sonrisa de una dama delicada y confiada que daba por hecho que el bruto que se dirigía hacia ella tenía, por supuesto, como única intención ayudarla.

Kempsey se detuvo frente a ella. Unos ojillos brillantes la contemplaron, y también el pesado bolso de mano, antes de inclinar la cabeza rapada.

—¿Qué problema hay, señorita?

—Bueno, verá —ella llenó su sonrisa de autocrítica—, me alojo en la mansión y he salido a dar un paseo, pero… —inclinó la cabeza, alzó una mano enguantada, la expresión de perplejidad. Sacudió la mano en el aire y miró a su alrededor—. No tengo ni idea de dónde estoy.

Antes de que Kempsey pudiera contestar, ella respiró entrecortadamente, se llevó una mano al pecho, hizo un sonido de ahogo y soltó de nuevo el aire.

Kempsey se acercó un poco más, como si estuviera preparado para agarrarla caso de que se cayera al suelo.

—¡Oh, cielos! —Miranda se irguió y agitó una mano para alejar a Kempsey, aunque con mucha elegancia—. Gracias, pero creo que estaré bien. El caso es que —miró hacia la cabaña—, ¿podría darme un vaso de agua?

Recordó la advertencia de Gallagher sobre el hecho de que Kempsey era muy listo, sin embargo él solo había visto lo que ella quería que viera, alguien mucho más débil que él, un pichoncito preparado para ser desplumado.

—Sí, por supuesto —el hombre sonrió, casi babeó, ampliamente, y con gesto aún más depredador—. Entre en la cabaña y podrá tomar un poco de agua y sentarse.

Kempsey se acercó un poco más, colocándose a su lado y ella tuvo que contener la reacción instintiva de apartarse. Desde luego no le gustaba ese hombre, y no le gustaba que estuviera cerca de ella en absoluto. Él y su amigo habían lastimado a Roderick. De tener un arma, la habría utilizado contra él.

En cambio sonrió ingenuamente, armándose de valor y permitiéndole tomarla del brazo, supuestamente para ayudarla a ascender por el camino empinado.

Imitando uno de los ocasionales vahídos de Gladys, Miranda utilizó su supuesta debilidad para evitar cualquier pregunta. Kempsey la había tomado del brazo derecho y ella sujetó con fuerza el bolso con el izquierdo. No podría considerarse un arma, pero el cuerpo estaba hecho de arpillera bordada y había tenido la idea de llenarlo de piedras. Viendo a Kempsey de cerca, la idea se le antojaba casi ridícula, pues haría falta algo más que unas cuantas piedras para romper esa gruesa cabeza. Sin embargo, le daba cierta tranquilidad, aunque ilusoria, ante la protección que le ofrecía.

Al acercarse a la cabaña, agudizó el oído, pero no oyó nada. Esa era la parte del plan que debía improvisar. Debía dar por hecho que Roscoe la esperaba en el interior de la cabaña.

—¡Umm!

El sonido inarticulado proveniente de la cabaña fue seguido del crujido de una silla al estrellarse.

Kempsey la soltó de inmediato y dio un paso atrás antes de volverse a mirarla, los labios curvados en una mueca mientras se abalanzaba sobre ella.

Miranda agitó el pesado bolso, consiguiendo que reculara, y entonces se dio media vuelta y corrió hacia la cabaña como si la persiguieran todos los demonios.

La puerta se abrió de golpe.

Ella miró hacia atrás y vio a Kempsey, que corría tras ella, mirar hacia la puerta.

Miranda se hizo a un lado mientras Roscoe salía de la cabaña, pistola en mano.

Kempsey se detuvo de golpe y, dando media vuelta, echó a correr.

Con rapidez.

Parándose, jadeando, junto a Roscoe, Miranda se volvió para ver a Kempsey huir ladera abajo.

—Se escapa.

Roscoe deseaba perseguirlo, pero no iba a dejarla a ella sola con Dole, aunque el hombre estaba atado y amordazado, y desde luego inconsciente.

—Lo sé —él sacudió la cabeza antes de guardar la pistola en el bolsillo—. Pero, ¿adónde podría ir? —agitó una mano hacia la cabaña—. Además, tenemos que ocuparnos de Roderick.

Ella cruzó la puerta, se detuvo para que sus ojos se acostumbraran a la luz y dio un respingo antes de atravesar corriendo la única estancia, hacia el catre situado en el extremo opuesto.

—¡Oh, Dios mío! ¡Roderick! —cayendo de rodillas junto a la cama desnuda, acunó delicadamente el pálido rostro de su hermano—. ¿Roderick?

Roscoe permaneció atento el tiempo suficiente para comprobar que ni siquiera la voz de su hermana era capaz de despertar a Roderick. A continuación se agachó y agarró al inconsciente Dole.

—Ten cuidado —le advirtió a Miranda mientras apartaba al hombre y la silla rota a la que estaba atado—. Creo que también tiene rota la clavícula.

Miranda no se desmoronó, sino que levantó la sábana para evaluar las heridas de Roderick.

—Dada la antigüedad de las lesiones —continuó él—, debió

resistirse cuando lo asaltaron en la calle Chichester. Todas las heridas parecen de aquella fecha. Tanto la clavícula como el pie necesitan ser atendidos lo antes posible —concluyó mientras se preguntaba dónde podrían encontrar a un médico lo bastante capacitado.

Ella se apartó de la cama y se puso en pie.

—Voy a por mi material. Podremos inmovilizarlo lo suficiente como para moverlo —se volvió hacia la puerta.

Roscoe abrió la boca con la intención de aconsejarle que esperara hasta que pudiera acompañarla. A saber qué podría ocurrírsele a Kempsey. Pero un ruido lejano proveniente de la parte delantera de la cabaña le hizo mirar por la ventana hacia el sendero.

Y soltar un juramento. Con virulencia.

Al principio, Miranda no pareció entender la gravedad, pero sí se acercó rápidamente a la ventana… y vio lo que había visto Roscoe.

Los hombres que habían acudido al hotel acababan de llegar. Kempsey prácticamente se había dado de bruces contra ellos y estaban intercambiando pareceres.

—¿Y ahora qué hacemos? —ella se volvió bruscamente, miró a Roscoe y luego a Roderick.

—No hay tiempo para vendajes —él ya había echado a andar hacia el catre—. Tenemos que salir por la puerta trasera y atravesar el bosquecillo hasta la calesa.

Arrancó la sábana que cubría a Roderick y, tomando a su amigo del brazo bueno, lo levantó y lo cargó sobre su hombro.

—Casi mejor que esté inconsciente —volviéndose comprobó que su compañera de viaje, tan rápida de mente como siempre, había cerrado la puerta y la estaba atrancando con una barra—. Buena idea.

Tras colocar la tranca, ella se dio la vuelta y corrió hacia la puerta trasera. Abriéndola violentamente la sostuvo mientras Roscoe sacaba a Roderick, y a continuación los siguió y cerró la puerta tras ellos.

Roscoe se dirigió directamente hacia la empinada ladera que conducía al bosquecillo. Cuando ella lo alcanzó, la miró de reojo y sacudió la cabeza hacia delante.

—Tú sigue —llevando el peso muerto de Roderick iba a ir mucho más lento.

—No seas tonto —ella dibujó una mueca cargada de terquedad.

Roscoe apretó los labios con firmeza y soltó un juramento.

Y, por supuesto, el destino demostró que ella tenía razón. Varias ramas se engancharon del abrigo de Roderick y fue ella la que las soltó con rapidez. Si no hubiera estado allí...

Con gesto sombrío, él continuó avanzando por el bosquecillo, antes de cruzar el camino de cabras que habían seguido desde la calesa, y que describía una curva sobre la colina.

Unas voces airadas los alcanzaron. Sus perseguidores habían salido de la cabaña, tras comprobar que no estaban, y miraban a su alrededor intentando adivinar hacia dónde habrían podido ir.

Todavía ocultos por el bosquecillo, Roscoe se detuvo para recolocar el cuerpo de Roderick sobre su hombro. Mientras echaba a andar de nuevo, miró a Miranda.

—En cuanto coronemos la colina van a vernos. A partir de ese momento habrá que correr.

Ella contempló la extensión abierta que tenían por delante y se volvió hacia la cabaña que, poco a poco, aparecía a la vista a medida que salían del bosquecillo. Asintió.

Tal y como habían supuesto, en cuanto salieron a campo abierto, unos aullidos provenientes de los hombres surgieron de detrás de la cabaña.

—¡Están ahí! —gritó alguien, aunque no hiciera falta.

Y así se inició la caza.

Los hombres echaron a correr tras ellos, aullando como perros de caza. Roscoe bloqueó el sonido de su mente, consciente de que la intención de los gritos era infundir miedo, concentrándose en dónde ponía los pies. No podía permitirse tropezar. Con Miranda justo detrás, corrió por el camino lo más deprisa que se atrevió.

Necesitaba que ella lo adelantara. Necesitaba poder verla y asegurarse de que estuviera a salvo.

—Corre, adelántate —gritó en cuanto la calesa apareció ante su vista—, entra y desata las riendas. Deja el freno echado y agarra las riendas con las manos —la miró de reojo cuando ella apareció a su lado—. ¡Vamos!

El grito incluía cada átomo de autoridad que poseía.

Miranda apretó los labios y él temió por un instante que fuera a discutir, pero asintió, se remangó las faldas y echó a correr.

Roscoe avanzaba lo más deprisa que podía, pero Roderick no era ningún peso pluma. Para cuando llegaron al camino para carros y aflojó el ritmo para dejarse caer desde el terraplén hasta el camino irregular, los Kempsey y los Dole corrían colina abajo siguiéndole la pista.

Aterrizó sobre el camino y, con la mandíbula encajada, se obligó a levantarse y a continuar.

En cuanto alcanzó la calesa, dejó caer a Roderick de su hombro y lo acomodó de cualquier manera sobre el asiento de la calesa, empujando su cuerpo desmadejado contra Miranda. Agarrando las riendas y dejándola a ella a cargo de sujetar a su hermano, sacó la pistola del bolsillo, se volvió, apuntó y disparó a tierra justo ante los pies de sus perseguidores.

El ruido y la repentina explosión de tierra hicieron que el grupo se echara hacia atrás, tropezándose y cayendo unos sobre otros.

Cuando comprendieron lo que sucedía, se soltaron y siguieron hacia delante.

Para entonces Roscoe ya había saltado al asiento de la calesa, asegurando a Roderick entre su cuerpo y el de Miranda. Dejando caer la pistola al suelo de la calesa, soltó el freno.

—¡Agárrate!

Sus caballos no eran famosos precisamente por sus delicados modales, y hacía días que no habían podido correr a placer. Ante la orden recibida a través del golpe de las riendas, arrancaron.

La calesa se bamboleó, se hundió en un surco y dio un brinco, pero el constructor de sus carruajes era el mejor de Inglaterra y el coche aguantó el maltrato y, con los caballos prácticamente adquiriendo la velocidad de un rayo, traquetearon por el camino dejando atrás a los Kempsey y los Dole que no habían parado de aullar.

Únicamente cuando alcanzaron un camino de superficie relativamente regular y Roscoe hizo girar hábilmente a los caballos, bestias endemoniadas, hacia una superficie más suave, consiguió Miranda tragar saliva y hacer descender el corazón desde la garganta.

A medida que el corazón se acomodaba nuevamente en su sitio habitual, latiendo a su ritmo habitual, los pulmones se abrieron y pudo, al fin, tomar aire. Miró más allá de su hermano, sujeto entre Roscoe y ella, al que tenía agarrado del abrigo con ambas manos, a Roscoe. Pero no se le ocurrió qué decir, pues «gracias», ni se acercaba a expresar sus sentimientos.

Escudriñó su rostro. La expresión parecía totalmente normal. Más o menos impasible, relativamente inescrutable.

—¿Estás bien? —como si hubiera sentido sus ojos sobre él, la miró.

—Sí. ¿Y tú?

—No he sufrido ningún daño —él miró a Roderick, medio caído y prácticamente inconsciente, sentado entre ellos—. Tenemos que llevarlo a un médico.

—Sí, pero ¿dónde? —Miranda miró a su alrededor intentando descubrir dónde podrían estar. En medio del pánico de la huida, no había prestado atención a la dirección que habían tomado y no tenía ni idea.

La campiña que les rodeaba era frondosa y verde, con suaves colinas y sin ningún asomo de pueblo. Estaban, pensó ella, dirigiéndose hacia el norte y eso significaba que se alejaban de Birmingham y, si no se equivocaba, iban hacia una zona en la que no había ninguna ciudad, únicamente diminutas aldeas.

—¿Sabes dónde estamos?

—Sí —después de unos segundos, Roscoe prosiguió—. Kempsey y Dole intentarán seguirnos y debemos suponer que harán todo lo posible por encontrarnos. Necesitamos llegar a algún sitio en el que Roderick pueda conseguir la atención que precisa y, al mismo tiempo, estar a salvo de un ataque.

Y él sabía muy bien dónde encontrar ese puerto seguro. La decisión de llevarla allí junto con Roderick tendría que haber sido una decisión cargada de peligro, un paso que no le resultaría fácil dar ni aceptar. Sin embargo, incluso antes de darse cuenta de que se dirigía hacia allí, ya estaba girando por los familiares caminos.

—Sé adónde podemos ir.

—¿Adónde? —preguntó ella mientras tironeaba de Roderick para colocarlo en una posición más segura.

Roscoe no contestó hasta que, satisfecha con sus esfuerzos, Miranda lo miró con expresión interrogativa.

—A un lugar seguro —eso, decidió él, era el factor decisivo.

Más allá de argumentos o preguntas, o sentido común, necesitaba llevarla a un lugar donde estuviera a salvo.

—Nos dirigimos a la casa de un pariente —contestó al fin sin apartar la mirada de los caballos—. No está lejos.

«Nos dirigimos a la casa de un pariente».

Miranda repitió las palabras de Roscoe en su mente una y otra vez, ligeramente estupefacta mientras la calesa avanzaba por el camino circular que bordeaba la enorme mansión campestre. Habían entrado en la propiedad por el camino de atrás. Recordando sus sospechas iniciales de que Roscoe era el hijo ilegítimo de alguna casa noble, Miranda había pensado que ese pariente podría ser el administrador de una de las granjas. Cuanto más avanzaban, más cambiaba de suposición. Primero supuso que sería el administrador de la granja principal. Después, según se aproximaban a los edificios anejos a la enorme mansión, que sería el cochero o el mozo de cuadras. Pero continuaron avanzando hacia la mansión misma, de modo que Miranda tuvo que modificar la identidad del pariente convirtiéndola en la del mayordomo o el ama de llaves de la casa grande. Roscoe la había despistado al tomar la entrada que rodeaba un ala del esplendor palladiano, y continuó, no hacia la casa del guarda, su última apuesta, sino hacia el terreno de gravilla frente a las impresionantes escaleras delanteras.

Cuando detuvo la calesa frente a esas escaleras, ella se volvió para mirarlo incrédula.

Roscoe sentía su mirada, pero no la sostuvo, ni siquiera la miró. Dos lacayos ya corrían hacia ellos mostrando unas amplias sonrisas en sus rostros.

Bajándose de la calesa, sujetando a Roderick con una mano, levantó la otra en el aire antes de que los lacayos pudieran darle la correspondiente bienvenida.

—Jenks, avisa a Cater de que traemos a un hombre herido. Dile que envíe a buscar de inmediato al doctor Entwhistle, y necesitamos unos cuantos sirvientes para llevar al señor Clifford dentro.

—Sí, milord —Jenks saludó brevemente antes de subir a la carrera las escaleras que conducían a la puerta principal.

—Toma —Roscoe le entregó las riendas al mozo más joven—. Sujétalas con firmeza.

Y por fin devolvió su atención a los ocupantes de la calesa. Roderick seguía inconsciente y Miranda seguía mirándolo estupefacta. Incrédula.

—Aquí estaréis a salvo —él la miró a los ojos—. Los dos.

—¿Y qué pasa contigo? —ella parpadeó y frunció el ceño.

Antes de poder aclarar la confusión, varias personas salieron de la casa. No solo Cater y los sirvientes, como había esperado Roscoe, si bien eran los que iban delante. Pisándoles los talones un torbellino de faldas bajó a la carrera las escaleras del porche.

—¡Julian, estás en casa!

—¡Qué bien!

—¡No te esperábamos!

—¿Cuánto tiempo te quedarás?

—¿Quiénes son tus amigos?

—¿Cómo de mal está el caballero herido?

Su madre, sus tres hermanas, su cuñada, y su sobrino, que ocupaba la retaguardia, lo rodearon a él y a la calesa. Las mujeres todas tiraron de su cabeza hacia abajo para poder besarle las mejillas, antes de colocarse delante de Miranda, sonreír y luego adoptar un semblante más serio al contemplar a Roderick.

Él recordó, demasiado tarde, que su madre había mencionado que sus hermanas pensaban reunirse en Ridgware para organizar la boda de Edwina. Mirando a Henry, que galantemente le había ofrecido una mano a Miranda para ayudarla a bajar, percibió la mirada burlona de su sobrino y estuvo a punto de soltar un gruñido. Pero...

Para cuando al fin logró controlar la comprensible curiosidad de sus parientes femeninos y hacer las mínimas presentaciones, ya empezaba a anochecer.

Por suerte, el estado de Roderick no permitía mucha socialización. Dos sirvientes lo bajaron de la calesa con sumo cuidado y lo llevaron al interior. Cater y el ama de llaves, la señora Viner, ya se habían unido al resto. Siguiendo las instrucciones de Cater, los sirvientes llevaron a Roderick escaleras arriba hasta una habitación en el ala oeste.

A pesar de la impresión que, sin duda, le había producido haber aterrizado repentinamente en medio de la familia de Roscoe, una familia que ignoraba que tuviera, Miranda había conseguido sobrevivir a las presentaciones con considerable aplomo y lo cierto fue que su madre, sus hermanas y su cuñada se mostraron muy comprensivas cuando ella se excusó y siguió a su inconsciente hermano escaleras arriba.

Con no poca cobardía, Roscoe utilizó a Roderick como excusa para seguirla, dejando a su familia en el vestíbulo, observándolo, luciendo expresiones intrigadas y claramente complacidas, subir las escaleras tras Miranda.

No estaba seguro de qué había provocado tal felicidad, si su inesperada aparición, la anticipación de un poco de entretenimiento y conocimiento de su otra vida, que prometía la presencia de Miranda y Roderick, o alguna otra cosa. Apartando de su mente la sospecha de que seguramente se trataba de todo ello la vez, siguió a Miranda, que a su vez seguía a los sirvientes y a Roderick hasta el espacioso dormitorio que un par de doncellas y la señora Viner acababan de preparar.

—Pobre muchacho —desde el lado opuesto de la cama de cuatro postes, la señora Viner ayudó a Miranda a dirigir a los sirvientes para que acostaran a su hermano y, antes de que los sirvientes se retiraran, la señora Viner ayudó a acomodar a Roderick.

—La clavícula y el pie también —la mujer chasqueó la lengua y desvió la mirada hasta Miranda—. El doctor Entwhistle llegará enseguida, no vive lejos de aquí. Mientras esperamos, si le parece, puedo ir a por mis tijeras para quitarle a su pobre hermano esas ropas y hacer que esté más cómodo.

—Gracias —Miranda miró a los ojos, marrones y sinceros, del ama de llaves—. Supongo que eso ayudará.

—No se preocupe, señorita —la maternal mujer sonrió resplandeciente—, voy a por las tijeras y vuelvo en un segundo. Si necesita algo más —señaló hacia el llamador que colgaba junto a la repisa de la chimenea—, no tiene más que llamar y alguien acudirá enseguida.

Tras echar a las doncellas de la habitación, la mujer se marchó. Los sirvientes ya se habían ido, dejándola sola con Roscoe y el aún inconsciente Roderick. Miranda no sabría decir quién llamaba más su atención de los dos.

—Por si no lo has oído —Roscoe se detuvo a los pies de la cama—, el ama de llaves es la señora Viner.

Tras dudar un instante, se acercó a ella a un lado de la cama. Miranda se volvió hacia él.

Deteniéndose, Roscoe la miró a los ojos, y luego a su alrededor, antes de que su máscara de impasibilidad se quebrara y sus labios se curvaran con cierta pesadumbre.

—Te pido disculpas por olvidar que mis hermanas y mi sobrino estarían aquí. Normalmente esta es una casa mucho más tranquila.

Miranda contempló la cama, la habitación, rememoró todo lo que había visto desde su llegada y comprendió a qué se había referido él al anunciar que allí estarían a salvo.

—No tiene importancia.

—Sé que has recibido una impresión, que tienes mucho que asimilar y repasar, pero —esperó a que ella lo mirara y le sostuvo la mirada—. ¿Confiarás en mí?

«Siempre». La palabra surgió de inmediato en su mente y Miranda comprendió que era la verdad. Desde la primera vez que lo había visto había confiado en él. A lo largo de los últimos días, había confiado incondicionalmente en él una y otra vez.

Lo había tomado como amante sin pensárselo dos veces.

Con la mirada clavada en la suya, ella asintió.

—Por supuesto.

—Bien —los labios de Roscoe volvieron a curvarse, con algo más de resignación—. Haré lo que pueda para mantener a raya a los curiosos.

Tras saludar con una inclinación de cabeza, se dispuso a marcharse.

—¿Quién eres? —preguntó Miranda mientras lo agarraba de la manga.

Él se volvió y sus miradas se fundieron.

—Soy Roscoe —contestó él tras sostenerle la mirada durante varios segundos—. Tú, mejor que la mayoría, sabes quién y qué soy.

Ella no contestó, ni para aceptar la respuesta como buena ni para plantearle ninguna más, y Roscoe apartó delicadamente su mano de la manga, le apretó ligeramente los dedos y los soltó antes de dar un paso atrás. Ella tampoco se lo impidió.

Pero, a punto de darse media vuelta, él dudó, volvió a mirarla a los ojos y...

—En mi anterior vida, era lord Julian Delbraith.

Miranda no tenía ni idea de qué había visto él en su mirada, no tenía ni idea de qué sentía ella misma.

Asintiendo levemente, él se volvió al fin y echó a andar hacia la puerta. Sin mirar atrás, salió y cerró de nuevo.

Ella se quedó mirando fijamente la puerta, su mente trabajando frenética, pero sin resultado. De todas las revelaciones de la última media hora, todas incompletas, prometedoras aunque poco claras, solo una se mantenía como un hecho inmutable.

El rey del juego en Londres, el hombre que había convertido en su amante, era el descendiente legítimo de una casa ducal.

Una llamada a la puerta precedió a la llegada de la señora Viner. El ama de llaves blandía dos tijeras de costurera y una camisa de dormir de hombre.

—Encontré esto, aunque me temo que tendremos que esperar a que el doctor le ponga los vendajes, pero ya lo conseguiremos de algún modo —la mujer sonrió—. ¿Comenzamos?

Apartando la persistente, seguramente creciente, estupefacción, ella asintió.

—Sí, por supuesto.

Ocuparse de Roderick era, por lo menos, algo que sabía cómo hacer.

CAPÍTULO 9

El doctor Entwhistle resultó ser amable y competente. Miranda se sintió inconmensurablemente aliviada cuando, tras inmovilizar y vendar el hombro y el brazo de Roderick, y también el pie, le aseguró que con los debidos cuidados esperaba que el paciente se recuperara por completo.

—Ha tenido suerte, las dos son fracturas sencillas. De todos modos, harán falta varios meses antes de que los huesos estén curados del todo.

—¿Y la fiebre? —ella apartó un mechón de cabellos de la frente de su hermano.

—La fiebre es un síntoma, no un motivo de preocupación en sí mismo. Ahora que los huesos están colocados y pueden empezar a soldar, la fiebre debería remitir —Entwhistle sonrió tranquilizador—. Puede que lleve unos cuantos días, pero debería experimentar alguna mejoría mañana mismo. Volveré para comprobar su estado mañana por la tarde, pero tenga en cuenta que lo he sedado, pues dormir es el mejor bálsamo para un hueso roto. Dudo que despierte antes de mañana por la tarde y, aunque lo haga, estará débil y tendrá que impedirle hacer ningún movimiento innecesario o provocarle ninguna clase de emoción durante los próximos días.

Ella asintió antes de formular la pregunta más pertinente.

—Vivimos en Londres. ¿Cuándo podrá viajar?

Entwhistle frunció los labios y meditó la respuesta.

—Podré ser más preciso después de haberlo visto mañana, pero dudo que esté bien para recorrer esa distancia hasta al menos dentro de diez días. Le aconsejaría no mover mucho el pie ni apoyar demasiado peso sobre él durante ese tiempo. Incluso después no deberá apoyarlo, y también deberá llevar el brazo y el hombro sujetos, durante algunas semanas más.

—Gracias, seguiremos sus consejos.

Miranda acompañó al doctor hasta la puerta y lo dejó en manos de Roscoe que, al parecer, había estado esperando en el pasillo para acompañarlo a la calle.

Después de regresar junto a la cama, Miranda observó a su hermano. Seguía tremendamente pálido, los cabellos marrones lacios, y sus labios estaban bordeados de arrugas, unas arrugas que no habían estado allí la última vez que lo había visto, hacía una semana ya. Pero verlo dormir la inundó de una sensación de alivio tan intensa que tuvo que cerrar los ojos y permitir que la oleada la empapara.

A medida que la emoción disminuía, ella abrió los ojos y, mirando a su alrededor, descubrió una silla de respaldo alto junto a la pared. Acercándose a ella, la trasladó junto a la cama y se sentó antes de tomar una de las débiles manos de Roderick. Y así se dispuso a esperar.

Inmersa en el recuerdo de las numerosas ocasiones en que había guardado vigilia junto a la cama de su hermano, oyó abrirse la puerta y vio entrar a Roscoe.

—Gracias de nuevo por toda tu ayuda —sus miradas se fundieron.

—No le he preguntado al doctor Entwhistle —Roscoe sacudió la cabeza, quitándole importancia—, ¿qué ha dicho?

Mientras ella le relataba la visita del médico, él se acercó a un lado de la cama, hundió las manos en los bolsillos, apoyó un hombro contra el poste labrado y observó atentamente a Roderick.

—De modo que, al parecer, vamos a tener que imponer nuestra presencia y abusar de la hospitalidad de tu, eh, de tu cuñada durante al menos los próximos diez días —concluyó ella mientras lo contemplaba.

La afirmación llevaba implícita una sutil pregunta, pues no estaba segura de la relación entre ambos, si bien le habían presentado a Lucasta Dowager, duquesa de Ridgware que, sin lugar a dudas era la madre de Roscoe, y también a Caroline, la actual duquesa. El jovencito desgarbado, que se parecía mucho a Caroline y también a Lucasta y a Roscoe, le había sido presentado como el duque. De modo que, pensó ella, Caroline debía ser viuda, y actual señora del extenso ducado.

Aparentemente ajeno a sus dudas, Roscoe se limitó a asentir.

—Aprovecharemos el tiempo para averiguar lo que podamos sobre quién contrató a Kempsey y a Dole. Lo ideal sería saberlo antes de que Roderick regrese a la capital.

Miranda seguía teniendo muchas preguntas, pero había otro tema que era más urgente tratar.

—Estamos en deuda…

—No, no lo estás —él la miró a los ojos—. Al menos no tienes ninguna deuda monetaria.

—Pero el médico…

—Es empleado de la propiedad. Lo tenemos en nómina.

—No nos vas a permitir a Roderick ni a mí pagar todo esto, ¿verdad? —ella lo miró fijamente.

—No —después de unos segundos, los labios de Roscoe se curvaron—. A fin de cuentas yo soy el rey del juego en Londres y, como tal, uno de los hombres más ricos del reino. Y, como creo que ya he dicho, considero a Roderick mi aliado y mi amigo, y yo cuido de mis aliados y mis amigos —hizo una pausa antes de seguir—. Considéralo, y todo lo demás, una manera de afianzar mi reputación.

Ella soltó un bufido, aunque sabía que lo mejor sería dejar las discusiones para más adelante, o incluso dejárselas a Roderick. Todavía sentada, miró a Roscoe, apoyado con su habitual elegancia contra el poste de la cama, y recordó su primera impresión de que ese hombre, que exudaba aristocracia por todos los poros, era fruto de una relación ilícita. Observándolo allí, en ese entorno, no podía por menos que preguntarse cómo se le había podido ocurrir tal cosa. En ese hombre no había nada diluido, era el artículo genuino, de cabo a rabo.

Sin embargo todavía se sentía perdida en cuanto al cómo y el porqué, y tantas otras cosas. Dado que él no parecía muy dispuesto a explicarse, no le iba a quedar otro remedio que preguntar.

—Los demás miembros de la Hermandad de la Filantropía —Miranda agitó una mano en el aire y a su alrededor—. ¿Lo saben?

—No lo saben —contestó él tras unos segundos de silencio—, pero puede que los más mayores sospechen algo —apartándose del poste de la cama, sacó las manos de los bolsillos y se recolocó la chaqueta—. Todos son algunos años menores que yo, de modo que ninguno de ellos alternó con el que fui anteriormente —la miró a los ojos—. Lord Julian Delbraith desapareció hace doce años.

Antes de que ella pudiera asimilar sus palabras, mucho menos responder, alguien llamó a la puerta.

Roscoe, Julian, quienquiera que fuera mientras se alojaran allí, se volvió y echó a andar hacia la puerta. Al abrirla se oyeron unas voces femeninas. La voz de Roscoe era demasiado baja para que ella pudiera oír nada, pero sí oyó cómo una dama respondía. Tras una pausa, Miranda percibió claramente, incluso desde el otro extremo de la habitación, la resignación que emanaba de Roscoe. Al fin se apartó y sujetó la puerta abierta.

Y entraron la duquesa viuda, seguida de la duquesa.

A su llegada a la mansión, Miranda solo había sido capaz de asimilar ligeras impresiones. Pero más calmada, comprobó que la duquesa viuda, si bien ya no era joven, seguía poseyendo una gran energía tanto física como mental. Vestía a la moda y poseía unos rasgos finos y unos cabellos grises favorecedoramente peinados. Una fuerza de carácter y una voluntad de hierro se marcaban en cada línea de su rostro, acentuadas por su postura. Miranda tuvo la impresión de que el azul oscuro de sus ojos no era lo único que había pasado a su hijo. La duquesa, sin embargo, era mucho más joven y visualmente menos impactante. Rubia, indiscutiblemente elegante incluso vestida con un sencillo traje de día, había un toque de resolución interior en el rostro que, de algún modo, parecía más viejo de lo que debería.

Miranda se levantó y se dispuso a hacer una reverencia, pero la duquesa viuda no se lo permitió.

—No será necesario, querida, no mientras solo estemos nosotros —la mujer miró a Roderick—. ¿Cómo está tu hermano? ¿Qué dijo Entwhistle?

Considerando que tenían derecho a saberlo, pues a fin de cuentas les habían acogido a Roderick y a ella, se lo explicó. Tanto la duquesa viuda como la duquesa formularon varias preguntas. Los comentarios subsiguientes sugirieron que ambas tenían experiencia en el cuidado de algún caballero enfermo. Por el rabillo del ojo percibió a Roscoe de pie ante la puerta, como si estuviera a punto de huir, pero al fin optó por cerrarla y permanecer donde estaba, apartado del pequeño grupo reunido en torno a la cama.

Concluido el informe, Miranda respiró hondo y observó a las dos damas.

—No sé cómo agradecerles que nos hayan permitido quedarnos aquí, y además ayudarnos...

—Por el amor de Dios, querida, era lo mínimo que podíamos hacer —la mujer más mayor sonrió con sincera calidez—. Nos alegra haber tenido la oportunidad de hacerlo.

—Por favor no dude, señorita Clifford, que estamos encantadas de tenerles aquí —la duquesa miró a Roscoe—. Nos alegramos de que Julian tuviera el buen sentido de traerles aquí.

«¿Por qué?», se preguntó Miranda, aunque consiguió disimular su perplejidad. Tanto la duquesa como la duquesa viuda le parecían sinceras, abierta y sinceramente encantadas de su inesperada presencia allí.

De nuevo alguien llamó a la puerta.

—Debe de ser la enfermera —la duquesa viuda le hizo un gesto a Roscoe—, ábrele la puerta, querido.

Su hijo obedeció.

—La enfermera tiene mucha experiencia en el cuidado de pacientes —explicó la duquesa—. Ella cuidará de su hermano maravillosamente bien. Mientras tanto, con tanta distracción no hemos tenido ocasión de cambiarnos para la cena, pero dado que estamos *en famille*, hemos decidido que esta noche no vamos a molestarnos con formalidades.

—Desde luego —la duquesa viuda se acercó a Miranda y posó una mano suavemente sobre su brazo—. Y, dado que Entwhistle ha sedado a tu hermano para que no despierte hasta mañana, tú, querida, puedes dejarle a cargo de la enfermera y acompañarnos para la cena.

Miranda sabía reconocer perfectamente una orden. Clavó su mirada en los ojos oscuros y sorprendentemente alertas, y comprendió que a la dama rara vez se la contradecía. Al igual que su hijo, esperaba siempre salirse con la suya.

Desvió la mirada hacia Roscoe, parado al otro lado de la habitación. Tenía las manos cruzadas detrás de la espalda y miraba hacia el suelo. Si un hombre como él alguna vez pudiera tener aspecto humilde, como si quisiera fundirse con las tablas del suelo, ese era Roscoe en esos momentos.

Y Miranda sintió crecer en ella una curiosidad sorprendentemente intensa.

Además, era poco probable que Roderick se despertara.

Devolvió la mirada a la duquesa viuda, y luego a la duquesa, y al fin inclinó la cabeza.

—Gracias. Para mí será un placer compartir la cena con ustedes.

A continuación se fijó en la enfermera, una mujer de mediana edad, que esperaba en silencio. Llevaba un delantal blanco almidonado sobre un vestido gris y tenía los cabellos grises, fuertes manos y una cara cuadrada. Su aspecto era bastante impresionante.

—Permítanme explicarle a la enfermera el estado de mi hermano y luego quizás —¿Roscoe o Julian?— su hijo pueda mostrarme el camino.

—Excelente —con una aprobadora palmadita en el brazo, la duquesa viuda se volvió hacia la puerta—. Vamos, Caroline, me parece haber oído el gong. Los demás se estarán preguntando dónde nos hemos metido.

Las dos damas se marcharon tras ordenar a Roscoe que llevara a la señorita Clifford de inmediato. Inmersa en la conversación con la enfermera, Miranda no oyó la respuesta.

La mujer demostró ser tan experimentada y firme como había sugerido la madre de Roscoe. Le hizo numerosas preguntas sobre las heridas antes de declararse capaz de cuidar de Roderick.

—Dudo que se mueva siquiera después de la medicación suministrada por el doctor, pero, si mostrara algún indicio de despertarse, la avisaré de inmediato.

Habiendo comprendido que, si bien la enfermera aprobaba su preocupación por Roderick, no consideraba su contribución ni su presencia necesaria para la recuperación del paciente, aceptó la rama de olivo por lo que era.

—Gracias.

Se apartó de la cama y se dirigió hacia Roscoe. Sus miradas se fundieron, pero él no hizo ningún comentario. Tras abrir la puerta, la hizo salir y luego la siguió al pasillo.

Miranda aguardó hasta que cerró la puerta y, tras reunirse con ella, hizo un gesto para que continuara andando, a su lado, por los pasillos.

—Me habría conformado con una bandeja en mi habitación —murmuró ella tras unos instantes—. Podrías haber acudido a mi rescate, pero no lo hiciste.

—Podría —contestó él en voz baja tras un prolongado silencio—. Pero tienen razón, necesitas comer como es debido. No hemos tomado nada desde el desayuno, y eso fue muy temprano —en medio del pasillo en penumbra, sus miradas se fundieron—. No le servirás de nada a Roderick si te desmayas o desfalleces.

Ella soltó un bufido y miró al frente. Por dentro la casa no le resultó tan espectacular como había esperado, aunque los muebles y tapizados eran hermosos, lujosos y elegantes, el ambiente en general era el de una casa en uso, un hogar, no un museo.

—Además —continuó Roscoe—, necesitas tiempo para conocerlos, al menos lo bastante como para sentirte cómoda durante las siguientes semanas —señalando con la mano, la condujo hasta las escaleras principales—. Y ellos necesitan tiempo para conocerte a ti. Sé que harán todo lo posible por ayudarte en los próximos días.

—Tus hermanas —empezaron a descender las escaleras—. ¿También viven aquí?

—Solo Edwina, la más joven. Millicent, la mayor, y Cassie, la del medio, están casadas y no suelen encontrarse aquí habitualmente. Supongo que se han reunido para organizar la boda de Edwina. Está prometida a uno de los Frobisher.

Aunque Miranda no se movía en los círculos más selectos, el apellido no le era desconocido del todo.

—¿Uno de los aventureros?

Él asintió y sus labios se curvaron hacia arriba mientras llegaban al vestíbulo principal.

—A Edwina le encaja a la perfección. Puede que Frobisher no lo sepa, pero apostaría a que mi hermana ya tiene planeado acompañarlo en su siguiente expedición.

Roscoe la condujo, no al comedor principal que, estaba ella segura, debía de ser bastante oscuro, sino a un salón más pequeño, más íntimo, con una mesa en la que solo cabían doce personas. La mesa estaba dispuesta para ocho y la familia estaba reunida frente a los altos ventanales a un lado de la estancia. Al entrar ella con Roscoe, todos se volvieron.

La duquesa se adelantó sonriente.

—Ya nos ha conocido a todos, aunque un poco de pasada, pero permítame presentarle como debe ser al resto de la familia.

Caroline procedió a presentarle a Millicent y Cassandra, que insistió en que la llamara Cassie, ambas elegantes damas, y Edwina, una encantadora joven de veintidós años emocionada con su inminente boda, pero, que al igual que sus hermanas, se moría de ganas de saber más sobre Roderick y Miranda. Cada hermana ofreció algunos detalles de sí misma, como con quiénes se habían casado las mayores y dónde vivían, cuántos hijos tenía cada una y que habían enviado a sus esposos a cazar a Escocia, junto con Frobisher, el prometido de Edwina, para poderse reunir tranquilamente y planear la boda de Edwina sin distracciones.

Rescatando a Miranda de las hermanas, la duquesa continuó con las presentaciones.

—Mi suegra no necesita más presentaciones —la duquesa se volvió hacia el joven que aguardaba junto a ella. Sonrió, su rostro iluminado por el amor de madre—. Y ya solo me queda por presentar a mi hijo, Henry, duque de Ridgware.

Sonriendo, Miranda hizo una reverencia y fue obsequiada con la sonrisa de Henry, que le tomó la mano que ella ofrecía y, muy correctamente, se inclinó sobre ella. Debía de tener poco más de quince años, un muchacho de largas piernas y elegancia en proceso de desarrollo, aunque se desenvolvía muy bien con las normas de cortesía.

—Un placer, señorita Clifford. Espero llegar a conocerla a usted y a su hermano en los próximos días. Confío en que sus heridas no revistan gravedad.

—Nada alarmante, o al menos eso me aseguró su médico. Solo algunos huesos rotos —Miranda se volvió cuando Henry, gesticulando con la misma elegancia que su tío, le señaló una silla. Adelantándose a Roscoe, la sujetó para ella.

—Reclamo el honor de atender a nuestra invitada —el muchacho sonrió mientras ella se sentaba.

Miranda rio. Le gustaba Henry, que la había sentado a la izquierda del asiento que presidía la mesa. Tras ayudar a su abuela, la duquesa viuda, a sentarse en la silla frente a la de ella, Henry hizo lo propio en el lugar de honor, contempló la mesa y a continuación al mayordomo que se había situado a su lado—. Muy bien, Cater, vamos a ello.

De nuevo Miranda disimuló una sonrisa. La juvenil despreocupación de Henry resultaba contagiosa. Aunque aún quedaban varias incógnitas muy serias acerca del secuestro de Roderick, sobre quién se ocultaba tras el suceso y por qué, en esos momentos, en los que el alivio se mezclaba con la curiosidad, y una sensación de calma y seguridad la envolvía, ella se sintió con derecho a relajarse y a averiguar todo lo que pudiera acerca del hombre sentado a su lado, Neville Roscoe—lord Julian Delbraith.

La mayor de las hermanas, Millicent, se sentaba frente a él y Cassie a su lado. La duquesa se sentaba en el otro extremo de la mesa y Edwina lo hacía a su derecha, frente a Cassie y al otro lado de Roscoe.

Mientras les servían el primer plato, una deliciosa sopa de pollo y pepino, Millicent quiso saber en qué parte de Londres vivían Miranda y Roderick.

La conversación no fue un interrogatorio sino más bien un intercambio pues, por cada pregunta que le hacían, le ofrecían algo a cambio, alguna pincelada que le aclaraba un poco más los misterios de la familia. Que le decían algo más del hombre misterioso sentado, no tanto silencioso sino más bien sumiso, a su lado.

En un momento dado lo vio mirando a su madre con una expresión de profunda resignación, aunque la duquesa viuda se limitó a sonreír a modo de respuesta.

A lo largo de la conversación, el mayor reto para ella fue referirse a Roscoe como «su hijo», «su cuñado», «su hermano», o «su tío», y no llamarlo Roscoe. Su familia y los sirvientes siempre se dirigían a él como Julian, lord Julian, o su señoría, nunca como Roscoe, y Miranda no tenía ni idea de cuánto sabían de su otra vida en Londres.

La otra cuestión que llamó su atención fue la sincera, casi descarada, curiosidad que mostraba la familia hacia ella, Roderick, su familia y su vida en Londres. Casi daba la sensación de que vivían aislados y no habían recibido ninguna visita en años, aunque sin duda no era así, pues se hicieron muchos comentarios sobre eventos de actualidad, se mencionaron muchos nombres, algunos de los cuales ella también reconoció, como para confirmar que las damas, tanto las mayores como las más jóvenes, eran socialmente activas.

Entonces, ¿a qué se debía ese vívido interés por Roderick y por ella?

¿Sería porque formaban parte de la otra vida de Roscoe?

Al final de la comida, Miranda se sentía tan fascinada hacia los demás comensales como, al parecer, lo estaban ellos por ella. Y el hombre, mayormente silencioso, sentado a su lado era la piedra angular en torno a la que giraba el interés de todos.

Cuando se levantaron de la mesa, Henry se volvió hacia él.

—Vamos a jugar unas rondas de billar.

Él la interrogó sutilmente con la mirada.

Por una vez a Miranda no le resultó difícil interpretar su expresión. Sonriendo, agitó una mano en el aire.

—Yo vuelvo con Roderick.

Roscoe dudó y recorrió todo su cuerpo con la mirada antes de inclinar la cabeza y seguir a Henry.

Ella se volvió para darle las gracias a la duquesa, pero fue la dama la que se acercó y la tomó del brazo.

—Por favor, llámame Caroline —la duquesa sonrió—. Y no, no puedes escaparte escaleras arriba sin haber tomado el té. Eso no estaría nada bien. Vamos al cuarto de estar y haré que nos traigan una bandeja.

Miranda asintió y salió del comedor junto a Caroline.

—Tus cosas están en la habitación contigua a la de tu hermano —le explicó la mujer—. Supusimos que te gustaría permanecer cerca.

—Gracias —no le resultó nada difícil decirlo de todo corazón—. Han sido todas muy amables.

—¡Tonterías! —la duquesa viuda las seguía de cerca—. Puede que seamos de ayuda, pero por favor ni se te ocurra pensar que nos debes algo, querida. Lo cierto es que tu hermano y tú nos habéis brindado la oportunidad que llevamos años esperando.

Miranda miró perpleja a la madre de Roscoe mientras se detenían ante la puerta del cuarto de estar.

La duquesa viuda sonrió abiertamente y le dio una palmadita en el brazo.

—Nos has permitido ayudar a Julian. Aunque sea de manera indirecta, al ayudaros a ti y a tu hermano, hemos logrado por fin equilibrar la balanza.

La duquesa se había detenido para pedirle al mayordomo que les llevara el té y la mujer más mayor sonrió con ternura mientras indicaba a Miranda con un gesto de la mano que continuara. La acompañó hasta los dos sofás, situado uno frente al otro delante de la chimenea en la que chisporroteaba un alegre fuego que disipaba el creciente frío.

—Por lo que se ha comentado durante la comida, tengo la impresión de que la casa que tiene tu hermano en Londres está cerca de la de mi hijo.

—Sí, eso es —Miranda aceptó la invitación de la duquesa viuda para sentarse en el sofá a su lado—. Está a la vuelta de la esquina, a unos pocos minutos caminando.

—Entiendo. ¿Alguna vez has estado en casa de mi hijo?

—Dos veces, pero solo en las salas de visitas, por supuesto.

Las hermanas de Roscoe se sentaron rápidamente en el otro sofá mientras que la duquesa se sentó elegantemente en un sillón con orejeras cerca de ellas. La duquesa viuda las miró a todas antes de hacer lo propio con Miranda.

—Todas estaríamos en deuda contigo si tuvieras a bien describirnos su casa. Es que nunca hemos estado allí.

Miranda contempló los ansiosos rostros dirigidos hacia ella y que reflejaban una profunda necesidad de saber. No entendía nada de lo que sucedía allí, pero había algo en sus rostros, en esa necesidad que reflejaban, que le resultaba familiar. Sabía que sentiría lo mismo si alguna vez la obligaran a vivir separada de Roderick como, al parecer, ellas se habían visto obligadas a separarse de su hijo, su hermano, su cuñado.

Era evidente que todas lo adoraban, absolutamente y sin reservas. Y así pues ansiaban saber, y ese deseo no tenía nada que ver con una simple curiosidad.

Acomodándose en el sofá, Miranda respiró hondo y asintió.

—De acuerdo —y así procedió a contarles todo lo que pudo acerca de lo que ellas querían, y necesitaban, saber.

Fieles al compromiso adquirido, en cuanto se terminó el té, las damas le permitieron regresar junto a Roderick.

Su hermano no se había movido, Respiraba tranquilamente, profundamente dormido.

—La fiebre le está bajando —anunció la enfermera mientras se levantaba del sillón.

—Eso es bueno —Miranda suspiró—. Temía que le pudiera subir aún más.

—No hay motivo de temor. Tal y como ha dicho el doctor, su hermano es un hombre joven y sano. Puede que haya perdido algo de peso durante todo este proceso, pero el fondo es fuerte, sano y robusto. Saldrá de esta y estará como nuevo.

Miranda miró a la otra mujer y sonrió.

—Gracias.

—No es más que la verdad, señorita. Y aprovechando que se va a quedar un rato con él, bajaré a comer algo.

—Sí, por favor —Miranda se dirigió hacia la silla junto a la cama.

—Volveré en media hora —le aseguró la enfermera.

Tras cerrarse la puerta, la habitación quedó sumida en un profundo silencio. Sentada con la flácida mano de Roderick entre las suyas, Miranda se descubrió rememorando lo sucedido en el cuarto de estar y en el comedor. Revivió las conversaciones que habían mantenido, rememoró todo lo que había oído, todo lo que había averiguado. Todo lo que ella había ofrecido a cambio.

Había sido muy cuidadosa, caminando por la cuerda floja. No se había sentido cómoda al revelar detalles que Roscoe podría considerar íntimos. Definir esa línea había resultado complicado ya que ella no conocía las razones ni los motivos, ni siquiera tenía la menor idea de cómo lord Julian Delbraith, descendiente del ducado de Ridgware, se había convertido en Neville Roscoe, el rey del juego de Londres.

Siendo sierva del decoro, Miranda reconoció el peligro que

suponía la transformación para su prominente familia, pero eso le interesaba mucho menos que la información que había dejado caer la duquesa viuda.

«Hemos logrado por fin equilibrar la balanza».

Roscoe los estaba ayudando a Roderick y a ella. Había acudido en su auxilio desde el mismo instante en que había sabido que necesitaban ayuda, y lo había hecho sin escatimar esfuerzos, sin reservas, negándose a considerar siquiera que le pagaran por ello.

Había fundado y dirigido la Hermandad de la Filantropía, una organización dedicada a ayudar a los menos afortunados, discretamente sin ningún bombo y platillo, sin buscar reconocimiento alguno.

Pero, al parecer, incluso antes de eso, había ayudado a su familia, aparentemente también en una completa y absoluta ausencia de búsqueda de recompensa personal.

Al ayudar a otros, lo había hecho con total desprendimiento, dejando a quienes había ayudado muy pocas posibilidades para, tal y como había expresado la duquesa viuda, equilibrar la balanza.

Neville Roscoe-lord Julian Delbraith, quienquiera que fuera, era un hombre intrigante.

Al pasar junto al reloj de péndulo de la galería, camino de la habitación de Roderick, Roscoe vio que era casi medianoche. Demasiado inquieto para retirarse, mucho menos dormirse, estaba en su dormitorio cuando había recibido un aviso de la enfermera.

Había reflexionado, con cierta curiosidad, sobre por qué después de tantos años de férrea precaución, había aceptado de manera tan inmediata el que Miranda y Roderick conocieran el secreto que podría destruir a la familia a la que llevaba los últimos doce años, la mayor parte de su etapa adulta, protegiendo. Sin embargo, lo que más le extrañaba era la seguridad absoluta de que volvería a hacerlo y que no sentía el menor remordimiento o temor ante las posibles consecuencias.

Por otra parte, había pasado toda su vida calibrando probabilidades y sabía, más allá de toda duda, que había juzgado bien a Miranda y a Roderick.

Llegó a la habitación de Roderick y abrió la puerta. La enfermera se levantó de golpe y le hizo un gesto para que pasara. Dejando la puerta abierta, él se acercó a la cama, la mirada siguió la de la enfermera, pero no hasta Roderick, que seguía profundamente dormido, sino a la figura caída a un lado de la cama.

Miranda.

Sentada en una silla pegada a la cama, permanecía tumbada con la cabeza apoyada sobre los brazos extendidos, una mano sujetando la de Roderick. Los cabellos sueltos y brillantes caían como un velo sobre sus hombros, enmarcándole el rostro.

—Lleva más de una hora profundamente dormida —la enfermera lo miró con severidad—. Supongo que estará agotada.

Esa mujer nunca había sido su enfermera, pues había llegado a Ridgware cuando él contaba unos doce años. Había llegado como enfermera de Millicent y luego de las otras dos chicas. De todos modos, la enfermera, así se referían siempre a ella, lo conocía bastante bien. Por el gesto de desaprobación que irradiaba de su rostro, él tuvo la impresión de que esperaba que él se hubiera ocupado de Miranda sin que ella hubiera tenido que avisarle.

—Si se queda en esa postura hasta mañana, lo lamentará —la mujer inclinó la cabeza hacia la derecha—. Su habitación está ahí al lado. La cama está preparada para ella.

La sugerencia, más bien una orden, resultaba clara.

Sofocando un suspiro de advertencia, Roscoe rodeó la cama. Delicadamente echó hacia atrás los cabellos de Miranda y confirmó que estaba fuera de juego. Tras soltar los dedos que sujetaban la mano de su hermano, se inclinó y la tomó en sus brazos, un brazo bajo las rodillas y el otro alrededor de su espalda, y la levantó con tanta suavidad que ella ni siquiera se movió.

Se volvió hacia la puerta, donde ya se encontraba la enfermera, sujetándola abierta y esperando mientras él salía antes de deslizarse junto a ellos y dirigirse por el pasillo hasta la siguiente puerta, la que conducía al dormitorio contiguo.

Roscoe entró con Miranda en brazos y se acercó a la cama que, tal y como le había dicho la enfermera, estaba preparada para ser usada, la colcha retirada. Caminó hasta un lado de la cama y se inclinó para tumbar delicadamente a Miranda.

Oyó el chasquido de la puerta y, volviéndose, comprobó que la enfermera se había marchado, seguramente para regresar junto a Roderick.

Dejándolo a él para ocuparse de la hermana. Solo.

Mientras sacudía mentalmente la cabeza, pues no entendía cómo podía resultar tan evidente que eran amantes cuando solo lo habían sido una noche, se dispuso a desatar los botines de Miranda. No resultaba sorprendente que estuviera agotada, la noche anterior había sido muy larga, con la visita de los Kempsey y los Dole seguida del episodio sexual previsible, aunque no por ello inesperado, y a continuación el viaje iniciado a primera hora de la mañana y la prolongada búsqueda de la cabaña y de Roderick, y por último el complicado rescate, la huida y la carrera a campo través. Hasta llegar a Ridgware.

La llegada a la residencia familiar había supuesto otra conmoción para Miranda, aunque lo había sobrellevado con calma, lo cual él no podía por menos que agradecerle. Había aceptado sus explicaciones, lo que le había revelado y lo que no, y había seguido adelante con todo.

Tras dejar a un lado los botines, Roscoe titubeó antes de quitarle las medias. Tenía un cuerpo de formas delicadas, unos bonitos pies, y sus manos se detuvieron para acariciarle las plantas de esos pies mientras le arrancaba las medias de seda, que dejó a un lado. A continuación examinó el vestido de luto firmemente atado, seguramente la prenda más incómoda a la que se había tenido que enfrentar en su vida. Rindiéndose a una compulsión que no iba a permitirle darse media vuelta y marcharse de allí, le dio la vuelta y empezó a desatar las cintas.

Ya había desatado las cintas y desabrochado los botones del corpiño, y se disponía a deslizar las mangas por sus brazos cuando ella empezó a moverse. Roscoe se detuvo, petrificado, preguntándose si debería cubrirle la boca con una mano por si se le ocurría gritar. Pero, cuando abrió los ojos y lo vio, pareció reconocerlo al instante, parpadeó y miró a su alrededor.

—¡Oh! —Miranda intentó apoyarse sobre los codos, pero él le sujetaba los brazos y la mantuvo tumbada—. Roderick —frunció el ceño—. Tengo que...

—Está profundamente dormido. Diría que está fuera de juego por completo, pero eso te asustaría —la luz de la luna se filtraba por las ventanas a cada lado de la cama. Bajo la tenue luz, él escrutó su rostro y vio la realidad de su agotamiento—. Tu hermano está haciendo lo correcto, descansar. Tú deberías hacer lo mismo.

Una expresión de terquedad que él empezaba a conocer bien asomó al rostro de Miranda.

Y Roscoe reaccionó con la táctica que debería haber empleado desde el principio, la que tenía más posibilidades de convencerla.

—Si no descansas y te caes a pedazos, no le servirás de nada a Roderick cuando despierte mañana.

Los labios de Miranda se habían entreabierto, seguramente para iniciar alguna protesta, pero las palabras de Roscoe la hicieron detenerse. Y fruncir el ceño un poco más.

Él se dispuso a amarrar su victoria, por pequeña que fuera.

—La enfermera dijo que si Roderick despierta te avisaría, y es una mujer experimentada y en quien se puede confiar. De modo que no hay motivo para que no descanses. Además, mañana por la mañana tendrás que relevarla para que ella pueda descansar.

—Ya… —el entrecejo de Miranda se suavizó ligeramente.

Roscoe aprovechó para seguir tirando de las mangas del vestido y ella soltó el aire, relajada, y le permitió deslizarle la prenda hasta la cintura.

Tumbada de espaldas sobre la almohada, ella misma empujó el vestido, retorciendo las caderas para ayudarle a desvestirla. No obstante, su mirada estaba clavada en el rostro de Roscoe mientras él le quitaba el vestido y lo arrojaba sobre una silla cercana, todo ello sin dejar de sentir la mirada de la joven en la penumbra.

—¿Qué hora es?

Como si alguna autoridad cósmica hubiera oído su pregunta, los relojes de toda la casa empezaron a sonar. Mientras las campanadas se iban apagando, ella abrió los ojos desmesuradamente.

—¿Medianoche?

Él asintió, consciente de que debería marcharse. Miranda estaba acostada en la cama, suficientemente cómoda. Debería darse media vuelta y salir de la habitación.

La mirada de Miranda se deslizó sobre la ropa de Roscoe.

—No te has cambiado —levantando la vista, sus ojos encontraron los suyos. Inclinó la cabeza con sincero interés, con curiosidad, y sus mejillas se colorearon—. ¿Por qué estabas aún despierto?

«Porque después de lo de anoche, después de los sucesos del día, una parte de mí se negaba a dormir solo en mi cama, lejos de ti».

—Me sentía... inquieto —contestó mientras se encogía de hombros y hundía las manos en los bolsillos antes de hacer un amago de dirigirse hacia la puerta—. Después del día que hemos vivido, supongo que era de esperar.

—No te marches —Miranda extendió un brazo hacia él—. Por favor. Quédate.

Dudando interiormente, Roscoe se volvió, pero se mantuvo quieto en el mismo sitio.

Ella se apoyó sobre un codo y mantuvo la mano extendida hacia él.

—Yo también lo siento, pero no estaba segura de si tú... pero ahora que estás aquí y yo estoy despierta y... —clavando la mirada en sus ojos, Miranda giró la palma de la mano hacia arriba—. ¿Por qué no te quedas?

¿Y por qué no? Miranda estaba ahí tumbada, vestida únicamente con su vaporosa camisa, la luz de la luna tiñendo de plata sus exuberantes curvas, haciéndole una pregunta que sonaba a cantos de sirena. Una pregunta para la que no había una buena respuesta, porque, en ese momento, lo que él deseaba más que nada en el mundo era, precisamente, pasar la noche, lo que quedaba de la noche, con ella.

—¿Estás segura?

Miranda se recostó sobre las almohadas y frunció el ceño en un fingido gesto de cansancio.

—¿Cuántas veces voy a tener que recordarte que tengo veintinueve años y no soy dada a las reacciones impulsivas, a la temeridad?.

—Y esto —él enarcó una ceja y agitó una mano entre ambos—. ¿Esto no te parece impulsivo? ¿No te parece temerario?

—No —ella sacudió la cabeza mientras le sostenía la mirada—. Esto, te aseguro, es completamente deliberado.

Y así toda la resistencia desapareció. Derrotada, vaporizada por la expresión en los ojos de esa mujer, por su propia y acalorada respuesta.

Antes de poder tomar una decisión consciente, ya había dado los fatídicos pasos de vuelta a la cama, con lo que cualquier argumento que pudiera surgir no sería ya más que una pérdida de tiempo.

Roscoe se deshizo de la chaqueta mientras Miranda encogía las piernas y se arrodillaba sobre la cama delante de él. A la chaqueta le siguió el chaleco y ella se dispuso a desatarle el pañuelo. Tras quitarse el alfiler de diamante, él se hizo cargo del pañuelo mientras Miranda pasó a ocuparse de los botones de la camisa.

Cuando el pañuelo hubo desaparecido, ella apartó los pliegues de la camisa, agarrando con fuerza la tela antes de erguirse, encontrar sus labios y besarlo.

Lo indujo a que la correspondiera con otro beso, a aceptar el regalo que le ofrecía, y a zambullirse en el dulce placer de su boca, a saborear las exuberantes curvas de sus tentadores labios.

Miranda deslizó la camisa por los hombros de Roscoe, desabrochándole ágilmente los puños y él se lo permitió mientras, inmersos ambos en el crecientemente voraz beso, se daba la vuelta y se sentaba en el borde de la cama para quitarse las botas a ciegas.

Ella se movió ágilmente con él y le tomó el rostro entre las manos para besarlo con patente ardor antes de deslizar las manos hacia abajo acariciándole la garganta y posando las palmas abiertas sobre su pecho.

Si Roscoe esperaba que esa mujer aguardara y lo siguiera... por suerte no era eso lo que había esperado. Una parte de él estaba fascinado por el entusiasmo que ella mostraba aunque, al igual que antes, durante el fragor de la noche anterior dudaba que ninguno de los dos tuviera realmente ningún plan, ningún guion, ninguna agenda. Lo que sí tenían sin lugar a dudas eran esperanzas y necesidades, deseos y creciente pasión centrada en el otro y, si bien estaba acostumbrado a ser él quien estableciera el ritmo, a pesar de su inexperiencia, Miranda, quizás porque tal y como no paraba de recordarle tenía veintinueve años, no vio ningún motivo para insistir en no permitirle salirse con la suya.

Para que hiciese realidad su descarado deseo de ver, probar, explorar. Aprender y saber.

Miranda se sentía nuevamente fascinada. No tenía ni idea de qué había en ese hombre, en su boca, sus labios, su lengua, sus manos y su cuerpo que tanto la atraían. Pero sí sabía que el deseo era visceral y poderoso, más allá de cualquier compulsión.

Y después de la noche anterior se sentía aún más envalentonada. Ya había estado allí y sabía cómo iba a terminar aquello y por tanto se sentía confiada en el resultado final, libre para explorar los diferentes caminos, los demás senderos hacia la meta final.

De modo que cuando oyó caer la segunda bota al suelo, no vio motivo alguno para no empujarlo por los hombros y utilizar su peso para animarlo a tumbarse de espaldas sobre la cama, con los muslos apoyados, pero los pies aún en el suelo.

En cuanto Roscoe cedió, ella se sentó a horcajadas sobre sus rodillas. La camisa se le subió por los muslos, llamando su atención y distrayéndolo. Miranda bajó la mirada hasta el fuerte torso. Su premio.

Sonriente, ella cedió a la urgencia que sentía de acariciar y luego saborear. Roscoe contuvo la respiración al sentir la lengua de Miranda sobre uno de sus pezones y ella sintió en la cara interna de los muslos que se cerraban sobre él, la creciente tensión en los masculinos músculos, evocadora, provocadora.

Él le agarró con fuerza la cintura, pero no hizo ningún movimiento destinado a detenerla, a interrumpir el juego, las exploraciones.

Al contacto con ella, el calor se hizo más intenso y Miranda lo sintió irradiar a través de la piel de Roscoe. Y se sintió poderosa, una diosa gobernando a ese ser, evocando su pasión, avivando su deseo.

Se sumergió en la tarea con creciente deseo y renovado entusiasmo.

Roscoe le soltó la cintura, ahuecó las manos y las deslizó más abajo, sobre las caderas, para deslizarse bajo la camisa y acariciar las desnudas curvas de su trasero.

El calor se extendía de él a ella. El deseo, la pasión consumía a Miranda extendiéndose bajo su piel, robándole el aliento. Hacía mucho que su sentido común se había esfumado.

Ella inclinó la cabeza y lo besó, tomó su boca mientras él tomaba la suya y lo invitó a corresponderle. Y él lo hizo, y el ansia de Roscoe hizo que se le encogieran los dedos de los pies.

Roscoe continuó deslizando lentamente las manos, con maestría, ascendiendo por el cuerpo de Miranda, llevándose con él la fina camisa. Interrumpió el beso y, jadeando, los sentidos en expansión, ella se irguió, alzó los brazos y le permitió despojarla de la vaporosa prenda.

La intención de Miranda había sido inclinarse hacia delante y acariciarle el torso con los pechos desnudos, pero las manos de Roscoe se interpusieron para tomarlos. Cerró las manos y ella solo pudo cerrar los ojos, echar la cabeza hacia atrás y estremecerse.

Durante largo rato permanecieron así, Roscoe devolviéndole el placer de cada una de las caricias que ella le había proporcionado, hasta que la pasión se convirtió en una llama que amenazaba con consumirlos.

Una fuerza elemental que exigía y coaccionaba.

Roscoe respiró hondo, el pecho hinchándose.

—Desabróchame los pantalones —le pidió con voz ronca.

Miranda obedeció sin pensárselo dos veces, pues pensar quedaba más allá de sus capacidades. Echándose hacia atrás hasta que las rodillas abrazaron las caderas de Roscoe, desabrochó los botones, liberando la erección, gruesa y pesada, rebosante.

«¡Cielos!». Ella cerró la mano en torno a la rígida erección, acarició y oyó a Roscoe jadear. Antes de poder repetir la caricia, él la agarró de la muñeca, titubeó un instante y, lentamente, liberó su miembro del apretado círculo formado por los finos dedos.

Agarró ambas muñecas, una en cada mano y la instó a seguir adelante.

Y ella lo complació encantada, permitiéndole mostrarle...

Roscoe se impulsó dentro de ella, le soltó las muñecas para agarrarle las caderas y la condujo hacia abajo, abajo, hasta que lo hubo tomado por completo. Hasta que, con un primitivo estremecimiento, lo engulló en la ardiente suavidad de su cuerpo, sintiéndolo duro y fuerte dentro de ella.

Roscoe empezó a bascular las caderas, empujando hacia arriba. Agarrándola a ella de las caderas, le hizo subir, le enseñó.

Solo tuvo que hacerle una demostración.

Miranda acogió el nuevo movimiento con una sensación de puro placer, con un apasionado ardor que apenas era capaz de contener. Las manos apoyadas sobre su torso, cabalgó sobre él, experimentó y saboreó y probó.

Cuando llegó el clímax, cuando la atravesó rugiente en un géiser de sensaciones que partían del punto por el que estaban unidos, resultó ser tan abrumadoramente intenso que ella perdió el contacto con el mundo.

Solo era consciente de la bendita tensión, de la liberación del cataclismo, del poder de ese hombre entre sus muslos mientras ella estallaba en un brillante esplendor.

Roscoe nunca había visto algo parecido, nunca había tenido acceso a tal demostración de pasión y deseo femenino. Estaba absolutamente cautivado, absolutamente perdido. Y le daba igual.

Apretando los dientes con fuerza, se aferró a la poca cordura que le quedaba y resistió el torrente de la liberación de Miranda, negándose a permitir que las fuertes contracciones alrededor de su verga lo hicieran caer rendido, aún no, no en esa ocasión.

Cuando, descompuesta, ella estaba a punto de dejarse caer, él se giró, rodó y, colocándose sobre ella, retorció las caderas entre los muslos abiertos para hundirse profundamente una última vez.

Esperó varios minutos, embistiendo perezosamente, lánguidamente, hasta que ella recuperó el aliento. Hasta que abrió los ojos, brillantes de pasión y lo miró. Miranda sonrió como un gato bien cebado, llevó una mano a la nuca de Roscoe, tiró de su cabeza hacia abajo y encajó sus labios en los de él.

Y descaradamente lo urgió a continuar.

Roscoe no esperó más invitaciones. Le devoró los labios y se sació de su cuerpo, llenándola a ella y a sí mismo con el palpitante placer. No se guardó nada, con esa mujer no había motivo para las reticencias o la contención.

Y tal y como ella había dado, él también dio.

Y tal y como ella había tomado, él tomó y reclamó.

Con el corazón galopando, la respiración entrecortada, ambos se aferraron al otro y ascendieron hasta la cima del placer.

Los sentidos tambaleándose, el deseo dando vueltas en espiral, alcanzaron el glorioso momento de la plena unión. Lo encontraron, lo agarraron y se aferraron a él.

Y se sujetaron con fuerza mientras el mundo volvía a estallar en pedazos.

Mientras la realidad se hacía astillas y la sensación salía volando, y ellos con ella.

Hasta que el éxtasis los partió en dos, los rompió, los sacudió y, por último, los lanzó al vacío.

Y cayeron.

Al extenso olvido de la pasión, a la gloria del mar de las postrimerías.

CAPÍTULO 10

A la mañana siguiente, Miranda despertó en una cama completamente deshecha con el eco del placer todavía vibrando en sus venas.

Sonrió espontáneamente, pero su sonrisa se apagó lentamente mientras la memoria se asentaba junto con la luz del día. Apartando las mantas, se envolvió en una bata y llamó para que le llevaran agua caliente. Cuando llegó, se lavó apresuradamente, se vistió, peinó y corrió al dormitorio de Roderick.

—No se ha movido —le aseguró la enfermera en respuesta a su pregunta—. Pero tampoco deberíamos esperar que lo hiciera hasta esta tarde, y la fiebre prácticamente ha desaparecido.

Miranda posó una mano sobre la frente de su hermano y luego la nuca, y confirmó la observación.

—Eso sí que es un tremendo alivio —Miranda se irguió sin dejar de mirar a Roderick—. ¿Cree que deberíamos cambiarle de ropa?

—En cuanto le haya visto el médico. Después veremos cómo se encuentra.

—Sí, por supuesto —Roderick iba a despertar y podrían hablar y... y ella se sentiría mucho mejor también.

Miró a su alrededor, la silla que había utilizado había sido de nuevo colocada junto a la pared. Solo había dado un paso en su dirección cuando sonó un golpe de nudillos en la puerta, que se abrió para dar paso a una joven dama, rubia y de ojos azules, de rostro dulce y sonriente.

—Buenos días, señorita Sarah —la enfermera miró a Miranda—. Le presento a la señorita Sarah, es la prima de la duquesa.

Sarah se volvió sonriente hacia Miranda.

—Hola —la joven improvisó una reverencia—. Soy Sarah Morwell y, tal y como ha dicho la enfermera, soy la prima de Caroline. Siento no haber estado ayer a su llegada, estaba en Derby con unos amigos.

Miranda sonrió e inclinó la cabeza.

Tras cerrar la puerta, Sarah se acercó a los pies de la cama.

—Caroline mencionó que su hermano había resultado herido y, dado que ya he desayunado, me ofrecí a cuidar de él mientras la enfermera y usted bajan a desayunar.

—¡Oh! —Miranda desvió la mirada hacia la cama—. Había pensado pedir que me subieran una bandeja.

—Eso dijo la duquesa viuda que diría —Sarah la miró a los ojos—. Y también dijo que sería preferible para usted que se reuniera con los demás en el comedor de desayuno.

De nuevo la observación encerraba una orden. Miranda volvió a mirar la cama, a la inmóvil figura de su hermano.

—No va a moverse en un buen rato, mucho menos a despertarse —puntualizó la enfermera—. Y aunque no lo parezca, la señorita Sarah tiene hermanos pequeños y es bastante sensata, cuando quiere. Lo vigilará y —le dirigió una mirada de advertencia a la joven— nos llamará enseguida si se mueve lo más mínimo.

—Por supuesto, enfermera —Sarah sonrió—, y gracias por su recomendación.

La enfermera soltó un bufido y señaló hacia la puerta con una mano para que Miranda se dirigiera hacia allí.

—Vamos. No sería buena idea hacer esperar a la duquesa viuda.

No había manera de evitar seguir las órdenes, de modo que Miranda accedió y permitió que la enfermera la condujera hasta un soleado comedor de desayuno en el ala sur de la inmensa casa. Sin embargo, al entrar en la estancia, si bien la duquesa viuda desde luego parecía encantada de verla y señaló una silla frente a la suya y junto a la de la duquesa, y si bien era evidente que la mujer había, en efecto, enviado a Sarah para relevarla, Miranda comprendió rápidamente que había sido Roscoe el que había sembrado en la mente de su madre la idea de que debía desayunar debidamente.

Él, sin embargo, no se encontraba allí.

Interpretando correctamente su mirada, la duquesa se dispuso a ofrecerle una explicación:

—Julian y Henry desayunaron temprano y han salido a montar —ella la miró a los ojos—. Julian es co-tutor de Henry y siempre nos encanta que coincidan aquí, Henry tiene así la oportunidad de pasar un tiempo con él.

En ese momento llegaron las tres hermanas de Roscoe y, en medio de un coro de saludos, se sentaron a la mesa. El mayordomo y los sirvientes rápidamente sirvieron tostadas y teteras y las damas se dispusieron a comer y a charlar.

Miranda había esperado una nueva ronda de preguntas sobre Roscoe-Julian, pero en lugar de eso las preguntas de las damas se centraron en ella y en Roderick, en su familia y su casa. Ella respondió a todo tal y como le habían enseñado a hacer sus tías, evitando mencionar que la fortuna familiar procedía directamente del trabajo. Desde la edad de seis años había aprendido a no mencionar jamás a su abuelo Clifford y sus molinos. Sin embargo, a medida que pasaban los minutos en esa agradable conversación, la realidad de que ella, la nieta de su abuelo, estuviera sentada a la mesa del desayuno de una casa ducal, tratada casi como una huésped de honor, hizo que cada vez le resultara más difícil reconciliarse con la idea que siempre había tenido acerca de su posición en la sociedad.

Aun así, el interés de las damas por ella y por Roderick era claramente sincero y, cuando Miranda intentó agradecerles de nuevo su ayuda, tanto la duquesa como la duquesa viuda volvieron a asegurarle que el placer era todo suyo.

—Debo confesar que me siento un poco mal. Roderick y yo hemos aparecido de la nada e, independientemente de todo lo demás, nuestra presencia en esta casa es una imposición.

La duquesa viuda la contempló unos instantes antes de sonreír con elegancia.

—Sí, hay una cierta imposición, pero insignificante comparada con lo que ganamos a cambio. Comprendo que te cueste entender la extensión de nuestra gratitud hacia ti y tu hermano por ser, digamos, el vehículo, que nos ha traído a Julian a casa en este momento, cuando estamos todos aquí y podemos disfrutar de su compañía, algo que sucede muy raramente. Pero, como dije ayer, la oportunidad de ayudarte también nos ha traído la oportunidad de, digamos, equilibrar la balanza con mi habitualmente terco e indisciplinado hijo.

Los ancianos ojos exudaban sinceridad mientras la mujer continuaba.

—Y para completarlo todo, hay que reconocer que en esta época del año, con tan pocas distracciones a mano, la compañía de tu hermano y tuya ha sido un regalo de los dioses.

—Eso, eso —corearon al unísono Millicent, Cassie y Edwina.

—De manera que, mi querida Miranda —concluyó la duquesa viuda—, me temo que vas a tener que aceptar sin más que lo que tú ves como una imposición para nosotros es una bendición.

Después de aquello resultó imposible para ella insistir en dar las gracias, pero la sensación de que la norma social no era la que se había esperado que fuera, y que seguía sin entender bien cómo encajaban Roderick y ella allí, persistió. Al final, Miranda llegó a la conclusión de que sencillamente iba a tener que ocuparse de la incomodidad social cuando surgiera, si surgía. Cualquier asunción basada en su incierta deducción sería igualmente incierta.

Edwina se ofreció a acompañarla de regreso a la habitación de Roderick. La pequeña de las hermanas de Roderick era sin lugar a dudas la más dulce de las tres, pero compartía con sus hermanas, y su hermano, una mente ágil y un carácter firme. Sonriendo ante el parloteo de Edwina sobre su boda y sus ideas de cómo debería ser un viaje de novios adecuado, Miranda recordó la cáustica observación de Roscoe y no pudo evitar preguntarse si el señor Frobisher, el aventurero, era realmente consciente del calibre de su futura esposa.

Al llegar a la habitación de Roderick, abrió la puerta y entró.

Al otro lado de la habitación, los adormilados ojos color avellana de Roderick se posaron en los suyos. Acababa de tomar un sorbo de agua del vaso que Sarah le sujetaba.

—¿Hermana? —él parpadeó.

—¡Gracias a Dios! —Miranda corrió hasta la cama y se inclinó para delicadamente, muy delicadamente, abrazarlo—. Estaba desayunando abajo. ¿Llevas mucho tiempo despierto?

—No —Roderick le dio una torpe palmadita en el brazo—. Acabo de abrir los ojos.

—Estaba a punto de llamar —intervino Sarah—, pero pidió agua.

—Sí, por supuesto —Miranda se enderezó y sonrió a la joven antes de devolver su mirada, resplandeciente, a Roderick—. Cómo me alegro de que hayas despertado.

Su hermano hizo una mueca al intentar mover el brazo izquierdo, el que tenía fuertemente sujeto por el cabestrillo.

—Puede que esté despierto, pero no estoy tan seguro de desear estarlo —al contemplar su cuerpo tendido en la cama, su rostro adquirió una expresión severa—. Ya me acuerdo. También me rompieron el pie.

—El doctor ha dicho que tanto el pie como la clavícula quedarán como nuevas —Miranda acercó la silla hasta la cama y se sentó—. Volverá hoy para examinarte y confirmarlo.

—Y ya que estamos —Roderick miró a su alrededor—, ¿dónde estoy?

Edwina, que estaba junto a la ventana, se volvió.

—Julian y Henry están regresando a los establos —sonrió resplandeciente a Roderick—. Sé que a Julian le gustará saber que has despertado —la joven miró a Miranda—. ¿Te parece que vaya a avisarle?

—Sí, por favor —Miranda asintió sin dejar de sonreír.

—¿Quién es Julian? —preguntó Roderick con el ceño fruncido justo en el instante en que Edwina salía del dormitorio. Él se volvió hacia su hermana—. No conozco a ningún Julian —la miró fijamente—. ¿O sí?

—Es un poco complicado —ella le tomó una mano.

Acababa de explicarle a Roderick que el hombre llamado Julian, nombre por el que le conocían en esa casa, era el hombre que ellos conocían en Londres como Roscoe, cuando el caballero en cuestión apareció.

Entrando en la habitación, Roscoe clavó la mirada primero en ella y luego en Roderick. Al contemplar la mirada, somnolienta aunque firme, de Roderick, sonrió.

—Me alegra verte despierto y, al parecer, en tus cabales.

—Despierto sí —Roderick enarcó una ceja—, pero no estoy tan seguro sobre lo demás.

Roscoe se detuvo junto a la silla de Miranda y apoyó una mano en el respaldo mientras miraba a Roderick a los ojos.

—No sé qué te habrá contado tu hermana, pero te voy a explicar lo que sucedió.

Con precisión y agilidad, él relató los hechos, lo que habían averiguado sobre cuándo, cómo y quién lo había secuestrado y adónde se lo habían llevado. Relató lo sucedido a modo de sucesos consecutivos y Roderick asentía a medida que su memoria regresaba.

Al otro lado de la cama, Sarah permanecía sentada en silencio en el sillón, su mirada posada en Roderick. En dos ocasiones se levantó y le ofreció un poco de agua, y en esas dos ocasiones él volvió la cabeza y bebió agradecido.

Miranda aceptó que la opinión de la enfermera acerca de Sarah había sido la correcta. La joven no era la dulce rubia de ojos azules y cabecita hueca que su aspecto hacía temer que fuera.

Roscoe había llegado al presente e iba por la parte en que se habían refugiado en Ridgware, una casa en la que se suponía estaban a salvo.

—¿Tienes alguna idea, alguna sospecha de quién pudo haber contratado a Kempsey y a Dole?

—Mencionaron un nombre en varias ocasiones —Roderick asintió—, cuando pensaban que estaba inconsciente. Kirkwell, de eso estoy seguro. El nombre podría ser John. John Kirkwell —hizo una pausa con la mirada perdida sobre las mantas, aunque sin verlas, antes de continuar hablando como si estuviera sacando la información de un pozo profundo—. Ellos, Kempsey y Dole, dijeron que iban a avisar a Kirkwell de que me tenían, y que me mantendrían con vida hasta recibir el resto del dinero...

Tras varios segundos mirando al vacío, Roderick tragó con dificultad y miró a Roscoe.

—El dinero que esperaban recibir de Kirkwell... Les pagó para que me mataran.

Roscoe asintió con expresión impasible.

—Eso habíamos supuesto —tras una breve pausa, miró a Miranda y de nuevo a su hermano—. ¿Sabes quién es Kirkwell?

Roderick frunció el ceño y sacudió la cabeza antes de volverse hacia ella.

—¿Y tú?

—No —Miranda levantó la vista y la fijó en los ojos color azul oscuro de Roscoe—. Nunca había oído ese nombre.

Roderick frunció el ceño un poco más y se dejó caer sobre las almohadas.

—No te esfuerces tanto —le aconsejó Roscoe tras dedicarle otra mirada a Miranda—. Puede que no hayas tenido ningún contacto anterior con Kirkwell —se irguió—. Descansa y déjame que averigüe lo que pueda. El nombre al menos nos da un lugar por donde empezar.

—Gracias —los labios de Roderick se curvaron en una débil sonrisa.

—Volveré más tarde —Roscoe asintió y se despidió.

Ella lo vio salir del dormitorio y, volviéndose, comprobó que los ojos de su hermano se habían cerrado.

Sarah se levantó del sillón, miró a Roderick y luego a ella mientras arqueaba una ceja.

Miranda sacudió la cabeza. No hacía falta llamar a la enfermera. La joven volvió a sentarse en el sillón.

Tras tomar de nuevo la mano de su hermano, Miranda se acomodó para vigilarlo, encantada de poder disfrutar de la compañía de Sarah.

Permanecieron sentadas, sin que su hermano se moviera, durante el resto de la mañana. Había caído en un sueño más profundo y natural. Escuchando la respiración, viendo el color regresar poco a poco a las mejillas, ella sintió el alivio inicial transformarse en una confianza más sólida.

Roderick estaba de nuevo a salvo, y en poco tiempo estaría recuperado. Miranda dedicó varios minutos a formular una oración de agradecimiento dirigida al cielo y el resto del tiempo se limitó a contemplarlo mientras dormía.

Anunciada por el lejano eco del gong que llamaba a comer, la enfermera entró en el dormitorio, descansada y dispuesta a hacerse cargo de la guardia, y llevando con ella el encargo de la duquesa y la duquesa viuda de que debía asegurarse de que tanto Miranda como Sarah bajaran al comedor.

Ninguna de las dos intentó siquiera discutir.

—Si despierta y quiere hablar con usted, la avisaré —le aseguró la enfermera a Miranda—, pero de lo contrario le dejaré dormir, al menos hasta que venga el doctor.

La comida fue servida en el mismo comedor en el que habían cenado el día anterior. Las damas estaban congregadas en torno a la cabecera de la mesa. Ni Roscoe ni Henry estaban allí.

—Han salido a dar una vuelta a caballo por las tierras, para visitar a los granjeros arrendadores —Caroline sonrió con cierta amargura e intercambió una mirada con la duquesa viuda, Lucasta, tal y como ella había insistido en que Miranda la llamara—. Hace años jamás me habría imaginado que podría sentirme agradecida hacia Julian por estar aquí para enseñarle a Henry cómo se dirige una propiedad —Caroline miró a Miranda a los ojos—. Seguramente te extrañará, pero hace años ninguno de nosotros podría haber imaginado que Julian poseía la habilidad para dirigir algo.

—Por lo que he visto en estas últimas semanas —Miranda parpadeó perpleja—, encuentro tus palabras no solo difíciles, sino imposibles de creer —ante la mirada inquisitiva de las demás, prosiguió—. Tiene una gran mente para los negocios y trabaja con mucha gente y se ocupa de muchos y diferentes proyectos de todo tipo.

Todas habían dejado de comer, claramente dispuestas a saber más, aunque Miranda decidió que había llegado al límite, a partir del cual ya no se sentía cómoda revelando más.

—No es que sepa mucho de sus negocios —aclaró mientras se encogía de hombros—, pero he visto lo suficiente.

—¿De qué parte del país provenís tu hermano y tú? —preguntó Lucasta tras un momento de silencio.

—El hogar familiar es Oakgrove Manor, cerca de la villa de ese nombre. Está en Cheshire, en el distrito de Peak.

—Oakgrove —Lucasta frunció el ceño, pensativa—. Si no me equivoco, no está demasiado lejos de aquí, hacia el norte.

—Está un poco al sur de Macclesfield.

—Ah, sí —la expresión de Lucasta se iluminó—. Una zona muy bonita.

Siguieron más preguntas en torno al tema de la casa de Roderick, del tamaño de la propiedad, cuántas habitaciones, las cuadras y los jardines. Las preguntas no resultaron ni impertinentes ni entrometidas. Era la clase de preguntas que las damas solían formular para hacerse una mejor idea del estatus social de la otra persona. Y, si bien podía responder, y así lo hizo, con sinceridad, Miranda tenía la creciente sensación de que, al no desvelar al completo la verdadera realidad de su situación, estaba confundiendo deliberadamente a las damas.

La habían apoyado y ayudado tanto que pagárselo con mentiras, si bien eran mentiras por omisión, por claras que resonaran las voces de sus tías en su cabeza, advirtiéndole de las funestas consecuencias de revelar la fuente de su fortuna y la de Roderick, cada vez le resultara más difícil.

Roscoe seguramente estaba al corriente de su pasado y el de Roderick, pero él, evidentemente, había traspasado la línea del decoro y se había instalado permanentemente al otro lado.

Su familia, sin embargo, era pura sangre azul. Independientemente de todo lo demás, pertenecían a la aristocracia, la nobleza, y ni ella ni Roderick pertenecían a su misma clase social.

Dejando a un lado la servilleta, miró al resto de las personas sentadas a la mesa, distraídas hablando de sombreros para la boda. Sin embargo, Lucasta sí se dio cuenta, quizás captó su determinación, e hizo callar a sus hijas con un gesto de la mano antes de enarcar una ceja en su dirección.

—¿Sí, querida?

—Hay algo que quisiera dejar claro sobre Roderick y sobre mí —Miranda respiró hondo—. Si bien nuestra madre fue la hija de Sir Augustus Cuthbert, nuestro padre era hijo de un molinero. De ahí proviene la fortuna familiar, de modo que... —se interrumpió y bajó la vista al plato. Alineó tenedor y cuchillo y continuó—. De modo que entenderé si preferís que de ahora en adelante Roderick y yo comamos en su habitación.

Durante casi un minuto reinó el silencio. Miranda no quería

levantar la vista, comprobar por ella misma los cambios producidos en las expresiones de las demás al darse cuenta de que...

—Bueno, puede que tú lo entiendas, pero yo, desde luego, no.

Miranda levantó la cabeza de golpe y miró a Lucasta, la que había hablado.

—No soy capaz de explicarlo porque no es mi historia —Lucasta enarcó las cejas y continuó—, pero créeme, querida, cuando digo que en esta familia, o entre las personas relacionadas con ella, no encontrarás a una sola persona que demuestre altivez ante alguien por el simple hecho de que su dinero provenga de un oficio —como si la sugerencia le pareciera de lo más absurda, la mujer bufó y sacudió la cabeza—. Lo cierto es que no me imagino a ninguno de nosotros comportándose de un modo tan absurdo —miró a Miranda a los ojos con expresión severa—. No somos precisamente los señores de la tierra, los principales propietarios, por nuestra falta de aprecio a los beneficios de la riqueza.

—A fin de cuentas tú no te dedicas a ningún oficio, ¿verdad? —intervino Millicent.

—Yo veo más probable que la sociedad mire mal a los Frobisher —Edwina se encogió de hombros—. Puede que la familia sea más antigua que la tos, pero gran parte de su fortuna actual proviene de las exploraciones y aventuras asociadas con ellas lo que es, en efecto, comercio, aunque desde luego más romántico que un molino.

—Eso es —Caroline asintió hacia Edwina desde el otro lado de la mesa—. Estoy casi segura de que se producirán comentarios despectivos al respecto, pero la solución consiste en capearlo con orgullo —la mujer miró a Miranda—. Tal y como ha apuntado Lucasta, esta familia en concreto no va a considerar negativamente una fortuna obtenida hace tiempo de manera honrada —su expresión se suavizó mientras sostenía la mirada de Miranda—. Creo que hablo en nombre de todas cuando digo que, si bien aprecio la sensibilidad que esconde tu revelación, tu miedo a que de algún modo cambie la opinión que tenemos de ti o de tu hermano se aleja bastante de la realidad.

Miranda se sintió... desorientada.

—En realidad —Lucasta volvió a intervenir—, considerándolo más ampliamente, no se me ocurren muchas familias principales que, en algún momento dado, de alguna manera, no hayan recurrido a casarse con un dinero obtenido mediante el trabajo, casi siempre de lejos como, al parecer, hizo tu madre —miró a Miranda e inclinó la cabeza—. Admito que preferiríamos que el dinero con el que nos casamos estuviera siempre ligado a un largo linaje, pero al final, si nos retrotraemos varios siglos atrás, ante la necesidad el linaje nunca fue el factor decisivo. El dinero sí lo fue. Y, a fin de cuentas, la mayoría de nosotros descendemos de aquellos que siguieron a William, El Bastardo, hasta estas costas.

—Y no lo llamaban El Bastardo por nada —intervino Cassie.

—Y aunque eso pertenezca al pasado —añadió Millicent—, hoy en día, más que nunca, con la creciente aceptación por parte de la sociedad de las uniones por amor, y como todos sabemos, al amor no le importan las clases sociales, resulta que Roderick y tú no sois tan distintos de nosotros. Todos nacimos ricos. Mientras que nuestro linaje es más antiguo por ambas partes, el vuestro es lo bastante antiguo y lo bastante importante por línea materna para que seáis enteramente bienvenidos a nuestros círculos.

—Efectivamente —Lucasta asintió—. La sociedad seguirá siendo la sociedad, pero las distintos escalas en ella están teñidas de tiempo y circunstancias cambiantes —miró a Miranda fijamente—. Por ejemplo, hace falta mucho dinero para mantener una propiedad como Ridgware.

Por el modo en que todas la miraban, como si se esforzaran por que ella lo entendiera, Miranda comprendió que las últimas palabras de Lucasta encerraban un mensaje concreto, oculto y aun así transmitido a través de las rotundas palabras.

Lucasta llamó al servicio y pidió el té, que llegó con encomiable presteza. Tras pasar la tetera, y mientras las demás se acomodaban para beberlo a sorbos y discutir los detalles de la boda, Miranda permaneció quieta, bebió el té a sorbos y asimiló todo lo que había averiguado.

A pesar de las tajantes enseñanzas de sus tías, reconoció la sinceridad de esas mujeres al no menospreciarla a ella y a Roderick porque su fortuna se hubiera originado en el trabajo. Eran demasiado sinceras, abiertas y francas para que pudiese dudar de ellas. De manera que no quedaba otra opción que reconocer que sus tías se habían equivocado. Seguían equivocándose. Quizás antiguamente habrían estado en lo cierto, pero la sociedad había cambiado sin que ellas se hubieran dado cuenta.

En cualquier caso... Miranda respiró hondo y lentamente soltó el aire. Se sentía como si alguien la hubiera liberado de un peso que hubiera llevado toda la vida colgado del cuello. Al menos se sentía así cuando estaba en esa compañía. Desconocía si esa actitud relajada de los niveles más elevados de la buena sociedad se aplicaba a los más bajos, como los que correspondían a sus tías y a caballeros como Wraxby, pero desde luego pensaba comprobarlo, con los ojos bien abiertos.

Durante toda su vida había aceptado el punto de vista de sus tías acerca de la precaria naturaleza del estatus social que ocupaban ella y su hermano como un hecho inmutable e indiscutible. Pero sus tías se habían equivocado.

Eso lo cambiaba todo, desde luego lo cambiaba para ella, pero cómo y de qué manera, exactamente qué nuevas posibilidades se abrirían ante ella, que nunca antes había contemplado... iba a tener que tantear el camino, esperar y observar, y revaluar.

Pero mientras tanto, ¿a qué se había referido Lucasta? El que Ridgware necesitara una pequeña fortuna para mantenerse era evidente. Pero de lo que habían estado hablando era del origen de la riqueza, ¿no?

Su mente trabajó afanosamente, tentada a asociar esas preguntas que aún permanecían sin respuesta. Aún no sabía por qué lord Julian Delbraith se había convertido en Neville Roscoe.

Una cosa que estaba segura no había cambiado era la opinión de la sociedad hacia el dinero adquirido mediante un imperio del juego como el de Roscoe. Estaba muy bien que un caballero ganara una fortuna con las cartas, pero que un caballero fuera el propietario del establecimiento era considerado como una manera de sangrar a otro caballero, de desposeerlo de su fortuna. Y eso no era aceptable en absoluto. El dinero proveniente de un oficio, pasado el tiempo, podría resultar aceptable para la sociedad, pero el dinero ganado profesionalmente, aunque fuera de manera legal, a través de los jugadores de la sociedad permanecería sin duda para siempre al margen de la sociedad.

—¿Miranda? —Caroline se inclinó hacia delante para captar su atención—. Tengo entendido que tu hermano tiene un interés en obras de caridad. Yo misma colaboro con un proyecto de ese tipo, una escuela local y, mientras Julian esté aquí, me gustaría llevarlo allí de visita y me preguntaba si tú también compartes el interés de tu hermano y si te gustaría acompañarnos.

Si esas mujeres estaban en lo cierto, ya no había motivo alguno que le impidiera involucrarse activamente en una empresa como esa. Antes había pensado que su historia familiar le haría inelegible para ser patrocinadora de cualquier cosa. Pero ya no.

—Gracias —ella asintió—. Me encantaría —antes de continuar, dudó un instante—. Aún no me he involucrado plenamente en ningún proyecto benéfico, pero es un terreno que quiero explorar.

Tal y como había prometido, el doctor Entwhistle llegó a última hora de la tarde para examinar a Roderick. Roscoe regresaba de montar junto a Henry justo en el momento en que el doctor se dirigía a su coche. Intercambiaron saludos, pero Roscoe optó por no entretener a Entwhistle, consciente de que tendría otros pacientes a los que atender. Por la expresión jovial del médico, sin embargo, supuso que las noticias no debían ser malas.

Tras dejar al enorme caballo que solía montar en Ridgware en manos del mozo de cuadra, y sin dejar de hablar con Henry sobre cosechas, cruzó el césped y entró en la casa.

Se separó de su sobrino en el vestíbulo y se detuvo para hablar con Cater antes de subir deprisa las escaleras principales y avanzar por el pasillo hasta la habitación de Roderick.

Tras llamar a la puerta, esperó menos de un segundo antes de abrirla y entrar.

Miranda estaba sentada en la misma silla de siempre, pero la había apartado de la cama. Sentada erguida, sonreía ante algo que Roderick, todavía en cama, pero sentado apoyado en unas almohadas, había dicho.

—El doctor acaba de marcharse —ella lo vio y su sonrisa se hizo más profunda—. Está convencido de que Roderick se recuperará plenamente.

Roscoe asintió, cerró la puerta y se acercó a los pies de la cama. El color de Roderick era casi normal, aunque las arrugas alrededor de su boca hablaban de un dolor que seguía sufriendo.

—¿Cuál ha sido exactamente el diagnóstico? —él asintió hacia Roderick.

Entre los dos hermanos se lo explicaron.

—De manera que todo irá bien mientras me cuide y permanezca a lo largo de la semana que viene la mayor parte del tiempo tumbado de espaldas. Entwhistle cree que después podré empezar a moverme con muletas y, en cuanto lo haga, dice que podría soportar el viaje hasta Londres —Roderick parecía disgustado, aunque resignado—. No puedo decir que me apetezca el plan de la semana que viene.

—Da igual —Miranda le dio una palmadita a la mano de su hermano—, harás lo que ha dicho el doctor, porque esa es la manera más rápida de volver a, tal y como él lo expresó, tu habitual plena forma.

Roderick resopló, pero no discutió. A los ojos de Roscoe, empezaba a cansarse. Sin duda el examen médico de sus heridas lo había agotado.

A sus espaldas la puerta se abrió. Dándose la vuelta, vio entrar a Sarah. La joven miró primero a Roderick y sonrió antes de trasladar la mirada a él.

—¿Me has hecho llamar?

—Me preguntaba si te importaría quedarte con el señor Clifford —Roscoe asintió—. Quisiera discutir algunos asuntos con la señorita Clifford y, dado que un poco de aire fresco no le iría mal —miró a Miranda—, he pensado que podríamos matar dos pájaros de un tiro.

Miranda fijó la mirada en los ojos azul oscuro. Suponiendo que la invitación tenía por objeto poder hablar con ella sin que estuviera Roderick presente, inclinó la cabeza.

—Gracias. Yo diría que un paseo me sentaría bien.

Desde luego un paseo con él le sentaría muy bien. No lo había visto en todo el día y, para su sorpresa, lo había echado de menos, seguramente porque los últimos días los había pasado casi enteramente en su compañía.

Roderick sonrió y alargó una mano hacia Roscoe.

—Nunca podré agradecerte suficientemente haberme liberado de las garras de Kempsey y Dole. Cuando pienso en lo que podría haber sucedido si no hubieses…

—Deberías darle las gracias a tu hermana —Roscoe tomó la mano que le ofrecía y miró hacia Miranda, que se estaba levantando de la silla—. Fue ella la que me alertó sobre tu desaparición y, sin su ayuda, habría sido imposible apartarte de los esmerados cuidados de Kempsey y Dole. Yo no podría haberlo hecho solo.

Por una vez, Miranda no tuvo problemas para interpretar su expresión. Y lo que vio la caldeó por dentro.

La sonrisa de Roderick se hizo más profunda al dirigirla hacia su hermana.

—Miranda siempre ha sido una roca, me ha sacado de más aprietos de los que soy capaz de recordar.

—Descansa —ella soltó un bufido y le dio una palmadita en el pie bueno—, empiezas a desvariar otra vez.

—Sí, señora —Roderick se volvió hacia Sarah y sonrió.

La joven se había acomodado en el sillón, pero, para cuando Miranda llegó a la puerta, su hermano volvía a estar dormido.

Reuniéndose con Roscoe en el pasillo, esperó a que él cerrara la puerta antes de seguir juntos hacia la galería. Las escaleras estaban del lado más cercano, pero él le hizo un gesto para que continuara.

—Podemos ir por aquí.

Las paredes de la galería estaban cubiertas de cuadros de, supuso ella, sus antepasados. Cuando disminuyó el paso para observar detenidamente los retratos, él murmuró:

—Son Delbraith, llevan siglos en la familia.

—Eso veo —habían pasado frente a los retratos de numerosos condes, identificados por pequeñas placas bajo cada cuadro, pero en el siglo XVII, el título había pasado a ser de duque. Mientras llegaban al final de la fila de retratos ducales, Miranda ralentizó aún más el paso. Encima y debajo de los retratos de cada duque había otros más, pertenecientes a los miembros de la familia. Llegó ante el retrato de Marcus, séptimo duque de Ridgware. El retrato más pequeño que había justo debajo era el de Lucasta. El siguiente y último retrato ducal era el de George, el octavo duque.

Miranda se detuvo y Roscoe lo hizo también a su lado.

—Es el padre de Henry —le explicó—. Murió inesperadamente.

El padre de Henry, el hermano mayor de Julian. Ella se preguntó por la ausencia de emoción, positiva o negativa, en la voz de Roscoe.

—¿No hay ningún retrato de Henry?

—Tradicionalmente se pintan a los veinticinco años —él titubeó antes de continuar—, Henry tenía tres años cuando heredó el título. Ahora tiene quince, de modo que aún le faltan algunos años para tener que soportar la tortura.

—¿A ti te resultó una tortura permanecer quieto tanto tiempo?

El retrato junto al de Lucasta era el de un elegante caballero de ojos color zafiro. Incluso a los veinticinco, ya poseía el atractivo físico que, años después, aún lo revestía. Pero el hombre del retrato parecía más desenfadado, su sonrisa insolente, irreverente, con un destello despreocupado en la mirada.

—Quedarme quieto nunca fue lo mío.

Eso era evidente. Del cuadro irradiaba una energía apenas contenida. Con los años se había intensificado la energía desenfadada que se había fundido en algo más poderoso. En muchos aspectos ese hombre de pie a su lado era fundamentalmente más que su versión más joven. Se notaban unos sutiles, aunque claros, cambios físicos. En cuanto a la elegancia lánguida, casi femenina de la figura del retrato, la elegancia permanecía, pero la languidez hacía tiempo que había desaparecido.

Enfrentada al hombre que era en ese momento, Miranda no estaba segura de que alguien pudiera asociarlo de inmediato con el hombre que había sido.

La placa bajo el cuadro llamó su atención, y respondió una de las miles de preguntas que revoloteaban en su mente. «Lord Julian Roscoe Neville Delbraith». De ahí provenía su alias, Neville Roscoe, y el motivo por el que prefería que se dirigieran a él como Roscoe, al ser su segundo nombre de pila, y no Neville, que, según recordó haber leído junto a otro retrato, era el apellido de una duquesa anterior.

Analizando el retrato, el rostro, que se había vuelto más austeramente masculino con los años, Miranda sintió ganas de preguntar por qué. Por qué había dejado atrás a ese hombre más joven y una vida regalada, algo que el artista había capturado en la lujosa y sensual composición. Por qué le había dado la espalda a aquello, el epítome de la aspiración de todo joven adinerado, y todo para convertirse en el rey del juego de Londres.

Quería saberlo, pero no podía preguntar. No podía curiosear. Si él deseaba contárselo, lo haría, pero, si lo consideraba algo que ella no necesitaba saber, tendría que contentarse con no saberlo nunca.

Roscoe aguardó a su lado con toda la paciencia que logró reunir. «Deja de mirarlo, está muerto. Mírame a mí. Yo estoy aquí, él no. Ya no». Las palabras le quemaban en la punta de la lengua, pero se las tragó.

—No sé cómo llamarte, cómo dirigirme a ti —al fin ella se volvió—. ¿Lord Julian o Roscoe?

—Olvídate del «lord» —la respuesta no requirió demasiada reflexión—. Pero estando aquí, viniendo de ti, cualquiera de las dos formas.

Miranda lo miró fijamente durante un instante antes de devolver su atención al retrato. Después de unos segundos, se volvió de nuevo hacia él. Bruscamente, sin molestarse en ocultar su impaciencia, el desagrado que le producía que estuviera analizando a su anterior ser, Roscoe hizo un gesto con la mano para que siguiera adelante. Y, sin decir ni una palabra, ella echó a andar.

Bajaron las escaleras del final de la galería uno al lado del otro, y luego él la condujo por los pasillos hasta el vestíbulo del jardín y de ahí a la pradera sur. Miranda era lo bastante alta, y con las piernas lo bastante largas para que él no tuviera que ajustar demasiado su paso al suyo. Mientras caminaban, la paz de aquel lugar lo alcanzó, lo empapó y lo calmó.

Siempre le había sucedido así. Incluso después de tantos años era incapaz de entender cómo había podido arriesgarlo todo George. Perderlo todo.

Los jardines eran extensos, aunque él tenía un destino en mente y no había motivo para apresurarse. Aunque no la tocaba, sentirla tan cerca, de algún modo, lo reconfortaba. Sin nadie cerca para distraerlos, su cercanía resultaba cómoda, una nueva, diferente y, aun así, deseada evolución.

Roscoe siguió paseando por el jardín sin decir nada, y ella hizo lo mismo.

Entre ellos prevalecía una inesperada sensación de comodidad.

Miranda estaba fascinada por la nueva perspectiva de la casa, y aún más por el jardín. El césped, cortado a la perfección, los senderos de grava recién rastrillados, los macizos y parterres más cercanos a la casa, los arbustos en la parte más alejada, bajo los árboles más grandes, con estrechos caminos desapareciendo entre ellos. Mirara adonde mirara, predominaba la exuberancia. «Hace falta mucho dinero para mantener una propiedad como Ridgware». Sin duda haría falta una pequeña fortuna para mantener la casa y los jardines en un estado tan impecable, por no hablar del resto de las tierras. Todo lo que había visto mientras llegaban a la casa estaba conservado a la misma altura.

Ridgware era hermoso, y muy valorado.

Aparte del dinero, se respiraba cariño por ese lugar, un cariño que transformaba la casa en un hogar, no eran solo unas tierras sino una comunidad viviente. Vio fugazmente a un jardinero rastrillando hojas, una doncella dirigiéndose hacia el bosque con una canasta, todo lo cual confirmó que lo que estaba viendo no era solo una mansión sino algo más.

Y, sospechaba, por costoso que resultara su mantenimiento, que merecía la pena. Al menos para Roscoe y su familia. Familia, permanencia, continuidad. Para las familias de rancio abolengo eso significaba mucho.

¿Sería el dinero necesario para dirigir Ridgware el responsable de la transformación del hombre que caminaba a su lado?

—Por aquí —él hizo un gesto con la mano y la condujo bajo un arco para descender dos escalones de piedra hasta llegar a una rosaleda amurallada.

—¡Madre mía! —aunque la temporada ya había terminado, algunos últimos capullos seguían asomando entre la docena de arbustos, muchos de los cuales eran más altos que ella e igual de anchos—. Esto es maravilloso.

—Está más bien apagado. Deberías verlo en pleno verano cuando todo está en flor —Roscoe la siguió hacia el camino central—. Apenas se puede respirar.

—Umm —Miranda tomó una rosa grande de color rosa y hundió la nariz en ella—. Qué agradable.

Mientras la contemplaba él no pudo por menos que estar de acuerdo.

—¿De qué querías hablarme? —preguntó ella tras soltar la rosa y volverse hacia él.

A Roscoe le llevó unos segundos recordar la excusa que había puesto. Agitó una mano en el aire para guiarla por el paseo de la rosaleda mientras acompasaba su paso al de ella.

—He puesto una denuncia a través de Henry contra Kempsey y Dole ante el juez local. Había que hacerlo, pues es una formalidad que podría demostrar ser necesaria más adelante. También he enviado a algunos hombres tras la pista de esos dos. Puede que se hayan escondido entre sus familiares en Birmingham —aunque también podría ser que los estuvieran buscando, como sabuesos tras el olor de Roderick, pero no había ninguna necesidad de mencionarlo en ese momento.

—Pero —ella frunció el ceño—, ahora que han perdido a Roderick, Kempsey y Dole se echarán atrás. Es ese Kirkwell el que está tras el ataque, él es quien quiere, inexplicablemente, ver muerto a mi hermano.

—He mandado un aviso a Londres. Mis hombres intentarán averiguar lo que puedan sobre Kirkwell, pero siempre existe la posibilidad de que no sea su verdadero apellido —él la miró fijamente—. Doy por hecho que sigues sin recordar a nadie que se llame así, a algún conocido de Roderick, alguien con el que tuviera un pleito.

—No. Me he estrujado el cerebro, pero no recuerdo ese apellido en absoluto. En ningún contexto.

—Lo cual aumenta las posibilidades de que Kirkwell no sea su verdadero apellido. La gente no suele morir a manos de extraños, sobre todo con un plan tan elaborado.

—¿Y cómo desenmascaramos al villano?

—Puede que el nombre sea falso, pero el hombre existe de verdad. He enviado a mis hombres a rastrear los lugares en los que fue visto, la taberna en la que se reunió con Kempsey y Dole y las calles circundantes. Alguien tiene que haberlo visto. Alguien tiene que ser capaz de señalarlo —volvió a mirarla—. Lo encontraremos.

«Preferiblemente antes de que Roderick y ella regresen a Londres».

—Gracias. Por todo. Por tu ayuda para rescatar a Roderick, por tu disposición para encontrar a Kirkwell.

Sus miradas se fundieron antes de que Roscoe desviara la cabeza y mirara al frente.

—Hace tiempo que ya no me dedico activamente a estas cosas —la miró fugazmente—. Pero he disfrutado.

Miranda no estaba muy segura de que la frase más adecuada fuera «he disfrutado», pero, en su caso, ella se había sentido sin duda muy viva. Aparte de la excitación de la caza, y la más grande aún de escapar, solo por el hecho de estar en su compañía... Rápidamente obligó a su mente a formular la pregunta que tenía pendiente.

—¿Te quedarás mucho más tiempo en Ridgware? Supongo que tus negocios te reclamarán en la ciudad —Roderick y ella no podían esperar que permaneciera con ellos, como una especie de guardián, un amigo, un apoyo.

—No tengo planes inmediatos para regresar a la capital —Roscoe siguió caminando a su lado. Sintió la mirada de Miranda escrutándolo, pero su expresión no reveló nada—. Hacía mucho que no venía de visita y no es habitual encontrar a mis tres hermanas aquí al mismo tiempo, y a Henry también. Una pequeña ausencia no afectará a mis negocios. Mis empleados son muy capaces de manejarse sin mí durante un tiempo.

—Entiendo —el corazón de Miranda dio un vuelco absurdo. La efervescente felicidad que se tiñó de un alivio que la atravesó por el simple hecho de saber que Roscoe permanecería cerca seguramente estaba fuera de lugar, pero no por ello era menos real—. Esperaba poder hacerle llegar un mensaje a mi tía. Ahora que tengo buenas noticias sobre Roderick, debería hacerle saber que está bien, o al menos que lo estará.

—Escribe una nota y haré que se la hagan llegar —Roscoe contempló su vestido de luto, deslizando la mirada desde el recatado escote hasta las pesadas faldas—. Ya que Roderick y tú permanecaréis aquí durante unas cuantas semanas, podrías pedirle que te hiciera llegar algo de ropa. Mis hombres irán a recoger los baúles y los traerán aquí.

—Gracias —ella inclinó la cabeza.

Roscoe no necesitaba hablar de nada más con ella, pero no quería que acabara la reunión. Caminar con ella por la vieja rosaleda era sencillamente un placer.

—Aparte de pasar algo de tiempo con Henry y las demás, también aprovecharé esta inesperada visita para ponerme al día con Ridgware —él la miró y sus miradas se fundieron—. No es solo una enorme propiedad, está formada por muchos elementos interconectados, muchas empresas más pequeñas —levantando la restricción a la que solía someter a su lengua, se permitió divagar, se permitió entretenerla y distraerla del principal motivo por el que seguía a su lado.

La amenaza sobre Roderick estaba lejos de haber desaparecido. Kempsey y Dole seguían constituyendo una amenaza auténtica y cercana, mientras que el misterioso John Kirkwell planeaba sobre ellos. Un hombre que había llegado tan lejos como para contratar a Kempsey y a Dole no iba a rendirse sin más.

Hasta que los tres, Kempsey, Dole y Kirkwell no hubieran sido localizados y detenidos, Roscoe no pensaba alejarse de Miranda o su hermano. Y permanecer cerca de ella, tan cerca, no le suponía ningún esfuerzo. En absoluto. Lo que más le sujetaba a Ridgware era ella, así de sencillo.

La noche cayó sobre ellos y, con Roderick lo bastante recuperado como para no necesitar a una cuidadora permanentemente con él, Miranda se encontró paseando inquieta delante de la ventana de su habitación. Los criados se habían retirado y las demás personas estarían, sin duda, yéndose a la cama, pero ella se sentía demasiado inquieta para sentarse, mucho menos para dormir.

Junto con Roscoe había explorado más rincones del jardín y regresado a la casa al oír la llamada para prepararse para cenar. Solo tenía un vestido, aparte del vestido negro que se ponía durante el día, también negro y austero, pero al menos era más apropiado para llevar de noche. Después de retirarse a su habitación se había cambiado, cepillado y recogido los cabellos, también negro y austero pero no formando su habitual moño, sino otro más elaborado a partir de los cabellos trenzados.

Complacida con el resultado, sintiéndose aceptablemente elegante, había bajado al cuarto de estar, uniéndose a la familia como si se conocieran desde hacía tiempo y no se hubieran visto por primera vez el día anterior. La cena resultó agradable y, tras completar el ritual del té, Sarah y ella habían subido a la primera planta para relevar a la enfermera. Cada una se sentó a un lado de la cama de Roderick y lo distrajeron, pero al cabo de un rato él les pidió que se marcharan y, candelabro en mano, Miranda se dirigió a su habitación y cerró la puerta.

Deteniéndose ante la ventana, miró hacia fuera y bajo la suave luz de la luna vio las paredes de la rosaleda al otro lado de la pradera de césped.

Diez minutos más tarde, los hombros cubiertos con la capa, caminaba por el paseo central de la rosaleda. El día había sido muy agradable y las paredes habían atrapado el calor residual junto con la embriagadora fragancia de las flores que colgaban de los arcos.

Durante una semana había vivido con los nervios permanentemente a flor de piel, en un estado de anticipación e incertidumbre. Pero en esos momentos se sentía segura, a salvo, y Roderick también lo estaba. Ridgware los había envuelto en su halo de serenidad. Nada sorprendente que necesitara un poco de tiempo para acostumbrarse.

—Pero —murmuró mientras avanzaba lentamente por el camino— no es lo único que ha cambiado.

Pues ella había cambiado. Al salir al rescate de Roderick, al pedirle ayuda a Roscoe, había salido de su mundo establecido de rígida respetabilidad. Y lo había hecho conscientemente y, en caso de que se volviera a repetir la situación, volvería a hacerlo. No lamentaba su decisión, más bien al contrario, pero al actuar como lo había hecho, algo fundamental había cambiado en su interior, un cambio que no había esperado ni previsto.

Y entonces lo había complicado todo tomando a Roscoe como amante.

Tampoco lo lamentaba, pero eso, también, contribuía a su incertidumbre, a su estado de inquietud. Era una novata en esos asuntos, no tenía una verdadera idea de qué llegaría después.

Era la clase de mujer a la que le gustaba saber dónde se situaba. La incertidumbre no era lo suyo, le alteraba los sentidos y afectaba a los nervios…

Pero, tras dar tres pasos más, supo sin lugar a duda que no era su incertidumbre la que le estaba alterando los sentidos ni afectando a los nervios.

Deteniéndose, se dio la vuelta y contempló de nuevo la pared.

Roscoe estaba bajo el arco, un hombro apoyado descuidadamente contra la piedra. Con las manos hundidas en los bolsillos, la estaba observando. Incluso desde esa distancia, su oscura mirada la alcanzó, la acarició.

La despertó.

Miranda alzó la cabeza y lo miró a los ojos. Y aguardó.

La luz de la luna iluminó su rostro. Vio sus labios curvarse con ironía, casi con resignación, antes de apartarse de la pared, avanzar por el paseo y acercarse a ella como si la estuviera cercando.

—No deberías estar aquí fuera sola —deteniéndose ante ella, Roscoe la miró a los ojos y vio el brillo sonriente que se desprendía de ellos.

—Es evidente que no estoy sola —ella escrutó su rostro antes de inclinar la cabeza a modo de invitación mientras se volvía y reanudaba su paseo—. No conseguía dormir —le explicó cuando él acompasó el paso al suyo.

Lo mismo le había sucedido a él. Al menos no había sido capaz en cuanto la había visto atravesar el jardín.

—Hace una noche muy agradable.

El comentario dio inicio al resto de la conversación. Ni él ni ella tenían más ocupación que dejar pasar el tiempo y, quizás, oír la voz del otro. Desde luego su conversación mundana e inocua carecía de secretos o segundas intenciones. Daba la sensación de que lo único que les importaba era su mutua compañía.

Y eso le resultaba divertido a Roscoe. Nunca había sido de los que mantenían conversaciones sobre naderías y, sospechaba, ella tampoco era ninguna exponente de ese arte, pero ahí estaban, haciendo precisamente eso y, al menos en su caso, felizmente.

Roscoe deseaba estar con ella. Quería saber más de ella. Miranda lo cautivaba y lo atraía, y se lo llevaba a su terreno a un nivel totalmente diferente al de cualquier otra persona que hubiera conocido jamás. Había una conexión más amplia, más rica, más intensa. Se dijo a sí mismo que no era más que la naturaleza humana la que lo llevaba a intentar comprenderla... y luego bufó para sus adentros, pues sabía que su interés era mucho más profundo que la mera curiosidad.

Quería explorar, saborear, poseer, y aun así, de manera incomprensible, no era solo el efecto físico que esa mujer producía en él lo que le hacía concentrarse sin ningún esfuerzo en ella.

Había conseguido convertirse en un conocedor de la naturaleza humana y, en ese sentido, Miranda era única, al menos para él. No era la clase de persona que seguía al jefe, como hacían la mayoría de las mujeres, pero tampoco era una líder ella misma. Tomaba su propio camino y, curiosamente, parecía ser una faceta suya que ella misma estaba empezando a descubrir.

Él era muy rápido analizando a las personas. Era un talento que siempre había poseído, un talento que como Roscoe, el rey del juego de Londres, ejercitaba a diario. Si bien al principio ella había supuesto todo un enigma, al fin empezaba a desentrañar sus complejidades. Durante una gran parte de su vida esa mujer había tenido que vivir al margen de su naturaleza, suprimiéndola, supeditándola a su necesidad de proteger a Roderick. Y eso era algo que él entendía mejor que nadie. Lo irónico entonces era que esa devoción hacia su hermano la había llevado a ser como era.

Y cuando Roderick había madurado y se había apartado de su capa protectora, Miranda había necesitado restablecer y redefinir lo que, en el futuro, la motivaría, se convertiría en su faro, en el principio que la guiaría.

Era evidente que aún no había hallado la respuesta, y Roscoe no tenía ni idea de hacia dónde evolucionaría, pero verla desprenderse de su pasado y buscar su camino resultaba fascinante, apasionante y extrañamente conmovedor.

Y, dado que él no era capaz de predecir el rumbo que iba a tomar, lo único de lo que podía estar seguro era de lo que era Miranda en ese momento. Ella, él, bajo la noche iluminada por la luna.

Caminaron, conversaron y, con una sencillez que encerraba en sí misma una asombrosa fuerza, obtuvieron placer de la improvisada comunión.

—Creo que ya estoy preparada para volver —Miranda suspiró.

Con su habitual gesto en el aire, él la condujo de regreso a la casa y hasta el vestíbulo delantero.

Juntos subieron las escaleras.

Roscoe era muy consciente de que, desde que hubiera abandonado su cama aquella mañana, no se habían tocado. Ni un roce, ni el menor contacto de la mano de Miranda con su manga. Ni una sola vez la había tomado del codo. Habían evitado todo contacto, cualquier roce accidental, fortuito. Sospechaba que, para ambos, había sido por pura necesidad de protegerse mientras hacían frente a las exigencias del día.

Pero el día había concluido y la noche se había cerrado sobre ellos y, con cada paso que daban por la larga escalera, la tensión mutua escalaba sin parar.

Un desconocido vicio se había instalado en su pecho, pues con ninguna otra mujer se había sentido tan fuera de sí, tan fuera de su terreno.

Su unión estaba destinada a ser una breve aventura, eso había quedado claro desde el principio, enfatizada por la frase, «solo una noche», que ella le había dirigido. Tener que viajar sola con él le había brindado la oportunidad, una que ella había decidido aprovechar, una que él estaba dispuesto a concederle.

Pero después de aquella primera noche, Roscoe se había sentido como un barco sin timón. No tenía ni idea de si ella desearía convertir esa única noche de pasión en una relación, dado que el destino les había puesto en una situación en la que se presentaba esa oportunidad. Y así la noche anterior él se había reprimido, se había obligado a sí mismo a leer una novela en su habitación en lugar de buscarla con la esperanza de que Miranda se decidiera y anunciara su decisión. Su postura. Para que él supiera.

En cambio, el destino de nuevo, con la complicidad de la enfermera, había conspirado para situarlo en su dormitorio, con ella, recién despertada, en su cama... y de nuevo lo había atraído hacia ella. Sin embargo, ¿había sido una decisión consciente por parte de

Miranda o tan solo su reacción al momento? Roscoe no lo sabía, no podía saberlo.

Todo lo cual, y mientras llegaban al final de las escaleras, juntos, le producía una gran incertidumbre. No sabía qué quería Miranda. Lo posible, lo que ella permitiría, no estaba claro.

Lo que sí tenía claro era que la deseaba. Quería pasar esa noche, y todas las que le permitiera, con ella entre sus brazos.

Roscoe se detuvo, y ella también, volviéndose para mirarlo.

—Mi habitación está en el otro ala —anunció él con las cejas ligeramente enarcadas.

Los ojos de Miranda, luminiscentes bajo la luz de la luna que entraba por la ornamentada claraboya, se abrieron desmesuradamente.

—¡Oh! —sus ojos buscaron los de él, intentando ver, interpretar...

Roscoe tomó aire con tanta tensión que casi se estremeció. Sentía la tensión oprimiéndolo.

—Invítame a tu cama.

Miranda ni parpadeó mientras escrutaba su rostro, su expresión. El momento se alargó, frágil como el cristal. Y entonces ella se acercó un paso, alzó una mano y la posó en la mejilla de Roscoe, se estiró y rozó su boca con sus labios en un beso agónicamente delicado.

Él sintió los dedos de la otra mano entrelazarse con los suyos y apretar, antes de apartarse.

Miranda le sostuvo la mirada durante un instante antes de volverse y conducirlo hasta su habitación.

Roscoe entró sin soltarla y cerró la puerta antes de apoyar la espalda en la hoja. La atrajo hacia sí, y Miranda no opuso resistencia. Extendiendo los dedos de las manos sobre el fuerte torso, ella se estiró al mismo tiempo que él agachaba la cabeza.

Sus labios se tocaron, se apretaron. Y en escasos segundos sus bocas se habían fundido.

Los dedos se separaron, las lenguas se entrelazaron y sus cuerpos se pegaron aún más. Más cerca. Apretándose.

Y tal y como había sucedido en las ocasiones anteriores cuando él había acudido a ese lugar, a ese espacio sensual con ella, los planes y las intenciones se esfumaron y cada beso, cada caricia, se convirtió en su realidad, una realidad que lo eclipsaba todo.

Y nada más importó más allá de la siguiente revelación.

Del siguiente momento de apasionada exploración de deseoso y deseable conocimiento.

Familiar, pero diferente. La conclusión le llegó a Roscoe con cada ardiente aliento, con cada caricia de los dedos de Miranda sobre su piel.

Se arrancaron la ropa, la de él, la de ella, sin prisas, sin demora. Con una determinación constante.

Con un propósito compartido que, innumerables latidos después, les unió en un frenesí de fuego y deseo en las profundidades de la cama de Miranda.

Se aferraron a la cordura mientras la pasión rugía y el deseo incandescente corría por sus venas.

Debajo del cuerpo de Roscoe, Miranda jadeaba y se agarraba con fuerza, los párpados cerrándose mientras la sensación la embargaba por todo su ser, llevándola hacia arriba, más alto, y más aún.

De nuevo impresionada. De nuevo sorprendida.

Ella había creído que sabría qué esperar, pero él la había vuelto a sorprender.

Se había vuelto a sorprender a sí misma.

El intercambio, la ausencia de velos, la intimidad sin diluir, la dejó sin aliento.

Las sensaciones que recorrieron su cuerpo, de intensidad desgarradora, no habían hecho más que crecer. Eran más fuertes, más poderosas. Más abrumadoras.

Miranda no lograba comprenderlo, pero sabía que era real. Lo supo en el momento en que, jadeando y desesperada, su cuerpo envuelto por él, llenado por él, su mente y sentidos inundados de él, alargó las manos y atrapó el rostro de Roscoe, levantó la cabeza y posó sus labios sobre los de él. En ese momento supo que aquello no tenía precio.

Él aceptó su ofrecimiento, se zambulló en su boca, se lanzó con ella al fuego y la gloria, antes de hundirse profundamente en su interior y hacer que ella estallara, se deshiciera en un grito que él bebió de sus labios. Las caderas de Roscoe bombeaban mientras la lanzaba volando por los aires y más allá.

Y entonces, con un gruñido, él se tensó en sus brazos y ella sintió su ardor profundamente en su interior. El éxtasis se vertió dentro de ella en una centelleante ola.

Roscoe se derrumbó en sus brazos, pesado y ardiente, la piel húmeda contra la piel húmeda, mientras la pasión lo sacudía como a ella.

La dicha los envolvió en una pesada ola cargada de saciedad, imposiblemente profunda, imposible de negar.

CAPÍTULO 11

Miranda entró en el comedor del desayuno a la mañana siguiente en medio de una discusión familiar.

Roscoe, o Julian, sacudía la cabeza ante Millicent y Cassie, sentadas frente a él.

—No podéis decirles a vuestros maridos, así sin más, que no vuelvan a casa.

—¡Pues claro que no! —Millicent frunció el ceño fingiendo enojo—. Nuestra intención no es esa en absoluto.

—Naturalmente que no —intervino Cassie—. Se marcharán de Escocia y se dirigirán a casa con nuestras bendiciones, y nosotras nos limitaremos a avisarles cuando estén allí de que hemos decidido pasar unos cuantos días más en Ridgware.

Sin siquiera levantar la vista, él supo que Miranda estaba allí y, mientras ella se acercaba a la mesa, se levantó y sujetó la silla entre Henry y él.

Sentándose, Miranda murmuro un agradecimiento. Sus miradas se cruzaron fugazmente antes de que él devolviera la atención a sus hermanas.

—Os advierto que no pienso estar aquí para entreteneros —les advirtió—. Henry y yo tenemos muchos sitios que visitar, y mis empleados de Londres llegarán en breve, y entonces estaré muy ocupado.

El anuncio no consiguió disminuir el entusiasmo de Millicent o Cassie.

—Lo entendemos —le aseguró Millicent—. Pero sí estarás durante la cena, y podremos verte, y también en algunos desayunos y posiblemente en algunas comidas.

Roscoe miró a sus dos hermanas antes de suspirar ruidosamente y levantar el cuchillo y el tenedor.

—No me gusta la idea de que perturbéis vuestros hogares, y vuestros matrimonios, solo por pasar unas cuantas horas más conmigo.

—Sí, querido Julian —contestó Millicent—, pero la decisión es nuestra y está claro que hemos decidido darle más importancia de la que tú le das a pasar algún tiempo contigo.

Él se limitó a bufar. Lo cierto era que no había nada que responder ante eso.

Miranda se fijó en que, al otro lado de la mesa, Lucasta, Caroline y Edwina habían asistido a la discusión con unas afectuosas sonrisas dibujadas en sus rostros. Al mirar a Henry vio que él también sonreía.

—Además —insistió Cassie mientras miraba sonriente a Miranda—, unos cuantos días más nos permitirán conocer mejor a Miranda.

Roscoe miró a sus hermanas con severidad, pero estas ya estaban comentando con Miranda la bonita mañana que hacía. Tenía tanto poder para ordenarles que regresaran a su casa como para evitar que se acercaran a ella. Bajó la vista al plato y, ocultando sus evasivas tras la habitual impasividad, continuó comiendo.

A primera hora de la tarde, Miranda se vio obligada a admitir que la progresiva mejoría de Roderick no requería de su permanente atención en la habitación. La enfermera era más capaz que ella de suministrarle el agua de cebada y llevarle las comidas, y asegurarse de que las comiera, y en el terreno del entretenimiento, Sarah estaba significativamente más cualificada.

Dado que Sarah parecía totalmente dispuesta a pasar varias horas sentada junto a la cama leyendo o charlando, y viendo a su hermano encantado con su compañía, Miranda se sintió de más.

Aceptándolo al fin, se levantó de la silla junto a la cama. Roderick y Sarah interrumpieron su conversación y levantaron la vista.

—Voy a dar un paseo por el jardín —les explicó ella, sonriente.

—Si aún no lo conoces —contestó Sarah también sonriente, al igual que Roderick—, hay un patio muy bonito con una fuente al final del ala oeste.

—Gracias, lo buscaré —ella se volvió hacia la puerta.

Se oyó un ligero golpe de nudillos en la puerta, que se abrió para dar paso a Roscoe.

—¿Cómo te encuentras? —su mirada buscó primero la de Miranda, antes de pasar a Roderick.

Aunque todavía pálido, y con el dolor residual reflejado en su rostro, Roderick sonrió.

—La enfermera insiste en cebarme, y Sarah y Miranda se afanan por entretenerme.

—Parece que estás en excelentes manos —Roscoe miró a Miranda—. He venido a preguntarte si te apetece dar un paseo.

—Pues precisamente me disponía a ello. Sarah sugirió que el patio de la fuente merece una visita.

Él asintió antes de mirar a Roderick.

—Hoy no espero recibir noticias de Londres ni de Birmingham, pero en cuanto las tenga te lo haré saber.

—Gracias.

Tras despedirse, Roscoe siguió a Miranda fuera de la habitación. Cerrando la puerta, captó su mirada.

—El patio de la fuente ofrece un paseo muy agradable. Suponiendo que de verdad tengas ganas de verlo.

—Sí, me gustaría —mientras avanzaban por el pasillo, ella lo miró—. Pensé que estarías ocupado con Henry.

—Demasiado ocupado como para entretener a mis hermanas —él la miró a los ojos—. Tú entras en una categoría totalmente diferente.

«¿En cuál?». La pregunta le quemaba la lengua, pero Miranda la sofocó. Dado que eran amantes, dado que mantenían una aventura, supuso ella, ¿significaba eso que Roscoe consideraba el tiempo que pasaba con ella fuera de la cama como parte de esa aventura? Siendo la primera que mantenía en su vida, no tenía ni idea. En cualquier caso, era perfectamente feliz pasando la tarde paseando a su lado.

Abandonaron la casa por las puertas de la terraza trasera y caminaron bajo el débil sol, recibiendo el suave calor que irradiaban los muros de la casa. La terraza se prolongaba a lo largo del ala oeste hasta el final. Allí, unos peldaños no muy altos bajaban hasta un patio italiano que tenía, en el centro, una fuente de mármol blanco con un cupido vertiendo agua en una amplia taza.

Deteniéndose en lo alto de los peldaños, Miranda contempló el patio, delimitado a izquierda y derecha por una doble fila de delgados cipreses que guiaban al ojo del visitante hacia la vista campestre que había más allá del patio. El espacio entre los cipreses albergaba unos senderos de grava blanca y macizos geométricamente dispuestos y bordeados de pequeños setos. Por todas partes el incipiente invierno había empezado a arrancar las hojas de los árboles, pero ese jardín en concreto seguía siendo una paleta de intensos verdes acentuados por el blanco de la grava y la fuente de mármol. Se imaginaba perfectamente la escena nevada, cuando el blanco dominara completamente sobre el verde oscuro.

—Sarah tenía razón —Miranda comenzó a descender los peldaños—. Es el lugar perfecto para pasear.

—Lo diseñó el cuarto duque para su esposa —Roscoe bajó los peldaños a su lado—, para que tuviera un lugar en el que pudiera pasear todo el año. Al parecer se empeñaba en pasear independientemente del tiempo que hiciera.

—Aquí debe nevar casi tanto como en Oakgrove.

—Eso creo yo también —una sonrisa curvó los labios de Roscoe—. Cuando era joven solía montar a menudo en trineo —señaló hacia un lugar en el que el terreno descendía en una ladera que se alejaba de la casa—. Ese era el lugar perfecto, en varios kilómetros a la redonda. Era nuestro pasatiempo preferido en invierno —la miró a los ojos—. ¿Solíais montar Roderick y tú en trineo de niños?

—No —ella miró al frente y sacudió la cabeza—, aunque te aseguro que nos hubiera gustado.

—¿Y por qué no lo hacíais?

Miranda dudó antes de contestar, la mirada todavía al frente.

—Mis tías lo consideraban una actividad por debajo de nuestra categoría.

Roscoe dejó pasar un momento antes de tomarle una mano y

entrelazar los dedos brevemente con los de ella. Acercándose un poco más, la tomó del brazo.

—Háblame de tus tías. La mayor murió, y la más joven es la que vive contigo y con Roderick, ¿es así?

—Sí.

Miranda se encontró sometida, aunque con delicadeza, a un cuestionario sobre la infancia y juventud de su hermano y ella. Al principio se preguntó si el interrogatorio tendría como objeto simplemente rellenar los silencios, o si Roscoe pretendía averiguar algo más sobre el carácter de Roderick, dado que pertenecía a la hermandad filantrópica, pero poco a poco se convenció de que obedecían a un interés sincero por saber.

Jamás se habría figurado que un hombre implicado en una aventura estuviera interesado en la infancia de la dama, pero, cuanto más paseaban y hablaban, resultaba cada vez más evidente que el verdadero interés residía en ella, a pesar de que las preguntas eran formuladas casi sin darles importancia, aunque guiadas por un interés subyacente por saber más.

Y dado que los dos podían jugar al mismo juego, Miranda tomó sus preguntas y, dándoles la vuelta, se las devolvió. Pasó más de una hora, ocupada en intercambiar preguntas, pero mientras regresaban hacia la casa, ella seguía teniendo la sensación de que apenas había rascado la superficie de ese hombre. Su infancia, sin embargo, parecía haberse invertido en las habituales actividades hedonistas consideradas típicas en un joven noble.

Estaban cerca de la casa cuando unas pisadas en la grava llamaron su atención hacia un camino que atravesaba el patio hacia la fuente y la rodeaba antes de continuar, uniendo la zona de césped a un lado del patio con el bosquecillo al otro.

Las hermanas de Roscoe, las tres, aparecieron en el patio. Al verlos a los dos, sonrieron y saludaron con las manos.

Roscoe alzó una mano a modo de respuesta, y ella también. Miranda pensaba que irían a detenerse, pero él tiró de ella para que continuaran sin aminorar el paso. Lo miró primero a él y luego a las mujeres. Las tres caminaban con las cabezas muy juntas y continuaron por el camino que atravesaba el patio sin mostrar ninguna señal de querer unirse a su hermano ni a ella.

—Pensaba que iban a acercarse a nosotros —Miranda volvió a posar la mirada en Roscoe.

Él le sostuvo brevemente la mirada antes de desviarla al frente mientras una sutil curvatura tiraba de los labios hacia arriba.

—Tengo la impresión de que se dieron cuenta de que no sería muy inteligente por su parte reclamar mi atención en estos momentos.

La tarde siguiente, Roscoe se encontró sentado en una silla de jardín bajo las casi desnudas ramas de uno de los viejos robles que bordeaban la pradera sur, tomando el té con las damas de su familia, Henry y Miranda.

Por consenso, Roderick y Sarah se habían quedado en la casa. Roderick había conseguido llegar hasta el sillón junto a la cama, pero, dado que el doctor les había advertido que intentar caminar demasiado pronto podría alargar su convalecencia, todos habían estado de acuerdo, incluso Roderick, en que insistir en desplazarse sería tentar al destino.

De modo que la reunión bajo los árboles se había convertido en un asunto predominantemente femenino, siendo Henry y él mismo los únicos representantes del género masculino.

Sentada en la silla contigua a la suya, Miranda dejó la taza en el plato y eligió un pequeño sándwich de pepino del plato que Caroline estaba pasando. Sin comprender jamás por qué las damas consideraban unos minúsculos sándwiches superiores a otros de construcción más sustanciosa, él sacudió la cabeza cuando su cuñada le acercó el plato.

Henry, sentado junto a él, tomó tres sándwiches y los juntó para poder dar un bocado, sonriendo ante la expresión resignada de su madre.

Tras consumir delicadamente su sándwich, Miranda miró a las otras damas.

—Sé que Caroline está involucrada en ayudar en una escuela local, y que Cassie pertenece a la junta de un orfanato. ¿Todas estáis involucradas en ese tipo de actividades?

Todas las cabezas asintieron.

—Es lo menos que podemos hacer —contestó Lucasta—, y dado que, gracias a Julian, nos lo podemos permitir, lo hacemos. Pero, en mi caso, una vez metida en ello, descubrí que la beneficencia me resulta enriquecedoramente satisfactoria —la mujer sonrió—. Hay mucha gente de la sociedad a la que no le sorprendería en absoluto lo mucho que me gusta organizar la vida de los soldados veteranos. Opino que consigue que una se sienta realizada.

—Es verdad —Millicent asintió—, quizás nos viésemos empujadas en esa dirección al principio por una cuestión de *noblesse oblige*, pero, al menos en mi caso, lo que hace que siga comprometida en ello es la sensación de conseguir algo que merece la pena.

Roscoe se reclinó en la silla, atento a las preguntas de Miranda y las respuestas de los demás, Henry incluido, describiendo sus experiencias y los beneficios que veían en una implicación en un amplio espectro de obras benéficas. Él conocía de sobra las opiniones de su familia, aunque había tardado algunos años en comprender exactamente qué había llevado a cada uno de ellos a dedicarse a obras de caridad a un nivel significativamente superior a la media para alguien de su estatus social. La mayor parte de los aristócratas implicados en esas actividades lo hacían a distancia, normalmente limitándose a aportar dinero y el difuso caché de su patrocinio, y nada más.

Su madre, sus hermanas, su cuñada y su sobrino entregaban dinero, prestaban su nombre y todo el apoyo intangible, pero, además, se implicaban activamente en al menos una de las empresas hasta un extremo mucho mayor incluso que él mismo en sus proyectos de la Hermandad de la Filantropía.

Y lo habían hecho, habían elegido ese camino, para poderle devolver lo que él había hecho por ellos, pues sabían que él no permitiría que se lo agradecieran de otro modo. Sabían de su interés por tales proyectos y habían decidido emplear su tiempo y energía en lograr mucho más, discretamente, sin bombo ni platillo, pero en su fuero interno lo hacían todo en su nombre.

Nunca se lo habían confesado, pero dado que siempre le hablaban de sus progresos cada vez que lo veían o le escribían, al final se había dado cuenta. Cuando se lo había preguntado disimuladamente a Lucasta, ella le había contestado que le sorprendía que hubiera tardado tanto en darse cuenta.

Sin embargo, con el paso de los años había llegado a comprender que, independientemente de los motivos iniciales, esos proyectos se habían acabado convirtiendo en un objetivo, un propósito y, como bien había dicho Lucasta, en una sensación de realización que no habrían conseguido de otro modo.

Y mientras les oía explicarle a Miranda sus proyectos, oía las preguntas que ella formulaba, enseguida comprendió qué era lo que más atraía a Miranda de todo aquello.

Por lo que había averiguado tras investigar a la familia de Roderick, sabía que Miranda tenía una considerable dote y, al tener veintinueve años, ese dinero ya debía estar a su disposición. Hasta la fecha, la principal motivación en su vida había sido proteger y cuidar de Roderick, pero eso había llegado a su fin. Y, sospechaba, Miranda era de la clase de persona que necesitaba un propósito en la vida, un motivo para vivir, una meta por la que trabajar incluso más que las mujeres de su familia.

Permaneció allí sentado, tomando el té, desviando hábilmente hacia los demás las ocasionales preguntas dirigidas a él, manteniendo la atención de Miranda sobre ellos. No tenía la menor intención de mostrar tanta complicidad con ella, no delante de los demás. Le inquietaba sobremanera lo deprisa que su madre, sus hermanas, incluso Caroline, habían detectado su interés por Miranda. Casi como si lo vieran más claramente que él mismo, como si entendieran mejor que él la fascinación que sentía por esa mujer. Lo cual resultaba desconcertante, como poco.

Sobre todo dada la limitación de hasta dónde podría evolucionar la fascinación. Ellos sabían tan bien como él, tan bien como, suponía sabía ella, que no podría haber nada más que una breve aventura entre ellos.

Aunque su familia no conociera los motivos subyacentes de la devoción de Miranda hacia la respetabilidad, en el fondo todos sabían, aunque no quisieran reconocerlo, que él jamás podría casarse. Ya no. No desde que había tomado la decisión de convertirse en Roscoe.

Ninguna dama elegible, siquiera mínimamente respetable, consentiría jamás en casarse con él, y en su opinión con razón. Aparte de todo lo demás, él nunca se lo pediría a ninguna mujer decente, no podría ofrecer algo que, independientemente de la posición de la dama, independientemente de su verdadera identidad, solo podría conducir a la ignominia social.

Al convertirse en Roscoe se había apartado de la posibilidad de casarse con una dama de su posición, de tener una familia propia. Desde el principio había sido consciente de lo que estaba sacrificando, y nunca había lamentado la decisión tomada. Quizás él no pudiera formar nunca una familia, pero Millicent, Cassie y Edwina sí. Y Henry también. Y Caroline y Lucasta podrían tener la vida que se merecían tener, rodeadas de sus hijos y nietos.

Y por eso permaneció en la sombra, mayormente en silencio, oyendo la discusión y sintiéndose feliz. En cierto modo, lo que oía era el resultado de sus propios logros. Escuchar el sincero entusiasmo en la voz de Edwina al describir sus planes para llevar el concepto de los proyectos filantrópicos hasta el mundo salvaje e inexplorado, con Frobisher, ¿tendría idea ese pobre hombre de lo que se le iba a caer encima?, hacía que se sintiera profundamente feliz.

Cerrando los ojos se empapó de la intensidad de Miranda, que seguía formulando preguntas sobre cómo proceder a la hora de patrocinar algún proyecto, y sintió una chispa de placer saltar en su interior.

Incluso con los ojos cerrados, ella cautivaba sin esfuerzo no solo sus sentidos sino también su mente, y algo más profundo. Relajado en la silla, a la sombra, Roscoe esquivó cuidadosamente ese algo más profundo. Tenía fuertes sospechas sobre lo que debía ser, pero no estaba dispuesto a analizarlo de cerca, mucho menos darle un nombre.

En cuanto a él, Miranda era quien llevaba la batuta, quien tocaba hábilmente sus cuerdas. Sus emociones.

La conclusión resonaba en su mente mientras, a la noche siguiente, caminaba junto a Miranda por la rosaleda. Había pasado el día cabalgando por las propiedades con Henry, mientras ella había permanecido con sus hermanas. Ya se habían contado el uno al otro los sucesos del día mientras paseaban en la cálida noche hacia el jardín.

Mientras caminaban juntos por el paseo central él concentraba su mente y sus sentidos en saborear el silencio que los reclamaba. No el silencio de la incomodidad, ni el del desinterés o el de la indiferencia, sino el silencio de un compañerismo que se había consolidado hasta el punto en que las palabras, la constante conversación, ya no eran necesarias. Y no pudo evitar pensar que el hecho de que pudiera tener lugar un intercambio tan sencillo entre una dama y él añadía un aspecto nuevo a su inesperada relación

Roscoe se sentía a gusto con ella, y ella con él. A gusto en la paz y la tranquilidad del jardín. Únicamente sus pisadas y el suave susurro de las faldas rompían la quietud.

Caminando al lado de Miranda, sintiendo removerse sus emociones, esas cuerdas que ella pulsaba con tanta facilidad, Roscoe se sintió obligado a recordarse a sí mismo que aquello no era permanente, que de ninguna manera él, ni siquiera él, el poderoso rey del juego de Londres, podría conservar el preciado, nebuloso, contacto para siempre.

Por mucho que le gustara.

Hasta dónde le gustaría, se negaba a considerarlo. No tenía ningún sentido. Su relación terminaría cuando regresaran a Londres. Su tiempo en Ridgware era un momento inesperado, imprevisto, en un mundo ajeno al mundo en el que vivían. Allí podían suceder, existir, cosas que no podrían ser en el mundo normal.

Él contempló el sombreado rostro, los cabellos iluminados por la luz de la luna. Independientemente de la noción agridulce de que lo que había entre ellos sería forzosamente fugaz, Roscoe no estaba dispuesto, ni siquiera aunque sintiera el peligro, a apartarse de ello, de ella, de esa relación imprevista.

Como si sintiera su mirada posada sobre ella, Miranda se volvió y le sostuvo la mirada.

—Debo admitir que tengo la sensación de haber descubierto de repente un secreto —ella sonrió tímidamente mientras miraba al frente—, como si hubiera tropezado con un camino que no me había dado cuenta de que estaba buscando —de nuevo lo miró a los ojos—. Tu madre, tus hermanas, tu cuñada, son unas damas admirables. Lo suficientemente adineradas como para vivir una vida regalada sin tener que levantar un dedo para ayudar a los demás, pero se niegan a vivir así. Tienen otra idea de sí mismas, de sus obligaciones, de cómo deberían ser sus vidas. Aceptan un significativo grado de responsabilidad hacia los que les rodean. Y eso les hace formar parte de un todo mayor, en lugar de en unas observadoras distantes.

Miranda respiró hondo antes de continuar.

—Ser una observadora a distancia, vivir en su mayor parte aislada del mundo en general, es una existencia solitaria y nada gratificante. Y lo sé porque yo he vivido así la mayor parte de mi vida, apartada, contenida por lo que yo consideraba… restricciones. Limitaciones. Pero ya no estoy tan segura de que esas limitaciones que yo sospechaba tener fueran reales.

—Si por limitaciones percibidas te refieres a que el origen de la fortuna de tu familia te convierte en una persona marginada en determinadas esferas, como alguien que ha vivido a ambos lados de la frontera social, te aseguro que cualquier percepción en ese sentido está lejos de la realidad —Roscoe consideró que Miranda necesitaba una explicación más clara y continuó—. Si fueras la hija de un molinero, criada al margen de la sociedad, las cosas serían diferentes. Pero ese no es tu caso. Tu linaje puede que no sea tan puro como el de mis hermanas, pero la familia de tu madre pertenece a la nobleza desde hace muchas generaciones, y tú fuiste educada en el ámbito de la alta sociedad. Nadie puede determinar que Roderick y tú seáis portadores de ningún estigma.

Llegaron al estanque al final de la rosaleda y se detuvieron. Miranda lo miró. Las sombras ocultaban su expresión mientras buscaba la de él antes de agachar la cabeza.

—Gracias —posando la mirada en el estanque, reflexionó durante unos segundos antes de continuar—. No puedo decirte lo mucho que aprecio todo lo que he aprendido de tu familia, de la oportunidad que he tenido para hablar con ellos. Es como si, al hacer lo que sabía era correcto e insistir en acompañarte en el rescate de Roderick, independientemente de los riesgos sociales, el destino me hubiera regalado esto, mi tiempo en Ridgware con tu familia como recompensa. Ellos me han abierto puertas que ni siquiera sabía que estaban allí, y me han mostrado una manera de seguir adelante con un problema que solo yo creía tener —sus miradas se fundieron—. De manera que de nuevo te doy las gracias por traerme, por traernos, aquí. Aprecio la confianza que has depositado en nosotros al permitirnos conocer este lado de tu vida. Y puedes estar tranquilo porque ni Roderick ni yo te daremos jamás motivos para lamentarlo.

Él le sostuvo la mirada y asintió, aceptando su declaración, aunque no le habría hecho falta oírla. Confiaba incondicionalmente en ella. La conocía lo bastante bien como para estar completamente seguro de que podía confiar, de que el secreto, suyo y de su familia, estaba a salvo con Roderick y con ella.

—De niños —Roscoe miró hacia el estanque a sus pies—, llamábamos a este estanque nuestro «estanque de los deseos». Solíamos venir de noche, contemplar sus oscuras profundidades, pensar en lo que más deseábamos en la vida y pedir un deseo.

Sin poderlo evitar, a la mente de Roscoe acudió aquello que más deseaba en esos momentos. Y no fue lo que se hubiera esperado que fuera. La realidad lo sacudió y se apresuró a enterrarlo, a borrar la necesidad antes de que pudiera extenderse por su mente y tomar el mando. Pues ese camino solo podría conducir a la locura.

Respiró hondo, desvió la mirada hacia la rosaleda y la mujer que tenía a su lado, y se sintió agradecido por las sombras que ocultaban su rostro.

—¿Y bien? ¿Qué habrías pedido?

Ella, también, había estado contemplando el estanque y tardó unos instantes en responder, pero luego alzó la cabeza y lo miró a los ojos.

—Todo el mundo sabe que, para que un deseo se cumpla, no se puede contar.

La noche se echó sobre ellos como un manto negro y quizás fuera la falta de luz la que hizo que el fuego que llameaba entre ellos pareciera más real. Más tangible.

Más compulsivamente deseable.

—Regresemos a casa.

«A tu habitación, a tu cama», Roscoe evitó pronunciar las palabras, que quedaron flotando en el aire entre ellos.

Miranda le sostuvo la mirada en la penumbra antes de tomarle una mano, entrelazar los dedos con los suyos y volverse hacia la casa, su sonrisa tan misteriosa como la noche misma.

—Sí, regresemos.

A la mañana siguiente, Miranda se dijo a sí misma que se conformaba con la relación tal y como era, que su pensamiento bajo la luz de la luna, el deseo que había acudido a su mente, no había sido más que eso, un pensamiento. Nada que tomarse en serio.

Todo había sido provocado por la atmósfera reinante, la intimidad del momento. La intensa proximidad entre ambos.

Mientras, a su alrededor en el salón matinal se sucedía un intenso parloteo, ya que Millicent y Cassie habían decidido al fin marcharse. La calidez que se percibía entre los miembros de la familia de Roscoe-Julian era tan poderosa, tan fuerte, que ella estuvo segura de que debía de haber algún motivo, algún suceso que hubiera forjado una unión tan fuerte, tan intensa. A pesar de, ¿o sería precisamente a causa de?, la misteriosa conversión de Julian en Roscoe.

Observándolo relacionarse con sus hermanas mientras, una vez concluido el desayuno, todos acompañaron a Millicent y a Cassie hasta el vestíbulo principal para prodigarles los últimos abrazos y despedidas, Miranda volvió a preguntarse de nuevo por esa transformación. Manteniéndose un poco apartada junto a Sarah, ambas sonriendo, conmovida por la emoción que emanaba de Millicent y Cassie que abrazaban y besaban a los demás miembros de su familia, ella observaba y veía.

Él le había asegurado que era Roscoe, y para ella lo era. A Miranda le resultaba imposible pensar en él con otro nombre. Y desde luego no tenía nada que ver con el ocioso hedonista plasmado en el retrato de lord Julian Delbraith.

Y si bien la sociedad se escandalizaría y deploraría el cambio, viéndolo, conociéndolo, en ese momento, ella se preguntó si, independientemente de la causa, la transformación no habría sido obra de él. Si no habría sido el fuego que lo había forjado hasta convertirlo en ese personaje complejo, fascinante y cautivador.

Un carácter fuerte aunque, viendo a Lucasta, quizás esa fuerza interior siempre había estado allí, latente, oculta bajo la capa de sofisticación, esperando ser moldeada en la forja de la experiencia.

En cualquier caso, el hombre en el que se había convertido era, a sus ojos, infinitamente más atractivo que el que sin duda había sido. Comprensible por tanto que el deseo formulado la noche anterior hubiera tenido que ver con mantenerlo en su vida, con encontrar el modo de prolongar la aventura, de convertir lo ilícito en lícito. Un sueño.

Adoptando una postura más realista, se preguntó cuánto tiempo duraría su relación, su aventura, su unión. ¿Semanas o mucho más? ¿Años?

Sin duda le llevaría años y años aprenderlo todo sobre él, explorar y asimilar todas sus facetas. Desconocía cuánto tiempo disponía para estar con él, pero estaba decidida a aprovechar al máximo cada minuto.

Millicent miró a su alrededor, la vio y se acercó apresuradamente.

—Miranda —le tomó las manos y, sonriendo con calidez, le besó las mejillas—. Querida mía, si alguna vez vas a Northamptonshire tienes que hacernos una visita.

—Y —Cassie apartó a su hermana de un empujón para ocupar su lugar y tomar las manos de Miranda y besarle las mejillas—, lo mismo si vas a Hampshire. Pase lo que pase en el futuro, no queremos perder el contacto contigo.

—Siempre tendremos algo de lo que hablar —le aseguró Millicent—. Nos encantará poder mostrarte nuestros proyectos benéficos locales. Ya sea con Roderick, o solo tú, si quieres pasar algunas semanas lejos de Londres, no tienes más que escribir.

—Y nosotras también te escribiremos —Cassie sonrió—. Puedes estar segura, tenemos tu dirección.

—¡Chicas! —llamó Lucasta—. Vuestros carruajes aguardan y los caballos están muy impacientes, y ya sabéis que a los cocheros eso no les gusta nada.

—¡Sí, mamá! —contestaron ambas a coro.

Con más risas y sonrisas, transportadas por otra ola de emociones, las dos salieron por la enorme puerta de doble hoja.

Miranda permaneció con los demás en lo alto de las escaleras y agitó la mano en el aire mientras los dos coches se alejaban.

Lucasta y Caroline suspiraron al unísono y ambas se volvieron con parecidas sonrisas dibujadas en sus rostros. Cuando se volvieron para regresar al interior de la casa, Miranda se hizo a un lado para dejarlas pasar, pero Caroline le rodeó la cintura con un brazo y, sin dejar de sonreír, la arrastró con ellas.

Y ella se dejó arrastrar por la duquesa y la duquesa viuda, seguidas de cerca por Edwina y Sarah. Roscoe y Henry se habían quedado rezagados y ella los oyó hablar sobre si acercarse a los establos o echar un vistazo a los perros.

—Esto va a estar mucho más silencioso sin esas dos aquí —reflexionó Caroline en voz alta.

—Es verdad —Lucasta sonrió con ternura y contempló a Edwina—. Pero quizás ahora los novios puedan meter baza y opinar sobre la boda.

—Sabes que al final voy a hacer lo que me apetezca —Edwina rio.

—Sí, querida —Lucasta las condujo a todas hasta el salón matinal—, lo sé, pero en algún momento vas a tener que hacer partícipes de tus secretos a tus hermanas mayores.

Dos horas después, Miranda seguía a Caroline al interior de la escuela situada en un extremo de la diminuta aldea de Mill Green.

Deteniéndose en la pequeña entrada al otro lado de las puertas, Caroline miró a través del cristal de la puerta doble interior.

—En su origen esto fue una vieja sala de reuniones —susurró la duquesa antes de mirar a Miranda—. Nosotros, es decir la junta, nos la quedamos y la reacondicionamos. También encontramos al señor McAllister y a la señorita Trimble para que enseñaran aquí. Ambos viven cerca. La señorita Trimble enseñaba en una escuela femenina en Bath, mientras que el señor McAllister fue el tutor de los hijos de lord Tewkesbury hasta que se hicieron demasiado mayores.

Irguiéndose y cuadrándose de hombros, Caroline empujó la puerta y entró. Miranda la siguió, con Roscoe y Henry pegados a sus talones.

El señor McAllister y la señorita Trimble se mostraron encantados de recibirlos. Las clases estaban organizadas por edades, y separadas físicamente por una partición móvil erigida en el pasillo. Los alumnos se portaban lo suficientemente bien como para que los maestros pudieran dedicar su atención al principal benefactor, contestando diligentemente a las preguntas de Caroline acerca de los progresos con el programa de estudios acordado, y facilitando información sobre las instalaciones y servicios del edificio, hablando sobre lo que estaba funcionando ya y lo que debería ser presupuestado para el curso siguiente.

Miranda escuchaba atentamente, pero también miraba. Le impresionó la cantidad de niños que acudían a esa escuela, quince en el grupo de los más mayores, todos ocupados con la aritmética, y doce en el grupo de los más pequeños, las narices enterradas en unos desgastados libros. La señorita Trimble había estado leyendo a ese grupo, pero les había dejado instrucciones para que siguieran leyendo por su cuenta mientras hablaba con los visitantes.

Un muchacho rubio de unos siete años se sentaba en el extremo de uno de los bancos. Miranda se fijó en que el niño miraba fijamente la página y tenía su dedo apoyado en ella, pero no lo movía. Su expresión era taciturna.

Abandonando al grupo, se acercó al muchacho y se agachó para que su cara estuviera al mismo nivel que la suya.

El niño la miró y parpadeó, receloso.

—¿Es demasiado difícil? —preguntó ella mientras sonreía y señalaba con la cabeza el libro de lectura.

—No tanto —el niño la miró con gesto serio—, es solo esta palabra de aquí, señorita —susurró mientras señalaba con el dedo.

—Fácil —anunció Miranda—. La palabra es «fácil».

—Yo creía que «fácil», se escribía con «z» —el crío frunció el ceño distraídamente.

—Pues no, se escribe con «c» —Miranda se levantó y vio a una niña agitando la mano en su dirección.

—Señorita, ¿puede ayudarme con esta?

Lentamente recorrió toda la clase ayudando con una palabra y luego con otra. A veces los comentarios de los niños le arrancaban una sonrisa, pero casi todo el tiempo sonreía solo para sí misma.

Además de prestar atención a los informes de McAllister y Trimble, Roscoe dedicó una parte de su consciencia a seguir a

Miranda, fijándose en cómo interactuaba con los niños, cómo respondían los niños a ella, y ella a los niños.

Cuando se trataba de unir distintas clases sociales esa mujer parecía tener un don. Seguramente porque nunca había desarrollado la abrumadora arrogancia de la nobleza, de la aristocracia, de las diez mil familias de clase alta, la alta sociedad. A pesar de la dedicación de su familia, y de él mismo hacia las obras benéficas, tenían que esforzarse siempre para que la gente se sintiera cómoda en su presencia, pero Miranda lo lograba sin ningún esfuerzo.

Roscoe se preguntó si ella tendría alguna idea de lo útil que resultaba un talento así.

De haber necesitado alguna prueba de la sinceridad de su compromiso a aprender sobre proyectos benéficos, la paciencia que mostraba con los niños lo dejó todo claro. Miranda había decidido que ese camino le gustaba y estaba decidida a aprender todo lo que pudiera... ¿antes de ocuparse de su propio proyecto?

En eso sí podría ayudarla, y sería la excusa perfecta para seguir viéndola después de haber regresado a Londres.

Una conexión que perduraría fácilmente durante años.

Roscoe no recordaba en qué momento la filantropía se había convertido en una parte intrínseca de su vida, pero se conocía a sí mismo lo bastante bien como para admitir que satisfacía una necesidad que siempre había tenido, una faceta de la misma índole que lo había empujado a convertirse en Roscoe. En cuanto descubrió que para él ayudar a los demás era como una droga, se había convertido en un adicto, pero era una adicción contra la que ni él ni nadie iba a luchar.

Contempló a Miranda levantarse tras haber ayudado a otra niña y sospechó que ambos compartían esa misma necesidad. En realidad a Roscoe no le sorprendió lo rápidamente que se había sentido atraída hacia las obras benéficas. En su propio caso, su familia todavía lo necesitaba, pero, en el suyo, Roderick ya no la necesitaba y a Miranda le hacía falta algo para rellenar el vacío, el agujero en su vida. Esa necesidad la entendía él perfectamente, no solo con su mente sino con su corazón, con toda el alma.

Miranda se fue alejando de los bancos y él fue acercándose a ella.

La atención de los niños se desvió de los libros de lectura hasta fijarse en Roscoe que, hasta que no dio un paso al frente había permanecido oculto por la partición. Los niños y niñas por igual lo miraban fijamente. Embobados. Lo devoraban visualmente con una intensidad de la que solo se escapaban los más pequeños.

Divertida, ella lo miró, y en ese instante lo vio como seguramente lo debían estar viendo ellos. Como un dios, alto, físicamente potente, extraordinariamente proporcionado, cada movimiento investido de una elegancia depredadora, los rasgos portando la estampa del príncipe guerrero, la arrogante seguridad una capa que nunca perdería.

Roscoe era todo a lo que ellos quisieran aspirar. .

Y no era nada malo. Tener aspiraciones no hacía ningún mal.

—¿Has visto todo lo que querías? —preguntó él mientras se detenía a su lado.

—Sí —Miranda sonrió.

«Y algunas cosas más».

Le ofreció su brazo y ella lo aceptó, permitiéndole guiarla hasta donde Caroline aguardaba con el señor McAllister y la señorita Trimble.

Tras despedirse de los maestros, ambos encantados y animados con la visita, salieron al débil sol.

Miranda permitió a Roscoe ayudarla a subir a la calesa mientras Henry ayudaba a Caroline a sentarse al lado de ella.

—¿Qué te ha parecido? —preguntó la duquesa tras tomar las riendas.

Miranda esperó a que Caroline hubiera dado la vuelta a la calesa y el caballo iniciado el paso por el camino de entrada. Roscoe y Henry, montados en grandes caballos de caza, las seguían de cerca.

—Creo —comenzó—, que tienes muchos motivos para sentirte orgullosa de lo que has conseguido. Entiendo que Henry también está implicado en el proyecto de la escuela, ¿verdad?

—He insistido en que aprenda lo suficiente para, en cuanto tenga la edad, entre a formar parte del consejo —Caroline volvió a girar la calesa antes de continuar—. Quiero que esta escuela crezca y siga adelante cuando yo ya sea demasiado vieja para supervisarla. Quiero que Henry esté aquí para hacerse cargo y, que Dios lo bendiga, parece bastante dispuesto a complacerme.

Los hombres, aunque las seguían de cerca, no podían oír la conversación por culpa del traqueteo de las ruedas, lo que les confería cierta privacidad.

—Por lo que tengo entendido, Henry ha tenido un excelente mentor en ese aspecto.

—En efecto —Caroline inclinó la cabeza en un gesto de reconocimiento y su rostro se suavizó con una sonrisa que Miranda no consiguió catalogar del todo—. Hace doce años, cuando mi marido murió, jamás me habría podido imaginar que diría algo así, pero Julian ha sido una roca. Literalmente, una roca. Es tan inamovible y tan imperturbable como el granito y, si bien ha habido momentos en que nadie se dio cuenta, él ha sido el que nos ha mantenido unidos y nos saca adelante… ante cualquier dificultad.

Miranda se contuvo de pedir más detalles sobre las dificultades que habían sufrido, sobre lo que Julian, Roscoe, había hecho para mantenerlos unidos en, según le había parecido entender, tiempos turbulentos.

Caroline la miró y sus labios se curvaron con cierta ironía antes de devolver la mirada al frente.

—Hubo un tiempo en el que yo despreciaba a Julian. Reconozco que me equivoqué por completo, pero hizo falta un desastre para que lo viera claro. Para que él se me mostrara claramente.

Las ruedas seguían traqueteando con su sonido repetitivo y calmante.

Caroline no añadió nada más, pero tampoco hizo falta. Miranda percibía claramente los paralelismos. A través del desastre, Julian se le había revelado a Caroline como el caballero andante que era. Y tras el secuestro y rescate de Roderick, ella también había tenido la oportunidad de ver más allá del escudo que portaba Roscoe, como el Julian que había sido anteriormente, que escondía su brillante luz.

Era un caballero andante hasta la médula, y no veía motivo alguno para hacer alarde de lo que muchos considerarían su mejor rasgo. No se había convertido en un filántropo a gran escala para cosechar elogios públicamente o reconocimiento social. Era como era porque esa era la clase de hombre que era, oculto tras el brillo del ocioso lord Julian Delbraith, y desde hacía doce años tras la personalidad más peligrosa de Neville Roscoe, el rey del juego en Londres.

Mientras Caroline hacía girar la calesa para enfilar entre las enormes columnas que flanqueaban la entrada a Ridgware, Miranda sintió ganas de dar gracias a la deidad, al destino, a quienquiera que hubiera permitido que se encontrara con un hombre tan profundamente fascinante.

CAPÍTULO 12

Después de comer, Roscoe y Henry abandonaron el comedor para continuar con el trabajo de la hacienda. Tras visitar a Roderick, y después de que este y la enfermera le aseguraran que todo estaba bajo control y que su presencia no era necesaria, Miranda dejó a Sarah leyendo el periódico en voz alta para su hermano y se reunió con Lucasta y con Caroline en la sala de estar. Edwina se había retirado a escribir algunas cartas.

El salón, una agradable estancia en la planta baja, tenía vistas sobre las praderas y los bosquecillos que se extendían hasta el inicio de las colinas. Las otras dos damas se habían acomodado con sus bastidores sobre el regazo. Sentándose al otro extremo del sofá ocupado por Lucasta, Miranda se ofreció a desenredar los hilos de seda que la mujer intentaba separar.

—Gracias, querida —Lucasta le entregó el lío de hilos sin pensárselo dos veces—. Por desgracia, mis ojos ya no son lo que eran.

Miranda sonrió y se puso a la tarea.

Con las cabezas inclinadas sobre sus tareas, las tres mujeres permanecieron en silenciosa compañía. Miranda era muy consciente de la atmósfera inclusiva y acogedora, algo que no había experimentado anteriormente. Sus tías siempre se habían mostrado excesivamente tensas, reservadas, en guardia, atentas como halcones a cualquier metedura de pata social, por insignificante que pareciera.

Pero allí todo era calma, serenidad, y ninguna se mostraba en exceso crítica. Allí, sospechaba, la diferencia residía en que se trataba de un verdadero hogar, habitado por una verdadera familia, no como el suyo y de Roderick, un falso hogar construido a la fuerza por las circunstancias, con menos afecto del que debería haber existido.

Esa sensación prevaleciente de aceptación fue lo que le dio el valor para expresar en voz alta una preocupación que había crecido poco a poco en ella. Devolviéndole a Lucasta los hilos desenredados, se reclinó en el asiento y contempló a las otras dos mujeres, que seguían centradas en sus respectivas labores.

—Nosotros, Roderick y yo, llevamos aquí ya cinco días —cuando las dos damas levantaron la cabeza, Miranda sostuvo la mirada de Caroline—. Y todavía tendremos que permanecer aquí otros cinco días más. Todos habéis sido muy amables, me habéis incluido en vuestras reuniones como si yo fuera de la familia, y Sarah está ayudando mucho con mi hermano. No soy capaz de expresar hasta qué punto me siento agradecida, pero temo que nos estamos convirtiendo en una verdadera imposición, abusando de vosotros y vuestro tiempo, y me gustaría que, si fuera ese el caso, me lo dijerais. No me gustaría devolver vuestra amabilidad con mi torpeza ante vuestras verdaderas necesidades.

Caroline la contempló durante largo rato antes de sonreír con delicadeza.

—Yo podría adoptar la actitud de duquesa altiva y recordarte que esta es una casa ducal y, como tal, con otras cosas que hacer más importantes que ocuparnos de dos invitados inesperados, lo cual es totalmente cierto. Sin embargo, te voy a ser sincera. En cuanto a Sarah, estoy más que feliz de verla tan implicada en ser de utilidad, más aún verla tan dispuesta a entretener a otra persona en lugar de, como solía hacer hasta ahora, esperar que el mundo entero gire a su alrededor. No puedo expresarte cuánto bien le está haciendo la presencia de tu hermano, herido y necesitado de ayuda. De modo que por esa parte queda todo dicho.

La duquesa hizo una breve pausa antes de continuar.

—En cuanto a nuestras molestias por ocuparnos de ti, querida Miranda, aparte de que eres la invitada que más fácil nos ha puesto ocuparnos de alguien, debes aceptar que nosotras —agitó una mano para indicar que se refería a Lucasta y a ella misma— haremos todo lo que esté en nuestra mano para que Ridgware resulte agradable para la invitada que asegura la presencia de Julian aquí también.

—Apenas tenemos oportunidad de verlo —Lucasta asintió—, de modo que estamos más que agradecidas a alguien, o algo, que nos permita disfrutar de su compañía. Su llegada junto a Roderick y a ti fue un regalo para todos nosotros. Pero tú no solo lo trajiste aquí sin que algún desastre acaecido en la propiedad reclamara su atención, tú, querida, lo has mantenido aquí. Y lo has hecho porque él quiere permanecer aquí, lo cual, para nosotros, para Henry y Edwina sobre todo, es algo muy especial —Lucasta la miró a los ojos—. Y por eso, mi querida Miranda, te podemos asegurar que, para nosotras, teneros aquí a ti y a tu hermano, durante diez días o más, no es ninguna imposición.

Miranda sostuvo la mirada de Lucasta, de un azul tan oscuro, como el de su hijo, que no resultaba fácil de descifrar.

—Sé que él, Julian, tiene asuntos que lo reclaman en Londres, y pensaba que seguía aquí por asuntos de la propiedad, por Henry.

—Se aprovecha de la circunstancia de estar aquí para pasar tiempo en la propiedad y compartirlo con Henry —Caroline sacudió la cabeza—, pero lo hace, sobre todo, porque es demasiado caballeroso como para monopolizar tu tiempo todo el día.

—No tanto caballero como agudo estratega —Lucasta bufó—. Si pasara contigo cada minuto del día, acabaría por resultarte demasiado irritante. Y es muy listo para hacer eso.

Para sus adentros, Miranda parpadeó perpleja. Lucasta y Caroline devolvieron su atención a la labor de bordado y un agradable silencio se instaló en la estancia. No pudo evitar preguntarse si las dos mujeres sabían que Roscoe y ella eran amantes, quizás ya lo supieran. Relajándose en el sofá, reflexionó sobre el punto de vista de sus anfitrionas, de su visión de por qué Julian, Roscoe, permanecía en Ridgware. Y reflexionó sobre la afirmación de Lucasta en el sentido de que Roscoe pasaría cada minuto del día a su lado si se tratara de un comportamiento aceptable. Aceptable para ella.

Le resultaba difícil creer que bastaba con el deseo que sentía por ella y por su compañía, para mantenerlo a él, de todos los hombres, allí, lejos de sus negocios en Londres. Pero, por otra parte, su aventura y la fascinación que sentía Miranda por esa relación y por él, era más que suficiente para mantener su atención.

Había supuesto que esa fascinación se debía al hecho de que

era una novata en esos aspectos y que él, con muchísima más experiencia, no sentiría nada parecido, no sería objeto de la misma fascinación, del mismo embelesamiento.

Si Lucasta y Caroline estaban en lo cierto, entonces ella se equivocaba.

Pero ¿qué significaba eso? ¿Qué podría significar?

¿Qué podría decidir Roscoe que significaba?

Ojalá supiera más acerca de los hombres, sobre todo acerca de sus puntos de vista sobre las aventuras. Porque ella no tenía la menor idea de lo que Roscoe podría pensar o hacer. Ninguna idea.

Y eso solo le dejaba un camino a seguir.

A última hora de la tarde, Roscoe llamó a la puerta de Roderick y oyó la voz de Miranda, algo tensa, invitándole a pasar. Abrió la puerta y recorrió la habitación con la mirada. Tras reprimir un juramento, dejó la puerta abierta de par en par y, liberando a Sarah, rodeó la cintura de Roderick con un brazo antes de liberar el peso sobre Miranda, que se trastabillaba mientras intentaba sujetar a su tambaleante hermano por el otro lado.

—Gracias —exclamó Roderick casi sin aliento—. Entwhistle sugirió que intentara dar algunos paseos cortos, pero no mencionó que mi equilibrio podría desaparecer.

—Pronto lo recuperarás, pero al principio te tambalearás durante un rato cada vez que lo intentes.

Roscoe contempló a Miranda, que intentaba recuperar el aliento con el brazo bueno de Roderick apoyado sobre su hombro.

—Gracias —ella asintió.

—Si quieres agradecérmelo, déjame que lo sujete por ese lado —él le dedicó una mirada cargada de severidad.

Ella abrió los ojos desmesuradamente antes de deslizarse de debajo del brazo de su hermano. Sujetando a Roderick, Roscoe ocupó el lugar de Miranda. Roderick se había roto el pie derecho, pero era la clavícula izquierda la que estaba fracturada, su brazo izquierdo inmovilizado por un cabestrillo que le cruzaba el pecho. Llevaba una gruesa bata, y una rudimentaria zapatilla, fabricada a partir de tiras de cuero y vendajes, cubría su pie herido.

Roscoe era varios centímetros más alto que Roderick y, en cuanto hubo apoyado su brazo sobre él, y Roderick recuperado el equilibrio, asintió hacia la puerta.

—El pasillo es un buen lugar para practicar. Y la galería, con su barandilla, aún mejor.

Roderick asintió y, lentamente, echaron a andar.

Por el rabillo del ojo, Roscoe vio a Sarah revolotear en torno a ellos.

—Busca a la señora Viner y pídele las muletas que utilizó George cuando se rompió la pierna. Las tendrá guardadas en alguna parte.

—Iré a por ellas —Sarah asintió y salió corriendo.

Habiendo conocido por Caroline la historia del motivo por el que Sarah vivía en Ridgware en esos momentos, y no con sus padres en Londres, a Roscoe le impresionó favorablemente la constante disposición de la joven para ayudar.

Guiando los inciertos pasos de Roderick, lo condujo fuera de la habitación. En cuanto salieron al largo pasillo, y tras hacer algunos progresos sobre la alfombra, Roderick se sintió progresivamente más seguro.

—Una cosa que siempre debes tener en mente es que tienes que volver. En cuanto sientas que empiezan a disminuir las fuerzas, date la vuelta.

—Puedo llegar hasta la galería —Roderick asintió—. Después, ya veremos.

Con Miranda revoloteando a su alrededor, Roscoe sujetó a Roderick hasta llegar a la galería donde se sujetó a la balaustrada de madera que rodeaba la escalera. Cojeando, siguió avanzando lentamente paso a paso.

Roscoe aprovechó para tomar a Miranda de la mano y atraerla hacia sí para conducirla hasta la ventana más cercana.

Deteniéndose a su lado, la mirada puesta en su hermano, ella soltó un ruidoso suspiro y se dejó caer sobre el asiento de la ventana. Aunque su mirada estaba posada sobre Roderick, sentía perfectamente la de Roscoe sobre ella.

—No tenía ni idea de que pesara tanto.

Hasta entonces no se había planteado el esfuerzo que había realizado Roscoe para llevar el peso muerto de su hermano desde la cabaña hasta sentarlo en el carruaje. Pero en esos momentos se hacía una idea bastante precisa.

—Ya no es tu hermanito pequeño —él soltó un bufido.

—Cierto —y en muchos aspectos.

Tras observar a Roderick durante unos instantes, Roscoe se dio la vuelta y se sentó junto a ella.

—Observa sus labios. Cuando formen una línea demasiado fina, será el momento de regresar.

—Gracias. Últimamente repito mucho esa palabra.

—Una situación sobre la que yo no tengo ninguna queja —él volvió a tomar su mano, entrelazando los dedos con los de ella.

Había acudido a su cama cada noche, y cada noche ella lo había recibido con los brazos abiertos y una descarga de excitación recorriéndole la columna. Y cada noche él había estado a la altura de sus expectativas, y más. Se había mostrado constante en sus atenciones, le había enseñado infinidad de cosas durante las horas oscuras, revelándole muchas cosas sobre ella misma, y permitiéndole explorar tanto sus propias respuestas y reacciones como las de él.

Era un amante generoso, atento, a menudo espeluznantemente intuitivo y había momentos en que resultaba casi reverente, si bien bajo su delicada sofisticación latía una demanda fuerte, salvaje, cada vez que salía a la superficie, como siempre acababa por hacer inevitablemente. Cada caricia hacía que Miranda se estremeciera de puro placer, temblara con la necesidad que la consumía y se deleitara descaradamente en su pasión.

De modo que permaneció sentada vigilando los primeros y complicados pasos de su hermano hacia una salud renovada. Mientras agarraba con fuerza la mano de Roscoe, sentía el pulgar acariciándole el dorso de la mano, notaba el calor extenderse a partir de ese sencillo contacto... Sentía despertar su piel ante la cercanía de ese hombre, ante la expectativa de placer que evocaba tenerlo cerca.

Miranda observó detenerse a Roderick, darse media vuelta y dirigirse lentamente a lo largo de la galería de regreso a su habitación. De las escaleras llegó un ruido y, al volverse, vio a Sarah subir con gesto triunfante y un par de muletas de madera.

Roderick se detuvo y sonrió.

Resplandeciente, la joven le entregó las muletas.

Tras emitir un pequeño suspiro, Roscoe soltó la mano de Miranda y se levantó para mostrarle a Roderick el correcto manejo de los apoyos.

Bastaron unas breves indicaciones para que Roderick consiguiera dominar los largos bastones y lograra regresar a su habitación sin ningún incidente.

Miranda se detuvo junto a la puerta y observó cómo Roscoe se había colocado estratégicamente, preparado para agarrar a Roderick en caso de que se cayera. Pero con Sarah eficientemente retirando las muletas en cuanto las soltó, consiguió alcanzar el sillón sin que sucediera ningún percance. Acomodándose, sonrió a su hermana, un gesto mucho más tranquilizador que cualquier palabra que pudiera haber pronunciado.

Ella le devolvió la sonrisa y se apartó de la puerta mientras, tras una última palabra y una inclinación de cabeza, Roscoe se acercaba, la cerraba y fijaba su mirada en la de Miranda.

—No hace falta que digas nada —él sonrió levemente mientras interpretaba la expresión de Miranda.

Ella se acercó un poco más, se estiró y rozó los labios de Roscoe con los suyos.

—Entonces te lo diré sin palabras —le explicó antes de continuar con el beso.

Su intención había sido que el beso fuera delicado, pero Roscoe la sujetó por la cintura y la atrajo hacia sí, inclinó la cabeza y se bebió la gratitud de los labios, de la boca, de Miranda, considerándolo su recompensa y haciendo que los sentidos de ella comenzaran a girar en redondo.

Ronroneando.

Deseando.

Al final, él alzó la cabeza e interrumpió el beso. El cálculo que ella estaba haciendo mentalmente se reflejó también en los ojos azul zafiro.

—El gong de la cena está a punto de sonar —anunció él tras soltar una pequeña, aunque amarga, carcajada.

Miranda suspiró y se apartó un paso mientras, reticentemente, él apartaba las manos de su cintura.

—En ese caso, tendrás que esperar para disfrutar de tu recompensa —a Miranda le sorprendió su propia voz, cargada de sensualidad, y la facilidad con la que era capaz de expresarse con las palabras que acababa de emplear. Volviéndose, le sostuvo la mirada hasta el último segundo—. Hasta más tarde.

Roscoe la vio alejarse contoneando seductoramente las caderas. Con una sonrisa apreciativa, de anticipación, se volvió y se obligó a sí mismo a caminar en la dirección opuesta.

A la mañana siguiente, Miranda aprovechó la oportunidad que le proporcionó Caroline, inmersa en una conversación con la señora Viner, Lucasta y Edwina sobre los miembros de la familia que serían invitados a la boda, para pasear por los jardines y centrarse en algo en lo que rara vez se centraba: en sí misma, en su vida. En lo importante, en lo que seguiría siéndolo en el futuro, en cómo debería ser ese futuro.

Su vida estaba cambiando en múltiples aspectos, y en muchos de ellos se encontraba en una encrucijada con más de una posibilidad, con más de un camino a seguir. Y se acercaba el momento de tomar una decisión, pero ¿cómo tomar la decisión correcta sin conocer todos los hechos pertinentes?

Paseando por el camino que rodeaba la pradera sur, entre las hojas secas que los jardineros habían rastrillado y amontonado a ambos lados de la grava, Miranda intentó ordenar sus pensamientos. Tenía muchas preguntas sin respuestas, y cada día, cada noche, la lista aumentaba.

La noche anterior, por ejemplo, cuando Roscoe había acudido a su dormitorio, ella había insistido en que el propósito de su compromiso, el tono del mismo, debería ser su deseo de agradecerle todo lo que hacía por ella. Había insistido en ello y él, mostrándose indulgente, había accedido y le había permitido explorar y buscar, y averiguar qué le proporcionaba más placer, para luego dárselo sin más, satisfacer todos sus deseos y presionarle en sus deseos carnales, proporcionándole placer, pero al mismo tiempo, mientras llegaban al estallido final, mucho después de que él ya hubiera tomado el mando, tomado las riendas, ella tuvo la sensación absoluta y certera de que el mayor placer de Roscoe derivaba no de lo que ella pudiera hacerle, sino de su rendición, del hecho de que le permitiera darle placer a ella.

Pues Roscoe se deleitaba en la pasión de Miranda, disfrutaba teniéndola debajo. Al tenerla con él mientras, juntos, atravesaban el fuego y escalaban la cima. Mientras agotados, exhaustos, se derrumbaban en pleno éxtasis, el uno en brazos del otro.

La felicidad, el placer, el deleite... y el mayor regalo que, al parecer, podía ofrecerle, era mostrarle lo mucho que compartían.

Y así había sido. La intimidad, la cercanía del momento cuando él la había acomodado entre sus brazos, la cabeza apoyada sobre su torso, y le había tomado una mano para besarle la palma antes de posarla, con la palma hacia abajo, sobre su propio corazón, había sido devastador.

Agudo, intenso, profundamente conmovedor.

Lo que compartían, pensó ella, sintió ella, era algo especial. Miranda no había tenido ningún otro amante, ninguna aventura con la que compararla, de modo que el hecho de que para ella fuera tan especial no significaba que para él también lo fuera. Sin embargo, quizás Lucasta y Caroline tuvieran razón en algo. Quizás estar con ella era, al menos, una parte de lo que le retenía en Ridgware.

Pero ¿qué significaba eso cara al futuro? ¿Qué pasaría después?

Al principio lo había tomado como amante simplemente para alcanzar un fin, como un medio para aprender algo, de experimentar algo que necesitaba experimentar al menos una vez en su vida.

Pero aquella única vez se había convertido sin ningún esfuerzo en muchas ocasiones más. Su relación, su aventura se había hecho realidad sin que se hubieran esforzado en lograrlo, más bien como una extrapolación natural de una conexión que les convenía a ambos.

Pero ¿durante cuánto tiempo iba a convenirles? ¿Hasta dónde iban a poder llegar?

Miranda se detuvo, inquieta, irritada por la fuerza de su reacción ante la perspectiva que evocaban esas preguntas, una visión de un tiempo en el que su relación habría dejado de existir y él ya no formaría parte de su vida.

Mirando hacia su interior, ella reconoció y admitió que no quería que esa relación terminara. Era consciente de que prefería seguir adelante y comprobar qué podría resultar. Sabía que ya habían llegado demasiado lejos, que estaba demasiado cautivada por él, por su relación, como para no sentirse afectada por el final de la relación. Por su ruptura.

Y aun así, en cuanto regresaran a Londres, a sus vidas allí, ¿cómo iba a poder perdurar esa relación? Si como lord Julian Delbraith estaba, si no claramente fuera, al menos sí en el límite mismo del alcance de Miranda Clifford, como Neville Roscoe ella estaba totalmente fuera del suyo.

La única manera de que su relación pudiera continuar sería de una manera ilícita, como un secreto bien guardado.

Y sin embargo con eso bastaría. Les convendría a ambos.

Les permitiría continuar…

—¡Miranda!

Ella parpadeó y miró a su alrededor hasta que vio a Henry acercarse cruzando el césped.

—¿Estás paseando sola? —él se detuvo al alcanzarla, contemplándola con una amplia sonrisa—. Estoy seguro de que por algún lado hay una norma escrita que lo prohíbe.

—Tu madre, tu abuela y tu tía estaban ocupadas —Miranda le devolvió la sonrisa—, de modo que me llevé a mí misma de paseo —echó a andar de nuevo—. ¿Dónde está tu tío?

—Acabamos de regresar de montar a caballo —Henry se situó a su altura—, pero los abogados de la familia estaban esperando, de modo que ha ido a tratar con ellos. Todos estamos de acuerdo en que yo todavía no estoy preparado para hacerme cargo de los asuntos legales, de modo que se me exime de ello —miró hacia delante y luego a ella—. ¿Tenías idea de explorar alguna zona en particular? Parecías estar perdida, o quizás sin saber hacia dónde dirigirte.

Una aguda observación, aunque ella sacudió la cabeza a modo de respuesta.

—Solo estaba paseando distraída.

—¡Oh! —Henry hizo una pausa antes de cambiar el tono—. ¿Preferirías continuar sola?

—No —no tenía ningún sentido considerar preguntas que no tenían respuesta. Miranda sonrió alentadoramente—. Lo cierto es que tu compañía será bienvenida.

—Bueno, entonces... —él se relajó visiblemente y miró a su alrededor—. La rosaleda está por ahí, ¿la conoces ya?

Había ido varias veces, sobre todo cuando estaba iluminada por la luz de la luna.

—Sí, pero... —la rosaleda constituiría una presencia persistente que solo conseguiría distraerla— había pensado acercarme al bosquecillo, aún no he estado allí.

—Muy bien —con una elegancia que solo podría haber copiado a su tío, Henry señaló al frente—. Podemos ir por aquí.

Miranda continuó caminando con el joven a su lado.

—¿Qué tal se maneja tu tío contigo? Sé que es tu tutor. ¿Os reunís a menudo?

—Sí y no —Henry sacudió la cabeza—. Si todo va bien, solo lo veo en verano y en Navidad, cuando visita Ridgware. Hasta hace poco yo estaba en el colegio, por supuesto, y no estaba aquí durante sus otras visitas ocasionales.

—Si todo va bien... pero ¿y si surge un problema? ¿Le mandas un aviso y él acude a ti o haces algo para acudir hasta él? —conocía a Roscoe lo bastante bien como para saber que sería lo uno o lo otro.

—Ambos. A veces venía él y se alojaba cerca del colegio y me hacía llamar. El director del colegio lo odiaba, pero, dada quién es la familia, no podían discutir. Y en otras ocasiones, cuando él no podía abandonar Londres, me mandaba llamar y yo iba a su casa.

—¿En la calle Chichester?

—Sí —Henry la miró—. ¿La conoces?

—Vivimos muy cerca.

—Ya. Entonces estás al corriente...

—Roderick y yo conocemos a tu tío como Roscoe.

—Yo me confundo todo el rato con su nombre cuando voy allí —Henry asintió—, pero, ¡oh!, por favor no menciones nunca delante de mamá o la abuela que voy allí de vez en cuando ni, que el cielo nos asista, a las tías.

Cuando ella se volvió con una expresión inquisitiva dibujada en el rostro, el joven hizo una mueca.

—Ellas no me dejan que vaya allí a verlo, y no creo, en realidad estoy seguro, que él haya comentado alguna vez que permite que yo lo visite allí.

—Mis labios están sellados —Miranda entendía muy bien el motivo.

—Bien. No me gustaría que tuviera que enfrentarse a todas ellas, empeñadas en ir de visita también —Henry se encogió de hombros—. Se pondrían histéricas y se enfadarían si él se negara a permitírselo.

—¿Estás seguro de que no cedería? —ella lo miró.

—Jamás —la convicción en el tono de voz del joven era absoluta—. Si decide que algo es necesario por tu propio bien, nada salvo el fin del mundo le haría cambiar.

Los niños siempre decían la verdad, en ese caso un niño con experiencia. A Miranda no le cabía duda de que Henry tenía razón, al menos en general, aun así ella había conseguido que Roscoe cediera en varias ocasiones y se sentía bastante satisfecha al respecto.

—¿Y ahora qué vas a hacer? Si no me equivoco ya has terminado el colegio.

—Sí. El curso que viene iré a Oxford, todos los varones de la familia estudian allí.

Miranda lo escuchaba a medias, formulando una nueva pregunta cada vez que él respondía a la anterior. Henry le recordaba a Roderick a su edad. A pesar de las diferentes clases sociales, las similitudes eran evidentes. Pero para cuando ya hubieron terminado de recorrer el bosquecillo y se dirigían de nuevo hacia la casa, las palabras de Henry le recordaron una pregunta muy importante que había quedado sepultada bajo la avalancha de las más recientes revelaciones.

¿Por qué se había convertido lord Julian Delbraith en Neville Roscoe? ¿Por qué había abandonado una identidad para adoptar otra? Otra muy poderosa…

Entró en la casa con Henry sintiéndose cada vez más segura de que la principal motivación tras la transformación de Julian en Roscoe tenía que ser algo relacionado con proteger a su familia. Cómo, no tenía ni idea, pero, si su relación tenía alguna posibilidad de continuar, ese era uno de los secretos que necesitaba conocer.

★★★

—Julian, querido —Lucasta lo miró a los ojos mientras se levantaban de la mesa después de haber comido—. Si no te importa, me gustaría hablar contigo.

—Sí, por supuesto —echando la silla de Miranda hacia atrás, la observó levantarse, sonreírle y unirse a Edwina y a Caroline, que se dirigían hacia la puerta, ya inmersas en una discusión sobre ramos de novia—. ¿Dónde? —preguntó a su madre.

—En los jardines, creo —ella lo tomó del brazo y le dio una palmada en la mano—. Aún se está muy bien allí y pronto va a cambiar el tiempo. Deberíamos aprovechar los cielos despejados mientras podamos.

Él no contestó, limitándose a conducir a Lucasta por los pasillos hasta salir a la terraza. Mientras bajaban los escalones hasta el camino que rodeaba el césped, a sus oídos llegaron las voces de las tres damas en plena discusión en el salón matinal. Esperó a que su madre abordara el tema que deseaba tratar. Sabía que no lo haría hasta estar segura de que estuvieran fuera del alcance de algún oído, o de ser vistos. Buscaba privacidad, de manera que el tema sin duda debía ser delicado, aunque él no tenía ni idea de qué podría ser. Entre madre e hijo no había muchos temas que pudieran ser calificados como delicados.

Lucasta esperó hasta llegar al extremo más alejado del césped para empezar a hablar.

—Nadie mejor que yo sabe por qué te convertiste en Roscoe. Por qué permitiste que Julian desapareciera en una especie de limbo.

Roscoe consiguió no ponerse tenso. No se había imaginado que la conversación fuera por esos derroteros.

—En efecto —él asintió.

Lucasta escrutó el rostro de su hijo en un intento de leerlo, pero ni siquiera a ella se le daba bien.

—Dicho lo cual, me preguntaba si, dado el estado actual del ducado, dada nuestra salud financiera, no podrías considerar la perspectiva de dar un paso atrás, por así decirlo, y volver a convertirte en Julian.

—Si te soy sincero, nunca me lo había planteado.

—Sí, bueno, me preguntaba si te habías dado cuenta de que esa perspectiva ya es una posibilidad, o al menos así me lo parece. Tú, por supuesto, debes saberlo mejor que yo, pero, si no me equivoco, gracias a tu generosidad al vivir como Roscoe durante los últimos doce años, nuestra economía es excelente y nuestro bienestar financiero futuro ya no depende de las actividades de tu alter ego —ella lo miró fijamente—. ¿Estoy en lo cierto o me equivoco?

—No. Estás en lo cierto —admitió Roscoe tras una pausa—. Si mañana mismo Roscoe cesara en sus actividades, ninguno de vosotros se vería afectado.

Él, sin embargo, sí, aunque no económicamente. Desde hacía unos años ya, todos los beneficios de sus empresas de juego habían sido reinvertidas en el negocio, o repartidas entre las personas que los dirigían, o entregadas a la beneficencia.

Continuaron caminando lentamente. De nuevo sintió la mirada de su madre sobre él.

—El motivo por el que te he preguntado si habías considerado la posibilidad de volver atrás es… bueno, no pudiste entregar a Millicent, ni a Cassie, y Edwina es la última. Sé que significaría mucho para ti, y para ella desde luego. Para todos nosotros significaría mucho que tú, siendo tú mismo, la acompañaras hasta el altar.

La oleada emocional que la posibilidad suscitó casi ahogó su corazón, pero conocía demasiado bien las artimañas de su madre como para permitir que su reacción lo cegara. Y miró más allá, debajo, buscando el verdadero motivo por el que Lucasta había elegido apuñalarlo con una navaja tan poderosa.

Pues solo podría ser porque estuviera considerando un motivo aún más poderoso.

Al no responder de inmediato, ella miró a su alrededor y mientras seguían paseando, continuó.

—Si Roscoe desapareciera algún día, si vendiera sus negocios y se marchara sin más, rumbo a América quizás, y unas semanas después lord Julian Delbraith regresara del lugar en donde hubiera permanecido los últimos doce años, por supuesto arrepentido, pero tan encantador como siempre, ¿entiendes cómo podría continuar? —ella le dio una palmadita en el brazo—. Y, por supuesto, dondequiera que hubieras estado, fuera lo que fuera que hubieras hecho, habrías amasado una fortuna espectacular, de modo que, querido, serías un partido más que bueno.

Ahí estaba.

¿Lo sabía? Por perspicaz que siempre hubiera sido sobre todo el mundo, salvo sobre George, Roscoe se preguntó si sabría cuál era su deseo más querido, más profundo, más íntimo, el que había apartado a un lado, el que había sacrificado por el bien de su familia. El deseo que había saltado a su mente frente al estanque de los deseos, imperturbable al paso del tiempo.

—No se me había ocurrido revertir la situación —Roscoe fue muy consciente del tono seco de su respuesta, pero no intentó suavizarlo—, de manera que si me estás preguntando si lo haré, o si podría hacerlo, no puedo contestarte —la miró a los ojos, tan parecidos a los suyos propios—. No es un asunto sencillo, hay muchas cosas a tener en cuenta, muchos aspectos que sopesar a cada lado de la balanza.

—Sí, lo entiendo —Lucasta buscó su mirada antes de asentir y mirar al frente—. Y sospecho que nadie podría siquiera adivinar cuál sería la mayoría de esos aspectos. Sin embargo, aunque sea solo por complacerme, te ruego que consideres la posibilidad.

—Lo haré —tras unos segundos, Roscoe inclinó la cabeza.

Y dado que ella ya le había metido la idea en la cabeza, por supuesto que lo haría.

Dado que ella había señalado la posibilidad de una vía por la cual podría, solo podría, ser capaz de perseguir el sueño que se había negado a sí mismo siquiera soñar.

Lucasta le volvió a dar una palmadita en el brazo, pero ya no dijo nada más.

Dejándolo solo para luchar contra un montón de preguntas que, hasta entonces, ni siquiera pensó que tendría que llegar a contestar.

Miranda no iba a obsesionarse con lo que depararía el futuro. Cuando oyó a Roscoe abrir la puerta aquella noche, esperando junto a la ventana sin cortinas, se recordó a sí misma su decisión de aprovechar al máximo cada minuto.

Cuando regresaran a Londres, pasaría lo que tuviera que pasar, pero en ese momento… la puerta se cerró y, volviéndose, lo vio acercarse a ella bañado por la luz de la luna y las sombras.

A ella.

Deteniéndose, la tomó en sus brazos y ella acudió, alzando los suyos para rodearle los hombros, cerrando las manos sobre la nuca mientras él se agachaba y la besaba. Dulcemente.

Roscoe alzó la cabeza y contempló a Miranda. Ella no conseguía descifrar su expresión, no veía sus ojos lo bastante bien como para calibrar su estado de ánimo, pero le pareció que estaba muy serio.

—¿Has sabido algo de Kirkwell?

La pregunta pareció sorprenderle.

Apartando su mente del camino por el que iba, gracias a la sugerencia de su madre, él se tomó unos segundos para centrarse de nuevo.

—No —tras una pausa continuó—. Sobre Kirkwell no —desde luego el secuestro de Roderick era un tema de conversación menos peligroso.

—¿Y sobre Kempsey y Dole? —ella abrió los ojos desmesuradamente.

En esa ocasión, Roscoe asintió.

—Te dije que tenía a mis hombres peinando Birmingham. Dado el estado de alerta en el que se encuentran las familias de Kempsey y de Dole, mis hombres han tenido que ser extremadamente cuidadosos, pero de momento nadie ha visto a ninguno de los dos en la ciudad. Y tampoco se encuentran ya en la cabaña. Está desierta.

—Supongo que no habrán vuelto a Londres, ¿no? —preguntó ella tras escrutarle el rostro.

—Se les ha visto cerca de varias posadas a lo largo de algunas carreteras, la clase de lugar en el que esperarías encontrarlos si estuvieran buscando a Roderick —y también a ellos dos—. Pero no hay motivo para que te preocupes —dando un paso atrás se quitó el abrigo y lo arrojó sobre una silla—. Aquí estamos seguros. Hay ojos y oídos por toda la propiedad. Si, o quizás cuando Kempsey y Dole empiecen a husmear por esta zona, lo sabré, y estaremos preparados. Y no, no me preguntes en qué sentido preparados. Aún no lo he decidido.

—En cuanto a Kirkwell —Miranda lo siguió por la habitación—, ¿cuándo esperas tener noticias de Londres?

—En un día o dos. Mudd y Rawlins están coordinando los

esfuerzos y vendrán a entregarme un informe en cuanto averigüen algo concreto.

Roscoe se desabrochó los puños de la camisa y el chaleco, y arrojó la prenda sobre el abrigo.

De nuevo alargó los brazos hacia Miranda, que acudió de inmediato, apoyando las manos sobre el fuerte torso y deslizándolas hacia arriba hasta la curva de sus hombros. Él agachó la cabeza y ella se estiró, sujetándole la nuca en una caricia que él siempre asociaría con esa mujer, ella le ofreció su boca y él la aceptó. Los labios se fundieron y las lenguas acariciaron antes de enroscarse en una instintiva armonía que les llevaría por el ya conocido camino de la pasión.

Las manos de Roscoe dibujaron el cuerpo de Miranda, las exuberantes curvas de sus pechos, la cintura, las caderas, imprimiéndola sobre él y él sobre ella, azuzando el fuego. Sus dedos encontraron los lazos del camisón mientras los de ella soltaron el alfiler del pañuelo hábilmente fijando el diamante en los pliegues antes de desatarlo.

Sus labios no se separaron en ningún momento y siguieron saboreándose antes de que él, hambriento, aumentara la presión y comenzara a devorarla, disfrutando de la creciente urgencia de Miranda, de su floreciente deseo, del ritmo de su excitación en aumento, y que ella se lo permitiera abierta e inocentemente.

Y como siempre, Roscoe se sintió cautivado por ella, por su sincero y franco ardor, por su entusiasta aceptación de aquello, de él, de ellos. Miranda lo atrapaba y lo mantenía cautivo, su mente y sentidos totalmente centrados en el sencillo acto de poseerla. De amarla.

Pero en esa ocasión, él luchó contra su influjo, contra los cantos de sirena. En su mente una pregunta gritaba insistentemente desde el momento en que la había tocado: «¿qué es esto?». ¿Era lo que creía que era? ¿Podría convertirse en lo que esperaba que se convirtiera?

Y sobre todo, ¿era Miranda y todo aquello el camino hacia su sueño?

Ese sueño.

¿O no era más que una aventura más, aunque intensa, una relación entre dos personas que de algún modo habían conectado de manera íntima en un plano diferente al normal? Diferente, pero no especial.

La besó mientras se lo seguía preguntando antes de respirar

hondo y hundirse en su boca, reclamar y buscar. Y ella le correspondió con el beso haciendo crecer la urgencia hasta que entre ellos prendió y se avivó el fuego.

Permanecieron abrazados, cada vez más pegados, las bocas comunicándose hambrientas en la oscuridad, las manos buscando los lugares más sensibles para acariciar, para presionar. Para evocar el placer.

Excitante, desde luego, pero también posesivo, y no eran solo las caricias de Roscoe las que imprimían ese sello.

Sin embargo, en esa ocasión él necesitaba más, más que una mera rendición, más que la posesión. Necesitaba una revelación.

Cómo conseguirla lo desconocía. Permaneció inmóvil en el torbellino de sus deseos, sintiendo la vorágine tirar de él, y luchó por encontrar el camino hacia la luz a través de los remolinos de atracción que lo llamaban.

La primera vez que se habían unido, en la habitación de aquel hotel después del peligro vivido, el deseo de Miranda de probar la pasión, un deseo que ella ya tenía, pero que se había visto agudizado por la amenaza que habían sufrido y su huida de ella, se había mezclado con la respuesta de él a ese mismo peligro y los había lanzado a ambos al fuego.

La segunda vez, allí en su cama, ella lo había buscado, deseado, y él había cedido simplemente por estar con ella, por calmar y consolar y compartir el triunfo de haber rescatado con éxito a Roderick y llevarlo a un lugar seguro.

La tercera vez... había sido él quien necesitaba que Miranda declarara que lo deseaba, y así lo había hecho. Desde entonces habían dado rienda suelta a su mutua pasión, poniendo en práctica sus deseos complementarios, alimentando el hambre del otro, y se había convertido en una sencilla progresión.

Pero esa noche, esa noche Roscoe no se dejó llevar por sus sentidos, se aferró a su agudeza y se hundió en el compromiso con el deseo de ver, de descubrir, de aprender más. De ver qué había debajo de la pasión de Miranda. De aprender qué le otorgaba una fuerza sin precedentes, qué confería a su mutuo deseo un poder tan irresistible.

Desatadas las cintas, Roscoe deslizó el camisón de Miranda por los hombros, dejando al descubierto las delicadas curvas que, agachando la cabeza, tuvo que saborear. Ella se estremeció y abrió la camisa de Roscoe para posar sus manos sobre el torso y devorarlo con sus caricias, explorando ansiosamente.

Él dejó caer el camisón y, teniendo las manos ocupadas, agarró las cintas de la camisa con los dientes para soltarlas y siguió el rastro de la seda con sus labios.

El grito ahogado que salió de labios de Miranda fue un sonido evocador de pura urgencia y placer. Los dedos de ella se enredaron en los cabellos de Roscoe y lo sujetaron mientras él seguía deslizando los labios por las firmes curvas de sus pechos y rodeaba un pezón antes de tomarlo, lamerlo, chuparlo y por fin introducirlo en su boca.

Ella echó la cabeza hacia atrás, y sin dejar de aferrarse a él, volvió a soltar otro grito ahogado.

Roscoe se perdió en el momento, concentrado en arrancar un gemido de rendición, dulce y bajo, de su garganta. Esa mujer estaba vibrantemente viva, dócil y entregada bajo sus manos, animándolo descaradamente a continuar, su compañera hasta el final.

Él sintió ganas de desnudarla entera, no solo su cuerpo sino también su corazón y, si pudiera, su alma. Quería ver qué la había llevado de una manera tan apasionada a sus brazos. Quería alcanzar las profundidades de sí mismo y contestar la pregunta complementaria.

Pero, bajo sus manos, el camisón y la camisola cayeron al suelo mientras ella deslizaba la camisa de Roscoe por los hombros. Al fin él se rindió a los insistentes tirones y la ayudó a sacar los brazos de las mangas.

Y mientras lo hacía, ella alargaba una mano hacia el pantalón, desabrochaba la cinturilla, deslizaba la mano en el interior y encontraba lo que buscaba. La esencia de Roscoe.

Acarició y adoró esa dolorosamente rígida parte de su cuerpo.

Él apretó los dientes y siseó, pero ya era demasiado tarde.

A pesar de sus intenciones, a pesar de su determinación, los sentidos de Roscoe saltaron y con ellos su agudeza se hundió, sumergida bajo una ola de sensación explícita y sin adulterar, mientras los fuegos de la pasión rugían y reducían cada pensamiento a cenizas.

Miranda sacó los pies del camisón arrugado, dejándose las zapatillas atrás, y sin pensárselo dos veces, sin decidir conscientemente la dirección, él se quitó los zapatos, sacó los pies de los pantalones, y sus cuerpos se encontraron.

Ambos sintieron la descarga, el centelleante y paralizante momento del contacto, de la piel desnuda encontrándose con la piel desnuda, los nervios tan tensos y tan superficiales que chisporroteaban.

Miranda respiró entrecortadamente, el cerebro volando por los aires, los sentidos tambaleándose. Y aun así se maravilló, pues no podía hacer otra cosa. Aquello era nuevo, totalmente irresistible, ese momento en el que él y eso se convirtieron en todo para ella.

Rodeándole con sus brazos, rindió su boca a él, se apretó desnuda contra él, y permitió que las llamas los consumieran.

Nunca había tenido una idea clara de cómo sería el hombre de sus sueños, pero en esos momentos lo tenía ante ella, invocado en su cuerpo, en los fuertes músculos del torso y el áspero y oscuro vello que le arañaba los pechos, raspando los sensibles pezones, inundándola de calor y todo tipo de sensaciones. Los fuertes músculos de los muslos, las estrechas caderas y cintura, las ondulaciones del abdomen, la rodearon y la aprisionaron, hombre contra mujer, dureza contra suavidad, ángulos contra curvas. Y por encima estaba el poder y la fuerza, la oscura belleza y la viril masculinidad.

Él era todo lo que ella ni siquiera se había atrevido a soñar.

Y esa noche era suyo. Suyo para saludar a la luz de la luna. Suyo para atraerlo hacia su cama, rodearle con sus brazos y acogerlo dentro de su cuerpo.

Y de repente, de repente, ya no había tiempo.

Roscoe la levantó en vilo, apoyándola contra su cuerpo mientras ella, instintivamente, le rodeaba la cintura con las piernas.

Sintió su erección presionando a la entrada de su húmeda cavidad. Respirando hondo, Miranda se dejó caer ligeramente y él empujó hacia arriba.

Y lentamente se deslizó en su interior, lentamente ella lo engulló en su calor.

Lo tomó.

Cuando Roscoe estuvo completamente asentado dentro de ella, a Miranda solo le quedó la opción de agarrarse con fuerza y temblar, abrumada por la sensación de tenerlo dentro, en cierto modo de una manera mucho más evidente para sus sentidos.

Roscoe la agarró por las caderas y la levantó hasta que casi perdió el contacto con él, pero entonces él la empujó hacia abajo y se empujó a sí mismo más profundamente en su interior. Ella sintió una gloriosa sensación recorrer todo su cuerpo.

Echó la cabeza hacia atrás y medio jadeando, medio sollozando, lo miró a los ojos color zafiro, ardientes y firmes tras la cortina de sus pestañas. Miranda solo lo miró un segundo, no necesitó más para ver, para sentir, que la furia del fuego en esos ojos era idéntica a la que ella sentía en su interior. Y entonces le ofreció sus labios y él ladeó la cabeza y los tomó.

Y volvió a elevarla.

Y otra vez, llenándola con un ritmo lento que poco a poco fue aumentando. Llenando su boca al ritmo del latido la condujo hasta el glorioso fuego y la mantuvo allí, girando cada vez más deprisa, ardiendo con creciente desesperación en las llamas hasta que el éxtasis fracturó la tensión y la realidad estalló y ella se rompió en mil pedazos.

La sensación la inundó, inundó cada nervio, deslizándose por su cuerpo. Apenas consciente, lo sintió todavía duro, rígido y pesado dentro de ella.

Lo sintió llevarla hasta la cama y, sujetándola con un brazo, retirar las mantas, arrodillarse sobre la cama y tumbarla.

Y la siguió, en ningún momento interrumpiendo la conexión entre ambos. Acomodó sus caderas entre los muslos de Miranda y mientras mantenía sus piernas alrededor de la cintura, se hundió con fuerza, profundamente, completamente, dentro de ella.

Y cabalgó con ella hasta la gloria.

Al corazón mismo del fuego de la pasión.

En cuestión de segundos ella volvió a subir, volvió a cabalgar con él. El paisaje del deseo, de la pasión y la necesidad pasó como un destello ante ella a la vez que respiraba entrecortadamente y lo agarraba con ansia.

Con los corazones desbocados se lanzaron al olvido para, segundos después, volver a alzarse, los cuerpos pegados, los corazones entrelazados, a un universo de centelleante éxtasis.

Al alucinante placer de la culminación.

Y entonces cayeron.

Atrapados, impulsados por la saciedad, que los transportó sobre su dorada marea.

Al final todo cesó y ellos permanecieron con el corazón y el pulso acelerado, abrazados el uno al otro, en esa pacífica y maravillosa orilla.

Roscoe no supo decir cuándo recuperó de nuevo el sentido, cuándo pudo de nuevo pensar, encaminar los impulsos de sus sentidos de nuevo a su forma coherente. Solo quería seguir abrazado a ella, aferrado al momento tan solo un instante más...

Lo cual, supuso, contestaba a su pregunta.

¿Era eso lo que deseaba? ¿Deseaba más? Sí.

¿Lo conservaría si pudiera?

Sí.

¿Durante cuánto tiempo, en caso de que tuviera elección?

Eternamente.

La palabra resonó en su cerebro, poderosa y segura. Cierta.

Apartando su cuerpo húmedo del suyo, retirándose, Roscoe alargó una mano para atrapar las mantas y taparse ambos con ellas, antes de acomodarse a su lado y tomarla de nuevo en sus brazos.

Miranda emitió un sonido suave que reflejaba una profunda saciedad, un sonido que le llegó hasta la médula, y lo consoló. Mientras sus brazos se cerraban en torno a ella y se permitía hundirse en el profundo mar, Roscoe reconoció la revelación que acababa de tener.

Era lo que había averiguado. Era lo que sabía.

Lo que pudiera hacer con esa información ya era otra cuestión.

CAPÍTULO 13

A la mañana siguiente Miranda salió de la habitación de Roderick y encontró a Roscoe holgazaneando en el pasillo.

Al verla cerrar la puerta se apartó de la pared.

—Me estaba preguntando si... ¿montas a caballo? Edwina, Henry y yo vamos a salir una o dos horas —sin apartar la mirada de su rostro, Roscoe ladeó la cabeza—. ¿Te apetece venir con nosotros?

—Me encantaría —Miranda sonrió resplandeciente—, y mi doncella se acordó de incluir entre mis cosas el traje de montar.

El día anterior había llegado un baúl con sus ropas y otro con las de Roderick.

Roscoe se hizo a un lado antes de seguirla a su dormitorio.

—Te ayudaré.

Tras desatarle las cintas, la observó mientras se ponía la blusa de encaje que iba debajo de la chaqueta de terciopelo marrón. La falda estaba hecha de un tejido más resistente, pero el color le iba muy bien.

Después de pasar un rato agachada ante el baúl buscando los guantes de montar, ella se levantó y se volvió para reunirse con él junto a la puerta. La mirada de Roscoe estaba fija en sus caderas y Miranda aguardó hasta que, lentamente, levantó la mirada a su rostro y enarcó una ceja.

Tras sostenerle la mirada unos instantes, él dio un paso atrás y sujetó la puerta para que ella pasara.

—Después —murmuró él.

Ella sonrió y encabezó la marcha por el pasillo.

Edwina y Henry los esperaban, subidos a sus caballos, en el patio del establo. Un caballo negro al que ya había visto montar a Roscoe golpeó el suelo con los cascos y relinchó mientras una bonita yegua color castaño se colocaba a su lado. Miranda se dirigió con confianza hacia la yegua, le acarició el morro y sonrió al mozo que sujetaba las riendas.

—¿Cómo se llama?

—Pippin, señora, como las manzanas. Le encantan.

—Gracias —ella miró al caballo a los ojos y volvió a acariciarle el morro—. Bueno, Pippin, será mejor que nos pongamos en marcha o ese brutote de ahí se pondrá de peor humor.

Al volverse encontró a Roscoe esperando para ayudarla a montar. Ella siempre había utilizado un escalón para montar, nunca la había levantado un hombre. Otra nueva experiencia cortesía de su amante. Acercándose, sintió las fuertes manos agarrarla de la cintura y levantarla para sentarla sobre la silla.

Miranda tuvo que contener un ridículo impulso de soltar un gritito ahogado, pero consiguió darle las gracias con naturalidad antes de afanarse en meter las botas en los estribos, recolocarse la falda y, ya más calmada, tomar las riendas.

Para entonces, Roscoe ya había saltado a lomos del inquieto caballo negro. Tras recorrer el cuerpo de Miranda con la mirada, asegurándose de que la postura, la silla, las manos sobre las riendas, todo estuviera como debía estar, satisfecho señaló con la cabeza hacia el arco del establo y encabezó la comitiva.

El paseo consistió en una hora de sencillos placeres, de libertad sin trabas cabalgando sobre los campos, galopando por caminos y senderos, sobre colinas y valles, sin ninguna agenda, únicamente para disfrutar. Pararon unas cuantas veces para echar un vistazo a su alrededor, admirar el paisaje e intercambiar sonrisas y comentarios.

En una de esas pausas, sobre una pequeña colina, Henry, que cabalgaba junto a Roscoe, señaló hacia una granja metida en un valle.

—Croft ha pedido permiso para extender sus cultivos hasta ese prado silvestre.

—Dado que no hay ninguna otra granja en el valle... —contestó Roscoe tras echar un vistazo—. ¿Por qué no?

—Eso pensé —Henry asintió—. Croft es joven y él y su mujer acaban de tener su primer hijo. Y de momento ha sido un arrendatario estupendo. Se hizo cargo del terreno de su tío justo antes de que el hombre muriera.

—Siempre es bueno animar a los buenos arrendatarios —Roscoe reunió las riendas—. ¿Por qué no te ocupas tú del proceso, tomas la decisión, supervisas el proceso, modificas el contrato de arrendamiento, y todo eso?

—¿Puedo?

—Si tú dices que puedes, puedes. Hablaré con el viejo Draper. Ahora que has terminado con la escuela, deberías empezar a hacerte cargo de las riendas de la propiedad. Legalmente aún estás bajo mi tutela, pero eso no significa que no puedas empezar a ir haciéndote cargo de algunas cosas.

Henry estaba absolutamente entusiasmado.

Mientras seguían a medio galope, Miranda, que montaba junto a Edwina, un poco alejadas de los dos hombres, tuvo tiempo para reflexionar sobre la responsabilidad que asumía Roscoe sobre las propiedades de su sobrino. Todos los que vivían allí, que dependían de esas tierras, dependían de Roscoe. Dependían de que él tomara las decisiones correctas, adecuadas y justas.

Aunque se había establecido como el rey del juego de Londres, no había dejado de lado esa carga y, por lo que ella había podido ver, todo lo que había podido deducir, era eficaz y tenía éxito. Tranquilamente, sin armar alboroto.

Del mismo modo en que ejercía como Roscoe, del mismo modo en que trabajaba en la Hermandad de la Filantropía. Ese era, al parecer, su sello: dar silenciosamente, anónimamente.

Animado por la sugerencia de Roscoe, Henry mantuvo su caballo al lado del de su tío durante el resto del paseo y consultó con él varios asuntos más sobre los que, claramente, había estado reflexionando. A Roscoe solo le sorprendió no haberse dado cuenta antes de lo implicado que ya estaba su sobrino en los asuntos de sus tierras. Y eso supuso ciertamente un alivio. Por sus preguntas, era evidente que Henry estaba ansioso por empezar a hacerse cargo, aunque fuera a un nivel muy básico, de su herencia.

George, reflexionó, nunca había dado muestras de tanto arraigo.

Si bien una parte de él se inflamaba de satisfacción ante la disposición de Henry, otra parte era consciente de que, con respecto a Ridgware, aquello suponía el comienzo del fin para él. Durante los siguientes diez años iría cediendo gradualmente las riendas a Henry, hasta que al cumplir veinticinco su sobrino se hiciera cargo de todo. Seguramente él permanecería en la sombra, pero ya no tomaría las decisiones, la responsabilidad ya no descansaría sobre sus hombros.

Sin embargo, ya no era el hedonista lord Julian Delbraith. El hombre en el que se había convertido iba a necesitar algo que ocupara el lugar de Ridgware.

Alguna otra responsabilidad para llenar su vida privada.

Entraron en el patio del establo a medio galope y Roscoe contempló a Miranda, la luz en su mirada, el color en sus mejillas, los mechones que se habían soltado con el viento. Y de nuevo sintió que su vida estaba cambiando, dando un vuelco.

Los mozos de cuadra se apresuraron a ocuparse de los caballos. Cribbs, el más mayor, agarró las riendas del caballo negro.

—Han llegado sus hombres de Londres, milord. Nos pidieron que se lo dijéramos.

—Gracias.

Roscoe bajó del caballo de un salto y se dirigió hacia la yegua castaña. Alzó los brazos y bajó a Miranda. Sin soltarle la cintura, la miró a los ojos.

—Con suerte traerán noticias de Kirkwell.

—Necesito cambiarme —Miranda se detuvo en el vestíbulo principal y contempló sus faldas.

—Estaremos en el estudio —Roscoe asintió—, reúnete con nosotros cuando te hayas cambiado.

Miranda corrió escaleras arriba mientras se debatía entre informar a Roderick o no. Pero su hermano aún no había intentado bajar las escaleras, y Entwhistle lo había desaconsejado al menos durante un día más.

—Ya se lo contaremos después —decidió.

Entró corriendo en su dormitorio y cerró la puerta mientras se quitaba la ropa.

Cinco minutos después, llevando puesto un vestido de lana color ámbar con una cinta bordada en el escote y el dobladillo, los cabellos de nuevo peinados, entró en el estudio.

Los cuatro hombres allí presentes, repartidos entre los dos sofás ante la chimenea, se levantaron de inmediato. Ella reconoció a Jordan Draper, Mudd y Rawlins. Saludó con la cabeza y los hombres se inclinaron ante ella.

—Hemos estado discutiendo otros asuntos —Roscoe señaló hacia el hueco libre en el sofá que él ocupaba—, pero ahora que estás aquí…

Cuando Miranda se acomodó, los hombres regresaron a sus asientos y Roscoe fijó la mirada en Mudd y en Rawlins.

—¿Qué hemos averiguado sobre Kempsey, Dole y Kirkwell?

Rawlins parecía francamente enojado.

—Kirkwell está resultando ser un enigma. Hemos vuelto a preguntar en el Hood and Gable, la taberna en la que contrató a Kempsey y a Dole. Pensamos que quizás podríamos sorprenderlo allí, esperando noticias de sus hombres, pero no. Y nadie allí, ni en ninguna otra parte, ha podido decirnos nada más de él.

—El hecho —intervino Mudd— es que, aparte de cuando contrató a Kempsey y a Dole, nadie en la vecindad lo ha visto ni oído hablar de él, ni siquiera su nombre les resulta familiar. No es un habitual de la zona.

—Cada vez sospecho más que Kirkwell no es su verdadero apellido —Roscoe apretó los labios.

Los otros dos hombres asintieron.

—En cuanto a Kempsey y a Dole —continuó Mudd tras removerse en el asiento—, no han vuelto a aparecer por Londres, de modo que consultamos en Birmingham al venir hacia aquí para obtener la información más reciente. Sin embargo no han sido vistos allí, no después de haberse marchado con el señor Clifford. Algunos de sus parientes masculinos regresaron resoplando, más o menos después de que rescataran al señor Clifford. Hay muchos murmullos y quejas, pero parece ser que han dejado a Kempsey y a Dole para que se las apañen solos.

—De manera que a no ser que Kempsey y Dole les pidan ayuda, suponemos que están solos —observó Roscoe.

—Parece que suelen trabajar por su cuenta —apuntó Rawlins—. El resto de la familia los oculta o les advierte de algún peligro, pero de lo contrario no intervienen en sus actividades, al menos no en las de esta clase.

—Bien —tras un momento de reflexión, Roscoe se volvió a centrar en Mudd y en Rawlins—. ¿Algo más que deba saber?

—La señora Selwidge —contestó Rawlins— le comunica que no han vuelto a ver a lord Treloar, de modo que todos están contentos. Aparte de eso no ha sucedido nada reseñable desde que se marchó de Londres.

—Con respecto a lord Treloar —explicó Jordan—, he comprobado en los otros clubes. Intentó entrar, colándose entre un grupo de amigos, en otros dos clubes de Mayfair, pero tras ser expulsado, solo él, no sus amigos, no ha vuelto a llamar a ninguna de tus puertas.

—Esperemos que haya aprendido la lección —Roscoe miró a Mudd y a Rawlins—. Mientras estemos aquí, podéis atender al señor Clifford en caso que necesite ayuda para moverse, pero por lo demás os quiero en guardia, vigilando. Conocéis a la gente de aquí, conocéis el lugar. Conocéis sus puntos débiles.

Mudd y Rawlins se pusieron en pie.

Dado que Kempsey y Dole probablemente estaban recorriendo la campiña en busca de Roderick, Miranda se sintió aliviada al saber que Mudd y Rawlins, ambos corpulentos y muy capaces, estarían por ahí. Ella también se levantó.

—Les enseñaré la habitación de mi hermano —su mirada se encontró con la de Roscoe y tanto él como Jordan se pusieron en pie—. Le contaré a Roderick las últimas novedades, y le diré que puede pedir ayuda a Mudd y a Rawlins, sobre todo si quisiera bajar mañana.

—Hazlo —Roscoe asintió.

A Miranda no le pasó desapercibida la mirada que intercambiaron Roscoe, Mudd y Rawlins, pero los guardaespaldas la siguieron de cerca fuera de la habitación.

★★★

—¿De verdad crees que Kempsey y Dole seguirán la pista de Roderick, y la tuya y la mía, hasta aquí?

Roscoe se hizo a un lado tras terminar de desatar las cintas del traje de noche de Miranda.

—En realidad no tengo ni idea de lo que podrían hacer —se quitó el alfiler del pañuelo y lo dejó sobre el tocador—. Pero, dado que no han regresado a Londres, o bien están buscando a Roderick o se han escondido para evitar la ira de Kirkwell. La opción elegida dependerá de Kirkwell y el trato que hayan hecho con él.

Dada la reputación de Kempsey y Dole, él sabía cuál era la opción más probable, y por eso Mudd y Rawlins se dedicaban en esos momentos a patrullar por los bosques que rodeaban la casa.

—Ya —Miranda se quitó el vestido y lo colgó de una percha—. Después de una semana de calma, el secuestro empieza a parecer un sueño lejano que se evapora como una pesadilla.

Roscoe ya se había quitado la chaqueta y el chaleco y procedió a desabrochar los puños. Hacía mucho que habían cenado y la casa se había sumido en la agradable quietud de la noche. Pero era una casa demasiado grande para estar en completo silencio, y los búhos y los zorros estaban cazando en el bosque y de vez en cuando ululaban o ladraban. Aunque últimamente no solía pasar más que unas cuantas noches allí al año, no había cambiado mucho de cuando era su hogar, y reconocía cada crujido, cada sonido.

Resultaba reconfortante estar allí y, curiosamente, en cierto modo que no lograba entender lo era aún más por estar con ella, desvistiéndose y preparándose para la cama.

Nunca había practicado esa clase de intimidad doméstica con ninguna de sus amantes anteriores. Y descubrió que esos momentos le proporcionaban un sutil placer. La pasión se mantenía en suspenso, una promesa inherente a la situación, aunque contenida, restringida, aunque solo temporalmente. Solo hasta que decidieran darle rienda suelta.

Los labios de Roscoe se curvaron de anticipación. Ese era uno de los aspectos que convertía el momento en tan extrañamente delicioso, la seguridad y la certeza de lo que iba a producirse.

—Edwina me dijo que normalmente solo vienes aquí unos pocos días al año. ¿No te resulta complicado dirigir estas tierras, con todas las decisiones que tienes que tomar en nombre de Henry, desde Londres?

Él la miró y al instante su boca se secó. Su mente quedó en blanco. La lengua paralizada mientras la veía quitarse la camisola y, dejarla delicadamente sobre el taburete del tocador, y acercarse elegantemente, y desnuda, iluminada por la luz de la luna, hasta la cama para deslizarse bajo las mantas.

Solo cuando lo miró y le lanzó una mirada inquisitiva fue Roscoe capaz de respirar y pensar de nuevo. ¿Qué le había preguntado?

—Crecí aquí —le explicó mientras se quitaba la camisa—, y de niño pasaba mucho tiempo recorriendo estas tierras —se deshizo de los zapatos y desabrochó el pantalón—. Yo no tenía que prepararme para ser duque como George, pero en ciertos aspectos mis conocimientos sobre las granjas eran más prácticos, más profundos, que los suyos —bajando la vista, se quitó los pantalones y los calcetines—. Y tras la muerte de George, tuve la suerte de recibir mucha ayuda. El padre de Jordan fue, y sigue siendo, el administrador de todo esto. Fue, y sigue siendo, un regalo divino.

Por fin desnudo, Roscoe se dirigió hasta la cama.

Ella lo vio acercarse y deslizó la mirada por su cuerpo.

—¿Por eso contrataste a Jordan? —preguntó, los labios curvándose en una sonrisa, el tono crecientemente distante—, ¿en agradecimiento por el excelente servicio de su padre?

—No, contraté a Jordan porque es aún mejor que su padre —Roscoe levantó las mantas, se detuvo para contemplarla, para escrutar su rostro, los delgados hombros y brazos y la cascada de cabellos.

Miranda alzó la mirada a ese cuerpo gloriosamente desnudo, y permitió que sus ojos lo devoraran brevemente antes de que su sonrisa hablara por ella. Alzó los brazos y encogió los dedos de las manos en un gesto destinado a animarlo a que se acercara.

Él se metió en la cama, se dejó envolver en el abrazo de Miranda y cubrió sus labios con los suyos.

Y en perfecta armonía desataron la pasión, la dejaron libre para que los devorara. Para que los atacara ferozmente. Y se glorificaron.

Se unieron sin máscaras ni pantallas, en esa comunicación

abierta que habían mantenido desde su primera noche, instintivamente buscada, compulsivamente, dando y tomando sin reservas.

El placer era evidente en los sofocados jadeos de Miranda cuando Roscoe cubrió sus pechos con las manos, los fuertes dedos masajeando mientras el pulgar jugaba con el pezón. Y también era evidente en las respiraciones cada vez más fuertes de Roscoe mientras ella deslizaba sus manos por el torso y continuaba acariciando más abajo.

El placer mutuo resonó en el tembloroso aliento de ella, cargado de anticipación y placer, mientras él se deslizaba en su interior y se convertían en uno.

Cabalgaron hasta la culminación, a través del fuego y la gloria hasta donde el éxtasis los despedazó, el placer los cegó y la sensación dominaba cuerpo y mente mientras era liberada para que sus almas pudieran ascender.

Más tarde, mucho más tarde, dejándose llevar por las postrimerías, ella reconoció y admitió lo feliz que se encontraba en esos momentos. Cómo la felicidad y la intimidad de estar en brazos de Roscoe, unida a él, saboreando la deslumbrante consecuencia, la había llenado hasta excluir todo lo demás.

Allí, en ese momento, nada más importaba. A través de los acalorados minutos, piel contra húmeda piel, a través de los jadeos, los gritos ahogados, los gemidos, y también a través de la desesperación, de la unión sin ataduras ni restricciones, ella lo conoció y él a ella de una manera mucho más profunda y amplia que en el sentido bíblico.

Quizás aún no supiera cómo había llegado él a convertirse en el hombre que era, cómo y por qué Julian se había transformado en Roscoe, pero eran los brazos de Roscoe los que la rodeaban, y suyo el corazón que latía con fuerza bajo su oreja, y Miranda confiaba incondicionalmente en él. Sabía que, si alguna vez necesitaba saberlo, él se lo diría.

Quizás todo aquello no fuera más que temporal, quizás solo duraría unas pocas semanas, quizás tan solo unos pocos días más, pero, durara lo que durara, ella lo iba a aceptar, iba a aceptar a Roscoe.

Y conservar esa realidad en su corazón.

CAPÍTULO 14

A la noche siguiente, Roderick al fin bajó a la planta inferior para cenar con los demás. Lucasta y Caroline le dieron mucha importancia y Edwina y Henry no ocultaron su curiosidad, dejando a Sarah, Roscoe y Miranda observando con indulgencia mientras el enfermo intentaba pulir sus modales y contestar adecuadamente a una duquesa viuda, una duquesa, un duque y a la hija de otro duque.

Y no fue hasta mediada la cena que Roderick por fin se convenció de que nadie esperaba grandes ceremoniales. A partir de ese momento se relajó y la conversación fluyó con mayor libertad.

Concluida la cena, Roscoe sugirió que, en lugar de reunirse con las damas en el cuarto de estar, los tres hombres podrían retirarse a la sala de billar. Si bien Henry secundó entusiasta la idea y el rostro de Roderick reflejó una inmensa gratitud, ni Sarah ni Miranda se mostraron muy conformes con perder de vista a Roderick durante tanto tiempo. Al final, las tres damas más jóvenes se unieron a los caballeros, siguiéndolos por el pasillo hasta la sala de billar, en el ala oeste.

Roscoe miró por las ventanas sin cortinas hacia la negra noche antes de volverse hacia Roderick. Todavía llevaba el brazo izquierdo en cabestrillo, pero era diestro. Aunque el descenso de las escaleras había sido lento y había requerido de la ayuda de Rawlins, Roderick no se había manejado mal del todo con la única muleta que conseguía utilizar.

—¿Te apetece jugar? —Roscoe enarcó las cejas.

—No estoy seguro —tras sopesarlo, él se encogió de hombros—. Probemos a ver qué tal.

Al principio Miranda se sentó sobre un banco, flanqueada por Sara y Edwina. Las tres permanecían atentas a la partida mientras hablaban de las distintas posibilidades para las invitaciones de boda. Pero, después de la primera partida, cuando ya estaba claro que, si se apoyaba contra la mesa, Roderick se las apañaba razonablemente bien, Henry sugirió que se unieran para jugar por parejas.

Las tres damas intercambiaron miradas antes de levantarse todas a la vez, aceptando el desafío.

Edwina formó pareja con Henry y Sarah con Roderick, dejando a Miranda para formar pareja con Roscoe.

La partida resultante tuvo más de risas, chistes y bromas que de intenciones de ganar. Tras una hora de diversión y, a menudo, hilaridad, cayeron en la cuenta de que nadie se había molestado en ir contando los puntos.

Y mientras todos reclamaban la victoria, los relojes de la casa empezaron a sonar.

—Las once de la noche —Miranda miró a Roderick, al igual que Sarah—. Estoy segura de que Entwhistle diría que ya tendrías que haberte retirado hace tiempo.

—Sin duda que sí —Roderick sonrió—, pero no te preocupes —tranquilizó a su hermana mientras pedía la muleta—. Mudd y Rawlins me ayudarán a subir. Creo que lo mejor sería que las damas subieran primero —añadió tras una pausa.

—Desde luego —Roscoe se acercó al llamador y tiró de la cuerda mientras su mirada se fundía con la de Miranda—. Vosotras tres subid. Henry y yo nos ocupamos de todo.

Miranda comprendió que la subida de Roderick por las escaleras iba a provocarle un dolor que no querría que viera Sarah. Y que, si ella no se marchaba, Sarah tampoco lo haría.

—De acuerdo —Miranda desvió la mirada hacia Sarah. Edwina ya se dirigía hacia la puerta—. Os lo dejaremos a vosotros —mirando a los hombres, alzó una mano en señal de bendición—. Buenas noches.

Todos desearon buenas noches a coro y las damas abandonaron la sala de billar. Subiendo las escaleras con Edwina y Sarah, Miranda se preguntó cuánto le llevaría a su hermano realizar el mismo trayecto, y cuánto tardaría Roscoe en reunirse con ella.

★★★

Mientras cargaba con destreza una pistola sobre la mesa de la sala de armas, Roscoe miró a Mudd y a Rawlins con expresión interrogativa.

—¿Estáis seguros de que no os vieron?

—No —Rawlins sacudió la cabeza—. Están en el agujero, bien apretados —señaló a Roderick con la cabeza—. Vieron a su objetivo, en carne y hueso, moviéndose en torno a esa mesa de billar. Parece que han mordido el anzuelo.

Mudd y Rawlins habían descubierto el rastro de Kempsey y Dole aquella mañana cuando la pareja se había colado en las tierras de Ridgware. A pesar de su envergadura, los dos guardaespaldas eran unos expertos rastreadores acostumbrados a colarse entre las sombras en callejones y callejas de la capital, pero igual de eficaces en los bosques y campos. Habían seguido a Kempsey y a Dole hasta el bosque que bordeaba los jardines en el ala oeste de la mansión, y habían informado a Roscoe, que había urdido su plan.

—De acuerdo entonces —satisfecho con la pistola que acababa de poner a punto, Roscoe se la entregó a Henry—. Tu único objetivo es mantener a Edwina, a tu madre y a tu abuela a salvo. Dudo mucho que necesites esto —miró la pistola que Henry comprobaba—, pero llévala por si acaso. Lo más importante es que tu tía, tu madre y tu abuela permanezcan confinadas en el ala familiar. Si por un casual Kempsey y Dole consiguieran entrar en la casa, no queremos que tropiecen con ninguna mujer que puedan utilizar como rehén.

—En cuanto estén en la cama —Henry asintió con firme decisión—, me quedaré sentado en el pasillo al otro lado de las habitaciones.

—Perfecto —Roscoe miró a Mudd y a Rawlins, concentrados en cargar las armas que él acababa de proporcionarles—. Ya sabéis cuáles son vuestras posiciones.

—Los dejaremos pasar —Mudd asintió—, y los cercaremos desde atrás. Cater ya ha puesto a los sirvientes en alerta para que acordonen los laterales de la casa en cuanto oigan que empieza el jaleo, y los mozos de cuadra harán lo mismo, cerrando el paso detrás de nosotros en cuanto nos pongamos en marcha.

—En cuanto Kempsey y Dole salgan del bosque, de un modo u otro los tendremos —Roscoe sonrió.

—Será mejor que suba y me deje ver junto a la ventana —Roderick guardó la pistola en el bolsillo y agarró la muleta.

—Quizás deberías salir al balcón —Roscoe se apartó de la mesa— solo para estar seguros —abrió la puerta y esperó a que todos salieran antes de hacer lo mismo.

—¿Tú no piensas llevar pistola? —Henry lo miró.

—Al igual que Kempsey y Dole, yo prefiero los cuchillos —los labios de Roscoe se curvaron de manera depredadora.

Mudd murmuró algo y Rawlins bufó.

Imperturbable, él hizo un gesto para que Henry continuara avanzando y lo siguió.

Miranda despertó de golpe ante el estruendo.

Ya había saltado de la cama antes de darse cuenta de que estaba sola. Roscoe no estaba allí.

Los sonidos de un altercado resonaban por toda la casa, partiendo del dormitorio de Roderick en la habitación de al lado.

Poniéndose a toda prisa el camisón, se echó la bata por encima y se ató el cinturón antes de agarrar el atizador de la chimenea y correr hacia la puerta. La abrió de golpe y salió corriendo al pasillo.

La puerta de la habitación de su hermano estaba abierta. Ella corrió al interior, atizador en mano, y tropezó con Sarah, tan pálida como ella.

—¡Oh! —Sarah tragó nerviosamente antes de señalar hacia la cama—. ¡No está!

Miranda bajó el atizador y se quedó mirando la cama, prístina, sin deshacer.

Un golpe sordo y un juramento llegaron hasta sus oídos. Sarah y ella se miraron.

—La siguiente habitación —ella se dio media vuelta, pero Sarah fue más rápida y salió la primera del dormitorio.

Murmurando un juramento, Miranda siguió a la mujer más

joven. Sarah se había echado un chal de lana sobre el camisón, que revoloteaba como la vela de un barco mientras corría por el pasillo en dirección al creciente ruido. Al llegar a la puerta, la abrió de golpe e irrumpió en la habitación.

—¡Aaah!

El grito hizo que Miranda se parara en seco al llegar a la puerta. De pie entre las sombras, contempló el interior de la habitación.

La escena era un puro caos. De un solo vistazo lo vio todo. A la izquierda, Roscoe se había estado peleando con Kempsey, ambos blandiendo unos tremendos cuchillos. Roderick no estaba en la cama sino sentado a la izquierda de la misma, apoyado en las mantas y manteniendo a raya con una pistola a un amenazador Dole, mientras apoyaba el otro brazo en la muleta en un extraño ángulo.

A la derecha la habitación se abría a un balcón, y la puerta acristalada estaba abierta. Así habían entrado Kempsey y Dole. Pero apenas había luz. La luz de la luna debería entrar por la ventana, pero la noche se había nublado. Todos los personajes de la pesadilla no eran más que densas sombras en la penumbra.

Y Sarah había irrumpido en medio de la refriega.

Kempsey había agarrado a Sarah y la utilizaba como escudo, poniéndole un cuchillo en la garganta.

—Baja el arma o le rebanaré el cuello —le gritó a Roscoe.

Roscoe soltó un juramento y retrocedió. Kempsey se giró, arrastrando con él sin ningún esfuerzo a Sarah mientras miraba hacia la cama.

—Baja el arma.

Kempsey estaba de espaldas a la puerta.

Y Miranda levantó el atizador y entró corriendo.

El hombre la presintió, se dio media vuelta y arrojó a Sarah contra ella.

Dando un respingo, Miranda levantó el atizador todo lo que pudo para apartarlo de Sarah. La joven chocó con ella y ambas cayeron al suelo en una maraña de camisones, bata, echarpe y extremidades agitándose.

A los oídos de Miranda llegaron juramentos, entrecortados y guturales, antes de que Kempsey se acercara a ella. Una mano enorme hizo amago de agarrarla por el brazo…

Pero Roscoe saltó sobre Kempsey apartándolo de Sarah y de Miranda. Tras recuperar el equilibrio, se colocó entre el intruso y las mujeres, y sonrió.

Kempsey rugió y se abalanzó sobre él.

Fue ligeramente consciente de que Miranda se movía, de que ella y Sarah gateaban hasta el rincón donde él se había estado ocultando. Eso era bueno. Así estaba libre para prestar toda su atención al asunto que tenía ante él. Y se dispuso a golpear al hombre, pero manteniéndolo vivo.

Kempsey, por el contrario, lo que quería era verlo a él muerto.

Amagaron golpes y chocaron, los cuchillos cortando el aire. A plena luz habría sido un juego mortal, pero en la inesperada oscuridad, incluso con la vista adaptada, aquello era una locura letal

Kempsey no era malo, aunque él era mejor, pero buscaba un final concreto y estaba preparado para esperar, aguantar, o atacar para conseguirlo.

Con el corazón en la garganta, Miranda los observaba pelear, pero entonces Dole se movió. Se echó hacia atrás y avanzó, no hacia Roderick, sino rodeando la cama hacia la pelea de cuchillos.

—Quédate donde estás —ordenó Roderick con voz ronca.

Dole, los ojos sobre Roderick, siguió deslizándose a lo largo de la cama.

La pistola de Roderick rugió.

Llevándose una mano al brazo, Dole soltó un juramento, centró toda su atención en Roderick, gruñó y se abalanzó sobre él.

—¡No! —Sarah se levantó de un salto y se colocó junto a Roderick.

Con expresión severa, Roderick se pasó la pistola a la mano izquierda, la menos útil, y con la derecha alzó la muleta, empujando a Dole con la punta y haciendo que se tambaleara.

Ayudándose de una mano apoyada en el suelo para levantarse, Miranda encontró la segunda muleta y la levantó en alto.

—¡Toma!

Sarah la agarró y sujetándola con firmeza con ambas manos saltó sobre la cama, junto a Roderick y empezó a golpear la cabeza de Dole.

Miranda la dejó con su tarea y agarró de nuevo el atizador para deslizarse pegada a las sombras de la pared. Sin perder de vista a Kempsey y a Roscoe, los rodeó esperando ver un hueco.

Roscoe parecía empeñado en atraer al otro hombre más hacia él, pero Kempsey se resistía, receloso del cuchillo que veía en su mano derecha. De repente se abalanzó en un intento de arrollar a Roscoe con su peso.

Miranda dio un paso al frente y balanceando el atizador en el aire, lanzó un golpe en el preciso instante en que Kempsey, rechazado por Roscoe, daba un salto hacia atrás. El atizador conectó con la cabeza de Kempsey, pero de refilón. El hombre se volvió hacia ella.

Acercándose, Roscoe dejó caer el cuchillo, agarró la mano de Kempsey que sujetaba el cuchillo y le propinó un puñetazo en la mandíbula.

Kempsey parpadeó y sacudió la cabeza, aturdido.

Pero Roscoe volvió a golpearlo y, por fin, Kempsey puso los ojos en blanco y cayó al suelo inconsciente.

Satisfecho, Roscoe miró a Miranda que, de pie, las manos todavía aferrando el atizador, miraba fijamente al hombre caído, como si lo estuviera retando a que se pusiera de nuevo en pie.

Dos voluminosas figuras irrumpieron por la puerta acristalada. Tras titubear un segundo, asimilaron lo sucedido y cayeron sobre Dole que seguía intentando abrirse paso entre muletas que se agitaban en el aire. En cuestión de segundos los guardaespaldas lo habían reducido.

Roscoe miró hacia la cama y vio a Sarah, todavía de pie, bajar el arma improvisada. Sacudiendo la cabeza para sus adentros, se agachó y soltó el cinturón de Kempsey antes de levantar al hombre y atarle las manos con el cinturón.

Volviéndose comprobó que Rawlins, bajo la atenta mirada de Mudd, estaba haciendo lo mismo con Dole.

—¿Por qué demonios habéis tardado tanto?

—¿Sabes el enrejado por el que se suponía debíamos trepar? —después de un momento de duda, fue Mudd quien contestó.

—¿Qué le pasa?

—Se rompió. Debió debilitarse por la escalada de estos dos. Se nos cayó encima en cuanto intentamos subir. Tuvimos que ir en busca de cuerdas.

—Eso pasa con los mejores planes —Roscoe se irguió—, pero al menos los hemos atrapado a los dos y, creo, nadie ha resultado herido.

Sarah se había derrumbado junto a Roderick, la cabeza apoyada en sus rodillas, los hombros rodeados por los brazos de Roderick, que le preguntó si estaba bien. Ella no contestó, pero asintió con la cabeza.

—Mi brazo está dolorido —Roderick miró a Roscoe—, pero no tengo ni un rasguño. ¿Y tú?

—Mi chaqueta se llevó la peor parte —contestó él tras evaluar los daños sobre la manga izquierda—. Puede que tenga un arañazo o dos, nada importante —se volvió hacia Miranda.

—Al igual que Sarah —ella lo miró a los ojos mientras contestaba—. Solo tengo un golpe de cuando caímos —incluso en la penumbra se veía que fruncía el ceño—. Deberíamos limpiar esos arañazos.

—Más tarde —Roscoe contempló el cuerpo tumbado en el suelo entre ambos y su expresión se endureció.

Más tarde, cuando hubiera conseguido controlar la agitación que le había provocado ver a Kempsey abalanzarse sobre ella.

—Llevemos a estos dos a un lugar más adecuado —dirigiéndose hacia la puerta la abrió y miró al pasillo—. ¿Cater?

—Aquí, milord —estando al corriente del plan, el mayordomo había permanecido en guardia todo el rato.

—¿Ha tenido Su Excelencia algún problema?

—En absoluto, milord. Los apartamentos de la duquesa viuda y de la duquesa están demasiado lejos del jaleo. No sufrieron la menor molestia. Lady Edwina sí salió de la habitación, pero Su Excelencia la convenció de que, si usted controlaba la situación, no le gustaría que ella interviniera. Y al final regresó a su habitación.

—Excelente. Por favor, comunica a Su Excelencia que todo ha terminado y que ya podemos retirarnos a descansar como es debido.

—Sí, milord. ¿Desea que los bellacos sean encerrados en el sótano?

—No —Roscoe contempló a Rawlins empujando a Dole hacia la puerta. Mudd se agachó y levantó a Kempsey, todavía inconsciente, echándoselo sobre un hombro—. El almacén junto a los establos ya está preparado para recibirlos. Allí podrán tranquilizarse.

—Muy bien, milord. Haré llegar su mensaje a Su Excelencia —Cater hizo una reverencia y se retiró.

Roscoe sujetó la puerta abierta para que Rawlins y Dole pudieran pasar, seguidos de Mudd cargando con Kempsey.

Después dirigió la mirada hacia Roderick y Sarah, de pie, aunque no quedaba claro quién sujetaba a quién. Miranda observaba a la pareja. Dudó un instante, pero no acudió en auxilio de su hermano.

Roscoe tomó la mano de Miranda y la atrajo hacia sí antes de conducirla fuera de la habitación.

Ella suspiró. Con el atizador colgando de una mano a un lado del cuerpo, y la otra agarrada a Roscoe, caminó detrás de él por el pasillo hasta llegar ante la puerta de su dormitorio.

A sus espaldas oyeron a Roderick y a Sarah dirigirse al dormitorio del primero. La puerta no se cerró, pero Roscoe tenía otras cosas en mente aparte de ayudar a su amigo a acostarse. Sarah se las apañaría sin él.

La tensión que sentía se había calmado un poco, pero seguía allí, burbujeando bajo la superficie. No iba a resultarle sencillo deshacerse de ella, ni iba a lograrlo en poco tiempo, no mientras tuviera grabada en su mente la imagen de ese atizador alzado y Miranda irrumpiendo en la habitación. Y la indeleble imagen iba acompañada de la punzada de terror que había generado.

Con los labios apretados, abrió la puerta y siguió a Miranda al interior de la habitación antes de cerrarla. A continuación tiró de ella y volvió a atraerla hacia sí con tal fuerza que Miranda chocó contra él emitiendo una pequeña exclamación al encontrarse con la espalda contra la puerta y Roscoe pegado a ella. Sujetándola. Aprisionándola.

El atizador cayó ruidosamente al suelo.

Miranda posó las manos en el torso de Roscoe y parpadeó, los ojos desmesuradamente abiertos, pero con la seguridad y convicción claramente reflejadas en su mirada.

Roscoe le sostuvo la mirada y, durante largo rato, permitió que la tensión vibrara entre ellos.

—No vuelvas a irrumpir de ese modo en una pelea —le advirtió con calma.

El tono era neutro, una orden, una advertencia, dominante.

—No vuelvas a meterte en una pelea como esa y te prometo que no lo haré —ella enarcó las cejas, pero no apartó la mirada.

Roscoe entornó los ojos, pero la determinación de Miranda no flaqueó. Si acaso, su barbilla se alzó con más firmeza.

—Estúpida mujer —él bajó la vista, fijándola en sus labios.

—Irritante hombre.

Pasó un latido.

Y se movieron.

Roscoe agachó la cabeza mientras ella se estiraba y sus labios chocaban en un beso tan salvaje, tan hambriento, tan exigente y voraz que él se quedó sin aliento.

Y estalló la pasión. Una pasión que no quemaba, sino achicharraba.

Las manos de Roscoe se deslizaron sobre ella, dibujando, moldeando, acariciando.

Sus dedos encontraron el cinturón de la bata y lo soltaron. Ella se deshizo de la prenda y se arrojó en sus brazos.

Los dedos de Roscoe manipularon los botones hasta que consiguió desabrocharlos como empujados por una desesperación. Algo se rasgó.

A Miranda no pareció importarle. Se retorció hasta que el camisón cayó al suelo y rodeó el cuello de Roscoe con los brazos desnudos, besándolo como si fuera a devorarlo.

Pero no antes de abalanzarse sobre su ropa con el frenético ardor de un derviche.

Arrojando prendas a su paso, se deslizaron por la habitación hasta la cama.

Al fin desnudo, él la tumbó sobre el colchón y se hundieron juntos, los cuerpos amoldándose, fundiéndose. Ella le rodeó con sus brazos y arqueó la espalda para apretar los pechos contra su torso, las piernas enredándose lascivamente con las de él.

Roscoe tomó posesión de su boca y los llevó a ambos de regreso al salvaje beso, permitiendo que reinara la pasión y el deseo.

Miranda deslizó las manos, incendiándole la piel, acariciándolo, incitándolo.

Él la atrajo hacia sí y, de una única embestida, se introdujo en su interior y, juntos, las lenguas enredadas, los dedos entrelazados, dejaron caer las riendas.

Y permitieron que las llamas los consumieran.

Con los cuerpos fusionándose desesperadamente a un creciente ritmo, permitieron que la pasión los alcanzara, los inundara y los espoleara aún más.

Celebrando la victoria.

Exorcizando el miedo.

Glorificándose en el loco triunfo sobre ambos.

La culminación, cuando la alcanzaron, cuando se alzó para estrellarse contra ellos, fue como un cataclismo. Un cataclismo que sacudió a Roscoe hasta el alma.

Que lo sacudió hasta que vio, registró y sintió con qué fuerza ella lo abrazaba.

Con qué compulsión, desesperación, implacablemente, él se aferraba a ella.

—Intentar matar a alguien en una casa ducal es un camino seguro hacia la horca.

Roscoe colocó una silla con el respaldo hacia Kempsey y Dole que, las manos atadas a la espalda, estaban sentados en taburetes de ordeñar en el almacén junto al establo. Roscoe se sentó a horcajadas sobre la silla y, apoyando los brazos sobre el respaldo, contempló a los prisioneros con una irritantemente leve curiosidad.

Mudd permanecía detrás de Kempsey, y Rawlins detrás de Dole. Detrás de Roscoe se situaba Roderick, apoyado sobre una muleta, sin apoyar el pie roto y el brazo aún en cabestrillo debido a la clavícula rota, y miraba con bastante desapasionamiento a los hombres que lo habían herido.

Las que parecían mucho menos desapasionadas, de pie a ambos lados de Roderick eran Miranda, los brazos cruzados sobre el pecho y expresión severa, y Sarah que tomaba a Roderick del brazo.

A Roscoe le gustó la escenificación y la implicación de la misma no pasó desapercibida para Kempsey y Dole. Kempsey, en particular, miraba a las tres personas situadas detrás de Roscoe con expresión recelosa, antes de devolver su atención por fin a Roscoe.

Kempsey no dijo palabra, limitándose a esperar. Dole mantenía la mirada baja, sobre el suelo cubierto de paja.

Sonriendo para sus adentros, Roscoe inclinó la cabeza hacia Kempsey.

—Un delito que se castiga con la horca, pero que podría conseguir que se transformara en una deportación si me contáis todo lo que quiero saber.

—¿Y qué quiere saber? —preguntó Kempsey después de intercambiar una mirada con Dole.

—Todo, hasta el último detalle, que podáis contarme sobre Kirkwell.

—Si le contamos todo lo que sabemos, ¿nos garantiza que seremos deportados y no colgados?

Roscoe asintió.

La pareja volvió a intercambiarse una mirada.

—¿Y cómo sabemos que mantendrá su palabra?

—No lo sabéis. Sin embargo, no tengo grandes motivos para no hacerlo. A fin de cuentas no sois más que peones. Yo quiero al hombre que os contrató. Por vosotros no siento más que un discreto interés.

Kempsey y Dole parecieron mantener una conversación sin palabras antes de que el primero volviera a mirar a Roscoe.

—De acuerdo, pero no sabemos gran cosa.

—Describid a Kirkwell —Roscoe apostaría lo que fuera a que sabían más de lo que ellos mismos creían.

La descripción de Kempsey, junto con las aportaciones de Dole, le ofreció un retrato parecido al que ya había obtenido de Gallagher.

—Nada más secuestrarme, enviasteis un aviso —intervino Roderick—. ¿Adónde?

—Al Hood and Gable, el mismo lugar en el que nos contrató —contestó Kempsey—. Lo hizo Cagey, el muy bastardo, no teníamos ningún otro modo de ponernos en contacto con él, pero insistió en que nos reuniésemos con él al día siguiente para comunicarle que habíamos cumplido con el encargo. Después de que se lo hubiésemos confirmado, nos dijo, nos pagaría el resto.

—Kirkwell os pagó para secuestrar y asesinar al señor Clifford —habló Roscoe con voz suave tras dejar pasar unos segundos—, ¿tenéis alguna idea, alguna sospecha de por qué quería muerto al señor Clifford?

—No hacemos preguntas —contestó Kempsey después de que los dos sacudieran la cabeza—. Es malo para el negocio, y también peligroso.

—En efecto, lo es. ¿Os pidió Kirkwell expresamente que sacarais al señor Clifford de Londres antes de matarlo?

—No, lo hicimos para cubrirnos las espaldas —Kempsey señaló hacia Roderick con la cabeza—. Kirkwell nos indicó dónde vivía. Quería que lo matásemos y dejásemos su cuerpo por ahí cerca, donde estuviésemos seguros de que lo encontrarían.

—¿Insistió en que quería que se encontrara el cadáver? —preguntó Roscoe.

—Esa fue una parte de las instrucciones —contestó Dole, aunque fueron ambos hombres los que asintieron.

Roscoe archivó la información antes de seguir preguntando.

—Entonces, ¿por qué no seguisteis las instrucciones recibidas de Kirkwell? ¿Por qué no dejasteis el cadáver del señor Clifford en la calle Chichester?

—Porque estábamos bastante seguros de que Kirkwell no tenía el resto del dinero —contestó Kempsey—. O, si lo tenía, intentaría echarse atrás y no pagarnos, desapareciendo sin más. Podría haber estado vigilando desde ese parque tan oscuro, o podría haber vigilado la taberna para ver si aparecíamos al día siguiente, tal y como estaba acordado. Si aparecíamos, sería más que probable que hubiésemos cumplido con nuestra parte del trato y así él se podría marchar sin pagarnos y nunca sabríamos dónde encontrarlo. A fin de cuentas no era uno de los parroquianos, uno al que todos conocieran.

En efecto, sabían más de lo que ellos mismos creían.

—¿Por qué pensasteis que Kirkwell no tenía el dinero? —preguntó Roscoe.

—Fue un pálpito —Kempsey frunció el ceño—. Su abrigo era viejo y desgastado, con las mangas raídas, pero se comportaba como si no fuera así, como si acabara de comprarlo en Bond Street, la calle de las sastrerías. No sé si me entiende.

—Era de clase alta —Dole miró a Roscoe—. No como usted, pero de clase alta al fin y al cabo —los oscuros ojos de Dole se posaron en Roderick—. Más como él ahora que lo pienso.

Kempsey también miró a Roderick y asintió.

—Sí, pensamos que Kirkwell era un ricachón venido a menos. Eso parecía.

—De acuerdo —Roscoe recuperó su atención. Quizás fueran unos matones, pero matones que habían llegado a cumplir cierta edad y él respetaba sus instintos. No habían tardado más que unos segundos en comprender las diferencias entre Roderick y él—. ¿Cómo pretendíais aseguraros de recibir el resto del pago?

Kempsey se removió inquieto antes de contestar.

—Supusimos que, si Kirkwell quería muerto a Clifford, entonces, si Kirkwell no pagaba, podríamos secuestrar a Clifford para devolvérselo a su familia después de cobrar el rescate, que sería de la misma cuantía que lo que nos faltaba por cobrar. Por eso lo secuestramos —Kempsey asintió hacia Roderick—, y lo llevamos fuera de Londres antes de entregarle un mensaje a mi tío. Tenía que ir al Hood and Gable al día siguiente, encontrarse con Kirkwell y anunciarle que teníamos a Clifford y que lo mataríamos y dejaríamos su cuerpo en Pimlico en cuanto nos pagara el resto.

—Un plan muy sensato —Roscoe asintió—. ¿Y qué pasó?

—¿Cómo vamos a saberlo? Si Kirkwell hubiera pagado enseguida, mi tío tenía instrucciones de enviar un mensaje a mi hermano en Birmingham y él habría ido a la cabaña a avisarnos, pero, después de que nos encontraran y se llevaran a Clifford, hemos estado buscando por todas partes y no hemos oído nada.

—En cualquier caso —intervino Dole—, si Kirkwell hubiera pagado a su tiempo, si hubiera sido honrado, nos habríamos enterado el día antes de que llegarais a la cabaña y habríamos estado de vuelta en la carretera, camino de Londres, con el cadáver antes de que nos hubieran encontrado.

—Sí —Kempsey asentía con la cabeza agachada—. Si yo fuera aficionado a las apuestas, diría que Kirkwell no paga.

—¿Tu tío iba a contarle a Kirkwell adónde habíais llevado a Roderick?

—No, no somos tan tontos. Ni siquiera iba a contarle que habíamos salido de Londres. Así nos mostrábamos precavidos y lo preparábamos todo para poder pedir un rescate por Clifford.

Roscoe sopesó el hecho de que ambos estuvieran tan convencidos de que Kirkwell no tenía el dinero.

—¿Dónde puedo encontrar a tu tío?

Kempsey adoptó un gesto receloso.

—No tengo ningún interés en tu tío —Roscoe suspiró—, solo en lo que pueda contarme. Saber si Kirkwell recibió tu mensaje y, en caso afirmativo, qué dijo. A lo mejor tu tío consiguió seguirlo hasta su casa, ¿quién sabe?

Kempsey bajó la vista, pero no dijo nada.

—Nuestro trato era por todo lo que yo quisiera saber —le recordó Roscoe al cabo de unos segundos.

Kempsey apretó los labios, aunque al cabo de unos segundos empezó a hablar.

—Goodman's Yard —murmuró—. No está lejos de la torre.

—¿Su nombre?

Kempsey se lo dio.

—Los agentes de la ley vendrán más tarde para llevaros con ellos —había poco más que conseguir de la pareja y Roscoe se puso en pie—. Si nos causáis, a nosotros o a ellos, más problemas, el trato se romperá y la horca será vuestro destino.

Recogió la silla y se volvió mientras hacía un gesto a Roderick, Sarah y Miranda y echaba a andar.

Diez minutos más tarde estaban todos en el estudio, con Henry sentado ante el escritorio escribiéndole una nota al magistrado local, lord Bramwell.

—Vosotros dos partid de inmediato hacia Londres —de pie delante de la chimenea, Roscoe habló con Mudd y Rawlins—. Averiguad qué le sucedió al tío de Kempsey, descubrid qué sabe.

Mudd y Rawlins asintieron.

—¿Vendrá con nosotros? —preguntó Rawlins.

—Saldremos mañana. Jordan está visitando a su familia hoy, pero mañana partirá también desde Derby.

—Avisaremos a Rundle —Mudd se despidió y se marchó con Rawlins.

—¿Volvemos a la ciudad? —Roderick miró a Roscoe a los ojos.

—Entwhistle dijo que ya deberías poder aguantarlo —Roscoe asintió mientras caminaba hasta el sofá en el que estaba sentada Miranda, enfrente del que ocupaban Sarah y Roderick, y fijó la mirada en Roderick—. Consideremos lo siguiente: Kirkwell contrata a Kempsey y a Dole para matarte y dejar tu cadáver donde lo encuentren con toda seguridad. Te quiere muerto, y declarado muerto de manera inmediata, pero solo les paga la mitad de lo acordado. Todo lo que sabemos sugiere que Kirkwell no tenía el dinero para pagar la otra mitad, si damos por acertada la suposición de Kempsey y Dole. De manera que Kirkwell casi seguro sigue en Londres, y anda corto de dinero. ¿Cuál podría ser su principal motivo para organizar tu asesinato?

Roderick frunció el ceño.

—Dinero —continuó Roscoe—. El motivo más probable es el dinero. Y eso lo confirma el hecho de que quería que tu cuerpo fuera encontrado. El único modo por el que alguien podría beneficiarse de tu muerte es si tu fortuna pasara a tus herederos, y eso solo sucedería con una celeridad razonable si tu cuerpo fuera encontrado y tú declarado oficialmente muerto.

—Pero... —Roderick miró a su hermana.

—Pero yo soy la única heredera —Miranda miró fijamente a Roscoe—. Esto ya lo habíamos hablado antes.

—Lo sé —él asintió—. Pero es evidente que estamos pasando por alto algo importante. En cualquier caso —sus miradas se fundieron—, aquí ya hemos averiguado todo lo que podíamos. Las respuestas a las preguntas sobre quién es Kirkwell realmente, y por qué cree que se beneficiaría con la muerte de Roderick están en Londres.

Ella intentó descifrar su mirada antes de asentir.

—Tienes razón —desvió la mirada hacia su hermano—. Nos vamos mañana.

Para dar caza a Kirkwell y asegurarse de que su hermano, ya no tan pequeño, permaneciera a salvo.

CAPÍTULO 15

Aquella misma mañana, un poco más tarde, tras consultar con la enfermera sobre cómo facilitar el viaje de Roderick a Londres, Miranda salió a la terraza y respiró hondo, llenándose los pulmones del fresco aire campestre.

—¿Lo estás almacenando para cuando regreses a Londres?

Miranda se volvió y vio a Lucasta salir a la terraza a sus espaldas, y sonrió.

—Sí. El aire del campo huele mucho mejor. Más dulce e intenso.

—En efecto. A mí el aire de Londres me resulta más bien amargo —Lucasta se acercó hasta ella y señaló con la mano hacia las escaleras—. Demos un paseo. Tenemos media hora antes de que suene la llamada para comer, y tengo entendido que mañana por la mañana dejaremos de disfrutar de vuestra compañía.

—Ahora que Roderick está lo bastante restablecido, deberíamos regresar —al final de las escaleras, echaron a andar lentamente por el camino de grava que rodeaba la extensa pradera—. Me gustaría volver a agradeceros vuestra hospitalidad. Poder refugiarnos aquí ha sido un regalo de los dioses. Sin tu ayuda y la de Caroline, y toda la casa, la recuperación de Roderick no habría sido tan rápida.

—En cuanto a eso, querida, el placer ha sido para nosotros —Lucasta sonrió—. Pero, si tanto quieres devolverme el favor, puedes hacerlo concediéndome un capricho. ¿Tu tía y tú, y Roderick, vivís permanentemente en Londres?

—De momento sí. Nuestra intención es permanecer allí hasta

que Roderick se case. En cuanto lo haga mi tía y yo... bueno, siempre he dado por hecho que regresaríamos a Oakgrove.

—¿Y ha conocido tu hermano a alguna dama en particular en la capital?

—No. Todavía no —quizás Sarah fuera algo más que una amiga a ojos de Roderick, pero Miranda no sabía cómo evolucionaría esa relación.

—¿Y tú qué? —la duquesa viuda la miró con curiosidad—. Ya sé que me vas a decir que tienes veintinueve años y que ya eres mayor para casarte, pero tengo ojos y estoy segura de que serías una excelente esposa para cierto caballero maduro.

Miranda estuvo tentada de intentar hacerle cambiar de opinión, pero...

—He tenido algunos pretendientes, y de hecho hay ahora mismo uno con posibilidades, pero los dos seguimos reflexionando sobre si tiene algún sentido que me haga un ofrecimiento —estaba pensando en Wraxby, pero mientras las palabras salían de su boca, comprendió que podrían aplicarse, incluso con más razón al... al hijo de Lucasta.

—¿En serio? —la mujer esperó unos segundos antes de continuar con expresión perpleja—. Qué raro. Habría pensado que, tan bien situada como estás y con, si lo he entendido bien, una posición económica acomodada y ninguna restricción que te lo impida, al menos permitirías que la pasión te guiara, pero discúlpame —apoyó una mano delicadamente sobre el brazo de Miranda—. Estoy siendo insufriblemente entrometida, una prerrogativa que las damas de mi edad ejercemos a menudo.

Imperturbable, Miranda sonrió a Lucasta. Podía soportar a los entrometidos, pero las personas autoritarias, dictatoriales, eran otra cosa totalmente diferente.

—Esta, querida, es una conversación que he mantenido con todas mis hijas, y espero que no te parezca que me estoy pasando de la raya si te ofrezco el mismo consejo —sin esperar a que se le concediera dicho permiso, Lucasta continuó—. Para asegurarse la felicidad en su vida, es imprescindible que una dama se conozca a sí misma, que defina claramente lo que desea, lo que le hace feliz, y luego que salga ahí fuera y le exprima a la vida todo lo que desea y necesita —agitó una mano en el aire—. Cualquier conocimiento que te proporcione la vida sin que tú hayas tomado parte activa en él no te será de utilidad. Debes decidir qué deseas y hacer lo posible por conseguirlo, solo así encontramos la felicidad verdadera.

—Eso es muy profundo —observó Miranda tras continuar caminando unos cuantos pasos más.

—En efecto. Y también es inmutable —Lucasta apartó la mano de la manga de Miranda—. Y da la casualidad de que he estado hablando con Julian sobre un tema relacionado con esto. Es evidente que tú le conoces en su otra faceta, pero también lo has visto aquí, donde es mi hijo, el tío de Henry, el hermano de Edwina, el cuñado de Caroline. No es cosa mía hablar de los motivos que tuvo para hacer ese cambio, pero, tal y como le señalé, tal y como están las cosas ahora, podría darle la vuelta a lo que hizo hace años, y volver a convertirse en lord Julian Delbraith.

—¿Sería eso posible? —Miranda frunció el ceño.

—Opino que sí —Lucasta apretó los labios y asintió—. Y, si se le pudiera persuadir en esa dirección, supondría una enorme diferencia para su futuro, para el resto de su vida.

¿Por qué le estaba contando Lucasta esas cosas? La duquesa viuda no era una mujer parlanchina que cotilleara sin ningún motivo.

La respuesta, sin embargo, parecía obvia. Si Roscoe volvía a convertirse en lord Julian Delbraith… echó un vistazo a la mujer. ¿Estaba su madre intentando ejercer de casamentera? ¿O tenía Lucasta algún otro propósito en mente como, quizás, intentar que ella lo animara a considerar la posibilidad?

—Madre.

Ambas se dieron la vuelta de golpe para ver al hombre que se acercaba a ellas cruzando el césped.

Miranda miró a la duquesa viuda, pero en su rostro no había más que una sonrisa de pura inocencia.

—Querido, qué encantador. Estábamos hablando de vuestro regreso a la capital, supongo que te llevarás el carruaje de viaje por el pobre Roderick, ¿verdad?

—Sí —la mirada de Roscoe-Julian pasó del rostro de su madre al de Miranda y vuelta a su madre—. Venía a preguntarte si eso supondría alterar algún plan que tuvieras en mente para el carruaje.

Lo enviaré inmediatamente de vuelta, pero a Roderick le vendrá bien viajar con el pie en alto.

—Por supuesto, querido —la duquesa viuda le dio una palmadita en el brazo—. Y no, no pienso moverme de aquí de momento, por lo menos hasta Navidad, de modo que puedes concederle al cochero un poco de descanso en Londres antes de enviarlo de vuelta.

—Gracias.

Desde la casa les llegó el aviso para comer.

Roscoe le ofreció un brazo a su madre.

—Gracias, querido —Lucasta lo tomó y, con Miranda caminando al otro lado, regresaron a la casa.

Durante la comida quedó patente con dolorosa claridad para Miranda una desventaja de su partida.

Roderick y Sarah no querían separarse.

Ante el valor demostrado por Sarah al correr en ayuda de Roderick, y la aceptación de esa ayuda por parte de su hermano, Miranda se preguntó hasta dónde habían llegado las cosas entre ellos dos, cómo de profundo era el afecto que había florecido.

El desánimo que experimentaban ambos ante la perspectiva de no estar juntos, de no poder seguir disfrutando de su compañía mutua, era evidente. No habían protestado, ni siquiera hecho algún gesto ni dicho nada abiertamente, pero era más que evidente para todos los comensales que ambos estaban destrozados.

Sarah había perdido el apetito.

Roderick parecía lánguido.

Ambos se esforzaban por responder a los comentarios dirigidos a ellos, pero, cuando hablaban el uno con el otro resplandecían, y esa mirada... la impresión que tuvo Miranda era que habían acordado mostrarse valientes.

Quizás de manera irracional, pues cualquier conexión definitiva entre Roderick y Sarah significaría el final de su papel en la vida de su hermano, Miranda se descubrió reflexionando sobre el modo de que su romance pudiera continuar.

No era una persona romántica, en realidad estaba harta del romance, por culpa del desgaste generado por aquel lejano compromiso, pero, si existía la posibilidad, quería que Roderick fuera feliz.

Sentado al lado de Miranda, Roscoe observaba el intercambio entre los dos jóvenes, sentados al otro lado de la mesa. Lucasta, Caroline, Edwina y Henry mantenían viva la conversación, arrastrándole a él y a Miranda a participar con comentarios y bromas ligeras, pero al otro lado de la mesa se vivía otra clase de emoción.

Una emoción con la que, por una vez, él se sentía capaz de empatizar. Él también se sentiría destrozado si se enfrentara a la separación de Miranda.

Tal y como iba a suceder muy pronto.

Sin embargo, la perspectiva de Sarah y Roderick era clara. Si deseaban seguir adelante con algo más profundo que la amistad, no había impedimento alguno. No tenían más que decidirse y hacer que sucediera.

Roscoe miró a la mujer que tenía a su lado y bajó la vista al plato. Podría ser que el camino de Miranda y suyo pudiera quedar reducido a una ecuación así de sencilla. Pero, tal y como estaban las cosas, no creía que hubiera solución posible.

Por supuesto que en el caso de Roderick y Sarah era ella la que tenía una reputación menos favorable, pero su familia la había protegido y la potencial caída en desgracia nunca había llegado a suceder. Su caso era diferente.

Su descenso a la no respetabilidad era, como mínimo, en su opinión, irreparable. Imposible de revertir, mucho menos borrar.

Aquella misma tarde, con el equipaje hecho y preparado para su marcha a la mañana siguiente, Miranda quiso dar un paseo por la rosaleda, ese lugar mágico, y buscar un momento de calma para reflexionar, para pensar en todo lo que había averiguado desde su llegada a Ridgware.

Caminando a lo largo del paseo central, la mirada baja, dejó de controlar los pensamientos y los dejó volar libres hacia donde quisieran ir. Las palabras de Lucasta habían despertado varias ideas en su cabeza. El consejo de la duquesa viuda en el sentido de que el único camino a la felicidad residía en definir lo que más importaba le había sonado tan cierto que el concepto seguía resonando como una campana en su interior.

Hacer lo que quisiera de su vida dependía de ella. Tenía elecciones, opciones, y con la clarificación de su estatus social, parecía tener más posibilidades de las que había pensado tener.

Una cuestión estaba clara, su papel como cuidadora de Roderick había terminado. Eligiera a Sarah o a cualquier otra como esposa, su hermano ya caminaba sobre su propio pie, ya tomaba sus propias decisiones vitales. La había sobrepasado en eso, y Miranda veía y admitía que, debido a su papel familiar y dominante como cuidadora de su hermano, había postergado muchas decisiones propias. Había flirteado con ellas, pero nunca había organizado su vida, su futuro, con la misma atención que le había prestado a la vida de Roderick.

Y se encontraba ya con veintinueve años, con suficiente dinero para hacer su santa voluntad, sin nadie ante quien responder. La pizarra de su vida estaba, de momento, vacía y, según Lucasta, de ella dependía rellenarla, definir qué sería de su vida.

Al llegar al estanque Miranda se detuvo, la mirada fija en la superficie. ¿Qué quería hacer con su vida?

Tenía que remontarse muchos años atrás para recordar sus sueños, sus inmaculadas esperanzas.

Si se permitía a sí misma elegir con completa libertad, sin someterse a restricciones preconcebidas, entonces y, a pesar de todas las dudas, peros y quizás, casarse y tener una familia propia estaba a la cabeza de sus aspiraciones más queridas. Pero casarse y tener una familia propia era el objetivo final. Para asegurarse el alcanzarlo primero tenía que encontrar a un candidato aceptable y, si permitía que sus sueños volaran libres, el amor.

De pie en el borde del estanque siguió contemplando el agua, oyendo en su mente los habituales argumentos, muchos de ellos expresados con la voz de su tía, sobre el hecho de que ella, con su historia familiar, no podía aspirar a esas cosas, que el amor era una estúpida e innecesaria complicación, una que solo se permitían las mentes descuidadas, irresponsables, débiles. Oyó de nuevo las viejas críticas, antes de cerrar con fuerza esa puerta mental y rememorar los consejos de Lucasta.

La decisión era suya, ella debía elegir los detalles y hacerlos suceder, forjar la vida que quería vivir, luchar por ella en caso necesario. Elegir un marido, elegir amar…

Respiró entrecortadamente y dejó libre su imaginación, la dejó vagar a su antojo, siguiendo los dictados de su corazón.

Al final parpadeó y volvió a centrarse en el agua a sus pies. El estanque de los deseos de Roscoe. Aún no era de noche, aún no. Miranda cerró los ojos y volvió a ver en su mente el futuro que deseaba su descuidado corazón, y deseó…

—¿Miranda?

Miranda abrió los ojos y se volvió. Vio acercarse a Caroline.

—Esperaba poder hablar contigo antes de que te marcharas —la duquesa sonrió.

—Y yo contigo —Miranda sospechaba que conocía bien el tema que Caroline deseaba abordar—. Me gustaría preguntarte qué piensas sobre Sarah y Roderick, si consideras que sería buena idea animarles a seguir adelante.

Parándose a su lado junto al estanque, Caroline parecía perpleja.

—En tu opinión —ella respiró hondo y levantó la mirada del estanque—, y conociendo a la familia de Sarah, ¿sería bien recibida una proposición de Roderick en un futuro más o menos cercano?

—Hablando con absoluta franqueza —contestó Caroline—, sé que la familia aceptaría de buen grado la unión y sí, al igual que tú, veo que la posibilidad ya existe. Parecen encajar increíblemente bien.

Arrebujándose en el echarpe, la duquesa continuó.

—Pero debería explicarte una cosa, sobre Sarah —miró a su alrededor antes de gesticular con una mano—. Demos un paseo —un camino más estrecho rodeaba el jardín amurallado y echaron a andar por él, dejando atrás el estanque de los deseos—. El motivo por el que Sarah está aquí, viviendo conmigo en el campo, lejos de Londres y todas las diversiones asociadas, es que durante los últimos dos años, desde su presentación en sociedad, se ha mostrado, digamos, alocada. Su comportamiento ha rozado el desastre, tanto que su pobre madre encaneció, literalmente. La segunda temporada de Sarah, este mismo año, conmocionó a sus padres, pues su comportamiento fue frívolo, veleidoso, bordeando el límite. No llegó a suceder nada, y sí, me refiero al desastre social, a un comportamiento inaceptable para una dama de la alta sociedad, pero en el fondo, no hay nada malo en su corazón. Creo que ese es el motivo por el que todo el mundo ha sufrido tanto, pues daba la sensación de que Sarah pensaba que debía comportarse de ese modo en lugar de ser la dulce criatura que fue hasta su presentación en sociedad. Como si, al salir al mundo, no tuviera ancla, como si se dejara arrastrar irremediablemente hacia los círculos más imprudentes.

Caroline hizo una pausa para suspirar.

—Para su madre ha sido muy duro, pero, dicho esto, desde que está aquí está mucho más tranquila, aunque sigo teniendo reservas hacia sus inclinaciones. Desde que llegó Roderick se ha transformado. O más bien ha vuelto a ser la dulce y bondadosa joven que conocíamos —Caroline respiró hondo—. Es como si tu hermano la centrara. Como si ejerciera de ancla y la animara a ser ella misma, a dejar caer la careta que ha estado utilizando.

—Al principio no confiaba mucho en ella —Miranda asintió—, pero he visto más que suficiente para convencerme de que sería buena para mi hermano, y no me cabe ninguna duda de que él quiere mantener la relación. No puedo asegurarte hasta dónde llegan sus sentimientos hacia ella, pero sí puedo decir que nunca antes le había visto tan interesado por una joven dama.

—Estamos de acuerdo —Caroline asintió—. Entonces deberíamos animar a que mantuvieran el contacto. Escribiré a sus padres y sus hermanas mayores —se volvió hacia ella—. Veremos cómo lo podemos organizar.

—Estaba pensando que, cuando estemos de regreso en Londres, Roderick empezará a aburrirse enseguida. Va a tener que permanecer sentado todavía unas cuantas semanas más. Me preguntaba si Sarah, caso de que también regresara a Londres, podría venir a la calle Claverton y hacerle compañía durante el día, más o menos lo que ha estado haciendo aquí.

—Se lo propondré a sus padres. En esta época del año Londres está muy tranquilo y no veo nada malo en ese plan.

—Sé que ya me has tranquilizado al respecto en otras ocasiones —Miranda bajó la vista al suelo—, pero tengo que preguntarlo, y conocer la respuesta antes de que esto vaya más lejos —levantó la vista y miró a Caroline a los ojos—. ¿Estás segura de que la familia de Sarah considerará a Roderick de origen lo bastante bueno?

—Puedo asegurarte con toda convicción —la sonrisa de Caroline llegó rápida y segura— que a la familia le preocupará más el caso contrario, que la familia de Roderick pueda considerar el comportamiento reciente de Sarah como indicativo de una irresponsabilidad social demasiado grande para ser ignorada.

—Dado que la familia de Roderick consiste, básicamente, en yo misma —Miranda le devolvió la sonrisa—, puedes estar segura de que ese no será el caso.

Continuaron paseando hasta que Caroline la miró con el ceño fruncido.

—En realidad no vine aquí para hablar de Roderick y Sarah, sino de otra persona.

—¿En serio?

—Julian no te ha explicado por qué se convirtió en Roscoe, ¿verdad? —Caroline la miró de refilón.

Miranda sacudió la cabeza mientras la curiosidad, y algo más, dio un vuelco en su interior.

—Y nunca lo hará —Caroline devolvió la mirada al camino que tenían ante ellas—. Dado que afecta a tantas personas, a Lucasta, sus hermanas, yo, Henry, él piensa que no es quién para hablar de ello, que no es un secreto que pueda contar —miró hacia la casa, visible por encima de los muros del jardín—. Pero lo que no ve es que ahora todos nosotros estamos en deuda con él, una deuda inmensa, y que nos encantaría compensarle si pudiésemos. Pero no podemos, no directamente, aunque quizás... —Caroline respiró hondo y, sin mirar a Miranda, continuó—. He decidido que debería contártelo porque sé que él no lo hará y creo que necesitas saberlo.

—Desde luego me gustaría saberlo —contestó Miranda tras dudar unos segundos.

—Todo empezó cuando eran niños —Caroline asintió—, George, mi difunto esposo y Julian, tres años menor, y todo terminó hace doce años.

Miranda escuchó atentamente el relato sobre la maldición Delbraith, sobre cómo había reaccionado George y cómo había respondido Julian a un mismo desafío. Caroline le explicó cómo, sin que nadie de la familia lo supiera, su esposo, el difunto duque, había llevado la propiedad a la ruina, dejado a su familia en la penuria, y luego elegido la salida más cobarde, dejando a su hermano pequeño toda la responsabilidad, la obligación de recoger los pedazos y solucionarlo todo.

—En resumen, Julian sacrificó su vida, una vida cómoda que podría haber vivido como un aristócrata adinerado, perteneciente a un viejo y honorable linaje, para que nosotros pudiésemos vivir las vidas que habíamos esperado vivir —Caroline hizo una pausa y bajó aún más la voz—. Jamás me imaginé que un hombre, sobre todo el hombre que yo consideraba que era por aquel entonces, pudiera comportarse con tan implacable generosidad. Pero lo hizo. Nos salvó a todos.

Caroline observó a Miranda.

—Sé que Lucasta alberga la esperanza de que, tras haber ganado la batalla, revierta el proceso y vuelva a surgir como Julian, su hijo, y si bien yo también lo deseo para ella, para sus hermanas, para Henry, y para el propio Julian, nunca volveré a cometer el error de creer que sé cómo piensa. Sea cual sea la decisión que tome en ese aspecto, será la correcta, él es esa clase de hombre. No quiero intervenir ni en un sentido ni en otro.

Siguieron paseando. La mente de Miranda daba vueltas repasando, revisando. Había asumido que el motivo tras la transformación de Julian había sido algún asunto mayor relacionado con dinero, pero jamás habría podido imaginarse una situación tan tensa como la que había descrito Caroline, las capas de traición, la impotencia de los afectados. Pero sí podía imaginarse, y entender plenamente, la compulsión que había empujado al hombre que se había convertido en Roscoe. Compulsión para salvar a su familia. Miranda no tenía ningún problema para comprender por qué había actuado como lo había hecho.

Y por fin llegó a las últimas palabras de Caroline. La entrada a la rosaleda ya estaba cerca cuando, perpleja, preguntó:

—Si no quieres intervenir ni en un sentido ni en otro…

—¿Por qué te estoy contando el secreto de la familia? —los labios de Caroline se curvaron hacia arriba—. Porque no estoy ciega y, como te he dicho, quiero devolverle todo lo que ha hecho y lo haré por el medio que sea —deteniéndose, se enfrentó a Miranda, que también se detuvo—. Julian se merece, más que nadie, ser feliz. Si hay justicia en el mundo, entonces él debería ser quien hallara paz y felicidad, alegría —Caroline sostuvo la mirada de Miranda—. Si llegara un momento, una oportunidad, una situación en la que tuvieras en tu poder concederle algún grado de felicidad, por favor hazlo y, de ese modo, toda su familia y todos lo que vivimos aquí, estaremos eternamente en deuda contigo.

—Lo nuestro es… complicado —Miranda no podía fingir no entender.

—Es un hombre complicado.

—Si acaso se presenta la oportunidad —respondió ella respirando entrecortadamente—, lo intentaré. Pero no sé qué tiene él en mente.

—Ni yo tampoco, ni yo ni nadie. Pero no te puedo pedir más, que lo intentes —Caroline posó una mano sobre el brazo de Miranda y apretó ligeramente—. Gracias —soltándola, se volvió hacia el arco de entrada de la rosaleda—. Vamos, deberíamos regresar a casa o Lucasta empezará a preguntarse dónde estamos.

Caroline y ella regresaron a la casa a buen paso mientras Miranda reflexionaba sobre el hecho de que había decidido ir a la rosaleda para aclarar su mente. Y, si bien había resuelto algunas cuestiones, se marchaba del jardín, se marchaba de Ridgware, con más asuntos de peso en su cabeza.

Aunque escandalosamente fascinante en sí mismo, descubrir por qué lord Julian Delbraith se había convertido en Neville Roscoe, el rey del juego de Londres, no había sido del todo una gran sorpresa. La historia recalcaba lo que ya había averiguado en otros muchos aspectos. Averiguar cosas sobre el pasado de Roscoe simplemente había convertido su presente en una comprensible y cohesionada totalidad.

De pie frente a la ventana de su habitación, mirando hacia las sombras que jugaban sobre el bosquecillo y las praderas mientras unos negros nubarrones cubrían la luna menguante, Miranda por fin comprendió claramente la realidad de ese hombre, y no le resultó nada sorprendente.

Complejo, desde luego, pero también, en ciertos aspectos, predecible.

Las revelaciones de Caroline habían enfatizado las similitudes entre lo que, hasta la fecha, los había movido, a él y a ella también, lo cual quizás explicaba la atracción entre ambos, por lo menos a un nivel. Al vivir sus vidas ambos habían antepuesto a sus familias, a aquellas personas de las que se consideraban responsables y a quienes debían proteger, y cada uno a su manera lo había conseguido. Aun así, para ambos, las necesidades de sus respectivas familias ya no eran las que eran al principio. Se estaban desvaneciendo. Sus roles estaban cambiando.

Para los dos.

Eso era algo que no había sabido, ni habría podido llegar a saber, en Londres. Era un descubrimiento que Ridgware le había permitido conocer, y por lo que le estaba muy agradecida, consciente de que él también intentaba encontrar su camino a través de semejante laberinto y hacia un futuro más enriquecedor. Tranquilizador.

Habían trabajado en equipo para rescatar a Roderick. Y quizás deberían trabajar juntos para definir sus respectivos futuros también... iban a tener que hacerlo para decidir si esos futuros serían, o no, mutuos. Coincidentes.

¿Podría regresar a su condición de lord Julian y, así, resultar elegible como esposo de un modo que Roscoe jamás podría ser? Y, sobre todo, en caso de que fuera posible, ¿se casaría con ella? lo cual, concedió Miranda mientras se alejaba de la ventana, eran dos preguntas independientes, aunque secuenciales.

Roscoe no llamó a la puerta, sino que se limitó a abrirla. Un instante antes, Miranda había oído y reconocido sus pisadas en el pasillo. Lo observó entrar, cerrar la puerta, observarla durante unos segundos y avanzar hacia ella.

Roscoe solo tenía una cosa en mente: sacarle el mayor partido a aquella noche. Al día siguiente iniciarían el viaje de regreso a Londres y a sus vidas normales, y el paréntesis del que habían disfrutado, el imprevisto momento en un lugar seguro, llegaría a su fin. Roscoe se embebió de ella mientras reducía la distancia entre ambos, permitió que su mirada trazara las esbeltas líneas de su cuerpo, las exuberantes curvas de sus pechos y caderas, las elegantes líneas de los muslos seductoramente envueltos por la seda color ámbar del camisón.

Deteniéndose ante ella, no le dio la menor oportunidad de hablar, sino que levantó las manos y le tomó el rostro. Acercándolo al suyo, la miró a los ojos durante un instante antes de inclinarse y besarla.

Lentamente, prolongadamente, con una dulzura indescriptible, el beso se alargó sin intención ni voluntad. Ella ofreció su boca y posó una mano sobre el dorso de la mano de Roscoe, separando un poco más los labios, acariciándole con la lengua, invitándolo a entrar más. Miranda sabía al elixir de la vida y Roscoe no conseguía saciarse de ella, pero comprendiendo lo reveladora que era su fascinación con un simple beso, Roscoe se obligó a echarse atrás para, al menos, intentar mantener una actitud digna, intentar ser el amante sofisticado que, ya fuera ella o cualquier otra mujer, debería haber sido.

Con ella se convertía en un hombre distinto. Lo supo incluso mientras hacía que ella abriera la boca, mientras alzaba la cabeza y, como un hombre privado de una estimulación táctil, deslizaba sus dedos en la espesa masa de cabellos, recogidos en un moño suelto.

Las manos de Miranda se habían posado sobre sus hombros y se deslizaron hacia el pañuelo del cuello para quitar el alfiler, echar la mitad de la tela hacia atrás y, posando las palmas de las manos sobre su pecho, deslizar las manos hacia los costados mientras abría la chaqueta.

Roscoe retiró las manos de los cabellos de Miranda lo justo para dejar caer la chaqueta y arrojarla sobre una silla antes de devolver su atención a los sedosos cabellos.

Los dedos de Miranda desabrocharon los botones del chaleco mientras ella escrutaba su rostro a través de las sombras.

Rosoce no quería que reflexionara tanto, ni se centrara tan atentamente en él.

—Te vi pasear esta tarde con Caroline.

—Sí... —ella continuó abriéndole el chaleco antes de extender las manos sobre la fina tela que cubría su pecho—. Hablamos sobre cómo permitir que Sarah pudiera visitar a Roderick en Londres.

—Una buena idea —Roscoe le soltó los cabellos, que cayeron en cascada sobre los hombros y la espalda. Apartando las manos de los mechones que colgaban, se arrancó el chaleco, abrió los puños de la camisa y empezó a soltar las cintas del camisón de Miranda mientras la atraía hacia sí—. Mejor eso que permitir que se queden abatidos y al final, a la desesperada, acaben por organizar un encuentro ellos mismos.

Ocupada desatando el complejo nudo del pañuelo de cuello, Miranda alzó la vista desde debajo de sus pestañas y lo miró a los ojos.

—Esta es nuestra última noche aquí —murmuró tras titubear un instante y bajar de nuevo la mirada.

Él no quería hablar de eso. No quería hablar de ellos.

—Sí —deslizó los dedos por la delicada barbilla antes de descansar la mano sobre la nuca—. De manera que vamos a aprovecharla todo lo que podamos.

Volvió a besarla, pero en esa ocasión no se detuvo. No quería hablar del inminente final de su relación, no quería pronunciar las palabras y hacer que fuera verdad. Eso sería para dentro de dos días. Esa noche, y con suerte la del día siguiente, todavía podría tenerla en sus brazos.

Atrayéndola hacia sí con más firmeza, y en cuanto ella estuvo completamente inmersa en el beso, le soltó la nuca y permitió que sus dedos se deslizaran por su cuello, sintiéndola estremecerse.

Deslizó los dedos por su clavícula, dibujando suavemente la línea hasta el hombro y absorbió su respuesta. Esa noche estaba decidido a tomarse su tiempo y saborearla. Cada momento, cada jadeo, cada instante de estremecimiento, de tensión anticipatoria, hasta el último satisfactorio segundo del consiguiente placer. Cada latido de pasión, deseo, creciente tensión, y liberación.

Tras soltarle las cintas, y sin interrumpir el beso, sin dejar de acariciarla, de trazar con los dedos, deteniéndose en las elegantes curvas de sus brazos y hombros, en sus hinchados pechos, acariciando con las palmas, él le deslizó el camisón hasta las caderas antes de permitir que la pesada seda cayera a su antojo al suelo.

A través de la gasa de seda de la camisola, Roscoe cerró una mano sobre su pecho y se deleitó con la inflamada firmeza, el tamaño perfecto, el evocador peso. Sin ser dirigidos conscientemente, sus dedos encontraron el pezón y apretaron, acariciaron, mientras ella jadeó sin interrumpir el beso antes de apretarse más contra él.

Descaradamente se acercó más y extendió sus manos sobre el torso de Roscoe antes de deslizarlas hacia abajo y hacia las caderas para introducirlas debajo de la camisa y ascender por la espalda. Reclamando lo que era suyo.

Roscoe contuvo un estremecimiento ante la flagrante posesión, digna de una amante, en las caricias. Era algo que deseaba, algo que le hacía sentir placer, algo por lo que se moría.

El beso se volvió más ardiente, más ansioso, más exigente, aumentando de intensidad de manera constante. Y tampoco había ninguna necesidad de acallarlo, de reprimirlo. Esa noche era enteramente para ella, y por tanto para él. Con ella, como no había sucedido con ninguna otra mujer antes, su placer era también el de él.

Y esa noche, durante toda la noche, sería el de ambos.

Se movieron en perfecta armonía, por un instintivo acuerdo. Las ropas cayeron, quedando tiradas por el suelo, las manos tocaron, acariciaron, y poseyeron.

Y volvieron a reclamar, con una confianza desgarradora en su franqueza, en su deseo sin tapujos.

Pero, si él era un experto en esas cuestiones, ella demostró aprender con suma rapidez. Aprendió a responder a él, a sus caricias, a apreciar los mil diminutos placeres que crecían y crecían a medida que, juntos, bailaban por el camino que llevaba al paraíso.

Miranda lo seguía sin dudar. Sin pensárselo dos veces, sin reservas. No se apresuraron, no se metieron prisa, incluso cuando ambos estuvieron desnudos, cubiertos únicamente por las insustanciales sombras, prendiendo fuego el uno a los sentidos del otro, se tomaron su tiempo para embeberse, para tocar, acariciar y sorprenderse. Para disfrutar con el placer del otro y hallar placer en la exploración sensual del otro.

Con un jadeo entrecortado, ella echó la cabeza hacia atrás y cerró los ojos para percibir mejor la sensación de las manos de Roscoe, que se deslizaban desde sus hombros, los pechos, la cintura, el estómago y se abrían para esculpir posesivamente la curva de sus caderas antes de seguir por los muslos desnudos.

Roscoe bajó la cabeza y sus labios se encontraron de nuevo mientras que sus manos, en un gesto de travesura, volvían hacia atrás y, deliberadamente se deslizaban por la cara interna de los muslos de Miranda. Una mano continuó su camino ascendente alrededor de la cadera mientras que los dedos de la otra mano remolonearon y acariciaron suavemente los rizos de la parte superior de los muslos.

Hasta que la mano posada sobre la cadera la agarró con fuerza, sujetándola. Separándole los muslos, Roscoe deslizó los dedos entre los rizos y acarició.

Explorando lentamente, probando y trazando. Aprendiendo de nuevo, impresionándola de nuevo en esa parte de su cuerpo tan sensible e íntima con sus caricias.

La boca de Roscoe continuaba devorando los labios de Miranda mientras sus dedos continuaban jugando con sus sensaciones, sus nervios, mientras atizaban el deseo. Miranda se alimentó de él y él del creciente calor de sus pasiones, de los deseos inflamados, de la necesidad cada vez mayor. Tomó todo lo que ella le ofrecía y se lo devolvió en la misma medida, pero... ella quería más.

Apartando una mano de los firmes y tonificados músculos de la espalda de Roscoe, Miranda deslizó la mano por su costado hasta colocarla entre los cuerpos de ambos buscando, encontrando, la dura columna de su erección. Rodeó el miembro rígido y caliente con los dedos y comenzó a acariciar con energía.

La concentración de Roscoe se fracturó. Ella deslizó los dedos hacia arriba y luego delicadamente sobre la inflamada cabeza. El pecho de Roscoe se hinchó al respirar, pero no la detuvo. En su lugar, reanudó las caricias entre los muslos, concentrándose nuevamente en el beso, en la crecientemente íntima fusión de sus labios, en el profundo saqueo ejecutado por su lengua, que imitaba la creciente presión de sus dedos... y la dejó a su aire.

Le permitió deleitarse dándole placer a él.

Miranda se lanzó al juego, un juego que se convirtió rápidamente en un sensual ojo por ojo en el que ella le devolvía cada crecientemente íntima incursión con sus propias y provocativas caricias, aunque sabía que aquello no podía durar demasiado tiempo, no con el aumento de pasión con cada latido que tamborileaba compulsivamente en sus venas. Pero se aferró al intercambio, al toma y daca.

El olor de su excitación, el suyo y el de él, les envolvió.

Su piel ardía, se humedeció, sus respiraciones se aceleraron.

Miranda no aguantaba más e, interrumpiendo el beso, los nervios en llamas, los ojos cerrados, jadeó.

—Y ahora —le lamió los labios a Roscoe—. ¿Cómo…? —murmuró con voz sensual.

Él rio por lo bajo antes de inclinarse, tomarla en sus brazos y llevarla a la cama.

Arrancando las mantas, la tumbó sobre las sábanas, se irguió y, gloriosamente desnudo la contempló. Su mirada se deslizó desde el rostro de Miranda hasta los dedos de los pies y vuelta hacia arriba. Ella vio un breve destello de sus dientes en la oscuridad antes de que se arrodillara sobre la cama, tomara una pantorrilla con cada mano para separarle las piernas, se agachara entre ellas y colocara su boca donde antes habían estado sus dedos.

Miranda arqueó la espalda y apenas consiguió reprimir un grito mientras la oleada de sensaciones provocada por los labios de Roscoe y la caricia de su lengua la inundó.

Haciéndola despegar.

Arrastrándola lejos del universo hasta otro donde las sensaciones eran ley. Donde los fuegos de la pasión ardían y el deseo era un látigo de fuego que la espoleaba a continuar.

Hacia un cataclismo de deliciosos placeres que aumentaban y crecían, se inflamaban y alzaban antes de implosionar.

Miranda vio estrellas, tocó su sensual sol, pero incluso mientras coronaba y sentía el vacío que aguardaba, lo sintió moverse y se obligó a abrir los ojos. Lo vio alzarse, acomodar las caderas entre sus muslos, apoyarse con las manos y, un instante después, hundirse con seguridad, profundamente, en su interior.

Ella cerró los ojos y gimió suavemente.

Se cerró en torno a él, aprisionándolo con fuerza, y lo sujetó. Alzó sus brazos y lo abrazó.

Roscoe respiró hondo y se retiró para volver a hundirse en ella lentamente. Mantuvo un ritmo lento, dolorosamente concentrado, los ojos cerrados, el esfuerzo y la concentración marcados en su rostro mientras embestía de manera deliberada y controlada en su interior.

Mientras le daba placer a ella, y a él mismo.

Miranda cerró de nuevo los ojos y abrió la boca en una ligera curvatura. Y se limitó a seguirle el ritmo, a recibir cada embestida, tomándolo, alzándose debajo de él mientras continuaron cabalgando.

Más y más.

Roscoe estaba empeñado en prolongar el momento, en extender el placer hasta su grado máximo y más allá. En exprimir hasta la última gota de placer y pasión de esa mujer, y de él mismo.

En consentirse a sí mismo lo que nunca se había consentido con ninguna mujer.

Solo con ella.

¿Por qué?, no tenía ni idea. Con la cabeza agachada, la respiración entrecortada por el deseo de contenerse, de aguantar y estirar el momento, Roscoe se entregó por completo a la sensual devoción, y supo que aquello era incuestionablemente, irremediablemente, inmutablemente así.

Miranda era pura piel firme, suave y caliente, delicada y generosa. La ardiente suavidad de su intimidad era una sensual maravilla, la sutil contracción de los músculos internos, un íntimo abrazo que él sintió en lo más profundo de su alma.

El que lo acompañara abiertamente, alegremente, tan inmersa como él en ese acto que anulaba todos los sentidos, quedó grabado en su piel, en sus músculos, profundamente en sus huesos, absolutamente irrefutable. No había posible rendición, solo unión, acoplamiento de dos iguales.

En un intercambio de placer tan profundo que le dejó marcada el alma.

Y le arrancó cualquier velo.

Miranda fue a su encuentro con generosa sinceridad. Y Roscoe solo pudo acompañarla, sin tapujos, sin máscara, sin siquiera un velo tras el cual poder ocultar sus sentimientos. Los sentimientos eran tan fuertes que se negó a darles nombre, mucho menos reconocerlos y darles más importancia, aunque, mientras se hundía profundamente dentro de ella y la sentía ascender para reunirse con él, esos sentimientos lo inundaron y abrumaron su mente.

Miranda oyó la respiración entrecortada de Roscoe. Levantó la vista y vio los músculos tensos, duros como piedras mientras él intentaba prolongar su mutuo placer. Aferrándose a su ritmo, urgiéndole con su cuerpo y sus manos a seguir, ansiosa y desesperada, y aun así dispuesta a permanecer con él incluso en ese ritmo agónicamente lento, dispuesta a desafiar a las rugientes llamaradas de su deseo como si a través de esa lentitud él las estuviera atizando, sin aliento, jadeando, Miranda levantó una mano y apoyó la palma sobre su mejillas.

Roscoe se volvió y ciegamente depositó un ardiente beso en la palma de esa mano.

La íntima y evocadora caricia hizo que a Miranda el corazón le diera un vuelco.

Que se le encogieran los dedos.

Antes de poderse centrar en ello, en su respuesta, él respiró hondo y aceleró el ritmo, lanzándolos a ellos y a su pasión por el camino ascendente hacia la culminación.

Y los condujo al interior mismo de la hoguera de su voraz necesidad. A las llamas del deseo que le quemaban la piel, que estallaban en sus nervios y achicharraban su inteligencia, sus pensamientos, toda la consciencia externa. Todo lo cual sobrecogió a Miranda, en cuerpo y mente, en un remolino de sensación tan exigente que ya no supo nada más allá del movimiento del cuerpo de Roscoe en su interior, del abrasivo roce de su vello sobre su ardiente piel, de la fuerza que la sacudía con cada embestida, hasta que se inclinó, tomó de nuevo sus labios, llenó su boca y la llevó a la carrera hasta el mismo corazón del sensual sol.

La sensación estalló.

El grito de Miranda, ahogado por el beso, su ser, su realidad, estalló en fragmentos de una percepción de brillantes tonos que lanzaron destellos en sus nervios, avanzaron como un torrente por sus venas y la consumieron desde dentro afuera, hasta que no quedó nada más que un centelleante éxtasis, y la emoción que aguardaba más allá.

La emoción que la embargó, que la abrazó y la envolvió, no era de ella, ni de él, sino de ambos.

Destrozado y temblando, Roscoe se unió a ella en la gloria y se aferraron con fuerza el uno al otro.

Envueltos en esa poderosa, potente, felicidad, abrazados con fuerza, sintiéndose juntos, regresaron en remolinos de nuevo a la tierra.

A las sábanas revueltas, a sus brazos, y al brillo de las postrimerías que los llamaba a ambos.

No iba a pensar en ello.

Después, mucho más tarde, cuando por fin Roscoe se movió para apartarse de Miranda y taparlos a los dos con las mantas, mientras ella, profundamente saciada, permanecía dormida con la cabeza apoyada sobre su hombro, él se retiró y cerró los ojos.

Con bastante menos éxito intentó cerrar su mente a la insistente especulación que la bienintencionada sugerencia de su madre había suscitado.

No necesitaba revisar la perspectiva, pues ya había pensado en ello una y otra vez, y había visto los fallos en el punto de vista de su madre. Incluso, si pudiera volver a convertirse en Julian, no serviría de nada, pues no le conseguiría lo que más deseaba.

Lo que más deseaba, el elemento crucial para el futuro que elegiría de poder elegir. Aun así nada de lo que pudiera hacer le conseguiría el premio que los últimos días se había revelado como su santo grial.

Nada de lo que pudiera hacer retrasaría el reloj y borraría los últimos doce años. Los años que había vivido como Roscoe, lentamente, firmemente, simplemente en virtud de su ingenio y su talento innato al convertirse en el rey del juego de Londres.

Lo había hecho para salvar a su familia, pero eso no hacía de Roscoe alguien más respetable. No compensaba por ello, y no permitiría al hombre que Roscoe había sido durante doce largo años reconvertirse en un marido aceptable para una dama, mucho menos en la clase de marido que aceptaría una dama con la profunda convicción de que su futuro dependía de su adhesión a una rígida respetabilidad.

Entendía, nadie mejor que él podría hacerlo, que la respetabilidad era algo maleable, un concepto gobernado por la perspectiva. No necesitaba preguntar para saber que, en opinión de Miranda, convertirse en su amante y concederse una breve aventura mientras estaba lejos de su hogar, lejos de la sociedad, lejos de todos aquellos que la conocían, era muy distinto a convivir abiertamente con él en Londres.

Mucho menos casarse con él.

Además, un aspecto que valoraba en todo lo que había sucedido entre ellos era la franqueza, la absoluta sinceridad de Miranda. Y, si una pequeña parte de él fantaseaba con encontrar el modo de continuar su relación y seguir manteniendo esa conexión clara, abierta y tan maravillosamente refrescante, la parte mayoritariamente cínica y sofisticada de su mente sabía que no cabía esperanza alguna.

Sabía que, si insistía en aferrarse a lo que tenían, acabaría por destrozarlo, por mancillarlo irremisiblemente.

Esa noche había sido su última noche en Ridgware. Si tenían suerte de encontrar una posada decente, la siguiente noche sería la última de su relación.

Llegarían a Londres a lo largo de la tarde del segundo día, y él regresaría a su casa de la calle Chichester, mientras que ella lo haría a la de la calle Claverton, y era muy posible que no volvieran a verse nunca más.

La idea lo llenó de una pesada sensación de pérdida, pero era demasiado realista para fingir. Para ellos, para esa aventura, para lo que había surgido entre ellos, el final era innegable.

CAPÍTULO 16

A última hora de la mañana siguiente, Miranda se encontraba sentada en el cajón de la calesa de Roscoe, decidida a sacarle el mayor partido a cada instante que le quedaba por estar con él.

El día estaba nublado y el aire transportaba el incipiente frío de un otoño que al fin había desbancado al verano. Por suerte no llovía ni hacía viento que pudiera meterse entre la ropa. Por tanto hacía un buen día para viajar.

Habían abandonado Ridgware poco después de desayunar. Lucasta, Caroline, Henry y Sarah los habían despedido desde el porche. Con la pierna apoyada en alto en el cómodo carruaje de viaje, ya agotado por las prisas de la marcha, Roderick se había dejado caer contra el asiento y la había mirado con una expresión imposible de descifrar.

—Deberías viajar con Roscoe. Yo no voy a ser muy buena compañía —le había advertido a Miranda.

Tras escrutar brevemente su rostro, al fin ella había accedido y Roscoe la había acomodado en su coche sin discutir. En cuanto se pusieron en marcha, atravesando la propiedad hasta la entrada trasera, con la calesa traqueteando con fuerza por delante del coche más lento, Roscoe le había hecho una advertencia:

—Kempsey y Dole trabajaban solos, pero dado que estamos tan cerca de Birmingham, y de sus familias, y vamos a tener que atravesar Lichfield, sería aconsejable mantener los ojos bien abiertos por si descubrimos alguna señal de que nos hayan reconocido o de que nos estén persiguiendo.

Ella había asentido y había seguido su consejo al pie de la letra, pero no habían encontrado ningún villano, ninguna clase de peligro. Tras haber atravesado Lichfield sin mayor problema, habían rodeado Birmingham y tomado la carretera que pasaba por Coventry antes de desviarse hacia el sur, por la carretera de Banbury hacia Oxford. Si bien la carretera que pasaba por Banbury era unos cuantos kilómetros más larga, habían acordado que era más segura que la ruta que atravesaba Leamington Spa, un lugar de descanso muy apreciado por algunos de los vecinos del campo, de Roderick y Miranda, y por la nobleza cercana a Ridgware.

Si no hubieran tenido que preocuparse por Roderick a lo mejor se habrían aventurado incluso más al este antes de girar al sur en dirección a la capital, pero, dada la dificultad que iba a suponer para él cada hora de viaje, habían optado por regresar vía Oxford.

—Al menos sabemos que la carretera de Oxford a Londres está en unas condiciones razonablemente buenas —observó Roscoe.

Dejaron atrás Coventry y rodaban por un tramo bien pavimentado, las ruedas de los carros traqueteando a su paso. Sin la amenaza de un probable peligro, y con Roscoe concentrado en manejar las riendas, en frenar a los caballos negros para que no se lanzaran a toda velocidad y aumentaran distancias con el coche, Miranda al fin pudo aprovechar un momento para echarse hacia atrás, fijar la mirada en la carretera que tenían por delante y considerar su situación con respecto a Roscoe y ella, en ese momento, al día siguiente y el día después.

Él no había mencionado nada, pero la perspectiva señalada por su madre no era la única que podría considerarse. Entre Lucasta y Caroline, Miranda se había hecho una idea bastante completa del pasado de Roscoe como para entender su presente, pero ni su madre ni su cuñada parecían conocer muy bien al hombre en el que se había convertido, quién y qué era Roscoe, en contraposición a Julian.

Para ella estaba clarísimo, Roscoe era el hombre que la había fascinado desde el primer instante, el que la había atraído, el hombre que había tomado como amante. No era Julian el que estaba sentado a su lado, sino Roscoe, y esa distinción se hacía más clara a medida que se acercaban a Londres.

Los argumentos de Lucasta y Caroline se basaban en Julian, pero el hombre con el que ella estaba era Roscoe. Y aunque analizara todo lo que él había hecho y dicho, lo que ella había percibido en los apasionados acoplamientos que habían compartido durante las últimas once noches, en la evolución de la intimidad que no hacía más que crecer entre ellos, seguía sin tener ni idea de qué tenía ese hombre en la cabeza, ni idea de la dirección que había decidido tomar con respecto a su relación. Su aventura.

Había sido ella quien la había iniciado, ella quien la había continuado, al principio solo porque sentía curiosidad por aprender, porque se había sentido desesperada por no vivir su vida de solterona sin saber qué sucedía entre un hombre y una mujer en ese aspecto, y él había sido el único hombre con el que a su juicio habría podido aprenderlo todo. Roscoe se había mostrado como un profesor experto y dispuesto, un instructor devoto, y ella había aprendido mucho. En realidad había aprendido todo lo que se había propuesto descubrir, en tan solo unas pocas noches.

Pero no había bastado con eso, y seguía sin bastar. Pues Miranda quería más. Más de él. Mucho más tiempo con él.

Para explorar con él el nebuloso, aunque infinitamente atractivo, potencial que tenía en sus manos… con tan solo querer alcanzarlo.

Y ahí residía el problema. El deseo de seguir adelante tenía que ser mutuo. No se trataba solo de su decisión, ni se trataba de una decisión que pudiera tomar por él, ni siquiera orientarle hacia ella. Roscoe tenía que desearlo, desearla a ella, querer continuar con su aventura. Tenía que estar convencido.

Mientras los cascos de los caballos negros atronaban sobre el pavimento y las ruedas de la calesa traqueteaban en su avance, Miranda pasaba los minutos reflexionando sobre todo lo anterior y evaluando sus opciones, únicamente para concluir a regañadientes que, a falta de cualquier señal por parte de Roscoe de querer que su relación pasara a ser un acuerdo más permanente, lo único que ella podía hacer era seguir adelante, dejar que su aventura evolucionara como fuera, como él permitiera, y ver qué sucedía. Esperar a ver adónde les llevaba el camino. Ella podía conformarse y animar, pero no podía empujar.

El hecho de que poco podía hacer por influir en su decisión, aunque fuera una decisión que la afectaría significativamente, no le resultaba sencillo de aceptar.

—Un céntimo por tus pensamientos.

Miranda se dio cuenta de que había fruncido el ceño. Borrando la expresión de sus ojos y rostro, miró a Roscoe, pero él ya no la miraba, pues los caballos habían reclamado su atención. Durante un instante ella posó la mirada en el perfil, antes de dirigirla de nuevo a la carretera.

—Sería una pérdida de dinero. No hacía más que dejar divagar mi mente.

Al cabo de unos segundos él asintió hacia la carretera. A lo lejos se divisaba un grupo de casas.

—Eso es Southam. Sugiero que paremos allí para comer —Roscoe la miró fugazmente—. Sin duda a Roderick le irá bien el descanso, y Banbury todavía queda lejos.

—Una parada sería de lo más sensato —Miranda asintió.

Encontraron una posada junto a la orilla de un pequeño río. Un comedor privado daba a una ladera de hierba que bajaba hasta el agua. Un débil sol se reflejaba sobre la superficie, iluminando el salón y dando la ilusión de un día más soleado y veraniego.

Tras reservar el salón, Roscoe dejó a Miranda, de nuevo ataviada de viuda, para elegir los platos más adecuados para la comida y regresó al coche para ayudar a bajarse a Roderick.

Roderick aceptó la ayuda y bajó el pie herido al suelo antes de avanzar cojeando hasta la posada, ayudándose de una muleta. Su equilibrio había mejorado y, en opinión de Roscoe, ya no sufría tanto dolor.

—He conseguido dormir un poco —Roderick cruzó la puerta del salón que Roscoe le sujetaba abierta—. Me ha venido bien. Ya no me siento tan agotado.

—Excelente —Miranda sacó una silla junto a la mesa—. Espero que tengas hambre, la comida aquí tiene muy buena pinta.

Y demostró hacer justicia a su aspecto. Pasaron una agradable hora y media comiendo y charlando sobre todo tipo de temas. En cuanto vio la oportunidad, Roscoe desvió la conversación hacia la vida que los hermanos habían llevado en Oakgrove. A partir de ahí le resultó sencillo conocer sus gustos sobre la vida, saber que ninguno de los dos había visto el mar, ni había tenido ninguna experiencia de navegar en barcaza, barca o barco.

Cuando, terminado el plato principal, la esposa del posadero les preguntó si les apetecía una fuente de queso y fruta, Miranda miró a Roscoe con expresión inquisitiva y él asintió.

—Tenemos tiempo de sobra, no hay prisa.

Miranda sonrió y reanudó su descripción de los jardines de Oakgrove, hablándole de sus árboles, plantas y flores preferidas. La siguiente pregunta de Roscoe fue si le gustaban las flores aromáticas y, de ser así, cuáles.

Roscoe no sabía de dónde había surgido esa obsesión por saberlo todo de ella, pero así se sentía, junto con el peso de saber que se les agotaba el tiempo, que esos momentos de agradable conversación pronto, demasiado pronto, acabarían.

Cuando salieron de la posada, Roderick reprimió un bostezo y agitó una mano para que su hermana se dirigiera a la calesa.

—Voy a echarme una siesta, así que podrías viajar con Roscoe.

Ella asintió y le permitió a Roscoe ayudarla a subir, y enseguida estuvieron nuevamente en marcha, relajados y cómodos. Tras haber informado al cochero sobre el hotel de Oxford en el que había decidido pasar la noche, él ya no tuvo necesidad de contener a sus caballos, aunque tampoco les permitió lanzarse al galope. No estaba dispuesto a permitirles ir más deprisa y, con ello, acortar el tiempo del que disponía para estar junto a ella.

—Cuéntame una cosa —preguntó—. ¿Alguna vez montas a caballo en la ciudad?

—No —Miranda suspiró—. En el campo solía salir a montar casi todos los días, pero en la ciudad... bueno, a la tía Gladys nunca le gustó. Demasiado riesgo de que se produzca el desastre.

—¿Y qué clase de caballo prefieres? ¿Eres aficionada a la caza?

Roscoe siguió haciendo pregunta tras pregunta, pasando con facilidad de una a la siguiente, y ella a su vez le hizo algunas también. Sin embargo se respiraba en el aire una sensación de que aquello era el fin, que el mágico e inesperado interludio en Ridgware había terminado y que, independientemente de lo que él pudiera desear, su asociación personal estaba a punto de finalizar también.

Cuando las agujas de Oxford aparecieron ante ellos, la idea de seguir adelante, de dirigirse a otro lugar y dejar atrás sus vidas, estalló en su mente. Pero, un segundo después, Roscoe desechó esa estúpida idea.

Él era quien era, y ella quien era, modificar su ubicación no lo cambiaría.

Había decidido que se alojarían en el mejor hotel de Oxford. No era uno de los grandes hoteles que los miembros de la alta sociedad solían visitar, sino uno más pequeño y mucho más exclusivo, un hotel extremadamente íntimo dirigido por una familia que tenía muchos motivos para estarles a agradecidos a él y a los suyos.

—Aquí estaremos seguros —Roscoe dejó caer los guantes sobre la mesita del salón de la tranquila y lujosa suite que les habían asignado y se volvió hacia Roderick. Sentado en el sofá, el hombre se masajeaba los músculos de la pantorrilla, por encima del pie roto.

—Está un poco rígida —sintiendo la mirada sobre él, Roderick levantó la vista e hizo una mueca—. Nada serio.

—¿El qué no es serio? —Miranda salió del dormitorio que había elegido.

—El motivo por el que me estoy frotando la pierna —contestó su hermano—. No hay motivo para preocuparse.

—De acuerdo —contestó ella tras respirar hondo.

A Roscoe le pareció que dudaba, a punto, precisamente, de preocuparse.

Y sonrió para sus adentros ante los evidentes esfuerzos de Miranda por dejar de controlar a su hermano.

—Mi habitación es la del otro lado, pero no creo que tengamos ninguna visita nocturna aquí.

—El personal parece muy atento, no como el del hotel de Birmingham.

—Efectivamente —él contempló a Roderick—. Os propongo cenar pronto aquí en la suite y descansar todo lo que podamos. Si salimos pronto mañana, estaréis en la calle Claverton hacia media tarde.

—Ese es un buen plan —Roderick asintió.

Miranda no parecía tan entusiasta como su hermano, pero tiró del llamador antes de mirar a Roscoe a los ojos.

—¿Pides tú o lo hago yo?

—Hazlo tú, yo iré a comprobar que han subido mi equipaje.

El resto de la velada pasó agradablemente. Roderick se cansó poco después de haber cenado. Les deseo buenas noches y, tras asegurarles que no necesitaba ayuda, se dirigió cojeando a su dormitorio y cerró la puerta.

Con la preocupación reflejada en su mirada, Miranda desvió la mirada de la puerta cerrada y enarcó las cejas en dirección a Roscoe.

—Seguramente su estado se debe al dolor, que aunque flojo sí es constante, y no a algo preocupante.

Ella apretó los labios, pero no contestó.

Roscoe echó un vistazo al periódico local mientras ella recurría a una revista femenina que hojeó distraídamente.

Una doncella llegó con la bandeja del té. Ambos permanecieron sentados y tomaron el té a pequeños sorbos sin que ninguno de los dos pareciera tener ganas de conversar. Él se conformaba con disfrutar de su compañía, con poder echarle un vistazo cuando le apeteciera, y no veía ningún motivo para lanzarse precipitadamente a su última noche en la misma cama. Tenía muchos días por delante para poder dormir, pero esa noche quería estirar cada etapa, cada momento, al máximo, extraer todo lo que pudiera.

Al final Miranda dejó la taza sobre el platillo, que dejó sobre la mesita de café. Se irguió y, mirándolo de frente, clavó sus ojos en los de él.

Roscoe ya había dejado la taza y el plato sobre la bandeja y, simplemente, se había limitado a contemplar a Miranda.

Sosteniéndole la mirada, ella se levantó.

Descruzando las piernas, él se levantó.

Sin decir nada, Miranda le ofreció una mano.

Roscoe interpretó su mirada antes de tomarle la mano y dejar que ella le condujera a su dormitorio.

Después de cerrar la puerta él captó su mirada cuando ella se volvió. Llevándose la mano de Miranda a los labios, le dio un largo y lento beso en los nudillos.

Ella le ofreció una sonrisa inocentemente seductora mientras se dejaba envolver por sus brazos. Roscoe la apretó con fuerza antes de inclinar la cabeza en el preciso instante en que ella levantaba la suya. Sus labios se encontraron y el deseo floreció. Así de sencillo, así de fácil. Así de sensible a su llamada.

Así de sencillo, así de directo, resultaba lanzarse a las llamas con ella. Permitir que el calor aumentara, que la pasión les lamiera la piel y los hundiera en ella, que el deseo emitiera su chispa y encendiera su necesidad.

Para él, esa noche, la meta era evidente. La noche era para crear recuerdos, para crear momentos de estremecedora consciencia e imprimir cada segundo de la respuesta de Miranda, y la suya, en su mente.

Recuerdos. De los dulces susurros de la seda deslizándose hasta el suelo. De la sedosa piel y su brillo nacarado bajo la débil luz de la luna. Del contraste entre las piernas de Roscoe, de piel más oscura y cubiertas de vello, entrelazadas con la suave y fina palidez de las de Miranda.

Sus cuerpos se fundieron en una explosión de calor y pasión, pero ninguno se apresuró. Ambos exprimieron cada momento, no solo saboreándolo sino examinando y absorbiendo cada chispa, cada segundo fracturado, de placer, cada gemido, cada jadeo, cada tenso agarre.

La constante acumulación de la inevitable tensión, la inflamada promesa de la liberación.

Roscoe tomó cada uno de esos instantes, y consagró cada uno de ellos en su mente, cada caricia de los labios de Miranda, abiertos e hinchados por sus besos, cada seductora caricia, cada agarre con la mano, lenta y a la vez urgente, cada desesperado jadeo, cada ronca y entrecortada exhalación.

Cada aliento, cada roce, cada sombra de su amor.

Todas esas cosas las reunió Roscoe, asumiendo que ella estaría haciendo lo mismo. A fin de cuentas aquello era el final, hasta ahí llegaba su eternidad. Habían alcanzado el límite de todo lo que podría ser para ellos. Esas eran sus últimas horas, la última vez que podrían saborear el desgarrador instante en que él se deslizaba en su interior, la intimidad que les robaba los sentidos mientras, unidos, se movían juntos, cada átomo de sus sentidos y conciencia centrado en su unión, en dar y recibir, en la trascendente felicidad.

Con los ojos cerrados, los sentidos y la razón en un torbellino, Miranda se agarró con fuerza y cabalgó sobre la ola, buscando y reconociendo, reiterando y reafirmando que eso, esa gloria, era todo lo que iban a poder tener. En ese momento y por siempre.

No se trataba de una conexión pasajera. Esa fuerza, esa gloria, no era algo que simplemente se esfumara y muriera, no si ellos no lo mataban. Ni si lo alimentaban y lo mantenían con vida.

A través de las exigencias, predominantes y abrumadoras, exigencias de su pasión, Miranda aún buscó e intentó ver, mirar a través y más allá de la intimidad hacia lo que subyacía, hacía lo que él pensaba, él sentía, la emoción que lo empujaba.

Miranda miró, hizo acopio del último vestigio de consciencia y, a través de la cascada de placer y centelleantes sensaciones, buscó. Pero lo único que vio, lo único que pudo discernir fue la absoluta e inquebrantable inmersión de Roscoe en el momento, su devoción a cada latido de placer.

Habían alcanzado un plano completamente distinto. Juntos habían roto un nivel superior de comunión física y mental, uno en el que las caricias y la intención, la voluntad y el deseo, la pasión y la necesidad, se fusionaban en una sola entidad. En una ola creciente, arremolinada, inflamada.

Movida por una necesidad cuya fuerza no entendía, desesperada por saber, allí, en ese mismo instante, Miranda se agarró con fuerza, tomó aliento entrecortadamente y se hundió más profundamente, no con los sentidos sino con su alma.

Y él hizo lo mismo. Roscoe agachó la cabeza y sus labios se encontraron y, a pesar de su falta de respiración, se fusionaron y aferraron.

Y juntos continuaron avanzando, hacia arriba, más y más alto, sus cuerpos unos meros recipientes para sus alegremente desesperadas almas.

Roscoe no podía contenerse cuando se trataba de Miranda, allí no, en eso no.

No en esa ocasión.

Siempre había levantado un muro entre sus acciones y sus sentimientos, una pantalla que nadie más había derribado jamás. Con todas sus amantes anteriores nunca había tenido problemas para mantenerse emocionalmente por encima, porque sus emociones no habían estado realmente comprometidas, no como lo estaban con Miranda.

Independientemente de ello, instintivamente había intentado mantener ese muro, ese último bastión de seguridad emocional, pero con ella, noche a noche, día a día, ese muro se había ido erosionando sin parar.

Y esa noche no había motivo para luchar por retener esa separación, esa pantalla, ese escudo, su seguridad interior. Esa noche se correspondía con un momento tras el cual no había nada. Para ellos, esa noche lo era todo, su final.

El cuerpo de Miranda se tensó alrededor del suyo, debajo del suyo, sus brazos rodeándole con fuerza, las manos agarrándose, las caderas abrazándolo con su vaivén, los muslos aprisionando sus costados, la evocadora tensión de sus músculos interiores cada vez más fuerte a medida que juntos basculaban y subían a la cumbre del éxtasis.

Ella estaba con él, su boca la cornucopia de la pasión, su sabor un elixir que envolvía su cerebro y llamaba y atraía con la promesa de una unión lo bastante poderosa como para socorrer su alma.

Roscoe se dejó ir. Dejó caer todas las contenciones y liberó los sentimientos, rebeldes e indisciplinados, que habían crecido desde la primera vez que había posado su mirada sobre ella. Les permitió ascender e inflamarse y llegar hasta ella, por el botín que ella le ofrecía.

Deseaba, clara y sencillamente, hacer visibles sus deseos, permitió que la vorágine se manifestara y lo impregnara, fluyera hasta ella y los atara, que se mezclara con la pasión mucho más abiertamente declarada de ella hasta crear... algo más.

Algo salvaje e indómito, intenso y glorioso.

Roscoe se entregó a ello, sintió, percibió y supo que ella hacía lo mismo.

Lo que siguió estuvo más allá de lo que hubiera experimentado jamás, más allá de su comprensión, apenas dentro de su capacidad de sufrimiento.

Alcanzaron la cumbre en un cataclismo de sensación, el momento elemental enaltecido, coloreado y fortalecido por la llameante emoción, la de él, la de ella, la de ambos, transformando el desesperadamente urgente clímax en una espectacular conflagración que los destrozó, sacudió, agitó y fragmentó.

Que los lanzó a la deriva durante un fugaz segundo, como una cáscara en el vacío, vaciada y anhelante.

La gloria afloró más brillante, más potente, y los llenó. Los rehízo.

En algo mejor, más completo, forjado en el fuego de la pasión.

Juntos se hundieron en el calmante mar, impulsándose sobre las olas doradas de las postrimerías. Abrazados mientras intentaban recuperar el aliento, intercambiando tiernos besos y caricias maravilladas.

Simplemente siendo.

Roscoe se aferró al frágil y delicado momento, resistiéndose a que terminara.

Y en ese instante de claridad, de lucidez, vio, prácticamente tocó, la emoción que lo ataba.

Poderosa y cierta.

Inesperada.

Jamás había pensado que la encontraría, no en su interior.

No había comprendido que descubrirla no era cosa suya, no era una decisión que estuviera en su mano, sino que la fuerza para invocar la más fuerte de las emociones residía en otra persona, en ella.

No se había dado cuenta, pero en esos momentos lo supo.

Tumbado de espaldas con Miranda a su lado, la cabeza apoyada en su hombro, sus piernas entrelazadas con las suyas, los brazos abrazándola, Roscoe cerró los ojos.

Al fin lo había entendido, y al día siguiente se separarían.

Miranda despertó a la mañana siguiente sola en la cama. El colchón a su lado estaba ya frío. Por la ventana se veía un cielo plomizo y una suave llovizna caer.

—¡Maldita sea! —exclamó al ver el reloj sobre la repisa de la chimenea.

Arrojó las mantas a un lado, saltó de la cama y se vistió a toda prisa.

Una vez más vestida de luto, guardó rápidamente los pocos objetos que había sacado del equipaje la noche anterior y llevó la bolsa, la capa y el sombrero con velo al salón de la suite.

Allí estaba Roderick, disfrutando de un copioso desayuno. Al verla, agitó el tenedor en el aire.

—Buenos días. Empezaba a preguntarme si iba a tener que entrar en tu dormitorio para despertarte.

Había dormido como un tronco, profundamente y sin soñar.

—Debía de estar más cansada de lo que creí.

Sobre todo más profundamente saciada.

La mesa estaba puesta para tres. Sentándose en la silla ante el último cubierto sin tocar, Miranda reflexionó sobre el plato que, evidentemente, había sido utilizado.

—¿Dónde está Roscoe?

—Ha salido a echar un vistazo a los caballos. Debemos llamar cuando estemos preparados para marchar y el lacayo vendrá a recoger el equipaje —Roderick suspiró—. Y luego avisarán a Roscoe y él subirá para ayudarme a bajar.

—En la calle Claverton prepararemos un dormitorio en la planta baja para que no tengas que enfrentarte a las escaleras —ella le dedicó una expresión de simpatía.

—No —su hermano sacudió la cabeza—. Tengo que esforzarme. No me cuesta tanto subir las escaleras, y el pie cada día me duele menos.

Miranda titubeó, pero decidió no discutir.

Después de haber terminado el desayuno, abandonaron la suite. Ella bajó primero y dejó a Roderick con Roscoe. Con el velo de nuevo en su sitio, observó cómo el lacayo guardaba su bolsa en el maletero del coche. Roderick apareció cojeando, con Roscoe a su lado.

Roscoe la miró, sus miradas se fundieron y, para sorpresa de Miranda, no le sonrió y de nuevo ella fue incapaz de interpretar su expresión.

—Quizás sería mejor si entraras tú primero —Roscoe señaló con la cabeza hacia el carruaje.

«Por si acaso Roderick necesitara ayuda una vez dentro», pensó.

Miranda entendió lo que quería decirle y tras unos segundos de vacilación asintió y se volvió hacia la puerta del carruaje. Alargando la zancada, Roscoe abrió la puerta, esperó a que el lacayo desplegara los escalones y le ofreció a Miranda una mano.

Ella se agarró con fuerza y permitió que él hiciera lo mismo. Sintió la conexión que seguía allí, seguía fuerte. Equilibrada y más segura, subió al carruaje y se sentó en el rincón más distante.

Roscoe se echó atrás. Un minuto después, con su ayuda, Roderick subió torpemente al carruaje. Con la ayuda de su hermana, se las apañó con la muleta, el brazo en cabestrillo y el pie entablillado y al fin se dejó caer sobre el asiento frente al de ella.

—Ya está —Roderick soltó el aire y sonrió tímidamente a Miranda.

Ella sonrió para darle ánimos mientras por el rabillo del ojo veía a Roscoe cerrar la puerta del coche.

También lo oyó alejarse y, unos segundos después, darle órdenes al cochero. Medio minuto más tarde se oyó el ligero traqueteo de la calesa mientras Roscoe los dirigía hacia la carretera.

El carruaje le siguió lenta y pesadamente.

Y así se dispuso Miranda a pasar el tiempo, acomodada en un rincón del coche de viaje mientras su hermano dormitaba en el asiento de enfrente.

La situación le permitió disponer de tiempo de sobra para reflexionar y considerar, sopesar y aclarar sus pensamientos. Sus deseos, sus predilecciones, sus intenciones. Las posibles maneras de seguir adelante.

No pudo evitar comparar esas reflexiones con las que había tenido sobre los mismos temas al recorrer ese camino, pero en sentido contrario, unos días antes, mientras salía de Londres junto a Roscoe y su prioridad era rescatar a Roderick.

En esos momentos, para empezar, aceptaba absolutamente y sin lugar a dudas que su tiempo como protectora de Roderick había llegado a su fin. Él ya caminaba solo y no la necesitaba. En realidad cualquier interferencia futura por su parte le coartaría el derecho a tomar sus propias decisiones, de vivir su propia vida.

Siempre había sabido que ese momento llegaría, el momento en que abandonaría ese papel por completo para centrarse en el guion de su propio futuro. Hasta que abandonara Londres para dirigirse hacia el norte, su opinión había sido la de que en el futuro solo podría tomar uno de dos caminos posibles. Podría permanecer soltera y morir solterona, o podría casarse con un hombre adecuado y respetable, como Wraxby. Un hombre que la considerara adecuada y apta para sustituir a su esposa en un papel que él, y no ella, definiría.

Pero el viaje le había abierto los ojos. Había otros caminos, más interesantes y potencialmente enriquecedores, que podría elegir. Estaban allí, perfectamente reales y aceptables, y lo único que tenía que hacer era decidirse y tomar el camino elegido por ella.

Podría zambullirse en obras benéficas, implicándose más de lo que hasta entonces había creído posible. Había múltiples caminos que podría tomar en esa dirección. Podría dedicarse a ser una aventurera, viajera, estudiosa de la historia y las civilizaciones, si eso la atraía. Podría ser muchas cosas.

Si decidía serlo...

Pero ¿qué era lo que más deseaba?

En Ridgware había aprendido una lección no articulada: que podría elegir como camino su más ferviente pasión. Había visto cómo la pasión por la escuela local, por los niños, había transformado a Caroline, había visto la pasión por su familia aún ardiendo con fuerza en Lucasta. Incluso Edwina seguía su pasión, claro que junto a su esposo.

Si aceptaba que la pasión era su faro, ¿cuál era entonces su camino? ¿Cuál de todos ellos la llamaba más?

Mientras el carruaje seguía su camino y los kilómetros eran devorados, Miranda intentó aclarar esa última cuestión, pero concluyó que sería imposible lograrlo mientras no hubiera definido las posibilidades que podrían existir entre Roscoe y ella.

La noche anterior había respondido, absoluta y completamente, a todas las preguntas que había tenido al respecto, salvo una. El lazo entre ambos era muy fuerte, y no solo físico, y fascinante y lo bastante poderoso para mantenerlos a los dos cautivados, pero desconocía cuál era la emoción que le daba vida. Miranda sentía la fuerza de esa emoción, y también la había sentido en él, y había aceptado que para ambos era la misma cosa, pero Roscoe era su primer y único amante y ella era demasiado inexperta para sentir ninguna certidumbre a la hora de ponerle un nombre a esa fuerza.

Independientemente de ello, y dejando ese aspecto a un lado, la pregunta más inmediata que había dejado la noche anterior era: «¿Y ahora qué?». ¿Qué les aguardaba a su regreso a Londres? ¿Qué aventuras les serían permitidas allí?

Miranda estaba ansiosa por perseguir la conexión, por ver cómo y qué podría salir de ella. Desconocía cuáles eran sus opciones, pero él seguramente sí lo sabía.

Tras la noche anterior, no le cabía la menor duda de que Roscoe estaba tan atrapado como ella por lo que había surgido y existía entre ellos. Por desgracia, desde la noche anterior, no habían tenido ninguna oportunidad de hablar en privado, ni siquiera durante la comida que habían disfrutado en una pequeña posada. Roderick había estado presente y Roscoe se había mostrado... ella repasó sus sensaciones al respecto... no tanto distante como reservado.

Teniendo mucho cuidado en mantener lo que sintiera bien oculto tras un impenetrable biombo.

En efecto, cuanto más pensaba en ello, la máscara impasible, que se había suavizado durante el tiempo disfrutado en Ridgware, se hacía mucho más dura e impenetrable según se acercaban a Londres. Sin duda esa máscara debía formar parte de su armadura como Roscoe, y resultaría interesante descubrir si, cuando ella estuviera cerca, se volvería a suavizar, si le iba a permitir volver a ver a través de él.

Miranda sonrió al imaginarse la situación cuando el coche disminuyó la velocidad y traqueteando pesadamente giró a un patio interior.

Del exterior llegaron órdenes y gritos, aunque camuflados por las ventanillas y puertas cerradas del carruaje. Enfrente de ella Roderick con los brazos cruzados y la cabeza inclinada seguía durmiendo. Por el movimiento del coche debían de estar cambiando de caballos. Inclinándose hacia delante, Miranda miró por la ventanilla. Aparte de un establo y varios mozos de cuadra corriendo por todos lados, no había gran cosa que ver hasta que Roscoe apareció por la parte delantera del carruaje.

Al verla asomada a la ventanilla, comprobó que Roderick seguía durmiendo y le hizo un gesto para que bajara la ventanilla. Ella manipuló el pestillo hasta conseguir bajarla y ambos comprobaron que su hermano seguía sin moverse.

—Estamos en Uxbridge —Roscoe asintió bruscamente—, será nuestra última parada antes de llegar a Londres —miró a los caballos y de nuevo a ella—. Daré órdenes para que os conduzcan directamente a la calle Claverton. El cochero os dejará allí y regresará a mis establos —la expresión era absolutamente impasible, los ojos oscuros indescifrables. Esos ojos se desviaron hacia Roderick, que seguía sin despertar, antes de volver a ella—. Dile a Roderick que en cuanto tenga noticias de Kirkwell se las haré llegar, pero de momento estará a salvo mientras no salga de casa.

—Gracias —ella parpadeó, desorientada, ¿se estaban despidiendo? Respiró hondo—. Quiero agradecerte toda tu ayuda. Sin ella…

—No hay de qué —la mirada de Roscoe recorrió su rostro.

Y antes de que Miranda consiguiera pensar en algo que decir, él asintió de nuevo y se alejó.

El coche se bamboleó cuando los ejes fueron colocados de nuevo en los arneses y los mozos de cuadra se apartaron. Miranda agarró el pestillo de la ventanilla para sujetarse y, al mirar de nuevo hacia fuera, Roscoe ya no estaba.

Con la mirada fija hacia el exterior, sintió moverse a Roderick y lo miró a él.

—¿Dónde estamos? —su hermano parpadeó y bostezó.

—Acabamos de abandonar Uxbridge. Llegaremos a Londres pronto.

—Bien —él volvió a cerrar los ojos.

Miranda volvió a mirar por la ventanilla, pero no consiguió ver ni a Roscoe ni su calesa. Frunciendo el ceño para sí, volvió a cerrar la ventanilla. No había esperado separarse tan bruscamente, claro que su hermano estaba delante. Además, seguramente volvería a ver a Roscoe una vez estuvieran en casa.

Mientras el carruaje giraba para salir del patio y tomaba velocidad, Miranda se acomodó en el asiento.

Desde las sombras del porche de la posada, Roscoe vio alejarse el coche. La mayor parte del tiempo que había conducido desde Oxford lo había invertido en intentar decidir qué decir. Pero decidir era una cosa y decir era otra. Su intención había sido optar por una ruptura limpia y rápida, directa y clara, un reconocimiento de su inevitable realidad. En cambio, ni siquiera había conseguido pronunciar un simple «adiós». Solo la idea de pronunciar la palabra hacía que se le cerrara la garganta.

Había cometido un error al pasar la última noche con ella. De haberlo sabido, se habría conformado con los recuerdos que ya atesoraba en lugar de descubrir, tal y como había hecho, qué habría podido tener de no haberse convertido en Roscoe. Justo lo que más deseaba de la vida, desesperadamente, lo que quería en su vida para el resto de sus días.

«No hay de qué».

Sus palabras desde luego habían sido sinceras. Y no había motivo para alargar la despedida. Desde luego no había motivo para que ella le diera las gracias, y no había necesidad de decir nada más porque no había nada que él o ella pudieran decir que lograra cambiar la situación.

Por primera vez en su vida había despertado lamentando una decisión tomada. De hecho lamentaba todas las decisiones que había tomado años atrás y que le obligaban en esos momentos a dejarla marchar, a aceptar que su tiempo juntos había terminado.

A tener que ver cómo se alejaba.

Frunciendo el ceño se puso los guantes de montar. Él no podía marcharse, aún no. Todavía tenían que atrapar al hombre que había intentado asesinar a Roderick. Kirkwell estaba ahí fuera, en alguna parte. Y hasta que Kirkwell ya no supusiera ninguna amenaza para Roderick o su hermana, él seguiría vigilándolos, esperando.

Ya había dado órdenes para que la casa de la calle Claverton se mantuviera bajo vigilancia constantemente. Dada la aparente falta de liquidez de Kirkwell, cabía la posibilidad de que intentara matar a Roderick él mismo. Y, si lo intentaba, el villano caería en su trampa. En cualquier caso, y de cualquier forma, iba a encontrar a

Kirkwell, pero mientras tanto iba a tener que mantener las distancias con Miranda.

Bajó al patio y asintió secamente mientras aceptaba las riendas de manos del mozo de cuadra que le había preparado la calesa, se sentó en el cajón, dio un golpe con las riendas y el par de caballos grises recién enjaezados echaron a andar hacia la carretera.

Por su bien, y también por el de ella, lo mejor sería mantener el contacto entre ambos estrictamente al mínimo.

CAPÍTULO 17

—Sigo sin podérmelo creer —Gladys mordisqueó la tostada del desayuno, untada con mermelada, y miró a Miranda al otro lado de la mesa, y luego a Roderick sentado a la cabecera—. En la casa del duque de Ridgware, y os trataron como si fuerais sus invitados.
 —Sí —Miranda ni siquiera alzó la vista.
 Roderick permaneció inmerso en el periódico del día.
 Habían llegado a la calle Claverton a las cuatro de la tarde del día anterior, y cada minuto del resto del día lo habían dedicado a responder a las miles de preguntas de Gladys y a relatar lo sucedido en Ridgware, dejando a Miranda sin tiempo para volver a retomar las riendas de la casa y tratar sus diversos temas.
 Durante los quince días que había estado fuera, su tía solo se había ocupado de lo demasiado urgente para poder esperar, de manera que ante ella tenía dos semanas de cuentas, salarios y detalles que resolver, además de las decisiones mundanas requeridas para mantener en funcionamiento una casa. Estaba decidida a intentar ponerse al día todo lo posible ese día para poder dedicar sus pensamientos a asuntos más personales que, para su sorpresa, la habían mantenido despierta una buena parte de la noche.
 —Es que me resulta tan extraño —murmuró Gladys—. Habría supuesto que unas grandes damas como la duquesa viuda y la duquesa mostrarían una actitud mucho más reservada y altiva.
 Los recuerdos de Miranda se detuvieron en Lucasta y Caroline. Miró a su hermano, el rostro obstinadamente hundido en el periódico, y regresó a su lista de tareas.

—A pesar de su posición social son personas muy humanas. Resulta que tienen las mismas preocupaciones que cualquier otra dama.

Su tía frunció el ceño antes de soltar un bufido y sumirse en un bien recibido silencio. A pesar de aceptar como cierto todo lo que le habían contado, Gladys seguía extrañándose y preguntándose por la estancia de sus sobrinos en Ridgware, confraternizando con la familia ducal.

Miranda ya le había explicado que el amigo de Roderick, el que le había ayudado a encontrarlo y rescatarlo de sus secuestradores, tenía estrechas conexiones con los Delbraith, un hecho que de inmediato había situado a ese amigo, ante los ojos de Gladys, fuera de toda sospecha. Cuando su tía había preguntado a regañadientes, con gran inquietud y señales claras de no querer oír la respuesta, pero incapaz de no formular la pregunta, si había logrado evitar el escándalo mientras había viajado con un caballero que no era ningún pariente, ella había señalado hacia la ropa de luto que seguía vistiendo y le había mostrado el sombrero con velo. Nadie, le había asegurado a Gladys, había llegado a saber quién era, y con el relato sobre el caballero que la acompañaba, a una viuda, hasta la residencia del campo, ni siquiera se había provocado una chispa de escándalo.

Con la mirada fija en la lista de tareas, Miranda reflexionó sobre la otra enseñanza que le había proporcionado el viaje: mientras que sus acciones no fueran conocidas, el escándalo nunca existiría.

Soltando el lápiz, tomó la taza de té y bebió un sorbo mientras repasaba todo lo que tenía que hacer sin remedio. Quería hacer una pausa y pensar en Roscoe, en ella y él y lo que podría ser, pero primero tenía que reunirse con la señora Flannery y luego hablar con Hughes.

Roderick arrojó el periódico a un lado sobre la mesa. Miranda lo miró y vio la mueca reflejada en su rostro mientras cambiaba la pierna de posición.

Sintiendo su mirada, él levantó la vista y la sostuvo.

—Mi pierna sigue demasiado débil para aguantar siquiera un paseo por el jardín —su voz estaba teñida de una profunda frustración. Agarró la muleta y, apoyándose en ella, se puso en pie—. Voy a sentarme en el cuarto de estar.

—Sí, por supuesto —Miranda lo observó salir de la habitación. Su hermano había insistido en subir y bajar las escaleras por su cuenta, pero el esfuerzo le había pasado factura.

—¿Hughes? —murmuró en cuanto estuvo segura de que Roderick no podía oírla.

—¿Sí, señorita? —el mayordomo se encontraba junto a la mesa auxiliar.

—Quizás una vez que el señor Roderick haya tenido tiempo para acomodarse en el cuarto de estar, podría comprobar si necesita que le lleven algo.

—Por supuesto, señorita.

Y ella, por su parte, encontraría tiempo para escribirle una carta a Caroline, y otra a la dirección que Caroline le había facilitado. Aunque Roderick ya no fuera su principal motivo de preocupación, el que estuviera entretenido durante su convalecencia estaba claramente marcado en su lista.

Después de tantos días, y de nuevo libre de la distracción que suponía la presencia de la señorita Miranda Clifford, Roscoe dedicó la mañana a ponerse al día con diversos asuntos. Una hora de reunión con Jordan bastó para tratar todas las cuestiones económicas urgentes y a continuación se sentó ante el escritorio del despacho para revisar los informes semanales acumulados, recibidos de los cuarenta y tres clubes de juego que poseía y funcionaban por toda la capital.

—¿Comerá en el comedor, señor? —preguntó Rundle tras asomarse al estudio.

Roscoe se reclinó en la silla almirante y levantó la vista antes de sacudir la cabeza.

—No, volvemos a la normalidad. Tráeme aquí un plato.

Devolviendo su atención al informe que estaba repasando, fue consciente de que Rundle titubeaba, seguramente dudando si debería insistir, antes de hacer una reverencia y marcharse.

Recordaba claramente las comidas que había compartido con Miranda en la planta baja, pero antes de aquello siempre había comido en su despacho mientras seguía trabajando. Y, dado que ella ya no formaba parte de su vida, lo mejor sería restablecer su rutina.

Su presencia había sido como una ola fugaz en el estanque de su vida. Y, Dios era testigo, sus aguas eran profundas.

Divertido ante su propia vena poética, se centró de nuevo en el informe. Los informes semanales habían demostrado ser el mejor método para mantenerse al tanto de todo lo que sucedía en su extenso imperio.

Había habido un tiempo en el que él, acompañado de Mudd y Rawlins, habían visitado cada club y cada antro semanalmente, un tiempo en el que la amenaza de su intervención personal había sido el único medio para controlar los vicios e inclinaciones criminales arraigadas en las personas contratadas para dirigir sus negocios. Pero a lo largo de los años había aprendido cómo trazar una línea en la arena y atenerse a ella. La línea que había elegido era que todas las actividades realizadas en sus negocios, y por sus empleados, debían pasar cualquier escrutinio legal.

Los abogados estarían, y a menudo lo estaban, impresionados por lo delicadas que eran las sensibilidades de los bajos fondos cuando se trataba de lo que era legal y lo que no. Los criados en un barrio marginal o a la sombra de una barriada poco respetable captaban perfectamente los matices de la ley. Pero, incluso a pesar de las implicaciones legales y morales de su posición social, el mero hecho de haber trazado una línea y atenerse a ella había sido fundamental. Le había proporcionado una plataforma a partir de la cual operar, una que lo distinguía de sus pares.

Una que le había permitido situarse, metafóricamente, por encima de ellos.

Y en muchos aspectos le había resultado ventajoso.

Lo segundo que había aprendido, o en lo que había ampliado sus habilidades innatas, era cómo juzgar a los demás. Como buen jugador con éxito, siempre había tenido un don para saber quién era sincero y abierto y quién no. Quién era astuto y quién cándido. Y había utilizado esa habilidad con sus empleados, recompensando a aquellos en quienes podía confiar y desechando a aquellos en quien no.

Con un negocio tan extenso como el suyo, la vigilancia era una tarea constante que nunca acababa, pero también le proporcionaba éxito. Con el paso de los años, apenas necesitaba intervenir en el día a día de ninguna de sus empresas.

Al menos no con respecto a sus empleados.

Acababa de terminar el plato de carne fría, pan y queso, apurado la jarra de cerveza que Rundle le había servido y terminado con el último de los informes de sus antros de juego, y se disponía a comenzar con el primero de los más sofisticados clubes, cuando Rundle llamó a la puerta y entró.

—La señora Keller y el señor Masters esperan abajo, señor —el mayordomo se acercó al escritorio para retirar el plato y la jarra—. Si tuviera un momento, les gustaría hablar con usted sobre uno de sus habituales.

Keller y Masters dirigían uno de sus clubes más tranquilos, exclusivos y antiguos, uno que iba dirigido a los caballeros más mayores y conservadores de la sociedad.

—Hazles subir —Roscoe asintió.

Bajó la vista hacia el informe que tenía en la mano, perteneciente a otro de sus clubes. Dejándolo a un lado, repasó el montón de informes hasta que encontró el último remitido por Keller y Masters. Rápidamente le echó una ojeada, pero no vio nada referente a una potencial dificultad. Dejando el informe sobre el montón, se reclinó en la silla y aguardó.

Cuando entraron la señora Keller, una rubia escultural, y Masters, su hermano, les señaló con la mano hacia las sillas frente al escritorio.

—¿Cómo se llama vuestro problema?

Masters hizo una mueca de desagrado mientras se sentaba, aunque por lo demás se mantuvo relajado y cómodo.

—Lord Cathcart —anuncio Joyce Keller, sentada muy erguida y sonriendo tímidamente.

Roscoe se tomó unos segundos para localizar mentalmente al anciano lord mientras contemplaba a Keller y a Masters.

—Un vicioso y viejo bastardo que cree que el resto del mundo debería arrodillarse ante él y los de su ralea, y que rápidamente se torna violento ante el menor descuido.

Joyce y Masters eran los hijos ilegítimos de un hombre como ese, en su caso un conde. Como casi todo el mundo, los hermanos pensaban que Roscoe tenía un origen similar al suyo, una presunción que él nunca había intentado aclarar, pues le resultaba muy conveniente para su disfraz.

Miró de Joyce a Masters. Llevaban más de cinco años trabajando para él, conocían el negocio, y lo conocían a él.

—¿Qué ha pasado?

—Lisette —Joyce suspiró—, la joven flamenca que nos envió. Ha demostrado ser tan extraordinaria en el piquet como usted nos aseguró que sería.

—Y como también sugirió —intervino Masters—, a la mayoría de nuestros viejos pesados les gusta jugar con ella, aunque pierdan —sofocó una carcajada—. De hecho, es tan buena que los demás parecen felices de perder con ella, y lo cierto es que les ofrece una condenadamente buena educación en el juego.

—Desde luego. Tiene muchísimo éxito, o lo tenía, hasta que Cathcart oyó hablar de ella —Joyce hizo una mueca.

—Dejadme adivinar —expuso Roscoe—. Cathcart se considera el sumo maestro del piquet, y Lisette le superó.

—Evidentemente —Masters asintió—. Eso ya habría sido bastante malo, pero el idiota, Cathcart, insistió en mil por punto. Lisette, por supuesto, pidió permiso y yo, como un imbécil, no pensé, bueno, sí pensé, pero solo en lo mucho que íbamos a ganarle a Cathcart. Y desde luego que ella lo desplumó.

—¿Y?

—Cathcart pagó, pero estaba rabioso —contestó Masters.

—No solo rabioso —precisó Joyce—. Estaba incandescente de ira al ver que ella había demostrado que no era más que un charlatán.

—Debería añadir que esto sucedió el jueves por la noche, el día más ajetreado —el rostro de Masters se endureció—. Cathcart lo organizó deliberadamente, quería tener la máxima audiencia para la partida, demostrar a los demás que era capaz de superar a la pequeña extranjera que tan fácilmente los había ganado a todos.

—Pero, sin embargo... —Joyce levantó las palmas de las manos en un gesto de impotencia—. Y, por supuesto, siendo uno de sus establecimientos, Cathcart no se atreve a acusarla de hacer trampas.

—No cuando ninguno de los demás lo había sugerido siquiera —añadió Masters—, y por supuesto, todos conocen sus normas.

—Ya nos había advertido usted que hay momentos en los que es mejor no ganar —Joyce volvió a suspirar—, y este seguramente habría sido uno de ellos, pero ya está hecho y no se puede deshacer. Y, desgraciadamente, Cathcart no es de los que lo dejan estar —miró a Roscoe a los ojos—. Cathcart esperaba a Lisette a la salida del club. Alzó el bastón y le habría golpeado si no hubiésemos enviado a Hugo, uno de nuestros hombres, a acompañarla. Agarró el bastón de Cathcart antes de que impactara sobre ella.

—¿Cathcart intentó realmente golpearla? —preguntó Roscoe sin mover ni un músculo.

—Y eso no es todo —Joyce asintió—. Regresó al día siguiente y le ofreció a Lisette una gran suma si volvía a jugar con él, por cinco mil el punto, y le permitía ganar.

Con la mirada clavada en Joyce, Roscoe dejó pasar unos segundos.

—Por favor, decidme que ella no aceptó.

—No lo hizo —Joyce sonrió tensa.

—Excelente —Roscoe se relajó—. Entonces, ¿qué hacéis aquí?

—Cathcart armó un gran barullo sobre que había perdido contra la banca, pero que la banca no le ofrecía la oportunidad de recuperar sus ganancias —Joyce lo miró a los ojos—. Y por eso hemos venido a buscar consejo.

—Y ayuda —añadió Masters—, suponiendo que haya algo que pueda, y quiera, hacer.

Roscoe se reclinó en la silla y miró a lo lejos mientras consideraba sus opciones. Tratar con Cathcart requería de un enfoque diferente al necesario para tratar con personas más impulsivas como lord Treloar. Al fin volvió a centrarse en Joyce y en su hermano.

—Lisette ha herido el orgullo de Cathcart, y eso es un punto débil. De manera que vamos a utilizar ese orgullo en su contra para cerrarle la boca. Vamos a obligarle a aceptar su derrota como un hombre.

Irguiéndose tomó una hoja de papel en blanco y la pluma.

—Voy a aceptar el desafío de lord Cathcart y permitirle recuperar sus pérdidas. Contra mí. A fin de cuentas yo soy «la banca», en este caso —mientras hablaba ya estaba escribiendo—. Le permitiré elegir la cifra entre cinco y diez mil libras por punto, como él quiera. Como con cualquier apuesta, caso de que lo acepte, quedará registrado en los libros de apuestas. La partida se celebrará en el club, y puede ir acompañado de dos observadores de su elección para asegurarse de que todo sea legal. La oferta tendrá vigencia durante, digamos un mes, ¿os parece? —hizo una pausa para leer lo que había escrito y, curvando los labios, firmó la misiva y añadió una nota—. Y, en caso de que esta oferta escrita se perdiera, dejaré una copia firmada ante notario para usted en el club y conservaré otra en mis archivos.

Masters soltó una carcajada y Joyce sonrió. Ambos sabían que Cathcart jamás aceptaría el desafío. Ningún jugador en su sano juicio apostaba contra Roscoe y esperaba ganar.

Roscoe secó la tinta y le entregó la carta a Masters.

—Llévasela a Jordan cuando te marches, él hará las copias y hará llegar la original a Cathcart —levantó un dedo en un gesto para que su visitante permaneciera sentado—. Sin embargo, ya que estáis aquí los dos —tomó el último informe recibido del club—, ¿quién demonios ha estado perdiendo estas grandes cantidades en la mesa de apuestas?

Media hora más tarde los hermanos se marcharon y Roscoe se dispuso a repasar otros informes, tomando nota de cualquier pregunta que surgiera en su mente, como la inesperadamente elevada recaudación en la mesa de apuestas del club Keller. Hacía tiempo ya que había dejado clara la importancia de saber quién estaba yendo a la ruina antes de que se endeudara en exceso. En ocasiones, una palabra susurrada al oído podía salvar a más de uno.

Acababa de revisar los informes de los clubes cuando Jordan apareció con un montón de documentos y un recordatorio de que tenía una reunión de la junta de Argyle Investments, una fundación benéfica de la que era accionista mayoritario.

No regresó a su casa hasta bien entrada la tarde. Tras entregar el abrigo a Rundle, se dirigió a la biblioteca y una vez allí, directamente a la mesa donde estaban las bebidas y se sirvió una copa de brandy antes de dejarse caer en su sillón favorito. Tomó un sorbo y sostuvo la copa en alto para observar el líquido ambarino que contenía, y al fin se permitió a sí mismo centrarse en la pregunta que llevaba todo el día agazapada al fondo de su mente. La pregunta que había hecho surgir la sugerencia de su madre.

Había desestimado esa sugerencia en base a que no era factible y que no le conseguiría lo que más deseaba, pero la perspectiva no había desaparecido y un tentador «¿por qué no?» murmuraba constantemente en su oído.

Si hubiera necesitado otros motivos, las actividades del día, simplemente de ese día en concreto, ya habrían cubierto una buena parte de ellos como para que la respuesta fuera clara. No podía volver a ser lord Julian Delbraith porque para hacerlo iba a tener que dejar de ser Neville Roscoe.

Y muchas personas, demasiadas personas, dependían de Roscoe, lo supieran o no.

No solo sus empleados, aunque eran muchísimos, y motivo suficiente en sí mismo. Ningún otro empresario del juego iba a emular, a ojos de ellos peculiares e irracionales, maneras, como la de proteger a sus empleados de toda amenaza externa, contratar a muchas mujeres, sobre todo para puestos de responsabilidad, y pagar a todos sus trabajadores un sueldo digno y con regularidad, y sobre todo insistir en que no se cometiera ningún crimen en sus locales.

Si Neville Roscoe llegara a desaparecer, más de uno suspiraría aliviado y de inmediato regresaría a la ley de la selva. Mientras él permaneciera allí, sus establecimientos marcaban un nivel que otras casas se veían forzadas a igualar y mantener. Si se borraba de la ecuación, no habría nada de autobombo en admitir lo obvio.

Y, si bien la fortuna de su familia estaba ya a salvo, y su fortuna personal era enorme, los fondos que dedicaba a la beneficencia a través de la Hermandad de la Filantropía, Argyle Investments y varias otras fundaciones superaban con creces los ingresos que obtenía para su riqueza particular.

Hacía tiempo que había tomado la decisión de que, dado que muchos miembros de la alta sociedad eran aficionados a jugarse grandes sumas, era perfectamente legítimo que él les proporcionara esa posibilidad, aceptara su dinero y lo redirigiera hacia quienes más lo necesitaban. Había llegado a la conclusión de que esa postura surgía de su sensación de culpa por haberse aprovechado de las adicciones de tantos jugadores mientras estaba en proceso de salvar a su propia familia de la ruina. Y al fin había decidido que tanto él como su conciencia podrían vivir con ello.

Se llevó la copa de cristal tallado a los labios y bebió un sorbo del fuerte coñac mientras permitía que sus conclusiones lo empaparan.

Dibujó una mueca con los labios y bajó la copa antes de reclinarse en el sillón.

—Lo siento, mamá, pero lord Julian Roscoe Neville Delbraith no regresará jamás. Para todos los efectos, lord Julian está muerto.

—Buenas noches, Rundle —de pie ante la puerta principal de la residencia de Roscoe, Miranda alzó una ceja en un gesto inquisitivo—. ¿Está el señor?

—En efecto, señorita —el mayordomo se hizo a un lado y le ofreció una reverencia mientras ella entraba.

Miranda se detuvo en el vestíbulo ante la mesa central sobre la que dejó los guantes antes de permitir que Rundle le quitara la capa. Llevaba puesto un vestido de seda color ámbar con un echarpe de seda color topacio sobre los hombros.

—¿Está en la biblioteca?

—Sí, señorita. Si es tan amable de seguirme…

Haciendo un elegante gesto de asentimiento con la cabeza, ella siguió de cerca a Rundle por el pasillo, como si visitar a un caballero en su casa después de las diez de la noche fuera normal. Necesitaba hablar con Roscoe para saber lo que sentía y qué posibilidades había y, esperaba, para continuar con su relación. Y dado que él no podía acudir a verla a la calle Claverton, era ella la que tenía que acudir a él.

La noche anterior había estado muy ocupada con las preguntas de Gladys y el jaleo de volver a instalarse en su casa. Después de dos días de viaje se había sentido muy cansada, pero a pesar de ello incapaz de dormir, inquieta y agitada de un modo muy preocupante. En varias ocasiones había despertado buscando el calor de Roscoe, y encontrando únicamente sábanas frías y espacios vacíos.

Aunque estaba segura de que una relación de menos de dos semanas no podía provocar una adicción, lo cierto era que echaba de menos a Roscoe, al parecer a un nivel más profundo que el de su mente consciente.

Al llegar al final del largo pasillo, Rundle abrió la puerta de la biblioteca.

—La señorita Clifford ha venido a verle, señor —anunció mientras sujetaba la puerta para que ella pasara.

Mientras atravesaba el umbral, a Miranda se le ocurrió que Rundle debería haber preguntado si su señor estaba dispuesto a recibirla antes de conducirla a la biblioteca. Preguntándose por qué no lo había hecho, aprovechó la oportunidad que se le ofrecía de calibrar la respuesta espontánea de Roscoe ante su llegada. Entró en la estancia y le sonrió.

Estaba sentado en el sillón que había ocupado aquella noche que ella había acudido allí para suplicarle su ayuda para encontrar a Roderick. Y, como entonces, estaba leyendo un libro, que descansaba abierto en sus manos, olvidado de pronto al verla acercarse a él.

En los ojos oscuros brilló un destello de fuego y Miranda sintió la caricia de las llamas cuando la mirada de topacio se deslizó sobre su cuerpo antes de regresar a su rostro, sus ojos. Sin mirar hacia abajo, Roscoe cerró el libro y se levantó del sillón.

—Señorita Clifford —saludó mientras miraba hacia el mayordomo—. Eso será todo, Rundle.

—Muy bien, señor.

Rundle se retiró y cerró la puerta tras de sí.

La mirada de Roscoe se fijó en el rostro de Miranda, volvió a repasar sus rasgos y al fin se decidió por sus ojos.

—¿Qué sucede? —preguntó tras unos segundos de duda.

—Quería preguntarte si habías sabido algo de Kirkwell —ella siguió acercándose hacia él. Sin dejar de sonreír se detuvo únicamente cuanto el corpiño del vestido rozó la parte delantera de su chaqueta—. Y también quería hacer esto —colocó una mano sobre su pecho y, estirándose, lo besó en los labios.

Roscoe se contuvo un instante, un momento que ella sintió no como de duda sino de cálculo, antes de que sus labios se movieran sobre los suyos y se apropiara del control de beso. La rodeó con sus brazos y la llevó hacia las familiares llamas, sosteniéndoles a ambos allí, dejando que los quemaran.

Durante incontables minutos, instantes larguísimos de simple placer, de calor y deseo compartido. Roscoe prolongó la caricia antes de sujetarlos, tanto a ella como a él.

Al levantar la cabeza vio a Miranda fuertemente pegada a él, los ojos desmesuradamente abiertos, los sentidos completamente centrados en él, completamente consciente de la vibración de atracción sensual, sexual, que los sujetaba a ambos, los atrapaba. Los unía.

Sus miradas se fundieron y, levantando una mano, Roscoe le retiró de la mejilla un mechón de rebeldes cabellos.

—¿Por qué has venido?

—Para preguntarte por Kirkwell y... —con un dedo ella dibujó la línea de su labio inferior—. Por esto.

Roscoe atrapó la punta del dedo de Miranda entre sus dientes y mordisqueó ligeramente antes de soltarlo.

—En cuanto a Kirkwell —su voz era un grave murmullo—, no hay mucho que contar. Mudd y Rawlins hablaron con el tío de Kempsey. El tío acudió al Hood and Gable para reunirse con Kirkwell, tal y como habían acordado, pero Kirkwell no apareció. Mudd y Rawlins regresaron a la taberna y volvieron a preguntar por si alguien lo hubiera visto por allí cerca, o supiera algo de él, pero no.

—De manera que no hay modo de encontrarlo —ella analizó su rostro.

—Directamente no. Pero, si recuerdas todas las descripciones que nos dieron de él, siempre mencionaban una cicatriz que todos tomaron por un corte hecho con una espada. Hoy en día, ese tipo de herida es lo bastante frecuente como para que la gente lo reconozca con facilidad. De modo que, si Kirkwell es el verdadero apellido de ese hombre, puede que consiga averiguar algo a través del ejército.

—¿Podrías hacer eso? —los ojos de Miranda se abrieron aún más.

—Digamos que tengo varios conocidos que me deben algún favor.

—¿Y cuánto tiempo te llevará?

—Varios días como poco. Pero mientras Roderick permanezca en su casa, estará a salvo, y con el pie roto...

—De momento está atrapado en casa y, por tanto, a salvo.

Miranda escudriñó el rostro de Roscoe y este el de Miranda. Ella aguardó.

Tras una eternidad, los labios de Roscoe se curvaron y su mirada se detuvo en sus labios.

—En cuanto a esto... —imitando la caricia de ella, Roscoe deslizó un pulgar por su labio inferior, provocándole una oleada de estremecimiento, de deliciosa anticipación por la columna. Sintiéndolo perfectamente, los labios se curvaron aún más y ella sintió el torbellino de tensión dentro de él. Roscoe respiró hondo—. ¿Qué pasa con esto?

Miranda esperó hasta que sus miradas se fundieron.

—Quiero saber cuáles son las posibilidades. Qué quieres tú, qué podríamos tener en caso de que ambos deseásemos lo mismo.

Ella sintió cierta admiración hacia sí misma, de haber tenido el valor de llegar hasta ese extremo, de hablar como lo estaba haciendo y apostar por lo que deseaba. Porque si algo le habían enseñado las damas de la familia de Roscoe era que ella también tenía derecho a intentar alcanzar sus sueños que, independientemente de las experiencias de su madre y su hermana, algo así no tenía por qué terminar forzosamente en tragedia.

—Entiendo —él seguía sosteniéndole la mirada, pero su expresión era indescifrable.

Detrás de la mirada azul zafiro, algo destelló, aunque Miranda no consiguió saber qué.

—No sé cuáles son nuestras opciones, pero sospecho que tú sí lo sabes.

Roscoe titubeó. Seguía rodeándola con sus brazos, sin apartar la mirada de sus ojos. Parecía tener el mismo éxito que ella intentando interpretar sus pensamientos.

—Entiendo que deseas continuar con nuestra relación. Aquí, en la ciudad.

—Sí —ella le sostuvo la mirada—. ¿Podríamos?

«No». Él sabía que esa era la respuesta correcta, pero no consiguió que la palabra saliera de sus labios. El motivo por el que nunca había permitido a ninguna otra mujer ser su amante se aplicaba con mayor motivo a Miranda. Respiró hondo para intentar llenar unos pulmones de repente comprimidos.

—Miranda...

Ella lo silenció posando un dedo sobre sus labios.

—Puede que este sea el mejor momento, pero —su mirada se deslizó por las sillas y la chimenea antes de regresar a su rostro— desde luego no es el mejor lugar.

—Mir...

—Ya discutiremos los detalles más tarde —Miranda lo agarró por las solapas y se puso de puntillas—. Por ahora, limítate a besarme.

Miranda posó sus labios sobre los suyos y los entreabrió, seductora y exigente y absolutamente irresistible. Antes de que la mente de Roscoe hubiera tomado una decisión, sus brazos ya la estaban abrazando con más fuerza, su cabeza se había agachado y él estaba haciendo justo lo que ella le había pedido, besándola. Vorazmente.

Tenía hambre de ella, y ella le estaba ofreciendo socorro. Él tomó y ella dio generosamente. Las manos de Miranda se deslizaron por los cabellos de Roscoe y sujetaron su cabeza, lo sujetaron al beso, lo sujetaron para poder devolverle el placer.

Multiplicado por diez. Por cien.

Sin esfuerzo se dejaron llevar por la danza del deseo.

Roscoe sabía que tenía que explicarle que aquello no podía ser, que su aventura no podía continuar, no en Londres, no con seguridad. Había asumido que, siendo consciente de que allí era Roscoe y no un hombre remotamente elegible siquiera para perder el tiempo con él, Miranda mantendría las distancias, pero no lo había hecho.

Al acudir a él esa noche, al entrar con tanta confianza en la biblioteca y dejar tan claro su deseo de continuar con la relación, lo había desconcertado, absoluta y comprensiblemente. Había reabierto un debate que él creía ya cerrado. Le había hecho volver a cuestionarse las posibilidades, pero incluso mientras se zambullía en la delicia de su boca, mientras sentía su cuerpo pegarse al suyo, la sentía suave y vibrante en sus brazos, en el fondo de su alma sabía que nada había cambiado. El problema era que Miranda no sabía lo suficiente como para ver el asunto tan claro como él.

Iba a tener que explicárselo, pero, incluso mientras reunía toda su fuerza de voluntad e ingenio para interrumpir el beso y hablar, ella se apretó provocativamente contra él, apartó los labios de los suyos y, en voz baja y ronca, casi ronroneó:

—Llévame a tu cama.

Las palabras fulminaron cualquier resto de fuerza de voluntad que pudiera quedarle, vació su mente de todo, salvo de la imagen de Miranda tumbada, saciada y floja, sobre las sábanas de seda de su cama.

El creciente calor lo envolvió mientras el deseo avivaba las llamas.

Roscoe no contestó, no consiguió hacer funcionar su garganta, no confiaba en su voz. En su lugar, dio un paso atrás, la mirada fija en sus ojos, le tomó la mano y, juntos, giraron el pomo de la puerta. Después apenas recordaría el momento de subir las escaleras, ni cuando ella se detuvo en la galería y él la condujo hasta la habitación. Tomados de la mano, él la guio por el pasillo hasta llegar a la doble puerta de su habitación.

Abrió una y la hizo pasar al interior, la tomó en sus brazos y cerró la puerta de una patada. Inclinando la cabeza la besó mientras la empujaba hacia la cama.

«La última noche. La última vez. Nunca más».

Pero su mente ya no era capaz de formar las palabras, aunque sí de asimilar el significado, y esa consciencia impregnó sus caricias, afiló su deseo.

Un deseo que ella correspondía en todos los aspectos. Deteniéndose a los pies de la cama, Roscoe interrumpió el beso y apretó los labios contra el largo arco del cuello, sintiéndola estremecerse. Era un punto particularmente sensible en Miranda y con sus labios Roscoe dibujó un rastro de ardientes besos hasta el hueco donde la garganta se encontraba con el hombro, mientras con las manos le deshacía el peinado regando el suelo de horquillas hasta dejar caer la sedosa mata. A continuación recorrió su cuerpo con las manos, hasta posarse en las firmes curvas, dibujando, asimilando, poseyendo de nuevo. Reclamando su botín.

Una mano sobre la nuca, la otra sobre el hombro, ella se agarró con fuerza. La mirada baja, los labios entreabiertos, echó la cabeza hacia atrás para ofrecerle un mejor acceso a la delicada piel expuesta por el escote del vestido. Con sus labios, Roscoe dibujó el contorno de los tentadores pechos antes de erguirse y capturar sus labios con los suyos mientras sus dedos buscaban y encontraban las cintas y las desataban ágilmente.

Miranda no parecía tener prisa y permitió a Roscoe deslizarle el vestido lentamente hacia abajo mientras saboreaba sus pechos a medida que los liberaba del estrecho confinamiento del corpiño. Tomándolos en sus manos, y con los labios aún pegados a los de ella, los sopesó, acarició y apretó. La fina tela de la camisola, la última e insustancial barrera entre sus manos y la piel de Miranda, añadió otra capa de placer táctil, cambiante, seductor.

Deslizó el vestido un poco más hacia abajo, pasada la cintura, sobre la sugerente curva de sus caderas. A partir de la parte superior de los muslos, el vestido cayó solo con un suave suspiro hasta arremolinarse en el suelo.

Interrumpiendo el beso, Miranda sacó los pies del montón de tela en el suelo y lo empujó a un lado de una patada y, vestida únicamente con la camisola semitransparente, las medias de seda sujetas por encima de las rodillas, y los zapatos de tacón, se acercó con descaro, la mirada fija en los ojos de Roscoe y llevó las manos hasta el pañuelo del cuello.

Le tocaba a ella. No hizo falta que dijera nada, él lo entendió, y le permitió hacer lo que quisiera. No había motivo para no aprovechar cada instante, saborearlo, contener la inevitable carrera todo el tiempo que fuera posible. No había motivo para no tomar, siempre que ambos lo desearan, por última vez.

De manera que Roscoe se esforzó en mantener las caricias lentas, de exprimir cada instante hasta el final. Miranda se dio cuenta y le dirigió una mirada especulativa, pero no resultó nada sorprendente que al fin acompasara el latido del corazón al suyo y, juntos, siguieran con el lentísimo y exquisito baile.

Roscoe no había esperado que resultara tan fascinante. Tan abrumador.

Sus anteriores relaciones le habían abierto los ojos, permitiéndole en ese momento empaparse de la sorpresa. Y caer rehén de la sencilla felicidad.

Hasta la desgarradora realidad que subyacía entre ellos.

Miranda no se contuvo. Mientras botón a botón, prenda a prenda, lo desnudaba, permitió que sus sensaciones colorearan su expresión, fluyeran por sus caricias. Mostró abiertamente todo lo que sentía por él.

Y Roscoe no podía por menos que honrar esa franqueza. No podía dejar de corresponderla. Dejando caer todas las máscaras, todos los escudos, permitió que se unieran en el amor y la ardiente pasión.

Arrodillado ante ella, le quitó delicadamente el liguero y los zapatos, deslizó las medias hacia abajo y se levantó para, lentamente, despojarla de la camisola y así revelarla al completo, una diosa de nacaradas curvas y seductoras sombras.

Y mientras todo eso sucedía, Miranda dio el paso crucial para pegar su cuerpo al de él, piel contra piel desnuda.

El desgarrador instante los sacudió a ambos.

Dejando a un lado toda sofisticación y teniendo únicamente el instinto como guía, Roscoe agachó la cabeza mientras ella se erguía y sus labios se fundieron mientras la pasión ardía.

La conflagración creció lentamente, etapa a etapa de tremendo calor, de hambrientas llamas. Ambos se esforzaron por mantener la cadencia lenta y constante, el ritmo lo bastante pausado como para poder saborear plenamente cada instante.

Para poder excitarlos a ambos, cada uno ante las íntimas caricias del otro, ante cada sugerente caricia de Roscoe, que ella le devolvía por completo. Los dedos jugaban con traviesas intenciones. Sus bocas se fusionaban antes de separarse, los labios surcaban, los dientes mordisqueaban, las lenguas lo completaban con sus lametones ásperos y lascivos.

Roscoe rindió culto a sus pechos antes de seguir adelante.

Y ella acarició la rígida columna de su erección antes de deslizar sus manos para devorar el torso, la espalda, los costados, los muslos. Allí donde pudiera alcanzar.

Una feroz tensión vibraba en sus cuerpos, contundente y real, y aun así se aferraron a los momentos de tensión, a la plateada gloria, y reverentemente asimilaron la verdad, su verdad.

Pero al final la necesidad fue demasiado fuerte para ignorarla. Él la elevó y ella le rodeó las caderas con sus largas piernas, deslizándose hacia abajo mientras él empujaba hacia arriba y la llenaba.

Un tembloroso suspiro surgió de sus labios antes de que le rodeara el cuello con los brazos y tomara sus labios.

El beso era todo calor y ardiente pasión, encabritándose incandescente bajo el endeble control.

—La cama —susurró ella con voz ronca mientras se apartaba ligeramente e inclinaba la cabeza.

Él se acercó a la cama, sujetándola a ella con fuerza. Se arrodilló sobre la colcha de seda y la empujó hasta que estuvo tumbada de espaldas sobre la colcha de color azul oscuro, y luego la siguió.

Y le permitió tirar de él hasta que estuvo completamente tumbado sobre ella.

Y le permitió abrazarlo mientras él soltaba las riendas y se dejaba ir, soltaba todo lo que sentía por ella, y permitía que lo guiara.

En un baile que terminaría en el corazón mismo de su rugiente hoguera.

Y ella lo acompañó en todo momento, jadeando y agarrándose a él, montando y acelerando mientras, los cuerpos hundiéndose, dejaban que la pasión los fustigara en el ascenso de la última cima.

Donde les aguardaba el éxtasis. Brillante, mucho más brillante que nunca.

Donde sus corazones colisionaron, estallaron y se recompusieron, transformaron y se convirtieron en uno mientras se lanzaban al vacío de la gloria.

La felicidad los atrapó, los impulsó. Una sensación de paz, tan penetrante que los sobrecogió, los inundó, los envolvió, y los arrastró en su caída.

A pesar de todo, aquello debía ser el final.

Varios minutos después, Roscoe se movió, apartando reticentemente su mente del soporíficamente anestésico abrazo de la saciedad. Estaba medio tumbado sobre el estómago, y ella tumbada a su lado, los ojos cerrados, la expresión neutra, tan saciada y floja como él la había dibujado en su imaginación poco antes. Sus cabellos se extendían sobre las almohadas en una ondulante ola marrón de reluciente seda.

Apoyándose sobre los codos, Roscoe se tomó varios minutos

para empaparse de la visión, permitir que se introdujera en su mente, se grabara en su memoria. Después, lentamente, se volvió y se sentó en la cama con la espalda apoyada en las almohadas amontonadas contra el cabecero. Levantó un brazo y deslizó la mano sobre la nuca mientras se afanaba en buscar las palabras, las palabras adecuadas, que sabía debía pronunciar.

Al final ella también se movió. Roscoe contempló su rostro y vio agitarse las pestañas. Convencido de que no iba a estar más preparado nunca de lo que ya estaba para mantener esa conversación que no quería mantener.

—No podemos seguir viéndonos —anunció en cuanto vio que ella abría los ojos—. Así no. En realidad, de ninguna manera.

Miranda parpadeó y se dio la vuelta para tumbarse boca abajo, el cuerpo tapado por las mantas y apoyándose sobre los codos.

—¿Por qué? —preguntó con voz ronca mientras fruncía el ceño—. Yo… —un mechón de sus cabellos cayó sobre su rostro y mientras lo apartaba con una mano, de repente se detuvo. Incluso en la penumbra, él la vio sonrojarse—. ¡Oh!

Bruscamente miró hacia abajo, los cabellos sueltos cubriéndole la cara.

—No, no es eso —Roscoe encajó la mandíbula.

Esperó varios segundos, pero al ver que ella no levantaba la vista, alargó una mano y, sujetándole la barbilla, le levantó el rostro antes de apartarle delicadamente los cabellos. Solo entonces pudo verle claramente el rostro y clavar la mirada en sus ojos.

—Tú eres la primera, la única, mujer a la que he traído a esta habitación, a esta cama.

—Entonces —Miranda ladeó la cabeza, buscando sus ojos—, ¿por qué? No tengo la impresión de que te hayas cansado de mí —ella alzó los hombros y gesticuló con una mano—. ¿Por qué terminar algo de lo que ambos disfrutamos?

—Porque no soy la clase de hombre con el que puedas dejarte ver, mucho menos reconocer como tu amante, y al final alguien acabará por darse cuenta, y hablará. Es demasiado peligroso.

—¿Y no soy yo quien debería decidir eso? —Miranda inclinó más la cabeza, sin apartar los ojos de los suyos.

Sus miradas se fundieron unos instantes antes de que la expresión de Roscoe se endureciera. Echando las mantas a un lado, alargó una mano hacia los pantalones, se levantó y se vistió antes de acercarse a la mesa donde un decantador y varios vasos descansaban sobre un aparador.

Ella lo observó servirse una copa de lo que parecía brandy. A punto de volver a ponerle el tapón, le dirigió una mirada inquisitiva. Miranda sacudió la cabeza. Tras colocar el tapón, tomó su copa, le dio un pequeño sorbo y regresó lentamente a la cama.

Se detuvo, volvió a dar otro sorbo y con gesto severo contempló a Miranda. Después de varios segundos, habló con voz baja y solemne.

—Soy Neville Roscoe, el rey del juego de Londres, y como tal la única relación que puedo mantener con una dama es una relación ilícita. Aparte del peligro que correrías de sufrir chantaje o secuestro, una relación ilícita no te conviene. Puede que nade en la abundancia, pero hay una cosa que no puedo comprar: la respetabilidad, la clase que tú necesitas que tenga el hombre que forme parte de tu vida. Y por mucho que lo desee, es algo que no puedo cambiar. Ni toda la filantropía del mundo lo conseguiría —su oscura mirada se clavó en el rostro de Miranda mientras tomaba otro sorbo antes de continuar con voz más calmada—. Dime una cosa, ¿te mencionó mi madre su idea de que vuelva a ser Julian?

Miranda reflexionó cuidadosamente su respuesta.

—Caroline me explicó los sucesos que te empujaron a convertirte en Roscoe. Lucasta mencionó que, en su opinión, habiéndose resuelto la situación que lo provocó todo, seguramente eras libre de volver a cambiar.

Los labios de Roscoe se curvaron y alzó la copa para intentar ocultar su expresión, pero sin apartar la mirada del rostro de Miranda. Pasó un momento antes de que volviera a hablar.

—Y lo he pensado. Por ti pensé en esa posibilidad.

Al ver que no continuaba, y con el corazón y el cuerpo cada vez más frío, ella lo animó a seguir.

—¿Pero...?

Él le sostuvo la mirada durante varios latidos antes de apartarse, tomar una silla que había junto a la pared, colocarla frente a la cama, y sentarse. Inclinándose hacia delante, los brazos apoyados sobre los muslos, acunando el vaso entre las manos, el rostro más o menos a la misma altura que el de ella, la miró a los ojos.

—No puedo.

Resultaba extraño discutir un tema tan emocionalmente cargado de una manera tan tranquila e indiferente, pero... Miranda respiró hondo y utilizó el mismo tono tranquilo que había empleado él. Necesitaba entenderlo.

—¿No puedes o no quieres?

—Las dos cosas —Roscoe bebió otro sorbo e hizo una mueca—. No puedo porque hay demasiada gente entre la alta sociedad, y en otras partes, que me reconocería como Roscoe, y eso arruinaría todo lo que llevo doce años logrando por el bien de mi familia. Y no quiero, no querría, aunque no fuera el caso, porque... —dejó pasar un instante antes de mirarla a los ojos—. Como el rey del juego de Londres, tengo más de mil empleados. La mayoría con familia. Dadas sus habilidades, a muchos les iba a resultar muy difícil encontrar otro trabajo decente —hizo una pausa antes de bajar la mirada hasta posarla en su bebida—. Me convertí en Roscoe para proteger a seis personas: mi madre, mis hermanas, Henry y Caroline. Cierto que eran mi familia y que no tenían a nadie más que pudiera ayudarles, pero... —volvió a mirarla a la cara—. La familia de Roscoe se cuenta por miles y, si él desapareciera, si simplemente dejara de estar ahí, o si vendiera sus negocios a otra persona, esas miles de personas no estarían a salvo, no tanto como lo están mientras yo, Roscoe, esté aquí.

Respiró hondo antes de continuar.

—Esas miles de personas son la responsabilidad que acepté como medio para proteger a mi familia. No puedo, no quiero, darles la espalda sin más ahora que los Delbraith están a salvo y podría resultarme conveniente regresar a la sociedad.

«Conveniente». Estaba hablando de...

—No los dejaré tirados —Roscoe clavó su mirada en los ojos de Miranda—, aunque hacerlo nos permitiera continuar nuestra relación —su mirada era inflexible—. Pero, créeme, tú te mereces algo mejor que una aventura con un señorito derrochador, y eso sería lo único que podría llegar a ser lord Julian Delbraith.

«¿Y si fuera algo más que una aventura?». Una gélida sensación envolvió el corazón de Miranda. Para no tener que admitir la implicación de sus palabras, para impedir que el impacto la destrozara, se obligó a centrarse en un aspecto que aún no tenía claro.

—Quizás lograra entender mejor tu decisión si supiera por qué fue necesario que te convirtieras en Roscoe para empezar, por qué fue esa la única manera de salvar a tu familia.

—Para alguien firmemente atrapada en la respetabilidad —Roscoe la miró con severidad—, pensé que sería obvio.

—Entiendo todo lo referente a la respetabilidad entre la alta burguesía —contestó ella con aspereza—, pero la aristocracia posee normas distintas, más flexibles, según he aprendido recientemente. Tú decidiste utilizar el juego para pagar las deudas de tu familia. Docenas de lores apuestan escandalosamente, como hizo tu hermano al originar esa deuda, de manera que, ¿por qué para jugar tú con un objetivo más noble tuviste que ocultar tu identidad?

—¡Ah! —él sonrió con cinismo—. La alta sociedad siempre ha tenido dos caras y a menudo se muestra descaradamente hipócrita. El motivo es... múltiple, como muchas situaciones que implican a esa alta sociedad. En primer lugar, la cantidad de dinero necesaria para satisfacer las demandas de los acreedores y volver a llenar las arcas de la familia era astronómica, y no había modo de lograrlo con unas cuantas ganancias, por espectaculares que fueran. Y si me hubiera propuesto amasar tales cantidades por medio de las mesas de juego, todo el mundo se habría dado cuenta de que los Delbraith estaban arruinados y eso habría supuesto la ruina social para las seis personas que quería proteger. Encima, la sociedad se habría escandalizado si, para rescatar a los Delbraith, yo, aunque de manera legal, despojara de su dinero a una buena cantidad de las otras familias de la alta sociedad. Y, por último, de todos modos no habría podido hacerlo porque habría necesitado ganar grandes sumas y con mucha frecuencia, y pasada una semana todos los caballeros adinerados de Londres me estarían evitando. No habría encontrado a nadie contra quien apostar, y las casas y clubes de juego no me habrían permitido el acceso al darse cuenta de que mi intención era hacer saltar la banca y que, además, tenía las habilidades para hacerlo —la miró a los ojos con una expresión mucho más que cínica—. De manera que, aunque como lord Julian Delbraith tenía la capacidad de hacer lo que necesitaba hacer, como lord Julian Delbraith no podía hacerlo.

—¿Y cómo el convertirte en Roscoe te permitió hacer lo que no podías como lord Julian? —ella se aferró a su curiosidad, utilizándola como escudo para mantener sus pensamientos, sus reacciones, a raya.

Él se limitó a mirarla en la penumbra, sin decir nada.

Miranda le sostuvo la mirada sin apartarla. Después de varios minutos, con voz calmada, continuó.

—Acabas de anunciarme que nuestra relación ha terminado, que no volveré a verte, ni a pasar tiempo contigo. Lo menos que puedes hacer concederme esto y darme una explicación.

«Confía en mí aunque este sea nuestro adiós».

Roscoe permaneció en silencio un instante antes de alzar su copa y apurarla. Bajó el vaso y lo hizo girar en sus manos.

—Necesitaba darles a los jugadores empedernidos y dueños de casas de juego en Londres tiempo para olvidar a lord Julian, pero la familia necesitaba dinero, en grandes cantidades, y rápidamente. Me marché al continente. Viajé a todas las ciudades en las que hubiera jóvenes adinerados apostando sus fortunas. Y gané. Y porque ganaba no me quedaba más remedio que seguir viajando constantemente, no pudiendo quedarme más de una semana en un mismo lugar. A menudo solo dos noches si mis ganancias eran espectaculares —la miró a los ojos brevemente—. Casi desde mi más tierna infancia me di cuenta, y estaba seguro para cuando llegué a la escuela, que para alguien con mi talento particular no es bueno ganar demasiado, ni demasiado a menudo. Para cuando me instalé en la ciudad ya había aprendido a perder, y lo hacía, deliberadamente, para disfrazar mis ganancias. A menudo salía del club con diez mil libras más, pero sin que nadie que hubiera jugado contra mí sospechara que había ganado más del doble, y sin esforzarme —sus labios se curvaron—. Era muy bueno en lo que hacía —suspiró y contempló el vaso vacío—. Pero eso no era lo que mi familia necesitaba, de modo que en el continente gané todo lo que pude y me marchaba de cada ciudad para nunca volver. Yo, y el pequeño grupo que poco a poco reuní, vivimos así durante dos años.

Tras una breve pausa, Roscoe reanudó el relato.

—Y entonces regresamos a Inglaterra. Yo había cambiado lo suficiente como para que ninguno de los propietarios, o los empleados, de los clubes de juego pudieran reconocerme. Y al principio me mantuve apartado de los antros de la alta sociedad. A lo largo de mis viajes había aprendido mucho, y comprendido que la manera más segura, y a la vez discreta, de ganar mucho dinero con el juego, era ser el dueño del club, de modo que compré uno. El Pall Mall —su expresión se endureció—. Después de aquello, ya no volví a mirar atrás.

—Caroline me contó que el juego era una adicción familiar —Miranda frunció el ceño—, pero nunca te he visto apostar.

—Tengo cuarenta y tres negocios —Roscoe se encogió de hombros—, todos basados en el juego. No tengo ninguna necesidad de sentarme ante una mesa y añadir más dinero a mis arcas —hizo una pausa—. No es el juego en sí mismo a lo que somos adictos, sino a la excitación del éxito.

Una pieza del rompecabezas pareció encajar en su sitio.

—Por eso animas a Henry a poner en práctica todas sus ideas en la finca, por eso insistes en que adopte un papel activo en la dirección de casi todo.

Roscoe la miró como si le sorprendiera que se hubiera dado cuenta de ello, y luego asintió.

—En la vida hay más desafíos que los de las mesas de juego, y pueden proporcionarnos las mismas satisfacciones. Solo tenemos que encontrarlos.

Y él lo había encontrado al convertirse en Roscoe.

Su rechazo a volver a ser lord Julian tenía, por fin, mucho sentido. Mucho más que antes. Él era Roscoe y, por muchos, muchos motivos, era quien necesitaba seguir siendo.

La luna empezaba a despedirse y en la creciente oscuridad, sus miradas de fundieron.

—Gracias por explicármelo.

Ya solo le quedaba salir de allí, regresar a su casa, a su habitación, sin permitirse a sí misma pensar en que era la última vez que lo vería.

—Es hora de que me marche —anunció mientras apartaba las mantas.

Se vistieron en silencio. Roscoe fue en busca de la capa de

Miranda y juntos abandonaron la casa y atravesaron la parte trasera del jardín hasta el callejón. La noche era fría, la luna había desaparecido y la oscuridad era total en el callejón. Caminaron uno al lado del otro sin tocarse, sin hablar, concentrada ella en no pensar, en no permitir que su mente repasara lo sucedido, lo que estaba sucediendo y sus implicaciones. Todavía no.

Desde el instante en que él le había anunciado que su relación había terminado, Miranda había sentido la necesidad de controlar sus emociones y sus sentimientos, sentido la necesidad de proyectar una fachada fría y serena, de comportarse como, suponía, haría una dama sofisticada de la alta sociedad en su situación.

Pero, por dentro, detrás de esa fachada, algo se estaba desgarrando, rompiendo, pero Miranda no podía fijarse en qué, ni hasta qué punto. Todavía no.

La casa de la calle Claverton no estaba lejos. Roscoe posó una mano sobre el pestillo de la puerta del jardín, pero no la abrió de inmediato. Miró a Miranda que, la cabeza alta, los hombros cuadrados, la espalda recta, se obligó a mirarlo a los ojos sin permitir que se trasluciera ni un ápice de su tumulto interior. Las aventuras, por su propia naturaleza, eran breves en el tiempo. Terminaban. Y debía de aceptar que la suya acababa de hacerlo.

Las sombras eran demasiado densas para que ella pudiera verle la cara, para que pudiera descifrar su expresión. Los ojos de Roscoe eran dos pozos de impenetrable oscuridad.

—Si averiguo algo más sobre Kirkwell, os haré llegar la información —él hizo una pausa antes de continuar con cierta inseguridad—. Si alguna vez necesitas la clase de ayuda que yo puedo proporcionar, confío en que no dudarás en pedírmela.

Miranda solo pudo agachar la cabeza a modo de reconocimiento.

Él dudó otro instante más antes de accionar el pestillo y empujar la puerta abierta.

—Adiós, Miranda.

Ella titubeó, atrapada por la salvaje y desesperada necesidad de olvidarse de toda precaución, arrojarse a sus brazos y pedir…

Pero tras respirar hondo y, con la cabeza alta, cruzó la puerta.

—Buenas noches, Roscoe.

Alargando una mano, empujó la puerta para cerrarla. Y esperó. Esperó, suprimiendo despiadadamente todo pensamiento que quedó suspendido hasta que, momentos más tarde, oyó las pisadas de Roscoe alejarse lentamente de la puerta y continuar por el callejón.

En cuanto el sonido hubo cesado, Miranda echó la cabeza atrás, cerró los ojos y se obligó a respirar hondo.

Y entonces sí dejó libres sus pensamientos. Permitió que sus emociones y sentimientos surgieran y la atravesaran, estrellándose contra ella, retorciéndola, arrasándola, atravesándola.

El torrente era tan turbulento que no había suelo firme, certeza, solo confusión.

Solo una nebulosa de dolor que lo abarcaba todo, un dolor amorfo y asesino.

Por el que no había nadie a quien culpar. Ella había sido la que había forzado la relación, y no había previsto que durara más allá de aquella primera noche, luego unas pocas más, y luego más allá gracias a la oportunidad tan convenientemente proporcionada por su estancia en Ridgware.

Desde luego, la sugerencia de Lucasta de que Roscoe volviera a convertirse en lord Julian había alimentado varias posibilidades en su mente, pero él no iba a poder seguir ese camino y, después de todo lo que había averiguado sobre su vida como Roscoe...

Por tanto le había pedido una noche más, y él se la había concedido, y se lo habían regalado una última vez, pero era evidente que Roscoe había tenido razón al trazar la raya y afirmar que «nunca más». En su postura no había nada contra lo que ella pudiera argumentar. Quizás ella lo conociera como un hombre honrado y respetable, hecho que había quedado patente en su negativa a darle la espalda a todas aquellas personas que dependían de él, pero la sociedad no lo vería del mismo modo, y era esa sociedad y sus expectativas las que al fin y al cabo gobernaban la vida de Miranda.

El frío le atravesó la capa y la hizo estremecerse. Cerrándosela, bajó la cabeza y se encaminó hacia la casa.

¿Por qué se sentía tan sacudida emocionalmente? No tenía ningún derecho a sentirse así.

Frunciendo el ceño, subió los peldaños de la terraza y entró al gabinete.

No sabía qué pensar. Peor aún, no sabía qué sentía. Ni por qué. ¿Podría ser amor lo que sentía por Roscoe? ¿Por eso le dolía tanto?

En cualquier caso, lo que había surgido entre los dos, la conexión, la intimidad, la gloria apasionadamente violenta, había terminado. Finalizado. Para siempre.

CAPÍTULO 18

Dos mañanas después, Miranda estaba sentada sola en el gabinete remendando el bajo de uno de sus vestidos y con la mente obsesivamente fija en esa sencilla tarea.

El día anterior había transcurrido entre un miasma de dudas, de anonadada impotencia, y una sensación de absoluta inutilidad con sus divagaciones sin sentido. Pero esa mañana había despertado firmemente decidida a dejar atrás su relación con Roscoe y seguir adelante.

Seguir adelante con su vida, averiguar qué era lo que más deseaba en esa vida y tomar las decisiones adecuadas para lograrlo. Gracias al tiempo que había pasado en Ridgware, sabía qué era posible y qué debía hacer. Simplemente tenía que hacerlo.

Sin embargo no podía ignorar sus quehaceres en la casa. Aunque era evidente que tarde o temprano Roderick se casaría y esa labor correría a cargo de su esposa, de momento la responsable era ella. Todavía no se había puesto al día con todas las decisiones que habían quedado sin tomar en su ausencia.

Y, encima, Roderick encontraba la convalecencia tan dura como ella había previsto. Hacía poco que lo había dejado tirado en un sillón del cuarto de estar, bien provisto de los periódicos del día y bajo la vigilancia de Gladys. Aunque no se había quejado, la fina línea que dibujaban sus labios, la oscuridad de sus ojos, lo decían todo a gritos. Miranda rezó para que la petición que había enviado a la familia de Sarah diera sus frutos, y pronto. No se le ocurría otra cosa capaz de aliviar el pésimo aguante de su hermano.

Acababa de hacerle un nudo al hilo y buscaba las tijeras cuando alguien llamó a la puerta con una cadencia rígidamente precisa, y que reconoció de inmediato. Las pisadas de Hughes se dirigieron hacia la puerta de entrada mientras ella doblaba rápidamente la costura y dejaba el costurero a un lado, se levantaba y se alisaba las faldas.

Contemplando su reflejo en el espejo de la pared junto a la puerta, se recogió varios mechones de cabellos bajo el moño, respiró hondo, dibujó una sonrisa de bienvenida apropiada y salió con la intención de conocer qué posibilidades consideraba el señor Wraxby que tenía cara a su vida futura.

Entró en el cuarto de estar en el mismo instante en que Wraxby tomaba la mano de Gladys. Se volvió y sonrió al verla. El gesto, no obstante, frío.

—Señor —ella le ofreció su mano y observó con ojo crítico cómo se inclinaba sobre ella. Desde luego era una persona muy rígida. Recuperando sus dedos, le hizo una señal para que se sentara en el sofá. Si no recordaba mal, había estado en el campo—. ¿Acaba de regresar a la capital?

—Regresé hace dos días —Wraxby aguardó a que ella se sentara antes de echar hacia atrás los faldones de la chaqueta y sentarse muy tieso en el otro extremo del sofá—. Los negocios me reclaman, pero, dado que ahora tengo unas horas libres, he pensado en venir a verla —desvió la mirada hacia el pie de Roderick—. ¿Qué le ha pasado, Clifford?

—Una estupidez —Roderick sonrió tenso—. Me caí por las escaleras.

«¿Estaba borracho?». Miranda prácticamente oyó los pensamientos de Wraxby en alto.

Y un vistazo a su tía le confirmó que Gladys había tenido esa misma impresión.

—Le he dicho cientos de veces que un caballero no debería correr por ahí como si aún fuese un crío —su tía intervino rápidamente—. Pero… —extendió las manos en un gesto de impotencia.

—Una combinación de alegría y sobreabundancia de energía. A mí me pasa lo mismo con mis hijos.

Miranda le lanzó a su hermano una mirada de advertencia. Los hijos de Wraxby eran niños y con esa comparación había situado a Roderick al mismo nivel.

—¿Qué tal el tiempo en Suffolk, señor? —preguntó ella volviéndose hacia Wraxby.

Durante los minutos que siguieron, Wraxby, Gladys y Miranda mantuvieron una conversación muy poco natural en torno al poco habitual calor para la época en que estaban. Aparte de aportar algún que otro comentario, la contribución de Roderick fue casi nula, aunque Miranda percibió los profundos surcos que bordeaban sus labios, la creciente tensión.

De manera que, cuando Wraxby sugirió que lo acompañara a dar un paseo por la plaza, ella sonrió de inmediato y aceptó. Así conseguiría sacarlo de la casa.

Mientras le permitía ayudarla con el abrigo, Miranda reflexionó sobre el hecho de que, aparte de todo lo demás, necesitaba evaluar la proposición que le había hecho y decidir si el puesto de esposa podría ajustarse con sus nuevos requerimientos para el futuro.

Sin la incertidumbre y la distracción que le provocaba Roscoe, podía seguir adelante y evaluar las posibilidades que el destino decidiera enviarle.

Por supuesto, para llegar a la plaza tuvieron que pasar delante de la enorme casa blanca de la calle Chichester. Ella se esforzó por mantener la mirada al frente y su mente apartada de cualquiera de los ocupantes de esa casa.

—Señorita Clifford, me preguntaba si ha reflexionado sobre el tema de nuestra anterior conversación.

Con lo cual Wraxby se refería a su proposición aún pendiente, la proposición que él esperaba que aceptara antes de formularla. Caminando a su lado, la mano apoyada sobre su manga, Miranda inclinó la cabeza.

—Sí, señor, lo he hecho, pero, como supongo comprenderá, el accidente de Roderick ha supuesto una distracción bastante importante.

—Por supuesto.

—Sin embargo —continuó ella—, me alegra tener esta oportunidad para aclarar las cosas un poco más entre nosotros. Si le entendí bien…

Miranda se lanzó a repasar con Wraxby los detalles de su proposición, animándolo a elaborarlos un poco más. Él le confirmó que su necesidad de tener una esposa se debía a consideraciones prácticas más que a un verdadero deseo por su parte de tener una compañera, mucho menos una amante.

—Señor, debo preguntarle por qué cree que podríamos ser adecuados el uno para el otro —preguntó finalmente Miranda con total franqueza.

Habían llegado al río y paseaban por el camino de sirga. Wraxby frunció el ceño al contemplar el paseo que tenían por delante. Un rato después abrió la boca y repitió las virtudes, ninguna emocional, de su carácter, aparentemente sin comprender que ella acababa de darle una última oportunidad para que nombrara alguna clase de sentimiento.

Pero era evidente que los sentimientos no formaban parte del repertorio de Wraxby, al menos no con respecto a ella. Si bien eso hacía que su proposición fuera algo deprimente, al menos era sincero.

Miranda aceptó su respuesta con un asentimiento.

—Tengo una última pregunta, señor. ¿Qué piensa de la filantropía? Me refiero a proyectos benéficos de amplio espectro, como el mecenazgo de escuelas, orfanatos y similares.

Wraxby no respondió de inmediato. Y no fue hasta que giraron hacia la calle Claverton y se acercaban a la casa cuando por fin habló.

—He oído hablar de esa clase de proyectos, por supuesto. Tengo entendido que existen diversas fundaciones activamente implicadas en ese tipo de trabajo. Sin embargo, yo no veo ningún motivo en particular para dedicar esfuerzo y dinero en asuntos que considero más del dominio de las autoridades. Si de verdad son necesarias mejoras en esas instituciones, sin duda se las proporcionarán. Prefiero la beneficencia más cercana a casa —él la miró con el ceño levemente fruncido—. Sinceramente espero que no la hayan infectado con alguna de estas tonterías de moda, querida señorita Clifford. Pero por otra parte confío en que su tía la habrá aconsejado más sensatamente.

—Por supuesto, señor —Miranda consiguió sonreír débilmente—. Solo deseaba conocer su opinión al respecto, y le agradezco su franqueza.

Ya habían llegado a la entrada delantera de la casa de Roderick y Wraxby se detuvo. Apartando la mano de su manga, ella lo miró de frente.

—Debo preguntarle, señorita Clifford —comenzó Wraxby mientras estudiaba su expresión—, si ya ha llegado a alguna conclusión con respecto a su disposición para considerar una proposición por mi parte.

—Agradezco su paciencia, señor —ella hizo una pausa antes de alzar la cabeza—. Si bien estoy casi segura de mi decisión, me gustaría disponer de unos pocos días más para considerarlo —lo miró a los ojos—. Seguramente podré ofrecerle una respuesta en breve.

Wraxby inclinó la cabeza. Por su expresión satisfecha, Miranda sospechó que daba por hecho que la respuesta sería favorable.

—En ese caso, y si le parece bien, volveré a visitarla dentro de dos días. Tengo algunos negocios que atender hasta entonces, pero estaré libre para hacer visitas por la tarde. Entonces vendré a verla.

Ella sonrió amablemente y le ofreció su mano antes de observarlo mientras se marchaba en dirección al lugar en el que se encontraba su caballo, atendido por un mozo. Tras entregarle una moneda al muchacho, Wraxby montó y, tras saludar con la mano, se marchó calle abajo.

Miranda siguió con la mirada fija en la rígida espalda que se alejaba de ella. Intentó imaginárselo como su esposo, pero no lo consiguió. Sin embargo, no le quedaba más remedio que considerar todas las opciones.

Dando media vuelta, cruzó la puerta, la cerró y caminó lentamente por el sendero hacia la casa. ¿Conseguiría una vida de cuidadora, sin ninguna posibilidad de enriquecerla mediante obras filantrópicas o similares, satisfacerla?

La respuesta parecía obvia, pero, dado que tenía que organizarse una vida para ella misma, haría lo más sensato: consultarlo con la almohada antes de rechazar a Wraxby.

★★★

—Ningún problema de ninguna clase en el Fleet o el Strand. Convent Garden tuvo su habitual jaleo, pero nada que Kane o Higgens no pudieran manejar.

Sentado ante el escritorio de su despacho, Roscoe asintió, animando a Rawlins a continuar. Junto con Mudd, Rawlins acababa de regresar de acompañar a Jordan en su ronda semanal de recogida de fondos en una selección de clubes. Mientras Jordan contaba el dinero, Rawlins y Mudd hablaban con los empleados. Aunque sus conversaciones pasaban por una charla informal, a menudo de ellas salían señales tempranas de problemas en los clubes.

—Paramos en el Holborn. Mi instinto, por así decirlo, se estremeció, pero no oí nada concreto —Rawlins miró hacia la puerta—. Puede que sea buena idea preguntarle a Mudd cuando regrese.

Mudd había sido requerido por Rundle para que fuera a recibir un informe de uno de los vigilantes apostados allí cerca. Desde el secuestro de Roderick, había varios grupos apostados por el barrio y, hasta que regresara Mudd, Roscoe no sabría a qué zona, o a la seguridad de qué persona, afectaría el informe.

—¿Habéis ido al Bermondsey? —preguntó mientras controlaba su impaciencia.

—En esta ocasión no. Jordan dijo que está en la lista de la semana que viene. Allí es donde tiene trabajando a alguien nuevo, ¿no?

—Sí, a Titchester —Roscoe reflexionó antes de continuar—. Enviaremos a otro de nuestros hombres, alguien a quien Titchester no conozca. Solo para asegurarnos de que todo vaya bien por ahí.

—Enviaré a Stackpole. Hace tiempo que no va a hacer la ronda de los clubes.

Roscoe asintió y escribió una nota.

La puerta se abrió y Mudd entró en el estudio. Para la envergadura que tenía, se movía sigilosamente sobre sus enormes pies.

Roscoe se reclinó en la silla y enarcó una ceja.

Mudd se detuvo detrás de la silla que había ocupado un rato antes.

—Era Coogan, del grupo que está vigilando la casa de Clifford. Al parecer un caballero, cuarentón, cabello gris, bien vestido, montando un rocín marrón, llegó hace un rato, entró y unos diez minutos después salió caminando con la señorita Clifford. Pasearon por la plaza. Coogan los siguió hasta pasárselos a Wilkins, y Wilkins los siguió hasta el río y de vuelta a la calle Claverton. Según Wilkins, la señorita Clifford y el caballero estuvieron charlando todo el rato, pero no en una conversación animada, más bien discutían sobre algo serio. Únicamente vio una sonrisa al final, cuando la señorita Clifford despidió al caballero ante la puerta. Después, con expresión pensativa, entró en la casa.

Roscoe asintió y le hizo un gesto a Mudd con la mano para que se sentara de nuevo.

—Muy bien. Y ahora volvamos a Holborn —miró a Mudd—. Rawlins dice que hay algo que no encaja. ¿Percibiste tú algo más concreto?

Mudd parpadeó, desvió la mirada hacia Rawlins, intercambió una mirada con él, y ambos miraron a Roscoe.

—¿No quiere que investiguemos sobre quién es el caballero que fue de visita a la calle Claverton? —preguntó Rawlins inclinándose hacia delante.

—¿Vieron Coogan o Wilkins algo que les hiciera pensar que ese caballero supone algún peligro para la señorita Clifford, o tuvieron la impresión de que ella le tenía miedo? —Roscoe miró primero a Rawlins y luego a Mudd.

Mudd titubeó antes de sacudir la cabeza.

—No. Wilkins dijo que solo pasearon y charlaron.

—Bueno, entonces no hay motivo para interferir, ¿no?

El silencio que siguió le indicó a Roscoe, con más claridad que si hubiesen hablado en voz alta, que sus guardaespaldas no estaban de acuerdo.

—¿Holborn? —Roscoe clavó su mirada en Mudd.

—No se trata exactamente de que no encaje —Mudd frunció el ceño y se removió en el asiento—, pero…

Después de que Mudd y Rawlins se hubieran marchado, Roscoe reflexionó durante un minuto antes de suspirar, tomar una hoja de papel y la pluma.

Cinco minutos después llamó a Rundle. Cuando el mayordomo apareció, le entregó la misiva.

—Que entreguen esto inmediatamente al señor Clifford. Dile al lacayo que espere a recibir respuesta.

—Sí señor —Rundle hizo una reverencia.

Una hora más tarde, Roscoe se dirigía hacia el despacho de Jordan. Como de costumbre, la puerta estaba abierta. Apoyando un hombro sobre el quicio, observó al hombre, ya no tan joven como había sido cuando lord Julian Delbraith le había dado una palmadita en el hombro para pedirle que fuera su administrador, hacía ya más de trece años, pero lo que no había cambiado eran los tres lápices encajados detrás de las orejas de Jordan. Se había quitado la chaqueta y trabajaba en mangas de camisa, y sus dedos estaban mugrientos de manejar docenas de soberanos.

El rasgar de la pluma sobre el papel y el tintineo de las monedas era la música habitual en esa habitación. Al asociarse con él, Jordan se había convertido en un hombre rico, pero todavía le gustaba contar dinero.

Roscoe disimuló una sonrisa y se apartó de la puerta para entrar en la habitación. Aparte de los aspectos estrictamente monetarios, había otra cualidad en la que Jordan sobresalía.

Comprendiendo al fin que no estaba solo, el contable levantó la vista y sonrió.

—Deberías estar encantado con el buen tiempo, la gente sigue en la ciudad y estamos recolectando la recompensa.

—Excelente —Roscoe se detuvo y tamborileó con los dedos sobre la mesa—. Tengo otro encargo para ti. Conociéndote, no te llevará mucho tiempo.

Jordan enarcó las cejas, interesado inmediatamente en el nuevo tema.

—Wraxby, un caballero del Hill's End en Suffolk. Quiero saberlo todo sobre él.

Jordan tomó un lápiz de detrás de la oreja derecha y lo anotó en un trozo de papel.

—¿Para cuándo necesitas la información? —preguntó mientras levantaba la vista.

—En cuanto la tengas.

El otro hombre se levantó de la silla y tomó la chaqueta que colgaba del respaldo. Poniéndosela, consultó la hora en el reloj sobre la pared frente al escritorio.

—Veamos qué he averiguado para esta noche.

Roscoe inclinó la cabeza y encabezó la marcha. En el pasillo se hizo a un lado mientras Jordan cerraba la puerta con llave. Se trataba de una puerta blindada disfrazada de puerta normal. Irguiéndose, se despidió de su jefe y se marchó.

Roscoe siguió el mismo camino, pero más despacio, haciendo todo lo posible por no pensar en el motivo por el que había hecho lo que acababa de hacer.

No podía culpar a sus hombres por hacer lo que les había pedido que hicieran.

A la tarde siguiente, tras haber sido informado por un inexpresivo Mudd de que el mismo caballero del día anterior había vuelto a visitar la residencia Clifford, y en esa ocasión había llevado a la señorita Clifford a dar un paseo en coche, y tras haber recibido también un informe detallado de Jordan ese mismo día, Roscoe se encontró merodeando en el callejón junto al jardín de Clifford, cerca de la calle Claverton.

Había dado descanso a los hombres que vigilaban la casa, pues no tenía sentido que siguieran vigilándola si ya lo estaba haciendo él mismo, y lo mejor sería que no estuvieran cerca para ver la reacción de Miranda Clifford. No tenía ni idea de cómo se tomaría la noticia de lo que había descubierto sobre su caballero pretendiente.

Apoyado contra la pared del callejón, echó un vistazo hacia la calle donde esperaba una sencilla calesa, el somnoliento caballo ungido al eje, las riendas sujetas por uno de los muchachos de la calle, siempre dispuestos a ganarse alguna moneda. Wraxby y Miranda habían regresado hacía más de veinte minutos. Si ese hombre y la tía de Miranda se atenían fielmente a las normas de la sociedad, entonces Wraxby no tardaría en marcharse.

Con todo, Roscoe no estaba contento de encontrarse allí, pero la idea de no estar allí, de no asegurarse de que Miranda supiera la verdad antes de tomar una decisión irrevocable, era inconcebible.

Quizás Wraxby no supusiera ningún peligro en sentido físico, al menos no directamente, y al menos no de momento, no antes de que ella se casara con él, pero había más de una clase de peligro capaz de amenazar a un dama vulnerable y no tan joven.

El sol estaba bajo y los rayos iluminaban casi horizontalmente cuando oyó voces y la puerta de entrada se abrió. Irguiéndose, Roscoe cruzó el callejón y apoyó la espalda contra el muro del jardín de Clifford.

La fría brisa le llevó las voces de dos personas que cruzaron la puerta y se detuvieron sobre la acera, Miranda y su caballero. Escuchó atentamente y se sintió sinceramente aliviado al no detectar un tono amoroso en la estrictamente convencional conversación. Quizás Wraxby ya se hubiera declarado, pero ella aún no lo había aceptado.

Esperó hasta oír el tintineo de los arreos y los cascos sobre el pavimento antes de asomarse por la esquina.

Mientras regresaba hacia la puerta, Miranda lo vio. Detrás de ella, Wraxby se alejaba calle arriba. Ella se detuvo, frunció el ceño y se apresuró hacia la puerta delantera, la atravesó y la cerró. Roscoe oyó encajar el pestillo.

«¿Y ahora qué?».

Regresando al callejón se planteó esperar hasta que Wraxby hubiera desaparecido de su vista y luego acercarse a la puerta principal y llamar como cualquier visitante normal.

Pero entonces se abrió la puerta lateral, la que daba al callejón, la que ella usaba para entrar y salir sin ser vista. Y Miranda salió al callejón, lo miró y esperó.

Apartándose de la pared, él se acercó.

—¿Has averiguado algo sobre Kirkwell?

—No —Roscoe se detuvo ante ella.

—¿Y qué haces aquí entonces? —Miranda frunció el ceño.

—Vigilarte —ante el ceño todavía más fruncido, él miró a su alrededor y agitó una mano en el aire para que volviera a entrar en el jardín—. No tiene ningún sentido arriesgarse.

Ella también miró a su alrededor antes de retirarse, pisando el peldaño de piedra, hacia las sombras de los árboles. Roscoe la siguió y cerró la puerta.

—Se supone que tus hombres están vigilando por si hay alguna señal de Kirkwell o sus mercenarios —ella observó atentamente su rostro—. No hay ningún motivo para que me vigiles tú también.

—Sí lo hay —él sintió encajarse la mandíbula—, ya que al parecer eres incapaz de distinguir entre un insensible explotador y un caballero elegible.

Ella se puso visiblemente tensa y alzó la cabeza.

—Te recuerdo que nuestra relación terminó, no hay motivo ni justificación para que te comportes como una especie de guardián.

—Y yo te recuerdo que mi asociación con tu hermano sigue en vigor. Lo considero un amigo, y por tanto el bienestar de su familia es, cuando menos, una de mis preocupaciones. Si veo algún peligro amenazar a un miembro de su familia, como amigo suyo, por supuesto que le advertiré de ello, eso hacen los amigos. Más aún, cualquiera que desee matarlo y poner sus manos en su fortuna podría lograr fácilmente lo segundo a través de ti. En este caso... pensé que preferirías que hablara directamente contigo.

Ella entornó los ojos y apretó los labios, sosteniéndole la mirada durante varios segundos.

—Supongo que estás hablando de Wraxby —observó al fin con voz tranquila.

Él asintió.

—¿Qué has averiguado? —sin apartar los ojos de los suyos, Miranda respiró hondo.

—Los pecados de Wraxby no son de comisión sino de omisión. Vive entregado a sus tres hijos que, a sus ojos, son incapaces de hacer nada malo, aunque los vecinos aseguran abiertamente que los tres chicos literalmente llevaron a su madre prematuramente a la tumba. El principal motivo de Wraxby para tomar una segunda esposa es encontrar a alguien que cuide de sus hijos, descritos habitualmente por quienes los conocen como demonios, diablos y engendros del demonio. Pero Wraxby también es ambicioso, tanto económica como socialmente, y rígidamente conservador. En su opinión, su esposa debería entregarse en cuerpo y alma a apoyarlo en sus aspiraciones, dirigiendo la casa y los asuntos sociales como él ordene, con evidente respetabilidad y brillante éxito. Al mismo tiempo, es incapaz de ver nada malo en sus hijos, mucho menos controlar su comportamiento, ni permite que otros lo hagan. Ninguna gobernanta o tutor dura más de un mes en esa casa, y el resto de los empleados están en constante renovación. Ahora los tiene que contratar en Londres, ya que ningún local quiere trabajar en esa casa —hizo una pausa sin apartar la mirada de los ojos desmesuradamente abiertos de Miranda—. Para cualquier mujer, esa es una garantía de desastre. Para ti... serías completamente estúpida si aceptaras la proposición de Wraxby.

Miranda se mordió la lengua para no explicarle sin más que no necesitaba que él le dijera lo que podía o no podía hacer. Durante varios segundos permaneció con los labios apretados mientras se esforzaba por no pronunciar las palabras.

—Eso cuadra con mis impresiones particulares —dijo al fin mientras asentía con altivez.

Más aún, le ofrecía un contexto, un marco que daba sentido a dichas impresiones y a todo lo que había averiguado a través de sus conversaciones con Wraxby. No era mal hombre, pero lo que le estaba ofreciendo, sobre todo teniendo en cuenta que no incluía ni un ápice de afecto, lisa y llanamente, no era para ella.

De no ser por la irritación que bullía en su interior, quizás se habría sentido agradecida por el breve resumen que Roscoe le había ofrecido sobre la situación de Wraxby. Sin embargo, la irritación se agravaba, pues solo con estar a escasos metros de él bastaba, al parecer, para que sus sentidos recordaran vívidamente lo que se sentía al estar rodeada por sus brazos, al hundirse en la sólida calidez de su cuerpo y sentir su abrazo, bastaba para desear volverlo a sentir, solo para recordar que, gracias a la decisión de Roscoe de dar por finalizada la relación, eso no iba a volver a suceder nunca más.

—No necesitaba que tú descubrieras los defectos de Wraxby, yo ya me había dado cuenta. No soy ninguna estúpida.

No, era la mujer que, cuando rechazara a Wraxby, iba a tener que aguantar las quejas de Gladys y al mismo tiempo hacer frente a su propia decepción y sus todavía confusos sentimientos sobre el fin de su relación con el hombre que había considerado que era una buena idea sermonearle sobre Wraxby.

—En adelante —prácticamente le espetó mientras alzaba la barbilla—, agradecería que evitaras tomarte ningún interés en mi vida. Soy perfectamente capaz de encargarme yo misma de mis potenciales pretendientes.

Algo brilló en los oscuros ojos color zafiro.

—¿En serio? En ese caso puede que te ayude saber que por lo general a los caballeros no les gusta que les den falsas esperanzas. Si tu intención es rechazar a Wraxby, hazlo, no vayas a pasear sola con él, no vayas a dar una vuelta en coche con él, y no sigas sonriéndole —Roscoe apretó los labios y encajó la mandíbula antes de, prácticamente, rugir—. Eso no nos gusta.

«A mí no me gusta».

Miranda parpadeó. A pesar de las palabras que había pronunciado, el verdadero significado había resonado claramente. La confusión de Miranda se hizo más profunda.

Roscoe buscó su mirada, su rostro, con expresión pétrea, incluso más impenetrable que de costumbre.

—Da igual —gruñó mientras se daba media vuelta y abría de golpe la puerta del jardín. A punto de salir al callejón, se detuvo. La mirada que le dedicó a Miranda era pura y ardiente oscuridad—. Deshazte de Wraxby, ese hombre no es para ti.

Antes de que ella pudiera responder, Roscoe salió al callejón y cerró la puerta con fuerza.

Miranda respiró hondo antes de clavar una furiosa mirada sobre la puerta. Con un gruñido de frustración, se dio la vuelta para dirigirse hacia la casa.

¿Qué demonios pensaba ese hombre que hacía, extrapolando su amistad con Roderick, asumiendo que le daba derecho a emitir juicios sobre su comportamiento? ¿Qué le importaba a él cómo elegía vivir su vida? ¿Qué se había creído para decirle lo que debía hacer?

¡Maldito fuera! ¿Cómo se había atrevido?

En cuanto a la tontería sobre el potencial asesino de Roderick buscando su fortuna casándose con ella...

—¡Tonterías!

El potencial asesino tendría que dar la cara para hacer algo así.

—¡Como si no me fuera a dar cuenta!

Murmurando imprecaciones animadas por una mezcla de emociones, Miranda subió a la terraza y entró en el gabinete. Estaba a medio camino subiendo las escaleras cuando sus emociones la lanzaron de lleno a un nuevo escenario.

—Él fue quien dio por terminada nuestra relación.

Cierto, aunque dada la clase de hombre que era, dado lo unidos que habían llegado a estar, quizás su comportamiento no fuera más que una expresión de su actitud protectora.

Los minutos pasaron mientras ella reflexionaba, de pie en el descansillo, hasta que bruscamente sacudió la cabeza y se liberó mentalmente de los inquietantes recuerdos, las esperanzas que jamás se harían realidad. Tras respirar hondo siguió subiendo las escaleras.

La mañana siguiente les llevó buenas noticias provenientes de Sarah, que llegó acompañada de su hermana mayor, lady Mickleham, una dama alta y corpulenta, atractiva, moderna y considerablemente más mayor que Sarah.

Gladys, tal y como era de esperar, estaba muy nerviosa, pero, tras haber confraternizado con la duquesa viuda, Miranda saludó a las damas con confianza, sonrió y abrazó cariñosamente a Sarah antes de acompañar a las dos damas hasta Roderick, que se había levantado del sillón y, puesto en pie, intentaba hacer una reverencia.

Tras sentarse, lady Mickleham aceptó tomar el té. Mientras lo servía y ofrecía unas pastas que había hecho la cocinera, Miranda se sintió encantada al ver a Sarah y a Roderick con las cabezas juntas, intercambiando noticias sobre los días que habían estado separados.

Sarah había acercado una silla al sillón que ocupaba Roderick, el pie apoyado sobre un taburete, la muleta apoyada contra el respaldo del sillón. Gladys permaneció sentada en el otro sillón mientras que ella y milady se sentaron en el sofá enfrente de los demás. La disposición les permitía conversar a los tres mientras Sarah y Roderick hablaban tranquilamente de otras cosas.

Al ver la sonrisa de Roderick y el brillo que iluminaba su expresión, Miranda se volvió a lady Mickleham.

—¿Puedo tener el atrevimiento de pedirle que nos permita

disfrutar de la compañía de Sarah durante el resto del día? La enviaremos a casa en un carruaje a la hora que nos indique.

Lady Mickleham también se había dado cuenta de la actitud de los dos jóvenes, y mostraba algo parecido a una augusta aprobación. Sin apartar la mirada de ellos asintió antes de mirar a Miranda.

—Quisiera agradecerle su invitación. Caroline escribió para relatarme el suceso que dejó a su hermano herido y postrado en Ridgware. Yo y el resto de la familia nos alegramos al saber que Sarah había sido de tanta utilidad. Y dado que, resulta evidente, ella desea quedarse, y dado que usted se muestra de acuerdo, no veo motivo alguno para que no lo haga. ¿Podría enviarla a casa sobre las cinco de la tarde?

Una vez todo dispuesto, quince minutos más tarde, cuando ya se habían terminado las pastas y el té, lady Mickleham se levantó de la silla y se despidió de Roderick y una, todavía, nerviosa Gladys. Miranda acompañó a la dama hasta la puerta.

En el sendero que conducía a la puerta delantera, lady Mickleham se detuvo y se volvió hacia ella.

Deteniéndose también, Miranda aguardó con expresión alentadora.

—Discúlpeme por hablar con tanta franqueza, señorita Clifford —lady Mickleham le sostuvo la mirada—, pero, por lo que ya he podido ver, la sugerencia de Caroline sobre unos posibles sentimientos amorosos entre Sarah y su hermano parece bien fundada. En consecuencia, me veo obligada a preguntarle si usted y su tía ven algún problema en que esos sentimientos evolucionen a algo más.

A Miranda le habría gustado que su tía hubiera oído esas palabras de milady, que comprendiera que era la aristocrática familia de Sarah la que temía que los Clifford pudieran albergar alguna reserva hacia una posible unión. Sin embargo... enarcó las cejas.

—Ya que estamos hablando con franqueza, si resultara que Roderick y Sarah mostraran deseos de contraer matrimonio, mi tía y yo estaríamos encantadas de recibir a Sarah como la prometida de mi hermano.

—Entiendo que Caroline explicó el... las dificultades de Sarah durante la temporada pasada —expuso lady Mickleham tras titubear unos instantes.

—En efecto, lo hizo, y con respecto a eso, desde que conozco a Sarah no he captado ningún indicio de ligereza o de un carácter veleidoso —Miranda hizo una pausa antes de continuar—. Roderick y ella parecen haber desarrollado un lazo, casi desde el primer momento. Ella se ha dedicado en cuerpo y alma a su cuidado, a apoyarle. De hecho, cuando Roderick fue atacado, aunque formara parte de una estratagema preparada, de la cual ninguna de las dos sabíamos nada, ella corrió en su auxilio sin pensárselo dos veces —Miranda miró a la otra mujer a los ojos—. Lo sé porque yo también estaba allí.

—Desde el punto de vista de nuestra familia —lady Mickleham asintió—, la reacción de Sarah hacia su hermano, y su persistente interés por él han supuesto tanto una bendición como un alivio. Y el que su interés sea correspondido es aún más tranquilizador. Cuando Caroline nos escribió sobre ello por primera vez, yo reaccioné con escepticismo, pero por todo lo que he visto de Sarah desde su regreso a Londres y —inclinó la cabeza hacia la casa— lo que acabo de ver ahí dentro, desde luego parece que mi hermana al fin ha encontrado el valor.

Miranda sonrió y junto con la hermana de Sarah continuó hacia la puerta.

—Eso, a mi entender —continuó lady Mickleham—, ha sido siempre su problema. Valor, y un propósito definido, algo a lo que aspirar, con lo que alinear su voluntad —la mujer sonrió fugazmente—. Se me conoce como una persona franca, señorita Clifford, pero, por mi experiencia, para abrirse camino en la vida una dama necesita desarrollar agallas, y también ejercitarlas.

Miranda abrió la puerta de la calle mientras inclinaba la cabeza en un gesto de asentimiento y hacia salir a su invitada.

Tras esperar a que subiera al carruaje, y asegurarle que Sarah sería llevada a su casa, en la plaza Berkeley, a las cinco de la tarde, agitó una mano mientras el coche arrancaba y, dándose media vuelta, regresó hacia la casa dándole vueltas en su cabeza a las palabras de lady Mickleham.

«Para abrirse camino en la vida una dama necesita desarrollar agallas, y también ejercitarlas».

Y, tal y como ella veía las cosas desde hacía poco, era un buen consejo.

★★★

Wraxby había anunciado que iría de visita esa tarde y Miranda había accedido, más o menos, a darle una respuesta. O al menos indicarle su disponibilidad, o no, para aceptar su proposición cuando la formulara.

Sacudiendo la cabeza, Miranda se sentó en el gabinete y terminó su labor de costura mientras ensayaba las mejores palabras para expresar su rechazo. Le había sorprendido al recibir su visita el día anterior y su invitación a dar un paseo por el parque en una calesa que había alquilado expresamente para ello. Entre la impresión que tenía de él, y las revelaciones de Roscoe, la inesperada atención de Wraxby habían fortalecido su sospecha de que, a pesar de lo que parecía ser prudencia, y cierta timidez a la hora de pedirle su mano, Wraxby estaba bastante seguro de que ella iba a acceder a convertirse en su esposa.

Dadas las semanas que llevaba empleadas en ese peculiar cortejo, sus repentinas atenciones eran, a ojos de Miranda, la más sencilla confirmación de sus motivos para rechazarlo. Existía un elemento de duplicidad en todo ese enfoque, y eso era algo para lo que ella no tenía tiempo.

Abordaba la última la labor de costura, una de las camisas de Roderick con una costura rota, cuando la aldaba de la puerta sonó imperiosa.

No era el típico golpe de aldaba de Wraxby, aunque quizás estuviera nervioso. Suspirando para sus adentros, Miranda dejó la costura a un lado, se levantó, alisó la falda de vestido, se atusó los cabellos y se dispuso a decepcionar tanto a Wraxby como a Gladys.

Hughes ya había abierto la puerta y conducido al visitante hasta el cuarto de estar. Miranda se encontró con el mayordomo que regresaba hacia la parte trasera de la casa. El hombre sonrió.

—Ah, aquí está, señorita. Un caballero ha venido a verla a usted y al señor Roderick. Está en el cuarto de estar con su hermano.

—Gracias, Hughes —Wraxby, por supuesto, querría pedir el permiso de Roderick antes de formalizar su petición de mano.

Recomponiéndose y, preparándose mentalmente, se dirigió al cuarto de estar, abrió la puerta y entró.

Sin embargo se paró en seco con la mano aún en el picaporte. El caballero que tomaba la mano de Gladys no era Wraxby.

Irguiéndose, el hombre se volvió hacia ella y la sonrisa de su rostro se amplió al mirarla a los ojos.

Ella parpadeó, miró fijamente, y volvió a parpadear.

—¿Lucius?

La sonrisa se transformó casi en una risa, una que ella recordaba bien. Soltando la mano de Gladys, asintió y riendo por lo bajo se acercó a ella.

—Me preguntaba si aún me recordarías, prima.

—Por supuesto —sorprendida, ella le devolvió la sonrisa y le tomó ambas manos.

Él le apretó las manos con delicadeza antes de levantar una para rozar ligeramente los nudillos con los labios de un modo sencillo y despreocupado.

Perpleja, confusa, Miranda escudriñó su rostro, los familiares rasgos, el pelo oscuro y muy corto, y desvió la mirada hacia Roderick sentado en el sillón y sonriendo encantado con Sarah, de pie a su lado, que sonreía con dulzura. Conteniendo la respiración, devolvió la mirada a Lucius.

—Pero... teníamos entendido que habías muerto. Que moriste en Waterloo hace años.

—Lo sé —los labios de Lucius se curvaron en una mueca de tristeza.

Soltándola, él se acercó a la puerta y la cerró antes de señalar hacia el sofá.

—Ven y siéntate, y te contaré mi triste historia.

Todavía aturdida, Miranda se acomodó en el extremo del sofá más próximo a Roderick y se volvió para quedar frente a su primo que se sentó en el otro extremo.

—Es evidente —comenzó él—, que las noticias sobre mi muerte eran erróneas. Durante la batalla, mi tropa se encontraba en el meollo de toda la acción y yo recibí un tremendo golpe en la cabeza. Después de aquello no recuerdo nada de la batalla. No recuperé el sentido hasta varios días después. Me cuidaron un viejo granjero y su mujer, lejos del campo de batalla. Tenía una pierna rota, y también un brazo, y sufría una fiebre muy alta. Pasaron varias semanas hasta que estuve lo bastante fuerte para conseguir pensar con coherencia. Y entonces, cuando lo logré, descubrí que no sabía quién era.

—¡Oh! —exclamó Sarah—. He oído hablar de eso, soldados que no recuerdan quiénes son.

Lucius asintió con expresión seria.

—En efecto. Por lo poco que quedaba de mi uniforme, supe que era inglés, pero no había ninguna insignia y las tropas hacía tiempo que se habían marchado ya. No se me ocurría qué hacer. No sabía de qué parte de Inglaterra provenía y, con mis heridas, pasaron meses antes de que fuera capaz de moverme por ahí, mucho menos viajar.

Tras una pausa, él continuó con su relato.

—En cuanto me recuperé lo suficiente como para considerar regresar a Inglaterra e intentar averiguar quién era, el invierno ya se había echado encima. Fue un invierno muy duro en las tierras al sur del campo de batalla. Yo me sentía en deuda con el anciano matrimonio que me había acogido y cuidado durante todos esos meses, de manera que me quedé y los ayudé durante el invierno, y luego también decidí quedarme para arar los campos en primavera, luego llegó la cosecha... —de nuevo hizo una mueca de recelo, miró a Miranda a los ojos y luego a Roderick—. Cada vez que pensaba en marcharme y regresar a Inglaterra, bueno, ya que no tenía ni idea de por dónde empezar a averiguar quién era yo, ni idea de si tenía familia o... con el paso de los años cada vez parecía tener menos sentido.

—¿Y te quedaste en Francia? —preguntó Miranda.

—Estuve ayudando en la granja —él asintió— y, como había un colegio cerca, me puse a dar clases allí para obtener un sueldo. Y allí seguiría, trabajando en la granja y enseñando a leer a los niños, de no haber recibido otro golpe en la cabeza, no tan fuerte como el primero, pero lo bastante como para devolver mi memoria a su lugar.

—¿Y de repente recordaste quién eras? —Roderick lo miraba fascinado.

—Fue como si volviera a establecerse un contacto que se hubiera interrumpido —Lucius hizo un gesto expansivo—. De repente lo recordé todo. Bueno, sigo sin acordarme mucho de la batalla, pero sí lo recuerdo todo hasta aquella mañana —miró a Gladys y sonrió—. Y sobre todo, recordé mi nombre —desvió la mirada hacia Miranda—. Recordé a la familia, y supe que debía regresar a casa —extendió las manos—. Y aquí estoy.

—¿Has ido ya a Macclesfield? —preguntó ella.

—No. Llegué a Londres apenas hace unos días. Vosotros sois los primeros miembros de la familia que he localizado —Lucius volvió a desviar la mirada hacia Roderick—. Contacté con el abogado del viejo en la posada Grey. Sabía que él estaría al tanto de las últimas noticias y paradero de la familia. Él sugirió que, dado que todo el mundo me creía muerto desde hacía años, mi aparición repentina podría suponer un impacto demasiado fuerte, y que él debería escribir una carta primero. Y yo estuve de acuerdo. De modo que lo está haciendo, advirtiéndole y, en cuanto reciba respuesta, me dirigiré al norte. Sin embargo, sabía que estabais en Londres y —de nuevo la mirada se posó en Miranda—, confiaba en que no hubieras olvidado al que solía tirarte de las trenzas, y por eso pensé probar suerte y venir a veros directamente —la sonrisa se hizo más amplia—. He de reconocer que sienta bien haber vuelto.

—Menuda historia —observó Gladys—. Fíjate bien lo que te digo, un ángel estaba vigilándote en ese campo de batalla. Pero, ahora que has vuelto sano y salvo después de todos estos años, deberíamos celebrarlo. Tienes que quedarte a cenar.

—¡Desde luego! —Miranda se levantó resplandeciente—. Se lo diré a la cocinera. Te vas a quedar, ¿verdad?

—Gracias —Lucius le devolvió la sonrisa—. Acepto encantado.

Miranda llamó al mayordomo y habló con él antes de volver al sofá y a la animada conversación que estaba teniendo lugar. Acomodándose oyó a su primo describir la granja en la que había vivido. Roderick le informó de los cambios que habían tenido lugar en la familia. Aunque se nombraban «primos», el parentesco era lejano. Lucius era el hijo de uno de los hijos del hermano de su abuelo, una especie de primo, por tanto, bastante lejano. Pero de niños habían pasado mucho tiempo juntos, suficiente para estar segura de su identidad. Su rostro tenía la misma forma de siempre, aunque los años habían afilado los ángulos y sus ojos, el color y el brillo travieso, eran exactamente como ella los recordaba.

Pero, cuando Roderick enumeró las muertes acaecidas en la generación anterior a la suya, el rostro de Lucius se ensombreció. Y solo entonces se fijó Miranda en la cicatriz que cruzaba su mejilla izquierda y que, cuando sonreía, desaparecía entre las arrugas de su rostro.

Como si hubiera percibido su mirada, Lucius se volvió hacia ella y sonrió.

—¿Recuerdas la última vez que fuimos a esa casa con el enorme estanque?

—Y tú me empujaste al agua —Miranda consiguió forzar una expresión risueña.

Él asintió, pero su mirada adquirió una expresión grave al recordar que también había empujado a su hermana, Rosalind. Rosalind que ya no vivía. Sus miradas se fundieron y él inclinó ligeramente la cabeza antes de cambiar el tema de conversación a otro sobre la infancia de Roderick.

De la puerta de la casa llegó el sonido de la aldaba y Miranda estuvo a punto de soltar un juramento. Se había olvidado de Wraxby.

—Disculpadme —se levantó y salió a recibirlo.

Pero, antes de salir al pasillo, Hughes abrió la puerta del cuarto de estar.

—El señor Wraxby, señorita.

El recién llegado pasó junto a Hughes y recorrió la estancia con la mirada.

—Gracias, Hughes —ella suspiró para sus adentros—. Señor —saludó mientras extendía una mano.

Tras pasear de nuevo la mirada por la habitación, Wraxby se inclinó sobre los dedos de Miranda.

—Su fiel servidor, señorita Clifford. Espero no interrumpir algo.

Ella sonrió amablemente. Wraxby había avisado de su visita y sabía que lo esperaban esa tarde.

—Una inesperada visita de un pariente que creíamos haber perdido hace mucho tiempo —fue un travieso impulso el que la empujó a continuar—. Y trae una historia increíble, señor, tiene que oírla —se volvió hacia Hughes, que permanecía junto a la puerta—. Quizás sería un buen momento para servir el té.

—Por supuesto, señorita —Hughes hizo una reverencia y se marchó.

Miranda se volvió de nuevo hacia Wraxby y lo condujo hasta la reunión frente a la chimenea. Lucius se levantó de inmediato. Incluso mientras hacía las presentaciones, percibió las sospechas de su pretendiente, su inmediata desaprobación, mejor dicho, rechazo hacia Lucius.

Se estrecharon la mano, Lucius de una manera agradablemente urbana, Wraxby civilmente tensa.

—Waterloo tuvo lugar hace ocho años —Wraxby lo miraba con los ojos entornados—. Mucho tiempo para, sencillamente, no recordar.

—En efecto —sonriendo amigablemente, Lucius inclinó la cabeza—. Le aseguro que era extremadamente agotador no recordar siquiera mi nombre de pila.

Tras el intercambio de cortesías, volvieron a sentarse. Wraxby acercó una silla y la colocó junto a Miranda. Se sentó, aunque prácticamente inclinado sobre ella y comenzó un nada sutil interrogatorio.

—¿En qué brigada luchó, señor?

Lucius sonrió y contestó, no solo a esa, sino a todas las preguntas de Wraxby.

Miranda se estaba enfureciendo por momentos. Y por los comentarios de Roderick en defensa de su primo, su hermano estaba aún más enfadado. Ella le lanzó una mirada de advertencia y dio gracias al cielo cuando apareció Hughes con la bandeja de té y pudo distraer a sus invitados con las tazas y las pastas.

Tras tragarse el té casi de golpe, Miranda esperó a que Wraxby dejara la taza y el plato en la bandeja y posó una mano sobre su manga.

—¿Le apetece dar un paseo por el jardín, señor?

Wraxby parpadeó perplejo, como si acabara de recordar el motivo de su visita. Pero, en cuanto fue evidente que lo hubo recordado, su atención fue toda para ella. Agachó la cabeza, se levantó de la silla y asintió al resto.

—Si nos disculpan.

Debería haber sido Miranda quien dijera eso, pero ella se limitó a sonreír, mirar a los demás y, tomando a Wraxby del brazo, sacarlo de la habitación, de la casa, por la puerta principal, y guiarlo hacia el jardín a un lado del sendero principal.

En cuanto estuvieron lo bastante lejos de la casa para garantizar cierta privacidad, Miranda apartó la mano de la manga de Wraxby y se volvió para mirarlo de frente. Él se detuvo y aguardó, mirándola fijamente.

—Señor Wraxby, he reflexionado largo y tendido sobre todo lo que hemos hablado —Miranda se irguió y juntó las palmas de las manos delante de ella—. He sopesado los pros y los contras, señor, y he decidido que me es imposible aceptar su proposición.

Wraxby parpadeó de nuevo. Parecía totalmente aturdido, como no lo había visto ella nunca.

—Pero... tiene veintinueve años y aún no se ha casado.

—En efecto. Pero tengo el control sobre mi vida y puedo tomar el camino que desee tomar —ella apretó firmemente los labios y le sostuvo la mirada con calma.

Un destello de incredulidad brilló fugazmente en los ojos de Wraxby, rápidamente sustituido por otro de desazón y, de repente, por una emoción mucho más fea.

—Ahora lo entiendo —se volvió bruscamente hacia la casa—. Aparece su atractivo pariente y se imagina que...

—¡Señor Wraxby! —exclamó Miranda, sorprendida ante la brusquedad de su propia voz, sumamente eficaz a la hora de interrumpirle. Sintiéndose cada vez más beligerante, clavó su mirada en sus ojos—. Mi primo acaba de regresar, literalmente, de la muerte hace apenas dos horas. Con respecto a su proposición, propuesta, como quiera llamarlo, hace días que había tomado una decisión. Amplié el plazo por pura cortesía, para pensármelo un poco más, pero no hallé nada, ningún motivo, para alterar mi decisión. En resumen, señor, las características del puesto que me está ofreciendo no se ajustan a mis requerimientos. Sencillamente no encajamos, de ninguna manera, y no tiene nada que ver con la reaparición de mi primo.

Wraxby había palidecido y sus labios se apretaban con fuerza. Después de unos segundos, asintió con rigidez.

—Me disculpo, señorita Clifford. Tiene razón, esto no tiene nada que ver con su primo. Si lo que hemos hablado no le resulta satisfactorio, entonces no hay razón para insistir por mi parte —Wraxby volvió a asentir bruscamente.

Ella esperaba que se diera media vuelta y se marchara, pero, aunque posicionado para hacerlo, titubeó y fijó la mirada en su rostro.

De nuevo apretó los labios antes de hablar.

—A pesar de su decisión, no puedo por menos que hacerle una advertencia antes de marcharme —de nuevo señaló hacia la casa con un movimiento de la cabeza—. Es sobre su primo. Waterloo fue hace ocho años, pero, a pesar de recordar milagrosamente quién es, su primo, si he entendido bien, no ha intentado regresar de inmediato a su casa, con su familia, sino que ha preferido venir a verlos a su hermano y a usted. Tenga cuidado, señorita Clifford, he tratado con suficientes personajes turbios para reconocer uno cuando lo veo, pero, en deferencia a su lealtad hacia su primo, no diré nada más.

Y con eso Wraxby le ofreció una rígida reverencia, se irguió, se dio media vuelta y se dirigió hacia la puerta de la calle.

Miranda permaneció quieta donde estaba y lo vio marcharse. Vio cerrarse la puerta a sus espaldas.

Y reflexionó sobre lo que le había dicho.

Sin la encantadora presencia de Lucius, porque era y siempre sería encantador, pudo ver su llegada y los detalles de su historia con mayor perspectiva.

Wraxby podía ser muchas cosas, pero desde luego no era estúpido.

Sin embargo ese hombre sentado en el cuarto de estar, charlando animadamente con Roderick y Gladys, repasando su pasado común, era sin lugar a dudas Lucius Clifford. Les había ofrecido una explicación sobre su repentina reaparición, una increíble y casi milagrosa historia, pero no obstante posible. Incluso, por el modo de relatarla, plausible.

Volviéndose, se dirigió lentamente hacia la casa. De niños, Lucius y ella no habían estado especialmente unidos. De hecho, siendo jovencitas, Rosalind y ella lo habían contemplado siempre con recelo, y con razón, pues su comportamiento no era siempre el más deseable. Sin embargo, muchos chicos habían adoptado actitudes similares para luego abandonarlas al hacerse mayores.

Quizás hubiera algo más en el relato de Lucius de lo que les había contado, quizás algo menos agradable, pero hasta que, y si, les diera algún motivo para sospechar de él, diera muestras de un comportamiento poco ejemplar, era su primo, lejano, regresado de entre los muertos, y sin duda eso era motivo de celebración.

Redibujando la sonrisa en su rostro, subió los peldaños del porche delantero y entró en la casa.

CAPÍTULO 19

A lo largo de los tres días que siguieron, Miranda se preguntó en más de una ocasión si, al regresar al cuarto de estar, tras despedir a Wraxby, Lucius había adivinado de algún modo su evasiva con respecto a él.

Al día siguiente había aparecido justo después de comer con tres ramilletes de flores, uno para ella, uno para Gladys y uno para Sarah, que de nuevo pasaba el día en la calle Claverton. Con su habitual toque encantador, Lucius había ofrecido los ramilletes en prueba de su agradecimiento por la hospitalidad del día anterior. Tras pasar media hora charlando, bromeando y riendo con Roderick y Sarah, con Miranda y Gladys casi todo el rato en silencio aunque observando atentamente, se había marchado tal y como dictaban las normas de la buena sociedad.

Miranda lo había acompañado a la calle, hasta el caballo que aguardaba, un bayo castrado. Tras despedir a su primo y verlo partir, se había fijado en un hombre apoyado en el muro de una casa de la acera de enfrente y que parecía observar con mucha atención. La observaba a ella, la había estado observando. Soltando un bufido para sus adentros, ella se había dado media vuelta y regresado a casa.

El día después había transcurrido gris y lluvioso. Lucius había aparecido a media mañana con un tablero de backgammon bajo el brazo. Roderick había mencionado su afición por ese juego y su primo le había lanzado un desafío. Los dos habían pasado el resto de la mañana, y buena parte de la tarde, inmersos en una amistosa batalla, con ella y Sarah contemplando la escena complacidas.

En lugar de soporífero, como correspondía al tiempo, el día se había pasado agradable y rápidamente.

Pero, al acompañar a Lucius a la calle, vio a un barrendero cubierto por una capa empapada, apoyado en la escoba, en un lugar donde jamás había visto perder el tiempo a un barrendero.

La mañana siguiente, esa misma mañana, había amanecido gélida, un frío día otoñal con apenas viento, iluminado por un sol demasiado débil para caldear la tierra ya fría, pero lo bastante luminoso como para que todo el mundo se animara a aprovechar el que podría ser uno de los últimos días de buen tiempo antes de que el invierno se instalara definitivamente.

Sarah había llegado después del desayuno, tal y como empezaba a ser costumbre. Apenas se habían demorado en saludos, únicamente comentado la idea de aprovechar el buen día y permitir a Roderick tomar un poco de aire fresco, cuando apareció Lucius con un carruaje con la intención de embaucar a Miranda, Roderick y Sarah para que lo acompañaran a dar un paseo por Richmond.

Todos habían aceptado con entusiasmo. Con la ayuda de Lucius, Roderick se había subido al carruaje descapotado y se habían puesto en marcha con Miranda y Sarah envueltas en sus pellizas y los pañuelos del cuello volando hacia delante, mientras que los dos hombres, luciendo sendos abrigos, se sentaban de espaldas al cochero y la muleta de Roderick descansando en el suelo entre ellos. El trayecto resultó agradable y el aire fresco y limpio. El mundo parecía recién lavado después de las lluvias del día anterior. Enseguida llegaron al parque y pasaron una hora dando vueltas por los caminos y bajo los enormes robles, parándose de vez en cuando para observar a algún gamo o para que Roderick descansara. Sarah caminaba todo el rato con Roderick, dejándola a ella para pasear del brazo de su primo. Miranda había sentido curiosidad acerca de su comportamiento, pero si bien se mostraba encantador y ocurrente, en ningún momento se había pasado de la raya. Claro que estaba al corriente de lo sucedido con Rosalind y sin duda se había figurado el empeño de Miranda por mantener el decoro. Nada de lo que había dicho o hecho le había alterado de manera alguna.

Incluso se había mostrado paciente e indiscutiblemente comprensivo con el lento ritmo establecido por Roderick y Sarah.

Con todo, Roderick se las había apañado bastante bien, convenciendo al final a Miranda de que la pierna estaba más fuerte y preparada para hacer ejercicio. El grupo que entró en el Star and Garter para una comida tardía se mostraba muy satisfecho. Después de comer, y tras dar otro pequeño paseo, regresaron a casa.

Subiendo por el sendero de la entrada, pisándole los talones a Roderick y a Sarah, la mano apoyada en la manga de Lucius, Miranda revaluó la nebulosa preocupación que seguía sintiendo con respecto a su primo. Rememorando los días anteriores, no logró estar segura de si había estado allí antes de su última discusión con Wraxby. Por tanto no estaba segura de si esa preocupación, una falta de fe ciega más que de desconfianza, se debía a un eco del pasado, una precaución impuesta por su intuición o simplemente una mala hierba que crecía a partir de la semilla que Wraxby, su pretendiente rechazado, había sembrado.

No estaba segura pero, mientras subía los peldaños del porche junto a Lucius, Miranda fue consciente de que lo estaba mirando como si esperara ver algo nuevo en él, como si aún no tuviera clara su opinión sobre él.

En cualquier caso era un pariente y, si bien seguía albergando algún tipo de incertidumbre, no se lo imaginaba como una amenaza, para ella o los suyos.

Gladys aguardaba, ansiosa por conocer todos los detalles del día que había pasado, y dispuesta a mostrarse favorable en su opinión. Aunque Lucius era un Clifford y, como tal, no estaba a la altura de la meta social de Gladys, su primo había desplegado con éxito su encanto innato. Siempre había sido así. A Miranda no le sorprendió oír a su tía insistir en que, después de los esfuerzos que había hecho por entretenerlos, sobre todo a Roderick, debería quedarse a cenar. Cuando Lucius miró a su prima, Miranda sonrió y se añadió al coro de aclamaciones, convenciéndole para aceptar.

Ya estaba todo organizado para que Sarah también se quedara a cenar, de modo que se reunieron los cinco en torno a la mesa en un ambiente cómodo y relajado. Después de haber pasado tanto tiempo con Lucius no resultó difícil encontrar temas de conversación y los lazos familiares bajaron aún más las barreras sociales.

Más tarde, tras tomar el té y cuando hubo llegado la hora de que Roderick acompañara a Sarah a su casa, Lucius también decidió marcharse. Hizo una reverencia sobre la mano de Gladys y murmuró algo que la hizo reír. Gladys le dio una palmadita en el brazo y le indicó que se marchara. Esperando a que terminara, para acompañarlo a la salida, Miranda observaba la escena. A su primo siempre se le habían dado bien esos pequeños detalles.

Posando una mano sobre su manga, caminó con él tras Roderick y Sarah por el sendero sumido en las sombras, hasta la calle donde los dos carruajes, el de Roderick y el de Lucius, aguardaban. Su hermano cada vez tenía más autonomía, aunque avanzaba poco a poco, pero todos se mostraron agradecidos cuando Lucius lo ayudó a subir al coche.

En cuanto se hubo instalado, Sarah y Miranda se despidieron rozándose las mejillas. Sarah sonrió con dulzura a Lucius, que le devolvió la sonrisa y una elegante reverencia, y le ofreció su mano para ayudarla a subir. Tras cerrar la puerta del carruaje, Lucius y Miranda observaron partir a la pareja.

—Gracias por este día —Miranda sonrió y le ofreció una mano a su primo cuando este se volvió hacia ella.

—Ha sido un placer, bella prima —Lucius le rozó los nudillos con los labios y le apretó los dedos ligeramente antes de soltarle la mano. Se dirigió hacia su carruaje, pero antes de llegar se detuvo—. Todavía no he tenido noticias del abogado de la familia, de modo que quizás aún me quede un día o dos en la ciudad. ¿Sería demasiado abusar si volviera aquí mañana?

—No, claro que no, tu llegada ha sido una bendición para animar a Roderick. Si nuestra compañía te resulta apetecible, por favor ven a vernos.

Él sonrió, la saludó y subió al coche, que llevaba subida la capota. Miranda solo veía su perfil mientas hablaba con el cochero antes de que el carruaje arrancara.

Ella permaneció en la acera viéndolo alejarse, y cuando estuvo lo bastante lejos como para asegurarse de que Lucius no fuera a mirar atrás, miró a su alrededor. Arrebujándose en su echarpe buscó entre las sombras alguna señal de los vigilantes de Roscoe, pero no había nadie, al menos ella no logró ver a nadie, y hasta el momento sus hombres se habían mantenido a plena vista.

Tras dar una última ojeada calle arriba y abajo, soltó un bufido y se volvió hacia su casa.

—Por fin —murmuró—, ha retirado a sus sabuesos.

Atravesó la puerta, se volvió y la cerró. Al girarse hacia la casa… topó con un muro.

Un muro sólido, caliente y musculoso.

El corazón de Miranda dio un vuelco, pero no sintió ninguna necesidad de gritar. Él no se movió y, durante un instante infinito, ella tampoco. No había caminado lo bastante acelerada como para tambalearse o tropezar y, por tanto, no había ningún motivo para que él la sujetara. Sin embargo, ella sintió la instintiva tensión de los brazos de Roscoe, las manos flexionándose como si quisiera agarrarla, sus brazos queriendo rodearla, aunque los mantuvo a los costados.

Por desgracia ella no podía quedarse allí sin más, apretada contra él lo suficiente como para sentir su calidez empapándola insidiosamente, para oler el sutil aroma a jabón de pino, cuero y masculinidad que se estrelló contra sus hambrientos sentidos.

Respirando de manera entrecortada, Miranda hizo acopio de toda su calma y se apartó, rompiendo el contacto. Alzó la cabeza y encontró su mirada, sosteniéndola. Su expresión era la habitual máscara implacablemente impasible, pero, debajo de esa máscara, ella percibió una irritación fuertemente controlada. Lentamente, con altivez, sin apartar la mirada de sus ojos, enarcó ambas cejas.

—¿Qué ha pasado con Wraxby?

—Si tanto interés tienes en saberlo —Miranda enarcó aún más la ceja y reflexionó sobre su respuesta—, lo he rechazado. Hace varios días.

Roscoe apretó fuertemente los labios. Parecía estar esforzándose por contener sus palabras, pero su intento de rectitud falló.

—Mientras no puedo por menos que aplaudir que hayas tomado la decisión correcta sobre Wraxby, ¿quién demonios es su sustituto?

—¿Qué sustituto? —ella frunció el ceño—. No hay ningún sustituto.

Roscoe volvió a apretar los labios y encajó la mandíbula. Sus ojos parecían una oscura amenaza en la noche.

—Ah, ya —de repente Miranda lo comprendió—. Si te refieres al caballero que acaba de marcharse, es Lucius Clifford, un primo lejano que acaba de resucitar de entre los muertos. No es el sustituto de Wraxby.

—Pues él cree que lo es —la miró ligeramente perplejo.

No era verdad, pero Miranda no estaba dispuesta a discutirlo, no con él.

—Nuestras ideas no van en esa dirección.

Roscoe buscó sus ojos, su rostro. Estaban de pie en el sendero, lejos de los árboles, y la luz de la luna los iluminaba lo bastante como para que pudieran ver sus expresiones. Miranda tuvo la clara sensación de que Roscoe estaba sopesando si discutir o no, pero al final se limitó a asentir.

—Me alegra saberlo.

¿Por qué? Perpleja y con la creciente sensación de que mantener esa conversación con su examante, el que había dado por terminada la relación, era de lo más inapropiado, ella le rodeó y continuó por el sendero hacia la casa.

Sin embargo él se dio media vuelta y la siguió de cerca.

—¿Qué has querido decir con que «acaba de resucitar de entre los muertos»?

Miranda podría apelar a su dignidad y explicarle que no era asunto suyo, pero el instinto le advirtió de que Roscoe no se marcharía sin saber lo que quería averiguar. Y, a fin de cuentas, estaba vigilando la casa y a Roderick. Así pues, ralentizó el paso. El sendero no era muy largo.

—Lucius fue declarado muerto en Waterloo, toda la familia lo creía muerto desde entonces. Pero es evidente que no lo estaba, solo gravemente herido, incluyendo algunos golpes en la cabeza que le habían privado de sus recuerdos. No sabía quién era, no sabía nada sobre sí mismo, y permaneció en Europa hasta que otro golpe más reciente le devolvió la memoria, y entonces regresó a Inglaterra.

Al llegar a los peldaños del porche, ella se detuvo y se volvió.

Roscoe se paró a unos sesenta centímetros de ella y frunció el ceño. De nuevo ella lo sintió debatir.

—¿Estás segura de que se trata realmente de tu primo?

—Bastante segura —ella asintió con firmeza—. De niños nos veíamos mucho y, aunque su rostro ha cambiado con los años, lo reconocí antes de que anunciara quién era. Y conoce todas las historias familiares, lo que hacíamos, Rosalind, él y yo, y a veces los demás primos, de jóvenes. Recuerda cosas de Roderick cuando era bebé. Nadie más podría tener esos recuerdos. Sin duda es él.

De nuevo Miranda deseó poder leer la mente de ese hombre para saber en qué estaba pensando mientras la contemplaba de esa manera, pero su expresión resultaba aún más hermética que de costumbre, y las sombras eran demasiado densas para poder leer lo que había en su mirada.

—Supongo que no tendrá una cicatriz en la cara, ¿verdad? —preguntó él al fin, en un tono casi despegado, como si la pregunta fuera una simple formalidad.

Miranda titubeó al recordar la descripción que disponían de Kirkwell, y comprender que Lucius encajaba bastante bien en ella. Consideró la posibilidad de tergiversar la respuesta, pero no serviría de nada intentar ocultar la verdad y tampoco resultaba concluyente.

—Pues sí, resulta que sí la tiene, pero no es muy visible y, tal y como tú mismo mencionaste, muchos hombres, seguramente la mayoría de los que estuvieron en el campo de batalla en Waterloo, tienen cicatrices. No puede considerarse significativo.

—Quizás… quizás no —Roscoe hizo una mueca. Su mirada distante, hasta que volvió a posarla en ella—. De todos modos, no vayas a ninguna parte con él, ni tú ni Roderick, hasta que hayamos podido verificar su autenticidad.

—No —ella lo miró boquiabierta.

Estaba tan espantada que la palabra surgió con apenas un hilo de voz.

—Bien —él asintió y se volvió para marcharse.

—¡No! —Miranda se sacudió el estupor—. Quiero decir que no, que no acepto que me des órdenes, no quise decir que no iba a ir a ninguna parte con Lucius.

Él se detuvo y, volviéndose, la miró con los ojos entronados.

—No puedes ser tan estúpida —gruñó tras unos segundos.

Se hizo un silencio, en absoluto vacío.

Miranda respiró lentamente. Durante años había conseguido controlar su temperamento bastante bien. Por desafiantes que hubieran resultado ser la tía Gladys o su, aún más injuriosa, tía Corrine, nunca había perdido los nervios. Por duras que fueran las pruebas que el destino le hubiera colocado en el camino, casi siempre había conseguido mantener la compostura, controlarse, pero ese hombre parecía poseer el don de ponerla a prueba, de hundir el dedo en la llaga hasta que conseguía que su genio aflorara.

Entornando también los ojos, habló con voz cargada de ira contenida.

—¿Cómo te atreves a sugerirme, con qué derecho me sugieres, lo que puedo o no puedo hacer, y a Roderick también? Te has portado como el mejor amigo de mi hermano y me ayudaste a rescatarlo, por lo que ambos te estamos debidamente agradecidos, pero ahí se acaba toda tu influencia. Si bien yo, y estoy segura de que Roderick también, aprecio todo lo que tú y tus hombres estáis haciendo para identificar a Kirkwell, no tienes ningún derecho a interferir en nuestras vidas, a reclamar ninguna conexión personal hasta el punto de ejercer el control sobre con quién elegimos relacionarnos.

La mirada de Roscoe fue de pura irritación, con un ligero toque de cínico desprecio masculino.

—Veo que este primo tuyo te ha encandilado.

—¿Qué? —el temperamento de Miranda estalló y, de repente, vio de qué trataba eso realmente. Acercándose a él, los ojos imposiblemente entornados, hundió un dedo en su abrigo sobre el pecho—. Por tu propia decisión has vuelto a ser un simple amigo, un conocido, nada más. Eso no te da ningún derecho a dirigir mi vida, y absolutamente ningún derecho a hacer insinuaciones sobre los hombres con quien yo decido compartirla. Tú te echaste atrás, pero resulta que soy yo la que tiene que apartarte a empujones.

Furiosa, contempló los oscuros ojos. Miranda tenía la sensación de que ella le salía vapor, calor, incluso chispas de las orejas. Mantuvo su mirada sin ninguna misericordia, y golpeó el pecho de Roscoe con la punta del dedo.

—Deja de comportarte como el perro del hortelano —ella bajó el tono de voz. Estaban solos, pero la precisión de su dicción magnificó la fuerza tras cada palabra—. Tuviste tu oportunidad, y la rechazaste. Entiendo tus motivos, pero tomaste una decisión. Metafóricamente preparaste la cama en la que ambos debemos acostarnos.

Miranda se apartó ligeramente, sin desviar la mirada de la de Roscoe.

—Al menos Wraxby y, según tú, Lucius —añadió—, están interesados en mantener una relación conmigo. Aunque yo no quiera una relación con ellos, ¡al menos están interesados!

Sin añadir nada más, se dio media vuelta y subió los peldaños del porche antes de irrumpir en la casa.

Y encontrarse con Gladys de pie al final de las escaleras.

—Me pareció oírte discutir —su tía frunció el ceño—. ¿Con quién estabas discutiendo?

—Con alguien que debería habérselo pensado mejor —contestó Miranda sin siquiera mirar a Gladys.

Roscoe entró en el vestíbulo principal con una furia que no recordaba haber sentido jamás. Quitándose el abrigo, se lo arrojó a Rundle cuando el mayordomo apareció corriendo desde la parte trasera de la casa.

—Dile a Jordan que necesito verlo de inmediato. En mi estudio. Y haz subir también a Mudd y a Rawlins.

Sin esperar una respuesta, subió los peldaños de las escaleras de tres en tres antes de entrar en su estudio, al final del pasillo.

Las ventanas no tenían echadas las cortinas y la luz de la luna inundaba la estancia. Roscoe encendió una lámpara y empezó a pasear de un lado a otro, algo que casi nunca hacía, delante de su escritorio como si así pudiera deshacerse del tumulto de reacciones que las palabras de Miranda habían provocado.

¿Su decisión?

—¡Sí, claro!

¿De verdad pensaba ella que no estaba interesado?

Soltó un juramento casi sin aliento, con unas palabras, incluso idiomas, que ella no habría entendido, como no lo había entendido, al parecer, a él.

Daba igual. No le importaba. Lo que ella opinara de él no tenía importancia.

¡Demonios! Si pudiera darle la espalda a la sociedad entera, sin que le importara un higo lo que pensara la gente, no tendría ningún problema para ignorar las opiniones de la señorita Miranda Clifford.

Por supuesto ella no se lo agradecería. Acababa de demostrárselo, y no debería haberle sorprendido. No debería haberle molestado.

Molestado más de lo que le gustaría admitir.

Pero no le importaba, nunca le importaría, lo que ella opinaba. Lo que ella sentía. Él protegía a los suyos, siempre lo había hecho. Así era él, y no podía ser de otra manera, ni por ella ni por su madre.

Él era Roscoe, y eso era él. El que entrara en su órbita, por no decir quien se convirtiera en su amante, quien lo tomara como amante en el estricto sentido de la palabra, debía enfrentarse a esa inevitable consecuencia.

—Tendrá que aprender a vivir con ello.

El eco de su rugido apenas había desaparecido cuando un fuerte golpe en la puerta precedió a la entrada en el estudio de Rawlins y Mudd.

—¿Nos ha llamado?

—Organizad una reunión con Gallagher. Esta noche. Lo antes posible.

Sus guardaespaldas lo miraron durante unos segundos antes de asentir y marcharse.

Justo entonces apareció Jordan que, tras echarle un vistazo, cerró la puerta.

—¿Qué ha pasado?

—Necesito que averigües todo lo que puedas sobre un tal Lucius Clifford. Es un pariente lejano de Roderick, se tratan entre ellos como primos. Tendrá más o menos la misma edad que la señorita Clifford. Se criaron juntos.

—¿Qué más sabes? —Jordan lo había anotado todo en una libreta que sacó del bolsillo.

—Lucius Clifford estuvo en el Ejército... no, espera, ella no habló específicamente del ejército, pero sí estuvo en el campo de batalla en Waterloo, de modo que es probable que formara parte del Ejército, yo diría que de la infantería, no la caballería, no tiene ese aspecto. Después de Waterloo su familia recibió la noticia de su muerte en la batalla, pero acaba de aparecer milagrosamente en

Londres contando la historia de que perdió la memoria por culpa de una herida recibida en combate, y que hace poco la recuperó.

—¿Cuándo regresó a Inglaterra?

—No estoy seguro, al parecer recientemente. Según nuestros vigilantes, la primera vez que acudió a casa de los Clifford fue hace cuatro días. Según él ha estado todo este tiempo en el continente.

—¿En qué se basan los Clifford para asegurar que ese hombre es, en efecto, su primo? —preguntó Jordan tras consultar sus notas.

—Lo reconocieron, o al menos la señorita Clifford lo reconoció, y está muy segura. Además, conoce detalles de su infancia que, asegura ella, nadie más puede conocer.

—¿Pero...? —Jordan dejó de escribir para mirarlo a los ojos.

Roscoe encajó la mandíbula.

—Mi instinto me está advirtiendo a gritos de que es demasiada coincidencia como para aceptarlo. Clifford puede que esté completamente limpio, pero... además tiene una cicatriz en la cara.

—Cicatriz en la cara —Jordan se detuvo con el lápiz apoyado sobre el cuaderno y lo miró fijamente—. Primo lejano. Regresado de entre los muertos. ¿Y justo ahora?

—Eso es —él asintió con gesto severo.

De nuevo sonó un golpe de nudillos sobre la puerta y Mudd entró.

—Acabo de hablar con el hombre de Gallagher en la plaza. Dice que Gallagher está en casa, pero que, si quiere reunirse en otra parte, no podrá ser esta noche. Por otro lado, si está dispuesto a ir a casa de Gallagher, su hombre está bastante seguro de que el viejo lo recibirá de inmediato.

Roscoe gruñó. Tenía por costumbre no reunirse nunca con Gallagher, ni ninguno de los personajes de los bajos fondos con quien en ocasiones tenía que tratar, en sus casas. Formaba parte de una sutil, aunque clara, declaración de que no formaba parte de su mundo y jamás formaría parte de él. En ese caso, sin embargo, necesitaba la información con urgencia. Por qué era tan urgente no lo sabía, pero lo sentía en la médula y, de todos los jefes de los bajos fondos, Gallagher era el que mejor sabía dónde se situaba él.

—De acuerdo —asintió.

Había llegado la hora de hacer una excepción que, tristemente, también le indicaría a Gallagher lo necesitado que estaba de esa información, pero de nuevo le daba igual. Gallagher no había ascendido a la posición que ocupaba por haber tentado a la suerte de manera poco inteligente.

—Iremos a casa de Gallagher. Pide que preparen el coche, avisa a Rawlins y avisa también al hombre de Gallagher —Roscoe mostró los dientes—. Puede servirnos de guía.

Mudd soltó una pequeña risa y se marchó.

Jordan había dedicado el tiempo a repasar sus notas y levantó la vista mientras Roscoe se dirigía hacia la puerta.

—¿Hay algo más que puedas contarme?

—No que recuerde ahora mismo.

—¿Por qué Gallagher y por qué tanta prisa? —Jordan frunció el ceño.

—Porque quiero que Gallagher, o más precisamente sus hombres, peinen la ciudad en busca de Lucius Clifford, así como de Kirkwell, y cuanto antes mejor.

—Ya, entiendo —la expresión del otro hombre se iluminó mientras agitaba el cuaderno de notas—. Me pondré con esto y te haré saber lo que haya descubierto.

Roscoe asintió bruscamente, abandonó la estancia y corrió hacia las escaleras.

La entrevista con Gallagher transcurrió, más o menos, como él había previsto, salvo que, tras escudriñar su rostro, Gallagher había decidido mostrarse más circunspecto de lo que había anticipado.

Cuando, tras enumerar sus requerimientos en un tono seco y preciso, le había preguntado a Gallagher qué deseaba a cambio, el hombre lo había mirado fijamente durante varios segundos antes de aclararse la garganta y acariciarse la barbilla.

—Bueno, quizás, dado que no estoy bajo tu mando, por así decirlo, podríamos dejar los detalles específicos para más adelante. Digamos que me debes un favor, para algún momento en el futuro.

—Estoy de acuerdo en que te debo un único favor, siempre que esté enmarcado dentro de la ley que se aplique en su momento —contestó Roscoe tras reflexionar unos segundos.

Gallagher hizo una mueca, pero su mirada era burlona.

—Un pedigüeño precavido eres, pero bastará. Haré que mis chicos descubran todo lo que sea sobre Lucius Clifford, y también sobre Kirkwell.

—Busca sobre todo cualquier relación —él asintió—, de cualquier clase, por débil o inocente que parezca, entre Kirkwell y Clifford. Si sus caminos se han cruzado durante el último año, quiero saberlo.

—Si se han visto en Londres, mis chicos lo sabrán —Gallagher asintió.

—Excelente —Roscoe se levantó—. Una cosa, el tiempo es de vital importancia, de modo que hazme saber de inmediato si descubres algo, por insignificante que pueda parecer.

—Así lo haré —el otro hombre lo miró a los ojos y le dedicó una amplia sonrisa—. Espero que ella merezca todas estas molestias.

Roscoe sostuvo la mirada de Gallagher, pero no contestó.

La sonrisa del hombre se esfumó rápidamente.

Un segundo más y había desaparecido por completo. Con una lenta inclinación de cabeza, Roscoe se dio media vuelta y, flanqueado por Mudd y Rawlins, abandonó el estudio de Gallagher en el corazón de su imperio, instalado en lo más profundo de la madriguera de los bajos fondos.

Miranda estaba tumbada de espaldas en la cama, las mantas subidas hasta la barbilla, mientras contemplaba el juego de luces y sombras que dibujaba la luz de la luna sobre el techo.

«¡Al menos están interesados!».

Las palabras resonaban en su cabeza, repitiéndose con la regularidad del tañido de una campana, y en cada una de las repeticiones, ella se estremecía. Qué patéticamente revelador. Era como si se hubiera arrancado la vestimenta emocional y bailado desnuda ante él.

Aun así, con suerte Roscoe no lo recordaría, dado lo enfadado que se había mostrado también, o quizás sencillamente no se imaginaría qué le había empujado a soltar esas palabras.

Esperaba que no lo hiciera, pero dudaba que fuera así.

—¡Agh!

De haber podido hundirse aún más en la cama lo habría hecho. Durante varios minutos su mente no paró de dar vueltas, centrada en esas palabras tan reveladoras.

Pero al final se concentró en él, en el motivo que lo había llevado hasta su jardín y empujado a poner a prueba su temperamento. Pensó en qué le había llevado a imaginar una conexión inexistente entre Lucius y ella.

Miranda soltó un bufido. La intervención de Roscoe había sido tan desacertada como su entrada a escondidas en su casa aquella primera noche, obsesionada con rescatar a Roderick de esa orgía que había resultado ser una reunión de la Fraternidad de la Filantropía. Las similitudes eran tan obvias...

Sus pensamientos se detuvieron antes de virar y situarse en un nuevo ángulo, una perspectiva diferente. Contempló ambos incidentes con una mirada nueva, los comparó. En efecto eran muy similares, el momento en que ella había acudido a la calle Chichester para rescatar a su hermano de Roscoe, y el momento en que él había acudido a la calle Claverton para rescatarla a ella de Lucius.

Miranda lo había hecho acuciada por su necesidad de proteger a Roderick, un ser querido. Esa necesidad, o más bien lo que la impulsaba, había sido lo bastante fuerte como para nublar su buen juicio hasta el extremo de hacerla entrar en la casa de Roscoe.

¿Qué había empujado a Roscoe hasta hacerle tomar la irreflexiva decisión de tomar el control de su vida?

Un sentido protector, desde luego, pero ¿qué lo había impulsado?

Resultaba demasiado tentador llegar a la conclusión obvia, pero ese hombre era muy complejo y quizás no fuera una postura acertada.

Los minutos pasaron, la noche también. Al final, Miranda bostezó, se tumbó de lado y cerró los ojos.

Dado que ella había cometido el mismo error y él la había perdonado graciosamente, supuso que iba a tener que perdonarle a él también, pero no podía negar que la idea de que un hombre como él, el poderoso rey del juego de Londres, se preocupara tanto por su bienestar como para perder su sensatez...

Con los labios curvados ligeramente hacia arriba, ella se durmió.

CAPÍTULO 20

A una hora inusualmente temprana de la mañana siguiente, el nombre de Roscoe le granjeó la entrada a la casa de Rafe Carstairs en la calle Wigmore. Un minuto más tarde fue llevado al despacho de Rafe.

Mientras la puerta se cerraba a sus espaldas, a Roscoe no le sorprendió excesivamente encontrar no solo a Rafe, sino también a su esposa, Loretta.

—Señor Roscoe, es un placer conocerlo —adelantándose con una sonrisa, Loretta le ofreció una mano y él se inclinó sobre ella—. Hace mucho tiempo que quería agradecerle en persona su ayuda con ese desalmado, Manning, y por ser un apoyo tan leal para mi tía Esme y los demás directores de Argyle Investments.

—En cuanto a lo último —contestó él—, ha sido una experiencia educativa, una de la que me he beneficiado enormemente. Su tía es una mujer extraordinaria.

—Siempre me he preguntado cómo serían las reuniones de la junta —la sonrisa de Loretta se hizo más amplia.

—Basta con decir que nunca resultan aburridas —él intentó devolverle la sonrisa.

Rafe se acercó a su esposa y tendió una mano. Cuando Roscoe la estrechó, el otro hombre le escudriñó el rostro.

—¿Qué le trae a nuestra casa a una hora tan temprana? ¿Hay algo en lo que podamos ayudarle?

—Pues lo cierto es que sí —Roscoe clavó su mirada en los ojos azules de Rafe.

—Estamos en deuda con usted —el otro hombre extendió las manos—, no tiene más que pedir lo que sea.

—¿Podría comprobar el expediente militar de un hombre?

—Seguramente sí —Rafe parpadeó e inclinó la cabeza—. ¿De quién?

Brevemente, Roscoe les contó la historia de Lucius Clifford.

—Debería ser sencillo —Rafe se encogió de hombros.

—Hay otro hombre que podría estar relacionado, John Kirkwell. No tengo ni idea de si estuvo en el Ejército, pero seguramente existe una conexión entre ambos y esa conexión podría ser el Ejército.

—Comprobaré también a Kirkwell —Rafe estudió el rostro de Roscoe—. Supongo que será urgente.

—No estoy seguro —admitió él tras titubear un instante—, pero parto de la suposición de que se está preparando algo gravemente nefasto, y el asunto sería por tanto urgente.

Los últimos vestigios de maneras relajadas de Rafe desaparecieron y asintió con decisión.

—Me pondré a ello esta misma mañana. No puedo decir cuánto tiempo me llevará, pero me daré toda la prisa que pueda. ¿Dónde comunico mis averiguaciones?

—Calle Chichester número once —Roscoe hizo una reverencia a Loretta y saludó a Rafe—. Gracias.

Manifestándole su apoyo, ambos lo acompañaron hasta la puerta.

Roscoe caminó por la calle Wigmore, donde aguardaba el carruaje. La necesidad de averiguar más sobre Lucius Clifford para poder desenmascararlo, si bien era incapaz de explicar de dónde sacaba la idea de que había algo que desenmascarar, todavía lo reconcomía y suponía un peso irresistible. Había hecho todo lo que se le había ocurrido, había pedido toda clase de favores, había puesto en marcha a todos los hombres de los que disponía. ¿Había algo más que pudiera hacer?

No lo creía.

¿Podía, debería, volver a abordar a Miranda para exponerle su advertencia?

Roscoe hizo una mueca. Si lo hacía, si lo intentaba, en virtud de su actitud de perro del hortelano, como ella lo había definido acertadamente, reforzada por su reacción ante Wraxby, tendría suerte si ella aceptaba escuchar siquiera. E, independientemente de lo que le dijera, sin ninguna prueba, Miranda no se creería ni una palabra.

Y además, aún no tenía ninguna evidencia sólida que apoyara su impresión de que el querido primo Lucius Clifford no era sencillamente lo que aseguraba ser. La lealtad familiar triunfaría sobre las advertencias de un «conocido anónimo», o como ella lo considerara en esos momentos.

Aun así, su instinto, un instinto que le había salvado la vida en más de una ocasión y casi nunca había estado equivocado, le gritaba que Lucius Clifford suponía una verdadera amenaza para Miranda, para su bienestar. Desgraciadamente, dados sus sentimientos hacia ella, ni siquiera él podía estar seguro de que ese instinto no fuera más que una reacción al hecho de que Clifford se hubiera fijado en ella a la que su instinto, a pesar de sus palabras, decisiones y determinaciones en sentido contrario, aún consideraba suya.

Pero ni siquiera él sabía si su instinto estaba detectando algo realmente malvado en Clifford.

Deteniéndose junto al coche, repasó sus opciones, pero siempre llegaba a la misma conclusión. Él era un experto en evaluar riesgos y no estaba preparado para arriesgarse a ignorar su instinto.

—Regresamos a la calle Chichester —le anunció al cochero mientras abría la puerta del carruaje.

—Sí, señor.

Subiéndose al coche se dejó caer en el asiento. Dadas todas las investigaciones que había puesto en marcha, pronto debería saber si Lucius Clifford era esa víctima inocente de la guerra y un hombre perfectamente respetable para Miranda, incluso para casarse con ella.

O si era un villano.

Si lo último demostraba ser cierto, sabía muy bien cuál sería su reacción. El perro del hortelano era conocido por su crueldad.

—Mi querida Miranda, ¿puedo convencerte para que demos un paseo en coche por el parque? —Lucius sonrió a su prima—. Estoy probando una calesa y un par de bayos que estoy considerando adquirir, y quiero ver cómo se comportan en un lugar como ese.

Después de su encontronazo con Roscoe la noche anterior, ella había estado observando subrepticiamente a Lucius desde la llegada de este hacia las tres de la tarde. Había encandilado a Gladys y conversado con Roderick, Sarah y ella misma en el cuarto de estar. Había rechazado la idea de Roscoe de que su primo tenía algún interés matrimonial hacia ella, porque no había previsto nada parecido por su parte. Claro que siempre cabía la posibilidad de que Roscoe hubiera visto algo que ella no había percibido.

Y de repente ahí estaba Lucius, invitándola a dar un paseo, ellos dos solos. Miranda sonrió con la misma elegancia empleada por él.

—Gracias, la lluvia ha cesado y parece que no va a volver, un paseo en coche sería muy agradable.

Diez minutos más tarde se dirigían al norte por la carretera de bordeaba el muro de Buckingham House, hacia las verdes praderas de Hyde Park. Con el sombrero atado bajo la barbilla para protegerlo de los tirones de la fuerte brisa, Miranda se esforzó por mantenerse callada mientras Lucius guiaba al desconocido tiro entre el siempre congestionado tráfico en el cruce de Piccadilly con Park Lane. Entraron al parque por la puerta de la esquina. En cuanto la calesa comenzó a avanzar con más suavidad por los caminos menos abarrotados, visiblemente relajada, ella miró a su alrededor con fingido interés mientras aguardaba el desenlace del paseo.

—Esta mañana he hablado con el abogado de la familia. Al parecer están todos locos por verme, de modo que en pocos días tengo pensado ir al norte.

—Debes de tener muchas ganas de verlos —observó ella con la mirada fija en Lucius.

Dedicaron varios minutos a conversar sobre la probable reacción de los diversos miembros de la familia, pero de repente el semblante de Lucius se volvió sombrío.

—Tengo ganas de ir a casa —admitió tras unos segundos de silencio, y con la mirada fija en los caballos—, pero solo servirá para poner en evidencia que he perdido los últimos ocho años de mi vida por culpa de la maldita herida —suspiró y la miró fugazmente—. No tengo nada que mostrar. No he avanzado ni un paso desde que abandoné Macclesfield hace más de ocho años.

La amargura en su voz parecía absolutamente sincera y, antes de que ella pudiera contestar, él continuó.

—Tengo treinta y un años. Esperaba a estas alturas estar casado, todas mis hermanas lo están y tienen familia. Es lo que hacen las personas pertenecientes a familias como las nuestras, pero —se encogió de hombros—, no he tenido la oportunidad de hacerlo. Todavía no.

Ella tampoco. Todavía no.

La observación no dicha quedó flotando entre ellos. Miranda dudaba seriamente de que Lucius no se hubiera dado cuenta del paralelismo, pero quizás no había tenido la intención de abordar el tema y se avergonzaba por haberlo hecho. En cualquier caso, cambió rápidamente de tema mientras señalaba una bandada de patos sobre el Serpentine.

Posteriormente hablaron animadamente sobre las cosas que veían y los temas que esas cosas hacían surgir, sonrientes y en ocasiones compartiendo alguna carcajada mientras Lucius conducía la calesa por los caminos de gravilla y evaluaba el comportamiento de los bayos. Ella esperaba y observaba, pero ni una sola vez, ni con palabras ni con gestos, regresó su primo al tema de formar una familia, ni por tanto del matrimonio.

No hasta que regresaron a Pimlico. Mientras se acercaban a la calle Claverton, Miranda se volvió pensativa. Y al final, Lucius la miró.

Ella le sostuvo la mirada, pero no fue capaz de identificar nada más allá del suave destello de la especulación en sus ojos marrones.

—Me preguntaba… —Lucius sonrió con cierta ironía mientras desviaba la mirada al frente—. Te conozco lo bastante bien para saber que me mandarás al infierno si así lo deseas, de modo que, como he dicho antes, me gustaría casarme y formar mi propia familia. Haber participado en una guerra me ha enseñado a valorar la vida y no quiero esperar, pero aún no he encontrado a la dama adecuada y, francamente, dudo que esté hecho para vivir un apasionado romance, mucho menos una unión por amor. Frente a eso, sé que tienes veintinueve años y claramente tú tampoco has tenido suerte para encontrar al caballero adecuado, o conseguir que él te encuentre a ti —de nuevo la miró y sostuvo su mirada antes de volver a posarla sobre los caballos—. Compartimos un pasado, tú y yo. Siento cariño por ti y, aunque suene como un vanidoso, me inclino a pensar que me correspondes en esos sentimientos. Sé que quieres lo mismo que yo, tu propia casa y una familia —sin volver a mirarla, respiró hondo y soltó el aire mientras se lanzaba—. Así que me preguntaba si quizás tú yo deberíamos… explorar la idea, digamos, de intentar algo juntos.

Antes de que Miranda pudiera pensar en su respuesta, en lo que quería decir, mucho menos cómo decirlo, su primo continuó hablando.

—No me digas nada ahora, ya casi estamos de vuelta en la casa. Solo te pido que pienses en ello, consúltalo con la almohada, y mañana hablamos. Tengo unos cuantos asuntos inesperados que tratar en la ciudad antes de dirigirme al norte. Tenemos tiempo de sobra para decidir si nuestros caminos futuros podrían coincidir.

Lucius sonrió a su prima, con su habitual y encantadora sonrisa. Y ella lo miró a los ojos y se descubrió a sí misma asintiendo.

—De acuerdo.

Cuando el coche se detuvo frente a la casa, ella lo invitó a tomar el té, pero Lucius sacudió la cabeza.

—Voy a devolver los caballos. No me terminan de convencer.

Aliviada por no tener que abordar la conversación de manera inmediata, Miranda se despidió de él y, con la cabeza agachada, su mente sumergida en un torbellino, recorrió lentamente el sendero que conducía hasta la puerta delantera de la casa.

Deteniéndose en el vestíbulo, oyó el murmullo de las voces de Roderick, más grave, y de Sarah, más dulce, que reían. Colgó la capa y se dirigió hacia las escaleras. Necesitaba tiempo para pensar, para considerar y analizar y ver las cosas claras, para asegurarse de ver las cosas como realmente eran.

En el descansillo tropezó con Gladys, que se dirigía hacia abajo. Su tía nunca dejaba a Roderick y a Sarah solos durante mucho tiempo, pero, al verla, su rostro se iluminó y se detuvo.

—Bueno, ¿qué tal el paseo? Si bien me pareció poco sensato que rechazaras a Wraxby, si el señor Clifford está interesado en ti, bueno, aunque no está tan bien situado como me gustaría, es muy agradable, y a fin de cuentas estamos relacionados.

—Te lo suplico, tía, no empieces a especular sobre eso —pasando junto a Gladys, Miranda continuó su ascenso por las escaleras.

Oyó el bufido de Gladys a su espalda.

—Ya no eres tan joven, mi niña —su tía alzó la voz—. No hay muchos hombres dispuestos a tomar por esposa a una vieja solterona, no cuando pueden conseguir chicas mucho más jóvenes y, sobre todo, más sumisas.

Miranda no contestó. Llegando a lo alto de las escaleras se dirigió directamente a su habitación. Después de cerrar la puerta sintió un cierto alivio a medida que la paz y la tranquilidad y sobre todo la intimidad la empaparon. Desató el sombrero y lo dejó a un lado antes de acercarse a la ventana. Su habitación daba a una franja de césped junto al salón matinal, esa misma franja que había atravesado cada vez que regresaba a su casa por la puerta del callejón.

No había tomado ese camino desde la última vez que Roscoe la había acompañado a su casa. Y se había despedido de ella.

Contemplando los árboles que ocultaban la puerta, no pudo evitar pensar en la ironía de los tres hombres a los que últimamente había considerado como potenciales maridos. El hombre con el que ella deseaba casarse no podía ni quería casarse con ella, mientras que el hombre al que ella no deseaba seguía esperando para hablar sobre la posibilidad. Wraxby se había mostrado frío y desapasionado, mientras que Lucius era, en el mejor de los casos, tibio, un amigo, no un amor verdadero.

En cambio, Roscoe quemaba en su mente como el fuego, dominante, apasionado, poderoso y, al parecer, inaccesible.

Miró por la ventana, hacia abajo, negándose a alzar la vista hacia los árboles que tenía a su izquierda y que tapaban la visión de su casa.

Se regodeaba. Sencillamente, se regodeaba. Y no tenía tiempo para eso.

Valor. Eso era lo que necesitaba. Para centrarse en sus deseos y necesidades, en lo que sí era posible, y luego poner en práctica ese valor y actuar en consecuencia para forjarse una vida, darle forma, convertirla en la vida que deseaba vivir.

Recuperada la fuerza de voluntad, una vigorizante oleada recorrió sus venas. Sentándose en el banco de la ventana, miró sin ver el jardín de su hermano mientras hacía un inventario mental de su posición. Tenía veintinueve años y, a pesar de las enseñanzas de Gladys y la difunta Corinne, no vivía enteramente sometida a las expectativas sociales. La sociedad aceptaría lo que decidiera hacer, siempre que no provocara ningún escándalo. Y le dejaba un amplio abanico de posibilidades para crear su vida futura.

Tenía dinero, más que suficiente para comprarse una casa en la ciudad, incluso otra más en el campo, y contratar a una dama de compañía y unos cuantos empleados. Podía vivir como le apeteciera y hacer lo que gustara con el resto de su considerable fortuna.

El escenario no carecía de atractivo, pero…

Las sabias palabras de Lucasta resonaban en su cabeza. «Para asegurarse la felicidad en su vida, es imprescindible que una dama se conozca a sí misma, que defina claramente lo que desea». Lo que le haría feliz, y luego le exprimiera a la vida todo lo que necesitaba. El consejo de Lucasta había sido repetido por lady Mickleham, pero la duquesa viuda también había dejado claro que definir el objetivo adecuado, la meta adecuada, los elementos de la vida que una dama deseaba más, era tan crucial como la decisión de conseguirlos.

Vivir sola el resto de sus días no era lo que más deseaba Miranda. No la haría ser feliz, ni siquiera estar moderadamente contenta. Sería una existencia, no una vida.

Lo que ella quería era un marido y una familia propia. Desde su juventud ese siempre había sido su objetivo, su sempiterno santo grial. Quería un hogar, no una casa. Quería una familia propia, no solo parientes.

Respiró hondo y volvió a concentrarse en los tres hombres que habían aparecido últimamente en su vida. Roscoe no iba a volver a convertirse en Julian, lo único que podría convertirle en un marido elegible para ella. Más aún, había dejado bien claro que ella debería dejar de pensar en él, mucho menos soñar con él.

A Wraxby lo había rechazado, y no tenía la menor intención de volver a considerar esa decisión. Había sido la correcta.

Y eso le dejaba a Lucius. Si quería un marido y una familia, un hogar y no una casa, aceptar a Lucius, suponiendo que le hiciera una proposición, podría ser su última oportunidad de conseguir algo parecido a la vida que deseaba tener.

Pero Lucius no le estaba ofreciendo amor, solo afecto.

Extrapolando lo que había surgido de la breve relación mantenida con Roscoe, con él sí podría haber tenido amor, o al menos podría haber terminado por convertirse en amor, pero ya no lo sabría jamás.

Por tanto debía decidir si el afecto bastaría.

Saber si el afecto, y nada más, podría ofrecerle la cercanía, la fuerza, la relación con su futuro esposo, era, comprendió, la parte esencial de sus necesidades. El matrimonio, la familia, el hogar… nada de eso podría ser lo que ella deseaba que fueran.

—No sin amor.

Sentada en el banco de la ventana, Miranda asimiló esa noción.

En cuanto a la dirección hacia la que le conducía la consciencia recién adquirida sobre sus necesidades, cuando sonó el gong para la cena, aún no tenía ni idea.

En lugar de sentarse junto al fuego de la chimenea para leer un libro, como solía hacer por las noches, Roscoe paseaba delante del fuego, inquieto e impaciente. Miró a Mudd, que le había llevado informes de varios clubes, informes que no tenía ningún interés en consultar de momento y que había arrojado sobre una mesa auxiliar.

—¿Aún no tenemos nada de Gallagher?

—No, señor.

Poco antes, Mudd le había llevado la noticia de que Lucius Clifford había llevado a Miranda de paseo en calesa. Roscoe había gruñido sin disimulo. No se sentía orgulloso de su gesto, pero, si se repitiera la situación, volvería a hacer lo mismo.

Nunca perdía los nervios, al menos no de manera perceptible para los demás. Pero desde su conversación con Miranda la noche anterior, su genio, junto con la paciencia, se tambaleaban peligrosamente. Continuó paseando, esperando, esperando, y odiando cada minuto de inactividad. Nunca en su vida se había sentido tan aprisionado, tan impulsado a actuar y al mismo tiempo tan completamente bloqueado. Su instinto seguía insistiendo en que ella estaba en peligro, y que ese peligro emanaba de su primo largo tiempo desaparecido, pero seguía sin pruebas.

Y hasta que no tuviera esas pruebas, no podía actuar.

Unas pisadas en el pasillo que se acercaban a la biblioteca anunciaron la llegada de Jordan, que lo miró y agitó la libreta en el aire.

—Conseguí localizar al abogado que lleva los asuntos de esa rama de la familia Clifford. Hasta donde él sabe, la familia, los parientes más cercanos de Lucius, lo siguen creyendo muerto. Ellos y el abogado fueron informados de su muerte en Waterloo, y no han recibido ninguna información en sentido contrario.

—¡Ajá! —con el puño fuertemente cerrado, Roscoe intentó controlar su entusiasmo. Debía hacer de abogado del diablo con todo lo que él y su gente descubriera, porque Miranda sin duda lo haría—. Clifford podría alegar que, debido a su pérdida de memoria, no sabía cómo ponerse en contacto con ellos, o que por algún motivo no había tenido tiempo para hacerlo —rechinó los dientes—. No basta —miró a Jordan—. ¿Y qué hay de la familia? ¿Hay algún pariente en Londres con quien se esperaría que Clifford contactara?

—No. Todo el clan, al menos por su parte, vive cerca de Manchester.

—¿Cuál es exactamente la conexión entre Lucius Clifford y Roderick y Miranda? —Roscoe frunció el ceño.

—En cuanto a eso —Jordan consultó su cuaderno de notas—, ahí es donde la cosa se pone interesante. La conexión se establece a través del abuelo paterno de Roderick, Malcolm Clifford. Lucius Clifford es el único hijo vivo de Morecombe Clifford, fallecido, que era a su vez el hijo del hermano mayor de Malcolm, Melrose Clifford, también fallecido.

—Por tu informe, deduzco que el hecho de que esos caballeros hayan fallecido es importante. ¿Por qué?

—Porque hasta donde he podido averiguar —Jordan sonrió—, y camino de aquí, me pasé por el despacho de Montague, y él está de acuerdo, en caso de que Roderick Clifford falleciera, aunque su testamento estipula que su fortuna debe pasar a su hermana, Lucius Clifford, como el primer varón en la línea sucesoria, podría reclamar, con muchas probabilidades de éxito, una parte de esa herencia. No conseguiría todo, pero en opinión de Montague, dadas las circunstancias, Lucius podría reclamar la mitad y, dependiendo del juez que lleve el caso, incluso podría recibir más. La cuestión es que la riqueza de Roderick proviene enteramente de la fortuna de su abuelo. Ni Roderick ni su padre han añadido nada al capital, sino que se han limitado a vivir de las rentas. De modo que, dependiendo de los términos, no del testamento de Roderick sino del de su abuelo, Lucius, a través de su abuelo y de su padre, podría reclamar una parte de la riqueza del viejo, riqueza que ahora está en posesión de Roderick. Si Roderick tuviera un hermano o un hijo, sería más complicado que la reclamación saliera adelante, pero con tan solo una hermana soltera que pueda heredar, la corte a menudo considera que una fortuna como esa estaría mejor en lo que ellos consideran mejores manos.

Roscoe soltó un bufido.

—Eso es —continuó Jordan—, pero dado el clima legal actual, es un escenario muy posible.

Tras reflexionar unos segundos, Roscoe sacudió la cabeza.

—Nunca llegará a la corte. No es esa la intención de Lucius Clifford. Se le ha ocurrido un medio mucho más sencillo. Si se casa con Miranda, y luego mata a Roderick, acabará teniéndolo todo.

Se tensó ante la urgencia de correr a la calle Claverton y hablar con Miranda, advertirle de nuevo... pero encajó la mandíbula.

—No son más que conjeturas. Necesito más —clavó su mirada en Jordan—. Necesito algo inequívoco que conecte a Lucius Clifford con Kirkwell. Algo que no pueda ser refutado con facilidad, y que al menos sugiera que Kirkwell colabora con Lucius Clifford para matar a Roderick —si tuviera una información como esa, Miranda lo creería. Se cuestionaría más abiertamente la buena fe de Lucius Clifford si sospechara que estaba en el origen de la amenaza sobre su hermano.

—El abogado de los Clifford no conoce a ningún Kirkwell —Jordan se removió inquieto.

Roscoe se volvió hacia Mudd, que había permanecido en silencio todo el rato.

—¿Seguimos sin saber nada de Gallagher?

Nada más formular la pregunta, Rawlins apareció en la biblioteca y Roscoe le repitió la pregunta.

—Nada nuevo —él sacudió la cabeza—. Kirkwell no solo se ha largado, ha desaparecido por completo.

—Si yo fuera el tal Lucius Clifford y hubiera cambiado de parecer sobre lo de matar al señor Roderick —murmuró Mudd—, al menos por el momento, habría hecho desaparecer a Kirkwell también.

Rawlins asintió con expresión severa.

Roscoe se esforzó por no rechinar los dientes. Su instinto no paraba de advertirle de que se le acababa el tiempo, de que Miranda se estaba quedando sin tiempo. Pero si acudía a ella con lo único que tenía de momento, sospechaba que tendría un cincuenta por ciento de probabilidades de que lo rechazara incluso con más firmeza con la que ya lo había hecho. Incluso podría negarse a volver a verlo, y eso no les ayudaría a ninguno de los dos.

Todavía no había tenido noticias de Carstairs, y Gallagher seguía buscando como solo Gallagher podía buscar. Respirando hondo y despacio, se aconsejó a sí mismo mantener la calma.

En el juego suponía una gran ventaja saber cuándo ejercitar la paciencia, una ventaja que él solía poseer frente a sus contrincantes. En efecto, la paciencia era una virtud que había ejercitado durante gran parte de su vida, tanto de niño como de adulto.

Y estaba seguro de que lo más sensato era esperar, esperar a recibir la información vital, crucial, esencial que haría inclinar la balanza de Miranda claramente a su favor. Y lejos de Lucius Clifford.

De modo que esperaría.

Y rezaría por que hubiera tomado la mejor decisión.

—Buen trabajo —miró a Jordan y asintió—. Hemos conseguido avanzar significativamente. Será mejor que descanses un poco.

Jordan se despidió y se dirigió hacia la puerta.

Roscoe se volvió hacia Rawlins y Mudd, ambos aguardando pacientemente órdenes.

—Aseguraos de mantener la vigilancia sobre la casa de la calle Claverton, con al menos dos hombres a la vez. Si aparece Lucius Clifford, quiero saberlo de inmediato, pero aseguraos de que los hombres dejen siempre a alguien allí apostado continuamente. Si algo sucediera y él estuviera implicado, quiero testigos.

Mudd y Rawlins, gruñeron, asintieron y se marcharon.

Dejándole frente a la chimenea, con una copa de coñac en la mano y los recuerdos de la caricia de la seda sobre su torso desnudo y los sonidos de la pasión en medio de la noche.

★★★

—Lamento, señor Clifford que, tal y como están las cosas, no puedo seguir prestándole más dinero —Abrahams, uno de los más adinerados prestamistas de Mile End apoyó las manos sobre el arañado escritorio y contempló con calma a Lucius Clifford, sentado en la desvencijada silla al otro lado de la mesa.

Lucius le devolvió la mirada, incapaz de creer lo que estaba oyendo.

—Pero… ya le dije. Estoy a punto de comprometerme con una dama lo bastante adinerada como para pagar mis deudas, todas mis deudas. En unas pocas semanas podré saldar la cuenta.

—En efecto —Abrahams no parecía nada impresionado—. Me temo que ya he oído argumentos como ese antes, señor Clifford—. No de usted, pero sí de muchos de sus pares. Y esa clase de discurso ya no me conmueve —el hombre sostuvo la mirada de Lucius—. Los hechos serían mucho más convincentes. Muéstreme el anuncio de tan dichoso compromiso matrimonial y lo reconsideraré. Es más, me atrevería a asegurar que, con unas pruebas así, no tendría ningún problema en continuar haciéndole préstamos. Pero hasta entonces… —el rechoncho hombrecillo levantó las manos con las palmas hacia arriba—. No podré acceder a su petición.

Lucius permaneció sentado con la mirada fija en el prestamista mientras la implicación de sus palabras calaba en su mente. Discutir no tenía ningún sentido y, Lucius lo sabía bien, menos sentido aún tendría abordar a otro prestamista. Todos se conocían entre ellos y un acto así solo conseguiría convencer a Abrahams, a quien le debía las mayores sumas, de que era incapaz de saldar sus deudas, y eso sería muy peligroso. Personalmente, Abrahams no parecía suponer ningún riesgo físico, pero, al fondo de su oficina, detrás de la cortina, aguardaban sus matones, y había dos más en la calle.

Le faltaba muy poco para poner las manos sobre la fortuna del viejo Malcolm, o al menos sobre la parte de Miranda, lo cual bastaría para sacarle de apuros hasta que pudiera organizar el siguiente paso y reclamarlo todo. Pero de momento no tenía ninguna posibilidad de conseguir más liquidez de Abrahams. Tragándose su decepción, asintió bruscamente.

—Volveré con esas pruebas en unos días a lo sumo.

No creía haber exagerado. Sabía que había jugado sus cartas a la perfección con Miranda. Sarah y Roderick habían dejado caer algunos detalles sobre el reciente rechazo de Wraxby como para haberle dado una idea de cuál era el mejor modo de abordarla, y había hecho un buen uso de la información.

Abrahams se limitó a hacer una leve inclinación de cabeza, un gesto que gritaba a los cuatro vientos «ya veremos», aunque no pronunció ni una palabra.

Reprimiendo un juramento, Lucius se levantó y abandonó la pequeña oficina.

Y salió a la oscurecida calle por la que echó a andar.

Volvería con las pruebas, y entonces tendría dinero suficiente para seguir adelante. Pero ¿qué demonios iba a hacer hasta entonces? Esa noche aún tendría un techo sobre su cabeza, pero ¿y después? Después de sus últimos gastos en mejores ropas, el alquiler de la calesa y el tiro, por no hablar del ruinoso coste del carruaje con conductor que los llevó hasta Richmond, ya no le quedaba dinero ni para alquilar un burro, mucho menos un vehículo digno de ser visto en la calle Claverton.

—Tendré que conseguir que Miranda acepte lo antes posible —entornando los ojos consideró sus opciones—. Y en cuanto lo haya hecho, puedo publicar el anuncio en el *Gazette*, y al día siguiente tendré dinero en el bolsillo. Si hace falta, una vez que hay aceptado, puedo esconderme unos días, inventarme alguna enfermedad. Ellos se mostrarán considerados hacia mí.

Y eso le dejó con la pregunta de cómo conseguir que Miranda aceptase una proposición que aún no le había hecho.

Tras un buen rato de reflexión, Lucius soltó un bufido.

—Al menos el primer paso es obvio.

CAPÍTULO 21

Cada vez más inquieto, cada vez más tenso, Roscoe se obligó a sí mismo a ocuparse de sus negocios. Tenía a demasiadas personas en nómina como para dejar de prestarles atención sin más. Acababa de instalarse en el estudio para revisar varias cuentas con Jordan cuando Mudd llamó a la puerta y entró.

Una mirada al rostro de su guardaespaldas y de inmediato olvidó todas las cuentas.

—¿Qué hemos averiguado?

—El hombre de Gallagher acaba de informar —Mudd sonrió con dureza—. Al parecer, un tal señor Lucius Clifford ha contraído una fuerte deuda con el señor Abrahams, de Mile End. Por lo visto, el señor Clifford acudió al despacho de Abrahams anoche con la intención de lograr una ampliación del crédito. Cuando Abrahams se lo negó, Clifford le informó de que estaba a punto de casarse con una dama lo bastante adinerada como para pagarle todas sus ya considerables deudas.

—¿Y? —Roscoe lo animó a continuar.

—Abrahams no cedió, pero accedió a reconsiderarlo si le mostraba el anuncio oficial del compromiso. Abrahams dijo que Clifford no estaba muy contento, claro que, ¿cómo iba a estarlo, verdad? Pero, según Abrahams, Clifford parecía seguro de que iba a regresar pronto con dicho anuncio.

—¿En serio? —Roscoe miró a Jordan—. ¿Es la fortuna de la señorita Clifford lo bastante grande como para erigirse en la involuntaria salvadora de Lucius Clifford?

—No pude obtener una información tan precisa del abogado de la familia —Jordan hizo una mueca—. Es un hombre muy íntegro, pero, por los fondos que sabemos controla Roderick Clifford, yo diría que es muy probable, y dado que tiene veintinueve años, su fortuna estará probablemente ya en sus manos y puede hacer con ella lo que quiera.

—¿Qué pasa con ese dinero si Miranda se casa? —Roscoe frunció el ceño.

Jordan sacudió la cabeza.

—No resulta fácil decirlo, dependería de los términos en los que esté redactado el testamento de su padre, pero lo más probable es que, al casarse, todos sus bienes pasen a manos de su esposo. La única manera de que no fuera así sería si hubiera una cláusula específica en el testamento de su padre que estipule que esa fortuna permanezca en sus manos.

—De modo que lo más probable es que el dinero pase a manos de su marido.

—Esa es mi apuesta —Jordan asintió.

Roscoe se reclinó en la silla y miró sin ver todos los papeles esparcidos por su escritorio. Repasó toda la información de que disponía hasta ese momento, barajando los pedazos, colocando cada uno en su sitio para crear un conjunto. Se obligó a contemplar el resultado de manera desapasionada, despegada, como lo haría Miranda.

Ya tenía pruebas de que Lucius Clifford necesitaba dinero desesperadamente, tanto como para dejar claro que la fortuna de Miranda era un factor clave a la hora de motivar a Lucius para pedirle su mano. Pero eso no demostraba que Clifford quisiera casarse con ella solo por el dinero.

—Sigue sin ser suficiente —Roscoe sacudió la cabeza, su expresión endurecida.

Quedaban aún muchas preguntas sin responder sobre Lucius Clifford, como la subrepticia vuelta de entre los muertos, y en esas circunstancias, ¿qué clase de hombre no informaba a su familia más cercana de que estaba vivo? Y esa cicatriz... ¿podría tratarse de Kirkwell o se estaba agarrando a un clavo ardiendo? Y en caso de que encontrara pruebas de que Clifford era Kirkwell, Miranda sería la primera en entregarlo a la justicia, primo lejano o no.

Sin embargo, de momento aún no disponía de esas pruebas.

Dejó escapar el aire de unos tensos pulmones. Nunca se había sentido tan desolado en su vida. Por otra parte, su instinto lo empujaba a actuar, y a hacerlo de inmediato, de protegerla, de hacer lo que fuera necesario para mantenerla a salvo, incluso si hacía falta secuestrarla y hacerla prisionera. En contra de eso, su experiencia le advertía sobre actuar precipitadamente, ya que no le proporcionaría el resultado deseado y, peor aún, provocaría un verdadero riesgo de alejamiento entre ambos.

No era la primera vez que se enfrentaba a una situación tan tensa, pero jamás había sentido una frustración como la que sentía en esos momentos.

«Nunca me había jugado tanto».

Las palabras resonaron en su mente. Estuvo tentado de apartarlas, negarlas y enterrarlas, pero eran la verdad, una verdad que no había querido reconocer. Había sido más que una estupidez imaginar que podría apartarse de ella y borrarla de su mente como si no hubiera sido más que un capricho pasajero.

Miranda se había instalado permanentemente en su corazón, había momentos en que ella era su corazón, por el modo en que ese órgano respondía a ella, sobre todo cuando estaba en peligro. Protegerla no era un deber, era una compulsión, y lo aceptó a regañadientes. A pesar de ser muy capaz, no podía simplemente irrumpir y tomar posesión de su vida.

Ella jamás se lo consentiría, y en eso no le quedaba más remedio que jugar según las reglas de Miranda.

Miró al otro extremo del escritorio, a Jordan, y alzó la vista hacia Mudd.

—Si estamos en lo cierto, a Clifford se le está acabando el tiempo. Anda escaso de fondos y no conseguirá más hasta que la señorita Clifford acceda a casarse con él. Y eso significa que se nos acaba el tiempo a nosotros también para ponerlo en evidencia, o al menos para reunir las suficientes pruebas para demostrar lo que pretende realmente, antes de que la cosa se complique aún más.

—Si pudiésemos encontrar pruebas de que Clifford hubiera hecho algo delictivo, aunque no estuviera relacionado con la señorita Clifford o su hermano, ¿serviría? —Jordan se removió en el asiento.

—Sí. ¿En qué estás pensando?

—No lo sé —el otro hombre hizo una mueca—, pero todo ese asunto de regresar de entre los muertos, si bien es posible... ¿por qué ahora?

Roscoe reflexionó antes de contestar.

—Lo que necesito es una prueba irrefutable de que Lucius Clifford y Kirkwell están conectados, o de que Lucius Clifford se ha metido en algún asunto ilegal o indeseable.

—O —murmuró Mudd— que Clifford haga algo ilegal ahora y podamos pillarlo en el acto.

—Cierto —Roscoe asintió—, pero preferiría evitar cualquier situación que pusiera a la señorita Clifford, o a Sarah, o a cualquiera de la casa de Clifford, en peligro.

—Entonces, ¿qué hacemos? —preguntó Mudd.

—¿Qué tal va la vigilancia de la casa de Clifford? —preguntó él tras una pausa.

—Todo controlado, con al menos dos personas a la vez, tal y como ordenó —contestó el guardaespaldas.

—En ese caso —Roscoe suspiró y recogió el documento que estaba encima del montón sobre su escritorio—, esperaremos.

Paciencia, paciencia.

La suerte, como bien sabía, favorecía a los valientes, pero aún más a quienes esperaban al momento adecuado.

Miranda contemplaba los huecos dejados por el jardinero tras arrancar las flores anuales de verano, que se habían marchitado en los parterres que bordeaban el césped, cuando oyó la aldaba de la puerta principal.

Apenas era media mañana, bastante pronto para recibir visitas. Extrañada, cruzó el césped hasta donde pudiera ver el camino de entrada, y vio a Lucius acercándose a las escaleras del porche con un ramo de flores en la mano.

—¡Maldita sea! —Miranda contempló la apetecible posibilidad de esconderse entre las sombras, pero eso no haría más que posponer lo inevitable. Si Lucius le llevaba flores, asumiendo, por supuesto, que fueran para ella, lo mejor sería tratar con él, con eso, de inmediato. En privado, solo ellos dos. Dibujando una sonrisa en su rostro, alzó la voz.

—Lucius.

Él miró en su dirección, su expresión mortalmente seria. De haber estado Miranda más cerca, habría podido ver la cicatriz normalmente oculta por su sonrisa.

El recuerdo de Roscoe preguntándole si su primo tenía una cicatriz, las implicaciones, pasaron como un destello por su mente, pero ella decidió aplastarlo, enterrarlo, y seguir sonriendo.

En cuanto la vio, la expresión de Lucius se convirtió en una de placer. Abandonando el sendero, se acercó a ella por el césped.

—Miranda —al llegar a su altura hizo una reverencia y le ofreció el ramo con una floritura—. Para ti, querida.

—Gracias —ella tomó el ramo con ambas manos, se llevó las flores hasta el rostro y aspiró—. Qué detalle. Pero no creo haber hecho nada merecedor de un regalo tan bonito —el ramo estaba compuesto de rosas y lilas, y otras flores—. No deben haberte resultado sencillas de conseguir en esta época del año.

—Ha sido un placer encontrarlas, solo por ver la expresión de felicidad en tu rostro—. Lucius sonrió, evidentemente satisfecho.

Ella escudriñó su mirada, su expresión, no del todo encandilada, aunque dispuesta a ello. O, tal y como él lo había expresado el día anterior, dispuesta a explorar la posibilidad de intentarlo.

El día anterior su primo la había pillado por sorpresa, pero en ese momento ya era dueña de su propia voluntad.

—Los demás están en el cuarto de estar, pero me gustaría hablar contigo en privado sobre el asunto que sugeriste ayer por la tarde —volviéndose, Miranda señaló hacia la terraza y la puerta que conducía al gabinete. Lo mejor sería terminar con cualquier especulación, preferentemente sin que estuvieran presentes Gladys, Roderick o Sarah—. Podemos hablar en el salón matinal.

—Por supuesto —Lucius echó a andar a su lado.

Ella lo miró de reojo. Sus rasgos parecían ligeramente tensos, pero su expresión era más bien… ansiosa fue la palabra que surgió en su mente.

Mirando al frente, Miranda lo guio hasta la terraza, preguntándose no sin cierto cinismo, qué maldición había caído sobre ella que la condenaba a rechazar las proposiciones de los caballeros antes de que las formularan.

A media mañana, Roscoe se esforzaba denodadamente por mantener su mente centrada en el negocio de ser el rey del juego de Londres. Jordan hacía todo lo que podía para ayudarlo al insistir en que prestara la atención adecuada a los informes estructurales sobre una casa de Mayfair que estaba pensando en comprar para transformarla en un club aún más exclusivo que el Pall Mall cuando Rundle llamó a la puerta y entró.

—¿Sí? —Roscoe levantó la vista y una renovada esperanza brilló en sus ojos.

—Un tal señor Carstairs desea verlo, señor.

—¡Gracias a Dios! —él empujó la silla hacia atrás—. Hazle subir.

—Le diré al dueño que volveremos a hablar con él la semana que viene —Jordan reunió los papeles.

—Hazlo —Roscoe asintió con la mirada fija en la puerta—. La propiedad parece adecuada, pero, dado lo mucho que vamos a tener que invertir en la remodelación, el precio es demasiado alto, aunque el regateo puede esperar.

Rundle abrió la puerta y Rafe Carstairs entró en el estudio.

Roscoe se puso en pie. Quizás Carstairs caminara con tranquilidad, pero su expresión era sombría. Roscoe estrechó la mano de Rafe y le hizo un gesto para que se sentara en la silla frente al escritorio.

Jordan había llevado su silla a un lado del escritorio y se mantenía de pie junto a ella, inseguro.

Roscoe animó a su administrador a que se sentara.

—Puede que necesites oírlo.

Se sentaron todos y Roscoe se fijó en la inquietud que mostraba Rafe, una variante menor de lo que él mismo sentía vibrar en sus venas.

—¿Qué ha averiguado?

—Que hay algo muy raro en Lucius Clifford —Rafe lo miró a los ojos—. Fue declarado muerto en la batalla de Waterloo. Su diario y un reloj de bolsillo fueron encontrados sobre un cadáver, por lo que se dio por hecho que el cuerpo era el suyo. Ambos objetos fueron devueltos a su familia, que confirmó que, en efecto, habían pertenecido a Lucius Clifford.

—Pero, por supuesto, la familia jamás llegó a ver el cuerpo —Roscoe enarcó las cejas.

—No. Ni, al parecer, nadie que conociera a Clifford, pero después de aquel horrible día tampoco le extrañó a nadie. Sin embargo, por desgracia nadie que conociera a John Kirkwell vio su cuerpo tampoco. Clifford y Kirkwell estaban en la misma sección de infantería. Lucharon codo con codo. Su pelotón entró en combate bastante pronto ese día, y sufrió numerosas bajas. Varios hombres desertaron —Rafe se encogió de hombros—. Suele suceder en circunstancias como esas, con los oficiales en pánico y el infierno desatado a su alrededor. Kirkwell fue, supuestamente, uno de esos desertores. Los demás fueron capturados al cabo de unos días, pero Kirkwell nunca fue encontrado.

Tamborileando sobre el escritorio, Roscoe encajó las últimas piezas del rompecabezas.

—No fue Clifford quien murió sino Kirkwell. Clifford dejó su diario y su reloj sobre el cuerpo de Kirkwell y desertó.

—Eso parece —Rafe asintió con lenta seguridad—, y si estás seguro de que Clifford vive…

—Ha sido identificado por miembros de su familia que lo conocían desde la infancia, lo bastante bien como para reconocerlo, y él conoce todas las historias familiares.

—Entonces Clifford es, en efecto, un desertor —Rafe agachó la cabeza y sus labios se curvaron, aunque no en una sonrisa—. El Ejército lo va a querer.

—Lo tendré en cuenta —Roscoe asintió mientras se ponía en pie y rodeaba el escritorio estrechando la mano de Rafe, también puesto en pie—. Gracias.

Los labios de Rafe dibujaron una mueca.

—Si esto termina con un desertor ante la justicia, créame, habrá sido un placer para mí.

—El señor Draper lo acompañará a la salida —Roscoe miró a Jordan—. Si me disculpa, necesito ver a alguien inmediatamente.

—Por supuesto —Rafe, veterano de Waterloo, además de héroe

condecorado de las campañas de la India, saludó con una inclinación de la cabeza y siguió a Jordan hasta la puerta. Antes de salir, miró hacia atrás—. Por cierto, dependiendo de cómo salga todo esto, puede que le interese saber que tanto Allardyce como Wolverstone están ahora mismo en la ciudad. Esta noche cenaré con ellos, en casa de Wolverstone.

A Roscoe le llevó un momento comprender las implicaciones y, cuando lo hizo, fijó su mirada en la de Rafe y asintió de nuevo.

—Gracias, eso podría ser de utilidad.

Después de que Rafe y Jordan se marcharan, Roscoe tiró dos veces del llamador y echó a andar hacia la puerta.

Dos minutos más tarde, con Mudd y Rawlins un paso detrás de él, cruzó el jardín trasero hacia la puerta de atrás para tomar el camino más corto y directo hasta la casa de Miranda.

Su instinto no paraba de gritar, hasta alcanzar un límite casi insoportable. ¿Habría algo ante lo que se acobardaría un desertor como Clifford? Pero al menos, por fin, podía hacer algo.

Estaba a tres pasos de la puerta cuando el pestillo se levantó y la puerta se abrió de golpe. Un hombre cubierto con una gorra y la capa de un barrendero, entró en el jardín y casi dio un paso atrás al ver a los tres hombres avanzar hacia él.

Roscoe redujo el paso, y Mudd y Rawlins también.

El hombre los reconoció y, tensándose, alzó una mano a modo de saludo.

—Me disponía a informarle, señor. El señor Lucius Clifford llegó a pie a casa del señor Roderick Clifford hará unos minutos.

Roscoe soltó un juramento y salió corriendo por la puerta.

Miranda se vio obligada a ocuparse primero de las flores. Dadas las molestias que se había tomado Lucius para conseguirlas no podía dejar el ramo tirado sobre una mesa auxiliar para que las flores se marchitaran. De modo que tiró del cordón del llamador y esperó a que Milly, la camarera, llegara para llevarse el ramo y lo metiera en un jarrón.

Los siguientes minutos los rellenó con las habituales cortesías, aliviada cuando Lucius, elegantemente relajado en el otro extremo del sofá, cumplió con su papel de mantener viva la insustancial conversación. Milly regresó al fin con el jarrón y Miranda le indicó que lo colocara sobre la mesa que había contra la pared y junto al espejo. Tras terminar con el jarrón, Milly hizo una reverencia y se retiró, cerrando la puerta tras ella.

Y por fin, respirando hondo, Miranda se volvió hacia Lucius.

Su primo le ofreció su sonrisa más encantadora e, inclinándose hacia delante, le tomó una mano.

—Mi querida Miranda, espero que sepas que para mí eres más hermosa que cualquier flor, y mereces mucho más que un miserable ramo.

—Sí, bueno —ella parpadeó y se aclaró la garganta. Intentó recuperar su mano, pero Lucius ladeó la cabeza de manera burlona y se la agarró con más fuerza. Así pues, Miranda encajó la mandíbula y dejó los dedos atrapados antes de continuar—. De eso quería hablar contigo.

Los labios de Lucius se curvaron, pero sus ojos… sus ojos la contemplaban con la frialdad de un depredador. Un depredador que estaba calculando.

Miranda nunca había visto esa expresión con tanta claridad, aunque sí la había visto, la había sentido en él, años atrás. ¿Cómo había podido olvidarlo? Porque no la había visto desde entonces. Respirando hondo, sosteniéndole la mirada, alzó la barbilla.

—Agradezco tu consideración al abordarme con la proposición a la que aludiste ayer, cuando regresábamos del parque.

—¿Del beneficio mutuo que obtendríamos al casarnos? —preguntó él—. He estado pensando sobre ello y, hay tantos beneficios para los dos que me sorprende que tardara tanto en ocurrírseme. Ambos provenimos de la misma región y me atrevería a decir que nuestras aspiraciones son similares y…

—Sea como fuere —ella no estaba dispuesta a aguantar que le dijeran qué debía desear—, he seguido tu consejo y he pensado en el asunto, pero, aunque no hay duda de que sería una salida digna a mi avanzada edad, encuentro que mis verdaderos intereses ya no encajan con el matrimonio. En resumen, no estoy dispuesta a casarme, ni contigo ni con cualquier otro.

Quizás sí estuviera abierta a un amante, un amante que la amara, pero esa era otra cuestión, una que aún tenía que resolver.

Lucius no aflojó su agarre sobre la mano de Miranda. Su mirada se posó en su rostro, en sus ojos.

—¿Esperas que me crea que ya no aspiras a un marido y una familia? —preguntó con dulzura.

—Lucius —Miranda respiró hondo y se irguió—, no tiene ningún sentido insistir. No voy a casarme contigo.

Durante un instante la expresión de su primo permaneció inescrutable, y de repente su rostro se retorció y él soltó un bufido.

—Sí, lo harás.

Aplastándole los dedos, la atrajo hacia sí.

Ella dio un respingo e, instintivamente se echó hacia atrás. La fealdad en la mirada de Lucius la sobresaltó. La atemorizó. Miranda se peleó contra él y, cuando su primo redobló sus esfuerzos, ella intentó apartarse.

Y él le soltó la mano.

Miranda se cayó de espaldas contra el extremo del sofá.

Y Lucius se lanzó sobre ella.

Gritó, pero el sonido fue ahogado al aterrizar Lucius sobre su cuerpo y vaciarle los pulmones de aire. Miranda forcejeó, intentando quitárselo de encima, pero él la tenía atrapada bajo su cuerpo. Retorciéndose desesperada, ella intentó liberar sus brazos lo suficiente para golpearlo. Él la mantenía inmóvil, luchando por controlar esos brazos, sus manos.

—¿Qué haces? —consiguió preguntar.

—Asegurarme de que te cases conmigo —gruñó él.

—¡No lo haré! ¡No después de esto!

—Sí lo harás, sobre todo después de esto.

Miranda comprendió cuáles eran sus intenciones y su mente se paralizó momentáneamente.

Lucius le agarró la falda.

Ella intentó respirar y pateó, se revolvió con fuerza.

Pero nada sirvió. Ambos respiraban con dificultad. Miranda oía el pánico en el agitado ritmo de su respiración. Nadie había acudido, nadie había oído su primer y débil grito. Cuanto más tiempo luchaban, más débil se sentía, y solo había un final posible para aquello.

Tenía que pensar. Tenía que encontrar el modo.

Aplastada por el peso de Lucius, no conseguía llenar sus pulmones de suficiente aire para poder gritar.

Él seguía tironeando de las faldas. Desesperada, Miranda giró la cabeza, buscando algo. Por el rabillo del ojo vio la estatua de latón que Gladys había colocado sobre la mesa junto al sofá.

La respiración de Lucius era agitada, entrecortada, un jadeo cada vez más excitado.

En el muslo, justo por encima del liguero, Miranda sintió un soplo de aire fresco.

Apretando los dientes, arqueó la espalda, levantó en parte a Lucius y estampó un brazo contra su garganta, apartándolo lo suficiente para alargar el otro brazo hacia atrás. Tanteando ciegamente, sus dedos encontraron la estatuilla. Agarrándola, la dirigió con toda la fuerza que pudo contra la cabeza de su primo.

Pero él había visto llegar el golpe y se apartó lo justo para atrapar la estatuilla con una mano.

Miranda renunció a pelearse con él, su pecho liberado del cuerpo de Lucius, llenó los pulmones de aire y al fin pudo gritar.

—¡Auxilio! ¡Ayuda!

Lucius soltó un juramento y le cubrió la boca con la otra mano.

Miranda apartó la cabeza antes de volverla de nuevo y morderle la mano con fuerza.

Él soltó otro juramento y apartó la mano. Miranda volvió a llenarse los pulmones de aire para gritar de nuevo, pero él agarró un cojín y lo aplastó contra su cara.

Hundiéndola más en el sofá, Lucius apartó la estatua de su alcance.

Miranda no veía, no podía respirar. El peso de Lucius volvió a aplastarle los pulmones...

De repente sonó un golpe y un instante después el peso de Lucius la abandonó. A sus oídos llegaron unos ruidos sordos y gruñidos. Alguien apartó el cojín de su cara. Parpadeando, vio el rostro espantado de Sarah.

Volvió la cabeza para ver a Roderick y a Lucius de pie, luchando en medio de la habitación.

Con la respiración acelerada, Miranda intentó apoyarse sobre un codo. Gladys estaba de pie frente a la puerta cerrada, los ojos casi fuera de las órbitas mientras contemplaba la escena. Ella casi esperaba que su tía intentara fingir que lo obvio no estaba sucediendo, demasiado escandaloso, pero la anciana miró fijamente a Lucius y prácticamente entró en combustión.

—¡Serás canalla!

Su tía avanzó, blandiendo el bastón con la intención de estamparlo contra Lucius.

Pero él vio llegar el golpe y con un rugido colocó a Roderick ante él, a modo de escudo.

El débil golpe de su tía fue desviado por el hombro de Roderick, pero el inesperado cambio de peso le hizo trastabillarse ante su aún inestable equilibrio.

Y cayó al suelo.

Gladys se tambaleó hacia atrás, derrumbándose sobre el sillón junto al sofá.

Respirando hondo, los labios apretados, Miranda echó las piernas al suelo y se puso en pie.

Soltando un grito, Sarah corrió alrededor del sofá con la aparente intención de interponerse entre Roderick y Lucius.

Pero Lucius ya había dado varios pasos atrás y, soltando un juramento, sacó una pistola del bolsillo.

Miranda se quedó mirando fijamente el pequeño, aunque aparentemente potente, arma. A Lucius le temblaba ligeramente la mano, pero ella estaba casi segura de que se debía más a la ira que al miedo. No tenía la menor duda de que su primo sabía cómo usar esa pistola. Sosteniéndola en alto, apuntó a Roderick.

Todos se quedaron helados ante la visión del arma. Sarah fue la primera en recuperarse, preparándose para soltar un grito.

—No lo hagas —le advirtió Lucius sin dejar de apuntar a Roderick, tirado en el suelo a los pies de Miranda.

Sarah sostuvo la mirada de Lucius antes de cerrar la boca y apretar los labios.

—Eso está mejor —él asintió y desvió la mirada hacia Miranda—. No hay necesidad de hacerse el héroe.

Lucius miró hacia la puerta. Nadie había acudido a ver lo que pasaba. Sin duda estaban todos en la planta inferior, preparándose para servir la comida, ignorantes del drama que allí se desarrollaba.

—Si todo el mundo conserva la calma, saldremos de esta sin sufrir daño alguno —Lucius reculó hasta la puerta.

Miranda siguió sus movimientos al igual que Roderick, Sarah y Gladys.

Sin apartar el arma ni siquiera un instante de su objetivo, de Roderick, Lucius agarró la silla que descansaba contra la pared y bloqueó el picaporte de la puerta con el respaldo.

—Así no nos molestarán —comprobó la puerta y, satisfecho, regresó al centro de la habitación.

Roderick estaba pálido y su expresión era de dolor mientras luchaba por sentarse.

—¿Por qué? —fue su única pregunta mientras se abrazaba las rodillas.

—Yo pensaba que era obvio —Lucius enarcó las cejas—. Necesito dinero, quiero el tuyo y tú me lo vas a dar.

—Te has vuelto loco —Roderick bufó.

—No, en absoluto —su primo se interrumpió y ladeó la cabeza, como si estuviera sopesando hasta dónde podía revelar su plan.

Miranda sospechaba que tenía un plan, pero después de habérselo desbaratado iba a tener que reelaborarlo, pensar en otros caminos.

—He oído —siguió Lucius, la mirada puesta en Roderick, la voz baja y tranquila— que estabas pensando entregar la mayor parte de tu fortuna, la fortuna que heredaste del viejo Malcolm, a la beneficencia.

Ella miró a su hermano, que no apartaba la vista de Lucius. Solo le veía el perfil, pero Miranda sospechaba que Roderick estaba tan sorprendido como ella. ¿Cómo lo había descubierto Lucius? Ni siquiera Gladys conocía la participación de su sobrino en la Hermandad de la Filantropía. Y si ella lo sabía era gracias a haberlo seguido hasta casa de Roscoe aquella noche.

Roderick no contestó a su primo, confirmando así el comentario.

—Y decidí que —Lucius sonrió—, dado que la caridad empieza por uno mismo, deberías entregarme ese dinero a mí, a tu familia.

Roderick seguía sin decir nada y Miranda se sintió muy orgullosa de él. Se preguntó si no habría sido Roscoe quien le había enseñado esa táctica.

—De manera que te diré lo que vas a hacer —continuó Lucius—. Vas a escribirme una nota. Un pagaré de, digamos, ¿cuarenta mil libras?

—Yo no te debo nada —Roderick soltó una carcajada—. ¿Por qué iba a pagar una deuda contraída bajo presión?

La fea sonrisa de su primo se hizo más amplia.

—Por el escándalo que se produciría si no lo haces.

Miró a Gladys, luego a Sarah y, por último a Miranda, antes de devolver su atención, una vez más, a Roderick, a cuyo pecho apuntaba fijamente el arma.

—Verás —prosiguió—. No seré yo quien acuda a ti para hacer efectivo el pago. No, en cuanto me marche de aquí, venderé ese pagaré. Quizás no sea por toda la cantidad, pero estoy seguro de que conseguiré al menos veinte mil libras contra tu buen nombre.

Los rasgos de Roderick se habían endurecido.

—Pero nosotros —Sarah apoyó una mano sobre el hombro de Roderick e hizo un gesto con la mano que abarcara a Gladys y a Miranda— sabemos la verdad. Lo contaremos todo.

—¿En serio? —Lucius enarcó una ceja—. Estas damas, están relacionadas con el querido Roderick, relacionadas hasta el punto de ser capaz de mentir para salvar su reputación. ¿Quién crees que os creerá? —esperó unos instantes para que lo asimilaran antes de soltar un bufido—. No, esto funcionará. Es sencillo y claro —lanzó una penetrante mirada a Miranda—. Debería haber empezado por esto en lugar de perder el tiempo contigo.

Su intención había sido la de que el comentario resultara hiriente, pero falló por completo.

De repente, Lucius la apuntó a ella con la pistola.

—Allí está el escritorio —le indicó a Roderick con un gruñido—. Levántate y escribe la maldita nota.

Miranda miró a su alrededor en busca de un arma, de algo que le permitiera acabar con esa situación de otra manera. Pero Lucius estaba fuera del alcance de ninguno de ellos. Y, aunque se arrojara fuera del alcance de la pistola, y aunque Roderick hubiera estado en plena forma, no habría podido atrapar a Lucius antes de que este volviera el arma contra él, o de nuevo contra ella, y disparara.

La única solución era que Roderick escribiera esa nota.

Una vez escrita, una vez que Lucius se hubiera marchado con el pagaré en su poder, no habría manera de evitar que pusiera sus manos en la pequeña fortuna estipulada.

Sin dejar de sostener la mirada de su primo, Roderick pareció haber llegado a la misma conclusión pues, apartando la mirada y apretando los labios con fuerza, miró a Sarah, que permanecía protectora a su lado.

—Ayúdame a levantarme.

Sarah lo miró, y luego a Lucius, antes de agacharse y tomar a Roderick del brazo sano para ayudarle a ponerse en pie.

Miranda se preguntó si, viendo a Lucius pendiente de su hermano y Sarah, tendría una oportunidad. Preparándose, se puso tensa.

La mirada de su primo se clavó en ella, que se quedó helada.

Pero enseguida la desvió con el ceño fruncido.

Un segundo después, su expresión estaba cargada de confusión y alarma.

Miranda comprendió entonces que estaba mirando fijamente la puerta de la terraza. A continuación oyó un chasquido. La puerta de la terraza se abrió y ella sintió moverse ligeramente el aire cuando alguien entró, de nuevo sonó el chasquido cuando la puerta se cerró.

—¿Quién demonios eres tú? —la expresión de Lucius era la viva imagen de una aturdida incredulidad.

Ella no necesitó mirar para saber quién había entrado, para saber quién había acudido en su ayuda. De todos modos miró por encima del hombro y estuvo a punto de desmayarse de la sensación de alivio, a pesar de que Lucius aún sujetaba la pistola en la mano, aunque la apuntaba directamente a su corazón.

Roscoe se adelantó con su habitual paso de merodeador. Concentrado en Lucius, le dedicó una sonrisa de tiburón. Brevemente, apartó la mirada para mirarla a ella cuando llegó a su altura.

—Se me conoce como Neville Roscoe —devolviendo la mirada a Lucius, continuó avanzando.

—¡Quieto! —Lucius alzó el arma y dio un paso atrás—. O disparo.

Roscoe alzó una mano de manera desganada, el típico gesto de rendición de un espadachín, y dio un último paso, de lado, interponiéndose entre Miranda y la pistola de Lucius. Y se detuvo.

Miranda respiró entrecortadamente y apretó los puños ante la urgencia de apartarlo de un empujón. ¿Qué estaba haciendo? Podría dispararlo. ¡Dios santo! Su corazón se subió hasta la garganta, bloqueándola. ¿Qué pretendía?

Roscoe miraba de frente a Lucius y hablaba con toda la calma del mundo.

—Eso no lo podemos consentir. Si no recuerdo mal, se considera de malísima educación disparar un arma en el gabinete de una dama.

Las rimbombantes palabras confundieron aún más a Lucius, que frunció el ceño y sacudió la cabeza.

—¿Estás loco?

Roscoe hizo una pausa. Cuando volvió a hablar, el tono de su voz se había vuelto frío, gélido, ante la terrorífica precisión de su dicción.

—No. Pero cualquier rey de los bajos fondos de Londres te dirá que tú sí lo estás. Apuntarme a mí con un arma se considera en general... poco aconsejable.

—Pues yo no veo qué tiene de poco aconsejable —Lucius intentó aparentar desdén.

—¿En serio no lo ves? —Roscoe dejó que el instante se prolongara—. Eso será porque no has pensado más allá de apretar el gatillo. Quizás consigas meterme una bala, pero ¿luego qué? ¿Cómo has pensado salir de esta casa con vida? mis hombres la rodean por completo —miró hacia las ventanas y de nuevo a Lucius mientras señalaba la terraza con la cabeza—. Echa un vistazo tú mismo.

Y Lucius lo hizo.

Y Roscoe se abalanzó.

De un salto agarró el brazo de Lucius y levantó la mano que sujetaba la pistola mientras su cuerpo chocaba contra Lucius. La pistola se disparó con una explosión ensordecedora. La bala atravesó el techo y fragmentos de yeso cayeron al suelo.

Roscoe se echó hacia atrás, levantó un puño y lo estrelló contra la cara de Lucius.

Se oyó un crujido de hueso roto y el primo lejano se desplomó como un tronco.

—¡Gracias a Dios! —acercándose, escudriñando el rostro de Roscoe, Miranda lo agarró del brazo antes de mirar a su primo y confirmar que estaba inconsciente.

Roscoe apartó los ojos del rostro de Mirada y le dio una patada a la pistola para deslizarla hasta Roderick. Dado lo que había deducido, no se fiaba de sí mismo con un arma en la mano. Lucius Clifford había puesto sus manos en ella y, aunque parecía físicamente ilesa, el impulso de utilizar el arma para golpear a ese tipo hasta la muerte era muy fuerte.

Sarah, de pie junto a Roderick, al que agarraba fuertemente del brazo, se agachó, recogió la pistola del suelo y se la pasó a Roderick.

En el sillón cercano, la tía de Miranda emitía un sonido sibilante al intentar respirar. Sarah le murmuró algo a Roderick antes de darle una palmada en el brazo y acercarse a la anciana.

Roscoe sacudió las manos y se masajeó los doloridos nudillos mientras permanecía de pie pegado a Lucius Clifford. Dada la ira que había impulsado el golpe, dudaba que el hombre despertara en un buen rato, pero necesitaba ese tiempo para controlar su furia asesina.

Miró hacia la terraza en el preciso instante en que alguien empezaba a aporrear la puerta de la habitación.

De pie junto a Roscoe, Miranda no había apartado la mirada de él mientras poco a poco iba comprendiendo lo sucedido, poco a poco se iban desvaneciendo las incertidumbres, dejándolo todo, absolutamente todo, clarísimo. Siguiendo su mirada, vio a Mudd y a Rawlins irrumpir por la puerta lateral del jardín y avanzar a la carrera por el césped. Debían haber estado en el callejón y oído el disparo. Roscoe se había tirado un farol al asegurar que estaban lo bastante cerca para que Lucius pudiera verlos.

—¿Les dejo entrar? —preguntó ella.

—Por favor —él asintió.

Apartando la mano del brazo de Roscoe, ella se dirigió hacia la puerta de la terraza.

Roderick deslizó el arma en el bolsillo. Ya se había acercado cojeando a la puerta del salón para ocuparse de los asustados sirvientes. Tras dejar pasar a Rawlins y a Mudd, dejándolos con su jefe, Miranda acudió en ayuda de su hermano, pero, tras confirmar que no estaba teniendo ningún problema en tranquilizar a Hughes, la señora Flannery y el resto del servicio que habían corrido hasta allí al oír el disparo y se agolpaban en el pasillo, optó por echar una mano a Sarah con Gladys.

Mientras instruía a Mudd y a Rawlins sobre cómo quería que se inmovilizara a Lucius Clifford, Roscoe no apartaba la vista de Miranda. Apartarla de ella requería demasiado esfuerzo y ya había dejado de intentarlo.

Su tía había sucumbido a un completo ataque de histeria. Mientras Sarah y Miranda se ocupaban de ella, Roderick, tras ordenar, a petición de su hermana, al servicio que llevaran agua, sales y cualquier cosa que pudiera ayudar a la mujer, cojeó hasta Roscoe.

Apoyado en el bastón de su tía, del que se había apropiado, Roderick miró a Lucius Clifford antes de sacudir la cabeza.

—Si necesitaba dinero, yo podría habérselo prestado, no tenía más que pedirlo —observó casi sin poder hacerse oír por culpa de los alaridos de su tía.

Roscoe comprendió que Roderick todavía no conocía la verdad sobre Lucius Clifford.

—Vine a advertiros, a ti y a Miranda, sobre lo que había averiguado acerca de Kirkwell.

Alertado por el tono de voz, Roderick lo miró a los ojos y luego, con expresión de desagrado, miró a Lucius Clifford.

—¿Lucius era Kirkwell?

—Cambió su identidad por la suya en el campo de batalla.

Roderick se tomó unos instantes para deducir el resto.

—Entonces... —respiró hondo—. ¿Lucius es un desertor?

Roscoe asintió con tristeza.

—Y eso arroja una luz completamente diferente sobre las cosas, sobre todo en cuanto a lo que va a sucederle.

El vaso de agua y unas sales habían llegado, junto con algunas plumas quemadas. La histeria de Gladys empezaba a amainar poco a poco. Roscoe al fin desvió su mirada de Miranda, que se movía con soltura y parecía alerta y concentrada. Sintió que un peso abandonaba su pecho.

—¿Qué les has dicho a tus sirvientes? —le preguntó a Roderick.

Dejando a Lucius Clifford amordazado con su propia corbata y las manos atadas a la espalda, Mudd y Rawlins tomaron posiciones junto a la pared e hicieron todo lo posible por pasar desapercibidos. Para unos hombres de su envergadura, se les daba bastante bien. Se notaba que tenían mucha práctica.

Roderick seguía sin apartar la vista de su primo.

—Les dije que el disparo fue accidental, lo cual en cierto modo es verdad —le dio un puntapié a Lucius en el hombro—. Pero esto... —encajó la mandíbula—. Es evidente que hay que llamar a la policía.

—No.

—¿No? —Roderick lo miró perplejo—. Pero... —miró a su hermana y, con el rostro rojo de ira, bajó el tono de voz—. Atacó a Miranda.

—Sí, lo sé —Roscoe echó un vistazo a las pruebas: la falda desgarrada, los cabellos de Miranda revueltos. Y de nuevo tuvo que controlar las ansias asesinas que surgieron de su interior—. Y por eso mismo tenemos que asegurarnos de que Lucius Clifford no vuelva a hacerle daño nunca más, ni a ella ni al resto de tu familia. Asegurarnos de que sus maquinaciones no vuelvan a suponer una amenaza para nadie.

—No te sigo —Roderick frunció el ceño—, ¿cómo puede seguir suponiendo una amenaza? ¿Cómo puede seguir haciéndonos daño?

—Por culpa del escándalo —en la habitación se había hecho el más absoluto silencio.

Roscoe miró al otro lado y vio que la tía se había recuperado. Seguía respirando aceleradamente, pero, junto con Miranda y Sarah, escuchaba atentamente la conversación de Roderick.

Y lo miraba a él con expresión estupefacta, pues era la primera vez que lo veía.

—Señora —Roscoe inclinó la cabeza antes de mirar a Miranda y luego a Roderick, y de nuevo a la tía—. Si me permite explicarme, quizás podamos decidir la mejor manera de afrontar esta situación.

La anciana lo miró fijamente antes de agitar débilmente una mano en el aire.

—Si puede ayudarnos a salir de esta sin que se produzca ningún escándalo, entonces, señor, por supuesto.

Roscoe contempló al hombre tendido en el suelo a sus pies y que empezaba a moverse.

—Por lo que hemos conseguido averiguar, Lucius Clifford estaba en el batallón de infantería que sufrió más bajas en el campo de batalla de Waterloo. Muchos murieron. Varios desertaron. Lucius también desertó, pero antes de hacerlo dejó su diario y su reloj sobre el cuerpo de un camarada muerto y se apropió de su nombre, John Kirkwell. De modo que Kirkwell fue tomado por desertor, mientras que Lucius Clifford fue declarado muerto. En algún momento, y no creemos que fuera recientemente, Lucius regresó a Inglaterra.

Roscoe miró a Roderick.

—Por motivos evidentes, no contactó con su familia, que lo creía muerto. Presentarse con su verdadera identidad ante personas que lo conocían podría haberlo delatado como desertor, y todo el mundo sabe lo que hace el ejército con los desertores. Cuando le convenía utilizaba el apellido Kirkwell, pero en general evitaba a cualquiera que lo hubiera conocido de antes. Sin embargo, Lucius seguramente supo de la muerte de su padre hace dos años. Algún tiempo después de aquello, comprendió que si la herencia se transmitía solo a los varones, si tú morías, él, ahora tu pariente masculino más cercano, heredaría al menos una parte de tu fortuna. Aunque en tu testamento hubieras, presumiblemente, estipulado que la mayor parte de todo pasara a Miranda, cualquier abogado habría informado a Lucius de que tenía muchas posibilidades de poder reclamar al menos una parte de tus bienes sobre la base de que tu fortuna proviene de tu abuelo y, por tanto, en caso de que murieras sin un heredero masculino, el hermano de tu abuelo, el abuelo de Lucius, podría haber reclamado una parte de los bienes originales de tu abuelo.

Roscoe hizo una pausa antes de continuar.

—Por lo que he sabido, se trataría de un caso complicado, y todo dependería del lenguaje empleado en los diversos testamentos, y más aún de los prejuicios del juez y no de los méritos relativos de los argumentos legales, y hay posibilidades para argumentar bien en un sentido y en el otro, para concederle a Lucius una parte de tus bienes, o negárselos. En cualquier caso, para Lucius, arruinado como estaba, merecía la pena correr el riesgo. Pero, por supuesto, antes de poder reclamar nada legalmente, tú debías morir.

Roderick volvió a fijar la mirada en su primo y sacudió la cabeza.

—Ante la posibilidad de poder reclamar una parte de mi fortuna, decidió matarme —emitió un sonido de desagrado—. Por eso contrató a Kempsey y a Dole, y les ordenó que me mataran.

Roscoe asintió.

—Pero cuando las cosas no salieron como había planeado…

—Cuando tú interviniste para salvarme.

—Cuando Miranda y yo intervinimos y te salvamos, después de eso, Lucius se retiró momentáneamente para reorganizarse. Para repensar el plan.

—Antes dijo algo —intervino Miranda—, algo sobre haber oído que Roderick iba a entregar una buena cantidad de su fortuna a la beneficencia.

—¿Qué? —la tía de Miranda miró de su sobrina a Roderick—. Yo pensaba que era un delirio, pero ¿de qué va esto? ¿Vas a regalar tus fondos?

—No tanto —Roderick agitó una mano en el aire—. Aunque al parecer Lucius pensó que la cantidad sería mayor.

—Ah —Roscoe asintió—. Eso tiene sentido. Él pensaba que estabas a punto de desprenderte de una buena parte de tu riqueza y se sintió obligado a actuar, primero con Kempsey y Dole y después, cuando el plan se torció, decidió abordarte de nuevo, pero desde otro ángulo.

—A través de mí —Miranda contempló a su primo con frialdad. Lucius parecía consciente y sin duda lo estaba oyendo todo—. Jamás se lo perdonaré.

—A la hora de decidir el mejor modo de ocuparnos de tu primo —Roscoe continuó con calma—, podría ayudar si repasamos sus crímenes. Hoy atacó a Miranda, pero Roderick y los demás le frustrasteis el ataque. Por consiguiente, intentó extorsionar a Roderick a punta de pistola...

—Pero ese plan se lo frustraste tú —intervino Roderick.

—Sí. Y antes de eso intentó matarte contratando a Kempsey y a Dole para deshacerse de ti, pero Miranda y yo frustramos esa parte —Roscoe contempló a Lucius—. En todos esos intentos, aparte de las lesiones de Roderick y los nervios de Miranda, sus acciones no han provocado ningún daño real. Ningún daño permanente. Y eso nos deja con su crimen más serio y atroz. Deserción ante el enemigo. Las autoridades lo consideran como uno de los peores crímenes posibles, y con razón. En su caso, sin embargo, su infamia se vio agravada al hacer que otro hombre, y su familia, soportaran la ignominia de su deserción. Aunque intercambió las identidades, solo para evitar ser capturado, al hacerlo también salvó a los Clifford del escándalo de tener a un desertor en la familia.

—¡Cielo santo! —Gladys se llevó una mano al pecho.

—Nada de palpitaciones —le advirtió Miranda—. No tenemos tiempo para eso.

Gladys parpadeó y miró a Roscoe como si esperara que él la rescatara de la inminente angustia.

—Ahora mismo —contestó él, como si hubiese aceptado el desafío—, Lucius Clifford es nuestro para disponer de él como consideremos. Debemos pensar en lo que sucederá si le entregamos a las autoridades, y sopesarlo contra lo que sucederá en cambio si lo entregamos al Ejército.

—¿Podemos hacer eso? —preguntó Roderick—. ¿Entregarlo directamente al Ejército?

—Podría ocuparme de ello, sí —Roscoe asintió.

—Si lo entregamos a las autoridades —Miranda respiró hondo y obligó a su mente a trabajar—, tendremos que presentar cargos, ¿no? —preguntó mientras miraba a Roscoe.

—Sí, y para llevar el caso a los tribunales, Roderick y tú tendréis que aparecer en el juicio, y también habrá que relatar el primer intento de matar a Roderick, y explicar los detalles de lo que sucedió, con los testimonios de Kempsey y Dole, y de todas las personas implicadas y, al final, dado que un caso como ese inevitablemente atraería la atención de la alta sociedad, por no hablar de los periódicos, la deserción de Clifford acabaría por salir a la luz, junto con su suplantación de la identidad de Kirkwell, y eso provocará un escándalo de proporciones considerables. Será la clase de juicio recordado y del que se hablará durante años.

—No —resonó la voz de Gladys con una inquebrantable negación—. No toleraré algo así —su rostro mostraba una expresión beligerante mientras miraba a Miranda y luego a Roderick—. Se mire como se mire, y Dios sabe que no soy una Clifford, digo que no lo hagáis. No es posible que queráis manchar el apellido familiar —miró a Lucius Clifford, inmovilizado en el suelo—. No podéis permitir que ese canalla se hunda llevándose con él a toda la familia.

—Estoy de acuerdo —Roscoe inclinó la cabeza ante Gladys—. En mi opinión no tiene ningún sentido ir por ese camino. Sin duda Clifford será juzgado culpable y será ahorcado, pero todo eso se conseguirá a través de un juicio popular y provocará un daño irreparable e irrecuperable a la familia Clifford, a todas las ramas de la familia. Como bien sabemos todos, la sociedad no hará distinciones. Todos os veréis afectados.

Miranda y Roderick intercambiaron una prolongada mirada. Por primera vez ella sintió el sentido protector de su hermano hacia ella. Pero ellos dos no eran los únicos implicados. No solo eran los Clifford. Estaban Sarah, la duquesa viuda, la duquesa, Henry y, por encima de todos, Roscoe. Él no había mencionado nada sobre sí mismo o su familia, pero, en un juicio público, él también sería llamado a declarar, tendría que exponerse a la galería y arriesgar su celosamente guardada identidad, y por tanto el nombre y la reputación de su familia.

Y el resultado sería el mayor escándalo de todos.

—¿Y qué pasará si lo entregamos directamente al Ejército? —preguntó Miranda tras respirar hondo.

A sus pies, Lucius Clifford se retorció, comprobando la solidez de las ataduras.

—Conozco a varias personas en puestos de autoridad —contestó Roscoe con la vista clavada en su prisionero—. Tengo entendido que el Ejército se alegrará de poner sus manos sobre uno de los últimos desertores en haber escapado a la justicia. Y creo que, a cambio de que la familia se lo entregue, el Ejército estará dispuesto a ocuparse de él en sus propios tribunales y a su manera, todo lo cual puede llevarse a cabo en privado —hizo una pausa antes de continuar—. El Ejército informará a la familia de Kirkwell de que fue declarado desertor por error y que, en realidad, murió sirviendo a su patria. Se ofrecerá una adecuada reparación a los Kirkwell para corregir el error cometido con la memoria de Kirkwell y la posición de su familia. De manera que ese delito cometido por Lucius Clifford será reparado de la mejor manera posible. En cuanto a Lucius, en cuanto esté en manos del Ejército, dudo seriamente que volvamos a saber nada de él.

Durante varios minutos, Roscoe, Roderick y Miranda se quedaron mirando fijamente a Lucius Clifford, tumbado, atado, amordazado, indefenso, a sus pies.

Por fin Miranda respiró hondo y asintió.

—Lo entregaremos al Ejército —sentenció como si fuera el juez anunciando una condena.

Nadie objetó.

—¿Cómo? —preguntó Roderick tras sacudirse.

Roscoe se hizo cargo de todo. Dio orden de que Lucius fuera llevado a su casa y encerrado en el sótano hasta que el Ejército hubiera sido notificado y fueran a por él. Mudd y Rawlins lo pusieron en pie. Lucius intentó desesperadamente patearlos, por lo que le ataron también los tobillos. Entre los dos lo sacaron del salón del desayuno, cruzaron la terraza y atravesaron el jardín hacia la puerta lateral. Miranda salió a la terraza con Roscoe, seguidos de Roderick, que cojeaba tras ellos. Juntos, contemplaban la pequeña procesión, los dos hombres que Roscoe había ordenado que vigilaran la casa se habían unido a Mudd y Rawlins para ayudarles, cuando, de repente, un grito ahogado les llegó desde arriba, seguido de un gemido y una exclamación que hizo que todos levantaran la vista hacia una de las ventanas del ático.

Tres doncellas, Milly, la camarera, Ginger, y la fregona prácticamente colgaban de la ventana, señalaban y gritaban. Milly y la fregona eran las que gritaban, mientras Ginger miraba muy afectada.

—¿Qué os pasa a las tres? —Roderick se asomó al borde de la terraza y miró hacia arriba.

Diez minutos y una gran cantidad de palabras de aliento después, descubrieron por fin cómo había conocido Lucius los planes de Roderick de «regalar su fortuna». Lucius llevaba meses cortejando a Ginger. Llevaba al menos todo ese tiempo trazando su plan.

Miranda sacudió la cabeza, pero le dio una palmada a Ginger en el hombro.

—Que esto os sirva a todas de lección. No confiéis en ningún caballero que parezca demasiado perfecto para ser verdad. Lo más seguro es que todos serán unos villanos. Pero ¿cómo averiguasteis los planes de Roderick?

Las doncellas tenían una expresión apocada.

—Todas oímos cosas, señorita —habló Milly al fin—. Nunca demasiado, y luego están las cosas que el señor Roderick le pide a Hughes, las cosas que le gusta leer en los periódicos. Cosas sobre filantropía. Cuando lo juntamos todo, bueno, pues resulta clarísimo —la joven miró a Roderick—. Esperábamos oír cualquier día de estos que iba a cerrar la casa.

—Sí, bueno —ligeramente perplejo, Roderick dejó escapar el aire—. Me gustaría aseguraros a todos que no voy a hacer algo tan estúpido como deshacerme de mi fortuna. Solo voy a entregar una pequeña parte para escuelas y esa clase de cosas. Nada por lo que preocuparse. Y desde luego no tengo ninguna intención de cerrar esta casa.

—¡Oh! —exclamó Milly visiblemente aliviada—. A los de ahí abajo les encantará saberlo, señor.

Con las bendiciones de Roderick las doncellas obtuvieron permiso para comunicar la buena noticia.

Roderick intercambió una mirada con Miranda y con Sarah.

Desde su sillón, Gladys entornó los ojos hacia él.

—Recuérdame que le pregunte a Milly la próxima vez que quiera saber en qué andas metido —su tía alzó la barbilla—. Parece que el servicio sabe más que yo.

Roderick miró fijamente a la anciana mientras Miranda se preguntaba qué iría a contestar su hermano.

—Realmente no tiene ninguna importancia, tía. Solo es un interés que tengo.

Gladys soltó un bufido y posó la mirada en Roscoe.

—Me temo, señor, que no lo conozco y a nadie se le ha ocurrido presentarnos.

Roscoe le dedicó una sonrisa que Miranda encontró propia de lord Julian, una sonrisa cargada de un encanto sencillo, elegante, sin esfuerzo. A continuación tomó la mano de Gladys y se inclinó sobre ella.

—Soy Neville Roscoe, señora. Vivo muy cerca de aquí.

—Ah, sí —Gladys asintió—. Usted es el rey del juego. Vive en la enorme casa blanca de la calle Chichester —cuando tanto Miranda como Roderick parpadearon perplejos, la mujer los miró con aire de importancia—. De vez en cuando hablo con la señora Flannery.

Miranda no pudo evitar preguntarse qué más había oído su tía.

Gladys, sin embargo, asintió con elegancia ante Roscoe.

—En cualquier caso, debo darle las gracias, señor Roscoe, por toda su ayuda. Y, dado que es la hora de la comida, y que después de tanto drama y jaleo me atrevería a asegurar que estamos todos hambrientos, me encantaría que nos acompañara a la mesa.

Roscoe miró a Miranda y vio la estupefacción grabada en su rostro. Después volvió a mirar a Gladys y por fin inclinó la cabeza.

—Gracias, señora, será un placer.

No debería aceptar, no había ningún posible futuro común para ellos, y con el asesino en potencia de Roderick ya a buen recaudo, no había motivo alguno para seguir manteniendo la relación, pero Roscoe quería, por última vez, durante unas pocas horas más, empaparse de la calidez de la presencia de Miranda, del placer de su compañía, de la felicidad de sus sonrisas.

CAPÍTULO 22

Roscoe envió un aviso a la casa Wolverstone. A las seis de la tarde, el duque de Wolverstone, junto con sus invitados para cenar, Christian Allardyce, marqués de Dearne, y Rafe Carstairs, se presentaron en la calle Chichester. Rundle los condujo hasta la biblioteca donde Roscoe y Roderick aguardaban.

Roscoe realizó las presentaciones y, en cuanto todos estuvieron sentados y provistos de una copa del mejor coñac, se encargó de explicar todo lo que Roderick y él habían averiguado sobre Lucius Clifford y su servicio en el Ejército. No obstante, no mencionó el intento de asesinato de Roderick o el posterior interés de Lucius por Miranda.

Al final de su disertación, Wolverstone lo miró con una ligera expresión de curiosidad.

—Y ahora, le ruego que me explique cómo tropezó con el secreto de Clifford.

Roscoe ya había previsto esa pregunta.

—Roderick y yo buscábamos a Kirkwell por otro asunto y por casualidad averiguamos su verdadera identidad.

—Usted está emparentado con ese hombre —Wolverstone se volvió hacia Roderick—. ¿Está aquí para suplicar indulgencia?

—No —Roderick sacudió la cabeza—. Si acaso, todo lo contrario.

—¿En serio? —dijo Wolverstone tomando un sorbo de coñac—. ¿Y eso?

Roscoe observó satisfecho cómo Roderick se tomaba su tiempo para reflexionar, ordenar sus pensamientos, siempre una buena idea cuando uno conversaba con Wolverstone.

—Estoy aquí en representación de los intereses familiares. Aunque el parentesco no es cercano, nosotros, mi hermana y yo, conocemos a Lucius y a su familia, nuestros primos, de toda la vida. Lucius llevaba muerto para nosotros desde Waterloo. A ese respecto no hay nada más que decir. Ahora mismo, los únicos de toda la familia que sabemos que Lucius está vivo, y que es un desertor, somos mi hermana y yo. Su madre aún vive, y también tiene tres hermanas, todas casadas y con hijos —Roderick miró a Wolverstone a los ojos—. La región en la que viven, en los alrededores de Macclesfield, es rural y muy provinciana. Cualquier susurro sobre la infamia de Lucius y toda su familia, a pesar de ser inocente de cualquier crimen, sin duda sufrirá las consecuencias —tras una pausa contempló a Allardyce y a Rafe antes de devolver su atención a Wolverstone—. Caballeros, si existe algún modo de ocuparse adecuadamente de Lucius y al mismo tiempo proteger a su inocente familia del daño, si eso fuera posible, les suplico que se adopte ese camino.

—Entiendo —los labios de Wolverstone se curvaron satisfechos—. En ese caso... —miró a Allardyce que asintió, y luego a Rafe, que asintió con más entusiasmo aún. Con una leve sonrisa, se volvió hacia Roderick—. Creo que podré encargarme de que Lucius Clifford sea adecuadamente atendido —se volvió hacia Rafe—. Tú conoces al comandante en jefe del Ejército, ¿verdad?

—Es un viejo amigo —Rafe asintió—. Me pasaré por el cuartel camino de tu casa —miró a Roscoe—. Si pudiera prestarme a unos cuantos de sus hombres, llevaré a nuestro prisionero conmigo, mejor entregarlo cuanto antes al cuartel para que se ponga en marcha el proceso.

—En efecto —la expresión de Wolverstone se volvió cínica—. Y solo para estar seguros de que nadie siente el impulso repentino de empezar a lanzar rumores sobre la captura de un antiguo desertor con el fin de obtener alguna gloria política, hablaré mañana mismo con el ministro y le expresaré mi interés, al tiempo que le convenceré de la conveniencia de mantener toda esta historia lejos del público.

Christian Allardyce soltó un bufido.

—Tú recuérdale que la guerra terminó hace tiempo y que a la gente no le gusta que se la recuerden.

—Buena idea —Wolverstone apuró la copa, al igual que los demás, y tras dejar los vasos en la mesa se pusieron en pie.

—Haré algo mejor que prestarle a mis hombres, le prestaré un carruaje —Roscoe clavó la mirada en Rafe—. Creo que lo más sensato será apartar a Clifford de mí, pues no querría que tuviera un inesperado accidente antes del juicio.

—Nunca se sabe, no se puede descartar del todo —Rafe soltó un gruñido—. A mí no me gustan especialmente los desertores, y en cuanto a los del cuartel… ya veremos.

Volviéndose a Wolverstone, Roscoe le ofreció su mano.

—Gracias.

Todos se estrecharon las manos.

—He de decir que, por ayudarnos a llevar a un desertor a juicio marcial, un desertor que deliberadamente dejó que otro hombre cargara con el estigma, soy yo, y los míos, quienes deberíamos darle las gracias —aseguró Wolverstone mientras se volvía hacia la puerta.

Con una elegante inclinación de la cabeza, Wolverstone condujo a los demás hombres fuera de la biblioteca.

—¿Entonces está todo arreglado? ¿Todo solucionado?

Sentada en el sofá del cuarto de estar, con Sarah a su lado y Gladys acomodada en su sillón habitual, Miranda miraba a su hermano, de pie junto a la chimenea. Acababa de relatar los detalles de la reunión en casa de Roscoe.

—Fue impresionantemente sencillo —Roderick extendió las manos—. Todos se conocen, pero fue más que eso. Todos piensan del mismo modo. Es como si se reconocieran como iguales, y eso genera confianza, y fue simplemente cuestión de describir los hechos sobre Lucius, hacerles ver nuestro punto de vista y acordar que lo mejor sería proceder como nosotros queríamos.

—Entonces ya está hecho —ella apartó resueltamente a Lucius de su mente. Para ella y el resto de la extensa familia, había muerto en Waterloo, aunque por sus propios actos. Después de unos segundos sonrió a su hermano—. Se acabaron las aventuras para ti.

—Gracias a Dios —Roderick contempló su pie herido—. Todavía no me he recuperado de la última, pero al menos ya no tengo que ir por ahí cojeando con una muleta.

—Que no se nos olvide devolverla a Ridgware —Miranda miró a Sarah—. El primero que vaya allí de visita que la lleve.

Sarah sonrió, asintió y miró a Roderick.

Gladys reclamó la atención de Miranda antes de que Hughes entrara en la estancia para anunciar que la cena estaba servida. Todos se levantaron y se dirigieron al comedor.

La cena fue una reunión sencilla y alegre. Mientras que Roderick y Sarah, con la flexibilidad de la juventud, ya habían dejado atrás el pasado y solo pensaban en construirse un futuro, Miranda consideraba que para ella y Gladys la principal emoción estaba más en la línea de un alivio eufórico, aunque en su caso la euforia manase de diversas fuentes.

La amenaza sobre Roderick y ella había tenido su único origen en Lucius, y Lucius ya no existía para ellos.

Eso la dejaba con varios asuntos que tratar y sobre los que decidir, pero, aunque ya veía clara su dirección, la mesa de la cena no era el lugar para reflexionar sobre su siguiente paso. En cambio, sí lo era para centrarse en lo que tenía ante ella, Roderick y Sarah, y la relación que se había convertido en amistad y en mucho más.

Con una dulce sonrisa en los labios observó a su hermano hablar sobre su proyecto en la Hermandad de la Filantropía, algo en lo que se quería implicar al completo después de haber recuperado su capacidad para moverse libremente. Después del tiempo pasado en Ridgware, Sarah había comprendido el concepto y se apresuró a ofrecerle su apoyo, discutiendo sobre los siguientes pasos que él opinaba debía dar, y la mejor manera de hacerlo. Gladys escuchaba atentamente, no del todo segura de lo que tramaba su sobrino, pero dispuesta a escuchar, a aprender, a aceptar.

En la mente de Miranda no había duda de que Roderick pronto le pediría a Sarah que se casara con él, y que Sarah aceptaría. Nadie que los viera juntos podía dejar de ver la luminosa conexión entre ambos, la consciencia mutua y la mirada que brillaba en sus rostros y caldeaba sus miradas.

Amor. Estaba ahí, delante de ella, patente, vivo en mil pequeños detalles.

Una vez abiertos los ojos, lo veía claramente.

Acabado el postre, los demás no parecían tener ganas de moverse.

Pero Miranda echó la silla atrás y se levantó. Cuando Roderick y Sarah interrumpieron su animada discusión y la miraron, ella hizo un gesto con la mano para que permanecieran sentados.

—Si me disculpáis, tengo un asunto… pendiente que debo atender.

Sarah sonrió con dulzura y Roderick la observó atentamente unos segundos antes de asentir.

—Sí, claro —él titubeó antes de añadir—. Si puedo hacer algo…

—Si puedes hacer algo, ya te lo haré saber —ella sonrió a su hermano.

Salió del comedor y se volvió hacia las escaleras. Al llegar a su habitación, cerró la puerta y se dirigió a la ventana, sentándose en el banco. Miró hacia el exterior, a la pradera lateral, plateada por la luz de una luna casi llena, a los árboles cuyas ramas casi desnudas sin embargo le bloqueaban la visión de la puerta lateral.

Alzando la mirada, miró a su izquierda, hacia donde, entre los diversos árboles, se veía un poco de blanco.

Allí estaba él, y ella en ese otro lugar. ¿Cuál era el mejor modo de tender un puente sobre esa brecha?

Sentada, meditó sobre ello y dejó que su mente regresara a las pasadas semanas, a los días en que lo había conocido.

Pensó en todo lo que había aprendido, sobre él y, sobre todo, sobre ella misma.

Pensó en lo que había crecido entre ellos, y que ya sabía qué era.

Pensó en lo que más deseaba de la vida.

Pensó en el valor y las acciones que requería.

La conclusión estaba allí, sólida y segura en medio de su alma. Sabía lo que quería. La única pregunta era cuánto estaba dispuesta a arriesgar, y posiblemente sacrificar, para conseguirlo.

Analizó su meta, evaluó sus opciones, y al fin se levantó y tiró del llamador.

Lady Mickleham tenía razón. Para una dama, el ejercicio del valor era la verdadera esencia de la vida.

Roscoe estaba sentado en la biblioteca frente a la chimenea. Sobre su regazo descansaba un libro abierto, el mismo que había estado leyendo hacía más de un mes cuando Miranda había acudido a él en busca de ayuda para encontrar a Roderick. Una copa de brandy descansaba sobre la mesita junto a su codo, pero tanto la hoja impresa como el brandy permanecían ignorados mientras él contemplaba fijamente las doradas llamas del fuego.

Y recordaba el calor de otras llamas, unas llamas que saltaban en los ojos de Miranda, que centelleaban y lo envolvían cada vez que estaban juntos, cuando se tocaban, cuando se amaban. Las llamas que lo habían caldeado realmente.

Que, durante un breve período de tiempo, habían conseguido que su vida fuera completa, lo habían hecho un ser entero.

Pero todo eso había terminado, la breve relación había llegado a su fin. Y, para un hombre de su poder, era ciertamente humillante verse obligado a admitir que no podía hacer nada para cambiarlo, por mucho que lo deseara.

Él era quien era, Neville Roscoe, y no podía volver atrás en el tiempo. No podía borrar los últimos doce años, ni deseaba hacerlo. Pero por culpa de eso, para ellos dos no había ninguna esperanza, ningún camino…

Porque ella también era quien era, y eso significaba que para ellos no había futuro.

Se obligó a mirar el libro, intentó concentrarse en las palabras. Y fracasó.

Lo volvió a intentar. Tenía que sacarse a esa mujer de la cabeza y seguir con su vida, su vida anterior, que le había parecido plena, llena de trabajo y éxitos, pero que en esos momentos se parecía más a una cáscara vacía.

Dejar a un hombre vigilando permanentemente la casa de la calle Claverton no era precisamente seguir con su vida, pero en el transcurso de las siguientes semanas seguramente lo lograría. Cuando los vigilantes se aburrieran y empezaran a quejarse.

El timbre de la puerta principal sonó débilmente, amortiguado por la distancia y los gruesos muros de la biblioteca. Rundle se ocuparía de quien fuera, pero de todos modos aguardó expectante varios minutos antes de posar de nuevo sus ojos en el libro.

Intentó leer, pero no dejaba de oír sonidos provenientes del vestíbulo principal. No se trataba de ningún altercado, pero algo estaba pasando allí. Se preguntó si Rafe habría encontrado alguna dificultad y había vuelto a llevar a Lucius Clifford a su casa, pero una ojeada al reloj le confirmó que eran más de las diez de la noche, sin duda demasiado tarde para que se tratara de eso.

Además, Rundle ya lo habría alertado, o habría acompañado a cualquier visitante, pero nadie había aparecido.

Poco a poco los sonidos lejanos se apagaron y el silenció regresó.

Roscoe volvió a fijarse en el libro antes de encajar la mandíbula, cerrar el libro, dejarlo junto a la copa casi intacta. Una mezcla de inquietud, curiosidad y sensación de intranquilidad lo empujaron a ponerse de pie.

Pisadas. Volviéndose hacia la puerta se esforzó por oír, y oyó las pisadas aproximándose claramente mientras quienquiera que fuera avanzaba por el largo pasillo hacia las puertas de la biblioteca.

Unas pisadas ligeras y ágiles. Unas pisadas femeninas.

Pisadas que reconoció.

Roscoe se quedó helado.

Vagamente registró el hecho de que las pisadas, más contundentes, de Rundle no acompañaban a las más ligeras. Las pisadas se detuvieron ante la puerta, la puerta se abrió y Miranda entró.

Lo vio, sonrió, se volvió, y cerró la puerta.

Roscoe parecía aturdido, como nunca lo había visto ella, pero, cuando Miranda se volvió de nuevo hacia él, tenía la misma expresión impasible de siempre, la impenetrable máscara que utilizaba para enfrentarse al mundo. Sin embargo, ella no permitió que eso borrara la sonrisa de su rostro mientras cruzaba la estancia y se acercaba a él.

—¿Qué estás haciendo aquí?

La pregunta, más bien un ligero gruñido, sugería que él no estaba contento de verla. Pero Miranda tampoco iba a permitir que eso la desviara de su camino. Sabía lo que sabía y, deteniéndose ante él, levantó la cabeza y lo miró a los ojos.

—He venido porque... bueno, supongo que podría decirse que me estoy instalando. Aquí, en tu casa.

Durante un momento, Roscoe no reaccionó, pero luego parpadeó. Lentamente.

—¿Qué?

Ella agitó una mano hacia atrás, hacia el resto de la casa.

—Rundle y los demás están subiendo mis baúles. Hemos decidido dejarlos en la habitación contigua a la tuya. Parecía el lugar más apropiado.

Roscoe respiró hondo y, cuando sus miradas se encontraron, la máscara de impasibilidad había desaparecido. Completamente. Sustituida por una emoción en carne viva.

—Miranda... no. No puedes hacer esto.

—¿No puedo? —ella enarcó las cejas.

—No estás pensando con claridad —los ojos de Roscoe buscaron los de ella, vieron la determinación y la resolución que Miranda ni siquiera intentaba ocultar. Se mesó los cabellos y se volvió hacia la chimenea—. No puedo permitirte hacer esto.

Ella cubrió la distancia que los separaba y, colocándose detrás de él, le rodeó el torso con los brazos y apoyó la cabeza contra su cuello.

—Sí que puedes. Quiero una familia, siempre la he querido, y quiero formar una familia contigo. Sé que tú lo deseas tanto como yo, te he visto con tu familia, y con la familia que te has construido aquí, pero no es lo mismo, ¿verdad? Quiero una familia y un hogar que sea mío, y tú también —lo abrazó con más fuerza—. Lo único que tienes que hacer es decir que sí.

Durante un instante, él se dejó abrazar y alzó una mano para apoyarla sobre la de ella. Pero luego suspiró y dejó caer la cabeza hacia delante. Después de unos segundos, le apartó delicadamente los brazos y, sin soltarle la mano, se volvió para mirarla a los ojos.

—No puedo dejar de ser Roscoe.

—Sí, lo sé, y no te lo estoy pidiendo —acercándose más, ella levantó la otra mano y la posó sobre el pecho de Roscoe sin apartar la mirada de él—. Te amo tal y como eres, por quien eres, no por quien fuiste, o por quien podrías llegar a ser.

Él permanecía inmóvil, sus ojos buscando casi con desesperación los de ella. Pasó un latido.

—¿Me amas?

Miranda se esforzó por mantener la sonrisa, se esforzó por contener las lágrimas que llenaron sus ojos ante la absoluta vulnerabilidad que encerraba esa sencilla pregunta. Y consiguió un decisivo, casi beligerante, asentimiento.

—Sí, te amo. Por eso estoy aquí, porque te amo y sé que nada en el mundo podrá cambiar eso —lo miró a los ojos, y sintió más confianza de la que había esperado sentir—. Y sé que tú me amas, que me correspondes en todos los aspectos, en todos los niveles. Intentaste apartarme de tu lado, dejarme marchar, pero no pudiste. A pesar de lo poderoso que eres, de lo disciplinado que eres, no pudiste. Esta tarde te colocaste entre una pistola y yo, lo que, como demostración espectacular, resultó bastante empático, no solo en cuanto a tus sentimientos sino también en cuanto a aclarar los míos. Después de lo de hoy, no podremos estar separados, nunca resultará satisfactorio para ninguno de los dos, de modo que he venido para encontrar una solución que nos permita estar juntos, un modo que me permita ser tu amante, tu compañera, mientras dure nuestro amor, lo cual, según mis cálculos será más o menos para toda la eternidad.

La expresión de Roscoe era una mezcla de emociones: incredulidad, confusión, aturdida sorpresa, y creciente esperanza.

—¿Y qué pasa con la respetabilidad? Si vives conmigo, no tendrás nada de eso.

Miranda lo miró a los ojos, hizo una pausa y habló:

—Podría decirte que la respetabilidad ya no me importa, y sería verdad, pero sospecho que no lo aceptarás así sin más, de modo que te lo voy a explicar. A lo largo de toda mi vida me han enseñado que la respetabilidad es la virtud esencial, una que debe de ser buscada y adorada sobre todas las cosas. No estoy segura de que, en mi corazón, me lo haya creído alguna vez, pero lo que sí hice fue mantenerme estrictamente fiel a ese código, aunque nunca me produjo felicidad. Pero entonces, a través de nuestras aventuras de las últimas semanas, vi y aprendí, y tuve la inequívoca demostración de que la respetabilidad social es, en el mejor de los casos, una virtud menor. No se le acerca ni de lejos a las virtudes mayores, como el amor, el honor y la devoción. Como la lealtad y la integridad, y el respeto ganado mediante las acciones. Como el cariño sincero hacia los demás, y la protección activa de los que son más débiles que uno mismo. Contra esas virtudes, la respetabilidad es insustancial, una construcción efímera sostenida por quienes carecen de una mayor fuerza.

Miranda respiró hondo y continuó.

—De manera que no, ya no valoro la respetabilidad como solía. Para mí, ahora es puramente irrelevante. Lo que me importa, lo que afianza mi mundo, es el amor. Y tú. Porque es a ti a quien amo.

Había acudido allí preparada y decidida a arriesgarlo todo. Era algo que Wraxby le había enseñado. Wraxby y Lucasta. Si pretendía reclamar amor, no podía quedarse sentada y esperar a que se lo ofrecieran. Tenía que arriesgarse conscientemente para ganarlo, arriesgar su corazón. Si quería el corazón de Roscoe, debía ofrecerle el suyo primero.

—Yo... yo no sé qué decir —Roscoe respiró hondo, y entrecortadamente—. Me has sorprendido.

—Me disculparía, pero, en cuanto vi claro lo que deseaba, supe que no serviría de nada esperar a que me hicieras una proposición. En realidad no serviría de nada siquiera esperar a que vinieras a llamar a mi puerta —ella enarcó una ceja—. No lo habrías hecho. ¿A que no?

—Estaba decidido a no hacerlo —él le sostuvo la mirada antes de contestar.

Los labios de Miranda se curvaron ante la admisión no verbalizada de que quizás no habría sido capaz de mantener su palabra.

—Por otro lado, me habría gustado verte fracasar, pero... —respiró hondo y continuó con franqueza— entiendo que te sientas impedido para pedir mi mano, pero...

Roscoe posó un dedo sobre los labios de Miranda para silenciarla. Le sostuvo la mirada durante un instante y agachó la cabeza para apoyar la frente contra la de ella.

—No puedo —su voz sonaba angustiada antes de cobrar un poco más de fuerza—. No lo haré. Sería pedirte un sacrificio demasiado grande y no puedo, no quiero, hacerlo —alzó la cabeza y la miró de nuevo a los ojos, la expresión completamente desolada—. No puedo pedirte que abandones la vida de una dama y aceptes lo que yo pueda ofrecerte.

Ella dibujó de nuevo la sonrisa en su rostro y posó una mano sobre la mejilla de Roscoe.

—No, ya lo sé. Sé que no puedes pedírmelo. Sé que no me lo pedirás. Por eso he venido, para pedírtelo yo.

Él parpadeó.

Pero, antes de poder contestar, Miranda continuó.

—¿Se te ha ocurrido alguna vez que no paras de hacer sacrificios por los demás, que siempre eres el que das, y que nunca permites que nadie pueda devolverte el favor? Créeme, tu familia, y sin duda otras personas, sufren esa falta de equilibrio, pero tú eres muy bueno en mantener la balanza inclinada en la dirección que consideras la correcta, aquella en la que tú das y los demás reciben —hizo una pausa e inclinó la cabeza, le sostuvo la mirada—. En mí, sin embargo, has encontrado la horma de tu zapato. Porque para mí el desafío, el reto que debo superar para conseguir lo que más deseo en la vida, es convencerte para que cambies de parecer, convencerte, solo esta vez, para que me permitas ser la que dé, que me permitas ser la que haga el sacrificio, y tú lo aceptes, aceptes ser ese por quien alguien se sacrifique.

Miranda hizo una pausa y, sin apartar los ojos de él, alzó la barbilla.

—De manera que mi pregunta para ti, Neville Roscoe, para el hombre que atiende a ese nombre, es si eres lo bastante fuerte, si me deseas lo bastante como esposa, para aceptar mi proposición.

Roscoe se mantuvo una infinidad de segundos en silencio antes de hablar.

—¿Por qué no me haces esa proposición y así lo averiguamos?

La sonrisa de Miranda fue deslumbrante. No estaba segura de que él se hubiera dado cuenta, pero sus manos le rodeaban la cintura y la estaba abrazando delicadamente.

—Mi propuesta, mi proposición, mi oferta para ti, milord, es:

cásate conmigo. Cásate conmigo, ámame, sujétame y nunca me dejes marchar. Permíteme llenar el espacio a tu lado, dirigir esta casa y convertirla en un hogar y, si Dios quiere, formar una familia contigo.

Él la miró a los ojos, reflejando un terrible anhelo, una concomitante y exultante felicidad que, sin embargo, mantenía a raya.

—La vida como mi esposa no será la clase de vida que una dama esperaría vivir.

—No, pero será la vida que yo quiera, como tu amante, tu compañera, tu esposa y la madre de tus hijos.

Durante varios segundos el tiempo se detuvo. Y entonces Roscoe respiró hondo y agachó la cabeza hasta apoyar la sien contra la de ella.

—Te amo —declaró con voz baja y ronca—, más allá de las palabras, más allá de la adoración. Y sí, me casaré contigo. Pareces comprender el desafío que supondrá, y estoy más que dispuesto a arriesgarme contigo, tanto como tú estás decidida a intentarlo. Por encima de cualquier otra cosa en la vida, te quiero como mi esposa. Eres una mujer extraordinaria y no te merezco.

Girando lentamente la cabeza, posó sus labios sobre los de Miranda.

Rendición.

Ella sonrió. Felicidad, alegría y una absoluta euforia la inundaban. Deslizó las manos sobre sus hombros y las juntó sobre su nuca. Lo besó ligeramente, y no apartó los labios después, ni siquiera mientras hablaba.

—Yo soy una dama extraordinaria y tú, desde luego, sí que me mereces.

Y lo besó. Los brazos de Roscoe la abrazaron con fuerza mientras la atraía hacia sí. Completamente.

Embriagados de pasión, felicidad, amor ilimitado y devoción infinita, todo compitiendo por hacerse visible, pronunciaron los votos en un intercambio lleno de tanta emoción que los dejó a ambos sin respiración.

Pero no necesitaron palabras.

Cuando al fin se apartaron lo bastante para poder respirar, lo bastante para oír, registrar, y pensar, la casa estaba de nuevo sumida en el silencio y estaban los dos solos.

Tomados de la mano abandonaron la biblioteca, regresaron hasta el vestíbulo principal y subieron las escaleras.

Roscoe la condujo hasta su dormitorio, la llevó dentro. La tomó en sus brazos.

No era la primera vez que ella entraba en esa habitación, pero, en la ocasión anterior, no había tenido la misma sensación de llegar a casa, de haber alcanzado el final del viaje. De pertenecer.

Mientras se unían en la felicidad y el amor, en la pasión y en el descarado deseo, ella supo en el fondo de su alma que había acertado.

Miranda echó la cabeza hacia atrás y hundió los dedos entre los sedosos cabellos de Roscoe mientras él depositaba un ardiente y húmedo beso allí donde más latía su pulso.

—Conseguiremos que funcione —prometió en un susurro—. Habrá obstáculos, lo sé, pero juntos los superaremos.

Roscoe cerró las manos sobre sus pechos y los apretó de manera evocadora.

—Juntos triunfaremos sobre lo que el destino nos envíe —él levantó la cabeza y la miró a los ojos—, siempre que me ames como yo te amo a ti.

—Para siempre y eternamente —ella le sostuvo la mirada.

Y le sujetó la cabeza mientras lo besaba y permitía que su amor actuara.

Permitió que ese amor los guiara como un faro, brillante y auténtico, a través de los momentos más tórridos, a través de fuego apasionado. Permitió que las llamas del deseo volvieran a reclamarlos, permitió que el éxtasis los atravesara para que la gloria, la bendición del amor, pudiera forjarlos de nuevo, convertirlos en un irrevocable todo.

Cuando al fin ella se tumbó en sus brazos, saciada y deliciosamente agotada en su cama, cuando él apoyó la cabeza sobre la almohada y sintió la mejilla de Miranda sobre su pecho, sus cabellos extendidos en una sedosa gloria sobre su torso, apenas podía creerse que, de verdad, aquello fuera suyo.

Que, a pesar de todo, iba poder disfrutar de la oportunidad de tener una esposa, un hogar, una familia propia. Que iba a poder lanzar los dados en un juego que pensaba que para siempre le sería negado.

El deseo y la esperanza inundaron su pecho, inflamándolo hasta que tuvo que cerrar los ojos ante la oleada de repentina debilidad, de inesperada, inaudita, desgarradora, felicidad.

Miranda le ofrecía su vida, su futuro, para que él pudiera construir el suyo.

Y al hacerlo le había hecho caer, en sentido figurado y de todas las maneras que importaban, de rodillas. Y la adoraría hasta el día de su muerte.

—Gracias —Roscoe le acarició el pelo con una mano.

Y sintió los labios de Miranda curvarse contra su piel.

—Tengo la intención de convertir el resto de nuestras vidas en un placer para mí.

EPÍLOGO

Septiembre de 1824

—Un momento —Miranda se levantó de la silla junto al escritorio de Roscoe, agitando una mano para que tanto Roscoe como Jordan permanecieran sentados—. Tengo un informe de la escuela que debería aclarar los costes. Esperad mientras voy a buscarlo.

Roscoe se obligó a sí mismo a permanecer sentado mientras posaba distraídamente una mano en la parte baja de la espalda de su mujer, su muy embarazada mujer que pasó todo lo deprisa que pudo por la puerta abierta entre el estudio y el cuarto contiguo. Ese cuarto que habían convertido en el despacho de Miranda. A lo largo de los últimos ocho meses, ella se había hecho gradualmente con las riendas de las diversas escuelas y orfanatos que él financiaba. Era ella quien los gestionaba y mantenía una atención mucho más certera sobre lo que allí sucedía de lo que él habría podido hacer jamás.

En cuanto las personas implicadas superaban el impacto de que una dama como ella fuera su esposa, al parecer un impacto mayor que el que él mismo suponía, inevitablemente terminaban por confiar en ella, revelando toda clase de cosas que les sonsacaba, y al mismo tiempo les hacía sentirse partícipes y apreciados.

Miranda tenía un don. Roscoe no estaba seguro de si ella misma había sido consciente de ello hasta que se hubo lanzado tan desenfrenadamente en sus brazos.

Desde su escritorio la oía revolver papeles en la habitación de al lado. Jordan y él intercambiaron una mirada y ambos sonrieron y aguardaron pacientemente. En el otro extremo de la habitación, sentado el uno frente al otro en los sofás, Mudd y Rawlins se divertían jugando a las cartas.

Con todo, reflexionó Roscoe, todo iba bien en su mundo.

Y la sensación era muy agradable. No se le ocurría nada que quisiera cambiar.

Las formalidades de su matrimonio habían supuesto una verdadera carrera de obstáculos. Sus abogados, los de Roderick, y Jordan, habían pasado días enteros intentando encontrar el modo de gestionar la realidad de quién era él, de quién sería Miranda al casarse con él, y de cómo serían considerados legalmente los hijos que tuvieran. Al final, Roscoe se había visto obligado a aceptar que lord Julian Roscoe Neville Delbraith iba a tener que reaparecer, al menos el tiempo suficiente para situarse frente al altar.

De modo que Miranda era formalmente lady Delbraith, y todos en la casa y los negocios se dirigían a ella como «milady», soslayando discretamente el hecho de que qué lady era en realidad.

La boda en sí misma ya habría supuesto un tremendo obstáculo, pero todo había sido organizado con firmeza, fuera de sus manos. Al final se habían casado en el transcurso de una ceremonia privada en la capilla de Ridgware, con Lucasta y Caroline llorando copiosamente, incluso las tres hermanas tenían los ojos llenos de lágrimas. Al menos su esposa no. Miranda había estado radiante. Pero lo más sorprendente para él había sido la gran cantidad de curiosos que se habían acercado a la casa a lo largo del día. La capilla había estado abarrotada de la gente de las tierras, de los diversos negocios asociados a las tierras, y también había una enorme representación de los empleados de Londres.

Aparte de las personas habituales, Roscoe había pensado que a nadie le interesaría su boda y, por tanto, no había invitado a nadie más. Pero habían acudido. El ágape que se ofreció para desayunar, celebrado en el salón de baile, se había transformado en un gigantesco evento en el que todos se habían mezclado y relacionado, incluso Gladys, para mayor sorpresa de Roscoe.

Tras las guerras sufridas, la sociedad parecía realmente estar cambiando poco a poco.

Se habían casado justo antes de Navidad, y la próxima Navidad tendrían algo más que celebrar.

Miranda regresó bamboleándose al despacho, el ceño fruncido ante una hoja de papel que llevaba en una mano. Sus cabellos, espesos y brillantes, habían empezado a escaparse del moño debido a los lápices que solía llevar encajados detrás de las orejas, una costumbre que le había copiado a Jordan.

—Aquí está —Miranda le entregó el papel a Jordan—. Creo que convendrás en que los cambios son debidos al nuevo sistema de desagües que impuso el condado.

—Es verdad —Jordan frunció el ceño—. tendremos que hacer algunos ajustes.

Sentándose de nuevo en la silla, ella sintió una diminuta extremidad flexionarse y luego estirarse. Con una mano sobre la enorme barriga, esperó y, por supuesto, el bebé la empujó con su manita, o su pie. Miranda sonrió y miró a Roscoe, que le devolvió la sonrisa. Ambos estaban ansiosos por conocer a su bebé. Solo faltaban unas pocas semanas y él, o ella, estaría allí.

Y serían una familia.

Miranda parpadeó con rapidez.

Y Roscoe, bendito fuera, se dio cuenta y distrajo a Jordan con unas preguntas sobre los otros costes que iban a tener que considerar como parte de su último proyecto. Su esposo le había dado carta blanca con esos proyectos y también le había permitido aprender algo sobre su negocio de juego, los clubes, los antros y los tugurios. Ella solo visitaba los clubes y solo con él y sus guardaespaldas, pero enseguida había visto la posibilidad de mejorar la situación de la gran cantidad de mujeres que trabajaban en los negocios de su marido. Al sugerir una cierta fusión de intereses entre los clubes y algunos nuevos proyectos filantrópicos, Roscoe al principio había parpadeado perplejo, pero pensó en ello y al fin accedió.

La vida de Miranda, desde luego, no podía ser más completa. No podría tener más sentido.

Había momentos en que se sentía tan feliz que se le saltaban las lágrimas. Una tontería, pero así era.

Recuperando su compostura, acomodó el peso del bebé para estar cómoda, se inclinó hacia delante y volvió a unirse a la discusión.

Rundle apareció con la bandeja del té, como siempre hacía a la hora que él mismo consideraba la más apropiada.

—¿Dónde quiere que lo deje, milady?

Con la vista fija, y el ceño fruncido, en otro recibo, Miranda hizo un gesto con la mano.

—Gracias, Rundle, déjalo ahí. Mudd, ¿podrías servirlo?

—Sí, milady.

Roscoe se mordió el labio y evitó la mirada de Jordan. Tanto Mudd como Rawlins se habían convertido en los devotos esclavos de Miranda. No necesitaba más que pedir ayuda y los dos saltaban para realizar las tareas más inesperadas, como manejar esas delicadas tazas de té. Los dos guardaespaldas cuidaban de su esposa como si fuera de porcelana, algo que ella les consentía, pero que no soportaba que lo hiciera Roscoe. Y por eso él se sentía infinitamente bendecido. Tanto Mudd como Rawlins eran padres experimentados y le habían dado algunos consejos sobre cómo apañárselas. Y debía reconocer que, al menos, algunos de esos consejos le habían resultado de gran utilidad. Quizás se le habría ocurrido masajearle la espalda, pero jamás habría pensado en masajearle los pies, y ella se lo había agradecido enormemente.

A Jordan también le gustaba Miranda. Le había confiado a Roscoe que había percibido en ella una vena práctica de la que ellos dos carecían. Jordan la consideraba una valiosa incorporación a su equipo, y la trataba casi como si fuera su hermana mayor, una conexión con la que ella disfrutaba, pues le proporcionaba la oportunidad de interesarse en la vida privada de Jordan y aportar algunas sugerencias.

Ese intercambio le había proporcionado al contable numerosas horas de diversión.

Mudd y Rawlins se acercaron con las tazas de té y todos hicieron una pausa para beber un sorbo.

Roscoe contempló sus rostros y pensó en los que no estaban presentes, en la familia con la que se relacionaba mucho más a diario.

La boda de Edwina se había producido sin ningún incidente y Sarah y Roderick se habían prometido en abril y se casarían al año siguiente. Henry estaba en Oxford, participando, como era de esperar, en todas las parrandas, pero con una sorprendente dosis de moderación. Más sorprendente aún fue que Caroline lo llevaba bastante bien. Una de las sugerencias de Miranda en el sentido de que, cada vez que Henry sintiera el irrefrenable deseo de jugar, debía pasar varios días en la calle Chichester para jugar contra su tío, había tranquilizado enormemente a su cuñada. Dado que Henry siempre perdía, y mucho, el ejercicio estaba consiguiendo aplastar cualquier sueño que el muchacho hubiera podido albergar de poder jugar y ganar.

Edwina seguía en ultramar con Frobisher, pero Millicent y Cassandra había tomado por costumbre dejarse caer por la calle Chichester. Ante la insistencia de sus esposos, y la de Roscoe, lo hacían en secreto, pero se habían celebrado algunas cenas improvisadas a las que también habían asistido los maridos.

En ocasiones, la distinción entre Roscoe y lord Julian se volvía poco nítida, pero él nunca olvidaba quién era en realidad y, estaba seguro, su esposa tampoco.

Y en eso residía la mayor felicidad de su matrimonio, en que ella lo conocía, lo veía tal y como era realmente y, a cambio, él también la conocía a ella.

Era la dama que le había robado el corazón, que lo había arriesgado todo para reclamar ese corazón y para darle a cambio todo lo que él había querido siempre, pero había creído que jamás obtendría.

Tenía una esposa, un hogar, y una familia.

Lo mejor de la vida era suyo.

CPSIA information can be obtained
at www.ICGtesting.com
Printed in the USA
LVHW091111260421
685586LV00001B/23